周亚军◎著

# 圣 殿

中国文联出版社

图书在版编目（CIP）数据

圣殿／周亚军著. -- 北京：中国文联出版社，
2023.12
ISBN 978-7-5190-5374-1

Ⅰ.①圣… Ⅱ.①周… Ⅲ.①长篇小说—中国—当代
Ⅳ.①I247.5

中国国家版本馆 CIP 数据核字（2023）第 245821 号

著　　者　周亚军
责任编辑　李　民　周　欣
责任校对　杨晓婷
装帧设计　中联华文

出版发行　中国文联出版社有限公司
地　　址　北京市朝阳区农展馆南里 10 号　　　邮编　100125
电　　话　010 - 85923025（发行部）　　　010 - 85923091（总编室）
经　　销　全国新华书店等
印　　刷　三河市华东印刷有限公司

开　　本　710 毫米×1000 毫米　　　1/16
印　　张　28.25
字　　数　474 千字
版　　次　2024 年 3 月第 1 版第 1 次印刷
定　　价　95.00 元

谨以此书献给那些为祖国教育事业辛勤耕耘、默默奉献的老师们！

# 内容提要

　　小说着重描写了方正、刘云、苏老师、崔晓燕等一群具有良知的中学教师，在市场经济大潮下，在强劲的应试教育氛围下，不论个人命运如何，始终都按照自己的教育理想，脚踏实地地坚守阵地，战胜社会上出现的各种诱惑，同时也在战胜自己、克服各种困难，做着许多有韧性的斗争——钻研探讨教育规律，千方百计地对学生进行素质教育，为国民素质的提高做着自己的贡献。与此相反，部分学校及教师，却经受不住社会的诱惑，干着一些与教育事业不相匹配，或者与自身身份不太协调的事情，诸如不按教育规律办事、投机教育、用教育赚钱、蒙上功利色彩，从而衍生出许多教育"神话"，使教育失去本真。这些在很大程度上都影响和阻碍了基础教育的发展，使其不能很好地步入素质教育的正轨。然而，面对这样的一种现实，真正的教育者们，却在冷静思索当下的教育现状，努力不懈地探讨着适合中国实际的基础教育路径。

●●●●●● 目 录

# 上　部

# 下　部

上　部

# 一 燃眉之际需解困 两位校长心如焚

　　新学期伊始，一切事情都冲两位校长来了。诸如人事、经费、生源等问题，搞得两位校长焦头烂额。这不，他们正在办公室为这些发愁呢。

　　刘华明校长低着头靠着沙发，方正副校长大口大口地抽着烟。两个人谁都没说话。

　　突然，一阵急促的电话铃响了。

　　刘校长站起身拿起电话听了起来。

　　"喂，是刘校长吗？"

　　"我是，你哪位？"

　　"区教委高科长。"

　　"哦，高科长！你好，什么事？"

　　"想往你这儿放个学生，行吗？"

　　"学生怎么样？"

　　"不怎么样，高三学生，被人家赶出来的。"

　　"这合适吗？"刘校长为难地说，"都第二学期了，哪个学校还这样做？"

　　"就是嘛。没办法，一个朋友的孩子。"

　　"既然这样，那就来吧。"

　　"谢谢。好，再见。"

　　刘校长放下电话，将电话内容向正在抽烟的方副校长说了说。

　　方副校长当时没有吭声，但转瞬间，脸上就露有难色说："这时转来的学生，能好吗？"

　　"唉，能帮就帮一下吧。"

　　"这不是又要让老师提意见了？"

　　"意见归意见，但事情还得办呀。我们不能因为别人有意见，就不做事了。如果都这样，还能进行工作吗？"

"这不是工作不工作的问题，而是影响老师积极性的问题。"

"这事，我想就这样吧。咱们还得面对现实嘛。难道我就愿意吗？"刘校长说完话，就不再言语了。

方副校长长舒了一口气，随后站起来，狠狠地抽了一口烟，然后，又慢慢地吐了出来。隔了一会儿，他才不无忧虑地说："刘云老师的住房和爱人的调动问题该怎么解决呢？恐怕还得给厂里说说。"

"这事，我也准备给厂里说。估计问题较大。不过，可以再做做努力。"

"再有就是老师严重缺员问题，也要解决。还得向厂里要人。不然，好几门课都开不了，像初三的外语、初二的地理等等。"

刘校长面对着方副校长直点头。

"丁零零，丁零零"，电话又响了。刘校长再次起身接起电话。

"喂，刘校长吗？"

"我是。你是……哦，万厂长，什么事？"

"你能到我这儿来一下吗？"

刘校长一听是学校的事，便喜出望外地说："方校长，我到厂里去一下。"说完，他就收拾了一下桌上的东西，去了万厂长那里。

方副校长在刘校长离去以后，打算去两个毕业年级看看，但在确定先去哪个年级时，又有些踌躇。

经过思忖，他最后还是确定：先去楼下的初三年级。于是，方副校长朝初三年级走去。


"厂长，上次谈的经费有没有问题？"

"没有问题。"

"多少？"刘校长惊喜而又急切地问。

"两万。"

"什么，两万！怕不是打发叫花子吧？"

"嫌少？就这数，还是我在厂务会上争取的。怎么，不要？不要算了。"

当下刘校长就被噎得不吭声了。但闷了一会儿，又憋不住地看着厂长说："就这点，还让我办学呢？"

"对，就还让你办学。不是厂里不解决问题，而是实在挤不出钱来。你不是不知道，厂里困难得几乎都揭不开锅了。这几年一直亏损，一亏损就是几千万。这还不算，前几年扩大规模引进设备，光贷款就一个多亿，至今都没办法归还。因此，厂里一再采取裁员增效措施。不然，还能亏了教育，亏了孩子？"

刘校长哑口无言了。

大约过了五分钟，他才又说："经费就是这样了，两万就两万，剩下的，我再想想办法。"

"这才对嘛。"万厂长肯定地说。

"你别高兴得太早，人怎么办呢？"

"什么人怎么办呢？"

"不是紧缺教师吗？"

"哦，进人，绝对不行。这，厂务会已经决定了，不管哪个部门，都是这样的。你不想想，现在正在裁人，还能进人？"

"照你这样说，绝对不行了？"

"不行了。"

"那叫我这学，究竟怎么办呢？干脆，我这校长也不当了。你们愿意怎么办就怎么办吧。"

"唉，不要这样嘛。只要想，办法总会有的。告诉你，学校现在靠厂里，是靠不住的。因为厂里连自身都保不住，哪里还能考虑到学校？学校怎么办，办得怎么样，全靠你们自己。办得好，就生存；办不好，就没出路。"

"这样说，厂里压根就不管学校了？"

"也不是不管，实在是无法再管。毕竟，它总是在花钱呀！如今，还能这样吗？"万厂长一边抽烟一边说。

这时，一向不抽烟的刘校长，也要了支烟抽了起来。虽说呛得不行，但还是硬抽着。

一时间，两人相对无言。

刘校长刚来时还想着：将这两个大问题解决了，再谈谈刘云老师的两地分居以及住房困难问题。一看这阵势，就没敢再提及。

两人继续僵持着。

这时，整个房间已经烟雾缭绕了。

面对困窘的刘校长，万厂长开口了："还是再想想办法吧！凭你，能没有办法吗？学校不承包了吗，还不由你？"

"学校固然由我，但人事财务，还不是由厂里？"

"这就理解错了。我强调的是在这以外动动脑筋。"万厂长望着他，用右手食指弹着自己的脑袋说。

"这点，我也琢磨过，可就是琢磨不出个道道来。"

"这样吧，你还是开个校务会，和大家商量商量，肯定有办法。"

"只能这样了。"刘校长无奈地点点头。

"哎，上学期从车间去的那个老王还行吧?"万厂长突然有所悟地问。

"行行行。"刘校长边说边点头。

"这就行了。"

"嘀嘀嗒，嘀嘀嗒，嘀——嗒——嘀——"

"这不，下班号都响了。"

"但还没结果呀!"

"总得吃饭吧。"万厂长边说边瞪着他边收拾东西。

等把所有的东西收拾完毕后，两人便一块儿下了楼梯，出了厂门。待走至半路，刘校长似乎又记起什么，便向万厂长打了声招呼，就拐入学校了。

# 二　班里风云再卷起　刘云老师急平息

"报告!"

"进来。"

"老师,我想谈谈咱班的情况,好吗?"

"好。"

正在批改作文的刘云老师,被刚进来的本班班长张晓颖打断了思路。她不得不停下手里的工作听张晓颖的汇报。

"这几天,咱班纪律很差,有的上课不认真听讲,有的迟到早退,有的旷课,有的不交作业,搞得任课老师经常批评咱们班。"

"这些情况我都清楚,也正在想法根治呢。你能谈一下同学们最近的思想状况吗?"

"现在大部分人都知道学习,但还有一部分人,破罐子破摔。他们想的是,反正也学不好,那还不如不学,混个毕业证算了。九年义务教育,毕业证,还不是人人有份?也许是因为临近毕业,相当一部分同学都表现得很浮躁。例如,有的现在就着手让同学给留言簿上留言;有的男女,借此机会在结'秦晋之好'。这种风气,目前越来越盛。也许是因为学习压力过重,还有几个人,准备联合起来出走,去浙江、去上海、去云南、去新疆……"谈到这里,张晓颖停顿了一下,看了看面前的刘老师,又小声说,"还有的同学在议论您呢。"

"议论我什么?"刘老师有点好奇地问。

"说您最近好像有点不大负责任,班里也去得不勤了。"张晓颖说完,又朝刘老师望了望,就不再言语了。

面对着张晓颖,刘云老师有些窘迫,也有些无奈,脸一下子就红到了耳根,人也愣在了那里。她咬着下嘴唇,闷不作声。

师生二人面面相觑。

好长时间，刘云老师才转过神来："这几天，最捣蛋调皮的是谁？"

"柳阳，王刚。"

"他们不好的行为表现主要有哪些？"

"以上说的那些情况，他们都有。"

刘云老师沉思了一会儿。

"还有什么？"

"哦，还有，就是王老师的化学课，他讲得实在令同学们生厌，课堂上总乱哄哄的。此外，有些概念也讲得不太清楚，同学们意见非常大。您向学校反映反映，能否给我们换一位老师？"

"好，我明白了。谢谢你能和老师谈这些问题。"

"不客气。"

"最后你要认真复习，好吗？"

"谢谢老师的关心！再见。"说完，张晓颖就转身出了办公室。

刘云老师感到问题挺严重，等到下午第三节课外活动时间，便开了班会。

班会上，刘云老师谈了目前面临的形势，还有心态稳定的重要性，当然，也重点地批评了柳阳和王刚。

四月的天气，说变就变，刚才还是晴天，一会儿就昏沉沉的了。在教室里，透过窗户望去，外面充满了瘆人的紫光。风刮了一阵儿，接着就下起了零星小雨，淅淅沥沥的。晚自习还按原来的时间进行，七点开始。整个校园静悄悄的。

……

突然，一阵急促而又响亮的电铃响了。学生下晚自习了。一会儿的时间，人流便潮水般地涌出了校门。跟着值班的刘云老师，也随之而出。

刚一出门，就发现校门口外，这儿一堆、那儿一堆地围着打伞的学生。出于习惯，她走至跟前驱散了他们。她这样做，完全是为了避免他们聚集在一块儿打群架。因为，这个时候，这种情况下，以往经常发生打群架的情况。

时间大约凌晨一点钟了。

街道上，除了夜市上的几家还在做生意之外，其他都静悄悄的。

刘云老师和儿子小鹏飞睡得正酣。

忽然，"咚咚咚"的敲门声惊醒了她。她赶忙爬起来，拉亮电灯，穿好衣服，走至门口，警惕地问：

"谁？"

"我是柳阳的父亲。"

"什么事呀？"

"直到现在柳阳还没回家，不知到哪里去了。我来问问，他在学校是否发生了什么事？"

"进来谈好吗？"说着，刘老师打开了门，走了出来。

"不……不……不，就在这儿。"

刘老师将下午批评柳阳的事讲了一遍。临了，又将可能去的地方估计了下，让他找找。

柳阳的父亲了解了情况后，道了声"谢谢"就转身告辞了。

回到屋里的刘老师，看看墙上挂着的钟表，已经是深夜一点半了。于是，便自言自语起来：也真是，半夜三更都不得安宁！怪不得没人愿意当班主任，挣的钱少，管的事多。

发过牢骚后，她又忐忑不安起来。何止不安，简直有些害怕了。十多年的班主任，她越当越怕，特别是遇到这种事情的时候，就更是害怕。现在的孩子，都是独生子女，很难管教，有时简直摸不清事情从哪里就出来了。万一有个闪失，自己岂不是吃不了兜着走？上次，不就发生了类似的事情：一名男生被自己批评后，径直回了家，给家长留了张纸条，说老师不让他上学，然后就离家出走了。好在那位家长明白事理，最后也找见了孩子，待弄明白了缘由，自己那悬着的心，才算落到了实处。但愿这次也不要出现什么意外，否则，跳进黄河都洗不清了。你说，自己这样到底是为了什么呢？

她的情绪有些激动了。

别人的工作，苦点累点，有丈夫分担，可自己呢？再苦再累，都得一个人扛着，丈夫就是调不来。每次找，都是说着灵活，实际办起来，就困难重重。无非，没有向掌权者"进贡"。这样的事，自己怎么做得出来？难道就真要"逼良为娼"吗？

她越想越气愤。

气愤至极，她就不由得想起曾经为丈夫调动找过厂长的事来。

一个冬天的傍晚，天空零星地飘着雪花，地面湿漉漉、光亮亮的。

她吃过饭，将孩子鹏飞托付给了邻居，就去了厂长家。

"咚咚咚，咚咚咚"，她轻轻地叩着门。

"谁呀?"

"我。"

"找谁?"站在花网状防盗门里的一位五十多岁的妇女问道。

"找……"她脑子一转，"找雪灵。"她本想说找厂长，但情急之中，却记起了别人告诉的话："千万别说找厂长，否则，会被拒之门外的。"

"你是……"

"我是……"

没等她介绍，这时，雪灵恰好从房间走出，发现站在门外的是刘老师。于是，边向门口走边抢着说："妈，这是我们学校的刘老师。"雪灵随之打开门，让她进了屋，亲切地问道："刘老师，什么事?"

"想找你爸。"她有些轻声轻气。

"哦，找我爸，是你爱人调动的事吧?"

"你怎么知道?"

"听大家说的呗。"

"你爸在不?"

"在，我给你叫去。"说着，雪灵就领她进了一个小房间坐下。

不一会儿，厂长就来到了她的面前。她赶忙迎了过去："厂长，您好。"她稍停了一下说："我想跟您谈谈我的情况。"

"不用谈。你的申请都谈了。"

"那怎么办呢?"她迟疑地问道。

"不能办。现在厂里人满为患，一个都不能进。"厂长冷冷地说。

听了这话，刘云老师的脑子突然"轰"的一声。

然而，片刻后她又镇静了下来。此时，厂长已经退到了另一间屋子。无奈，她与雪灵打了声招呼，就非常尴尬地离开了。

按秉性，她不愿求人。但为了爱人调动，她出马了。这是她有生以来第一次求人。可这第一次，就打了败仗。她的自尊心受到了极大的伤害，只感到羞愧难堪，无地自容。

一路上，她不住地抹着泪水，幸好是飘着雪花的傍晚，路上行人稀少，没人看见。就这样，她气鼓鼓地回到了家里。

这一夜，她想到了教师的实际地位，想到了教师的价值，想到了以后绝对不能让儿子当教师……

调爱人进厂的路被堵死了。她第二天就走到校长跟前要求调走，但校长的好言相劝，又使她放弃了这个念头。

没办法，只能带着儿子过了。她到哪儿都带着儿子，儿子成了她的影子。

有一次，她从托儿所接回孩子，忙着做饭。孩子在楼道玩耍，不小心滚了下去，"哇哇哇"地直哭。

听到儿子的哭声，她赶紧扔下擀面杖，跑下楼，扶起孩子，抱着他去了医院。幸好伤口小，头部包扎了一圈，这时，她才放下了那颗悬着的心。

时隔不久，她依然在忙，孩子依然在玩，一不小心，孩子又从楼梯翻了下去，并且还哭了起来。听到哭声，她赶忙跑出来，到孩子身旁，二话没说，就朝孩子的屁股给了两脚，然后一边骂着"谁让你跑，活该！"一边连拖带拉地将孩子拽回了家。

面对着疼痛哭泣的孩子，她也心酸地哭了。她哭，她对孩子照顾不周，对孩子太残酷、太狠心！当下，她的眼泪就像掉了线的珠子，一个劲儿地往下滚落。

她曾想过辞职，回到丈夫身边，但考虑到许多实际因素，又不得不收回这个想法。

现在，班里问题不少，这让领导、同事、学生怎么看呢？绝对不能这样了！她决心在这关键时刻，再狠抓一把，将成绩搞上去。

一提工作，她就来劲，但也有许多不满。

现在的工作，还不是"干的干，看的看，不干的给干的提意见"。你说，这叫什么事呢？有的人只想赚钱，不想工作，究其原因，还不是受大环境影响。社会媒体也真是的，有时也误导，不住地提倡"跳槽"，似乎只有"跳槽"才是改革。这下好了，"跳槽"现象普遍出现，谁还敬业？有的将正业都当成了副业。教育能马虎吗？就这样，老师中还有在外搞兼职炒股的，这还能是教育吗？只要稍懂一点教育的人，都会认为这是一种胡闹。可胡闹又有谁抓呢？恐怕领导也不知道，至今还蒙在鼓里。退一万步，即使知道了，抓，又能力吗？

她的脑子就这样不停地运行着。

不知不觉中，天亮了。

她本来还想睡一会儿，可是无论怎样努力，就是睡不着。"与其这样，还不如起床好了，这样也不至于让人难受。"想到这里，她索性就起了床，接着便是梳洗，做早点，叫孩子，吃早点。待这些都做完了以后，便送孩子到学校，然后，踏着钟点去上班。

一大早来到学校，她就着手处理柳阳的事情。

她在班门口等着。

上早读的铃已打过了十几分钟，柳阳才晃晃悠悠地进来。他油头粉面，衣着整洁，肩搭书包，手拽书包带，旁若无人地走着。

"柳阳，来。"她指着刚走到门口的他说。也许柳阳知道是怎么回事，一声不吭地就随着刘老师到了办公室。

"柳阳，你昨晚干什么去了？"

"在家呀。"柳阳略带意外但又毫不在乎地回答道。

"在家？"

"是，在家。"

"在家，那你爸找你干吗？"

"我……我……我……"柳阳有些心虚，也开始结巴了。

"我什么！到哪里去了？"

"到……到……到同学家去了。"柳阳的声音越来越小，头也低了下来。

"哪个同学家？"刘老师很严厉地问。

"王刚家。"

听到这里，刘老师走出办公室，让一名学生把王刚叫来，问了个究竟。她做到了心中有数。

"你为什么到王刚家？"转身返回办公室的刘老师语气有所缓和地问道。

"王刚硬叫我，说有人要劫他。"

"真的？"

"真的。"

"遇到了吗？"

"不仅遇到了，而且还打了起来。"

"伤人没有？"刘老师有些吃惊和紧张。

"没有。"

"你觉得对吗？"生气的刘老师这时用右手掌支撑着低垂疲惫的头，面对着柳阳，小声地问道。

"不对。这让家长担心，也让老师担心，以后，我一定改正。"

"能改正吗？"

"能，一定能。请看我的行动。如果做不到，老师您想把我怎么样就怎么样。"

　　问清了情况，刘老师的心里也就踏实了，于是，又批评了几句，就让他回了教室。

　　她的心绪有些乱，刚准备休息一会儿，柳阳的父亲又来了。

　　"刘老师，昨晚真对不起，打扰你了。"柳阳的父亲很不好意思地说。

　　"没什么，请坐。"刘老师一边说一边示意道。

　　柳阳的父亲落座后，刘老师将昨晚发生的事向他做了详细的汇报。末了，又向他强调道：要多和学校配合，共同管理好孩子⋯⋯

　　两人寒暄了一阵儿，柳阳的父亲就离开了。

　　待家长走后，刘老师才喘了口气，刚要端起杯子喝水，上课的铃声又响了。于是，她又赶忙放下杯子，拿起教案去了教室。

　　刘老师走后，坐在办公室的两个老师就议论开了：

　　"瞧，这学生多会做保证，动不动就任老师处理。待他真犯了错误，老师又能拿他怎么样呢？"

　　"真是太聪明了！"

　　"谁太聪明了？"走进办公室的方副校长问道。

　　"学生呗。"两位老师不约而同地说。

　　"学生怎么啦？"方副校长问道。

　　两位老师听了问话，于是，就把刘老师刚才处理学生的事说了一遍。

　　听完两位老师的叙述，方副校长便向他们询问了一下初三最近的情况。临了，又叮嘱他们捎话给刘老师，说自己找她有事。说完就离开了办公室。

# 三　学校发展成心事　方正郁闷寻良策

　　方副校长从初三年级回来，就在办公室一直忙碌着，顺便也在等着刘云老师。但不知何故，刘老师就是没来。他的心里不免多想了一些。莫非她有什么事情？就是有事情，她也会给自己打声招呼的，因为她一向很守信用。莫非，这话两位老师没有捎到？一定是这样。想到这，再看看墙上的电子钟，时间已是十二点一刻。他断定她不会再来了。于是，便起身往出走。刚走至大门口，迎面就碰到了从厂里回来的刘校长，无奈，又折了回来，开门进了办公室，听起刘校长讲述见万厂长的事来。

　　……

　　方副校长回到家里后，二话没说，就仰面躺在床上，看着天花板，想着心事：刘校长与主管厂长谈了一个上午，毫无收获，看起来很懊丧，可此时此刻，自己心情又何尝不是这样？但反过来想，万厂长说的也不无道理。偌大个厂子，部门多，这儿一点儿，那儿一点儿，不就将本来亏损的厂子，要得更穷？学校该怎么办呢？

　　他着实发愁了。

　　"哎，吃饭。"他的妻子刘慧英边解围裙边冲着里屋喊道。

　　"马上来。"

　　妻子刘慧英等了一会儿，见他还没出来，想，这是干什么呢？于是，就二话没说地走进里屋，和他开起了玩笑："怎么，哪根神经又断了，晴天又转阴天了，是不是又不顺心了？现在，谁把公家的事当事？就你能，就你认真！认真了又能怎样？小心把身体搞垮了，没了本钱。天塌下来，不有大个子顶着？看把你愁得那样……"

　　听着妻子刘慧英的唠叨，方正朝她看了看，也没言语，就走出了里屋，坐在饭桌旁，胡乱地吃了起来。

待妻子刘慧英走出来的时候，他已完成了吃饭的任务，又准备出门去了。

"怎么，刚吃过，又要走？"

"是。"说着他就打开门，走出了屋子。

"真是个野人、傻人、工作狂……"看着他的背影，妻子刘慧英心疼地小声说着，然后就独自吃起饭来。

刘慧英中等个子，身材匀称，白白净净，有着一对水汪汪的大眼睛，蛮好看、蛮腼腆的。她高中毕业那年，正好碰上了本厂招工，当时厂里正好有一个子女优先的政策。于是，她和父亲一合计，便来到本厂当了工人。后来，由于工作出色，她被调入实验室当了实验员，没多久，又被调入统计科当了一名科员，负责全厂的统计工作。工作中，她不甘落后，一直都积极地参加自学考试，几年下来，就自学拿到了大学本科文凭。也就在这当口，科里有人知道学校分配来了大学生，无论是年龄还是学识或者是人品，都与她很般配，于是，经人介绍，她就和方正认识了。一谈，婚事也就成了。第二年，他们就结了婚，建立了小家庭。也许是感受到了家庭的温馨，也许是一种责任，只要有空，她总是安静地织着毛衣，为此，人们都说方正娶了一个很勤快也很贤惠的好媳妇。每当听到这样的夸奖，两口子无论是谁，心里都乐开了花。

方正来到学校，先在办公室待了一会儿，然后，顺着花园小道，来到了教学楼前。

望着这座20世纪70年代初建成的四层高、八十米长、能容纳三十二个教室的教学楼，他有一种前所未有的沉重感。

午后的天空，隐约地出现了几朵白云，它们将阳光遮挡得有些柔和。依偎在阳光怀抱的教学楼，显得格外庄严，虽说没有雄伟恢宏的气势，但也差之不多。它犹如一艘停泊的巨舰，昂着头，挺着胸。

"难道要让这样的一艘巨舰沉没？"

他感到自己身上责任重大。他告诉自己，要迎难而上，要让这艘巨舰永远航行。

隔了两天，刘云老师来到了方副校长的办公室。

"师兄，听说您找我？"

"哦，那是前两天的事。"正在忙着看一本《教育学》的方正，听到有人这样问话，忙转过头来，放下了书，热情地招呼道。

"那他们怎么才告诉我?"

"恐怕是忘了。真是马大哈。快坐快坐。"

刘云老师坐在旁边的沙发上,用手推了推架在鼻梁上的眼镜,温和地问:"什么事,师兄?"

"其实,也没什么。就是想了解一下初三的情况。因为你是班主任,对学生了解得多、吃得透。"

"说了解多,倒是真的;说吃透了,有些不敢。"

"据你掌握的情况,目前初三存在的问题主要在哪儿?"

"以我看来,既有老师的问题,也有学生的问题。"

"怎么讲?"方正疑惑地问。

"老师的问题,主要是个别人的业务能力较差。"

"能说得具体点儿吗?"

"像化学老师,学生对他的意见就很大。据班干部反映,他的课堂总乱哄哄的。就这不说,教学中,还时不时地出现一些概念性的错误。"

听刘老师讲到这儿,方正倒吸了一口凉气,觉得自己有些失职。他皱起鼻子,瞪着眼直朝着一个方向看。从这架势看,他很重视这一问题。

"有的学生要求换掉化学老师。"

"老师是这样,那么,学生呢?"

"学生,纯粹就是主客观的问题。所谓主观,就是学生自身的习惯问题;所谓客观,就是学生受环境的影响问题。在这一点上,家庭环境一般影响较大。比如柳阳就是这样。他的家庭条件较为优越,小学时上过私立学校,花费了三四万,平时考试成绩比较好,家长颇为喜悦。然而,一次偶然的机会,家长拿最基本的题考了考儿子,结果大失所望——并非那么回事。他大吃一惊,当然,也想了很多。最后,还是把孩子转到了咱们学校。"

"这有些私立学校也真成问题。"

"可不。他们有的毕竟是以赚钱为目的的。为了巩固生源,就弄虚作假,以此抬高成绩,欺瞒家长。"

"学校都这样,作为老师,就更不用说了。他们为了饭碗——不至于被校方辞退,也乐意这样。"

"最后受害的只有学生了。柳阳在品质上不仅表现得顽劣,而且也表现得自私、虚伪、任性。这就给我们的教育带来了许多障碍。"

"这样的情况与独生子女的骄横一结合,就变得无法无天、难以管理。"

"是的，这就成了我们目前管理的最大困难。"

"唉，这可怎么办?"方正轻轻地叹了口气。

刘云老师一看这样，就没再作声了。

过了一会儿，她看没什么事了，就和方正打了声招呼离开了。

看着刘云离去的背影，方正不由得想起了她刚来学校时的情景。

时间大概是 1985 年 7 月的一天上午。

一位拎着脸盆、背着书包、穿着朴素、戴着一副眼镜、个头在女人里还算高点儿的女子，兴高采烈地朝着光华中学的门口走来。她一边哼着歌，一边轻快地走着。

这时候，学校大门里的树荫下正好有几位男老师在聊着什么，看到这位飘然而进的女子，一下子便将注意力都转移到了她的身上。"好家伙!"他们不禁有些惊奇。于是便小声地嘀咕开了:

"方正，你看这女孩儿是不是新来的女教师?"旁边的刘剑明扭着头，边示意边看那女子，边诡秘地问他。

"这我怎么知道?"尽管方正这样说，但眼睛也是不由自主地朝门口的方向看了一下，"什么，都大姑娘了，还女孩儿女孩儿的，看你说得多甜蜜、多亲切。有什么不可告人的目的就明说，别藏着掖着的了，叫人听着不舒服。"说着，他就正儿八经地冲着那女子看了起来。

刘剑明也没有回应他，只是一个劲地看着他的表情变化。

这不看不要紧，一看，好家伙，一时间，方正也就没完没了，头都转不过来了。只见那女子，个头约有一米六五，身材略瘦，走路像风一样地轻盈和快速。一看就知道，她完全属于精明能干的那一类女性。

"哎哎哎，方正，我说你干什么呢?"站在一旁的苏老师拉了拉方正的前襟笑着问，"不要看在眼里拔不出来了啊!"

"瞧瞧瞧瞧，你这是干什么呢?"旁边的刘剑明瞥着眼睛和方正也开起了玩笑，"就是有那样的想法，也不至于这样吧? 简直有些如饥似渴了!"

两个人这么一说，即刻就将本来还有些腼腆的方正弄得很不好意思起来。于是，他便迅速地转过头来，不再看那位姑娘了。

"看来，还是做贼心虚，要不然怎么脸红呢?"苏老师又冲着他开玩笑。

"方正，你可不要吃着碗里的，又看着锅里的，更不要脚踩两只船。那种事情，你可不要做啊! 要是做了，那可是伤天害理的事情。"刘剑明带有警告意味地说。

"我不知道你们今天这是怎么了，总是将斗争的矛头对准我，我也没惹你们、没动你们的。你们怎么就那样多心呢？可不就是一个姑娘嘛？看看又怎么啦？难道就兴你们看，不兴我看，什么人嘛你们！"方正也是不无说笑地说道。

"是啊，就兴我们看，不兴你看。因为，你看了会犯错误的。"刘剑明嘻嘻哈哈地笑着说。

"这话怎么讲？"

"这，你还不清楚？厂里的那位姑娘不整天都在找你吗？"

"找，又怎么样了？"方正竭力地在为自己辩护着。

"你可要专一呀，方正。"旁边站着的苏老师也附和着刘剑明说。

……

正当他们谈得高兴的时候，那位拎着东西的姑娘已经走到了他们的跟前。她也不管他们在谈什么，就径直来到方正的面前问道："老师，您知道校长在哪吗？"

"你是……"方正迟疑地看着眼前分明是因为热而红着脸的她问道。

"噢，我是刚分配到咱们学校的，今天来报到了。"说着，她就将介绍信、派遣证、毕业证等拿出来给方正看。

接过介绍信一看，内容竟是：

光华中学校委会：

　　兹有我校中文专业学生刘云同学前来贵单位报到，请接洽！

　　此致

厚德师范大学学生处

1985 年 7 月 2 日

看完介绍信，方正似乎有些兴奋地自言自语道："哟，我们还是校友呢。"

"真的吗？"刘云有些意外，随之，就喜悦地瞪大眼睛看着他，"照说，您还是我的师兄呢。"

"师兄倒不敢，校友，校友。"

"师兄也罢，校友也罢，反正，一个学校的。"刘剑明在一边很是诙谐地打着圆场。

"几位老师贵姓？"刘云很是迅速地朝着几位问道。

"免贵，那位姓苏，这位姓刘，我姓方。"方正一看这样，便急忙主动而又热情地指着旁边两位向她一一介绍。

"那今天我们就算认识了。"刘云很是大方地和他们三个人握了握手。

"认识了，认识了。"几位都是一边和刘云握手一边高兴地说。

"方老师，您能带我到校长办公室去吗？"

"没问题，我送你去！"说着，方正就替刘云拿起东西然后一块儿去了校长办公室。

也许因为是一个学校的，刘云当时就觉得方正有些似曾相识，更有着一种亲切感，觉得与他的距离特别近。然而，这种感觉当着他的面又不好说，心想，来日方长，在以后的日子里，只要有空，就多请教请教他，与他多聊一些教育教学上的事情。可转念一想，自己是个女性，那样不好，不能主动与他接触，往后走还是随缘：能交往，则交往；不能交往了，就不交往。顺其自然好了。


方正自从那次与刘云谈了几句话并把她送到校长办公室以后，在心里就对她有了几分亲切。话说回来，毕竟都是校友，尽管那时在学校从未谋面过，但都曾经拥有过在同一所学校的那份经历，发生过许多故事，而且这些故事中，可能还有许多相似之处。现在，先不说两人是从同一所学校毕业的，而且还都分配到了同一所中学，以后肯定还会发生许多故事，而这些故事中的主人公很有可能就是他和她。想到这里，方正的心里就特别高兴。既然与她有着这一层关系，自然，在以后的交往中，也就没有了丝毫的陌生感，自由多了。

也许是因为年轻，也许是心有灵犀，以后的他们，便有事没事地在一块谈论教育和教学上的事情，还有学校的事情。这样，一来二去，他们就成了不能离开的人了，最后，以至于形成了一种习惯：两人凡是有什么解不开的疙瘩，都让对方想办法帮着解决。

事后，两个人都知道了对方已经有了对象。不仅这样，方正和刘慧英上半年已经订了婚；而刘云的男朋友，听说比方正还低两级，大前年毕业以后，就被分配到了本县的一家科研单位，个子瘦高瘦高的，常戴着一副红黑框的眼镜，蛮斯文的。说真的，不是这样的话，方正和刘云很有可能发展为婚姻关系的。这一点，他们两人的心里似乎都明白。然而，不管怎样，还得面对现实，他们把这种关系处理得恰到好处。尽管如此，在其他老师眼里，他们不能走到一起还是很可惜。他们的关系真可谓君子之交。在方正举行婚礼的时候，刘云和男朋友都非常友好地参加了。为此，大家也都很是理解他们平时经常来往的关系，觉得他们的关系很正常，自然也没有人嚼舌头说三道四，更没有造谣生事的。

既然他们既是校友，又是同事，还是朋友，自不必说，双方在生活以及工作中，都会时不时地互相帮助。有时候，刘慧英让方正叫刘云到家里吃个饭、聊个天什么的，这样，他们也是幸福地过着日子。对刘云来说，接到他们夫妻的邀请之后，也是满怀幸福地到他们家去，和他们一起享受享受这样的家庭生活。

刘云的婚事，是经过家人的介绍走到一起的。他们双方都是一个县城的，两家家长都认识，平时来往也多。所以在刘云刚上大学的时候，他们就订了婚，确立了关系。刘云原来想着，等自己的工作稳定下来后，再想办法把他调到自己的身边来，然而，当自己上班已经七八年了的时候，丈夫还是调不来。一找学校，学校领导只说，都在积极地办理，可是，厂里因为人员富余，就是不答应，特别是这几年，厂里处于一种裁员状态，无论是谁，都不让进。自然，她丈夫调动的事也就搁置了起来。为此，刘云很是烦恼，心里也有些怨气。但是，不管怎么有怨气、心里怎么不舒服，工作该怎么做还是怎么做。然而，她心里总是很委屈的。

当刘云结婚有了孩子以后，方正就更加关心她，有时候自己忙了，就让刘慧英去照顾照顾、操心操心。作为妻子的刘慧英，对丈夫的好意也是心领神会，常是隔三岔五地做一些好吃的，给他们母子送去。时间过得很快，没隔几年，这孩子也大了，已经上了幼儿园。刘云的生活虽然有方正一家的操心和照顾，可是，母子俩的生活过起来还是有些艰难。刘云不仅要教两个班的语文课，而且还担任一个班的班主任，这样一天下来，累得要死要活的。

哦，还有方正和刘云两人相互间的称呼问题，因为是一所学校毕业的，两人便私下约定：在公开场合，她称他为方校长或方老师，他称她为刘老师；两人单独待在一块儿的时候，她称他为师兄，而他则称她为师妹。这样，在众人面前，也就避免了那种俗气；在私人空间里，也就避免了那种郑重和严肃，多了一份自然、随意和亲切。此后，他们就一直按照这一约定称呼着对方。

方正担任副校长还不到两个月的时间。一天下午的第二节课，他在办公室正和一位老师说话。这时，一位女生气喘吁吁地撞开了门喊："方校长，刘云老师正上着课就倒在讲台上了！"

"啊，什么！"随着这一句，方正当下就站了起来，和学生一道，急匆匆地赶往了二楼的教室。

一进教室，就见一群学生和几位老师紧紧地围着倒在讲台下的刘老师，师生不住地喊着刘老师的名字。大家一见方校长来了，便迅速地闪开一条道，让他走到跟前。此刻，展现在他眼前的刘云老师，脸无血色，头发凌乱，浑身瘫软，没有一点力气地躺在那里，微弱地呼吸着。见此情景，方正赶忙让人把她抬起来，迅速而小心地送到厂医院里。

刘云被送往医院以后，经诊断，属于过度劳累，没休息好，再加上营养不良导致晕倒。医生叮嘱刘云一定要好好休息，过一段时间，刘云就会恢复体力。医生边对大家说，边让护士给她挂吊瓶。

跟着一块儿去医院的方正，一听她没有其他毛病，才松了一口气放下心来。然而，这时的他，心里只觉得有愧，更觉得对不住她。于是，医生说什么，他就答应什么。

其他人走后，只剩下方正在照顾着她。看着吊瓶里的药液一滴一滴地滴着，望着她那疲惫不堪的神情，方正心酸不已。是啊，她自从到了这所学校以后，就一直是班主任。工作上总是兢兢业业、任劳任怨。她深谙中学生的心理，一切都能按教育规律办事，深受学生喜爱。正因为如此，她的班才带得很出色。在此，不仅得到了学校的认可，而且也受到了家长的欢迎——都在千方百计地将自己的孩子送到她带的班里。为此，她多次获得了本校和区、市级优秀班主任的称号。这样的她，现在竟然在上课时晕倒在讲台上！作为主管教学的校长，对她关心得也太不够了！

一会儿工夫，躺在病床上的刘云便睁开了眼睛，她发现自己躺的地方似乎有些不对，同时还挂着吊瓶，便问："我怎么在这儿？这什么地方？"

"医院。"

刘云看了看四周，有些疑惑。

"您怎么在这儿，师哥？"

"你不是刚才上课晕倒了吗？"

刘云没有吭声，只是看了看他，然后闭上眼睛，显出很疲乏的样子。

"真是对不起，没能让你很好地休息。"

这话不说不要紧，一说，大颗大颗的泪珠就从刘云的脸颊上滚落了下来。

是啊，这泪水是心酸，是理解，是委屈，当然，也是她对自己的信任。平时可是很少见她这样的啊！方正在心里想着。

"你好好休息，至于班级和课，你暂时不要再管，也不要再想。千万要保重好自己的身体。"

刘云睁开了眼睛，看了看他，然后点了点头。

"我理解你。没有必要硬是克制自己，以至于把自己都搞到这个份上——晕倒在讲台上。"

……

两个人说着就到了吃饭时间。

"这样，我把孩子先接到我家，然后，再让你嫂子给你送饭来。"

本来刘云不答应，怕再次影响他们，然而又一想，这影响也不是一次了，再说，影响也就影响了，谁让他是师哥呢？于是便冲他点了点头。

一见这样，方正便站起来，就离开了医院。

路上，方正就想，这个人也太要强了。为了工作，竟然不顾自己身体蛮干。据她讲，自参加工作以来，她向来都没有因为自己个人或者家庭以及孩子的事情请过假，也没耽误过学生一节课。这样视工作为生命的人，该是多么令人尊敬啊。就这样一个人，平时总给人一种风风火火的样子。是啊，她干什么工作，都是不甘落后的。最近，刘云就更是这样了。

# 四　高三老师议纷纭　教育途中怪事出

开学已经一个月了。

一天，方正刚处理完案头的事，正愁下一步该干什么的时候，不经意间，目光触到桌面上的课表。他用心地注视着这张大小极其有限的课表，然后若有所思地感慨：是啊，全校的每一个班，此时此刻，上哪一节课，由哪位老师上，全在自己的掌握之中。只要看着它，一切都一目了然了。此情此景，自己不正像一位军事指挥员站在地图前沉着冷静地分析敌情、指挥战斗一样？何止一样，简直是在指挥着一场特殊的战斗！而这场特殊战斗需要的指挥者的素质，无论从哪方面讲，都必须是最优秀的。自己，具备这样的素质吗？

他认真地审视着自己。

是的，即使现在还不具备这些素质，或者具备的素质还不够全面，但他坚信：凭着一颗对事业执着的心，还有坚强的毅力，自己一定能成为一个最优秀的教育者。

墙上的电子钟嘀嗒嘀嗒地走着，屋里格外寂静。

忽然，他一下子想到还没到高三年级了解情况。对，是应该到高三去一趟了。他拉开抽屉，拿出笔记本，准备到高三年级组走一趟。但刚迈开步子，仿佛又想起什么似的，于是又折了回来，朝桌面上的课表又看了看。确认高三老师都没有课后，他才朝楼上的高三年级走去。上了三楼，还没进高三年级组，窗内就传来了老师们的议论声。他明白，此时的自己，必须缓步轻脚地前行才是，不然，就破坏了他们的兴致，再说，还可以借此机会，获得一些有关学校建设的信息。因为他们现在坦露的心声，都很自然、很真诚。不管他们的意见正确与否，对自己来说，都很宝贵。对，就这样，千万不能破坏他们的兴致。于是，他便放慢了脚步，慢到几乎要停下来了。

"唉，都什么时候了，学生怎么还没有劲头，学习还那么被动？"

"你想，咱们的学生，都是些什么人？本地末流的学生。"

"我看，这种素质，指望他们考大学，希望恐怕不大。"

"反正，咱们尽力就行了，至于考不考得上，那是他们的事。"

"对呀，巧妇也难为无米之炊，更何况咱们呢！"

"虽然道理这样，但看起来，让人心痛，让人不忍！"

"咱们做的一切，等于都在做无用功。就这样，还白白地消耗能量。"

"现在的学生，自小就缺乏吃苦精神，这时，哪能吃得下那么大的苦？"

"他们不是军训过了吗？"

"军训，又能怎样？还不是只图一时的新奇和热闹，压根就没触及他们的灵魂。"

"他们一点压力都没有。"

"还谈什么压力，纯粹是虚度光阴！有天晚上，我在操场闲转时候竟发现一对男女生，在操场尽头、双杠旁边的阴影处拥抱接吻呢。像这样，学习能好吗？"

"你看像谁？"一位老师好奇地问。

"我看像赵永杰。"

"真是个纨绔子弟！"刚刚问话的老师气愤地说，"就这，还收了进来？"

听了这话，作为班主任的苏老师，有点不好意思地低下了头。

"那您就要了？"坐在苏老师对面的数学老师江小华，不顾一切地直冲着他问。

苏老师无言以对，脸只是一阵儿红一阵儿白的。

"不要，又有什么办法？"坐在靠窗户的一位中年老师，看到苏老师的窘态，忙替他解围。

"怕不是收了人家什么贿赂吧？"一位老师嘻嘻哈哈地笑着说。

苏老师依然没有吭声，但表情更有些发窘，脖子也有些涨红。

"肯定是这样。要不然，怎么不把赵永杰赶走？"江小华面对着苏老师也嘻哈了起来，"像这样的学生，九年义务教育的任务早已完成了，为何不把他推出去？瞧，一只老鼠害一锅汤。不就是有一副漂亮的'皮囊'吗？"

"唉，能推掉吗？说不定又是区上哪位局长的孩子。就这不说，保不准还让给他免费呢。"一位平时不怎么吭声的女老师突然说道。

"照此，我们的成绩上不去，就是理所当然的。如果不是这样，那才怪呢！"

"就这样，校长还向我们要成绩。这能要吗？说不准，校长在里面还有

　　'好处'呢。"

　　"这不就让学校形成恶性循环了吗?"

　　"形成就形成了,这与咱们有什么关系?"

　　"唉,咱倒无所谓,可害的是学生呀! 这,能忍心吗?"

　　"你不忍心又能怎样,难道能将此情况扭转过来吗?"

　　"我相信,总会有这么一天的。"

　　苏老师听到这里,只是极深沉、极不相信地摇了摇头。

　　江小华看到苏老师这样,心里不免嘀咕:也许,他自有他的道理。

　　人们对谈论的问题,似乎总觉得扯得太远,所以,就又回到了原来议论的问题上。

　　"甭说高三学生,就是初中生,存在的问题也是很多的,有些连我们想都想不到。"

　　"你说,这都成什么话了呢?"

　　"真不可思议!"

　　"如今的大人,整天都心浮气躁的,更何况学生呢,怎么不受影响呢?"

　　"唉,这也不能单纯责怪他们。要不,对他们也不公允。"一直听着没有吭声的苏老师,似乎已经忘记了大家刚才对他的戏谑和指责,此时也发了言:"你没瞧瞧,现在的有些媒体,在利益的驱使下,将个影视,搞得似乎越性感、越暴力越好。让人一看,就好像是'文戏上床,武戏上房'。还有些干脆就都是爱情场面,好像世间的事,唯有恋爱和打斗,再没了别的。还有些歌曲,缠缠绵绵,阴气十足。至于有些歌者,更是矫揉造作,故作姿态,真是到了歌不醉人人自醉的程度。我觉得啊,这都是对艺术的亵渎,也是一种严重的纵欲主义,更是注重了人的自然属性,而唯一没有注意的是社会效应。试想,这样下去,我们的国家,我们的民族,希望还在哪里? 说实在的,现在许多人的内心,都空虚得令人担忧。当然,有钱的没钱的都包括在内。为了得到精神上的安慰,有些人啊,都信奉了佛祖、信奉了真主、信奉了上帝。"

　　苏老师的一席话,引得周围的老师纷纷称赞。

　　看到这种情况,他缓了口气又说:"唉,现在的许多事情,都叫人很难分辨和界定,到底是对的呢,还是不对的呢? 说是对的,人心里总疙疙瘩瘩,别别扭扭,很不是滋味,特别难受;说是不对,这样的事在社会上却盛行。就拿一向被人誉为圣洁之地的教育来说,在有些方面,似乎都不再圣洁了。

这一点，大家可能都感同身受。"说到这，他稍稍停顿了一下，朝老师们看了看，"远的不说，就眼前的各种富有地方特色的课外读物，学生都是人手一册。试问效果，又有哪个学生去认真阅读，他们又是否有时间阅读呢？国家教委三令五申，要减轻中小学生的课业负担，而这些又是什么呢？简直和上边的精神相悖。有的教育行政部门，也许是为了创收，竟办起了所谓的'勤工俭学'门市部，让辖区内的学校在那购买物品。你说，偌大个市场，人家愿意在哪买，就在哪买，那是人家的自由，说不定物品还好，价钱还便宜。有一位当校长的朋友对我就这样说。面对这种事，校长也难呀。他们明知不对，还得接受下来。原因很简单，就是怕主管部门在其他方面刁难。却没想，谁都要生存。现在的人，不是实际多了吗？可这一实际，也就默许了许多错误的做法，坑害了学生的利益！"

苏老师说得有些激动。

看着苏老师的样子，江小华赶紧站起来倒了杯水给他："苏老师，喝水！"

"谢谢。"苏老师端起杯子，喝了两口，接着又说，"据外校的一位资料员透露，现在学生考试试卷的征订，还有回扣，一份好像一两毛钱呢。我就说呢，现在的考试怎么这么多。除了期中期末考以外，初三还有质量检测，并且不止一次。高中就更多了，有会考前的演练，林林总总，多不胜数。这一切，都要钱，听起来，一份只有几毛钱，但加起来，实在不是个小数。我就想不来，这钱怎么就赚得这么忍心。也许，现在正处于转型时期，一切都处于无序状态，然而，这种无序总该有个止境吧。"

"谁说一切都是无序状态？国家不是正在制定一系列政策吗？"一位政治老师似乎非常不平地说。

"是的，国家是在制定政策，但政策制定好了，就不等于执行好了，'执行'，懂吗？中央的政策，往往是好的，但被歪嘴和尚一念，就都坏了。不然，中央干吗一再加大反腐败力度呢。"苏老师为自己抢白了几句。

"苏老师，我看你能当国务院总理了。"江小华眼里放着光芒，很是兴奋地说。

"不敢不敢，差之远矣。刚刚谈的这些，只是瞎说着玩，诸位还得海涵。"苏老师说完，就朝那位政治老师望了一眼。

这时，大家没再言语。

整个办公室，死一般地寂静。

江小华偷偷地朝苏老师望了望，然后又朝大家做了个鬼脸望了望，禁不住"噗"的一声笑了。

看着江小华幽默风趣的神态，听着她的笑声，大家便也哈哈大笑了起来。

办公室充满了笑声。

"笑什么呀?"

大家被这突如其来的声音惊住了，都不约而同地朝门口望去，这才发现方副校长已站到了门里。

眼疾嘴快的江小华忙应声道："没笑哇。"

"没笑? 那声音从哪里传出的?"方正一边笑着问，一边往里走。

"怕不是你的幻觉吧?"

"什么幻觉，本人向来没有出现幻觉的情况。"说着，方正就找了个地方坐下，跟大家聊了起来。

……

# 五　方正有事做汇报　两位校长现微隙

两个毕业年级的学生状况、教师的意见及思想波动，缠得方正有些束手无策。虽然他看上去很沉稳，但心里就像信息高速公路般地繁忙。他用十二分的力气寻找着解决问题的途径。然而，纵使再绞尽脑汁，也找不出顺利到达目的地的途径。啊，对了，我为何不将此问题向刘校长汇报？看他有没有什么妙方，也许他能帮助自己。

方正带着满怀的希望，来到了刘校长的办公室。

他将以上的问题，简明扼要地做了汇报。只见刘校长用不温不火而又带些傲慢的神气说："这都是正常的。如果不这样，那才怪呢。"

"这怎么能算正常！难道连老师讲课出错都可以容忍？"

"不是说可以容忍。我想，你是知道'常在岸边走，哪有不湿鞋'这个道理的。"

"那也不能经常湿呀！要是经常湿，这让学校又怎么办呢？"

刘校长被方正这句话给噎住了。当下便说："这事我也难为。我知道初三化学老师的专业水平，可那是万厂长介绍的，能推掉吗？"

"难道为了关系，就不怕误人子弟？"

"这年头，得罪了厂长可不是好玩的。与其认真，还不如给他个顺水人情算了。"

方正听了这话，心里十分难过，总觉得对不住学生。但面对校长，又能说什么呢？只有缄默了。

刘校长见他一时不语，便开导他说："认真，看在什么事情上。在这方面就没有必要了。咱们一旦认真了，他也就认真了。以后，凡事也就难办了。咱们这样，就某种意义来讲，也是'曲线救国'，或者叫'吃小亏，占大便宜'嘛。"

"什么吃小亏占大便宜的！"方正一听就不轻不重地回了一句，"难道学生也跟着受益?"他想起身离开办公室,但为了顾及刘校长的面子,又不得不说:"这只是老师的问题。学生的问题也不少,像高三的赵永杰、初三的柳阳等,老师们对他们的意见特别大,埋怨我们怎么把这样的学生都收了进来,给管理带来了这么大的困难。还说我们在此问题上,得到了什么好处,等等。"

方正将话说完,再看刘校长,刘校长的脸色已是红一阵儿白一阵儿的了。他知道撞到了刘校长的痛处,于是便停止了说话。

"那你觉得呢?"刘校长接过他的话问。

"我觉得这种意见提得对。"方正直言道。

"照这样说,你也这样认为了?"

"对。"方正点点头。

"那你是不是接受了别人的好处?"刘校长很严肃地问。

"没有啊!"方正瞪大眼睛,愣了一下,惊奇地看着刘校长。

"那你和他们的意见怎么就一样了呢?莫非是我从中获得了什么好处?当时收这两个学生,你不也知道吗?他们都是很有背景的!"刘校长说着,似乎很有耐心也很深意地用右手指在桌面上按了一下,"如果说有责任,你不也有责任?尽管是我拍板的。"

经刘校长这么一问,方正有些对答不上来,随即觉得面前的刘校长很有城府。他清楚地意识到,自己与他相比,显然十分稚嫩。看来以后办事,还得向他"学习",用他之矛攻他之盾。只有这样,自己才会立于不败之地。对,对这种人,就要这样!古人不说过"道不同不相与谋"吗?他想起身告辞,但转念一想,还得面对现实,尽管与他道不同,但还得与之为谋。他放缓语气说道:"像赵永杰,就应该开除他,要不,影响太大了。"

"谈何容易!"

"怎么不容易?只要咱们意见一致,不就行了?"

"我说,你的书生气怎么就这么足!难道就不考虑一下现实?学校要生存呀!"

"你怕得罪人,我不怕。我来通知他离校。"

"不行!"刘校长有些被激怒的样子。

"怎么,这也不行,那也不行,你让我这工作怎么开展!"方正一时也有些激动。

"我理解你的心情。但也得一步一步来嘛。一口总不能吞个热馒头。凡事还得多考虑一下。"刘校长觉得自己有点失态，赶紧调整了刚才的态度，语气也变得缓和多了。

"我知道工作得一步一步来，但我无法忍受周围的一切关系。你不想想，为了一些关系，就得抛掉另一些关系。更何况，被抛掉的这些关系，正是我们最重要的关系，因为它涉及我们的生源能否增多、教师积极性能否提高的问题。就利弊关系而言，我们还是开除赵永杰的好，再说，这也不是什么违法的事情。因为九年义务教育对他来说已经结束了。"

看着方正如此强硬的态度，刘校长也不再过多地说了，只是闷不作声。这时的他只想：当初太不该将这小子推荐提拔到领导岗位上来，这不，"八"字还没见一撇，"九"字还没见一弯，就和我作起对来了。自己真是瞎眼了，竟做了搬起石头砸自己脚的蠢事。唉，谁叫教师现状是青黄不接，他的年龄那么合适，工作又那么出色，群众威信还那么高呢？要不，绝不用他！

这时，方正点燃了一支烟，无声地抽了起来。

闷了一会儿，他说："不管怎样，这些事，还请刘校长考虑考虑。"说完，就将烟屁股一扔，准备回自己的办公室。但还没出门，就听刘校长嘀咕道："真是书生气十足！"听了这话，他的脸很是发烧，想转过头来质问，但脚步已经迈出，最后，只能把听见当没听见地走了。

# 六 校长回家心事重 教学路上出新招

已经到了掌灯时分。

刘校长拖着疲惫的步伐，走在回家的路上。他的心情很是不畅快，一路上都是一副阴云密布的样子。

他不明白方正为什么会这样。莫不是要将"球"往自己这边踢？这样说倒不至于，那为什么这么锋芒毕露？莫非是年轻人的火气太盛？但盛也不能盛得让人下不了台！没瞧出来，在他的逼问下，自己也露出了难堪之色。真不能小瞧他，以后还是小心一些为好，不要让他抓住什么把柄，否则对自己不利。

他推开家门，二话没说就坐在沙发上，头靠靠背，眯起眼睛来。

"你看你看，又来了，一回家就躺在沙发上，像鬼把筋给抽了似的。人家等你吃饭都不回来。回来了还这副嘴脸。"在餐桌旁准备吃饭的妻子朝他没好气地说。

"你少说两句行不？不知道人家烦嘛！"斜躺在沙发上的他不耐烦地大声说道。

"八成又是歪点子多的。"妻子用捏着筷子的手指着他说。

"什么歪点子不歪点子的，我让他小子逼我！"他坐直身子暴跳如雷地吼道。随后走到餐桌旁吃起饭来。

"怎么，谁又和你过不去了，竟气成了这样？"

"还不是那个方正。"

"什么，方正？我不信。那小伙子做人方方正正的，怎么能和你过不去？莫非是你有些做得不好。"

听着妻子的话，他停止了吃饭，一手拿馍，一手拿筷子，死死地盯着她。

"怎么，想吃我？"妻子冷冷地给了他一句。无奈，他的嘴又动了起来，但一句话都没说。

……

两个人躺在床上，谁都没说话。

过了一阵儿，妻子向他的身边挪了挪，用手推了推他问道："到底什么事情？"

"你不是偏向他吗？"

"我不是偏向他。我是觉得那小伙子挺实诚的，所以才那么说嘛。"

"实诚还能说出那样的话？叫我着实不好受了半个下午。"

"到底什么话嘛？"

他将下午方正找他的事全说了一遍。稍停了一会儿，又问："你觉得怪谁？"

"我觉得怪你。"妻子直言道。

"怪我？!"他有些惊奇又有些不满地问。

"对，怪你。你也不想想，你是一把手，人家方正不将问题汇报给你，那给谁汇报？如果人家不汇报，你恐怕又说人家目中无人、狂妄自大。这时候，你应当积极对待人家才是。你不觉得你这样对待方正太不公平了吗？人家为了什么？还不是为了学校。可你，不从学校利益出发，却从私人利益考虑。这不太自私、太狭隘了吗？"

"怎么讲？"

"说你自私，因为你从个人的利益出发；说你狭隘，因为你太不容人，特别是不容提相反意见的人。照此，说不定，学校的一些不愉快的事，都是你造成的。我就说呢，来咱家的老师怎么那么少。即使来，也是有事求你，并且还提着东西。你就不掂量掂量，人家在瞧不起你呀，甚至还在骂你呢。你以为这样就高贵了？实际是在失去尊严！人若活到这个份上，我都为你羞愧，也为你汗颜呢！"

他被妻子的话刺激得躺不住了。他一下子推掉身上的被子，坐了起来。

他用眼睛扫描般地搜寻着一向都在闲置的烟盒和打火机。随后，便一手往嘴里递烟，一手打火，很快就吞云吐雾起来。

大概抽了不到三根，他就咳嗽得不行了。这声音，在静寂的夜里，显得格外干瘪、响亮。一时间，他就想吐，像活不了似的。他爬到床边呕吐着，但手指还夹着未燃尽的香烟。

见他这副丑态，妻子赶忙夺过香烟，将香烟熄灭，然后，便倾斜着身子给他捶背。她边捶边说："你这人就是刚愎自用！这样，谁能和你搞在一块儿？"

"搞不到一块儿就算了。反正，我坚持我的想法！"稍不咳嗽的他转过身愤然地说道。

"好好好，我不说你总行了吧？"妻子又捶了两下，就回到原来的位置躺下了。

一看妻子有些生气，他也有些难过。他难过的是妻子总和自己想不到一块儿，总批评自己自私、狭隘、刚愎自用。是啊，自从结婚到现在，她看自己一直都这样。有时冷静下来想想，自己还真像她说的那样。可自己这个脾性，就是改不过来，以至连她都觉得自己有些不可救药。这不，今天和方正的事，她又批评自己了。莫非，自己又错了？但错了又能怎样？难道向他道歉？他为了工作，可我也是为了工作。难道他对我的态度就好，就应该用这种态度对我？真是不当家，不知柴米油盐贵！他觉得方正有些站着说话不腰疼。想到这，他实在有些疲倦，于是就伸手关掉灯，休息了。

然而，躺下后的他，脑子却格外活跃。冷静地想想，妻子说的也不无道理。这时候，他有些心平气和，觉得方正说的也不无道理；而自己，只是神经过于敏感了而已。这毛病不知什么时候染上的。也许是校长做的时间长了，凡事都疑神疑鬼的。这样下去，可怎么得了？他觉得自己有些多疑、有些冲动。在方正面前怎么能那样？搞得人家也下不了台。这不足以说明，自己没有修养、没有风度吗？

他感到方正的存在对自己越来越不利，更觉得方正的存在是一种威胁。自己已经五十多岁了，而方正刚刚不惑之年。就年龄而言，自己可谓夕阳西下，他却如日中天、年富力强。也该为自己留条后路了。对，三十六计，走为上策。凭着自己在厂里的关系，不愁没有舒适的工作。对，现在就要着手办这件事，凡事不都宜个"早"吗？好，就这样。可走，并非一下就能走掉的，还得在走之前，应付应付工作。

于是，他的思想又回到学校的工作上了。

……


几天以后，刘校长便召开了学校领导碰头会。会上，他首先说："同志们，改革的形势越来越猛，厂里的情况对学校也越来越不利。刚开学，与主管厂长谈经费，经费不仅不能增加，反而还减了一万，现在只给两万。两万，对我们这个拥有六百名学生的学校来说，简直是杯水车薪。至于增加人员，就更别提了，因为厂里正在裁员。这就靠我们自己想办法、挖财源、引人才，保证教学工作的正常运行。由于前几年普及九年义务教育验收，我们的硬件基本到位，但最迫切的是，还需要再配置一批电脑，配置一个语音室，让学生享受一流的教育。不然，我们也会被社会淘汰的。这样，能吸引外边的学生，也能留住本校的学生。但是现在资金不足。依据学校实际，将厂里给的两万全部投入，加之往年结余的资金以及校办工厂的收入，就差不多了。至于人员，可返聘一些退休人员，也可聘用一些外地教师。当然，这是下学期的事。这两项工作，由我来抓。教学由方副校长亲自抓。教务主任、政教主任有什么事情，可以随时和他联系，以便做好教学管理工作，提高教学质量，力争在职工中树立起好的形象，赢得他们的理解、信任和支持。这一点，尤其重要。如果教学质量搞不上去，我们就无法立足于学校密集的这块地方。现在的竞争越来越激烈，特别是高中招生，每年都处于大战状态。我们一定要以质量求生存。目前，据了解，我校的情况比较乐观，不仅班子团结，而且教学秩序井然。这全托了各位的辛劳。现在就看高三了。高考这一仗，无论如何都要打胜。如果失败了，不仅无法向厂领导交代，而且也无法向职工交代。下一步，自然，转学风就更盛行了……"

刘校长的一番慷慨陈词，已经占去了会议的一大半时间。本想将教学中存在的问题向大家做一番详细汇报的方副校长，只是简略地谈了一下：

"我觉得，现在最重要的，不是急于添置硬件，而是要尽快解决软实力问题，也就是教师的思想问题。因为学校教学质量的高低，直接取决于教师对待工作的态度。负责了，会使'差生'转变为进步生，使'差班'转变为好班；不负责任了，会使好学生转变为'差生'，使好班变为'差班'。就目前学校的状况而言，教师状况不容乐观，除专业知识参差不齐外，还有心理素质良莠不齐的现象。再加之敬业精神不强，教学上的问题越来越多，例如，穿着时装、戴着首饰进教室，热衷于闲谈、不注重业务进修，在外兼课、搞第二职业的，等等。这些问题解决不了，提高教学质量，只是一句空话，至于形象的树立，更是幻想。照此下去，学校肯定是要走向'死亡'，当然，竞争就更谈不上了。"

教务主任肖剑听了方副校长的话，只是点头赞许。政教主任姜明伟听了却毫无反应。

"小方，你怎么总和我过不去？"刘校长很不乐意地问。

"这怎么叫和您过不去呢？我只是将实际情况摆出来，让大家讨论讨论，然后再找出好的方法来。"方副校长强调道。

听了方正的话，刘校长似乎也觉得有理，就没再吭声。

会议就这样不欢而散了。

刘校长没有因为方副校长的提醒而改变自己的看法，仍然按照自己的想法实施了计划。

微机室、语音室相继建立了起来，操场旁边的小卖部也建起来了。

刘校长把它作为提高教学质量的重要手段，在区上、在厂里、在家长会上大肆宣传，好像这样教学质量一下子就提高了。为此，他心里总乐滋滋的。但凡见到别人，总要把这事侃上一阵儿，好像自己真的干了一件感天动地的事情。

也许是猎奇、图新鲜，刚开始，这两个地方利用率很高，可后来，热潮渐渐退去，有的零件都被学生损坏了。为此，他很心疼，也很生气，在一个周三下午的教师大会上，严肃地批评了管理员，说他对工作不负责任，同时，也提醒大家以后在使用时，要加倍爱护仪器，严格要求学生，若发现破坏者，严加处罚。

# 七　意见相左心里烦　方正刘云做交谈

方正自从和刘校长谈话以后，心里很不是滋味。但为了工作，他将个人的误会视作正常，也将刘校长的态度放到了脑后。可就在昨天唯一的一次校务会上，他竟将自己的发言视作与他作对，自己实在接受不了，于是就当面与他理论了几句，维护了自己的权利。但这不免又在情面上伤害了他，使他在其他同事面前失去了权威和尊严。即使这样，对自己来讲，也完全是无意识的行为。他在会上剑拔弩张的样子，明显带有强烈的火药味，说不定以后还会做得更甚。可不，他购置电教设备，给学校设小卖部，都没同自己通气，搞得自己在工作中都有些被动。作为副职，就是起一个"上情下达，下情上传"的作用，难道自己错了？他这样，这让自己以后怎么工作呢？

连着两天，方正都这样想着。

他有些沉闷。

他有几次下班都没立即回家，在办公室聆听着古琴曲《搔首问天》。他想在低沉、悠扬、舒缓的古琴声中，得到一份畅快，得到一份宁静，得到一份安慰。然而，他什么也没有得到，反而更加激愤、忧愁。

一天下午，刚吃完饭，他就来到了刘云家谈了自己的心事。

刘云瞧他焦虑的样子，便根据情况劝他说："像他这种人，就这么世故。你现在未免有些不太适应。但随着时间的推移，你会逐渐适应，并适应得很好的。不过，在适应的过程中，要尽量做到同流而不合污，出淤泥而不染。你不记得老鼠吃猫的故事吗？你应从中得到启示，既要学会与他周旋，又要不失掉良心。当然，这是很难的。"

"尽管难，还得'进修'。谁叫咱来到这个世界，又充当这个角色！"方正说话的时候，分明有着几分生气。

"切莫为此生气！"刘云关心而又温和地说。

"对。生气是拿别人的错误惩罚自己的身体。"方正似乎有所悟而又有所自嘲地说。

"如果为那些生气，说实在的，太不值得了。凡事不能朝一个方向想，要从另一个方面，或者多个方面去想，这样才可以让自己解脱。刘校长这样，不是让你更认识了他的为人处世，还有那不太高尚的品质？你认识了他，不更能采取一些主动的方法？"

"你说的也是。怎么我就没想到呢？真是人在事中迷呀！"

"不迷，恐怕也不会到我这寒舍来吧？"刘云有意激了他一句。

"那绝对不会。"方正摇摇头说。

"绝对不会？"刘云不大相信，"你呀，最大的缺点就是爱冲动。这也许与咱们所学的专业有关。不过，人还是要有一点激情的。"刘云带有一种安慰性质地说着，又朝他看了看，接着舒了一口气继续说道："这也如心理学所说，人的情绪在极度情态下，往往会出现一些极端现象，或怒，或喜，或悲，或出现思维停顿等情况。这就是心理障碍。所以说，不管遇到什么，都要有一个良好的心理状态。"

"如此说来，我的心理素质有些不好？"

"这样的情绪，心态能好吗？"刘云气息平和地反问了一句，"人要随时保持一种良好的心态，就得不断地做好心理调节。现在，你要顺其自然，要本着'娘要嫁人鸟要飞'的心态对待一切，这样，才不至于像蟋蟀那样累死自己。"

谈到这里，方正的心，犹如拨开云雾见到了太阳一样，亮堂多了，整个人的精神也松弛多了。当这种感觉渐趋浓厚的时候，他便情不自禁地向她道了声"谢谢"。

"这不有些矫情嘛？"刘云白了他一眼笑着说道。

方正看了看她，一时被噎得没有说话。不过，没隔多大一会儿，他们又转移了话题，唠起了家常。说完之后，他就起身离开了。

瞧着他的影子，刘云心想，这家伙也太精明了！到自己这里来，除了把自己当作知心人，向自己倾诉心中的不快以外，还有想听取不同意见的成分在内，因为他的主意往往很正。像他这种人，只要感觉自己的意见和别人的意见一致，或者觉得别人的意见正确时，就会继续坚持自己的做法，或者虚心听取和采纳别人的意见。他的事业心特别重，一切为了工作，这一点他保证是能做得到的。多年来，这一点，她还是很清楚的。

刘云的这种感觉是很准确的。说实话，方正还真就是抱着这样一种态度来的。

方正对刘校长在教学上的做法，实在不敢恭维，但为了工作，不得不委曲求全。然而，工作始终使他不能随和同意他的做法。他的心里总是疙疙瘩瘩的。硬件购置回来了，但由于缺乏经验，接二连三出现些小问题。为此，他心里有些过意不去。为了挽回工作上的失误，他想尽办法，制定了严格的规章制度，也找管理员谈了话，好在工作也走上了正轨，达到了规范化程度。不料，半路杀出个程咬金，刘校长在周三下午全校教职工大会上将管理员和学生大批了一番。自然，也将自己搞得很没面子。自然，工作也很被动。

会议结束后，他回到办公室，燃起了香烟，想着刚才发生的事。

"咚咚咚"，响起了一阵敲门声。

"请进。"方正起身朝门口喊了一声。

声音刚落，初一一班班主任杨老师涨红着脸进来了。

"杨老师，请坐。"方正说着就抽了支烟给他，"什么事？"问完后，他也坐在了沙发上。

"就是学生乱扔食品袋的事。"坐定后的杨老师略加筹思地说。

"又怎么啦？"

"自学校设了小卖部以来，学生整天都是吃呀喝呀的。吃完喝完，包装袋瓶子乱扔，搞得路基上、教室里、操场上到处都是，就是跟在屁股后打扫都来不及。你说这环境还要不要？要，就想个办法出来，老是这样，可不行呀！"

"不是有纪律规定吗？"

"什么纪律规定，还不是形同虚设？对此，班主任大都有意见。"

方正听着反映，没有言语，似乎在思考着什么。

就在这时，教务主任肖剑走了进来，好像要对他说什么，但一看杨老师在座，就将话咽了下去。

"杨老师，就这事吗？"方正问了一句。

"就这事。好，我走了。"

看杨老师走了，教务主任肖剑才将要讲的话讲了出来："方校长，初三学生对化学老师的意见特别大，这事你知道吗？"

"什么时候的事？"方正装作不知道，有意问了一句。

"今天早上，许多学生将我围在操场，提出了这个问题。"

"看来，学生也忍无可忍了。"

"照这样说，你早知道这事！"

方正点点头。

"那怎么不换掉？"

"你是聪明人，怎么还提这问题？"

教务主任肖剑被方校长一问，半天都没吭声，最后似乎略有所悟地笑了笑，就摇头走了。

现在，方正最不满和最烦的就是初三的化学老师和新建的小卖部。

初三的化学老师，显然对专业知识不太熟悉，也不懂教育规律，更不懂教育法则以及心理学理论。教学时，错误百出；教育学生时，出言不逊。这种人，竟也敢称老师！就这，学校也聘了进来，还是通过万厂长介绍进来的。你说，这不叫误人子弟叫什么？还有，国家一再强调素质教育，而我们却让人把小卖部建在了操场旁边，专卖零食！简直是胡闹！

他狠狠地扔掉了烟头，生气地走出了办公室。

# 八 家长会上听意见 关爱教师又无奈

刚过期中考试，按学校安排，各年级、各班晚上都需要召开家长会。

初三一教室，刘云老师正向家长汇报着本班的情况。

"……刚谈了学生的纪律和卫生情况，现在再谈谈他们的学习情况。近来，时间已经临近毕业了，但部分学生却有些浮躁，不仅有厌学情绪，而且还有放弃学习的现象。这一点，还请各位家长紧密地配合学校，想方设法管好自己的孩子，以便使之顺利地考上高中。最后，请各位家长谈谈自己的看法。"

正当这时，刚参加完高三家长会的方正，推开后门，轻手轻脚地走了进来，寻了个座位坐下，然后听家长的发言。

整个教室鸦雀无声。

这种局面大约持续了五分钟，一位中年妇女站了起来："我看，还是要加强管理，从严要求学生，有啥问题，随时和家长联系。"

这位妇女刚刚落座，一位略胖点儿的中年男子又站了起来："我谈两句，以刘老师刚才所谈，学生现在很浮躁、有厌学情绪，我在家也发现了这种苗头。作为学校，能否采取一些有效的办法，将不学习的学生，给予'制裁'？比如采取留级、劝退等方法惩戒，以免影响其他学生的学习。"

听了这话，主持会议的刘云老师笑了："这位家长说的，我们都考虑过，但这样做，都是违背九年义务教育规定的。再说，留级了，也并非就好好学了，有的甚至还破罐子破摔呢。"

"也真是，现在的孩子就是难管，老师打也打不得，骂也骂不得，只有说服教育了。"

"但说服教育也不是万能的。"

"学生也许就是抓住了这一点，才对一切都无所谓。"

几位私下议论的家长，分明对学校教育表示同情。

"唉，如今，这老师也难当呀！"

"可不。现在每家都是一个孩子，教育起来就更难了。如今，谁不把他们当先人供奉着呢？"

"这么说，还是大人的问题？"

"所以，我们就不能一味地满足他们，要让他们从小有一种承受挫折的能力，这样才有利于他们的成长。"

这时，一位家长又站了起来，他的发言淹没了几个窃窃私语的家长的议论："现在，学生的学习情绪虽然很浮躁，但我觉得，学校、家长都应该认真找找原因。属于学校的不足，学校应该想法弥补，给予矫正；属于家长的责任，我们就要认真反省，坚决改正；是学生自身的问题，家长力争做到和学校紧密配合，帮助他们改正。据我所知，学校教师，并非全将精力都放在教育教学研究上的，而是兼课的、从事第二职业的、炒股的都有。这就纯属学校的事。学校恐怕不能做出那些只收钱、不管事的事情吧？如果是这样，家长的钱不白交了？孩子不是被耽误了？"

这位家长刚谈完，另一位家长又发言了："我看，这学校压根就是学风不正。学风不正的根源在于领导作风不正，教师的教风不正。瞧瞧，走进咱们校园，就像进了自由市场，学生到处乱跑、乱喊，碎纸、食品袋到处乱飞。听学生回家说，学校竟在操场旁边建起了小卖部，兜售小食品，这有什么好处？真正办学的人，把学校周围的小摊赶走还来不及呢，可我们竟'引狼入室'！说实在的，学校挣几个钱事小，但学生被耽误了就不是个小事，会是一辈子的事。现在强调素质教育，要让学生养成好习惯，可这样，能养成吗？难道学校就少那几个钱？"

这位家长，分明是个教育内行，字字句句都在刺伤着方正的心。方正只感到脸在发烧，心在狂跳，人也有点坐不住了，但为了稳定情绪，他还是硬着头皮在坚持着。

刚才这位家长的发言，犹如扔出的炸弹，顿时将整个教室炸得像开了锅。家长们个个义愤填膺，议论着、斥责着、悔恨着⋯⋯

一位学习很好的学生的家长说："请刘老师转告学校，尽快将小卖部撤掉，不然，学生不会报考本校高中的。"

"好，一定。"刘老师边点头边很不好意思地答应着。

⋯⋯

家长会终于结束了。

但令方正尴尬的局面，还没从他的心头驱除。他仍在初三（1）班坐着。他想和刘云谈谈自己思考了很久的一些问题。

送完家长的刘云老师回到教室后，正准备熄灯锁门，发现方正还在教室坐着，于是，便朝他走去。

"师兄，怎么还没走？"

"没走。"

"有事？"

"有事。"

"能和我谈谈吗？"

"正想和你谈谈。"

"是不是有关本人前一段时间的工作问题？"

"如果是，早都和你谈了。"

"那是什么？"

"我早想向你讨教：这学校怎么办才好？"

"您恐怕早都想好了。谁不知道您，比什么都精。这点，还要问我，怕不是要看我的笑话吧？"

"我能那样吗？"方正看着她，有意地反问了一句。

一看这样，刘云稍加思索，便平静地说："这事，确实是比较复杂的。"

"也正是因为这样，所以有时候才搞得人无所适从。"

看着方正一副为难的神情，刘云开口了："要我说，学校要办好，关键在教师。这里的关键，就是解决好老师的待遇问题，想办法让他们没有后顾之忧，然后才能充分调动他们的积极性。您没听说'安居才能乐业'吗？教师大都不会有过高的要求，只要在生活上过得去就行了。就这么一点点要求，对同样要生存的他们来讲，不算过分吧。如果学校连他们最起码的生存条件都满足不了，哪里还能调动他们的积极性呢？教学质量自然也就上不去了，这是其一。其二，要尊重他们的人格。教师，都有自己的价值观，也有自己的追求，更需要有成就感。他们需要别人的尊重，不能动辄在大会上训斥老师，好像领导就该高高在上一般。学校领导并非三头六臂，也不可能将所有的课都兼起来。这，还不靠大家？"

方正面对这样一位性格斯文而思想又极其活泼的女子的激动神情，只是静静地听着。

"一个好的领导，应该懂得领导艺术，首先应该懂得尊重人，特别是在学校这种环境，就更应该这样。试想，时时刻刻都目空一切、把自己凌驾于别人之上的人，能最大限度地调动人的积极性吗？如果可以，那被调动的人大概是头脑有毛病，或者是庸才，或者是对他了解不深。只要对他的为人稍有了解，凡不是庸才，绝对都会远离他。因为只要是大写的'人'，就都会捍卫自己的尊严。《管理心理学》里讲得清清楚楚，但凡一个企业要真正取得良好的效益，就必须以人为中心。就世界管理水平而言，X理论、Y理论、Z理论的实践，都证明了这一点。依此类推，我们的学校也应该这样。也只有这样，学校才有生机、有希望。"

她换了口气又说："您没听老师都是怎么议论你们领导的吗？他们说，我们学校的领导，对内是'山大王''包工头'，对外是'清政府'。这不仅仅是工作作风问题，更是一个不干实事的问题。就工作作风来看，喜欢轰轰烈烈、咋咋呼呼，而不去研究师生中间存在的问题，一旦碰到问题，不是找原因，而是炮轰一气。炮轰完了，对效果如何、是否值得却不闻不问。正是这一点，在情感上挫伤了许多老师的积极性。就此，我真诚地请求你们，一定要把'尊重人''关心人'落到实处，对自己的言行，要慎之又慎！"

方正见刘云道出了肺腑之言，只是默默地点头，给予肯定。

"学校要办好，除调动教师积极性外，还要充满浓厚的学术气氛。如果没有这种气氛，那这所学校肯定是不够正常的。在此，当领导的，要研究教师、研究管理；当老师的，要研究学生、研究教学。只有不断地探讨，才能找到适合本校的教学方法和教育管理方法。就我们学校的实际来看，压根就没形成浓厚的学术气氛，而是充满着'匪气'！'匪气'，明白吗？"

方正朝她望了一眼，然而，她也没顾上这些，还在继续说着自己的看法。

"当初，刘剑明老师的不辞而别，不是已经很能说明问题了吗？他就是觉得领导没有管理水平，学校教师待遇低下，带的学生素质又低，让人没有丝毫的成就感。你想，谁不愿意干出一番事业呢？可就是不给人家这条件，更不知道给人家创造。也许已经创造了，但是人家就是感觉不出啊！"

"刘剑明的不辞而别，确实跟这有很大的关系，但是，也跟他自身想赚钱有关。"方正补充地插了一句。

"有这样的大环境，人家为什么还要像你我这样，死守着一个令人没有成就感的地方？如果我是个男的，我也会像他那样做的。"

方正一时没了话语。

刘云并不管这些，她继续说："厂校学生，本来就很难管理，但要真正管好他们，也不是没有办法的。这里，除了在招生时严格把关外，还要做好家长的工作，让家长配合学校的管理。在此，我们可以充分利用厂里的广播电视等宣传媒体，向他们讲解有关家教的方法；还可以动员教师的力量，在学校举办'家长学习班'，组织'家长管理委员会'。这一点，美国对中小学生管理的方法，我们都可以借鉴。依据我多年来管理班级的经验，也可以证明，如此做法切实可行。曾有一学期，光家长会我就开了五次，几乎一月一次，每次召开的形式也不一样，有'三位一体'式的，有'背对背'式的，有'学生汇报'式的，还有'家长希望'式的，更有家长和学生一块儿联欢式的。这样，不仅使家长和学生相互理解，而且也在很大程度上让学生形成了学习动力。你说，学生的学习动力形成了，还有什么比这更好的呢？这样做了以后，这个班最后的考试，不是取得了本校历届以来最好的成绩吗？"

刘云的话说到这里，稍微停顿了一下，随之又看了看手表："噢，都十点半了，该回家了。简直乱说了一通，让您难堪了。"

"没什么，你的看法很好，很有见地。"一直都在细心聆听着刘云谈话的方正，突然也有所领悟地说，"该回家了。"紧接着就站起来和刘云一块儿走出了教室。

回到家里，方正怎么也睡不着，一门心思地想着刘云刚才说的话。

刘云，一个鼻梁上架着三百多度眼镜、身上常穿朴素衣裳、总给人一种非常瘦弱感觉的女子，竟有这般的治学思想！瞧，她说起话来，滴水不漏，且一发不可收。人，真是不接触她的思想，就感受不到她的深邃。怪不得她的班，带得一直都很出色！原来，其中的奥妙就在这里。可最近一段时间，人们对她颇有微词。显然她已经有所觉察，也已经调整了准星，上足了发条。

多好的老师！没有敬业精神，能有这么深刻的认识？显然，她特别钻研教学。就这样，她的爱人还调不过来，真令人费解！唉，有些事情也太复杂了，已复杂到令人不可思议、令人心痛、令人失望、令人麻木的程度了！

一位女同志，带一个十岁孩子，住在一间不足十平方米的房子，当着班主任，带着两个班的课，这该多累！可就这样一个问题，竟一直解决不了！国家给企业放权，可企业怎么就不给学校放权？学校毕竟不同于其他部门啊！可不同于其他部门，又能怎么样，还不是天天打发着时光？做领导的，怎么就不想想，这里还有自己的子弟，即使没有，也是职工的子弟呀！学校领导有责任解决教师的后顾之忧，但这些又不由学校决定，面对着他们的处境，学校领导显得多么无能、多么无奈！真是愧对了他们！

难怪老师中疯传着一种说法："想要马儿跑得快，还想马儿不吃草。"这是怎样的牢骚？然而，牢骚过后，他们还不是照样工作？这是怎样的品质？这是中国优秀知识分子的精神。这种精神，在今天，又是多么难能可贵！这是学校的脊梁，也是教育的脊梁。就他们，在支撑着一种崇高而伟大的事业。

中年教师这样，老年教师又怎样呢？现任高三一班班主任的苏老师，55岁了，可谓是本校的元老，为教好学生，已耗尽了心智，如今双鬓已经斑白，身躯也有些瘦弱。他却无暇顾及自己的孩子，使孩子因为偷盗罪下了大狱。为此，他曾经痛苦地流过眼泪，也悔恨自己没尽到当父亲的责任，整个人几乎都要神经了。

一次安排工作，自己有幸到他家里时，看到他正伏案疾书，于是便问："苏老师，忙什么呢？"

苏老师极为难地靠在椅背上，说："给不争气的小儿子写信。"

当时自己并不知道他的小儿子在哪里，于是便很冒昧地问了一句："小儿子在哪儿工作？"

"哼，在监狱服刑，五年。"说这话，显然他有些语塞，也有些难堪，继而低着头、红着脸，很是低沉地继续说着，"唉，搞了一辈子教育，把别人的孩子一个个送进了大学，却把自己的孩子送进了监狱。这是多大的戏弄，又是多大的讽刺！"

"对不起！"听了苏老师的话，方正很是虔诚地道歉，同时，也为自己刚才的冒昧而后悔。

"没关系，这么多年，都已经习惯了。"这时候的苏老师，从桌上的烟盒里拿出了一根香烟点燃起来，抽了一口，很平静地说道。

之后，苏老师就向他讲述了自己的过去。


苏老师两口子，按身份说都是教师，一个教中学，一个教小学。他们有两个儿子，大儿子比小儿子大两岁。原来他们很以自己有两个儿子为傲，想着他们长大后，肯定会有作为、有出息的。可因为学校的事情太多，就没有顾得上对他们的管教。这下，本来很好的大儿子就给耽误了。大儿子开始是得过且过，不好好学习，后来干脆养成了一种游手好闲的习惯，再加之社会上一些不三不四青年的引诱和影响，竟干起了偷盗的事情，最后被公安机关抓了起来，劳教了三年。为此，两口子很伤心很痛苦，也很内疚，觉得自己没有尽到父母的责任，欠孩子的太多了，是自己把孩子推到了这一步。能有如此的后果，完全是自己的罪过，简直不可原谅！他们觉得压力很大，也很没面子，所以，上班时总很少说话，就好像自己做了什么亏心事似的，在大家跟前抬不起头。

鉴于大儿子这样，他们便将希望都寄托在了二儿子的身上，想着无论如何都一定要让他成才，否则自己一辈子都白活了。他们在工作之余，尽量把精力集中在二儿子的身上，对他实施教育。然而，谁知这儿子也不争气，竟当面一套，背后一套，整个一个两面派，时间没多长，也步了他哥哥的后尘，干起了偷盗的事情，最后也被公安抓了起来，判了五年。本来觉得还有一线希望的他们，这时候万念俱灰，再没了精神，人几乎都瘫软了一样。好不容易调整好了心态，妻子却变得神神呆呆、麻麻木木的。为此，他们无论对谁都不愿提及此事，也不愿意听别人提及此事。一旦有谁提及，他们就会不自觉地陷入一种痛苦的状态。

为了减轻心理的痛苦，他只有将所有的精力转移到工作上，才会好受一些。也只有这样，一切苦恼才被抛到了九霄云外，心里也才舒服一些。为此，他多次主动请缨担任高中的班主任。是啊，谁都知道，班主任工作是学校最重最累，甚至是出力不讨好的工作，然而，苏老师还是主动承担起来了。

苏老师不说这些，自己哪里知道他们的家庭竟然是这种状况。可就是这样，他从来都没有向学校说一声困难，更没说出自己心里的痛苦，对工作一直都是勤勤恳恳、兢兢业业的，不用领导操心。可以说，正是这样，他在学校赢来了几乎所有老师的尊重，毫不夸张地说，他真可谓一位德高望重的老师。他身上具有的这些传统美德，堪称现代人的楷模，值得每一位老师的学习。

想完这些，方正又想起刚才家长会的情景。初三、高三的家长，提了许多建设性的意见，也指出了学校在管理方面的不足，意见非常中肯，语言也相当尖苛。但唯一没有提及的，就是教师的待遇。无非，教师就需要奉献！就是奉献，也没大不了的，好赖也要人家奉献得乐意。别人是人，要生活；教师也是人，也要生活。好在我们的教师依然在奉献着，甚至以超过重点中学教师许多倍的工作量在工作着。结果，还不是令他们失望、令他们气馁?!他们有一肚子的委屈要受，也有一肚子的牢骚要发，谁又能理解他们呢？莫非，给他们的有限，要求他们的太无限了？

学校里固然有一部分教师不安心工作，这些，都局限于近年来的有些年轻人。他们借着年龄的优势，借着脑袋的灵光，借着旺盛的精力，常常要挟领导，动辄辞职，什么工作不工作的，全然不顾。像这样的事，还真有那么两起：一位是教物理的小陈，不辞而别；一位是教英语的小杨，不见踪影。他们之所以走，除了与教师的社会地位有关外，还与他们的待遇不好有关。他们不愿再步前人的后尘，也不愿再过前人那样的生活。他们实际多了。他们不愿高谈阔论！他们走了，给工作造成的空缺，谁来弥补？厂里又不让进人，怎么办？没有回天之力，只有哀叹了。

……

这一宿，方正严重地失眠了。

# 九　厂长批评下任务　方正心酸旧事现

　　方正在办公室正召开着高一、高二年级老师有关会考前的练习会议。

　　突然，桌上的电话铃响了。正在布置工作的方正，立刻伸手拿过电话："喂，哪位？"

　　"万厂长。"

　　"什么事，厂长？"

　　"我刚打了几次电话找刘校长，刘校长怎么没在？"

　　"不大清楚。"方正不假思索地说。

　　"那好，我跟你谈谈。"

　　"好。"

　　"最近职工反映学校的事特别多，也特别尖锐。学校嘛，怎么能搞小卖部呢？这不合适，会使学生养成什么习惯？不好！赶快把小卖部撤了。以后，自己也不要再搞了，不要总想那几个钱嘛。要想弄钱，可以走别的路子。还有，个别教师的教学态度不够端正，得好好地想想办法，做做思想工作，再不要误人子弟了！实在不行，让他们下岗算啦，咱们另聘，决不能把那些不负责任的留在学校！"

　　方正拿着电话，边听边"好好好"地答应着。

　　"方校长，今年高考成绩估计会怎么样？再不能像去年那样'推光头'了。如果再'推光头'，你和老刘不仅没办法向职工交代，就连我，也不好向职工交代。"

　　听到这，方正的脸一下子红了，浑身也不自在了，不过还在那里"好好好"地回着电话。

　　……

　　万厂长的电话终于挂了。

　　放下电话，方正继续安排着会考练习的事宜。

约过了半个小时，工作安排完了，会也散了。他便斜靠在椅子上，想起万厂长的话，只是苦恼地笑笑："谈何容易！"

学校工作，犹如钢琴，少了哪一个琴键，或者哪一个琴键出了问题，都不能弹奏出优美的旋律。现在学校真成了这种局面。经过几年的努力，虽说这种局面有所改变，但变化并不大。学校以后究竟能否办得下去，又是否能赢得职工的信任，胜负成败，就取决于今年的高考是否能取得成功。如果出师不利，学校将一败涂地，步入末路阶段。职工看的就是高考。考取高等院校的多，肯定就办得越好，否则，就办得不好，好学生自然也会流失，而剩下的，就只是三流学生。三流学生，要想让教师把他们培养成一流学生，实在是难上加难，或者非费九牛二虎之力不行，可就是费了这么大的力气，成效如何，还是一个未知数。依据前几年的情况来看，效果简直就等于没有。这就搞成职工埋怨、教师有怨、学生流失的状况。由于这样的现象层出不穷，所以，常常出现煮熟的鸭子飞走了、墙内开花墙外香的局面。

1992年的情况，可不就是这样？学生流失得只剩二百多人。高三只剩十几个学生，所有任课老师，平均下来只带两个学生。不然，职工中怎么能风传一种老师是在带"研究生"的说法。看着这种气息奄奄的情况，厂里肯定不让老师吃闲饭，于是，便在暑假于校会议室召开了全体教师紧急会议。

这天上午，人到得很齐。一看，就知道今天的会议非同寻常，格外严肃。人们面面相觑，再也没了以往的闲言碎语，只是安静地等待着厂长的来临。

会议室四周的墙壁上，挂满了各种式样可以表明学校过去辉煌成绩的锦旗和奖牌。它们有省上的，有市上的，有区上的，有厂里的；内容有单科第一的，有"招飞"先进的，有体育达标的；等等。过去的辉煌，与今天这严肃的气氛相比，显得很不协调，很令人颓丧，也很使人伤感。

主管厂长来了。大家的眼睛齐刷刷地朝他望去。只见厂长脸色铁青，没有丁点儿的喜悦之情。他正襟危坐，先环顾了一下四周，然后说：

"各位老师，今天借用大家休息时间，开个紧急会议，讨论一下高中还要不要办的问题。依据咱们学校教学质量越来越低、学生越来越少的情况，厂里打算撤销高中，这个意见拿来让大家讨论，就是看看大家的意见如何。如果有决心将学校办好，厂里还愿意将高中留下。因为现在人少，并不意味以后的人少。再说，自己的学校，自己的学生上起学来，不仅方便，同时也能稳定职工的情绪。如果没有信心，大家也表个态。"

说到这里，主管厂长稍作停顿，随之再次环顾了一下在座的所有老师，然后便带有启发性地继续说：

"我常常想着这样一个问题：同样都是厂校，人家虹云中学，怎么就搞得那么好？以至于现在声名鹊起、生源滚滚。据我了解，我们的师资力量并不比他们弱。而我们，为什么就不能像人家那样，将学校搞得名声四扬呢？这恐怕是我们在座的每一位老师都应该深刻反省的问题。难道说，我们就没有能力？我们就没有这样的人才？或者说，我们的老师都不愿意把学校搞好？如果真是这样，那么，我们干脆就撤销高中算了。这样，厂里不仅节约了一定的资源，而且也不用再操这份心了。但是，我们这些老师去干什么呀？干什么呀？"厂长有些语重心长，也有些舍不得的意思。当然，会听话的人也会听出，这是要所有的老师，都好好地掂量掂量这件事情的轻重。

"想想，学校办到这个份上，大家的脸上恐怕都没有光彩。不知大家现在的心情如何？"说着，他又默不作声地环顾了一下在座的老师，"学生的减员，除自然因素外，还有人为因素。这里，不仅与家长不懂教育盲目将学生转走有关，还与厂里不重视教育有关，但最主要的是与咱们的教学质量不高有关。你不想想，教育质量高，有哪一位家长愿意舍近求远地将孩子转走、掏高学费呢？教育质量不高的一个重要原因，就是多年来形成了打内战问题。要不，前几任校长都被有'能耐'的人告倒了。仿佛这样，他才心安理得，给自己出了口气，偏不想想，校长倒了，谁还有心思安于教育管理呢？即使有心思，谁还为这所学校做长远打算呢？当然，这与厂里的偏听偏信也有关系。在此，厂领导应该负责任。但是，更应该负责任的，就是那些在厂里有能力并且善于鼓捣是非的人。"

说到这里，万厂长的语气有些缓和："再不要为了一些琐碎的小事闹不团结了。做领导的，工作起来也有困难，大家应该相互理解才对。特别是要换位思考才行。切莫稍不顺心，就将领导反映到厂里。当然，这里的意思并不是说领导有问题不要反映。有些大问题，还是要反映的，并且要理直气壮地反映，但要注意，在反映问题的时候，切莫捕风捉影。法律不也有诬告反坐吗？一个领导，只要一心一意为了工作，还是要允许他犯错误的。因为工作，毕竟受多种因素的制约，也许是客观的，也许是主观的。人不是常说'常在河边走，哪有不湿鞋'的吗？只要干部知错改错，还有什么不可原谅的呢？大家都是明白事理的，我想，对一些小事是不会斤斤计较的。即使领导有问题，然后大家善意提出，他们是会理解、会接受、会加以改正的。今天我到这儿，就是代表厂里，了解大家的意见，看大家对此有何想法。现在，大家谈谈自己的看法吧。"

万厂长的话，即刻给整个会场扔了一颗重磅炸弹，炸得人们不知所措。撤销高中，这是谁也没有料到的。一时，会场陷入了死一般的寂静。

这时，大家都意识到：这是一个"非常"时刻。人们感到了问题的严重，也感到了着急。是啊，撤销高中，就等于厂里要在学校裁员，而被裁人员的吃饭问题，又该怎么解决？在这一点上，一些中老年教师显得格外敏感。因为摆在他们面前的，将是一场非常重要的选择。在情感上，他们怎么舍得离开这献出自己毕生精力，或者半生精力的学校呢？在理性上，他们个个都在反省着自己的过失，也在检讨着自己的过去。人们都极真实、极坦诚地表达着自己的思想。

靠墙坐在后排的老师，不知是谁已经开始啜泣了。就这一声，引得人们心情更加沉重。前排就座的即将退休的李老师，用手绢不住地擦拭着眼泪；苏老师卸下了自己的眼镜，无奈地翻看着，眼睛时不时地眨巴着；刘云一直用手捂着脸，也在不时地用双手搓着脸颊；当时还是一位教师的刘校长，也在不停地用手指挠着头。总之，人们都处于骚动不安的状态，情绪都在高度地波动着。

万厂长的话已经讲完了，但这种情绪还一直持续着。这种沉默，给人一种可怕的沉闷。人们都像窒息了一般。也许像鲁迅说的那样："不在沉默中爆发，就在沉默中灭亡。"人们在沉默中，选择着学校的出路，选择着自己的出路。也许经过选择，人们清晰地认识到：路，就在自己的脚下！

苏老师站了起来。他颤抖着身子喃喃地说：

"高中要办！至于生源，我们可以争取。我们可以动用所有的宣传力量宣传。我们应该吸取教训，从自己做起，从现在做起，努力提高教学质量，以便取得职工的信任。"

在苏老师的带动下，人们纷纷表态要将高中留下，说有信心、有能力将高中办好。

此情此景，完全感动了厂长："依据大家的发言，决心挺大的，作为厂长，说实在的，我也不愿将学校毁了。因为这于情于理，对大家来说都很残酷。从今天看来，我们的老师，很值得尊敬。教学质量肯定能提高。学校肯定能办好。以后，厂里一定尽可能地支持学校的工作……"

晚上，厂广播电视台发了特稿，专门报道了学校这次会议的实况。此后，又接连播送了几天。教师的发言和办好学校的决心，在职工中引起了强烈的反响。

　　九月开学，大量流失学生返回，学生数量一下子增加到了五百多。此时的学校教工，精神大振。

　　之后几年，学生数还在增加。为了继续保持这样一个状态，自那以后的几年中，学校领导，又何尝不是含辛茹苦、惨淡经营？每当前进一步，都怕功亏一篑。

　　"方校长，苏老师说，请您到我们班做摸底考试动员呢。"高三一班学生张云晓说。方正的思路被打断了。这时，方正才想起了去高三开会的事。

　　"好，走。"说着，他就站起来和学生张云晓一块儿去了高三一班教室。

# 十　别开生面传信息　教学用人出困局

刚过五一，方正按计划召开了初三学生会议。

"同学们，现在离毕业考试只剩一个多月了，之后还要考高中。学校希望你们不要浮躁，要稳定情绪，要努力做好复习工作。初中毕业考高中，对你们来说，是人生的第一次选择，必须付出比平时大许多倍的努力，力争个个考上高中，而后，在知识的海洋里继续遨游，获得更多的知识。今天的社会，是一个知识的社会，没有知识，将寸步难行。如果你们经常留意报纸，就会发现，现在的招聘启事，都要求高学历。低学历以及没有文凭的人，将逐渐被不断进步的社会淘汰。这已成为当前社会的现实。认真学习，不仅能给自己打下一个牢固的基础，而且为以后在社会上的立足，也能打下一个坚实的基础。现在的社会，是一个竞争特别激烈的社会。在竞争面前，肯定是优胜劣汰，要想在竞争面前立于不败之地，不认真学习，肯定站不住脚……"

他的话讲到这里，学生们个个都是圆睁两眼，洗耳恭听。从这种认真的劲头来看，他们好像从来都没有获得过这样的知识。而就在这次获得这种知识的过程中，竟是那样地专心、那样地如饥似渴。

"现代社会，是一个科学技术日新月异的社会，科技发展的速度相当惊人。许多新名词，你们恐怕连听都没听说过。诸如信息高速公路、因特网、高速列车、超导、办公自动化、光缆通讯、海洋革命、绿色革命、基因工程、纳米技术等等。就现在的情况来看，电脑的运用，已经相当普遍，它已经运用于各个领域了。如果没有电子技术，它能帮助人类完成复杂的设计和运算吗？能帮助控制各种机械，指挥各种现代化的大工程以及战争吗？这一切，都需要学习、掌握和运用。要学习、掌握和运用得好，就必须在学习上打下牢固的基础。"

方正的一番话，使学生听呆了。它犹如一股春风，吹醒了几乎所有学生久已沉睡的心田，更使他们感受到了科学的神奇和力量。

他讲完了。一阵雷鸣般的掌声响起来了。

刘云走到方正跟前，高兴而激动地说："太好、太及时、太激动人心了。真是前所未有！这肯定能激发他们的学习兴趣，稳定他们的情绪。"说完，她就示意他坐到旁边的座位上。

两人坐定后，方正转过脸对她说："我总想，给学生进行现代科学技术的教育太少了。向他们讲这些东西，不仅能激起他们的好奇心，而且还能激发他们爱科学、学科学的自觉性，从而使他们对科学更加地重视。"

"真是别开生面，很有说服力。"

"我们的教育，平时都强调学生学习基础知识，但就是很少有人将前沿的科学知识讲给他们听，致使学生学得死板、僵硬，逐渐对学习丧失兴趣。就今天情况来看，学生是很乐意、很喜欢听这次讲座的。以后，我们可以在各年级，搞一搞有关现代科技知识的讲座，让他们多了解一些关于这方面的知识，从而激发他们的自觉性。这比空头说教要有作用得多。"

"我很赞成这种看法。可惜……"

"可惜什么？"

"可惜没人钻研，没人立足于这一点。"

"你不就是一个吗？"

"我？"刘云有点受宠若惊的样子。

"对，你。"

"我行吗？"

"你不仅行，而且还很出色。"

"凭什么这么说？"

"凭你认真钻研的精神。你不是对中学生的心理及管理有研究吗？"

"怎么讲？"

"凭你多年来对学生的管理。"

"前一段不是有些松懈吗？"

"那是思想问题。以你的性格，那绝不是长久的。"

"谢谢您的理解。"

"不，说谢谢的应该是我。你为了学生，费了许多心思，可两地分居的问题，到现在还没解决。我对你，不，对像你这样的同志，问心有愧。我平时只知道让同志们干呀干的，可到解决问题的时候，却又无能为力。好在大家都能理解，在工作上也没有为难我。对此，我感激都来不及呢。"

"您不也是这样吗？至今还住着不大的房子。"她有点儿同情地说。

"我比你强多了，毕竟夫妻在一块儿嘛。"

"唉，咱这一代人，也真是的，什么都碰到了。上学那阵儿，碰到了'上山下乡''文革'；等参加高考拼搏跳出了'龙门'，时间没多长，又碰到了'市场经济'，眼看着别人大把赚钱，自己却干瞪眼没办法。这世事好像专给咱设的。咱比别人缺什么？但日子总过得不如人。瞧，现在这企业发展的，简直令人担心，学校随时都有被甩掉的可能。您说，学校解散了，当教师的，能干什么，不就是等着'枪毙'吗？即使不'枪毙'，咱也不好过，现在什么不要钱？还不是得继续拼命？都拼了半辈子了，现在，怎么拼得动呢？毕竟不是二十几岁了。"

"还是不谈这些为好，否则，永远都会痛苦。王刚、柳阳最近怎么样？"

"他们都有进步。前两天，与他们的家长又联系了一次。"

"这就好了。高三、初三情况基本稳定。但初一、初二的问题，又接连不断地发生。如早恋、偷盗、赌博、打群架、打电子游戏、结伙出走、抄袭作业等现象，都很严重。"方正右胳膊支着桌子，低着头，似乎有点忧愁地说。

望着满腹忧愁的方正，刘云心中有种说不出的苦涩。于是便站起来转身走到放有桌子的墙根处，伸手拿过热水瓶，给他倒了杯开水。然后接过话茬道："这一切，要论原因，除社会上诸多因素的影响外，还有家庭的原因。孩子都是独生子女，懂得教育方法的家长能有几个？要么娇生惯养，要么粗暴简单。这些都给学校教育造成了很大的困难，同时也构成了很大的压力。"

方正接过刘云递过的水，喝了几口，便停了下来。他在听完刘云的话以后，略有所思地说："除了这些，还有学生素质问题，也就是说，学生自小以至于后来在托儿所、小学长期养成的不良习惯，已形成了一种惯性，升入中学后，这种惯性还会起作用，一时半会儿也还消除不了。这就给中学教育提出了一个警示：当小学生升入中学后，中学必须进行'中学惯性'培养，也就是进行'中学就是这样'的培养。当然，这是各方面的训练，即纪律的、学习的、品德的、体育的等等。学生的习惯一旦形成，他们就会步入自我教育、自我控制、自我管理的自动化状态。做到这一点，学生素质就会得到整体性的提高。所以，中学生的管理，最主要的还是得从新生入手。"

刘云对方正的这一见解很是赞同，脸上洋溢着喜悦、兴奋、钦佩的神情，心里不由自主地产生了"英雄所见略同"的感觉。但她没有声张，只是悄悄地将它记在心里，然后很有经验地说："生活是多彩的。校园生活也是多彩的。除体育、美术、音乐外，还应对学生进行多方面的教育，这种教育，以讲座形式为最宜，如人格教育、环境教育、挫折教育、尊重生命的教育、当代科技发展的教育等，都可以利用这种形式。要开展这些活动，关键在教师，可我们的状况呢？"刘云说着，就朝旁边的方正看了一眼。

方正见刘云看自己，就知道她有些无奈，于是，便放下手里的杯子，接着说："我们的现状，不容乐观。教师处于青黄不接的状态。就现有的年轻教师，谁又把这当回事？不是今天请调，就是明天辞职，实惠、享乐已成了他们精神世界的主宰；敬业，对他来说，已成了'傻子'、成了'落伍'；跑关系成了他们的'能耐'。厂里待遇固然不好，但比起有些单位，不知要好多少倍。就这样，我们的同志也扛不住。学校对此也束手无策。江小华这几天一直在闹调动，没办法，只好答应她下学期离开。要不，她就在教学上不断地出错。"

"唉，当领导的也难呀！"

"可不，有许多苦衷，还无处诉说。"

"也真是，在这个社会转型期，有的处于有序状态，有的却处于无序状态。"

"方校长，您让我好找呀！"高三数学老师江小华急匆匆地走来，冲着还在和刘云谈话的方正说。

"什么事？"正说话的方正转过头来朝她问道。

"我爱人单位的商调函来了。"

"不是说好了下学期？"

"看来来不及了下学期。人家商调函，只有两个月期限。"

"你见过刘校长吗？"

"见过，他说看你的意见。"

方正沉默了，一个劲地望着江小华。沉思了一会儿才说："这事，我和刘校长再商量商量。"

"那好，如果不行，我到你家去。"说完，江小华就扬长而去。

方正转过脸来，再看看刘云，发现她已经走了。

于是，方正就回了自己的办公室。

方正刚走进办公室，就看见苏老师阴着脸，坐在沙发上。待走至椅子旁坐下时，苏老师生气地说："学生对江小华的代课意见很大，要求撤换。"

听了这话，方正没有急于表态。能换谁呢？再没合适的人了。再说，现在换人，合适吗？显然于学生不利。想到这，他说："小华这几天闹调动，情绪不对，心不在焉，本想找她谈谈，可就是抽不出空来。接下来，我与她谈谈再说。"

"没听说她要调动呀！"苏老师有些意外。

"是呀，要求调动也是近两周的事。"

"现在这年轻人，不知怎么了，说走就要走，连商量的余地都没有，并且还这么突然。真是不可思议！"说完，苏老师就很生气地走出了办公室。

方正陷入了沉思。

在进出教师的问题上，自己和刘校长，不是没有发生过矛盾，可他在教师进与留的问题上，向来都不与自己商量，至于征求意见就更不会了。

大概是想着自己快要退了，凡事都办，凡人都不得罪吧。现在，两年来，凡想进学校的人，都进来了；凡想走的，也都走了。要论这些人的背景，厂里都有后台，不是厂长的关系，就是车间、科室主任的关系，或者与他本人有关系。你说，进人，教学上有一套，还讲得过去；可进来的人，依据实际，连起码的教育理论都不懂，就更甭提教学方法了。国家对教师任职资格都有严格的规定，可他就是不顾这些，好像凡能进学校来的，就都能胜任教师这一工作。这样，教学质量怎能提高？受了损失的学生，对此当然不知，可和这些曾在车间部门待过的人，又有哪一个不清楚？这不，本学期又有部分家长闹着要将学生转走。教师的素质明显在下降，而这种趋势，又有谁能遏止？自己显然无能为力。然而，担当此任，就得负责，但这责任能负吗？专就教师问题，自己曾对刘校长汇报过几次，但都被那'有理有据'的辩解驳了回来。

记得有一次，他清楚地对自己说："小方啊，谁一参加工作就会呢？还不是在工作中学习。你要相信，会好起来的。这些同志，平时蛮用功的嘛。难道面对这样的同志，还要横挑鼻子竖挑眼？即使有问题，和他们谈谈，不就改掉了？"

"这容易吗？"

"是不容易。要容易了，还要我们干什么？领导不就是做人的思想工作的嘛"。

话说到这，已足够了。不用说，这思想工作，完全是你方正的。至于教学质量，能否提得高，责任不全在你抓教学的校长身上？就是大家有意见，你方正不冲锋在前？说穿了，我刘校长只管进人，你方正只管用人，至于用得好坏，全在你，而不在我。换句话说，为人在我，得罪人在你。当然，你要工作，就得得罪人，不得罪人是不可能的。可得罪人的后果，显然，就不仅仅是得罪工作上与自己发生矛盾的某个人，而是与这个人有关的"人际网"，都会得罪的。得罪了这些人，包括刘校长在内，自己还有好果子吃吗？

他犹豫了。

方正深知这"关系"和工作的关系。要工作，必须不能顾及这些关系。为落"好人"的名头，干脆就不要工作。

他选择了工作。只要为了工作，哪怕将人得罪光也要工作，当然也要注意方法。他相信，只要是为了工作，大家都会理解的。同时，人也是得罪不完的。

就用人问题而言，后来他又专门和刘校长谈过一次。但刘校长的态度依然不明确，对自己似乎也有些不屑。他完全看出了问题的棘手，于是，就反映到了厂里，但厂里似乎也没有办法。

他犯难了。

自己是学师范的，懂得教育是怎么回事。要想搞好教育，必须有认真负责的精神。可这认真竟被人认为是书生气，是傻气。莫非，认真都是错误的？然而，不认真，工作能干好吗？他苦恼极了。

最后，他选择了辞职。

他走向了主管厂长，谈了自己的想法。然而，厂长的回答：一百个不行。

他只能硬着头皮干了。可要是干，就这样没有生气，真窝囊死了。无非，人最难的就是干自己不愿意干而又不得不违心干的事。

他就一直这样煎熬着。

现在，这种煎熬逐渐升级，他实在有些支撑不住了，有时简直都要哭出来了。

他与刘校长的距离越来越远了。

然而，为了维护班子的团结，他又不得不走向他，向他请示和汇报工作。因此，这个实际已经有了裂痕的领导班子，表面上还是给人一种很团结的印象。

也许，越是这样，他的压力就越大。

这不，江小华的事，明摆着，你刘校长就不能回绝？在这关键时候，竟让她来找我，真是够"圆"的了。

临近期末，各种考试越来越多。方正玩起了"十八般武艺"，拳打脚踢，但依然指挥着战斗。

# 十一　捕风捉影中伤人　小马取经刘云处

一天早晨，方正刚上班，刘校长就把方正叫到自己的办公室："小方，最近有些同志反映，你在某些方面做得有些过分。作为领导，你要好好把握自己，不要犯错误。虽然是市场经济，什么都被搞活了，但该注意的，还是要注意的。"刘校长骨子里有着几分嘲讽，但表面上严肃地说。

方正被刘校长的话说得莫名其妙。他丈二和尚摸不着头脑地问："刘校长，你这话什么意思？"

"什么意思？我想，你一听就明白。"

"请指教指教。"方正朝坐在旁边的刘校长不无讥讽地看了一眼。

"那好，我就直说。听说，你最近和刘云的关系很密切，谈得很热闹。怕不是被那美貌所动吧！"

方正听了这话，一股怒火便从心中升起，他涨红着脖子，铁青着脸，刚要开口问个究竟，却被刘校长的一个手势制止了。

"不要激动嘛。有则改之，无则加勉。这问题，不要看得太重。"

方正沉默了一会儿。问："你相信吗？"

"我怎么能相信这种话呢！"

方正"哈哈哈哈"地笑了，笑得很自然、很高傲、很不屑⋯⋯

刘校长在这笑声中，反而显得很不自然。

"刘校长，我方正对这类事情，向来都不在乎。任他们说去吧。你也不要袒护我，以免让人觉得'官官相护'造成不好的影响。谢谢你的好意。"方正笑了，"就这事？"

"就这事。"

"那我走啦。"说着方正就站起身朝门外走去。

"哎——"刘校长半举着右手想将他叫住还要说什么，然而，他已经走了。

回到办公室，方正只是气愤，只是恶心。他没想到刘校长的灵魂竟这样卑俗。

他努力调整自己的情绪。

怎么能和这样的人共事？这种人真是浅薄至极！但转念一想，这样的人，不干此事，又干什么？要不然，会空虚死的。他不正是靠投机、靠专权、靠算计人为生吗？不这样，又怎能显出他在这个世界上的存在呢？真是可悲、可笑、可憎、可恶！

一校之长，整天不知道围绕教育办事，而专事其他应酬之事，拉关系、织网子、谋私利。这能算一位校长？水平竟低到了如此令人吃惊的地步。可就是这样的干部，还一再受到某些领导的器重。这正常吗？这已严重违反了党的干部政策。看来，一场"暴风雨"就要来了，自己应该迎它而上。不过，现在还不是时候。

原打算将刘云提拔为教导主任，现在看来要搁浅了。不然，一场说不清道不明的麻烦就扑面而来了。不，这样不正中了他的下怀。既然襟怀坦荡，就要勇往直前，该怎样做就怎样做。因为这里不带任何私人感情，纯粹是为了学校的前途。为了学校的存在和发展，就要起用品德端正、业务熟练的同志。因为我了解她，所以才要起用她。否则，对学校、对同志来说，都是损失：学校没有很好地起用人才，而同志也没能最大限度地展示自己的才华。

他坚定了起用刘云的决心。于是，便坐了下来开始起草《关于起用刘云同志的报告》。

下午，他就拿着报告，走到了刘校长的办公室，交到了他的手里。

"我想起用刘云。"说着，他就坐到了沙发上。

刘校长拿着报告，思忖了一下问："和她谈了？"

"没有。先和你商量商量，你若同意，我再和她谈。"

"现在？"

"不，假期。"

"她行吗？"

"不仅行，肯定还很出色。"

"这么有把握？"刘校长不信任地问，"既然你信任她，那就用她吧。"

"咚咚咚"，不知谁在敲门。

两人同时向门口望去。

"请进。"刘校长喊了一声。

话音刚落，江小华推门走了进来。

"今天，你们都在，我这事，怎么办？"

"什么事？"刘校长有意问。

"您真是贵人多忘事。调动呗。"

"调动！往哪调？"刘校长装得有些吃惊，进而脸色立马严肃起来。

"我爱人那儿。"

"我们刚商量了，暂时不行。"刘校长一本正经地说。

江小华怔住了。只问："为什么不行？"

"你不想，现在这是什么时候，能走？就是走，也得等到下一学期。"刘校长没有松口。

江小华一听，调动的门被关得死死的，一下子就哭了起来。

一会儿，三个人都僵持在那里。

不住抹着泪水的江小华，一看两位校长都不讲话，觉得再无希望，于是便没打招呼悻然而去。

"当啷——当啷——"正在收拾碗筷的刘云，听到门铃声，急忙应道："等等，马上来。"说着，两手就在围裙上搓了搓，从厨房走了出来，准备开门。

待门一开，站在面前的竟是参加工作刚一年的年轻教师小马，高高的，瘦瘦的，虽说浑身有着几分英俊，但英俊里面又透着几分秀气。

"您好，刘老师。"

"快，屋里坐，屋里坐。"

随着刘老师的招呼，小马便走进了屋子。

他朝四周望了望，不由得感叹道："哇，刘老师，屋子这么小！"

"就这么小，不足十平方米。"

"这太小了。整个屋子，支一张床，放一个立柜，就完了。活动空间，只有两个平方。"小马说着，就坐在了床边。

"小马，你到我家可是第一次。"刘云边沏茶边说。

"早就想来，可就怕打扰您。"

"打扰什么？"

"刘老师，您在教育教学上很有一套，能否将经验给我传授一下？"

"在教学上，我也才学，谈不上什么经验。你们年轻人脑子活，点子多，我就是跟你们学都来不及呢。"说着，刘云就将沏好的茶递给了小马。

"哪里？您太谦虚了。我只学了些理论，真要是结合起实际来，还差得远呢。"小马一边接过茶杯一边看着她说。

"如今的年轻人，不都讲究赚钱吗？而你，对教育还这么热心，图什么呢？"

"还不是图个不丢掉专业？对我来说，除了专业，似乎再没别的路子了。"

"照说，从事这行，也是'逼上梁山'？"

"有一点儿吧。"小马不好意思地说。

"从事这行，就意味着奉献。靠它发财，终生无望。像我，你也看见了，住房还这么小，丈夫也调不来，想走又走不了。就这样，还得好好干，不干，随时都有被淘汰的可能。"

"我也有这种感觉，为能尽快进入角色，今晚特意来向刘老师请教。"

"请教不敢，磋商倒可以。"

"那就请刘老师谈谈，您是怎样管理班级的。"

"我管理班级，主要做到了一个'勤'字，勤的后面，当然是'用心'，也就是找窍门。这里，要有厚实的教育理论做基础，还要结合实际，配合学校、家长两方面，对学生进行综合管理。在这一方面，'人格教育'最为重要。"

"刘老师，您对素质教育有怎样的认识？"

"我觉得，这种教育很重要。它首先是综合素质的提高。综合素质包括思想素质、文化素质、身体素质以及心理素质等方面。在综合素质里，思想素质的提高是最主要的，同时也特别困难。说困难的关键是，市场经济的大潮中影响着人们的思想，也影响着我们的学生。我们的学生，虽说有些不够成熟，但也不属于那种绝对不懂事的，他们对此也是有过困惑的。他们常常觉得，在学校学的，与社会相比，也就是与他们周围大人的行为相比，简直是大相径庭。这些影响慢慢也就冲淡了在学校学的一切，甚至直接让学生走向了学校教育的反面，认为学校教的都在骗人。于是就出现了'六加一等于零'的现象，现在变成了双休日，这不又出现了'五加二等于零'的现象？也就是说，学校的正面教育，根本就抵不住社会的负面影响。就这点，家长也许还没发现，或者发现了又觉得无能为力。就像我们的老师，对学生的教育，有时也会悲观，觉得力不从心。这种现象的发生，再加上独生子女本身的问题，就给教育提出了一个新的课题。它告诉我们，在新形势下，还得不断地探索教育教学的新规律。"

"有的学生犯了错误，老师批评后，仍改不过来，这是什么原因？"

"对学生来说，这是很正常的。他们不犯错误，让谁来犯呢？大人往往都有控制不住自己的时候，更何况一个孩子呢？就他们自身来说，自我控制的能力本来就很有限，意志也薄弱，同时，还受外界环境的不断干扰和影响，即使他们有心改掉，有时也不免还会出现反复犯错的情况。"

听到这里，小马似乎有些理解了。随后，他又问："既然这样，那么，有什么更好的办法来改善这种现象呢？"

"这就需要抓反复。当然，这是一件很琐碎的事。我们应该用爱心对待他们。爱，并非说说而已，而是要落到实处，让学生从内心真正体会到你对他们的爱，让他们理解，你所做的一切都是为了他们的进步。这点在管理中至关重要，学生一旦理解了你，一切就都会听你的。"

"这里是否还牵涉师生关系问题？"

"是。"

"那怎样才能做到和学生感情融洽呢？"

"这就需要老师学会'宽容'。但宽容并不意味着放纵，更不意味着单纯地取悦学生，而是要和严厉相结合。这里牵涉的问题很多，不是一两句话能说清的。"

小马被刘老师的一番话说得心服口服，在心里暗暗地佩服她。

两人就这样谈了一阵儿，又随便聊开了。

"小马，你觉得我所谈的还有哪些不足？"

"没有了。不过……"

"不过什么？"

"这几天，大家议论您的很多。"

"议论什么？"刘云老师很有兴致地问。

"大概议论您和方副校长……"

"和方副校长什么事？"刘云老师情急之中紧紧追问了一句。然而，转瞬又恍然大悟地笑着说："噢，有人在'做文章'了。"

从未经过这种阵势的小马，刚要吐出真情，但被刘云老师制止了。

"我已明白了。"她停顿了一会儿，话锋一转问道，"你觉得呢？"

"纯属子虚乌有。作为教师，竟这样无聊，这样乏味！"

"真庸俗，一群小人！"尽管刘云说得很平和，但是明显透露着生气。

小马一看刘老师有些生气，于是便急忙说了声："对不起，刘老师，让您生气了。"

"没什么，没什么。"她急忙摆手说，"林子大了，什么鸟都有，嚼舌头的事，在所难免。谢谢你！"

"您不要把它放在心上，刘老师。"

"不会的，我会一笑了之。"刘云老师镇静地说，"小马，你也许会从中悟出点儿道理来。凡说三道四、搬弄是非、讲别人坏话的人，大都不干实事。这些人，不说别人坏话，干什么呢？不这样会憋死的。一个真正干事的人，能有那么多工夫？就单单是工作还来不及呢。"

"还真是这样的。"

"现在的人，也不知怎的，动不动就在背后嚼舌根。当你的工作干得出色时，他们嫉妒你；当你的工作干得不如人时，他们又瞧不起你。即使朋友有时也会这样。你说这种心态，正常吗？压根就不正常。正常的关系应该是：当你的工作干得好的时候，就支持你，向你看齐；当你的工作干得不好的时候，就帮助你把事情办好。可现在呢？也许人们在某种利益的驱动下，性格扭曲了，变得自私、兽性十足了。"

说着说着，她就有些遏制不住感情了。

"就拿男女同志相处来说，为了工作接触，再正常不过了。可对思想有点问题的人来说，就成了天塌地陷的事，了不得了。这不，本来一桩无邪的事，被他们弄得带上了浓厚的色彩，成了见不得人的事。你说这些人，想干什么？退一万步来讲，即使哪位男同志和女同志在一块儿，只要不做出对社会有害的、违背伦理道德的事，这又有什么不可以呢？"

小马认真地听着刘云老师发表的见解，佩服得只点头。不知不觉，转眼已到了晚上十点多。

"刘老师，我该走了。打扰了。"说着，小马就起身要走。

"真是，倒的水一口都没喝。欢迎以后再来。"刘云老师说着，也跟着站了起来，随之便很热情地送小马出了家门，

小马走后，收拾完碗筷，洗漱完毕，刘云就上床休息了。

屋子一片漆黑。孩子已经熟睡了，轻微而均匀地呼吸着。

可刘云的眼睛，在黑暗中却骨碌骨碌地转着，她思索着小马刚刚说的话。她愤恨那些搬弄是非的人。他们这样究竟要达到什么目的？分明是想将

方正搞垮。这种做法，向来都是一些卑鄙小人的惯用伎俩。一旦形成舆论，你就是长一百张嘴也难说清。然后，让你在这种说不清道不明的情况下，自行垮下。就此，足见这些人的"良苦用心"。有什么比"男女关系"更能打倒一个人的呢？这不是最有力的吗？不然，连正直的马克·吐温先生，在此面前都招架不住、偃旗息鼓呢。

方正为人正直，做事认真。对此，大家都有目共睹。就凭几个小丑的谣言，能奈他何？简直是蚍蜉撼树！作为和他关系不错的自己，应在这时和他谈谈才对，以便他解除顾虑，照常工作，不要消沉。也许，此时的他，正需要这种理解。至于别人说什么，完全是他们的事。身正不怕影子斜，管他呢。

她在蒙眬之中，检查着自己和方正的关系是否有什么异常。若有异常的偏向，得好好地检点规范一下，以免给他、给自己造成不良的影响。

方正比自己早两年分到学校，曾经好几年都同在一个办公室办公。

他比自己大四岁，人长得白净、魁实，常穿着似乎有点落伍的中山装，给人一种很有内涵的印象，蛮深沉的。平时，方正并不随意和别人开玩笑，凡事也不过多地参与或干涉，只一门心思地教学，略有闲暇，就一头扎进书堆，读得津津有味。好像唯有读书，才是他的乐趣。凡别人有求于他的，他都给予热情的帮助。他教学很有一套，深受学生欢迎。他管理学生的方式，也很前卫，花样不断翻新。为此，凡是了解他的老师，都称他的管理方式为方氏定律。

作为一个办公室的同事，加上又是自己的师兄，自己对他时常流露出一种敬意，也许是敬重之意甚浓，说话办事都很注意，单怕被他耻笑。面对自己的有礼，他更是以礼回之。自己和他，就这样很有礼貌地相处着。

后来，自己没有再与他一个办公室。一天下午的第三节课刚下，自己到他在的办公室找他，只见办公室里没有他的人影，便问姜老师，姜老师说他和提前已经约好的几个男生到篮球场打比赛了。于是，自己便转身又来到操场，朝那球场一望，果不其然，他正和学生们一块儿打着篮球，并且很投入、很用心。他一会儿跑向右边，一会又跑向左边，一会儿拦人，一会儿投篮。看得出，整个场上，他是最忙碌的一个。无奈，自己只好等到后半场结束，才和他谈了谈最近教学上出现的一些问题。

谈完了这些，自己转身就走了。路上，她想，这人也太投入了，为了事业，竟然就豁出命去了，经常和学生打成一片，除了打篮球，还经常和学生在一起，不是"拔河"，就是"勾老将"，或者就"猜咚吃"，来一个"剪刀锤子布"，怪不得他和学生的关系那么融洽，那么受学生欢迎，以至于都亲切到了这个份上！这时候，她的眼前一亮：这也就是他获得有关教育真谛，把握学生心理的一个绝妙途径。他在这方面太有心智了。真是个有心人啊！自己与他相比，可是太有距离了。他在教育上简直是做到了忘我的程度。自己在他的身上真正看到了这一点。而这一点，又是那么真切，那么令人敬佩。是啊，他在教育上的投入和下的功夫，是别人不能企及的。她从他的身上看到了一个干事业的人的品质和意志。也正是靠着这样的一种品质和意志，他带的班，多次都被学校评为先进班集体，人也多次被学校评为厂级先进个人。然而，在荣誉面前，他从来不骄傲，总是一如既往。

转眼之间，十多年的时间就过去了。这么多年，风风雨雨，他经历了不少，唯一没变的就是将教育当作事业来干的那颗心，他一直都在探究着教育教学规律。为此，星期天，他向来都没有休息过，至于节假日，就更没有了。

据讲，他将十多年以来的教学和教育经验，以及教训总结成册，分为"学生心理篇""管理篇""教学篇""家教篇"四部分，形成了一套切合本校实际的理论体系。现在，他正在着手整理用汗水和智慧凝结而成的文字。他对业务钻研的精神，得到了同事们的赞扬，也赢得了他们的敬重，更受到了领导的重视。

能和这样一位"专家"共事，岂不快哉？可他现在却遭到了别有用心之人的诽谤和中伤。大千世界，真是无奇不有！

她在黑暗中努力地分辨着纷繁的世事，一会儿似乎明晰，一会儿又似乎昏暗。这种情景，反反复复地出现着……

不知不觉，天就蒙蒙亮了。

# 十二 虹云校门遇小华 急与刘云做沟通

早晨八点钟，方正像往常一样准时到校，打扫着办公室。

"报告。"

"进来。"正在扫地的方正朝门口一望，看见高三学生孙晓云走了过来。

"什么事，孙晓云？"

"方校长，这是我们全体同学写的。"说着，孙晓云就将一张十六开的纸递了过去。

方正接过一看，是状告江小华的意见书，要求撤换老师。江小华在近一段时间内，讲课敷衍了事。上次召开高三学生会议，学生反应就强烈。和她面谈，她态度很好，也保证改正，可实际上就是不改，导致问题越来越严重。

"真不像话！"

看方副校长生气的样子，本想还说什么的孙晓云，向他打了个招呼，就走了。

看学生走了，方正关上了门，坐在椅子上，垂下了头。但没过几分钟，又来回踱起了步子，显出非常为难的样子。按理说，应该换掉江小华，但换上去的人，讲课是否适应学生，是否熟悉教材，学生是否适应教法，这都成问题。再说，就现状来看，换谁呢？显然，高三教学，非她莫属。可不换她的话，学生能答应吗？弄不好，家长知道了，还不捅到厂里去？干脆再和她谈谈，稳住她的情绪。不过，这还得与刘校长商量商量。

他来到刘校长办公室，将江小华的事全说了一遍。

刘校长说："你看呢？"

"我想将她换掉，但考虑到实际，又非她莫属。"

"真难哪。要不，和她谈谈。万一不行，暂时外聘一个。"

"聘一个倒容易，就怕对学生不负责任，这方面，咱们不是没吃过亏。这些人大都以赚钱为目的，真正替学生想的，不多。"

刘校长皱起眉头，两手捂着脸面，上下搓着。

两人僵持了一会儿，无奈，方正说："那还是我和她谈谈再说吧。"说完，方正就回到了自己的办公室。

他查了查课表，见江小华没课，便让教导处的小马去叫江小华过来。

不久，小马回来说："方校长，江老师不在。"

"干什么去了？"

"问了几个人，都说不知道。"

"你再问问年级组长。"

"好。"小马走了。

方正有些生气。他坐在沙发上，一声不吭地喘着粗气。

"该处理了。再不处理，怎么得了！"

他不住地重复着这句话。

"丁零零，丁零零"，桌上的电话急促地响着。

他走到桌旁，拿起了电话。

"喂，哪里？"

"方校长吗？区上在虹云中学召开的现场会，你怎么没来呀？现在，就差你一个了。"

这时，方正才如梦初醒，想起区教委前天通知的"早上八点在虹云中学召开素质教育现场会"的事。于是，他赶忙说："马上来，马上来。"说完，方正就走出办公室，来到车棚，推出自行车，飞一般地骑着出了校门。

刚来到虹云中学门口，就碰到身着白色连衣裙推着自行车的江小华出来。

"小华，你怎么在这儿？"

"我……我……"小华有些为难，即刻就红着脸低下头。

鉴于在兄弟学校，加之忙着开会，方正也没有多问，就让她先回到学校。自己便朝会议室走去。

……

会议结束后，虹云中学校长走至方正跟前说："方校长，你们江老师的课讲得很受学生欢迎，下学期能否继续借给我们？"

"我们也缺老师。这事，得和刘校长商量商量再说。"

"商量什么？刘校长已经同意了，因此，这学期开始，江老师就一直给我们学校上课。"

"原来是这样！"方正先是愣了一会儿，然后才说，"那就按刘校长的意见办。"

"谢谢！"

方正极不愉快地回到了学校，将自己关进办公室，懒洋洋地斜躺在沙发上，双手抱着头，眼睛瞪着墙角，痛苦地思索着。

刘校长做事，真是"天衣无缝"。竟在借人问题上，又来了个没商量。怪不得江小华一而再再而三地那样。真是的！

愤懑至极，他一下子站了起来，走至窗前，推开窗户，望着外面。

一股清新的空气飘了进来，他深深地吸了一口，这才觉得轻松了一些。

对面树枝上两只小鸟，跳来跳去，不断地觅着食物。它们在那儿共同啄着。稍大的一只，似乎强占了一切，不让小的靠近。一旦靠近，就用锐利的尖嘴啄它，可怜的小鸟似乎有些胆怯，始终不敢靠近，也没法靠近，只是眼睁睁地看着它啄食。

瞧着这幅画面，他会意地笑了。自己不是和这小鸟一样？简直可怜至极！在很大程度上，自己不也成了一只被卡着脖子捕鱼的鸬鹚？人类和自然是多么像啊！

他有一种被人愚弄了的感觉。

他冷笑了一声，然后便努力地调整不平衡的心态。他不住地告诫自己：不能失衡，不能失衡，凡事要看开些、忍让些、宽容些。一旦失衡，言行就会失控，在教师中也会造成不良影响，给工作带来不利。

他这么想着，但又怕别人议论自己软弱可欺、不谙世事。多年来的宽容，不正让自己常给人一种"软""没有个性"的感觉吗？内心的刚性，怎么就不能被别人发现？而别人，怎么也就那样肤浅，看不到深层呢？莫非，众人的眼睛，都被眼前的东西遮挡着，变成了近视眼？

他有些犹豫不决了。

也就在这个时候，他又想到了刘云。他想去刘云那儿，将走钢丝般的痛苦道出。在这个学校，也就只有她理解自己。有什么不能说给她的呢？不能。现实已将这条路堵死，不能再给她添麻烦了。她不就是因为自己而受牵连的吗？她也许还不知道，那就让她不知道吧，这比知道要好得多，也省了许多烦心的事，免得生气伤了身体。虽说她是个文弱女性，但也有着钢铁般的骨头，还有着超人的智慧，更有着令人敬重的敬业精神。十几年的相处，他对她的品质坚信不疑。正因为互相了解，两个人在工作中，凡是在一块儿搭档，都配合得非常默契。他对她，总存着几分敬意。现在，还有什么理由找她呢？不能再玷污这位值得敬重的人了。更不能因为自己，再让她受人格上的屈辱了。

他把找刘云谈谈的想法收了回去，但心里总觉得不安，好像欠她什么似的。

自与刘校长谈话后，他就觉得很对不起她。如果让她知道的话，她不发疯才怪。说不准，她已经知道了，还知道自己挨批的事。她该有何感想呢？

想着想着，他就恨起了刘校长，不由得说了声："专以捕风捉影为能事！"

下午，第三节自习刚下，小马就走进了方正的办公室："方校长，第二节课，刘老师找您。"

"哪个刘老师？"

"刘云老师。"

"什么事？"

"没说。"

"知道了。"方正说着，就皱起眉头思寻起来。她有什么事呢？可能是学生毕业的事，一定是这件事。

刚给高二开完会的方正，又马不停蹄地来到了初三办公室。

整个办公室，只剩下刘云一人。她正在看一本杂志——《心理学报》。

"师妹，你找我？"

"是。师兄，请坐。"

方正随手拉了一把椅子，就坐到了她的对面。

"是不是初三的事？"

"不是。听说，校长将您'提醒'了一下？"

方正迟疑了一下："是。"

"您觉得有必要吗？"

"那是他的事。"

"怎么是他的事？难道与您无关？"

"我的态度是：走自己的路，让别人说去吧！"

"我猜您准会这样。"

"难道向他解释，替自己辩护？没有必要。"方正平静地说，"不过，我总

70

觉得对不住你。"

"对不住我什么？您没什么值得内疚的，您谁都对得住，就凭您的正直。至于您和我的关系，大家都明白。再说了，我也不在乎。"

"这颗炮弹，真可谓是重量级的。"

"可惜，没选准目标。"

"这不是充分证明了这些人灵魂的肮脏？"

"看来，这些人有点儿别有用心。"

"大不了不干就完了，还能怎么样？"

"怎么真正干一件事就这么难？不干事的，一天什么事都没有。"

"这一点，我早有预料，这不来了？"方正两只手掌向前一亮，有些不上心的意思。

"刘校长'提醒'您，只是你们两人的事，怎么一下就传到了老师中间，并且越传越邪乎？"

"唯恐我方正不臭吧。"

"真是卑鄙的小人！"

"不，是位老奸巨猾的'伟人'。"

"嘿嘿，还真是。"

"可就是这样的干部，却很得厂领导的赏识。"

"无非就是会'织网'呗。真不地道！"

"不地道，又能怎么样？还不是照样守着茅坑？"

"这就是不干事光拿钱还坏事的干部。怎么反腐败就不将这些人反掉？"

"能反掉吗？"

"也许咱们的书生气太足。"

"可做事，没有书生气行吗？"

"书生气，在一定程度上极可贵，因为它最认真，然而，在一定程度上又令人不齿。"

"我宁要人们不齿，也不要人们赞美。"

"这也正是您的性格——拗！"

"这样的性格，有什么好，吃亏的不常是自己？"

"但这是一个大写的'人'字。"

方正似乎得到了一种前所未有的安慰，更得到了一种力量。他需要这种真诚，并且也得到了这种真诚。有什么比这种真诚更可贵、更纯洁的呢？他有一种说不出来的喜悦。

他用信任的目光望着她。对他来说，这种目光，可是从未有过的。

她也像领悟到了什么似的，露出惬意的神情。

瞬间，两人完全是理解的，心也是相通的。原先双方顾虑的一切，都如冰雪化解。

两人沉默了片刻后，刘云打破了眼前的僵局："从目前形势来看，厂矿子校，以后被企业剥离，已是大势所趋。尽管国家提倡多种形式办学，但企业本身效益不好，哪还能顾及学校。学校办得好坏，全在自己，办得好，就生存；办不好，就关门。"

"不过，厂里暂时还得维持现状。"

"可这现状，想维持下去，又多么艰难！"

"可惜没有资金，要有资金，我就自己办学，一定办出个像样的学校来，否则终生都愧对学的专业了。到那个时候，我将那些热爱教育，懂得乌申斯基、马卡连柯、苏霍姆林斯基、洛克、夸美纽斯等人的教育理论的人，请来办教育。"

"这样，个人的夙愿也就实现了。"

"如今，身陷这种环境，想发挥才能都不行。有些好想法就是实现不了。不仅得不到理解，还会遭到一些人的耻笑。耻笑倒无所谓，可恨的是阻挡你实现自己的愿望。干工作就是要得心应手，可自己简直是窝火。就是没可能，如果有可能，我一定到一所好学校去，发挥自己的特长，实现自己的愿望。"

"干事业的人都这样。最痛苦的莫过于不能尽其才。我非常同意您的观点。如果有可能，我一定追随您，和您共同干一番事业，让那些浅薄的、世俗的、不图事业、专图钻营的人，见鬼去吧！"

"唉，四十多的人了，还能往哪儿走？没瞧见招聘单位都要年轻的吗？再加上一些后顾之忧，诸如孩子、房子、工资、劳保等待遇方面的问题，都得考虑。"

"招聘本身也存在许多弊端，一个真懂教育的人，一定需要那些富有教学经验而又热爱教育的中年人。因为，这类人除了具备敬业精神外，其他方面都更加成熟稳当，他们才是工作的中坚力量，特别是搞教育，更是这样。至于待遇，我们也不得不考虑。这毕竟是个现实问题。"

"我们这个年龄，考虑的问题确实有很多。哪一个问题，不是现实？所以，跨上一步，就得慎之又慎。"

"这也许就是咱们的缺点，已经失去了以往的锐气。不过，要成就一番事业，就得冒险，否则一切都是妄想。"

"难啊！"

听到方正的这一声慨叹，刘云便想，对他来说，除了谈及的事以外，也许还有更多、更复杂、不便向自己诉说的原因。

他似乎猜透了她的心思，便继续说道："干校长这差事，我总觉得不是自己要干的事情。有时觉得，自己简直在犯罪、在虚度年华，因为每天做的都是乏味之事。为此，我曾苦恼过、埋怨过、自责过，没人时，还骂过自己，也摔过东西。"

"这样也不是个办法。学校工作，需要大家合作才行。您要学会弹钢琴，充分发挥大家的作用。现在在这位子上，退是没有出路的，也是不可能的。还是要面对现实，找出更好的方法才行。"

"我干得简直问心有愧，既对不住自己的初衷，又对不住家长和学生。"

面对秉性刚正、视事业为生命的方正，她只感到，这是一种民族魂、教育魂。可就连他也折戟在此，有着无尽的痛苦。

她只是默默地看着他。从那神情看，好像有好多好多话要和他说。

两人都在沉默着。

正当这时，一个第三者的声音传了过来。

"刘老师，有几个问题我想请教一下。"

沉默着的刘云老师，被这一声惊得转过头来，发现站在面前的竟是两名女生，随之便温和地问道："什么问题？"

两名女生在刘云老师的催促下，讲着自己的问题。

"刘老师，忙吧！"说着方正就离开了办公室。

# 十三　操场月夜抒情怀　纷繁万象捋思绪

西方的天空，挂着一弯新月。它努力地反射阳光并给人们照明，显得格外诱人。

操场周边的杨树，安静地站立着。偶尔，树叶在微风的鼓弄下沙沙作响。整个夜里，一片寂静。此刻，教学楼前的花草，似乎也屏住了呼吸，闭着眼睛在园里休息。

奔波忙碌了一天的方正，从办公室走了出来，揉了揉眼睛，渴望而贪婪地感受着周围的一切。他要在这样一个清静的地方，整理自己的思绪，让它像空中的新月一般变得清晰。

几天以来，初一、初二年级不断发生问题。你说这些讲过没有？讲过。效果怎样？校内不会发生，可校外，一而再再而三地发生，家长三天两头地找学校，学校好像成了托儿所一样。学校教育只限于校内，而校外，能顾及吗？纯属不可能。然而，这又反过来影响着学生素质的提高，大有"进一步退两步"的势头。

素质教育，最根本最主要的就是提高学生的思想素质。思想素质提高了，也就在很大程度上解决了非智力因素的问题。这样，学生学习才会有足够的动力。但是，素质教育喊了多年，社会对学校的评价，还是局限在给大学送了多少学生上。送得多，质量就高，就是重点学校；送得少，质量就低，就是"第三世界"。分数在社会、学校，已严重形成了怪圈，成了衡量学校、教师、学生的唯一标准。它使学校、教师、学生在很大程度上步入了歧途，使教育形成畸形的发展态势。虽然人们对此有所认识，但久已形成的惯性，何时可以消除？

量化管理有一定的科学性，但要运用到学校，就不能过细，否则极易引得教师斤斤计较。一旦形成这种局面，本来具有促进作用的科学方法，就都失去了作用，或者干脆就起到了一种直接引人步入误区的反向催化作用。事实证明，这种现象越来越多了。操作过细，加之操作人员本身的不公正因素，执行的结果只能使教师队伍涣散，使学校工作失去向心力。

社会已进入了市场经济状态，人们普遍都有了经济头脑。作为社会成员的教师也不例外，他们也有了一定的经济意识。这就迫使学校工作要以经济杠杆为驱动力，否则，教职工的积极性就很难调动。

厂子校，顾名思义，就是解除职工的后顾之忧，为生产服务。但现在的企业效益不好，哪里还能将学校这个包袱继续背着行走？改善教师的待遇，就更成了纸上谈兵。于是，人心惶惶、不思教育的局面也就形成了。做领导的，有什么办法扭转这种局面呢？显然，领导也成了难为无米之炊的巧妇。

方正一想到这里，立刻就感到有些焦头烂额。

他面对明月，期盼着它能给自己安慰。然而，那月亮，毫不停留，只一个劲地向天际移动。

"月儿呀，难道连你都要抛弃我吗？这么无情！"他轻轻地唤了一声，然后，便黯然流下了泪水。

泪眼模糊之中，他抬头望见那座教学楼，教学楼仿佛很严肃地用着厚重而沉闷的语气对他说：我的昔日，多么辉煌！今天，却在你们手里寿终正寝。你们对得住谁呢？我是一座圣殿，可你们整天都在亵渎我的尊严，好像我成了商品的标签，成了你们赚钱的商场。你们一面强调素质教育，一面又在助长孩子们的坏毛病。你们是在搞教育吗？不，你们是在误人子弟！

尽管这话说得有些舒缓，但显然又是一种很有力量的指责。作为一个真正干教育的人，谁都知道它的分量。方正羞愧地低下了头。

然而，这一巨人，却毫不留情：你们经商，无可非议，完全可以到商场去。但这里不是商海，是教育！无论是组织者，还是教育者，都是圣洁的，因为它肩负着培育人的任务。它要的是品质的高尚、灵魂的纯洁。你们怎么尽借它的名行不义之事呢？亏得你们真想得出哇！虽然赚了钱，但这钱，能赚得那么心安理得吗！真是一帮文明的流氓！教育能赚钱吗？如果能，那么，它教给孩子们的又是什么？还不是对教育的亵渎吗？这样下去，教育将不会再有什么信任，更不会再有什么责任，对受教育者来说，只能是心灵的伤害，而这种伤害，又是无穷无尽的啊！

方正不敢正视教学楼了，觉得它确实是一座圣殿，可即使是它，如今也染上了浓厚的商业色彩。作为主抓教学的自己，没能保住它的圣洁，这该是多大的耻辱。真是罪不容诛啊！

要搞好教育，首先就需要教育者有高尚的品格和健全的人格。否则，培养出来的学生，品格不高尚，人格也不健全。然而，令人可笑可悲的是，今天从事教育的人，好多都带有功利色彩。教育这样下去，能不走向末路吗？然而，人们还继续朝着这一方向走着。

现在的他，全身都滚烫起来了，先是耳梢，而后便是脸颊。他的全身都要燃烧了，火一般似的。他几乎都要喘不过气来了。他赶紧解开上衣的纽扣，敞开胸口，做了两个深呼吸，这才稍微舒服了一些。是的，尽管这些事不是自己所为，但自己毕竟属于教育者的一员。既然这样，那么，脸面又怎能不发烧呢？如果不发烧，那自己不也成了那类厚颜无耻的吸金者了？他只感到自己已经无地自容、难见江东父老，进而就抱怨起自己，怎么身在这样一个外表干净，而实际上很不干净的环境之中呢？然而，这一切对自己来说，又是那样无奈。他无语了。他非常沉闷地低下了头，难过地闭起了眼睛，仔细地品尝着这很不是滋味的味道。

就这样，两三分钟后，他才抬起头来，仰面看起了月亮。此时的月亮，竟是那样浑圆，那样明亮，那样纯情，那样高尚！它浑圆得美丽，明亮得纯净，纯情得无私，高尚得圣洁！它怎么能达到这种境界呢？而这种境界，岂不是自己一直以来孜孜以求的吗？它完全是自己的偶像！它代表了自己的心愿，代表了自己的奋斗目标！他的心，眼看着都要随它一块儿去了。然而，一切都无法企及它的步伐！无奈，他只得默默遥望了。他望啊，望的，简直都要跪拜在它的脚下了！然而，也就这么短暂的一瞬，他的脑海，竟然再现出自己上大学时的情景，以及工作后的一些事情。

# 1

那时，考上大学的他已经老大不小了，所以对他来说，能上大学已经是梦寐以求的事了。他清楚地知道这机会来之不易，他一定要珍惜一切时间，把全部的精力都投到学习中去，这样，才不至于对不起自己，也不至于愧对失去的时间。他一定要将失去的时间和青春捡回来。他可是从高中一毕业就下乡的，而在下乡的几年里，以往在学校学过的东西几乎都荒废掉了。要说有什么收获，那也只是对农村以及农民的生活有了前所未有的认识，开阔了自己的视野，锤炼了自己的意志，培养了自己的吃苦精神，对生活也有了更深刻的理解。

他有这样的决心，除了这个原因以外，还有一个重要的原因，那就是国家对所有的师范生在生活上都是包吃包住，除此，每人每月还有十几块钱的补助。天下哪有这么好的事情，不好好学习，那简直就是对不住国家了！这样的机会，对自己来得太迟了，也太艰难了。是的，一定要如饥似渴地学习，只有这样才能很好地报答国家。

他不仅这样给自己树立目标，而且也是这样做的。他抓住一切时间，如饥似渴地学习着。只要一有空，就一头扎在图书馆里。他一边学习，一边思索，经常将自己的心得和体会写下来，和大家一块儿讨论、一块儿商量，特别是对那些不懂的地方，都能积极主动地向同学或者老师请教。他的这种学习精神，深深地感动和鼓舞着身边的同学，也成了同学们学习的榜样。许多女同学都将丘比特的箭射向了他，然而，他哪里顾得上这些，心里只有一个念头：学习，学习，再学习。他忘我而又非常痴迷地学习着。因为他对问题往往看得很深刻，分析得很到位，所以他常常令人信服。为此，同学们也都送他一个"哲人"的雅号，觉得他是学习上的"狂人"，是思想上的"疯子"。许多同学都不理解他在学习上怎么有那么大的精神，那么足的动力。是啊，他们怎么能理解呢！他们是没有过和他同样的经历的！他默默地下定决心：一定要将所有的精力奉献给祖国的教育事业，做一位教育大师。

他总怀揣这样的志向，并以之为动力，不断地鞭策自己，鼓励自己，总有一股用不完的劲头，使不完的力量。在学习上，他披荆斩棘，一路向前！

四年的大学生活很快就过去了，毕业那年，他被分配到了急需教师的这所学校。工作后，他以火热的激情和忘我的精神，积极投入到了教育事业中。

## 2

两年后的 9 月 10 日，是国家确立的第一个教师节。这个节日表明政府和人民对教育的重视，也表明了对教师的尊重，于是，全国便很快形成了尊师重教的热潮。

为了表达对教师的重视和尊敬，厂里召开了庆祝第一届教师节的会议。为了将这次会议开得隆重，厂里上至厂长、下至车间主任都参加了；学校的前任领导和现任领导，还有已经退休和在职的所有教师也都参加了。会议是在厂会议室召开的，主席台前的上方悬挂着"庆祝第一届教师节"的横幅标语，全场响彻着悠扬雄壮的《运动员进行曲》，整个会场充满了热烈、喜庆、祥和的气氛。在这种气氛中，会议开始了。大会先是由厂长讲话，随后是学校领导和教师代表讲话，紧接着向优秀教师颁奖，向满 30 年教龄的教师颁发荣誉证书，最后便是给所有的教师分发节日纪念品。

教师节大会的召开，给本来就要干一番事业的方正更是增添了无穷的力量。他再一次体验到了教师这份职业的光荣，更是真正体会到了这份职业的神圣和崇高！教师，确实像有些人说的那样，是人类灵魂的工程师！他为自己能够成为一名人民教师而自豪！他发自心底地感到自己的这份职业选对了。每每想到这些，他的内心都会有一种说不出来的高兴和幸福，自然，心情也就非常愉快，走路的脚步也特别有力。总之，在这样的一种形势下，他是深受鼓舞的，他感到一个教育的春天来了。

这一切都构成了他以后忘我工作的强大动力。工作中，一方面他深入钻研教材和教学大纲，一方面探讨教学理论，一方面注意总结经验和教训。他的勤奋和努力，很快就让他赢得了大家的好评，成了学校的骨干教师。另外他除了搞好教学工作外，在不影响学生学习的情况下，还带学生走出校门参加社会实践活动，如到工厂参观学习、到街道参加一些必要的劳动等。同时，在校内，他带领学生办小报，开展各种各样的活动。

自分配到学校以来，他一直都担任班主任。为了准确把握学生的心理活动，探讨出管理学生的一套行之有效的方法，他经常利用课间休息或者课外活动，和学生打成一片，勾勾老将，踢踢毽子，打打球的。即使批评学生，也是经常安排在办公室外，以免伤了学生的自尊。这样一来，无论男女学生，都将心里话讲给他听。自然，他对学生的思想状况也能做到心中有数。就这还不够，他还经常进行家访。他的家访也得到了学生的理解和欢迎。因为他完全摒弃了其他老师那种纯粹"告黑状"的做法。在学生看来，他平易近人，没有架子，更不会偏心，对谁都一样。为此，学生也都听他的指挥。多年来，凡他所带的班，各项工作都走到了前面，给全校树立了榜样。这就使他更坚定了一条真理，那就是功夫不负有心人。然而不管怎样，他始终都是不骄不躁，认真负责地干着自己的工作。

### 3

他清清楚楚记得，一次讲课的时候，他发现后排靠墙坐的一位胖乎乎、名字叫黄蛋的男生趴在桌子上，用书挡住脸面，看着墙上的什么东西，有时竟然还喜滋滋地露出微笑来。他不动声色地继续讲着自己的课。下课后，他走到那同学的座位前，看着那同学刚看过的地方。只见上边用圆珠笔、钢笔、铅笔密密麻麻地写着字。这些字迹斜向的、竖向的、横向的、交叉的都有。但是到底是什么东西，因为站得较远，有些看不大清楚。于是，他便倾着身子朝那里仔细地看了看——好家伙，这里不是骂人的话，就是有关恋爱方面的话。那些骂人的话，既粗俗又野蛮，简直是不堪入目；那些有关恋爱的话，也极其肉麻，大多是将流行歌曲的歌词改编以后的话，反正，有些意乱情迷、难舍难分、如痴如醉的味道。

　　看到这些，方正看了看旁边的黄蛋，黄蛋也很不好意思地偷眼看着他，从那神情来看，好像是说：这下子可被老师逮着了，一个天大的秘密被发现了，老师会怎么发落我呢？两人稍微对视了一下，方正也没说什么，随后就走出了教室。

　　已经出了教室的方正，心想，这可是发现了一个了解学生、把握学生思想活动的极好途径，只要注意这些，肯定能把他们的思想了解得非常透彻，以便自己在今后对他们实施教育的过程中，能够做到有的放矢。一想到这，方正又好像看到了胜利的希望，情不自禁地笑了。

　　下午五点半的时候，全校的学生都离开了学校。这时方正走进教室，只见几名值日生在那里打扫着卫生，整理着桌椅。他一声不吭地绕着教室的周围，看着墙上学生创作的"作品"。原打算了解个清楚，看看学生到底写了些什么。这一看，发现写在墙壁上的内容还不止那些，有骂同学的，有骂老师的，有数理化公式、定理之类的东西，当然，还有表现男女关系的特别夸张的画像。就这些来看，完全是带有嬉笑和耍弄意思的，甚至还有带讽刺意味的。

　　"方老师，您怎么还对那些东西感兴趣？那有什么用呢？您就不怕污染了眼睛？"一个正在扫地的女生走到方老师跟前问。

　　"你才傻呢，方老师看那些东西可有大用呢。要不然，他怎么做到对症下药呢？"没待方正说话，正在教室前面扫地的另一个女生抬起头来冲着她说。说完这话，她又转头朝向了方老师问道："方老师，您说是吗？"

　　方正看了看她们，只是笑了笑，没有吭声，然后便继续专注地看着那些东西。

　　隔了一会儿，两位学生走到方正的跟前说："这些东西，不仅墙上有，桌面上也有，不信瞧瞧。"其中的一位一边说着，一边拉起方正的手，走向一张桌子的旁边停了下来。

"瞧，方老师，这内容多丰富。可以说就和我们学生的'思想大全'一样，您可要留心看，深入研究哟。"那位女生站在旁边对他说。

方正朝那桌面一看，好家伙，内容和墙上所写的东西大体一样。外语单词、数理化公式、定义定理、丘比特射的箭、把某个同学埋了的坟墓等等，应有尽有。

"这些同学怎么如此不注意环境卫生呢？太不雅观了，也太不注意保护公物了！"方正朝着那两位女生说道。

"这样做，有的是有意的，有的是无意的。说有意，完全是为了考试作弊用，或者是为了加强记忆用；说无意，是指那些东西是随手画在上边，或者无意识地写在上边的，并没有什么目的。除了这种情况以外，还有的纯粹是闹着玩的，只是图个乐趣，比如，有关恋爱方面的一些话语。他们全都是瞎闹。"一个男生这时凑在跟前很是热情地解释道。

看完了这些，方正觉得收获很大，这对于掌握学生思想活动很有益处。遗憾的是，这些地方自己平时压根就没有注意到。今天发现了，竟然得到了以往没有得到的收获。但可气的是，这些学生竟然不顾桌面的整洁，不注意教室的环境卫生，更不知道保护公物。是啊，这已经到了不得不讲的地步了。

针对这种情况，方正准备开一个维护班级环境卫生的主题班会，大讲特讲一下，在学生中立刻消除这样一种不文明的做法，不仅要让这种现象销声匿迹，而且还要起到立竿见影的效果。

# 4

离圣诞节还有一个星期，班上几乎所有的学生，都开始讨论圣诞节的事情了，好像人人都要过一个平安夜。性子急点儿的干脆也忙着准备圣诞礼物了，有的在做圣诞老人的帽子，有的在赶制圣诞老人的服装，有的在准备着圣诞树，至于学习心思早都没有了。

方正走进教室，一看好多学生都在窃窃私语，一问才知道他们都在忙活着过圣诞节的事情。"是啊，圣诞节又要到了！"他不禁在心里说道。可不，这几年都是这样。他们喜庆，他们热衷，有的干脆跃跃欲试了，好像这个时候就已经是圣诞节了一样。这圣诞节不是西方国家的节日，怎么在我们的学生中间，竟有着如此大的魅力？对此，他们怎么竟是这样地狂热！

　　起初，他根本就没把这当回事，也没有放在心上，更没有去想这到底是怎么回事。可这一次，无论怎样，他都觉得有些不大对劲，不管怎样，他都要弄明白其中的原因。

　　他朝班里所有的学生望了望，然后带着思考回到自己的办公室，坐在座位上沉思了起来：是啊，这种现象不仅仅局限于自己一个班里，而是几乎全校的学生都很热衷于过圣诞。方正追寻着其中的原因。

　　思来想去，他探明了其中的原因。无非就是许多商家为了达到他们的最大利益，在此故意将西方国家的圣诞节过度商业化了，要问那种豪华的程度，大有一种浪费之嫌！只要细心瞧瞧街道的那些商店，几乎没有一家不这样做的，橱窗内、店门口以及豪华酒店的大堂，无不装扮着很讲究的圣诞树。圣诞树披着彩带，带着灯光，煞有一种霓虹的意味，很是精彩，很是浪漫，好有西方的韵味，也很有吸引力。商家要的就是这种能吸引广大顾客眼球的效果，特别是吸引年轻人眼球的效果。在此，他们大有一种不惜老本之嫌。就这还不够，还要让媒体大肆宣传，唯恐世人不知道外国还有一个圣诞节似的。这几年，人们对圣诞节的庆祝已经是越来越隆重了，从其声势来看，似乎造得越大越好一样。

　　就这种声势，竟让青年学生个个都像着了魔一样疯狂。

　　"方老师，想什么呢，看你那一本正经的样子？是不是又在忧国忧民了？"办公室里的另一位和方正年龄差不多的楠老师，一直注意着他表情的变化，瞧他那认真的样子，不由得嬉笑着问了一句。

　　"唉，没有，我是在想，现在的学生为什么如此热衷于西方国家的这些节日呢？"

　　"什么节日？"

　　"圣诞节。"

　　"看看看，我就知道你又在想与国家有关的事情呢，果不其然。怎么，想出原因来了吗？"

　　"基本想出来了。"

　　"什么原因？"

　　方正将自己刚想的那些原因说了一遍。

　　"这几年，何止圣诞节，不是还有'情人节''愚人节'什么的吗？"楠老师听完后对他说道。

　　"这些节日好像已经在我们的中学生中间生根开花了。他们特别热衷，也特别投入。商家对这一现象的炒作，目的就是抓住商机赚大钱，而我们的学生，恐怕就不是这样的目的，他们完全是出于一种对某项新鲜事情的新奇，而这种热衷也正是从新奇开始的。可就是这一开始，竟然搞得没完没了，年年如此。这样下去的结果会是什么呢？还不是对民族的传统越来越淡漠了吗？比如他们对待民族节日的态度就截然不同，没有几个人能够自觉地去倡导、去热衷于它。这样下去，自己民族的传统岂不是在他们的思想中越来越淡漠，甚至逐渐消失了吗？真要是这样的话，一个失去了自己民族传统的人，乃至于这个民族，还有前途吗？没有，肯定没有！"

"这也真是个问题。"

"这样下去可不行，得想法子校正学生中的这一现象。怎么校正呢？得向他们进行民族意识的教育，让他们对自己民族的文化热衷起来，无论怎样，都得这样。比如，可以讲解一些民族节日的意义，让他们从思想上对此有足够的了解和认识。"

"你说的，我双手赞成。"楠老师表态道。

"就现行的社会现状来看，这项工作刻不容缓。因为随着改革开放的深入，西方国家的意识形态不断地渗透。我们要随时认识到这一点才行，更要提防这种情势在青年学生中间的蔓延。这样才能继续保持民族文化的独立性，而不至于完全被西化。"

"啊，方老师，你看问题就是深刻，我这教数学的简直就没有你这个认识。"楠老师很佩服地说道。

"丁零零，丁零零"，一阵电话铃声急促地响着。

刚说完话的楠老师赶忙走过去接起了电话。

方正觉得这是一个不容忽视的问题，也是一个急需解决的问题。有了这样的认识，他干脆一不做二不休，开始在图书室和阅览室寻找这方面的资料了。在寻找的过程中，由于一头扎在那里时间较长，精力过于集中，他的眼睛便经常疼痛不堪，但他还是坚持着，最终找到了这方面的资料。对于找到了的资料，他细心整理，然后带回了自己的办公室，再结合学生的实际，编写宣讲提纲，利用班会时间，在学生中开展有关中国传统节日的来源、意义的讲座。在这些讲座中，有元宵节、清明节、端午节、春节等等。如此一来，学生对这些节日的意义就有了更清楚的认识，也达到了教育的目的。

据学生之后的反映，在他讲的所有内容中，以下的这些内容最精彩，也最能打动人，相对而言也更有说服力，其教育意义也最为深刻：

"现在我们的同学都觉得西方国家的那些东西都很宝贝，于是，就把它们视为至宝，不管三七二十一，一并兼收，如此做法的后果肯定是将自己祖先留下的美好东西给荡涤得干干净净，以至于在悄无声息之中，变成了西方国家的文化附庸或者是积极倡导者，最后甚至连做中国人都不会了。固然西方国家有许多好的东西，也值得我们拿过来借鉴，可我们也不能因此就将自己优秀的传统给丢掉了吧！看看世界，哪一个国家不在强调自己国家民族的东西，是日本、韩国，还是英国、法国？所以说，我们在吸收西方的好东西时，决不能忘掉自己祖先优秀的东西，更不能一味地把它们视作老古董，一概丢弃不要。"

讲到这里的时候，他稍作停顿，注视了一下学生的表情。然后，便充满激情又不慌不忙地说：

"现在社会上，有些人在学西方国家的一些做法的时候，只是看了个表象，学了个皮毛，将西方的一些做法完全照搬过来，同时也将那种美好扩大了。之所以这样，问题在于他们的想法有些浅薄，或者说，对西方的一些东西根本就没有进行仔细的分析和研究，对他们的文化只是做了片面的理解，同时对自己祖先留下的文化并没有予以深刻的研究，不懂得祖先留下的文化的博大精深。其实，西方国家的众多文化现象，比如，家庭观念、爱情观等，根本就不像我们有些人理解的那样随便、那样开放、那样不负责任。就一些资料报道来看，他们的家庭观念也很强，真正意义上的男女关系也不是那么随便，而是非常认真的，有的甚至还表现得十分保守。如果我们继续这样，最后丢掉的必定是自己的根，也就是说，最后我们连自己从何而来都不知道，或者说，不知道自己的祖先是怎么回事，不知道他们的住地、生活方式、文化习俗乃至于传统美德等。我们的同学，自我讲了以后，如果还硬是那样理解，那只能是不全面的。

"如今现实的情况是，西方的好东西我们没有学好，也没有真正学到手，而带有自己民族性质的许多优秀传统的东西反倒丢光了。与此相反，西方的一些国家，现在却在起劲地学习中国的古典文化。中国优秀的传统文化，越来越受到外国人的青睐。许多国家，现在已经兴起了'汉语热'的浪潮，有的在自己的国家设立了'孔子学院''老子学院'之类的专门研究机构。这样下去，博大精深的中华文化势必要变成引领世界的文化。就目前形势来看，这已经成了不可阻挡的趋势。在此，我还是恳请我们的同学，不要忘记自己祖先留下的美好节日，要把它当作纪念祖先、尊重祖先、承继祖先遗志的一次次美好的活动。这绝不是故步自封，也不是夜郎自大，更不是不知进取，而是因为它是我们祖先立于这一广袤土地上的创造，也是我们祖先的智慧最完美的体现。作为同样生活在这样一片广袤土地并且身上流着祖先血液的后世子孙的我们，没有任何理由不这样去做。"

这一次次的讲座，他都是经过深思熟虑的，更是带有深厚的国家感情以及民族感情的。是啊，为了这一次次的讲座，他可是没有睡过一个囫囵觉的。他只希望自己的学生能够保持自己纯粹民族性质的东西。有一句话说得好，民族性的东西就是世界性的东西，而世界性的东西又必须是民族性的东西。道理也真是如此！但愿我们的学生都能记住自己民族的节日，保持自己民族的习惯和风俗。

做完这项工作，方正觉得自己做了一件很有意义的事情。然而，他并没有因此而停步，而是想得更广、更远、更长。这一问题，现在不仅仅是只限于一个地方，而是全国性的。有些资料不就是这样讲的吗？是的，现在的学生，人文知识越来越浅薄，还自以为什么都懂得了似的。寻其根源，就是功利心切，"一切向钱看"的观念正在深入我们学生的心灵，致使我们的学生中重理轻文的现象越来越严重，也越来越不可遏制。整个社会在慢慢织就着一种"学而优则仕"的氛围，每个人都认为，现在在这个竞争激烈的社会，只能让自己的孩子学好数理化，至于其他的，那都是白搭。什么历史呀，哲学呀，文学呀，统统都是这样。因为对这些东西再精通，其获取金钱的速度都没有学技术来得快、来得容易、来得多。就现实情况来看，现在的学生都很实际，于是，学文科的越来越少；不仅如此，有的正在学文科的，也中途改了道路；还有没上学的在他学文的父亲的教导下，也迅速地改弦更张，不再与文科打交道了。说实在的，谁都不傻，在这个人人都想挣钱的时代，谁还会主动去干那些不挣钱的事情呢？在此风气的影响之下，我们失去的将是民族的骨气和国家的尊严。这种情况，现在看来可能还不太明显，但是，到了以后的某一阶段，就会特别明显。作为一个国家、一个民族，真到了那时，已经建立起来了的金钱大厦，都很有可能颠覆倾倒。这绝不是危言耸听，而是颠扑不破的符合逻辑推理的远见。究其原因，很简单，那就是这个国家、这个民族，已经完全失去了自己的灵魂，失去了可以主宰人们灵魂的优秀的民族传统文化。如果真的变成了那样，这该是多大的伤痛和悲哀啊！

方正想到这里，不由得担心害怕起来，更是打起了寒战来。是的，现在还有那些前辈给我们掌舵，可以后轮到这一茬人的时候，这些长辈们已经年老，甚至有的已经不在人世，到那时，又该怎么办呢？方正不由得有些茫然了。

这只是学生的猎奇吗？非也。这是社会的感染，是社会的浸透。学校没有办法选择与社会不接触，学生更没有办法杜绝与社会的接触。可是这种接触，对我们的学生影响又是多么深，以至于使学生从内心深处都忘记了自己的民族节日，或者压根就不知道自己民族的节日是什么，不知道都有哪些节日，而这些节日又都是在什么时间，又有什么意义，个个都变成了西方节日的崇拜者了。这样看问题，并不是反对我们的学生接触西方的节日，而是要他们记住自己祖先早就已经定下了的并且有着特定意义的节日，让他们懂得，这些节日都非常值得传承。因为这些节日的背后都有丰富的文化内涵，记住了它们，在一定意义上就是记住了自己的祖先，就是明白了自己从何而来，更懂得了自己的民族是不同于其他民族的，它有自己的血脉，有自己的精髓，有自己的特质！除此之外还要让学生明白，我们中华民族，是一个历经沧桑、饱受灾难的民族，同时，也是一个有着厚重文化底蕴的世界优秀民族之一。在此，要让他们懂得，他们有权利、有责任也有义务记住这些优秀的民俗民风，并且要很好地继承这样的一种民族文化，这是他们义不容辞的责任。当然，我们强调这些，并不意味着我们就是狭隘的民族主义。

方正在此问题上想了很多很多。也许是惯性使然，他在此问题上许久都不能平静。他的心中就像波涛般汹涌着。

他要把学生中间出现的这一具有普遍性的问题写成文章，进行呐喊，以便引起全社会的关注，将这种不利于民族传统的事情纠正过来。他积极地筹划着。是啊，这样做，在目前世界经济一体化的国际形势下，太有必要了。随着经济一体化的进程，世界文化也无疑会迎来一个大的碰撞，进行一场大的交流。这样势必会出现两种可能，那就是中国固有的优秀传统文化的丧失或进一步发扬光大。在此，我们必须保持清醒的头脑，将我们的优秀传统文化传播到世界的各个角落，让世界人民更好地了解中华文化，从而达到弘扬中华文化的目的。

## 5

一天早上刚上班，一位家长就跟着方正进了办公室，她二话没说，扑通一声跪在他的面前。站在她面前的方正，顿时有些丈二和尚摸不着头脑，一下子愣在那里，更不知发生了什么事情，即使真发生了什么事情，作为家长，也不至于在老师跟前这样！他急忙伸出双手，把这位家长拉起来，可家长就是不起来，说有事求他，让他帮忙，不然她就不起来。一时间他只好答应："你有什么事情就说，不要这样，我能帮得上的，一定帮。"

听了方正的话，那位家长才站起身坐在旁边的沙发上，慢慢向他诉说。只听那位家长说自己的孩子学习原来很好，可现在竟然整天上网，废寝忘食的，成绩一而再再而三地下降，全家都没有办法。就这样，家长也不敢批评，一旦批评，就会寻死觅活的，以至于现在全家都看他的眼色行事，眼看着都有些活不了了。

看到这位家长伤心无奈的样子，方正只好答应她，说帮助她教育她的孩子。

后来，方正运用了心理治疗方面的"支持疗法"的原理，对孩子实施了治疗。说来也奇怪，没多长时间，这孩子就彻底地改变了模样，不再去网吧了。为此，这位家长感激不尽，既是请他吃饭，又是给他送东西。然而，这一切他都婉言谢绝了，说那是自己这个当教师的应该做的。可惜，因为孩子落下的课程较多，还是跟不上。无奈，没多长时间，家长又将他转到了另外一所学校。

还有一位家长，那是自己所带班级的一位学生的母亲，为了孩子的学习，经常到学校和自己交流，时间一长，方正也就熟悉她了。就这位家长，在一次座谈中，竟给自己讲起了她的家庭情况，说孩子他爹是个家具店老板，几年前和自己一样都是工人，可就在刚刚改革开放的时候，他下海经商，渐渐挣了点儿钱，后来又开了个家具店。慢慢地，人就开始学坏，在外面有了女人，并且还经常来往，至于孩子，压根就不管。孩子的管理本是父母双方的责任，可现在却成了她一个人的事情。为此，她和他经常闹，可不管怎么闹，他就是与那女人不离不弃，好几次，竟然还把那女人领回家，事不凑巧，几次都被她发现了。这也太欺负人了！自然，这就不免地爆发了一场场大战。可事情过后，他却依旧如此。后来她想，他能那样，自己也能那样，趁着自己还有点姿色，只要愿意，肯定也会有男人相中的。事情也巧，不怕你笑话，在我们住的那个地方，就有一位五十上下的男士，只要碰到我，总是有意无意地向我放电，很钟情我。有一次，他借故到了我家，竟然做了很不该做的举动，当时，我还能把握住自己，于是，就给予了坚决的制止。自那以后又多次骚扰我。瞧着那男人渴望和可怜的样子，我真想和他好，以便报复报复我那花心的老公。可一想到孩子，最后我还是没有。但是，这样一来，我总感到自己很亏，竟然有这么一个背叛自己感情的男人。"

……

那位家长还在那里没完没了地絮叨着。

此时的方正一看，她的神情都有些变化——不仅有些慌乱，而且更是有些悲愤，同时还有着一种绝望的期盼，而这种期盼，就是让自己这个当班主任的多给她的孩子一些帮助，使孩子不要滑到泥坑里去，能顺利地成才。这位家长的心情，自己怎么能不理解呢？不过，她怎么能将自己的隐私随便告诉一位只是相识的男老师呢？方正只感到，像这样的家庭，孩子无论是学习还是其他方面，想变好都非常困难。想到这里，方正只为自己的这位学生感到惋惜，同时也感到无奈。是啊，教育可是一项综合性工程，仅有学校的教育是远远不够的，还得靠家庭、社会全方位的教育才行。学生受到家庭的影响太大了，而这种影响，又是别的力量不能改变的，因为它太持久、太刻骨了。方正非常同情这位母亲的遭遇，更同情她的孩子，最后，他告诉她，自己会对她的孩子尽心尽力的。

听到这样的话以后，那位家长的脸上才露出了少有的喜悦，随后很放松地站起身，向他深深地鞠了一躬，便带着几分胜利的感觉转身走了。

送走了这位家长，方正坐在座位上，很是认真地思考着家庭对孩子成长的影响来。

是啊，像这样的家庭，对孩子的成长怎能没有影响？父母亲的一切言行，对孩子都有潜移默化的作用。然而，家庭对孩子成长的直接影响又何止这么一种，简直是五花八门！据有些学生反映，他们的家长，经常聚集一伙人不分昼夜地在家打牌，在此，家长们完全做到了"专心致志、废寝忘食"，似乎任何事情与打牌相比都是次要的，就连孩子的学习，在他们的心里也无关紧要。有时，孩子为了学习，说要完成作业，他们还很不高兴地训斥孩子，嫌孩子把作业拿回家做，影响了他们的玩乐。这种情况下，时间一长，孩子也就皮了，心想，家长对自己的学习都如此不重视、不关心，自己为什么还要学习呢？于是，孩子便破罐子破摔，干脆不再学习了。像这类放弃对孩子的管理、任其发展、只图自己快乐的父母，简直就不是合格的家长，更不配做父母。一般来说，这类家长文化素养都较低，对孩子没有什么高的要求。与此相反，还有一些家长，倒是很关心孩子的成长，但是，在教育孩子的问题上，往往方法简单粗暴，碰到问题不是打便是骂，以至于让孩子的内心深处都有了一种恐惧心理和逆反心理。这都证明了父母在孩子的管理上还存在着很大的问题。也正是这些问题的存在，给学校教育增添了许多困难。然而，学校教育对于这些不正常的现象，又往往都无能为力。但是碰到了问题，还得解决，可解决的办法又是什么呢？那就是：举办家长学校。作为学校，也只能做到这一步了，因为这种方法也只是一种有限的方法。

# 6

大学毕业刚参加工作的那阵儿多好啊，学校的一切都不像现在这样，也都不是围绕应试教育的指挥棒运作。

方正清清楚楚记得，一个下午的第三节自习课下了以后，几个男女生正在教室里玩耍，他们有的玩着"猜咚吃"，有的胡乱议论着。只听那几个同学说："哎，现在都是义务教育，谁怕谁呢？我就不怕老师，他们能拿我怎么样？就是犯了错，他们也不能开除我，不然，我告他们去，因为我们是受法律保护的。"

"有法律保护倒不假，可你也不能乱来呀！"

"这，你什么意思？"

"最起码也得遵守纪律呀。"

"我就是不遵守纪律，看他们能把我怎么样。"

"这，就是你不讲理了。"

表示成心要捣乱的那个学生一下子被噎住了，狠狠地瞪了一眼反驳自己的这位同学，随之就怏怏地坐在自己的座位上，看着其他同学玩耍，一声不吭。

正在玩耍的几名同学注意力非常专注，只是自顾自地玩着。这时，方正走进教室，不动声色地找了一个座位坐下，细心地聆听着他们的议论。方正把自己的这种行为始终当作了解学生、掌握他们思想活动以及心理活动的重要途径。像这种做法，已经是多次了。为此，一般情况下，他都能较为准确地把握学生的思想动态，以便采取一些有效的措施。

方正在把握学生思想方面，可谓用尽了心思。他时时处处都很留心，凡碰到一些问题，都随时随地记下来，然后再加以研究，找出规律，采取措施，最终写成文章。

也正是这样的一种习惯，才使他在教育实践中获得了许多第一手极有价值的资料。就这样，他觉得还不够，也还不满足，继续细心地观察着。由于这样的坚持，他在有意无意中发现了学生表达心声的众多途径，像"桌面文化""墙壁文化"等。所谓"桌面文化"和"墙壁文化"，其实并不是什么文化，因为它丝毫不具备文化的成分，而是学生思想的一种自然坦露。这里最多的是有关爱的内容，即对爱的渴望、对爱的相约、对爱的承诺、对爱的誓言，还有爱的豪言壮语；除此之外，还有对影视明星的崇拜和追捧，以及乌七八糟的污言秽语；等等。它们就表现形式来看，有的是文字，有的是图画；就表现手段而言，有的是用笔画上去的，有的是用刀子刻上去的；就动机来说，有的是有意而为，有的是无意而为。然而，不管怎样，这些都表现出了他们的一种无知，或者说是一种小聪明。只要看到这些，方正都会觉得，这是自己的一种发现，也是一个独到的研究途径，更是捕捉学生心灵世界的窗口。古语说得好，"知己知彼，百战不殆"。而自己只要对学生的这些东西加以把握，就可以准确地捕捉住他们的心理轨迹。为此，他对自己的这一发现，常常感到由衷的高兴。是啊，这一切，都是学生平时心声的表露，并且是一种无声的表露。他暂时严实地守着这个秘密。之所以这样做，是因为一旦将此捅破，让学生知道了，他们也就不可能在此再来表露心迹了。为了有针对性地做好学生的思想工作，他平时很注意这些地方内容的变化，一旦有什么变化，他便很迅速、很准确地把它记录下来。

　　起初发现这些情况，他很为学生的无知感到担忧，进而感到有教育的必要。因为这种行为不仅表现了他们的幼稚，而且也破坏了公物，更分散了他们的注意力、也影响了他们的学习。

　　针对学生的这些行为和心理，方正在他们中间，进行了多次有关这方面的教育讲座。每当讲解这些内容的时候，学生以及教师都会感到惊讶，也都觉得他讲的内容都很切合学生实际，很有针对性，同时，大家也都产生了一个疑问：他怎么对学生的思想以及行为，竟然如此了如指掌、如此熟悉？他是通过什么渠道了解的？疑问之余，又对他都抱着一种崇敬的心理。自然，他所说的，学生没有不听的。自从做了这项工作以后，"桌面文化"以及"墙壁文化"，特别是那些乌七八糟的不雅之语，就极少出现了。有了这样的结果，方正着实觉得这是自己在教育方面的一大进步，也是一种成功，更是一种胜利。为此，他常常喜不自胜，一直乐呵呵的。

　　有了这样的收获，自然，他就更有了劲头。为了能进一步同时也为了更准确地把握学生的思想动态，他放下架子，常常和学生打成一片：和他们一块儿唱歌、一块儿打球、一块儿谈心。与学生经常接触，使他和学生在很大程度上拉近了距离，也使学生充分地认识到，在这样一位老师的面前，师生之间可以平等相处。有了这样的认识，学生自然也就愿意接近他，凡是心里话也都愿意给他讲——即使不给父母讲的话都给他讲了，诸如谁和谁早恋、谁和谁不和、因为什么不和、自己的心理活动等都讲给他。有的干脆整天缠着他，只要有空，就和他聊，在这里有男同学，也有女同学。有的甚至把他当作最亲的人，还有的干脆直接认他当父亲。能和学生保持这样一种关系，自然也给自己的工作带来了很多方便，效果也事半功倍了。令他最高兴的就是每年的元旦，他都能收到很多学生寄来的贺年卡。看到这些，他就觉得这是一种莫大的收获！这是自己细心的收获，也是勤奋的收获，更是爱的收获和人格魅力的收获。是的，如此的收获，都是自己为教育辛勤付出的结果。

每当得到这些收获的时候，他都会受到一种莫大的鼓舞，也都会产生一种无尽的力量。这使他更加坚定了自己一贯所持的那种教育思想："老师给学生的，始终都应该是终身有益的东西。"他的所作所为，都是靠这种信念去实施的，也都是围绕着这样一种信念去实践自己的愿望的。

## 7

一天下午，方正刚上完第一节课，从教室走到楼道，迎面走来了刘云老师。只见她脸色惨白，有些紧张地对他说："师兄，我上午出去办事，在街道突然碰到了咱们学校曾经毕业的几个学生，他们都戴着手铐，被警车带走了。听说，昨天晚上，他们在一家网吧把老板给杀了，其中还有你带过的一个名叫刘文若的学生。"

"什么！"方正一听，当即瞪大眼睛愣在那里。不过，他很快回忆起了那个叫刘文若的学生在学校时的表现来，说："不可能吧？这学生当初可是很文弱、很乖巧、很敦厚。肯定是你看错了，他怎么会呢！"

"我也不相信，可这又是真真切切的，我亲眼见的啊！这说明他现在已经不乖了呀！"

方正这下子不再说话了。

"听说这几个学生当时就是去教训教训那老板的，谁知一出手就弄出了人命，把网吧也给砸了。"

"杀了人，还砸了网吧？"方正简直不敢相信这竟然是事实，并且还是自己曾经带过的学生。他感到意外，也感到吃惊。这可是自己从教以来遇到的最大的不幸啊！当即，他就为这几个学生的莽撞而感到难过，也为他们的犯罪而心疼，只觉得他们太意气用事、太不懂法了。

隔了大概有半年的时间，这几个人的案子终于判下来了。其中的一个名叫王海洋的被判了死刑，其他三个人分别被判了十五年、十年、九年的有期徒刑。这时，他才知道自己曾经带过的那名学生刘文若是被判得最轻的，原因是协从他人犯罪。这真是天大的捉弄啊！这些孩子，小小年纪竟然就干出了这样的事情，这一辈子可都完了！他很同情这几位学生的遭遇。可同情又有什么用呢？这可是血的教训啊！

这社会到底是怎么了？竟让孩子们走上了这样的一条路！这到底是社会的问题，还是孩子自身的问题？莫非，这两种因素都有？

……

方正对着明月，凝神望着，像是要从中找出答案，可月亮还是依旧冷冷地对着他，没有丝毫的恩赐，也没有丝毫的怜悯。

刚才还希冀将思绪予以清理，使之明晰，但现在思绪依然这样凌乱、这么烦人！

他走到一棵杨树旁停下来，左手搭在树上，痛苦地低着头、吸着烟，随后顺势坐在不远处的水泥台上。

"谁？"门卫老王一边走一边警惕地问。

"我，方正。"方正朝来人看了看。

"是你，方校长。我以为你已经离开了学校。是不是不舒服？"

"不是。"

"肯定又为学校的事操心了。"

方正点点头。

"唉，这学校，也真难搞，自从我到这学校以来，光校长就换了四五茬，每任校长上任不足两年，就被一些能量大的人掀翻，谁还为这学校有个长远打算呢？"

老王头说着，就蹲下身坐靠在了旁边的护栏上。

"你们当领导的，也真辛苦。就这么个学校，就这么些学生，还要想方设法将事情办好。难啊！连我这老头都知道教师不够用。但这过错又能怪谁呢？还不是怪前几年不重用年轻人，这以后，人家走的走，调的调，原因是什么？

人家心寒啊！你没听'哀莫大于心死'？现在教师青黄不接，还不是当初这些做法造成的？这造成也就造成了，谁来负这个责任呢？到头来，受影响的只是学校，只是学生。这样下去，怎么得了！这是误人子弟！这不是在犯罪吗？"

方正细心地聆听着老王头说的话，也时不时地点着头。从那架势看，好像完全同意老王头的话，同时，也似乎在告诉他：我又何尝不是这样想的呢？

月光下，一切都显得朦胧，方正不自然的表情，都被掩饰得严严实实。

老王头看方正直点头，就越说越来劲："年轻教师，工作中难免会犯一些错误，可犯了错误，只要老同志给予真诚的帮助，他们都能改正的。就他们来说，一旦觉悟，反过来也会感谢曾经批评和帮助过自己的人的。因为人心毕竟是肉长的，谁也不是铁石心肠。"老王头越说越激动，"咱们的老师，从早到晚，忙忙碌碌，也挺辛苦的。辛苦一整天，效果好了，倒是安慰。可令人想不通的是，学生素质太差，收获不大。碰到这样的学生，老师也有怨气。当老师，谁不希望自己的学生个个有出息？说实在的，咱们的老师，对学生的教育及负责程度，要超过重点学校老师的许多倍，如果碰到重点学校的学生，也能年年来个'满堂红'的。"

"何尝不是这样呢？"

"老师也是人，也有七情六欲。但他们理智地忍受着各种困难。像刘云老师，课讲得那么好，班带得那么出色，如今还带着一个孩子，却住着不足十平方米的房子，爱人也调不来。"

"厂里不也困难嘛。"

"困难，看对谁呢，就是对那些老实巴交的人。你说厂里困难，这是事实，但人家还不同样往厂里调人，分好房子住？一个教师，能有多少社会交往，不就是整天在学校嘛。试想，一个交往频繁的教师，平时能教好书吗？如果这样，那他绝对不是一个好教师！"

憨厚的老王头，能说出这番话，是方正万万没有料到的。他被眼前的这位老人感染得坐不住了。他站了起来，以一种深情而又有着几分敬意的目光打量着他：这不是这所学校的见证？老王头也非常明晰地发现了厂里和学校工作中的不足。多么敏锐、多么朴实的一个老头！

"第一个教师节，厂里还重视教师，但随着教师节一年年地过去，厂里对待教师的态度也在逐渐降温，热情也越来越不足，直到现在，简直都有些冷淡了。"

"咣咣咣，咣咣咣"，传来一阵敲门声。

"好像有人敲门，我去开了。"老王头急忙走了。

望着远去的他，方正似乎明白了许多。一位向来不太爱说话也不太被人注意的老校工，竟然也有这样明晰的思想。

这时候，他又坐在了那个水泥台上。

他的脑子一下子又跳出自己当选为副校长时的情景。

那时，由于工作出色，在学校领导的人选上，经过在老师中间摸底考察，他被初步定为候选人。最后经过大家的投票表决，他高票通过。当主持人宣布这一结果的时候，全场响起了雷鸣般的掌声。他非常明白，这是大家对自己的信任，也是大家对自己寄托的厚望。而自己对于能够胜任副校长也是充满了自信。可谁知一工作起来，就完全不是那么回事了，特别棘手，以至于有时候棘手得毫无良策，看不到什么希望。

如今，学校搞到这个份上，难道自己就没有责任？他深深地检讨起自己的工作来。是啊，自上任以来，自己是尽职尽责的，可结果又怎样呢？还不是不怎么见效？不仅这样，还导致自己原有的那种锐气都丧失得差不多了，以至于都要被搞得遍体鳞伤了。如此得不偿失的结果，是为了自己吗？没有，一点都没有。方正的心，此时此刻，有一种说不出来的酸楚。面临如此状况，自己该怎么办呢？能将这种病入膏肓的学校命运挽救回来吗？不管怎样，自己还得想办法去干，谁让自己是副校长呢？既然是副校长，就肩负着不可回避的责任，就一定要迎难而上。只要自己做出了努力，不管到时会有什么结果，对自己来说，都是尽了力的。

他于水泥台上坐了很长时间，一根接一根地抽着烟，直至抽得肺部都有些难受了，才停下来。

忽然，他好像做出了什么决定似的，掐灭烟头，扔到地上，站起身子，用脚踩了踩，然后，便毫无意识地在路上漫步开了。临了，又来到操场，肩靠篮球杆，一手撑着下巴地站在那里，注视着眼前的操场，脑海中的思绪又不断地涌现。

他非常留恋自己当教务主任时处理的一件事。那时候，学校形势并不比现在好多少，但幸运的是学校间的激烈竞争才刚刚开始，挽救学校命运，还有的是措施、有的是办法，当然也还来得及的。

为了这所学校的生存，也为了这所学校的命运能转危为安，能迅速起死回生，自己依据学校实际，审时度势，曾经设想一定要让那些本来准备转走的学生不再转走，这样，肯定会给学校留下足够的好学生的种子，只要这些种子留下了，教学质量肯定能上去。当然，这项工作必须在初三年级毕业之前的四五月份开展，这样才能抓住时机，否则一切都会晚矣。关于这个设想，自己也和许多老师交谈过，他们都认为这是一个好主意，说只要这样切实实施，时间不用多长，学校就会重新兴盛起来。这样还不够，自己还曾向虹云中学的钱校长请教咨询过，更是一块儿探讨过拯救自己学校的方法和措施。常戴一副眼镜、身材有些发胖、个头中等的钱校长并不像有些学校的领导那样，保守不愿意讲，而是非常热情、毫不保留地将他的看法讲了出来，同时，还将他的管理经验做了介绍。自己对钱校长自然是佩服不已，尊敬有加。回来以后，他便积极地着手这方面的工作，凡事也都身体力行。

他经常第一个到校，最后一个离校，殚精竭虑地制定着一些切实可行的规章制度。他对自己的学校充满着信心。年富力强的教务主任有这样的干劲，大家都看在眼里，记在心中，也都在积极地配合着他的工作。

很快就到了春季。这学期一开学，方正就专门召开了初三毕业班所有任课老师的会议，交代他们：尽自己最大努力，将学习成绩优秀的学生挽留住，如果能够留住，学校的振兴就指日可待。所有的老师也都纷纷表态，一定这样做。看到这种阵势，方正特别高兴。

为了将工作做得稳妥，没过多久，他又带领几位班主任老师，选择了一个晚自习的时间，召开了所有毕业班学生的家长会。会上，他将学校招生的优惠政策详尽地宣讲了一遍。大多数家长都表示赞许，觉得他讲得好，讲出了家长的心里话，认为他是一位真正搞教育的人，对他的讲话也都很欢迎、很拥护、很支持，最后，也都纷纷表示要将孩子留在本校。

这种工作，紧做慢做，时间就到了本学期末。一统计，全校的毕业生外流现象很少，因为家长普遍认为，自己学校老师的教学水平大多都很高，再说，学校自身也没有收取很多的费用。从情感上来说，也不愿意去那些所谓的好学校；因为去了以后，孩子除了适应新环境以外，自家还要掏较高的费用，而这种掏高费用的做法，在那些学校丝毫都没有商量的余地。与其这样，还不如待在自己学校好。

基于这种情况，学校便做好了新高一的分班工作。原想着自己学校的毕业生占高一的一大部分，然后再招一批素质较高的学生，这样，自己学校的生源按计划也是绰绰有余的，很快就能成为一所有模有样的学校。学校能在这样的一种情势下运行，也算是很正常的。

　　然而，为了弥补教育经费的不足，刘校长硬是决定多招收一些成绩不够好的学生，意思是说，只要有学生愿意来上，所持的原则就是，只要交钱，就来者不拒。这样一来，学生人数一下子就超出了要招的人数。按照分数，原计划招收的那些学生，基本素质较为整齐，可是后来招的这些学生，素质显然低了许多，以至于最后分班都成了问题。这下完全打乱了方正的计划，使他陷入了一种被动的状态。就实际情况来看，这些学生不仅自身素养欠缺，就是学习也赶不上去，还经常影响其他学生，以至于最后搞得那些素质较高、学习成绩优秀的学生和他们的家长都很有意见，说学校说话不算数，在欺骗他们，只知道挣钱，而荒废了学生。

　　这种情况在学校一直持续着，最后就连老师也都很有意见。本来是一件很好的事情，这时候却搞得人怨沸腾，压力很大。人常说，好事不出门，坏事传千里。一下子，学校的名声就在社会上降低了许多。

　　为此，方正很生气，可尽管生气，他还是千方百计地做着弥补性的工作，尽着一位主任的责任。因为他始终认为，只有这样才能将损失减小到最低程度。他在年级组的多次会议上，要求各科老师一定要恪尽职守，敢于负责，勇于负责，力争将这种被动的局面扭转过来，不能让原来向家长和学生做的承诺落空。他让大家一定要认清形势，抓住时机。只有这样，学校才能有前途，不然，以后的招生就会出现很大的问题，因为各校的竞争会越来越明显，也会越来越残酷。

　　方正平时的苦口婆心，老师们都很理解。他们都认为，他有一副清醒的头脑，很能把握住形势的发展，所以也都尽职尽责地完成着自己的任务。也许是功夫不负有心人，三年下来，这一级的学生不负众望，给学校赢得了很大的荣誉。随之，学校的声誉也上去了，工作也上了一个很大的台阶。为此，全校老师都倍受鼓舞，特别高兴，很有成就感，更有自豪感。自然，厂里在财力非常困难的情况下，也给了学校奖励。

　　取得这样的成绩，方正非常明白，这是全年级组老师共同努力的结果，绝非某一个人的作用。对学校来说，也算是一次小小的成功。在此，自己没有任何理由沾沾自喜，从而骄傲不前，而要再接再厉，更上一个台阶。是啊，要想取得更大的成就，就得更好地遵循教育规律，花费更多的气力！

　　高考成绩上去了，瞬间，学校就在厂里乃至周边引起了很大的轰动。就此，光华中学的名声一时大振，待秋季开学时，生源便滚滚而来。

　　想到这里，方正深深地透了一口气，仿佛轻松了许多，情绪也有些好转。

这时，他再望天上的月亮，那月亮竟是那样明亮、那样洁净、那样诱人。

是啊，他多么希望自己的学校能够这样继续发展下去，然后形成一个良性循环。如果真能这样，那么自己的愿望也就实现了，平时付出的也就没有白费。可现在的学校，还能再有起色吗？他的心中没底。因为他清楚地知道，现在的形势是，学校之间的竞争不仅激烈，而且已经到了白热化的程度。面对这样的形势，他不由得打了个寒战，脸再一次阴沉了下来。

这时的月亮，好像很理解他的心情，也非常知趣，转瞬间，刚才那种光洁明亮的模样就变得黯淡起来。

# 十四　忙里偷闲急充电　妻子真情秀恩爱

吃过晚饭，方正走近书橱，拿了本《管理心理学》倒在床上翻看。他一会儿舒展眉头，一会儿用铅笔画着。就这样，反反复复，没完没了。

"平时喊累，现在又看起书来。"洗完锅碗瓢盆的妻子刘慧英冲着他说。

"不充电能行吗？"方正很是无意地反问了一句。

"哪有你这样个充电法，连休息都没有。"刘慧英很是有些嗔怪。

"这不是更好的休息？"他又随口反问了一句。

"怎么能算是休息！"妻子刘慧英走至跟前，边说边伸手夺过了他正看的书，放到了原来的地方，织起了毛衣。

无奈，他只好闭起眼睛，假装睡了。

然而，隔了一会儿，他又睁开了眼睛。他见妻子非常专注，于是便欠起身子，将手偷偷地伸到书橱，拿下书，又看了起来。

其实，当他拿书的时候，妻子刘慧英早用余光看见了。然而她却不动声色地织着手中的毛衣。过了一阵儿，她才说："有些人又不自觉了。"

听了这话，他"嘿嘿"一笑，依旧看着自己的书。

"唉，你看那么多书，有什么用，还不是'死心眼'一个？越看越是书生气，死认真！"

"不认真，事能办好？"他斜了她一眼。

"办好了，又能怎样？能给你挂金牌吗？"织毛衣的刘慧英转过头来问。

"也不是什么金牌不金牌的，人生还是得干点事嘛。"

"你知道干事，可别人知道吗？再说，这家里，你又操了多少心？"

"干事，要别人知道干什么？自己问心无愧就行了。家里不是还有你吗？"

"有我是事实，可难道没你？自你干了学校的事后，家就纯粹成了我一个人的。现在的人，哪一个不是先为自己打算？就你能。一去学校就拼命干，一回家就死抱着书看，哪个女人跟你，能受得了？"

听着妻子刘慧英不住地唠叨，方正也觉得心里有愧，于是干脆就不再言语了。时间不长，他就放下书，呼呼大睡了。

看着已经酣睡的丈夫，妻子刘慧英心疼地说："真跟死猪一样。"随手将他放下的书收起来，又织起了毛衣。

刘慧英不住地织着毛衣，可织着织着，就不由得想起了前不久发生的一件事来。

一天下午，自己突然想到，全家好长时间都没有改善生活了，今天得好好地改善改善，这样也不至于让生活过得单调乏味、没了乐趣。再说，也该好好地展示展示自己最近刚学会的厨艺，让他们父子瞧瞧这当妻子和母亲的，也不是什么等闲之辈。于是，她便在下班以后，顺路在超市很是认真地连挑带选地买了些他们父子喜欢吃的食品和蔬菜，回家后，又精心地炒、焖、炸。不一会儿，一桌丰盛的菜肴便摆在了桌子上。看着自己的杰作，她不由得产生了一种幸福感。啊，这可是自己精心打造的一顿丰盛大餐，色香味俱全，现在只等着他们父子回家享用了，保证让他们胃口大开。这样想的时候，她的脸上时不时地露出了甜蜜幸福的微笑。

没过一会儿，上小学的儿子便哼着歌曲回来了，一看餐桌上这么多菜肴，便欣喜若狂，迅速地放下书包，跑至跟前，偷偷地用手捏着菜吃。

"哎哎哎，宝贝，你怎么能这样着急，连卫生都不讲，洗手去！"她很是疼爱地在儿子的小手上轻轻地打了一下，并且向他示意道。

"知道了。"儿子一边说着，一边就走向了厨房准备洗手。

"妈，咱们可以开饭了吗？"已经洗完手的儿子走至饭桌前问。

"不行，你爸还没回来。再等等！"

"我爸什么时候回来呀？"

"快了。"

"'快了'是什么时候？"儿子有些不耐烦地说。

"'快了'就是'快了'，你说是什么时候？"她带着逗笑的口气反问道。

儿子被说服了。于是，娘儿俩便又等了一阵儿。

然而，眼看着热乎乎的饭菜就要变冷了，可就是不见方正回来。她有些生气，心想，这人一天到底在干什么呢，竟然连吃饭都忘了，还不知道回家！

想到这里，她便对孩子说："你先吃，我到学校看看你爸去。"说完，她就离开了家。

来到学校，只见他办公室的灯光还亮着。她二话没说，就走进了他的办公室，只见他还在伏案忙活着，为了不影响他的工作，她便轻手蹑脚地坐在旁边的沙发上，一句不吭地等待着他。

时间大概过去了半个小时。

"你怎么在这儿？"一直忙碌的他突然抬起头，很是意外地朝她问了一句。

"等你吃饭！"

"等我吃饭？"

"嗯。"她点了点头，随之便有些抱怨地说，"你瞧都几点了，还不回家？"

方正赶忙看了一下墙上的挂钟，便发出了一声惊叹："哟，都快十点了！"他迅速地站了起来，边收拾东西，边急忙冲着她说："走走走。"

"谁干工作像你这样，星期天没星期天，晚上没晚上的，简直连家都没有了，整天都在办公室待着，就好像这学校是你一个人的。我看你以后还是和办公室结婚算了。"刘慧英不无怨气地说，随之用眼睛白了他一下。

面对这种情况，方正自知理亏，于是也没吭声，只是跟她一块儿走着。

……

唉，这人，看来就是这样了，对自己来说，已经没办法了！谁叫他是这样个人呢！自己干脆还得自认倒霉吧。尽管她心里这么想，但是，还是不由自主地时不时看他一眼，无意地聆听着他均匀的呼吸声。是啊，这个时候，她多么希望自己的丈夫能够如此安详地多睡一会儿，并且睡得踏实、睡得深沉！他确实是太累太累了！他太需要休息了！这是她现在唯一的愿望，也是她现在唯一能做的。她现在一门心思地这样想着，也好像只有这样，再没了其他。突然间，正在织毛衣的刘慧英一看时间已经十一点多了，于是便收拾了一下手里的活，也准备睡觉了。

# 十五　商业之风吹进校　拒绝干扰心愤懑

时间，正好是十一点整。从早忙到现在的方正，刚坐下休息，一位年轻漂亮的陌生女子，背着很重的背包，从门口走了进来。

"请问，您就是方校长吗？"

"什么事？"

"我想联系一下给学生定做校服的事，行吗？"

"这事，我们商量商量再说。"方正踌躇了一下说。

"是这样的，如果定做，我们可以优惠20%，当然，这20%归您个人。"

"这样说的话，我们不定。"方正的态度来了个一百八十度的大转弯。

"方校长，能再考虑考虑吗？"

"不用考虑。因为职工生活都比较困难，我们定做不起，再说，职工也会有意见的。"

"再见，方校长。"那陌生女子显然很尴尬，随后就离开了。

"成什么话，到学校赚钱来了！"方正见那年轻漂亮的女子走了，便很生气地说。

"如今这人，只要赚钱，简直是无孔不入的。"刚进门的教务主任肖剑冲他说。

"前几天就有个陌生男子，背着纽扣梳子之类的东西来推销，就被我赶了出去。我对老王说，像这类情况，一律不准进校，今天不知怎么地，又进来了。"方正面对刚进来的教务主任说。

"唉，现在什么事情没有？"教务主任说着，就将一张纸条递给了他。

方正接过一看，上面写着：

### 通　知

各直属中学及自办学校：

为了毕业照有统一的规格，便于管理，我委决定派专人到你校联系照相事宜。

望能予以热情地接待。

×××教委

1998 年 5 月 10 日

"真荒唐，连照相都要下一道'圣旨'！你明说为照相商家揽生意不就得了。"说着，方正很气愤地将那纸条扔到了一边。

"真是一帮'合理'的劫掠者。"教务主任肖剑附和着他说。

"唉，教育这既神圣又洁净的地方，已经不再神圣和洁净了。"方正的声音明显有些低沉，又有些无奈。

"哼，现在的文人，都不再羞于谈论金钱了，更何况教育？人们不常说'靠山吃山，靠水吃水'吗？按这种逻辑，教师挣学生的钱，也理所应当了？"肖剑说这话的时候，声音也有些低沉。

"但挣钱，也得讲个良心！倘若利用业余时间，靠自己的智力，那也倒是合理的事情。"方正调整了一下自己的情绪说。

"还有相当数量的教师在假期办班，收费也没个标准，说是多少便是多少。就这样，家长也乐意将孩子送来。"教务主任忧虑地说。

"就办班而言，国家教委曾三令五申，不准假期举办各种形式的培训班，实际上却越办越多。这些人，也就抓住了家长急于让孩子成才的心理。因为许多家长，只要是为了孩子的学习，是不惜代价的。"方正带有很同情家长的意味说。

"真是掐人的脖子要人的命呢。"教务主任肖剑不无气愤地说。

"从某种角度说，这叫'杀人不用刀'。但这种杀人，人们还都乐意。"方正哭笑不得。

"杀得真是高明。"教务主任肖剑的话带着挖苦的意味。

"这也就是知识人的高明。"方正不无讽刺地说。

"方校长，我找你有事。"教物理的年轻一些的陈老师进门便说。

"什么事？"

陈老师沉默不语。

教务主任肖剑一看这情形，顺势说了声："你们谈，我先走了。"

"好，请坐。"方正朝沙发向陈老师做了个手势示意道。

"我想利用周日补差。"

"那好呀!"方正很是喜悦地说。

"我想利用咱学校的教室,另外,还想收点费用。"陈老师的脸有些泛红。

方正什么也没有说,从抽屉里拿出一份市教委关于不许举办任何形式培训班的文件。

陈老师一看,傻眼了,一时便僵持在了那里。

瞧着陈老师尴尬,方正有些同情地说:"以往有人在假期办班,学校给开了绿灯,现在,学校准备停止这种活动。不凑巧,您正好碰到了这个时候。再说,以往个别老师的做法,质量没保证,收费没准头,职工意见很大,使学校工作很难开展。对此,还请您能予以谅解。"

"不行算了。但愿学校能做得公正一些。"陈老师说完,就怅然地走了。

方正细细思量着陈老师的话,觉得话中有话。别人办班之事,自己压根不知,等知道了,方知是刘校长批准的。自己还能说什么呢?以后在与刘校长的谈话中,自己曾几次提到教委不许办班的事,但他却置若罔闻,没有表态,自己也只好作罢了。

这不,问题又来了,并冲自己来了,想解释都不行,只能背黑锅了。

"谁让自己当副校长呢?"他自嘲道,然后便释然一笑。

"丁零零,丁零零",上课的铃声又响了。

只听见高三教室乱糟糟的声音。

"这怎么回事,高三?难道没人上课?"他纳闷地自问着。

正在这时,小马走了进来,问道:"方校长,江老师请假了吗?"

"是她的课?"

"是。"

"简直无组织无纪律!"方正很有些生气。

"她给我请假了,我忙,把这事给忘了。"

方正抬头望去,看到说话人竟是刚进门的刘校长。

"就是有事,也要提前说一声,工作也好安排。现在该让谁上课?现在教室乱糟糟的。这能提高质量?简直不懂规矩!"

方正这一语双关的话,刺得刘校长二话没说,就转身离开了。

刘校长一走,方正就有些后悔。他到自己办公室分明是有什么事情要说的,不然,一般情况下,他是不会来自己办公室的。但转念又一想,这是自己从未有过的一次发急,也好让他领教领教自己真正的脾气。人常说,兔子不急也不咬人呢。偶尔给他一下，他也就知道这人是不可随意欺侮的！有些人不就是这样：你处处尊重他，他倒小看你；你不尊重他了，他倒把你当回事，说话办事处处注意，甚至还怕你三分，知道你也有脾气。与这种不识抬举的人打交道，你说有什么劲呢？真是浅薄至极！刘校长不就属于这一类？

这样想了以后，他的气才消了几分，随后就和大家一道下班回家了。

# 十六　厂里经济不景气　人心浮动不稳定

　　厂里已有两个月没开工资了。

　　学校里，教师仅拿80％的工资。就这样，也拖了近一个月的时间。于是，人心惶惶，大家都不思工作。

　　"你说厂里，怎么偏偏就在这时候发不出工资，搞得人心不稳的？"

　　"这也不怪厂里。"

　　"怎么不怪？那些经营者就没责任？"

　　"这是大环境的影响嘛。"

　　"固然与大环境有关，但不能说与厂里没有关系。"

　　"真是树倒猢狲散啊。"

　　"整个厂里，人心都不稳呀。"

　　"就这样，学校还是照顾的。"

　　"若不是照顾，我看这课都要停了。"

　　"也难怪老师们这样那样的，都要吃饭呀！"

　　"可这样下去，怎么得了？"

　　"听说，江小华闹调动呢。"

　　"能不调动嘛？"

　　"还有几个年轻人也准备调动，万一不许，他们就像小陈、小杨那样辞职。"

　　"现在这年轻人，还不是说走就走，占的就是年龄优势。"

　　"形势这么严峻，当领导的也难。"

　　"人不是常说'巧妇也难为无米之炊'嘛？"

　　"真是。"

　　"你没瞧方正这几天疲惫的那样。"

　　"瞧人家刘校长，才不发愁呢。说不准，人家还准备离开学校到别处去呢。人家的'网'早就织好了。"

"不会吧。"

"怎么不会？如今，只要在一个'网'上，什么可能都会发生。没听'当地犯错误，异地同坐官'嘛？真是孤陋寡闻！"

"照说，人家到时候屁股一拍，走了了事，学校不学校的，与他何干？剩下的，还不是我们这些教书匠。学校说声散了，咱们干什么去呀？"

"五十多岁的，盼着退，也闹着退。人家退了，除了拿一份退休金外，还可以在外另找一份工作。两份工资加在一起，一个月下来，好赖也拿一千多。这样，既没纪律约束，又没升学压力，多好，换谁谁都愿意。"

"年轻的，都盼着学校尽早解散。因为解散得越早，他们寻找工作的机会越多。"

"可惜，剩下的就是咱们了。"

"这就是现实。多少厂办学校都已停办，教师自谋出路。"

"学校从企业剥离，也只是时间早晚的问题。"

"我看，咱们也得想个办法了。"

"能有什么办法？要关系没关系，要技术没技术的，怎么走啊？"

"按厂里政策，谁走都可以，但按学校实际，谁又都走不了。要走，就得辞职！"

"辞职，行吗？咱们好赖也奉献了这么多年，一走什么都没有了，划得来吗？"

"看来，还是得守着这个烂摊子。"

"任凭命运的安排吧！"

下午放学后，几个中年教师并没有急着回家，而是围在教学楼的东头，嘀嘀咕咕地议论着。这时，谁也没有发现站在圈子外稍远地方的方正，正背对着身子，不动声色地聆听着。

"我有个同学，所在的学校已经停办。原因很简单，厂被某集团兼并。自己找不到工作，很长时间都在家待着。"

"形势逼人啊。"

"咱们，真跟玩杂技走钢丝一样，随时都有被抛下的危险。"

"人在不断的奋斗中，不才能感觉到人生的意义嘛？"

大伙被这一声惊住了。循声望去，发现方正已走至跟前。于是，便都哈哈大笑了起来。

笑毕，有人便问："方校长，你什么时候来的？"

"好一会儿了。你们说的，我都听见了。原来大家都在为生计着急呀？"

"怎么能不着急呢？企业都成了这样，学校该怎么办呢？"

"难道真就没办法了？我们也该创业了。只要提高教学质量，学校就还有希望。怎么连这点儿信心都没有？"方正带着很是理解他们心情的样子，然而又是带有鼓励性地说道。

"未免太理想化了吧？校长，靠你，靠我们，能行吗？"

"咱学校已成了落架的凤凰，还能展示辉煌？我看不可能了。"

"怎么能这样失去信心？"方正很不服气地说。

"不是失去信心，而是梧桐树招不来金凤凰了。即使招来，也会飞走的。"说这话的老师，语气显然有些严肃。

"你们谈的，都是实际，但是，只要我们群策群力，问题都会解决的。学校办好了，我们就可以生存，甚至可以生存得更好。学校办不好，我们也会随企业命运的衰败而灭亡。在此，我们还是要有信心的。"方正进一步鼓励着大家。

"方校长，下学期，高一准备招多少学生？"

"两个班。"方正很真诚地答道。

"有把握吗？一个弹丸之地，五六所学校，每年都要展开一场招生大战，咱们能竞争过人家吗？听说虹云中学都到外县、外区招生去了。"

"我们要以质量求生存，不能只图数量。"方正耐心地解释道。

"这话说得对，我赞成。"

"从咱们的实际看，招一流学生不可能，只能招二三流的学生，就这样还不知道能不能招得来。所以，学校也很头疼。只要能将自己的学生保住也好，单怕连这也保不住。"方正客观地分析着学校的形势。

"这招得来招不来，还得看今年高考如何。如果高考失败，招生情况将不堪设想；如果考得好，就还有希望。是这样吧，方校长？"

"是这样。"方正给予了肯定。

"那咱高三情况怎样？"

"很不理想。"方正毫不隐瞒地说。

在场的几位老师，都哑然了。

大约隔了一会儿，一位老师突然说："这秃子头上的虱子不明摆着，学校朝下坡路走了，并且是加速的，病入膏肓，无法医治了。"

"虽然事情如此，但死马还得当活马医。尽自己的一份微薄之力，即使最后沉沦，也问心无愧，我想大家应该这样。"方正说完，便看了看周围的几个人，然后迈着沉重的步子走了。

几位老师只是默默地目送着自己的校长，好像都很同情他，在心里说：一个虽有权，但却没有实权，只知实干的校长。

他们似乎从他的身上看出了许多无奈，也看出了许多悲伤。

天，慢慢地黑了下来。

劳碌繁忙了一天的人们，也随着暮色的降临陆续休息了。

# 十七　小华留信意真切　高考失利欲辞职

一学期终于结束了。

师生们都离开了学校。往日喧闹的校园，此时变得十分寂静。

初三毕业生成绩不错，方正颇为满意。然而，令他最担心的就是高考成绩。不管怎样，还是要面对。

方正像往常上班时一样，天天按时到校，按时下班，仿佛假期就不属于他，只属于别人似的。

一天，老王头急急忙忙地来到方正的办公室，将一封信递给他："你的，江老师给的。"

"什么，江老师给的?"他不相信地离开椅子站了起来。

"就是她给的。"说完，老王头转身就离开了办公室。

方正接过信，撕开信封，拿出信纸，只见上面工整地写着：

尊敬的方副校长：

您好！我们就要分别了。关于调动的事，现已办妥。不知怎么的，在这分别之际，令我最留恋的却是您。您在我调动的问题上，虽然设置了许多障碍，但我依旧敬重您。因为时下，像您这样还依旧追求自己的事业，待人还依旧这么真诚的人，实在不多了。

原打算在您的麾下大干一番事业，但一切都不那么尽如人意。目睹每况愈下的学校，您依旧尽着自己的职责，可现实真能让您搞好吗？每每想起这些，我都为您难过，同时也为学校的前途担忧，自然也更加心疼您。在此危机之际，说实在的，我不该离开，无论就情就理，都是这样。然而，现实总令我茫然。原本不想在工作上给您添麻烦，但实际上还是给您增添了许多麻烦。真对不起！

我坦诚地告诉您：这次调动的成功，是通过不正当手段办成的，给办事人送了几千元的东西。我知道这样不对，也特别卑鄙，但为了生活，况且众人都这样，我又为何不可以这样呢？我知道我变得俗气，也变得卑微，但高尚能赢来什么，您难道不清楚吗？如今，诚实反而会被人视为无能。我不愿意被人视为无能，也不愿意被人视为傻子。我要生活，而且要生活得好一些，起码要比别人好些。我知道，好的生活有时是通过卑鄙的手段得来的。我知道您崇高，您有着为他人、为社会奉献的精神，可这一切又能怎样？难道社会能给您一个公正的待遇？说实话，您真诚的品质值得敬佩，但在眼下，绝对是可悲的。

我知道，当您了解了我此时此刻的心情后，会毫不留情地骂我、瞧不起我。但我最终选择告诉您。当然，我也不会为此感到后悔的。因为我的心中，毕竟还有着一份纯净，有着一份善良。

我曾有过高尚的灵魂，也曾追求过真善美，可现实并非那样，它教我这样自私，教我这样无情，教我这样无义。曾经我为自己性格的扭曲而痛苦过，甚至现在还在痛苦着。这种痛苦不是别的，而是在善良和丑恶面前的选择。正是这种选择，有时使我无所适从，有时又让我处于万般无奈或极度痛心的境地。每每这样，我都想到我是一个大写的"人"。可这样想了以后，又觉得我为什么要做那种打肿脸充胖子的傻事呢？结果，大写的"人"往往就变成了"小人"。我常常怀疑，是不是自己经受不住诱惑？真的，真是这样的。当自己真的做了诱惑的俘虏以后，又觉得自身已失去了人性的善良，所以也常常感到空虚。空虚之中又发现，自己失去的是极宝贵的东西。而这种失去，又是多么可惜、多么无奈啊！

我知道我脆弱，也知道不该告诉您这些，但还是告诉了您。因为这样，我仿佛才能得到解脱，空虚的心灵才能踏实，浮躁的情绪才能稳定。

对不起，又打扰了！

一个经常给您制造麻烦的人：江小华
1998 年 7 月 6 日

江小华的信读完了。

方正有种莫名的怅然，但很快就感到一种莫大的慰藉。

他自言自语地说："这才是真正的江小华！平日怎么就没读懂她呢！以往对她的看法，未免太偏激了。这是多么不应该呀！"

他将信顺着原样折好，然后按照习惯收藏了起来。

收完信，他双手交叉，抱住后脑勺，身靠椅背，眯起眼睛，似乎在想着什么。也许是在反省工作中的失误，也许是在总结经验，也许是在想着学校的命运，也许是在设想学校的未来……

他一会儿思考，一会儿拿起笔，在小本子上写着什么。不一会儿，密密麻麻的几张就用完了。

也许是想得太累，写得太多，他停止了书写，走出了办公室，来到了教学楼前。

他绕着教学楼，边走边看，似乎要从那儿看出个究竟、找出个良方来。他真想征服它——何止是征服，真想使它随着自己的意愿转动起来，然后转出个理想来。

当转到教学楼大门中央的时候，他停住脚步，死死地盯着迎面墙壁上方悬挂的"准时到校"的横牌。他仿佛从这四个大字中，看到了本校的希望，也看到了它的再生。

"小方，你怎么在这儿？"刘校长朝他走了过来。

他的思绪被打断了。他很不情愿地转过头来，朝刘校长问道："什么事，刘校长？"

"厂里下达了文件，关于裁员的事。"

"怎么还裁员？学校怎么运行呢？"

刘校长被方正的话噎住了。隔了一会儿才说："这是厂里的决定，有什么意见，可以向厂里反映。"

"起作用不？"方正转过头来问。

"怎么不起作用？"

方正看着刘校长逼人的气势，没再吭声。

"江小华，厂里已同意调走，门卫老王头、高三苏老师，厂里都让退休，这两位都超过了厂里的内退年龄。这三个人，从下学期开始，都要与学校脱离关系。欠缺人员，学校可以外聘，现在就牵涉钱的问题。我们只能动用截留下来的借读费了。厂里答应从车间再进几个人。这样人基本就够了。"

"从车间来的人，能胜任教学吗？"方正有点生气。

"从车间来的人，也许暂时不能胜任工作，但总不能说学不会。凡事不都有个适应过程？你的头脑需要来个转变才行，不能总转不过弯来。"

"是的，我的头脑该转过弯来，但工作靠这些人行吗？我现在需要的是马上就能胜任工作的人，而不是适应。多年来，还不是因为'适应'，才搞得工作被动吗？你怎么就不从工作的角度想想，我这到底是为了什么？"方正有些按捺不住感情。

"小方，不要激动嘛。要冷静！"

"我能不激动嘛？学校都成什么样子了，教师素质日益降低，我们就坐视不管？难道就眼睁睁地看着学校垮下去？如果这样，你、我就没有责任？我们要按章办事呀！也只有这样，学校才有希望，才有可能振兴。我们再不能满足厂里个别人的需要了，我们要为学生负责！我知道冷静，可冷静了，学校怎么办，怎么办呢?!"他咬着牙、瞪着眼、上下挥舞着双手，急得几乎都要流出眼泪来了。

面前的刘校长被这前所未有的场面震住了，这是他第二次看到方正发怒，并且是在自己面前。他清楚地意识到，这场谈话不能再继续下去了，最后只是无奈地说："我走了。"随后，刘校长就背过身子离开了。

方正没有理睬，心里直骂："一伙只知织网而不知道脚踏实地工作的蛀虫，直到现在还这样做。可就这，竟然还有市场！"

他在原地踱来踱去，心烦意乱。他想冲天空大喊，发泄长久以来积压的郁闷，想喝个酩酊大醉。可这一切，现在都不可能。一时间，他的头脑膨胀得几乎要爆炸了。

他闭上了眼睛，仿佛一下子坠入了黑暗。

也许是闭眼睛的功效，转瞬间头脑便轻松了点，人也清醒了许多。

他回到办公室，坐在办公桌前，待定下神来，发现桌子上端端正正地放着厂里关于调动刘校长任职业学校书记，自己任本校校长的文件。

面对这文件，他冷冷地笑了一声。

这时，窗户卷来一股凉风，他不禁觉得有些发冷，整个身体都战栗了起来。

一会儿，天就阴了下来，零星地滴着雨点，随之电闪雷鸣，倾盆大雨瓢泼而下。

瞬间，楼前便积起了深水，像汪洋大海一样。没来得及被风刮走的小纸船，此刻在水面上漂呀漂的，被暴雨拍打着。它似乎用尽了全身的力气，在努力地抗争着。然而，弱小的身躯，哪里能抵挡住暴雨的袭击。它先是翻了个底朝天，随后就颤颤悠悠地瘫软地漂在水面上，最后终于沉入了水底。

看到这样的情景，方正有些害怕了。

第二天中午，烈日当头。下班的人流迅速地向前涌动着，似乎稍有怠慢就会被晒化了。

待走至街道的十字路口，许多人都不约而同地停了下来，聆听着虹云中学的广播，观看着他们的招生广告。

架在汽车顶端的高音喇叭不住地宣传着他们学校的实力：

"职工同志们，我校是一所市区重点中学，今年参加高考学生共200名。截至现在，接到高等院校录取通知书的多达182名，占考生人数的91%；其中，上重点院校分数线的80名，占考试人数的40%。

"我校教学设备齐全，拥有微机32台，语音室1个，阶梯教室1个。师资力量雄厚，中高级教师52名。近年来，频频获得了省市教学质量一等奖。环境优美，食宿方便，交通便利。凡志愿报考我校者，我校热烈欢迎，保证提供一流的服务。不满意者，可以中途退学，或者转入他校。"

树立学校形象的广告词响彻全街，大有席卷外厂、吞并他校之势。就这样，似乎还不来劲，他们又在厂职工下班路径的对面街道，摆着高1.5米、长20米的广告牌，吸引和招揽着下班的职工。

人越来越多。

不一会儿，街道就拥挤不堪了。急于过去的车辆无法通行，司机只能一个劲儿地按着喇叭。

行至人群里的方正，见此状况，羞愧难当，急忙低下了头，加快脚步回到家里。

回到家的方正，喝了口水，就坐在那里想起了虹云中学的事来。

虹云中学，也是一所厂办学校，毗邻光华中学，他们一前一后都建立在20世纪70年代初期。当时也都是为了解决职工的后顾之忧，即解决孩子上学难的问题，于是便将厂里的一些有文化的人调到学校担任教师。再加之后来慢慢地分配来一些大学生，学校规模就越来越大。

刚开始，它与光华中学的教学质量相当，不分上下，有时候还没有光华中学的教学质量高。为此，周围的人都将自己的孩子往光华中学送；就连虹云中学的老师，都非常羡慕光华中学，也想着往光华中学调呢。可这样的形势没过多久，虹云中学来了一位办事相当果断的钱校长，以严字当头，狠抓校风，这样，虹云中学的声誉一下子就好了起来，教学质量也"噌噌噌"地往上走，声誉一下子就超过了光华中学。随后，生源就源源不断地涌进，规模也扩大了许多。因为生源增多，自然，学校的经济效益也就好了起来，老师的待遇也就高了。眼看着他们的一切都远远地超过了光华中学，周围学校的许多老师都非常羡慕他们，也想着能到虹云中学任教，就连光华中学的老师，对此也是垂涎三尺、觊觎不已。

为了吸引更多更优秀的学生到他们的学校就读，虹云中学把握住了当时的形势，大力宣传自己学校的教学实力，不惜老本地大做广告，并且还在广告中承诺了许多，诸如如何奖励优秀学生等措施。这样，周围许多优秀的学生便纷纷被吸引到了他们的学校，纵使有的学生不想去，可在家长的强烈要求之下，最后还是来到这里，成了他们学校创造高成绩的急先锋。

虹云中学在稳步地前进着。他们完全形成了一个良性循环，声誉不断地提升，教学质量也不断地提高。也就是在这种情况下，光华中学的领导却像走马灯一样更换着，几乎是两年一个，教学质量处在低谷状态。按理说不该这样的，因为光华中学的绝大多数教师的教学水平是很高的。这一点，就连周围许多学校的领导和教师都不得不承认。正因如此，虹云中学在教师严重缺员的情况下，经常来光华中学借老师。能被虹云中学借去的老师，也感到特别地光荣，自然，也有着几分牛气的。

方正想到这里，脸一个劲地发烧。他想到自己的学校，与别校无法相比。人家蒸蒸日上，而自己的学校却是每况愈下、日落西山。这能竞争过人家吗？直到现在，自己的学校连一份高校录取通知书还没接到，自己怎么向学生、向家长交代呢？这时候，城府极深的刘校长，来了个金蝉脱壳，将这个扶不起来的烂摊子推给自己，让自己充当"大头"。他真是聪明绝顶，而自己却真是愚笨至极！他感到无颜再见"江东父老"，于是，他决定闭门不出。

他冷静地分析着当下的形势：子弟学校的教育，现在对厂里来说，已经成了生产的"婢女"，自然，教师在此也成了"孙子"。凡是在厂矿学校待过的教师，谁都知道这里的老师最难当。因为这里的学生极难管理，家长个个都是皇上，可以随意地评价和指责老师，谁让学校的性质是为厂职工服务的呢！在他们眼里，老师都是他们养活的，因此没有任何理由不把他们的孩子教好。可教育难道只是这么简单的事情？一旦他们的孩子行为不好或者学习退步的时候，他们就会毫无疑问地将责任推给老师、推给学校，说是老师没有尽到责任，或者干脆就说，某某老师非常无能，竟然连孩子都教不好。而实际上，他们不知道自己的孩子已经重度感染了社会上的不良习气，就连老师对此都是毫无办法。

这几年，因为厂里经济效益不好，自然，教师的待遇也就跟不上了。当时和老师一块儿进厂的大学生，现在有的已经成了厂级领导，其待遇已经远远超过了他们。为此，教师们很有情绪，意见也很大。

学校领导为了调动教师的积极性，也在千方百计地找厂里商量，要求把老师的福利待遇搞上去，可找来找去，一切都是白搭，没有任何收获。

是啊，这时候找厂里，谁会给学校解决问题呢？这已经是不再可能的事情了。因为厂子连自身都保不住了，还能保一个附属单位吗？绝对不会！这样一来，学校就陷入了一种非常尴尬的境地。作为学校领导，如果这个时候还是一味地去找厂里，那简直就是有些不知趣了。学校对于厂里来说，始终是一个花钱单位，在很大程度上已经成了厂里的一个包袱，现在不甩掉已经是很大的宽容和仁慈了。这一点，凡稍微明一点事理的人都非常清楚。

可要使学校面貌改变、得到发展，就需要厂里的支持，但这一切已经都不再可能。尽管如此，这种局势也不能就这样继续下去呀。怎么办呢？这个问题，几乎所有的老师都思考过。

听说，近几年，有些地方已经在想着法子剥离厂校和工厂了，然而就现实情况来看，这种想法似乎还不成熟，有些因为经验不足，资金不能到位，工作已经流产。细细想来，这种办法再好不过了，因为它不仅还原了教育的尊严，而且也使工厂甩掉了包袱、解除了负担。像这样一举两得的事情，何时才能变为现实呢？

原来工厂办社会的事情，在当时计划经济的形势下，起到了很大的作用，它对于稳定职工情绪、解决职工的后顾之忧和推动生产都是功不可没的。然而，现在已经不再是计划经济了，而变成了市场经济。学校的存在明显给工厂带来了许多不必要的麻烦，在某种程度上来说，学校已经严重地拖了工厂生产的后腿。

如果说有一天，学校从工厂剥离了，这不仅对工厂有利，而且对学校也有利，因为它使双方都步入了正轨，回归了自己。搞生产的，光搞自己的生产；搞教育的，光搞自己的教育。这样，二者互不干扰，各得其所。哪里还能有比这更好的事情呢？可这么好的事情，真要办起来，其路程恐怕还远着呢。唉，不管多远，起码让人有个盼头呀。

大家现在都把希望寄托在这上边，也一直都在等待着这样的事情发生。

　　尽管厂里对学校抱着一种自生自灭的态度，但是还没有发展到彻底不管的地步，虽说在有些事情上不那么给力，但为了顾全大局，不至于让老师对厂里有一个"明显不管"的感觉，还是在一定程度上应付着。很明显，在这个时候，谁来学校应付，谁都会感到别扭和尴尬的。

　　方正分析到这里，接着便分析起自己下一步的做法来。一时间，辞职的念头再次涌上了心头。然而，就在辞职的这个问题上，他的思想也做了激烈的斗争：辞职是自己的风格吗？显然不是。那是懦夫的行为，自己能那样吗？坚决不能！可不能的话，又有什么办法办好学校呢？自己受任于危难之际，就应该有那样的胆略、那样的魄力才行，否则，自己就真正成了懦夫，成了逃兵！一旦这样，谁还能瞧得起自己？再说，这种时候，这种情况下，能辞职吗？即使能，也只能落得个引咎辞职的下场。这对自己有什么好处？难道碰到这种困难，自己就绕着走，就缴械投降了吗？

　　他想了很多，也犹豫了很久，然而他最后还是选择了辞职。因为对他来说，除此之外，再别无他路。在写辞呈时，他不由得流下了泪水。

　　他拿着辞呈，像做贼似的，慌慌张张地低着头走在街上，生怕碰到熟人过问高考的情况。尽管他心里告诉自己，要镇静，要镇静，但不听使唤的脚步，还是令他乱了方寸。

　　"师兄，怎么走得这么急？"刘云冲对面走来但又和自己有点距离的方正问道。

　　他没回话，心里只想，真是，不想见人，偏又见到了人。他假装没听见，依然走着。他隐约感到，是一个女人的声音，可能是在问他，也可能不是问他，但不管怎样，都不打算与她交谈。

　　照面问话的刘云，见他这样，便倔强地转过身，朝已经飞快走过的他紧跟几步，来到了他的面前。

　　"怎么，问您连话都没有，师兄？"

　　这时，他还想走，但已经来不及了。于是抬头便望，发现竟是刘云。他有些喜出望外："呀，是你，师妹！我还以为是学生家长呢。"

　　"就算是学生家长，也不至于这样吧。"刘云不冷不热地撂了一句。

　　说着，两人便站在了路旁的树荫下。"怎么不怕？我怎么向人家交代？我毕竟是校长呀！到这份上，还不丢人？"

　　"但责任不在您，而在刘校长。听说，他又调到职业学校担任书记了？"

　　方正点点头。

"真是个老滑头！一看不行，屁股一拍就溜之大吉，将烂摊子撂下，让您收拾残局。责任，他负才对。对您来说，未免太冤了！"

"所以，我准备辞职。"说着，他就将辞呈拿给她看。

接过辞呈的刘云，看了看内容，什么也没说，只朝他看了看，又将它还给他，随之便问："行吗？"

"估计可以。"

"万一不行呢？"

"万一……不行……"方正有些结巴。显然，他也吃不准。

"我想，还是考虑周全一点，省得以后麻烦。"

"怎么讲？"

"就是说，辞职要有辞职的打算，万一辞不了，也要有辞不了的打算，切莫在一条道上走到黑，搞得自己很被动。"

"这一点，我已考虑过。我只想从事自己最喜欢的事业，不然，终生都会遗憾的。"

"话虽这么说，但做起来，就不是那么容易了。十几年的教训，难道还不能领悟出来一些道理？"

方正面对她的发问，只是苦闷地笑了笑，然后沉默。

"您应该利用您的优势，将学校承包下来，当然，包括一切权力。这于您、于学校都好。"

"原来的学校，不也是承包的？"方正边说眼珠子边转地思索着。

"那只是工资总额的承包，不包括人事、财力的分配等，现在是全方位的承包。"

"谈何容易？"

"什么事容易呢？"她向他有意地看了看。

"我懂你的意思，但这不可能的。"

"为什么？"

"这你还不明白？就是复杂的人际关系。"

"照这样说，这已经不可能了？"

"是的。"

"既然这样，只能另做打算了。"

"若有可能，我就离开这儿。我就不信，像我这样敬业的人，还找不到工作。"

"这一点，我很确信。就目前形势而言，我也得走这条路。听说，小马也要辞职，正在找单位呢。"

"真不可思议，这学校！"

"人心全散了，收拢都难。除非私人承接，或者被哪所名校兼并，才能重振雄风。不然，还是会耽误孩子的。"

"你说的情况，以前不是没有，依据咱们学校的地理位置，原来几所学校都想兼并，不是都没有兼并成功吗？"方正似乎明白了什么。

"你知道什么原因吗？"

"知道。还不就是刘校长不愿意吗？他就怕人家一兼并，没了自己的位置。这一点，难道你还看不出来？就这些，前几年老师们在底下都传疯了，你还不知道？那人，就那么自私！"

"原来是这样啊！"刘云瞪大了眼睛，这时似乎才恍然大悟。

"你啊，真是聪明一世，糊涂一时！在这件事上，怎么就这样迟钝?!"

"他不是在老师会上说过，人家要价太高，谈不拢？"

"他说是那样，难道就真是那样吗？你也真是太相信人了。"

这下，刘云有些语塞。但没过片刻，她又说："现在的形势不一样了，这时主管学校的可是您啊！"

"你说的也是。可这由自己吗？"方正再次意识到了问题所在，略加沉思地说。

"虽不由自己，但得努力呀。"

"那我试试。"

"行与不行，都给我回个话。"

"好。"尽管他这样说着，但还是下了决心辞职。

说着，两人就分开走了。

方正收起了辞呈，来到主管厂长的办公室。遗憾的是，厂长不在。他折回身，又找到干部科，不巧，科长也不在。这时，他便有些生气，心里说道：真是找谁谁不在！于是，便折回身，又来到厂长办公室，拿出辞呈，将它压在桌上的镇纸下。此刻，只见旁边台历上显示的日期是 8 月 15 日。啊，不知不觉自己已经在家待了五六天了，真快！他迟疑了一会儿，随即转身离开。

方正放下了辞呈，回到家，心里总觉得不踏实，为不耽误学校的工作，第二天，他又来找主管厂长。

咚咚咚。

"请进。"

方正随手推开门，就走了进去。

"哟，是你，方校长。来来来，我正要找你。刚给你打了个电话，你不在，我还直骂你呢，心想又有什么事了。"万厂长边说边拉方正往沙发上坐，又是沏茶，又是找烟的。

方正被万厂长的热情搞得有些不自在，于是便问："找我什么事，万厂长？"

"你找我什么事？"万厂长没有急于回答，却反问了一句。

"学校的事。"方正严肃地说，"你现在给我这个烂摊子，让我怎么搞，要人没人，要钱没钱的，何况今年高考又剃了个'光头'，职工怨声载道，下学期，首先就要面临学生大量流失的情况。你让我怎么办呢？"

万厂长微笑着说："办法会有的。"

"会有什么办法？"

"这不，就和你商量嘛。"万厂长朝他看了一下说，"学校现状，确实令人担忧。按厂里原意，要将它剥离，让你们自济自救，但考虑到实际，又打算将它保留下来。没想到半年来，厂效益接连滑坡，工资都发不出去，职工情绪一直不稳定。这些，我们都可以理解，但不可以理解的是，我们的教师，情绪也不稳定。"

"教师不也是人嘛？为什么就对他们的要求那么高？难道他们做得还不够？厂里给他们解决了什么问题？第一个教师节，厂里对他们还算重视，可这些年，谁又把他们当人了呢？是给解决了房子问题，还是给解决了两地分居问题？没有。学校真像后娘养的。就是这样，绝大多数老师还在努力地工作，给你们、给职工辛勤地培育着孩子。你还要他们怎么样？哪有不给马吃草，还要马跑得快的道理？在市场经济下，他们能做到这一点，已经是难能可贵了。当然，我也不回避个别教师有不良行为，但毕竟瑕不掩瑜。我的厂长同志，你怎么这样偏激？无非是偏听偏信了吧！"

方正的话，越说越尖刻。万厂长一时不知所措，就将本来想好的话，都忘得一干二净。他面对方正，只是吞吞吐吐地说：

"你……今天来……是来和我……吵架的？"

"不敢。我只是跟你谈谈学校的实际，让你知道知道。"方正的语气有些缓和。

"这就对了嘛。有事好好说，没必要激动。"

"我怎能不激动？碰到这样的情况还能不激动，除非死人，或者不干工作的人。"

"好好好，辩不过你，总行了吧。"

方正这时才停止了"攻击"，然而，他又转变话题问："找我什么事？"

"关于辞职的事。"

"行吗？"

"不行。"

"为什么？"

"你不想想，还有人没？"

"怎么没人？"

"能担当此任吗？"

方正略加思索，觉得实在没有合适的人，就没再吭声。

"这副担子的确不轻，但你还得挑起。要想挑得好，就需要勇气和智慧。相信你一定能把它挑好。"

方正一直低头听着，时不时地咧着嘴，咬着唇，双手将指头按得叭叭直响。

"这事，我考虑考虑。"

"不管想通想不通，都得给我回话。"

"丁零零，丁零零"，桌上的电话响了，万厂长抓起电话便接了起来。待打完电话，方正已经走了。

# 十八　风起云涌校飘摇　花落无奈扬帆去

一直等着方正回话的万厂长，好几天都见不到他，心里不免有些着急。眼看新学期要开始了，校长就是定不下来，这方正也真是个大爷，把事不当事。但又一想，这关他什么事，还不是怪自己没做好他的思想工作。

他坐在椅子上，一个劲儿地抽烟，不大一会儿工夫，烟头就堆满了烟灰缸。

看着眼前的烟灰缸，想着烦心的事情，一会儿他就烦躁了起来。于是便抓起电话，朝方正家里打去，然而，迎接他的总是忙音。

"真是活见鬼，电话都不通！"

他又拨了一次，然而依旧如此。

他准备去他家一趟，与他谈谈。

他走出办公室，下了楼梯，出了楼门。凑巧，迎面碰到同样急匆匆走着的方正。二人见面，什么也没说，就一同上了楼梯，进了办公室。

没等方正开口，万厂长就说："方校长，这次你干得干，不干也得干，有意见以后再说。"

方正刚想解释，一见这阵势，就没再言语。隔了一会儿，他才说："那你可给兜着。"

"行，我兜着。"万厂长有些理解然而又有些生气，"我知道你难，可你就不想想孩子！"

"孩子，哼，你们也能想到孩子！"

"怎么，不是？"

"是。"

"是，就答应下来嘛。"

"我答应，不过，只是暂时的。"

"行。可以了吧？"

两人沉默了一会儿，万厂长的语气有所缓和："明天，我想开一个紧急会议，将厂里的形势以及学校人事变动的情况讲一下，好使全体教师做到心中有数。不然，学校就没有出路。你看可以不？"

"可以。"

全体老师都来到了会议室。有的窃窃私语，有的沉默寡言，有的翻阅书刊，有的略有所思……

一会儿，万厂长来了。首先他宣读了厂里任命方正为校长的文件，随后宣布：学校领导班子由方正组建，紧接着又讲了厂里的经济形势，还有学校面临的困难。

厂长讲完后，大家一阵议论：有的抱怨厂里，有的埋怨学校领导，有的替学校前途担忧，有的为个人打算，有的幸灾乐祸……

听着大家的议论，坐在旁边的方正，像是不断地在挨着耳光，脸一直都火辣辣地烧着。

最后，厂长让他讲话，他站了起来，只讲了一句：

"尊敬的各位老师，在这危难之际，我真诚地请求大家，为学校竭虑尽智！"

随后，他就向大家深深地鞠了一躬。

会议就这样结束了。

之后，方正宣布刘云为副校长，主抓教学；原来的教务主任肖剑和政教主任姜明伟不动。人们都说，这次的领导班子，配得强硬有力，肯定能有新的起色。

新的领导班子，想了许多办法，做了许多工作。其中，最主要的工作是动员所有的老师都到学生家里去做工作，当时，所有的家长都答应让孩子在本校上学，所有的学生也都保证在自己的学校上学。

然而，一开学还是打了败仗。学生一下就转走了40人。其中初一12人，初二8人，初三8人，高一未报到的4人，高二、高三合起来8人。凡是走的，都是学习好的。

墙内开花墙外香的历史，又重演了。

眼看学校撑不下去了。

面对墙倒众人推的局面，方正、刘云竭尽全力地挽救，但都无济于事。

他们只能将情况汇报给厂里了。

但厂里对此也毫无办法。

一天，万厂长正在办公室为此事发愁，忽然，电话铃响了。他急忙拿起电话，只听对方问道：

"喂，是万厂长吗？"

"是，你是哪位？"

"我是区教委。这里有位校长，想承包你们学校，行吗？"

"这事……"万厂长一时语塞，没有回答。

"我们去你那儿谈谈好吗？"

"好。"

……

经过磋商，双方达成了协议：为了防止国有资产流失，厂家出房，私人出资并承包学校。所有经营权归私人所有。

这一消息不胫而走，传至教师中间，一片哗然。有的困惑，有的彷徨，有的恐慌不安，有的等闲视之……

虽然事已至此，但毕竟还有一个筹备过渡的过程。就这个过程，紧赶慢赶地，一个学年还是很快就过去了。

一个月朗星稀的晚上，方正想看看学校的最后一眼，于是便带着沉重的心情，来到了学校。当走至学校门口，方正发现楼前站了许多人，再往前走，人们个个面对教学楼，垂着头，静静地站立着。待走至跟前，人们才转过头来，看了看他，但都没有出声。他朝大家投来的目光望去，似乎都有些模糊，又有些茫然，脸上都不同程度地流露出意外、尴尬、惋惜、怨恨、懊悔、自责和留恋的神情。也许这时，他们才真正体会到失去学校的可怕和沉痛，也许他们现在都面临着"选择"，而这种"选择"，又是多么无奈！到头来，命运究竟如何，谁也很难预料。

方正不愿目睹眼前的一切，微微地闭起了眼睛。

人们依然保持着静默。

就在静默中，突然，不知是谁绷不住啜泣了起来，进而影响得周围几个人也开始抽泣。有的干脆用手绢擦起了眼泪，放声哭起来了。这啜泣声、哭声，没一会儿就刺破了寂静的夜空。

躲在人群不远处的一个黑影里的苏老师，被这声音深深地刺激了一下，不由得打了个寒战，但一直低头不语，默默地站在那里。不知怎么地，他的思绪，一下子就回到了曾经听说的一件事来。

1968年5月的一天下午，厂常务会开到尾声时，厂长面对参会人员提议："要想企业能取得好的效益，就要尽可能地解决职工的后顾之忧，要说这后顾之忧是什么，对职工来说，就是子女的上学问题。这个问题如果解决好了，职工的积极性，肯定就会调动起来，同时也能集中精力，全身心投入生产。依据现在的情况，我觉得，我们有必要也有条件先办好一所小学，待时机成熟了，以后再办一所中学。"说到这里，他看了看大家，然后又说："针对这个问题，大家还是表达一下自己的意见为好！"

面对厂长的提议和提示，大家纷纷点头表示赞同。

"这么大个厂子，也该建一所小学了。"

"对呀，就是该建了。"

"学校建起来了，孩子上学近了，家长操的心也就少了，哪有比这更好的呢？"

"照说，这真能解除了职工的后顾之忧，更能使职工集中精力搞生产了。"

"如此一举两得的事情，还是办得越早越好。"

"毫无疑问，这对提高企业效益也很有好处。"

"我举双手赞成这件事。"

……

厂长认真地听着大家的意见，觉得大家的情绪都很高，脸上便露出了喜悦的神色："既然大家都赞成，那今天就将此事确定下来。至于校址选在哪里，建怎样的校舍，建几座房子，规模多大，我们也得考虑考虑。"

一听这话，大家又纷纷表态，各抒己见。

……

当所有的事情都确定以后，厂长便总结道："那好，明天我们就动工。对此，基建科的领导要切实负责，亲自抓，要本着多快好省的原则，大干快上。好了，今天的会就到这里。"说完，他就收拾了一下桌上的本子，站起来转身离开了会场。

第二天，基建科的同志就开始了设计、勘察等工作，紧接着就是购买材料，挖地基，夯基础，砌墙盖房，不分昼夜地加班加点，赶在年底就建起了小学。为此，全厂职工都高兴地说，厂里给职工做了一件功德无量的事。当然，做领导的也都喜气洋洋，觉得确实为大家办了件好事，脸上也很有光。

之后，隔了两年又建了中学。这样，子女上学的问题彻底解决了，自然，职工就更高兴了。接着，职工就到处宣传，说厂领导有眼光，注重职工利益，是职工的贴心人，是厂子的好当家。

当时，也就是 1971 年 7 月，苏老师就被分配到这所中学。自从到学校那天起，他就一直担任班主任，对待工作也刻苦认真、兢兢业业。那时，厂里对学校很重视，老师也很受尊重。在此氛围之下，学校办得风生水起，有模有样，真正做到了德智体美劳的全面发展，在多方面都获得了上级及厂里的表彰，以至在区里乃至市里都较有影响。论规模，光学生就近乎两千，老师也是近百号的；论在当地的地位，也算数一数二的。好家伙，只要上操、放学，那学生，乌泱乌泱的，阵势特别壮观，也特别令人羡慕，个个都充满青春活力。也正是这个原因，当时的自己也常常觉得，能在此当老师，很荣幸，也很骄傲。除此之外，还有一个原因，就是自己所在的单位，不仅是很大的国营厂，而且是国营厂的文化部门。在工厂，虽说学校属第三线，但也令人很羡慕，毕竟身份不同，都是文化人的……

"唉，就这所充满故事的学校，风风雨雨几十年，现在也要结束使命了。"苏老师很是无奈地叹息道，进而又很是惆怅，纠结地摇了摇头，什么话也没说。这时，好像再说什么，他都觉得无济于事，也于事无补了。

可不是嘛，自大学毕业到现在，历经了几十年的时光，自己一直都见证着这所学校的发展，而学校也一路伴随着自己的成长。这里，有自己的学生，也有自己的同事。而他们，一个个都是多么亲切、多么令人难忘啊！当然，与此有关的，还有自己的事业、自己的耕耘、自己的奉献和成就。可以说，自己将最美好的青春都献给了这所学校的。可不是嘛，现在要改变其性质，这该是多么令人伤心、多么令人不能接受的啊！

一时间，一种无名的感情涌上心头，无疑，心里也更纠结。是啊，这比自己内退那阵儿更令人难过，那时毕竟属于自己的学校还存在，在精神上还有个寄托、有个念想。可这下好了，性质全变了。自己在精神上还有个寄托吗？没有了，彻底没有了。他现在不知道自己该如何是好。

这所学校发展到今天，竟要面临如此的命运，难道就只是形势所迫、大势所趋？要这样说，那也不能说所有老师的努力都是徒劳的。他有些理智地分析和寻找着问题的根源，甚至也在反省和检讨着老师的作为。可无论怎样分析、寻找、反省和检讨，眼前的一切，都已经太晚了。是啊，这时候，也只能顺势而为了。他告诉自己，也在安慰着自己，更在克制着自己。

　　此时，要说谁对这所学校的感情最深、情意更浓，比起苏老师，恐怕再没第二人。因为他是这所学校元老级的人物，不仅见证了它的建立，而且还见证了它的发展。要论最舍不得的，也就数他了。可即使是他，又能怎样？能改变其命运吗？不可能了，一切都要成为历史了！当意识到这一点时，他便不再抱怨，也不再怨恨，更不留恋了。随后，苏老师头也没回，悄悄地提前离开了。

　　这时的月亮，仿佛也很理解人们的心境，受到人们情绪的感染似的，悄悄地隐藏到云层里面，从云缝里挤出眼泪，滴入校园，打在人们身上。也许抑制不住感情，一时，雨就密集了起来。

　　人们一开始还坚持站着，后来，也许是因为寒冷，一个个便无声地离开了。只有方正和刘云还依然站在雨中……

　　"方校长，刘校长，给你们。"暂时还留在学校的门卫师傅老王头拿了两把雨伞冲他们喊道。

　　两位校长接过雨伞，撑开，又继续站着。

　　"也该回了，事情已经这样了。"老王头又用带有请求和安慰的口气对他们说。

　　这时，二人才缓缓离开了学校。

　　路上，雨一个劲儿地击打着雨伞。

　　"这样也好。"一直不语的方正突然舒了一口长气说。

　　"确实。它可以将人们长期以来养成的惰性消除了。"

　　"如此一来，学校才能活起来。因为管理机制整个都发生了变化，学校、教师、学生都有很大的选择余地。学校在将要改变的机制下，肯定会狠抓教学质量。就此而言，这不能不说是一次很大的进步。"方正很肯定地说。

　　"这既解决了厂里经济负担过重的问题，又能更好地发展教育。如此两全其美的事，厂里何乐而不为呢？"

　　"这下，咱们也解脱了，能专心致志地搞教学了。"

　　"有地方了吗？"

　　"我想会有的。你呢？"

　　"我想，也会有的。"

　　说到这里，他们都笑了。

　　笑声淹没了整个雨声。

断断续续下了一个晚上的雨，终于停了。

清晨，东方露出一丝曙色，天空半明半暗，润湿而凉爽的空气，时不时扑面而来。一直坚持晨跑的方正边跑边呼吸着沁人心脾的空气。

偶尔，几只小鸟凌空而飞，一会儿高，一会儿低，自由地飞翔着。

他停住了脚步，专注地观赏着小鸟。看着看着，便想象自己也像它们一样，在晴朗的早晨，迎着朝阳，自由地飞翔着。

一想到这，他便爽朗地笑了。

这笑声，在空旷的田野荡开着，荡开着……

# 十九　震颤不定终有时　虹云光华两校并

　　在保证所有教师不下岗的前提下，新学年开始了，学校被顺利地过渡给了私人，性质为公办民助。公办民助的意思就是公家办学没有钱，借助民营资金，将学校继续办下去。像这类学校，实际上所有的权力都是由私人掌控。这种现象在当时已经形成了一种风潮，刚开始人们还觉得有些新鲜，也有些不习惯，更有些不能接受；可随着这种事情的增多，人们也就慢慢不觉得新鲜了，更不会觉得不习惯，自然也就慢慢接受了这样一种形式。

　　虽说学校的性质发生了变化，但刘云依旧还是领导，不过这个领导，说实在的，已经形同虚设了。显然，她的角色已经不再像以前那么重要了，学校凡是有什么重大的事情，她是否参与，都是可有可无的事，就是有时候参加了会议，说话也不起多大作用。要说真正的角色，就是给人家跑腿，听人家使唤，一点儿参与管理的机会都没有。这对她来说，哪里受得了？她的心里很不是滋味，也极不舒服。新校长在管理上，对教师颐指气使，极不信任，格外地刻薄。为了将教师固定在岗位上，上班期间，他把大门一锁，谁也不能随便出入，就跟坐牢一样，一点儿自由都没有。就这样，一天还要点四次名，中间还要不定时地抽查。对老师的工资以及二次分配的钱，向来都不是及时足额地发放，完全是按照自己的一套方法实施，尽可能地用一些理由克扣。就连最基本的教学用品，也是能省就省。相比之下，学校的收入却是盆满钵满。为此，她的心里特别憋屈，这一憋屈，自然也就想念起了方正，没有了他，她简直像失去了主心骨一样。去年暑假，他就调到了厚德中学。他当时要走，除了要干一番事业外，还有就是预料到这种学校一定会这样的，足见他很有先见之明。现在，她多么需要和他聊聊啊！哪怕只是见个面，也是一种寄托、一种慰藉、一种动力。可多次与他联系，就是联系不上，莫非，他原来的电话已经变化？她在心里做着各种猜测。但她最后还是觉得，不管怎样，得想办法和他联系上才对。这样最起码也能了结自己的一桩心愿，还能得到少许的心理满足。

这样想了以后，她的心情似乎暂时轻松了一些，但这种日子究竟过到什么时候，连她也无法把握。既然无法把握，那么，对自己来说，最好的办法就是顺其自然，凡事过得去就行，睁一只眼闭一只眼。但什么是过得去就行？什么是睁一只眼闭一只眼？这是自己的为人、是自己的性格吗？显然，这些都不是。可不是，又能怎样？难道就这样继续苦闷地煎熬下去？看来，现在也只能这样了，谁让自己学校的性质发生了变化呢。

每每刘云这样想的时候，就瞪大眼睛，很是无语，进而就显示出一副无奈、憋闷、惶恐的样子。然而，无论她怎样，日子总是这样一天天地过着。对她来说，整天过着如此无味的日子，真犹如行尸走肉一样。她的心几乎都要死了。

大家一看学校领导如此处事，心里极不平衡，也都感觉自己付出的和得到的极不相称，于是，都很有情绪和意见。

为此，许多教师便开始找厂里了，说这样不行，这在很大程度上没把老师当人，剥夺了他们的权益，没有兑现给老师加工资的承诺，所有的老师拿的还是厂里发的那么一点点工资，学校却成了名副其实的私立学校，与当时所说的公办民助的性质完全不一样。厂领导听了老师的反映，便与学校领导就其中的具体问题谈了几次，但都不能达成协议。

厂领导接二连三地谈话，对此私人老板也很生气，觉得自己拿工资养活教师，可教师不知道感恩，反过来还有意见，搞得自己人不人鬼不鬼的，名声极为不好，与其这样，还不如抽出资金算了，随他们去。既然这么想了，私人老板也就这样做了，一学年完了以后，他就抽出了资金，学校又回到了厂里。

这下子，不知情的职工便直接骂起了厂里，说他们是把事不当事，出来进去的，很不慎重，对职工子弟不负责任。还指责他们对事情的发展估计不足，现在又使学校的命运摇摇欲坠。尽管这样，老师们却有点高兴，觉得又回到了原来的样子。

至于以后能和虹云中学合并，那更是一场令老师们高兴的事情，也是他们长时间以来所希望的。

原想着把学校交给私人承办，厂里就不用操心了，可谁料想事情竟有了这样的发展。厂领导感到学校的事情太棘手，也感觉学校不能再这样折腾了，也折腾不起了。为了这批老师的吃饭，同时也不愿意将好端端个学校毁在自己手里，更不愿意落一个骂名，于是，便决定将学校继续办下去，不仅这样，还得办好。可想归想，这能办下去吗？为此，他们都很怀疑。没办法，只得另想法子。他们试图与相邻的虹云中学联系，想把学校交给他们代管。这样考虑的目的在于，可以利用他们学校的名声，引来生源，实质上就是给自己的学校注入活力。这样一旦成功，不免也是一个明智之举。

和虹云中学交涉以后，他们不仅欢迎，而且还认为这事情来得太晚，意思是早就应该联手了。之所以这样想，是因为他们看中的不是光华中学的学生，而是教师和校舍。在他们的印象中，这所学校的许多教师素质都很高，基本都是区上很有名的老师，如果这批老师能够归自己的学校所有，那简直是求之不得的事情，肯定会对自己学校的教育教学有很大的帮助。有了这批教师，自己的学校肯定会如虎添翼，得到前所未有的发展。再说，自己学校的学生，早已人满为患，正发愁没教室坐呢，而光华中学场地宽大、教室敞亮、学生人数少，两家一合，可以说是取长补短、再合适不过的事情了。这种想法，对虹云中学的领导来说，不是现在才有的，而是早都有了，之所以没有提出要求，是因为怕伤害了兄弟学校的感情，将关系搞僵。这一次，光华厂领导能够主动找他们，对他们来说，自然是一拍即合的事情。

这件事情，真是一方有心，另一方有意，双方一谈，很快就达成了协议。暑假以后，两所学校就合并了。

这时，刘云依旧担任副校长，负责高中部的教学工作。

刘云一上班，就到各个班级巡视了一番，随后回到自己的办公室，在笔记本上记录检查的情况。写完后拿了本书看，可无论怎么看，就是看不进去，索性她就将书放到那里，想起了给方正打电话的事来。"是啊，这时间过得多快，转眼就一年多了！这期间发生了多少事情，他的情况怎样？他不了解我，我也不了解他呀。得和他沟通沟通了，否则都快要憋死了。一段时间，说打听他的电话，可打听到了，又因为事多，顾不上联系。今天无论如何，都得和他联系联系。"想着想着，她就连同座椅，一起往前移了一下，随后，就伸手抓起桌上的电话，给他打去。

# 下　部

# 二十　新的征程远航行　踌躇满志虚怀谷

方正正忙着批改作文。办公室寂静得一点杂音都没有。

突然，旁边桌子上的电话响了起来。他朝电话看了看，连理都没理。

可是，电话一个劲儿地响着，无奈，他只好站了起来，前倾着伸出右手接了起来。

"您好，找哪位？"他虽有些不满，但却很有礼貌地问了一句。

"方正老师在吗？"一位似曾熟悉的女同志问道。

"我是方正。您哪位？"他一面回答，一面寻思，这是谁呢？

"怎么，连我的声音都听不出来了？我是刘云，师兄。"

"是你，师妹！"他有些意外，更有些惊喜。

"寻您寻得好苦啊。自您走后，怎么连个音讯都没有？这不，这样打听，那样打听，才打听到您办公室的电话。"

"本来想着有时间就去看你，可就是抽不出空来。"

"现在的学校都这样忙。您还好吗？"

"还好。"话刚一出口，他就有些后悔，分明一般，可自己还给她这样的回答，唉，这也许就是一种虚荣的自尊吧。现在有些人可不就是这样，情况并非那么回事，但回答得总是很好，都是为了面子上过得去，留点儿自尊。自己这么说，也无非是想给自己、给她一种安慰罢了。

"好就行。"

"你呢？"

"还算好吧。"说这话时，刘云似乎有点儿勉强。

"什么还算好？"他有些不解。

"也就是日子还过得去吧。"

"怎么能说日子还过得去？"

"是不是觉得我们有些俗气？"

**133**

"哪里，怎么会这样想呢？"

听得出刘云在另一头分明有些沉默。

对着暂时沉默的电话，他也陷入思考。现在这个世界，人们已经变得非常实际了，就连一位很有上进心的女性都变得有些沉闷，并且这样无奈、这样悲观。她的理想呢？然而，这又是多么残酷！不，不对，她可不会这样的。这是她对时下的一些现状不满。她是很有理想的。她这是对改变现状的一种渴望。她不甘于平庸，也不甘于良心的泯灭。对，她一定是这样的。

想到这儿，他又说："咱们学校的事情，我多少也听了一些，但自己还是要振奋啊，不能因为学校的多变，就放弃了自己的追求。"

"这一点，我明白。但总让人招架'适应'了，而这个过程的本身，不仅是一种累，而且更是一种痛苦。"

"生活，也就是这样，人们也就这样过着。像我，现在也这样，并非原来想象的那么理想。"

"难道您也……"刘云欲言又止。

"方老师，校长让您去一趟。"教务处的小刘急匆匆地来到办公室对他说。

正在打电话的方正赶忙捂住送话器，向小刘应了一声："好，我马上去。"

听有人通知方正去校长那里，电话那边的刘云即刻意识到他正忙着，于是便急忙说："您忙，我给您留个电话，以后有机会再谈好吗？"说完，就放下了电话。

方正放下电话，便马不停蹄地来到了校长的办公室。

"校长，有事？"

"有事，请坐。"坐在办公桌后边的陈校长一边应答一边示意他坐在旁边的沙发上。

"方老师，学校组织年轻教师进行一次赛教活动，请您给他们指导一下，力争让他们都取得好成绩，我想，您在这方面是很有实力的。"

"指导谈不上，可以共同切磋切磋。"

"不管指导也罢，切磋也好，只要把年轻教师的赛教工作做好，我就谢谢您了。"

"谢什么？"

"除了这事，还有一件，就是学校准备请这些参赛老师吃顿饭，也好提振一下他们的士气。请您到时也参加，时间就在明天晚上。"

"谢谢！"尽管他这样说着，但在心里不由自主地问："这有必要吗？"但毕竟没有将这话说出。有这种想法的理由是：一个赛教，竟然还要吃饭？这饭又吃个什么名堂，有必要吗？怎么就这样庸俗？即使不吃饭，该怎么赛教就怎么赛教。这样才对啊！尽管这么想，但是为了不驳校长的面子，最后他还是答应了。

# 二十一　主动请缨挑重任　至诚创新求真谛

　　厚德中学是一所历史悠久的学校，校舍是在原有的基础上改造过来的，不仅有旧式学堂的古朴风貌，还有现代化的教学楼、礼堂、多功能厅、微机室、室内篮球场、塑胶操场等等。现在，所有的学生都在新教学楼上课，原来的老式房子不是变成了师生的宿舍，就是变成了图书馆或者阅览室。可不管怎么说，新旧房子倒布置得错落有致，很是合理，很是协调。

　　走进学校，迎面便是刚建成不久的四层教学大楼，大楼的前面是一个足足有七八百平方米的小型广场。广场中央，建着一个中间低、四周略高但又与地面基本保持水平的足有四五十平方米大小的喷水池。这里平时没有水，只有碰到重大节日和上边领导检查时，水池才会有水，并且喷得很高，足有七八米的样子。那细细的水柱，高低不齐，一道儿一道儿的，一会儿交织在一起，一会儿又平行向上，就像一群舞者在舞台上跳舞一样，煞是好看。如果在阳光的照射下就更好看了，晶莹透亮的。就这样一个地方，四周都被高大而整齐的水杉包围着。由广场中间向教学楼的两边，是两条洁净的水泥马路，如果从空中俯瞰，它们就像是给整个校园镶嵌了一条玉带，白白亮亮的；高高站立在两边的电杆，乳白乳白的，呈一字型排开，从前至后，直通向学校的深处，就像齐整的仪仗队伍一样；还有两旁头顶上的路灯，也是一字型排开，亲切地注视和检阅着每一位师生。它们在绿树的掩映下，显得特别儒雅和高洁。再往后，便是用铁栏杆围着的塑胶操场，极富现代气息，一看就显得极有档次。

　　总之，整个校园绿化得像模像样。只要走进校园，就好像走进了一片参差不齐、错落有致、枝叶繁茂、郁郁葱葱的园林。所有的校舍都掩映于绿色之中，既幽静又清新。在这里，楼房与楼房之间，都由一米左右宽的砖头小径连接；小径两边，栽种着各种花卉，自然也就形成了一个个小花园，小巧玲珑，万紫千红，显得很是幽雅。整个校园都弥漫着一种书卷气，有着厚重的文化氛围。

为了尽快了解和熟悉学校情况，真正把握教育规律，方正主动向校长请缨，担任一个差班的班主任。因为他的心里总想，一个真正的好教师，无论带怎样的班，都能带好的。一旦带好了这种班，以后带其他班，那就是得心应手的事。因为一般来讲，这种班的学生最活跃，出的问题也最多，他们的思想，又往往是其他学生思想的"集大成者"。所以，只要了解了他们的思想动态，就可以说是了解了大多数学生的思想状况。他这样想还有一个原因，那就是《红灯记》这出戏里的主人公李玉和所说的"只要喝了这杯酒，以后什么样的酒都能对付"在激励着他。学校校长鉴于他有这样的考虑，于是也就答应了他的请求。

平时，他做人很低调。他始终认准一点，就是多做事，少说话。这样，既可以真正做事情，又可以避免许多不必要的是非和麻烦。也许是因为这样，个别人竟不把他放在眼里，觉得他没什么过人之处，而他也向来不把这放在心里，只是默默地做着自己该做的事情。到了新单位，他以全新的状态投入工作，和过去在光华中学一样，几乎达到了忘我的程度。他要在这个新的天地里，再创造出一片属于自己的天地。至于这一点，他很自信，也很有把握。

接手这个班以后，他就很愉快地投入到了工作中。

说老实话，没和这个班的学生接触以前，就听有的领导和老师说，这个班是依据家长的要求按照分数的高低分的，成绩最差，学生无论习惯还是状态，都是末流的，素质也不是很高，学生心理可能都有些问题，行为就更怪异了。面对这样的一个班集体，他不是没有想过带起来很费力，甚至是出力不讨好。但最后，他还是下定决心，一定要将它带好。因为教育本身就不是专让你带好学生的。带了较差的学生，不仅是对自己教育能力的一种审视和检验，而且也对自己全面掌握学生心理及行为表现有好处，同时，也更能发现、了解、揭示教育规律。依据经验，面对这样的学生，还得从做人这个角度出发，对他们做好心理和行为两个方面的教育，让他们学会做人才行。也就是说，做好了学生非智力因素的工作，就等于为做好其他工作打下了牢固的基础。凭自己过硬的本领和丰富的经验，他相信，自己一定能带好这个班。

方正下午第三节课后第一次走进高一（5）班教室，一股浓浓的、酸酸的，但又稍有些香的怪气味便直冲他的鼻孔，大有一种把人晕倒之势。当时他就皱了一下眉头，心想，这是自己当教师以来从未遇到过的。再往里一看，好家伙，整个教室，桌子摆放得七扭八歪，地面的纸屑到处都是，环境脏兮兮的。他硬是屏着呼吸，在教室里走了一圈。这时，几个男生在后边七嘴八舌地议论着什么，他仔细一听，才知道都是有关"四大天王"的事情，说他们人长得多么帅气，动作多么漂亮。说话的人，个个都是神气十足。这些人有的坐在桌子上，有的站在后边，有的坐在座位上，指指画画，只是自顾自地在那里海阔天空地谈论着。坐在中间的几名女生，也不管那些男生谈论什么，只是自顾自地谈论着时尚的衣服、化妆品什么的。她们有的穿着高跟鞋；有的穿着低腰裤，露着肚脐；有的穿着低胸衣服，几乎将不太丰满的双乳露了出来；有的头发染得五颜六色；有的戴着耳环，戴着项链，戴着手链；有的留着长指甲，打扮非常人时，很是前卫。看着这位不速之客的到来，教室里的所有学生，都感到陌生，更不知道他就是未来的班主任，所以也都干脆没理，任他在教室里转着、看着。

方正在教室里转了一圈后，没有吭声，看了看他们，随后就走了。

走在路上的他寻思开了。这样的一个班，如何做才能有起色呢？依据以往的经验来看，他们中间存在的问题，还是一个素养问题，要想整个班有变化，还得从整体素质的提高着手，也就是从学生基本习惯的培养着手，有针对性地对他们进行教育，特别是要把行为规范的教育放到首位。只要这项工作做好了，其他问题以后就好解决了。对，先要在他们跟前做一个调查，了解他们的思想动态是什么，然后再做决定。

第二天下午课外活动时间，也就是第四节课，他重新走进教室，召开了全班学生会议。会议上，他首先向学生做了自我介绍，说自己是新任班主任，希望各位同学给予紧密的配合。随之，方正就做了问卷调查。接着先指定了几个班干部，说几天以后，再正式进行民主选举。

到了第二周的班会时间，他走向黑板前，书写了一个大大的"人"字，随后，就从人的概念、人的尊严，以及怎样做到一个大写的"人"出发，讲到了作为一个大写的"人"，怎样赢得尊严，获得别人的尊重，等等。

整个班会，学生听得目瞪口呆，口服心服，他们都觉得这位老师很有水平。人常说万事开头难，可他的第一次班会，就受到了学生的欢迎，更是赢得了学生的尊重，有的干脆直接把他当作自己的偶像了。

有了这样好的开头，他便趁热打铁，后来在学校的统一安排下，又将他们拉到远离学校的军事训练基地，进行了历时一周的训练。这次训练，着重于军事素养的提高、组织纪律性的培养和吃苦精神的培养。

军训回来后，方正又组织他们召开了有关军训的座谈会，让他们交谈军训的心得和体会，除此之外，还在教室后边的墙壁上出了一期壁报。对此，学生大都有了一个清楚的认识，在行为规范上也对自己提高了要求。很明显，学生的军事素养有所提高，组织纪律性也增强了，吃苦精神也有了，整个精神面貌都发生了变化。

为了更好地巩固军训成果，进而让学生在心灵深处树立正确的态度，不至于做出不该做的事情，方正在班里对学生又进行了各式各样的教育，开设了诸如中学生心理讲座、心理咨询讲座、挫折教育讲座、故事会、各类演讲等等。一个学期下来，他带的班发生了天翻地覆的变化，一下子从一个别人眼中的后进班，进步到了离先进班行列不太遥远的位置。

第二学期，学校先后组织广播体操比赛、举办艺术节，全班在他的精心组织和训练下，在两次活动中的均获得第一名。这大大增强了学生的集体荣誉感和班集体的凝聚力，鼓舞了学生的士气，促进了学生自控能力的形成。整个班现在基本处于一种自动化的状态，也就是学生管理学生的风气已经基本形成，做到老师不在和老师在基本一样了。

对学生的进步，方正感到特别欣慰，因为这毕竟是他到这所学校以后工作成果的体现。为此，学校许多老师对他也刮目相看。但他心里很明白，取得这种进步的毕竟是大多数学生，还有少数几个直到现在都还长进甚微。为此，他常常犯愁，可无论怎么犯愁，都拿不出更好的方法来。据各科老师反映，最调皮、最淘气的莫过于王将和刘寅。这两个学生，听他们的家长说，不仅有上网聊天的习惯，还有打电子游戏的习惯。论起这两样来，他们真可以当冠军了，因为他们对此娴熟得不得了，除此之外，还都有早恋现象。就这俩，搞得他几乎筋疲力尽了。为了他们能再进步，他确实已经想了很多办法。

一次，方正刚走进办公室，就发现刘寅站在教英语的刘老师的办公桌前，可看了一下，就是不见刘老师。怕不是刘老师正在上课吧？他这样猜测着。于是，便冲着刘寅走了过去，问道："怎么回事？见长了不是？能耐了！"

看着方老师进来，刘寅自知又给他找了麻烦，给班级抹了黑，也觉得理亏，于是自觉地低下头冲着走过来的他说："方老师，对不起，又给咱班抹黑了。我以后一定改正。"说完，就跟没事似的"嘿嘿"一笑。

"说，什么事情？"

"也没什么，就是上课没有好好做作业，还说话。"

"不至于吧？"方正有些不大相信，"你还是老实说吧，这对你才有好处。"

听了方老师的话，刘寅看着有些糊弄不过，于是，就如实说了出来。

"我上课看课外书，被刘老师抓住了，当刘老师批评时，我不仅没有听进去，而且还和他顶嘴，捣乱得课都上不成了。我知道这是对老师的不尊重，也是对课堂纪律的破坏，我向刘老师道歉，我在全班做检讨，您看怎么样？方老师，我真错了，还得请您原谅才是。否则，我都羞愧死了。您大人不记小人过嘛！"刘寅向方正说这话的时候，完全显出了一副可怜兮兮的样子。

听着他的检讨，方正也有些不怎么耐烦了，心想，自己整天不都在浪费自己的年华，消耗着自己的生命？为了这样的学生，几乎天天都在做无用功，消磨着时光！但这又有什么办法，还不是因为已经干了这份工作？

"刘寅啊刘寅，你让我说你什么好呢？难道说方老师的方法对你就没有一点点效果？你今天站在这里，我真的无话可说了。你能不能让老师省省心？对你的教育，老师确实已经感到黔驴技穷了。我看，还是老师对不住你，因为我上辈子不知欠你多少，是吧？"

刘寅这时只是低着头不说话。但待方老师的话刚一完，他便急切地说："没有，是我不对，是我对不住方老师。我也知道这不是一次了，而每次您都原谅我，您放心，方老师，我从今往后一定改正，若改不掉身上的错误，您就让我回家。到那时我半句话都没有。我向您保证。"说着，就两腿并拢，啪的一声严肃地敬了个礼。

"真是满身的游击习气！行了，放下！我也不和你多谈了，等刘老师回来以后再说。"说完，方老师很不高兴地看了他一眼，然后回到自己的座位，再也没理他，改起了作业。

说起作业，适当的作业是应该有的，但现在学校却在此问题上有多多益善的意思，好像作业越多越好。搞得老师整天都围着作业转，就跟机器一样，没有半点休息时间。一时不转，就像犯了错误一样，家长不满意，校长不满意，弄得老师很尴尬、很狼狈，连一点点创新的时间都没有。这叫什么教育？这纯粹就是蛮干，没有一点科学性！就这还不够，还有没完没了的周考和月考。而这一切，又都需要时间，需要精力来完成。一天下来，总觉得腰痛腿酸的，有时就连颈椎也开始痛，以致人都有些招架不住了。方正本来要将这些想法告诉学校领导，可一想自己刚到这个单位，怕人家说自己事多，影响不好，再就是考虑到现在几乎所有的学校都这样，说出来怕惹众怒。

"丁零零，丁零零"，桌子上的电话铃声又响了。

方正朝电话响的地方看了看，便纹丝未动地继续批着作业。

"方老师，电话。"看着方老师没接电话，站在那里的刘寅便朝他喊了一声。

无奈，方正伸手前倾着身子拿起了话筒。此时，只听见那头问："喂，方老师吗？"

"是，哪位？"

"教导处黄老师。哎，方老师，你们班收的资料费怎么还没交呢？您有时间的话，请赶紧交一下，好吗？"

"什么，资料费？开学不是说不收了吗？怎么现在又要收了？"

"唉，当时说不收，那是为了应付上边检查，现在这风声不是已经过去了嘛？所以，校长让现在就收。"

"哦，原来这样。好，那我准备一下。但这恐怕会引起学生和家长反对的。"说着，他就放下电话，又回到自己的座位，悄无声息地坐了好大一会儿。

这时正好下课了，刘老师便回到办公室直接向方正走去，说："方老师，这是刘寅上课时看的书。"说着将书递给了他，然后走向了自己的办公桌。

方正接过一看，好家伙，竟然是一本被硬皮纸包裹得很严实的《夫妻生活》。一时间，他就气愤地朝着还站在那里的刘寅命令道："刘寅，过来！"

一见英语老师回来，站着的刘寅就觉得有些不妙，更有些不安，还有些慌乱，因为他做的一切这时都要露馅了。但又转念一想，露馅就露馅了，反正"死猪不怕开水烫"，豁出去了，看你能把我怎么样。尽管他心里这样想着，但不免还是有点发怵。正当心里打鼓的时候，听方老师这么一叫，他便硬着头皮走到方老师的面前，主动说道："方老师，对不起，是我不对，我给您撒谎了，我给您丢人了，也给咱班丢脸了。"

"没有什么不对，一个中学生，上课不看它看什么呢？那是心理和生理的一种需要，作为老师，我完全可以理解，但是⋯⋯"这时，已经站起身的方正绵里带针地说。

没等方老师的话说完，刘寅就很是急切地辩解道："老师，您别再酸我了好吗？这样，我受不了。我知道对不住您，您对我是苦口婆心，但我还是控制不住自己的行为。您说我这到底是怎么了？有时连我都感到自己没救了。我也不知道我怎么会这样！"刘寅再一次低下了头。

"这怎么能叫酸你呢？你做得很对、很文明呀？面对你，老师我确实已经无话可说了。这时，我只觉得是自己无能，也感到了自己的失败，该道歉的是我，而不是你。因为我是一个教育者，我没能让你的行为规范起来，确实很遗憾，我也为自己的失职感到遗憾。如果说，到了今天，你还认为老师有什么不对的地方，就请你给我指出来，以便在以后的工作中不再犯这种错误，你觉得如何呢？"

"我知道我说话不算数，也出尔反尔、不守信用，但我也有我的苦衷，就是想改总改不了。就这一点，我不是说没有恨过自己，但恨过了以后，又成了这样。要不，我向英语老师承认个错误，当堂顶撞他是我不对，请他原谅我，你看怎样？"刘寅一边看着方正，一边抬头又看了看此时快要走到办公桌前的刘老师。

方正一听刘寅说得也很实际，于是也没多考虑地说："那好，你去吧，态度一定要诚恳！"

"您放心，一定。"说完，刘寅转身就走向刚到办公桌前的刘老师，说着自己如何如何不对，今后一定改正之类的话。

看到刘寅走向刘老师办公桌前，方正坐在那里，又开始思考：像刘寅这样的学生，在自己的班里，可不是一个两个，好在经过一番辛苦，还是将大多数学生的坏毛病给校正了过来。就这些学生的情况来看，真是"大人的个子，幼儿的心灵"，不懂事的多。他们一天到晚就知道上网猎奇，追求时尚、前卫，压根就不知道认认真真、扎扎实实地去读几本书。就这样，怎么能不幼稚？无非就是现在的生活条件对他们来说太优越了，整天都过得无忧无虑。就这样，一时不顺心，又脆弱得不行，要死要活、没完没了的。学生上课看课外书，这已经算是比较好的了。没见新闻曾经报道过的那些事情吗？像刘寅这么大的学生，不是还有自杀、杀人的吗？就这样，犯了罪被抓进监狱，还不知道自己已经触犯了刑律，而与此类似的情况，不是还有很多吗？可我们目前的教育，就是不知道研究这些已经不容忽视的问题，一天到晚只知道应试教育！这是多么令人痛心啊！唉，这应试教育的战车何时才能休呢？想到这些，他的脸上又挂起几丝愁云。

方正借下课时间，迅速来到教室，讲了刚才学校催资料费的事情，让没交的学生尽快交来，这是最后通牒，如果不交，甚至还有退学的可能。讲完这些话以后，学生一片哗然。

"学校简直是狮子大张口，成了填不满的坑。"刘寅很是不平地说。

"难道说，我们的钱就来得那么容易？"一位女生涨红着脸说。

"方老师，学校收这么多钱是不是拿来给老师发奖金呢？"

"那是肯定的！"众多学生立即应和道，"不然，你瞧，老师一个个手里都是笔记本电脑，牛哄哄的。"

"这恐怕都是用咱们的钱买的。"

"肯定了。"

站在讲台前的方正此刻很尴尬，但他没有办法回答学生。

"这学校怎么就这么不要脸，什么都收啊！你瞧，什么保险费、借读费、自习费、作业本费、双休日补课费、自行车存车费、住宿费，哦，还有冬天的暖气费，动不动就收。"

"难道说，学生的钱就那么好赚，并且赚得那么心安理得、理所当然？是不是不赚白不赚，赚了也白赚？"

"这恐怕是学校给我们想的招数。要不然，怎么开学不收？是不是怕上面查，待事情过去了，现在又来收？"

"这收费纯粹就是学校单方面地胡收，是霸王条款，更没有根据，说收多少就是多少，随意性很大。"

"这些收费，经过物价部门审核了吗？"

"真是到了宰你没商量的地步。"

听到这里，几个女生很小声地说：

"我家没钱，我的父母都下岗了，你们看着怎么办吧。大不了这学我也不上了，这还有什么意思！"

"这学校怎么就不要脸到了这种地步？我们真是领教了，领教了学校的'高招'。"

"这学校领导的心也太黑了，经常欺骗我们，出尔反尔的！"

"今天的这个社会可不就是一个金钱的社会，就连学校都在想着法子赚学生的钱了？"

"方老师，我们知道，你也没办法，但您总要为我们说说情，让他们少收一点吧！难道您就眼看着我们一个个都退学吗？"

学生的话说得越来越尖锐，也越来越刺耳，刺得方正都有些招架不住了。他的脸一阵儿红一阵儿白的。像这种情况也不是第一次碰到，以前也发生过这样的事，每当碰到这种情况，搪塞一番，钱也就收上来了，自然，事情也就过去了。但是今天的情况就很不一样，他们简直有些承受不了了，面对他们的乞求，方正只是勉强地说："你们的心情，作为老师，我完全理解，但是学校决定下来的事情，也不是老师能改变的。我只能尽量向学校建议，至于结果怎样，那只能耐心等待了。"

说完，他就走出教室，回到了办公室。

面对学生的责难、质疑，作为老师的方正明明看在眼里，但就是不能说，更不能将一些内情予以公布。因为这样不仅会引起学生的愤怒，而且还会诱发众多老师的不满，最后导致领导的尴尬和不快，甚至还会因此丢掉自己的饭碗。这收费的项目也太多了，谁能承受得了！作为一般家庭，也就是工薪阶层，这开支确实够大了，动辄几万的，但就是这样，有的家长还是希望自己的孩子能上学，哪怕是砸锅卖铁都愿意。家长们之所以这样，就是希望孩子将来有出息，能出人头地，到了那时，这一切都会回来的。这笔账，他们谁都会算。但就收费情况来说，真是比上大学的费用还高。这样的事情，以前不是没有向领导反映过，每当反映时，领导都答应得好好的，说尽量考虑考虑，但事情过后，还是照收不误。对待这个问题，他不只是看到表层，而且考虑得特别深远。他经常想，这不仅仅牵涉到学校在学生心目中的诚信问题，更重要的是，还牵涉社会的稳定，弄不好还会出大乱子的。

"方老师，你是不是又开始忧国忧民了？"方正对面坐的小赵老师问道。

"什么忧国忧民，还不是收钱的事情？"他抬起头朝着小赵说了一句。

"这收钱的事情还不是忧国忧民？"小赵老师反问了一句。

"我总觉得……"方正的话说了半截就打住了。

"是不是觉得不妥？如果这样，方老师，我觉得您就不对了。您没想，您这是不能'与时俱进'啊。说轻点儿，这是又在不听领导话了，如今哪，您不听领导的话行吗？"小赵分明是听出了方老师的言外之意，于是便不无嬉笑地说。

说起这个小赵老师，年龄三十出头，个头大概一米七，身材略瘦，一副近视眼镜的后面，隐藏着一对非常深邃而富有智慧的眼睛，宽宽的颧骨，高高的鼻梁，俊俏的脸庞，说起话来幽默风趣。做起事来，也干净利落，不拖泥带水，虽说是教代数课，但写起文章来，也是飞机上挂热水瓶——高水平。他比方老师还要早来这所学校几年，业务各个方面都很过硬，所以也赢得了方正的喜爱。在调整办公室时，两个人又坐到了一起，还是面对面。为此，两人也经常开一些玩笑，聊聊教育和国家大事。在他们的交谈中，有新闻，也有评论之类的东西。这样，两个人也不亦乐乎。

"我说小赵，你怎么总是长不大，就跟咱们的学生一样？难道说，你一点点同情心都没有？我就不知道你什么出身的？"

"哎哟，这方老师可给我来真的了，如果这样，那么，我小赵今天就洗耳恭听了。"

"你不知道国家现在强调的是和谐社会？这什么意思，你那么聪明个人，会想不来这事？"

"我知道建设和谐社会，但是，靠咱们还能怎样？咱能左右整个国家的局势？就连咱们学校的事情都左右不了，这和谐社会又与咱们有什么关系？依我看，建设和谐社会，与咱们没有多大关系，关键是那些领导的事情。话之所以这样说，是因为制定政策和执行政策的都是领导，而不是咱们；就咱们来说，哪怕提了什么建议，也起不了多大作用。方老师，您说是吗？更何况咱们这所学校，说是公立学校，但实际又不是公立性质的。说穿了，咱们学校办学的目的就是赚钱，赚学生的钱。这一点，难道您还不明白？我想您是不会不明白的。要说不明白，那也纯粹是装的，只是不说而已。您那城府，谁不知道，可深着呢。"说着，小赵就凑近方老师的耳边做了个鬼脸嬉笑道，"这也就是人们常说的真人不露相吧？"

"但不管怎样，也得顾及学生的利益吧，学生说的那些话也是实际呀，弄不好，说不定还会出乱子的，我看这一次不同于以往。"

"出了乱子又能怎样？也不是您出的主意，就是到时候追究责任，您也只是一个政策的执行者，能把您怎样？那还不是学校的事情？我想，出了事情才好呢，否则，这事情永远都没人过问。现在这社会，还不是将问题弄大了，才有人关注和解决？否则，就没人关注，也没人解决。"

"唉，毕竟这是学校啊！"听了小赵的话，方正非常无奈地说。

"我知道，像您这样的人，对这样的事情也放不下，肯定要向学校领导汇报的，但汇报后的结果又会怎样？多半对您不会有什么好处的，说不定还要炒您的鱿鱼，别看您资格老、有权威。现在可不就是这样，谁有权力，谁就有了一切？您甭看平时他们还给您面子，但到了关键时刻，伤及了他们的利益，也就顾不上什么了。"

听了小赵的话，方正觉得也不无道理，但是面对这样的一个年轻人，他又能说什么呢？现在的社会，在金钱面前，人们往往表现出来的可不就是六亲不认？更何况，自己在这些领导面前，也只不过是一个可以利用的打工者。合心意了留下，不合心意了，随时都可以走人，管你有能耐没能耐的。想到这里，他似乎有了一种"明知山有虎，偏向虎山行"的劲头，然后不改脾性地说：

"尽管这样，但是那也得说。因为这毕竟关乎教育的声誉，也关乎这所学校的利益。明眼人都能看到这一步，再说，这也是为了学校的生存。当然，学校的生存也不单是这样。如果只是这样的话，那么，至少是目光短浅的，也没从长计议。依据本人以往对校长的了解，他至少还不会这样，因为在我看来，学校领导至少还是有远见的。他们今天这样，也许是一时没有想到罢了。"

"怎么没有想到?"小赵似乎有些发急。

"你没听说过'智者千虑，必有一失'吗?"

"听过，听过。"小赵边点头边说。

"听过，那你刚才怎么还那样说?"

"我这不都是为您着想嘛!"小赵使了个鬼脸说。

"我知道你为我着想，但一个人活着，并不只是为了自己。如果只是为了自己，这又有什么价值? 作为教师，工作的对象是学生，自然首先考虑的也是学生的利益，要不就有些昧良心了。你觉得呢?"

"方老师，确实，确实!"此时的小赵只觉得方老师的话很有道理，同时也感到了自己的浅薄、胆小和世故，一时发自内心地有些惭愧，脸红一阵儿白一阵儿地勉强说。

"学生的钱，大部分都来之不易。这一点，你恐怕还体会不深。像我，现在上有老，下有小，说起来负担确实不轻。据我了解，许多学生都来自工人家庭，有的父母可能都已下岗，过起日子来，只想着将一分钱当作两分花，节约再节约，在这种情况下，孩子们也不是无情无义，他们看到父母的艰辛，也很有压力，面对学校这样频繁的收费，他们当然不满意了! 所以说，发生这样的事情也不奇怪。只要学校给他们讲清楚，所有的收费都是按照物价局的规定收的，我想他们也会理解的。对此，只要学校将说服工作做好，也不会有多大的事情，问题就在于乱收费。你没注意，近年来，政府部门将各学校的乱收费问题当作重点来整治吗? 就此落马的校长可是不少啊。"

听了方老师的一番话，小赵从心底对他更有了几分敬重，因为他心里装的总是学校和学生，同时也装了责任，即对社会的责任。

"丁零零，丁零零"，上课的铃声再一次响了起来，于是，还在思索的小赵便赶紧站起身来，向方正道了声:"我还有课，方老师。"说着，小赵就出门而去了。

待小赵走了以后，方正来到陈校长办公室，当他要谈刚才发生的一切时，陈校长即刻制止了："方老师，不用您说了，发生的事我已经知道了，正在处理中，您放心，一定能够处理好的，会给您以及学生们一个满意的答复。"

听到这里，方正理解而又放心地说："这毕竟牵涉到咱们学校的名声以及荣誉，弄不好，一下子就会名誉扫地。"

"这一点，我知道，真是谢谢您了。您也确实为咱们学校操心了。像您这样的老师，如今可真是打着灯笼都难找啊，大家都为能有您这样的老师而感到高兴。现在的老师，许多都像是钻到了钱眼里，好像人生就是为了钱，除此之外，再没有了别的。"

"校长，恕我直言，我还有些事情，就是有关课外活动的问题。据我了解，现在的许多学校，平时搞的就是纯粹的应试教育，至于素质教育，就只是个形式，学生一天到晚就是学习，连起码的课外活动时间都没有。这样的结果，您不是不清楚，完全就是一种瘸腿走路。就身体素质来说，学生中间戴眼镜的越来越多，同时，'豆芽菜'型、'企鹅'型的学生也越来越多；就做人来说，其素质就更令人担心，也更令人不安，比如不懂礼貌、缺乏关爱精神、自私、浪费粮食、不知节俭、不爱劳动、团队意识淡薄、没有责任心、损害公物等种种表现，都是目前教育的缺失导致的。因为我们的教育不仅仅是学习一个方面，它还包括育人在内，这才是根本。就咱们学校而言，这些方面的问题，多多少少也是存在的。"

"方老师，您谈的这些情况，我也着急，也为不能改变这种情况而心焦。但就目前情况来看，这种现象一时还难以改变，因为整个社会现在看的就是分数，看学校一年能有多少学生考上大学，或者是为重点大学送了多少学生。在此，上级领导这样看，家长也这样看。家长这样看还可以理解，因为他们毕竟不是搞教育的。可我们的有些教育行政部门，不仅这样看，而且还拿成绩考核学校，给学校排队。他们有时候明明知道这些做法是错误的，但是还要这样做。这就搞得学校也很被动，在很大程度上也没有办法。咱们学校不是没有想过办法，但到头来都不行。再说，许多学校的例子都摆在那里，如今不这样也不行啊，这么做确实是不得已而为之。现在学校处于这样一种地步，也很为难。我想您也是理解的。"

"这一点，我是理解的。但是，起码也可以在有限的范围内，按照自己的想法来治理学校，哪怕步子跨得小一点、速度慢一点都行。"

"是这样，我给教导处再说说，让他们尽量给学生排出课外活动的时间来。"

"我就知道您会这样做的。"

"说起来，这还不是为了咱们学校的发展嘛?"陈校长急忙校正道。

随后，方正又和陈校长谈了年轻教师讲课中出现的一些问题，便告辞了。

回到办公室，方正想自己提的问题也确实难为了陈校长，校长的说法也不无道理，他的做法，也是一种无奈，要论这罪魁祸首，就是纯粹的应试教育! 然而，这种纯粹应试教育局面的形成，归根结底，是因为近年来社会上的用人制度存在着许多缺陷，而这种缺陷，就是一味地强调高学历、高职称。这样看起来是推动了整个社会的进步，但细究起来，还是存在诸多问题。由于用人制度是这样，所以就出现了追求高学历、高职称的现象。而这样追求的结果，就是文凭、职称的泛滥和贬值。这样的直接后果就是，基础教育出现了单纯追求升学率的怪象，乃至教育残缺不全的危机。要说这个危机，不是别的，就是没有教会学生怎样做人。然而，教育的根本就是教会学生怎样做人! 在这样一种情况下，即使学校还坚持全面发展和提高学生综合素质的方针，那也是完全处于一种表面状态。这种状态很令还有良知的老师担心，同时，也令他们无比痛苦。因为在此，不仅教者本人不相信教的那一套，就连学生也不相信老师教的那一套，彼此都觉得那是在骗人。究其原因，一个最直接、最有影响力的就是：学生们平时看到的，不仅仅是大人们的口是心非和人情的淡薄，而且还有腐败现象的日趋严重。尽管国家也在强调人与人之间的爱，也在不断地惩治腐败现象，但是，学生的亲眼所见和亲身经历，还是深深地影响着他们。学校想着法子毫无规则地从学生口袋掏钱收费，不正说明了学校和老师在丧失自己的职业道德吗? 连学校和老师都成了不择手段的金钱攫取者了，这还是教育吗? 只能说，教师成了崇拜金钱的最直接的言传身教者了! 在此教育环境的直接熏陶和影响下，学生要选择怎样的价值观念，要把自己放到怎样的一种境地也就一目了然了。教育如此失败的局面，能这样继续下去吗? 坚决不能! 学生于中学阶段学的一切，都将对他们的一生起到不可低估的作用，特别是在做人方面! 而我们的教育，发展到这种纯粹应试教育的状态，与教会学生怎样做人的初心，岂不是南辕北辙?

想到这里，方正就觉得非常痛苦，因为这种局面的改变，他非常明白，自己一个人是无能为力的。为此，他点燃了一支香烟，狠狠地抽了起来。一时间，整个办公室里都充斥着烟味儿。

"方老师，怎么今天竟抽起烟来了，是不是有什么心事?"连着上了两节课又刚下延点自习的小赵冲他问道，"该回家了，方老师，有什么问题别那么认真好嘛!"

"你先走吧，我在这里坐坐。"说完，他的眼里就涌出了一股无名的泪水。然而，又怕收拾东西的小赵看见，他赶紧扭过头掩饰了一下，借故擦了个干净。

干着教育的事情，就不由得想着教育的事情，也不由得为教育负起责任来。但是，这教育出现的问题，又不是自己能解决的。正是这种矛盾给他带来了诸多的痛苦。而这种痛苦，又能对谁诉说呢？一时间，他的精神好像完全没有了寄托，更没有了去处。他有些魂不守舍地喝着水，大脑也在飞速地运转着。突然之间，他想起了刘云。哦，对了，自己怎么竟将她给忘了呢？前几天，她不是还打过电话吗？简直把人都忙晕了，竟把这事都给忘了！一想起刘云，他便眼前一亮，放下水杯，急忙拿起电话给她打了过去。

电话是打通了，可是，好长时间都没人接。这时，他那倔脾气便上来了，手拿电话一直都在听着，任凭那头的电话铃声不断地响着，好像硬是要等出个究竟来。好不容易来了个人接电话，一问，人家说，刘云老师已经回家了。他有点儿失望。但是，很快就觉得有必要给那人说清楚，让他无论如何捎话给刘老师，就说厚德中学的一位方老师找她。当听到那人说"一定"的时候，他便放心地放下了听筒。

## 二十二　相约青藤抒真情　师兄师妹探真理

第二天晚上，刘云按照约定的时间来到了青藤咖啡店。咖啡店的氛围很优雅，也很有文化品位，一看就知道是文化人常来的地方。他们先是打了声招呼，随后就寻找了一个幽静的地方坐下了。

不一会儿，咖啡就端了上来。

他们边喝边聊。

"我问你，你爱人调过来了吗?"方正很是关心地问。

"您走后没多长时间，就调过来了，在厂里统计部门。这全仰仗您以往的多次催促，假若没有您，恐怕直到现在还调不过来。对此，早就应该谢谢您的，可就是没有时间。真对不起!"刘云的语气平和地说。

"这就好，这也是我离开咱们学校以来最关心、最想知道的问题。"

"自从调过来后，生活方便多了，也再不像原来那样牵肠挂肚了。"

"是啊，这样，也更有利于工作了。"

"可以说，调来有调来的好处，没调来有没调来的好处，各有利弊。"

"怎么讲?"

"调来了，还不是带来了许多麻烦? 行动也不再自由了，凡事都还得和他商量才行。"

"这也确实是的。"方正表示理解，"哎，现在住多大的房子?"

"可能没您的大，四十平方米。"

"还是有些小。"

"但比原来好多了，总算一家人能住在一起了。"

"孩子的学习怎样?"

"还算可以，不过也不怎么自觉，整天都需要督促。"

"现在的孩子都是这样。也不用着急，慢慢来，只要抓得紧，我想孩子将来会有出息的。"

"但愿他能像您说的那样。"刘云喝了一口咖啡，稍作停顿，然后又说："真是，见您一面比什么都难，就连打电话都不行。我不知道您真能挣多少钱？"突然，刘云有些怪罪起他来。

"说到这，你可真是冤枉我了。不是什么挣钱不挣钱的问题，而是确确实实没有时间。这就是这所学校的特点。不过，我的命运还算好点儿，领导还给一点儿面子。就今天来这儿，也是偷空才来的，不然还来不了呢。"

"您说的这些，我都可以理解。谁要您到那所学校呢！"

"唉，不管好不好，先不说这个了，我问你，咱们学校现在究竟怎样？"方正关心地问。

"变化挺大的！"说这话时，刘云有点儿不好意思。

"怎么个大法？"

"唉，自从公办民助以后，大家的情绪都很大，都对校长很不满意，于是就将事情告到了厂里，厂里在一年后，就和私人解除了合同。也就在这一年里，几个年轻人感到没有前途，都不辞而别，就连小马都走了。"说到这儿，刘云的底气显得有些不足，同时也有些自责。

"是啊，说到底，根源还是咱们学校走了下坡路！要不，大家也不会这样的。不过，话说回来，这也不见得就是一件坏事。"说这话时，方正的声音有些低沉，似乎也受到了她的情绪的感染，也多少带了一些自责的成分。

"暑假过后，厂里就把学校交给了虹云中学代管。这是什么意思，就是原来旧有的校舍和师生不动，挂上虹云中学的牌子，让人家派人来管理。这种形式，依我看，也不免是一种好方法，因为它给人们一种全新的感觉。开始的时候，咱们所有的老师，都有这种感觉，因为随着牌子的挂出，生源一下子增加了许多，再加之虹云中学的一些师生过来，学校又出现了比原来更加热闹的局面。整个教学大楼的每一间教室，都坐得满满当当的。无论干什么都有了规模，蛮像一回事的。为此，咱们老师的精神也为之一振，都感到了一种新的气象。没受人家管理的时候，许多老师都对虹云中学有一种幻想，想着这样肯定能改变自己的命运；可受人家管理以后，才觉得简直不是原来想的那样，光是各项检查就多如牛毛，当然，每一项检查也都很有说道，适应都适应不过来。没办法，大家只能硬着头皮适应了。"

"你没发现咱们老师身上多多少少还存在着一种懒惰心理吗？"

"我也考虑到了。这是咱们老师对人家的管理方式不习惯造成的。"

"那就需要尽快跟上人家的节奏才对。"

"我也在底下给咱们的老师说过，一定要这样。"

"看来，咱们原来的管理还是跟不上人家的步伐。"

"不过，我总觉得那样对待老师实在是有些苛刻。"

"有这种感觉？"

"不仅有，而且还很强烈。"

"他们做的一切，都符合教育规律吗？"

"依我看，只是蛮干而已。"

"什么意思？"

"就是把老师不当人，只当作机器了。"

"上课的机器吧？"

"是的。"刘云点点头。

"大家的感受怎么样？"

"只觉得跟蹲监狱差不多，就签到这一项来说，现在都是指纹签到。"

"蛮现代化的嘛。"方正无意识地说，"这也是为了避免一些不自觉的'代签'呀。"

"是啊。可大多数都不是那么不自觉。既然大多数老师都很自觉，那么还有必要这样折腾人吗？岂不是多此一举！反正，我觉得如此做法太不人性化了！一所学校，为什么总要搞得人们丝毫归属感都没有呢？"

一时间，方正没了话说，似乎陷入了一种沉思的状态。刘云也不管这些，继续说道：

"特别是学校刚被接收的时候，咱们大多数的老师都有这么一种感觉，那就是，虹云中学几乎所有的人，从领导到教师，对咱们的老师几乎都是另眼看待。在他们眼里，咱们的老师就像是打了败仗的残兵，个个都瞧不起咱们的老师，只让带那些调皮捣蛋的学生。就这些学生，只要捣蛋调皮不学习，他们即刻就会把责任归咎于咱们的老师，说咱们的老师没本事管理学生。为此，咱们的老师心里都很难受，也感到自卑，变得十分敏感，总感觉在他们的眼里自己什么也不是，被他们歧视，时时刻刻都像是比人家矮一头、低一等，很没有地位。这样说还算好听的，说得难听点，就跟丧家之犬、亡国奴一样！"

"现实有时候也就是这么残酷。按时下的风气，一般情况下，来自重点学校的教师，都被看重；而来自非重点学校的教师，身价就要低很多，到了重点学校也会被瞧不起的。这一点，老师们的体验肯定最深，要不然也不会不愉快的。"

"咱们当初怎么就选择了光华中学呢?"

"那是咱们选择的吗?"方正看了她一眼,言下之意就是,那时的我们,可都是听从国家分配的,哪里还有自我选择的机会。

"所以,现在就要忍受这一切了?"

"其实,这和当初咱们的选择是没有什么必然联系的。"这话刚说到这里,方正突然似乎想起了什么:"哎,你可别忘了,当初的光华中学,还是蛮不错的。说不行,也是后来才慢慢不行的,至于不行的原因,那可是很复杂的,一句话是很难说清的。"

"说来也是。看来,在这样的环境下,不得不忍受这一切了。"

"也不能老是这样,还得好好调整调整自己的心态,别人那样对待我们,是因为不了解我们,待真正了解以后,他们的观点也会变化的。即使别人的观点没有变化,或者不愿意变化,我们也要更有自信。人活在世上,不能老看别人的脸色,如果总是那样,那又能活出个什么名堂?社会往往就是那样的世俗,而我们也不能老是局限于一种世俗的境地。"方正有些同情地说。

"你们学校应该好点儿吧?"刘云突然转过话题问。

"也彼此彼此。"

"怎么能这样说?"

"只不过是规模大点儿,用人机制灵活点儿,拿的钱多点儿。可真正能按照教育规律办事的地方也不多。"方正分明有着几分遗憾。

"怎么讲?"

"现在,人们都向怎样赚钱的方向奔走了。"

"难道您所在的学校也是这样?"刘云有些意外地问。

方正点了点头:"想起当初我还没担任咱学校副校长以前的事情,这种现象,也就不奇怪了。"

"以前怎么了?"

"这,你难道还不清楚?"方正有些不解地问。

"噢,明白了。"刘云若有所思。

"那时候,许多优秀学生都已经转到好学校去了,最后就连老师的孩子也都纷纷转走了。说起老师转走自己的孩子,那也是无奈之举。说实际点儿,他们也不愿意避近就远。因为谁都明白,那样既花钱又不方便管理孩子,就是了解一下孩子的情况,也没有在自己学校方便,说不定还要受人家老师的白眼和冷落。老师们之所以这样选择，是因为老师对自己学校完全失去了信心。他们的内心也很酸楚、很没面子的。因为他们明白，这对自己不仅是一种精神上的糟践，更是一种讽刺。老师的孩子纷纷转走，这在社会上无疑又做了一次无声的恶性广告。而这种广告对于学校来说又是灾难性的，甚至是非常致命的。它表明，咱们自己的学校，无论在管理还是教学质量上，都彻底落伍了，或者说已经低劣到了不可收拾的地步，声誉也岌岌可危了。本来对咱们学校的声誉就有所怀疑的家长，这时候就更有理由将孩子转走了。刚开始，他们还在观望，这下子，就更坚定了要转走自己孩子的决心。于是，原来学校仅有的几个好点儿的学生也都纷纷转走了，其中，转到虹云中学的最多。起初，学校领导还对转走孩子的几位老师的做法想不通，觉得他们不热爱自己的学校，于是就常给他们脸色看，或者是在工作中给他们小鞋穿，专门让他们不好受。那些将自己孩子转走的老师也觉得理亏，好像真就做了对不住学校的事情，于是连走路都躲着领导，单怕碰到他们似的。可后来，事情有了转机，领导们似乎也看开了，老师也是人，也是想让自己孩子有出息有前途的，这是人之常情，为此也就不再另眼对待这些老师，只好顺其自然了。令人遗憾的是，我们的领导，就是不知道反省自己工作有哪些失误，然后好好检讨检讨自己的工作。看着好学生纷纷走了，做老师的也心疼，但是，自己又没有一个好的办法制止，这样一天天下去，他们就跟受罪一样，没有丝毫的成就感，于是，有能耐的也就纷纷离开了学校，调走的调走，辞职的辞职。也就自那年以后，我们的学校元气大伤、一蹶不振，本来很有前途的学校始终没有翻过身来。要论当初我们学校的教师队伍，社会上都承认，绝不亚于那些所谓的好学校的教师，素质也是蛮高的。说得准确点儿，我们学校当初的状况就是高素质的老师、低素质的学生。学校最后到了这一步，不得不令人感到可悲可叹，也需要反思！这时候，家长对学校更是怨声载道，骂声四起，光我听到的，就有以下这些议论：

'这好老师走了，好学生也走了，这是什么学校？'

'这学校变成今天这样子，到底是谁的问题，竟然没有一个人出来负责。看来，这人，现在都坏了。'

'与其这样，还不如早点将学校撤了算了，这样，也能给厂里节约一大堆经费。'

'我就不知道这些领导到底怎么想的，竟然养着一群没有成绩的家伙！'

'要说这些领导啊，就跟白痴一样。'

'怎么就没有一个领导替咱们工人想想，学校搞成了这样，逼着咱们的孩子到外面去上学。这求人不说，还得给人家学校再交一大笔钱。你说，咱们有钱还好说，可就厂里发的那点工资，够干什么呢？就这样，还寻各种理由，扣这扣那的，到头来，能拿几个钱呢？简直令人想不通！'

'我看呐，现在领导的孩子不在咱们学校上学了，自然人家也就不关心了，放我身上，我也不会关心的。'

'这些领导，他们的孩子如果还在学校上学，你再去看，保证学校老师的待遇很好。谁要咱们赶不上时候呢？'"

……

方正说到这里，脸朝向刘云问："这些议论，不知道你听到过没有？"

"怎么没有听到？每当听到这些的时候，我心里好长时间都不是滋味，就好像学校搞成这样，是自己的罪过一样。"

"这种感觉不仅你有，我当时心里也有。谁叫咱们是这所学校的教师呢？"

"就是这样。"刘云附和着说。

"噢，还有，为了提高中考升学率，当时的校长就指示班主任，将那些学习成绩差的学生统计出来，劝其提早退学，或者继续上，但到时候不要参加考试，以免占据考试的总人数，到时候将升学率给拉下来了。如此做法，学生不同意，说这种做法剥夺了他们的权利，他们一定要参加考试。为了做好这一部分学生的思想工作，学校又出新招，承诺他们即使不参加考试，也照样给他们发毕业证。其实，学校说的给他们发毕业证，只是校内毕业证而已，区里或者市里的教育部门压根就没盖章，也就是说这些教育部门不认可的毕业证。这些被剥夺了考试权利的学生，哪里知道这一点，于是，就傻乎乎高高兴兴地答应了。自然，学校的升学率也就上去了。"

"当时也不是一所学校这样，就连一些所谓的重点学校也是这样。"

"要不是这样，那些所谓的重点学校能成为重点吗？"

"弄虚作假，随意剥夺学生权利的事情多了。"

"作为教育者，将事情做到这种地步，那还能称为教育吗？简直是胡闹！真是一场投机取巧的闹剧，滑天下之大稽啊！"

"现在的一些学校，名声怎么来的？难道就那么名副其实吗？还不是靠投机来的。"

"噢，还有，为了阻止学生中考外流，学校使出了谁都想不到的怪招。"

"什么怪招？"

"就是想方设法地阻止学生们报考好学校。在学生报名以前，学校就对这一部分预计能考上的学生进行教育，动员他们不要报其他学校，并以优惠的政策向学生承诺，比如成绩高的可以得到奖学金，上学期间免掉一切费用，包括学费和杂费。这一招刚开始还有作用，可后来也不起作用了。学校一看那些措施不再起作用了，于是就开始着急，给所有代课的老师开会，分配任务，让他们在学生中考集中填表报名的时候，一个盯着一个，死死地盯着那些学习好的学生，不让他们填写其他学校，尽量让他们留下来。倘若还有哪些学生和家长不同意，就明确地告诉他们，不给办手续，不给发毕业证，或者要办手续，就让他们交培养费，而这培养费一算，可不是个小数目。学校是这么说的，也是这么做的，一时间搞得学校和学生和家长的关系非常紧张。为此，还有的家长干脆就将这件事捅到了媒体上，以至于弄得在社会上都来了一场大讨论。说实在的，就学校的这些做法，本校老师的意见也不尽相同，有的赞成，有的反对。赞成的原因是，这样可以有效地防止和阻止学生的流失，从而保证自己的学校有较好的生源，使学校的工作能够正常运转。而不赞成的，则认为这是在剥夺学生的权利，因为现在全市高中学校的招生都放开了，学生愿意选择哪所学校就选择哪所学校，那是学生的自由，也是他们的权利。在这种情况下，学校没有任何权力来随意剥夺他们的权利，如果硬要这样做，那就很不地道了，同时也在很大程度上损害了学校的形象，与其这样，不如顺其自然好了。这就告诉我们，学校要想留住学生，还得练好内功，也只有这样，不管发生什么样的事情，也都能应对，也会战无不胜。不赞成的人尽管有理有据，可就是不能解决当务之急，于是，赞成的还是占了上风，一切就那样定了，也那样做了。"

方正与刘云越说越激动，没一会儿，两个人都有些气愤，只是在那里一边喝着咖啡，一边相互看着。过了一会儿，方正才换了个话题：

"原来只想尽快离开咱们的学校，可没想到，到了厚德中学以后，他们对老师特别苛刻，从早到晚，老师就跟机器一样地工作，动辄就扣工资，搞得老师们个个都疲惫不堪、招架不住。为此，一年多的时间里，几位老师相继都离开了。"

"看来，在这一点上，这些学校都有相似之处。这就是一个'严'字，然而，这种'严'，已经近乎没有人性了。"

"在这一点上，校长拥有绝对的自主权，也是很牛气的，所以巴结他的人也就多如牛毛。在这样的用人机制下，几乎每个人都变得很势利，基本也都唯命是从，即使碰到违背教育规律的事情，也没有人敢出来干预和阻止，以至于让学校完全处于一种以个人意志为转移的管理之中了。这样的领导在大家面前，好像永远都没有错误似的。"

"这就是权力的威严。"刘云不无讽刺地说。

"归根结底，还是用人机制过于灵活，而这种灵活的意义又在于：今天可以走一个穿红的，明天就可以再来一个穿绿的。说实话，现在的社会形势，各行各业都缺人，唯一不缺的就是教师。就教师队伍的现状来看，一方面人员紧缺，另一方面又大量过剩。这样的事实已经持续很多年了。"

"这就给老师增加了很大的压力。唉，现在这基础教育，搞得人厌倦、乏味，身心俱疲，甚至还有些想逃遁。"

"可不是？"方正朝她看了一眼，"教育，无论是对教师还是对学生来说，本来都应该是一件很轻松、很快乐、很有意义的事情，可如今竟然搞得几乎要了教师和学生的命！这种学生被动、教师也被动的局面，不充分证明了我们的教育在很大程度上已经畸形发展了吗？"

"是啊！"刘云在表达这种态度时，脸色显得特别凝重。

"我发现你心事重重的。"

"要不是这样，可能还不至于和您联系。"

"恐怕实在是一种无奈吧？"

"既是，也不是。"

"我只为目前教育界出现的这些不太正常的现象担忧，我们的教师，现在似乎许多人都钻到钱眼里了，像我现在的学校，简直是在想着法子向学生收费，弄得学生家长怨声载道，意见很大。照此下去，都有悖于自己的职业道德了。"接着，他就讲了一些自己学校发生的事情。

……

"是，现在所有的学校几乎都这样。要说不同的话，只是大同小异罢了。"方正的话刚一讲完，刘云就很有见地地说。

"说到底，这都是教育产业化惹的祸。"

"还有单纯的应试教育。"

"对。"方正点点头。

"你不应该这样痛苦和忧伤。"端着咖啡的刘云抬起头地看着方正，"因为这些都不是由老师决定的。在这种情况下，老师也只能服从。至于结果怎样，这责任就完全不是老师的了。"

"我也清楚地能意识到这一点，我也不愿意这样，但是，这责任心却使我不由得这样。"

"看来，这习惯和秉性走到哪里都改变不了了。"

"是啊，没办法。"他看了看她，"这素质教育喊了多年，可各学校具体实施的依然是应试教育。毫不夸张地说，今天的应试教育已经发展到了疯狂的地步。不仅出现了许多疯狂的学校，同时也出现了许多疯狂的教师和疯狂的学生。总的来说，一个目的，就是为了分数。在这些学校、这些老师、这些学生面前，似乎只有分数才是教育的真谛，除此之外，一切都是附庸。就连学校出台的规章制度，也无一不是围绕应试教育进行的。由此一来，许多教育神话都出现了。这些学校，都以自己学校提高了多少成绩为依据，以点带面，在社会上大肆宣传、推销自己。一时间，弄得自己的学校四海皆知。家长们也相信了学校的宣传，然后一哄而起，盲目地将孩子转到他们学校。"

"这也是家长们望子成龙、望女成凤心切的表现。"

"这种教育，非常令人茫然。不仅这样，而且有时候还令人担忧和恐惧。我总觉得这样的教育不太正常！"

"简直已经到了不可思议的地步。整个学校，从领导到教师，大多都在向钱看，并且是想尽法子地去赚钱了。这样下去，让学生怎么看我们，怎么看我们的教育？实际上有个别学生已经不信任我们的学校和老师了，觉得他们做的一切都是假的，就是说的一套，做的一套！这种情况，在某种程度上，已经潜移默化地渗透到了学生的骨子里了。至此，我真不敢想象。"

"是啊，现在中学生中发生的一些事情，不仅令人无语，而且还令人可怜，同时，也令人痛心。这里，轻则是不明白自身的生理特征发展规律，把控不住青春期的萌动，重则是不懂得尊重自己以及他人的生命。也正因如此才酿成了一些不良后果，步入了无视自己或者他人生命价值的极端。试问，他们为什么会这样？这到底是怎么回事啊？他们可都是十四五、十六七岁的孩子啊！归根结底，孩子们是不会做人了！而这些，又都是社会教的或者是大人们教的。这种教法，又是那样潜移默化。学校在此似乎也无能为力，多么可悲啊！是啊，这一切现象的存在，都是触目惊心的。数量虽少，但足以反映出我们的教育在很大程度上是出了问题的。"

"现在的学生，大多是独生子女，老师很难把握其心理，即使每天和他们在一块儿，也不见得就真的了解他们的思想以及心理活动。这就给我们学校和老师的教育设置了许多障碍。不过，我觉得，对他们进行青春期的教育，不仅重要，而且也很急迫。除此之外，对他们还要进行尊重生命的教育，要让他们懂得，生命对每一个人都是平等的，而且也是值得尊重和珍惜的。任何不尊重生命的行为，都是不允许的，也是有悖于人类伦理的。至于剥夺生命，那就更是不负责任，甚至是违法的了。这些，就学生的现状来说，非常必要且刻不容缓。但也有一个不容忽视的问题，那就是做了这些工作，效果又会如何？说不定还会起到反作用。如果真是这样，那还不如不做的好。"

"不管怎样，先尝试了再说。"

"有时真搞不懂，现在这些学生都想了些什么？"

"细细分析一下其中的原因，很多现象也就不奇怪了。从某种程度上说，学生的见识要比我们多得多，比如网络、MP3、MP4、最新款式的手机等，他们都有可能见过或者使用过；相比之下，我们的老师对这些东西不一定比他们熟悉。由此一来，他们获得信息的途径、速度以及信息量要比我们广得多、快得多、多得多。所以，他们现在一个个都表现得聪明得多，头脑也复杂得多。切莫以为他们还小、还单纯着呢。如果还是停留在以往的这种认识上，那么教育就会存在很大的困难。为此，我们的学校和教师，一定要与时俱进，不然就会永远都落伍于自己的学生。因为这样我们运用的方法，永远都与他们的思维不能同步。"

"先生，还需要加咖啡吗？"一位女服务生走过来轻声柔气地问道。

"谢谢！不用了。"方正端起还有半瓶子的咖啡，向那位女服务生示意道。

那位女服务生走后，他放下咖啡杯，又对刘云说：

"哦，还有，学校里凡事动辄就用学生评教来说话，把教育简单地归结成学生和家长的事了，本来教育应该是以教师为主导的，现在教师却变得多余了。如此一来，教育就失去了它本来应有的实质，变成了分数的奴隶。就这样，强劲的应试东风还在不断地吹着，以至于吹得全民都动员了起来，都成了分数的奴隶。为此，许多学校都以家长和学生说的算数，把他们的话视为金玉良言，只要是学生和家长说的，就都是正确的，甚至还把他们的话当作衡量老师水平高低的尺度或者标准。如此做法造成的直接后果就是：家长和学生说哪个老师行，哪个老师就一定行，然后扶摇直上；说哪个老师不行，哪个老师就是不行，以至于最后，变成人人都不齿的臭名昭著的罪人。这样一来，许多老师在学校教育的过程中，就都如履薄冰。"

"这方面不是没有例子，一次，我在区进校开会的时候，碰到一群老师，其中的一位老师就说，他们学校有一位女老师，每次碰到学生评教，或者在别处听到学生评教，都是两腿打战。这种情况，我完全相信。因为这种感觉，咱们学校的老师，曾经也有过，不同的是比这轻微，即使轻微，心里也常常忐忑不安。说穿了，这简直就是害老师的，是彻头彻尾违背教育规律的，是极不科学的。你说，在教育教学过程中，把学生的意见当作一种参考还可以，但是现在许多学校竟然搞得学生真的成了上帝，这未免就将教育简单化成了商品服务性质的事情了。与其说这是与时俱进，不如说是不懂教育。因为教育本身还蕴涵着育人的问题，它不单单是教好文化课的事情。"

"教育搞到这个份上，真叫人心寒。"

"关键就是不按科学规律办事！现在国家都在强调按照科学发展观办事，可在现实中，谁又能真正地按它办事呢？"

"还不是挂着羊头卖狗肉？"

"说实在的，我对学生评教也很有看法。我觉得，它只能作为老师在教育和教学过程中的参考，除此之外，不应再有其他的用途。可现在许多学校都将它变了形，扭曲了它本来的意义。"刘云也有些无奈地说。

"学生评教，大多数都不能客观反映教师教育和教学的真实情况，之所以这样讲，是因为他们的意见很大程度上是片面的，感情化的东西太多。这就掩盖了老师教育和教学的真实水平。其结果，往往是对那些对工作很负责任的老师的一种否定。一旦这样，势必就要使老师的积极性大打折扣。正因如此，学校领导应该对此引起足够的重视，对学生的意见，首先要冷静地思考，然后具体地分析，对于那些合理的、积极的意见，要及时拿给老师看，让老师明白学生在受教育的过程中需要哪些东西、不需要哪些东西，从而在以后的教学中，较为自觉地改正和弥补，切忌囫囵吞枣什么也不管地就拿它去和老师说事，更不能拿它作为评价老师水平高低的唯一标准，以免再做出那些打击老师积极性的事情来。"

"唉，高考制度不改革，这应试教育永远都改变不了。因为整个中学阶段的教育，都是随着高考的指挥棒转的。"

"可要是改起来，也不是一件容易的事情。恐怕还需要一个相当长的过程。尽管形势所迫，但是，也不是什么着急的事情，还得慢慢来。"

"您说的的确有道理。"刘云对方正的话很是钦佩。但脑子突然一转，朝他问道："哎，师兄，您见过江小华没有？"

"没有。"方正摇了摇头。

"我见过。那是一次逛商店的时候，当时我正忙着和服务员砍价，突然，一个女人在背后拉了我一下，我当时吓坏了，以为是小偷在偷东西，于是便急忙朝后一望。这下，我迟疑在了那里。只见那女人，三十多岁，拉丝的头发，白皙的脸庞，身穿一袭纯白颜色连衣裙，脚蹬高跟鞋，高挑的身材，亭亭玉立，好高贵好有风韵。这谁呢，竟这么时尚，还拉了我一下？我当时就瞪大了眼睛。"

"怎么，不认识了？"那时尚女人也惊异地笑着问。

"不认识。"我更有些迟疑了。

"江小华。"

"啊，江小华，是你！"我顿时瞪大了眼睛。

"真是难得一见啊！"江小华很是高兴的样子。

"随后，我们就来到了商场的休息室聊了起来。其间，她不仅谈了他们学校的情况，还问了咱们学校的情况，最后，还特意打听了您的情况，可遗憾的是，对您的情况，我也不了解，所以也只好照实说了，可她还是叮咛我，和您联系上以后，一定要将您的电话号码告诉她。我只好答应了。您不知道，江小华现在可气派了！在高新二中，人家现在是有房子有车。哦，那天还是她用车把我送回家的。真是，士别三日，当刮目相看啊！"

这时候方正听得也有些入迷了，也发自内心地为江小华的变化感到高兴。他不无感慨地说："这变化也太大了！"

"这江小华要不是提早离开咱们的学校，现在还能有这样的前途？恐怕是没有了。可见，她当初的选择还是正确的。真是树挪死，人挪活啊！"

"尽管道理和事实是这样，但是，话说回来，她后来在学校的那个样子，也实在是有些过分的。"

"现在她肯定不会那样了。"

"如果还是那样，她在高新二中还能待得住吗？绝对不会的！"

这时候，刘云似乎想起了什么，问道："师兄，您写的那些书稿出版了吗？"

"还没有。"

"为什么？"

"找了几家出版社，人家都说书稿很好，可是都要作者自己掏钱出版，除此之外，还要自己找人销售。你说，咱能挣多少钱，就那个工资，能拿出来出书吗？除非全家人不吃不喝。光这不说，就是出了，咱又到哪里销售去？总不能把书堆在家里吧。堆在家里又有什么意思，你说呢？"

"可那些都是您的心血，总还得想办法出啊。不然一直都发挥不了它的社会作用，您自己的心血也就白白地浪费了。"

"不提这事还不觉得什么，一提起来我就郁闷得不行。"

"不管怎样，还得想办法出啊。要不我也打听打听这方面的信息，能帮您出就出了。"

"那就先谢谢了！"

"不用客气，办成了我给您打电话。"

"那好，我等你的消息。"

"哎，你知道刘校长的事情吗？"刘云突然又转过话题问道。

"他怎么了？"方正反问了一句。

"他已经被公安机关抓起来了。好在这家伙脑子灵光，认罪态度好，将所有受贿的钱都退赔了，法院只给判了三年有期徒刑。还有那个万厂长，也因此被免职了。"

"这一帮人，也真是！"方正有些不平。

"听说，自从刘校长到了职业学校以后，第二年就退休了。就在这退休的时间里东窗事发，刘校长收受贿赂十五万元的事情被揭露了。这是由一家外地私人行贿案件给顶出来的，要不然，这些都还不知道，也不可能传出来呢。这件事情，谁也没想到，待事情传到学校，所有的老师没有不骂的，都说那老家伙贪得无厌，昧着良心行事，缺德！"

"这到底是怎么回事？"方正急切地问道。

"事情就出在校办工厂上。你平时不是不管吗？他就得了机会，大权在握，在用人上，自己想用谁就用谁，产品想给谁就给谁。在这过程中，他博弈的就是好处的多少：获得的好处多了，就给产品，并且还便宜出卖，从中吃回扣；获得的好处少了，就不给产品，别人再说也是白搭。当然，这里，都是他说了算。就这样，还不算吃喝玩耍、额外的礼品等。"

"怪不得原来关于校办工厂的事情，我一问，他就说不用我管，并且还有些猴儿急。我当时就觉得这里面肯定有问题，但就是抓不住他的把柄，没发现丝毫的问题。"

"看来，人常说的'多行不义必自毙'，还有那'莫伸手，伸手必被抓'这样的一些话都是真的。拿到手的东西，也就是从别人或者公家那里拿来的不义之财，迟早都是要偿还的。"

"这恐怕就是人常说的那种'59岁现象'（指某些干部在59岁时不顾晚

节狠贪一把的现象)。"

"何止是'59岁现象'？他早就贪了，只是大家不易觉察而已，就算已经觉察了，可是面对拥有权力的他，也不能把他怎么样。"

"是啊，现在人们在很多问题上似乎都已经麻木了，特别是对那些损害公众利益的现象，都已经见怪不怪了。"方正讲这话的时候，表情严肃，同时也有些心痛。

"我知道，您又在忧国忧民了。"

方正看了看她，一时没有再说什么。不过，神情中却有着一种前所未有的惆怅和难过，还有些茫然。

看到方正这样一副表情，刘云一时也就没有再言语。

大约隔了五分钟，她才又说："您也没有必要把自己搞成这样，整天都紧张兮兮的，小心把身体搞垮了，到时候，掏钱的还是自己！"

"我何尝不是这样想的，可长时间的习惯已经很难改变了。我曾多次尝试过，可就是不能做到像你说的这样。"方正显然有些痛苦。是啊，他怎么不是这样？虽说他是一位名不见经传的中学教师，但是，他平时考虑的问题，都是有关国计民生的大事，这一点，他自己是非常清楚的。正因为有着这样一副心肠，所以，对社会或者教育上出现的一些不正常现象，他总是义愤填膺，有时气得自己的身体都有些承受不了了。

"'天下兴亡，匹夫有责'的传统思想在您的心中也太浓太浓了。"刘云不无同情地说。

……

两个人还在继续交谈着。

小马正和女朋友处于热恋状态。今天两人相约，晚上六点钟就来到了青藤咖啡店。他们坐在最里面的靠窗户处，一边品着咖啡，一边海阔天空地聊着。聊着聊着觉得时间有些长了，于是，在品完第三杯咖啡后，就准备离开这个小店。待刚一转身走了几步，便发现在右前方靠墙的那张桌子旁，坐着两个人，其中的一位是方正校长，另一位是个女同志，他想，这女同志可能是他的爱人。于是便眼前一亮，快步走到了他们跟前。

"方校长，您怎么在这儿？"小马表现出有些意外的样子。

"哟，小马，你也在这儿？快来快来，坐下，一块儿聊聊，真是难得一见！"方正很意外也很高兴地站起来向小马招呼道。

等来到跟前，小马才发现那女同志是自己一向特别尊敬的刘云老师，于是便很喜悦地说："刘老师，您也在这儿！"

"哦，我和方校长有些事情需要谈谈。"看着眼前的小马，刘云也很高兴地站起来侧过头朝他笑着道。

"方校长，刘老师，我介绍一下，这是我的女朋友。"没顾得坐下的小马，赶紧热情地向二位老师介绍身旁站着的女朋友，随之，也向女朋友一一介绍了二位老师。

"一看就知道是你的女朋友。"刘云说着，便高兴地转向了小马的女朋友："在哪里高就？"她边问边伸出手来亲切地与她握手。

"高新二中。"没待女朋友开口，小马便急忙说道。

"照这样说，我们是同行了。"方正再一次有些意外地朝着小马的女朋友说。

"是啊。很高兴认识二位老师。以后还得二位老师多多指教。"说这话时，尽管小马的女朋友态度大方，但是，脸上还是显示出了几分腼腆。

"刚才还谈到你了呢。"刘云冲着还在站着的小马说。

"真的？"

"真的。"

"真有点儿'说曹操，曹操到'的意思。"

说着，两位年轻人顺势坐了下来。

随后，小马便问了方校长和刘云老师的身体情况。当得知他们的身体都很好的时候，他很高兴地说："真是好人一生平安啊！"

"这还不是托了小马的福？"方正和刘云不约而同地说。

"托我什么福？"这句话说得小马很有些不好意思。

"现在，像小马你们，真是碰到了好时候，社会给你们提供了许多机会。"方正先是面向刘老师，然后又面向小马和他的女朋友说道。

"我怎么就没感觉得到呢？"小马当即就做了个鬼脸。

"那是你的嗅觉不太灵敏，对生活没有深刻的体验罢了。"方正意味深长地说。

"是吗？"

"是的。哎，说说你们学校的事情，好吗？"刘云提醒小马。

"行，我这就先给二位老师汇报汇报。"

"好。那我和刘老师洗耳恭听。"方正很高兴地说。

"我去的是一家省重点中学。我是从网上得知他们招聘人的，于是就报了名，参加了考试。当时也没抱多大希望，反正想着，能去则去，不能去也就拉倒，继续在咱们学校待下去算了，这谁也不欠谁的。可没过多久，大约两个月的时间，也就是 8 月 15 日，人家学校通知我做好上班的准备。就这样，我很顺利地到了那所学校。"

"当时你走的时候，我就知道你不会有问题的。我对你是很有信心的，你的能力就在那里摆着。"刘云很信任地说。

"自从到了人家学校，一切都是新鲜的，领导也很有水平，确实做到了以人为本。关心人、爱护人，用事业留人、用爱心留人的观念，在那所学校，已经深入人心。人家领导，经常过问老师的冷暖，只要见老师及其家庭有困难，就立马告诉老师首先把自己的事情办好，然后再上班。最突出的就是对年轻人的关心，对那些年轻有小孩子的老师，只要见了，常常会问孩子怎么样，叮嘱把孩子教育好。这样一来，人们的内心都是暖呼呼的，都想着把事情干好。正因为领导的关心，有时许多本来有事的同志，都不好意思再请假了。再就是人家在处理事情时，不管你是谁，都一视同仁、不偏不倚、公正透明。说老实话，那校长很有人缘，也很有人格魅力，很有感召力。遇到这样的领导，你说，谁还不起劲儿工作呢？人心都是肉长的。一句话，那里的领导，管理水平很高，大家都很敬服他们。这是我去了以后的最大感受。还有，人家学校的管理人员，一个个都是行家里手，管理起来也是有板有钉的，一点儿都不马虎。自然，老师们也都很自觉，每个人都在操着心、想着法地干好自己的工作。还有，人家的学生综合素质都比较高，无论是学习还是搞活动，都很自觉，也很有钻研精神，个个都很有目标似的，做起事来动力十足。经过观察，我发现，他们之间好像潜藏着一种很强的竞争，而这种竞争，就是在学习上的你追我赶、争先恐后。碰到这样的学生，老师教起来，自然也是不会费多少力的。

"总之，人家学校在管理这一块儿，给我的感觉，就是一个'严'字，无论是对老师还是对学生都是这样。还有就是建立了一套切实可行的激励制度，在此，没有一个人敢冒犯制度，更没有人愿意陷入一种落后的状态。哦，还有一个特点，对老师们平时的讲课，人家是随时到教室听的，当然，在听课时也不给你打招呼。一开始我还有些不适应，觉得那是对教师的不信任、不尊重，到现在也慢慢地适应了，觉得人家那种做法，对教学确确实实起到了推动作用。那里的老师，可以毫不夸张地说，都在认认真真地干着自己的事情。至于那些教育投机者，压根就没有生存的空间。

"说点儿实际的，那学校很有钱，这钱除了收学生的以外，还有校办工厂的收入。校办工厂效益很好，一年的收入就几百万。为了提高老师和学生的积极性，人家每年都拿出一部分来奖励师生。老师的福利很好，逢年过节都有奖，开学有开门红奖，年终有年终奖，每次奖励，少则上千，多则五六千、七八千。至于高考奖励，就更厉害了。就这还不说，每年暑假的出游，那是铁定了的事情，不是海南桂林，就是苏杭一带，反正，哪里景色美就去哪里，一切费用，都是学校出，并且还是双飞，蛮潇洒的。这些老师，年收入起码都在五六万、七八万。可以说，这些老师，都属于先进入小康社会的一批人。

"这种学校，已经形成了良性循环。现在不仅有好的名声，而且还有丰厚的收入。就这样，人家还觉得不够，还非常注重媒体的宣传，注重挖教师、挖学生。这项工作，他们做得非常扎实，也非常令人佩服。可以说，工作已经做到家了。每年暑假，为了招到好生源，他们就动员老师到学生家里去做工作，承诺减免学费，承诺奖励学生措施，等等。这样，挖来的学生都可以说是一流的。你说，有了一流的学生，再有一流的教师，哪里还有教学质量上不去的道理？人家不仅是这样承诺的，而且也确确实实是这样做的。

"如此一来，学校的声誉在社会上就越来越好了。这下，自然而然也引起了上边领导的重视，引来了家长、学生们的青睐。为此，一个锦上添花的局面就形成了。这时候，学校不仅生源滚滚，而且财源滚滚。资金雄厚了，办事做派也很大气。

"在这样的学校，所有的师生都会感到光荣，因此走起路来腰杆子都很硬，胸脯也挺得很起，头也抬得很高。据我了解，这种现象，不光在这所学校存在，而且在所谓的几所名校也都存在。

"这些学校在应试教育过程中，可以说是挣得钵满盂满。可在课程改革以后，这些学校摇身一变，又都成了素质教育的急先锋，成了典范。这些学校在应试教育过程中，由于赢得了美名，于是乎，就与世界上有些国家的学校联手，成了友好学校，经常互派学生相互学习。像这些学校，大都有一块金字招牌，而这块招牌的打造，一靠招收高素质的学生，二靠高考夺冠的分数，三靠媒体的宣传，以至于最后形成了一个庞大的无形资产。

"在一定程度上，你不得不承认，也不得不佩服这些学校的做法。他们是很讲究实际的，方法灵活，并且能与时俱进。确确实实，一方面赚了钱，另一方面又有着很好的生源，再加上一个别人无可比拟的良好声望。"

"真是长时间不见，得刮目相看了，小马。你不再是原来的小马了，瞧你那滔滔不绝的样子，真令人佩服！"刘云先是望了小马的女朋友一眼，然后又转向他，用一种很是赞佩的语气说。

"碰到这样的好学校，遇到这样的好领导和好学生，真可以说是大有可为啊！你真是有福气。不过，一定要好好珍惜，争取干出一番成绩来。"方正很高兴地冲小马说。

"没问题，我一定会努力，也一定能办到的，方校长。"

"他肯定能够办到的。"刘云老师很信任地说。

"谢谢刘老师对我的信任。"

……

几个人几年不见，一见面就没完没了地继续交流着。

回到学校以后的方正，无论如何都睡不着。他翻来覆去，脑海中闪现的都是刚才与刘云和小马见面的情景。

原想和刘云见一面，没想到还碰到了小马，经过与他们的交谈，方正大开眼界，更是觉得从中获得了不少的教育教学信息。他只觉得耳目一新，情绪也好了很多。现在觉得原来想的，也不是什么大不了的事情。他想，别人能过去的事情，自己也能过去，更何况那些都是人家校长决定的，多一事不如少一事。

尽管这样想，但他又觉得自己太麻木，以至于麻木得都没了良心。现在，多少人见此情况，都是麻木不仁、不闻不问的，当一天和尚撞一天钟！可自己难道能这样下去吗？为人师表的老师都这样，你说，这社会良知都跑到哪里去了？这还是人吗？简直不是人！纵使是人，也只能是衣冠禽兽！自己这样正直又能怎样？还不是给自己带来了许多痛苦！自己难道能够扭转这一局面？不能！他反反复复地这样想着，人也再一次陷入了苦痛之中。他的眼睛睁得很大很大，好像要向这黑夜问出个究竟来。自己到底该怎么办呢？难道就这样下去吗？想着想着，忽然之间，他好像拿定了主意，于是便一下子坐了起来。他告诉自己：不能，坚决不能！激动之余，他就下了床，在房间里徘徊起来。看来，就此问题，有必要再和校长沟通沟通，看他到底什么想法？什么，和他沟通？有必要吗？他不是已经表明了他的态度吗？真是个榆木脑袋，直到现在还这样想，这不是有意在找石头碰吗？都什么年龄了，还这么幼稚？！一时间，他又没了办法。无奈，他停止了徘徊，坐在椅子上，一只手伸向抽屉，无意识地准备拿烟抽，可是一摸竟发现没烟，于是很是扫兴地站起来，拿了个杯子，接起水来，随后，就无言地站在那里，一边喝水，一边想着……

就这样，不知不觉，窗外就露出了曙色。

刘云自从和方正说了出书的事情以后，就积极地帮他寻找赞助人。好不容易，最后总算通过丈夫找到了一位有钱的朋友，答应赞助他出书。但唯一的条件就是，所有的版权都归他，而作者本人只拥有冠名权。至于书最后出来赔还是不赔，都是他们的事情，与作者没有任何关系。

一听这个消息，方正喜出望外，立刻就答应了他们。当然，也打心底里感谢刘云和她的丈夫。

半年后，书终于出版了。作为作者的他，拿到样书时高兴不已：是啊，他的成果终于与社会见面了，能发挥它的作用了，自己的心血总算没有白费。他只想着有机会好好请刘云和她的丈夫吃顿饭，向他们道谢。然而，由于几个人的工作不一样，总是凑不到一起。为此，他的心里总疙疙瘩瘩的，觉得有愧于他们。不过，以后有机会了，一定要请他们的。是的，这种事情，已经不是请吃一顿饭就能了结了自己心愿的，更何况，对他们来说，也不是非要吃顿饭的事情。不管怎样，得把他们一辈子记住才是。

是啊，这书，如果自己出，那纯粹是出不起的。自己和妻子一个月才多少钱，全家生活都有些紧张，更何况用几万元出书呢？家里哪来的几万元呢？

方正拿着书，坐在沙发上，一边翻看着，一边合不拢嘴地傻笑着。

# 二十三 深入学生察实情 对症下药病症除

晚上，学校所有教室的灯都亮着，全校学生都在安静地上着自习。高一（5）班的学生也在安静地上着自习。方正在讲台前坐着，认真地批改着作文，偶尔抬头向后一望，后边的几个男生竟然在底下窃窃私语，于是他便不动声色地走到跟前，用手在桌面点了点，提示他们注意。他们几个也是很快地收拾了刚才的那一副丑态，装模作样地开始学习。方正见状便又回到讲台，继续批改起了作文。可是，不一会儿，就隐隐约约地听到后边又作作索索、窃窃私语了。他便停止了作文的批改，面朝窗户玻璃，借着玻璃反光正好能够看到他们说话的样子，方正开始认真地观察着他们到底在干什么。这时的他们还没有发现自己已经引起老师的注意，于是便肆无忌惮了起来，声音也越来越大了。待看准了说话的几个以后，方正便迅速地走了过去，将他们抓了个现行。这次，他们再也无法抵赖，只好乖乖地跟老师出了教室。

一问，他们才老实交代了刚才说的一切：他们在议论本班谁谁谁在什么时间、在什么地点开派对拍拖呢。当时，方正对他们所说的派对和拍拖的意思不明白，于是便问："派对和拍拖是什么意思？"

听到老师问这样的问题，几个先是没有回答，然后哈哈大笑。其中的一个高个子竟然胆大地自言自语说："这么老土，连这都不知道！"

方正装作没听见的样子又问："到底是什么意思？"

"就是恋爱的意思。"一个小个子毫不掩饰地说。这话说了以后，其他的几个，这时候也不敢再狂妄了，都纷纷讲了真话。

还有几次课间休息时，方正发现了一种很怪的现象：有些男生在和女生开玩笑或骂仗时，不仅用着一种粗俗的语言，而且还用一种非常下流的动作。一次，一名男生向一名女生做着一个手势：用他的左手拇指和食指一圈，形成一个圆，然后，便用右手的食指或者中指插在里面。刚开始他并没有在意，也不知道什么意思，后来他向一名男生讨教，那男生说那是骂人的动作。于是他便计上心来，随时注意这些行为，只要发现，他便予以严厉的批评。

　　还有一名身材高大、满脸横肉、名叫高小强的男生，和一名身材苗条、皮肤有些白皙、面相有些斯文和腼腆的女生李小洁同桌。夏天时候，李小洁穿着连衣裙，行为举止十分规矩，课堂上也能认认真真地听课。可有一天，和她同桌的高小强便突发奇想，想着要看看她裙子底下到底穿没穿短裤，要是穿了，那就看看到底穿什么颜色、什么样式的短裤。怎么看呢？到女厕所看显然行不通，怕被人抓住了难堪，也怕挨批评。他左思右想，便想出了一个自己觉得非常绝妙的方法，那就是趁李小洁不注意的时候，选择一个自己刚好能够看见的角度，把小镜子放到课桌底下的地面上，借助它反射的光来看。当确定这样的方法万无一失的时候，他便实施了这一丑恶的计划。

　　一天，一位姓王的女老师正在上历史课，李小洁也正在全神贯注地听着。高小强便若无其事地弯下腰，低着头，伸着手将小镜子放到了李小洁的桌下，然后，又像没事人似的坐直，将课桌上的书拉到自己的眼前，两胳膊一圈，低着头，假装看着书，然后，通过胳膊与书之间的缝隙，看起地面的那个小镜子来。顿时，李小洁穿的花色底裤便映入他的眼帘。他只是感到好奇，也感到兴奋，更感到满足。这可是一道亮丽的风景啊！太难得了！原来竟是这么回事！他还在贪婪地看着，并且是发自内心地笑着。突然，他不由得"妈呀"了一声，把全班同学的注意力都吸引了过来。这时，同桌李小洁也看了他一眼，但并不知道他是因为什么惊讶的，于是便没有理他然后继续听课。

　　一见他并没有什么稀奇之事，大家也再次回到了听课的状态。

　　整个教室，特别安静。

　　这时，高小强惊出了一身冷汗。他的脸一阵儿红，一阵儿紫的，心也虚得厉害。他有些害怕了。他心想，真是太冒险了，以后千万可不能再这样了，万一被发现了，该怎么办呢？接连几天，他都没有干这事了。可就在这期间，他总想，只要小心就不会出什么事的。即使出了事，学校也不会把自己怎么样的，大不了批评批评、教育教育，开除是绝对不可能的。基于这种考虑，他的胆子再次大了起来。

　　星期五的下午，他憋不住地又干开了这事。这次，他是在化学课堂上干的。他故意将钢笔扔到桌子底下，趁捡拾钢笔的机会，迅速将小镜子又放到了原来的那个位置，然后坐直身子，又像上次那样，看着小镜子。为什么这次她竟穿得和上次不一样，成了大红底裤？真是会变花样！他在心里琢磨着。

　　这一次，李小洁依然没有发现他有什么异样，也依旧全神贯注地听着课。

高小强一见平安无事，以后接连几天，他就更是放开胆子地干起了这种事情。如此一来，就引起了李小洁的怀疑：他怎么上课总往桌子底下钻，到底干什么呢？她要看个究竟。这一次上的是自习课，她不动声色地斜着眼睛朝桌子下面一看，发现自己的双腿下竟有一面小镜子，于是便弯腰低头伸手去捡，可当她的手刚刚触到镜子的时候，就轻声"妈呀"了一声：那小镜子竟然直对着自己的屁股，映照着自己裙子里面穿的红色底裤。即刻，她的脸就红了起来，进而滚烫滚烫的，只感到特别地害臊、羞愧难当。万幸，这只有自己知道。她迅速地将那小镜子捡起来，拿在手中，随后就决定还给他。这时，她只想，在他那个角度是看不见的，肯定是这样的。再说，他也不至于下流到那种地步。于是，便冲着高小强小声说："给你。"说着就将手里的镜子捂着推给了他。

"什么？"高小强假装什么都不知道的样子。

"镜子。"李小洁语气平和地说。

高小强迅速收起了她归还的镜子，再次装作什么都不知道的样子。

还完了镜子，李小洁就想，小镜子多是女孩使用，可一个男生用它干什么呢？莫非是恶作剧，并且这镜子还是在桌子底下发现的，当发现时，自己竟然还看到了自己的底裤，莫非，他利用镜子做这样恶作剧的。啊，自己的同桌竟然是这样一个流氓！按照他平时的表现，他肯定会这样做的。想到这里，她便又气又恼地看了看他。然而，看着他那平静的样子，她又责怪起了自己，莫非是自己神经过敏，怎么能想到那里去呢？

她在分析着、猜测着。接连几天，她的情绪都有些低落。尽管这样，但是没有真凭实据，也不能肯定人家就是那样。她越猜越觉得不大对头，她想，他十有八九都是那样想的，也是那样做的，目的非常明显。她想，自己该穿一条裤子了，这样，他就是再有目的，也不会达到。然而，为了抓他个现行，她依旧穿着裙装，在以后上课时便加倍留意。一个礼拜过去了，高小强没有任何动静。然而，她还是多留了一个心眼，密切注意着他的行动。也许是感到李小洁不再怀疑自己，高小强在一个下午自习时又这样做了，当他顺势往她两腿下的地面放镜子时，她便当即把他抓了个现行，也不依不饶地将这事告诉班主任方老师。

方正自然也找了高小强谈话，问了情况，可他打死都不承认。因为他清楚地知道，这种事情一旦承认，就意味着自己品行败坏，最后还会弄得满城风雨，今后做人都难，起码在同学中名声是臭定了。面对如此顽劣的态度，方正一下子就黑着脸发火了。他很是严厉地对他进行了批评，并指出了该事情性质的严重性，以及可能酿成的不可预测的后果，并要求他认真反省，向李小洁赔礼道歉，除此之外，还要保证此事以后不再犯，对别人也不能这样。这家伙一看方老师发火了，当下就吓得脸色煞白，完全改变了开始的态度，战战兢兢地承认了错误，保证以后不再这样做了。

"这不是向我承认错误就行了，关键是要向人家李小洁同学承认错误，取得她的谅解才行。如果你能做到这一点，就算你对此问题有了清楚的认识，并且也有决心改变这种情况。不然，就是不可救药！"方正依然黑着脸，但态度有所缓和地说。

"是这样，方老师，我下去后，立马就找李小洁承认自己的错误，向她赔礼道歉，同时，我保证以后不再这样了。"高小强煞白着脸低着头说。

"但愿你能做到这一步！"说这话时，方正显然还是有些不放心。

"我一定能。您就看我的行动吧！"

"好，我就看你的行动。你可以走了。"

听了这话，高小强二话没说，乖乖地走了。

第二天上早操的时候，方正为了确认高小强说的是否已经落实到行动上，于是便从队列里叫出李小洁，问："高小强向你道歉了没有？"

"他一到校就向我道歉了，态度也蛮真诚的。"李小洁像是没事了一样。

"这就好。不过，这也提醒你，以后还是要多注意自身安全的。"

"嗯，一定。"李小洁懂事地说。

"这我就放心了。"看着心情已经平复了的李小洁，方正那悬着的心才放松了下来。

"谢谢老师！"

"不客气。"

"那我上操去了。"李小洁说着就准备转身要走。

"好，去吧。"方正向她示意，随之就目送她离开了。

一次，方正在和一些男同学聊天时得知，高小强父母的品行就不怎么样，作风也有些不正。他们早就离婚了，高小强由母亲抚养。就这样，时间没多久，他的母亲就和一位有钱的男子在一起，整天打扮得花枝招展的，妖艳极了。如果娘儿俩走在一起，人们保证认为他们是姐弟俩，绝对认不出他们是娘儿俩。他的母亲整天跟那男的出双入对，丝毫都不知道检点，以至于影响得他的品行也有些不正。了解了这些以后，方正即刻就产生了一种"上梁不正下梁歪"的感觉!

后来,高小强和同学打架,致使挨打的那位伤势较重。方正只好叫他的家长来。一见他的母亲,确实像同学们说的那样,浓妆艳抹,打扮入时,年轻漂亮,颇有风韵。见到这种情况,方正深感不安。

班里接二连三地出现问题,这就迫使方正不得不对这些问题加以思考。他始终都在想,能用什么样的方法解决学生的心理以及早恋的问题呢?这样的问题,回避是回避不掉的,掩饰也是掩饰不过去的。与其这样,不如采取一些有效的办法把问题解决。面对他们,得进行有关生理知识的教育才行。这项活动,用讲座的形式较为合适,不是一次,而是多次才能见效。可资料从哪来呢?他有点儿犯愁。想了一会儿,最后想着到图书室看看,说不定那里会有。哦,那里是有的,一次自己在查找资料时就碰到过。可里面内容到底如何,自己还是没有看过。不管怎样,借来看看再说,适合了就用,不适合了干脆就拉倒。方正一不做二不休地来到图书室,借录像带看了起来。看完后,他觉得很好,于是便决定选择一个时间在多功能厅给学生们看看。

隔了一个星期,星期三下午的第三节课,方正便组织学生到多功能厅,观看有关中学生青春期教育的录像。因为是第一次,没什么经验,更不知道学生会做何感想,于是,方正便提前做了要求,他对大家说:"同学们,我们这次收看有关中学生青春期教育的录像,其中告诉我们的一切,都是科学。既然是科学,就不能带有淫秽的思想,不能带着不认真不负责任的态度去看,以致到头来收到不应该产生的效果。对此,我们必须要有一个科学的态度,更要有一个严肃的态度,全场必须保持严肃的气氛,不能大声喧哗,更不能交头接耳,要将自身生理的发展过程弄清楚,以便今后能够科学地对待自身生理发展过程中出现的问题,当那些问题来临时,不要惊慌,更不能说是不会解决。"

方正说这话的时候,全场的气氛非常严肃,也非常寂静。这时,谁都能感觉到这是一次前所未有的活动,也都在静悄悄地等候着录像的开始。

方正讲完话后,录像便开始放了。整个画面非常清晰,解说员也解释得特别清楚。画面首先展示了人的生命孕育的过程,从怎样诞生开始,随之便是生产、发育、成长的整个过程。在此过程中,人的生命,就是在母体内由精子和卵子结合,然后再形成胚胎,附着在母亲的子宫壁上,慢慢发育,最后形成胎儿,经过母亲十月怀胎,最后分娩婴儿。这一整个过程,就是生命诞生的过程,而这个过程,又是极其不易的过程。孕育生命的整个过程对于母亲来说是很艰难的，它不仅给母亲身体带来了极大的变化，而且还给她的行动带来了不便，特别是婴儿出生的时候，母亲就犹如进了鬼门关。生命是诞生了，可还要经过婴儿、幼儿、少年这样一系列必经的阶段，而每一个阶段，同样也都很不容易，其间不知要花费父母多少心血！无论男女，都是这样。

在观看这样的过程时，学生们一个个的神情都表现得特别专注，在这种专注里，还包藏着几分惊奇。他们的眼神似乎都在说：啊，原来生命就是这样诞生的！可不，这可是他们第一次涉入这样一个陌生的领域！原来那种对生命陌生的感觉，似乎一下子在他们的眼前给破解了。一个个曾经疑惑的心，此时此刻，似乎也都释然了。

方正在教室里轻手轻脚地巡视着，唯恐打扰了他们观看的情绪。

录像展示完生命诞生的整个过程后，便又着重对青春期的发育图片以及两性生理图做了详尽的展示和解说。在此，男女第二性征的出现和发育的年龄以及应注意的卫生便成了主要内容。像女性月经的形成、规律、特征以及月经期的卫生，男性的遗精、胡须、喉结的出现，这些特征都表明了两性的逐渐成熟，也就自然而然地产生了对异性的吸引和渴望，最后形成了对异性的倾慕、爱恋和依赖，这也就是人们常说的爱情。

录像大概看了有一个半小时。就学生的表现来看，大家似乎都有了很大的收获。为了证实这一点，第二天下午的自习课，方正在全班做了一个无记名问卷调查，让他们谈谈这次活动的心得和体会，看看大家有什么看法。

当拿着问卷回到办公室后，方正便迫不及待地看了起来。是啊，毕竟这是自己的一次大胆尝试。他怎么能不着急地看这些意见呢？就学生们反馈的意见来看，反映普遍很好，对这次活动也非常欢迎，也都觉得非常必要、非常及时。对此，他们个个都觉得耳目一新，是前所未有的。通过这次活动，无论男生还是女生，都真正了解了自身生理方面的知识，还有自身成长的秘密，真正搞清楚了长时间困扰自己的身体结构和生理发展规律，真正理解和把握了自己该做哪些事情和不该做哪些事情，同时也学到了生理卫生常识。这次活动真是给他们上了一堂别开生面的生理课，很科学，也很受用，使他们懂得了很多。在此，不仅让他们知道了生命的来源，而且也使他们能够较好地把握自己，能够较科学地对待自身的生理反应，注意到自身的生理卫生。有的干脆说，像这样的活动，以后应该是越多越好。

方正看着一张张反馈意见的纸条，很是高兴，顿时，脸上也不由得露出了喜色。他一边寻思，一边整理了一下纸条，随之，就将它们卷起来、封好，写上字，标明年月日，以便留作资料备用。待完成了这些工作以后，方正便有些得意地闭起了眼睛，站了起来，伸了伸懒腰。随后又坐了下来，靠在椅背上，重新闭起了眼睛。从这神态来看，这分明是一种满意。啊，怎么不是？这简直就是他自己工作的一次成功！

打这以后的几天，只要学生见到方正，几乎个个都很亲切、很钦佩、很敬重地冲他会心一笑。而这种笑，又像是为老师能理解他们、能把握他们心理、能解决他们长期以来困扰的问题、能满足他们的精神需求而表达的一种由衷的喜悦和感谢。学生冲他这样，自然他也冲学生这样。啊，师生之间的默契和和谐，竟然通过这样一种途径实现了！方正感到特别意外：这可是自己万万没有想到的。难道这不是收获？啊，太珍贵了！为此，几天的时间，方正都不由自主地露出了笑容。

这一项工作做得很成功，给方正带来了很大的劲头。于是，他又高兴地开始了第二项工作，准备做"关于爱的命题"的讲座。有了这样的考虑，他即刻就动起手来，紧张地准备和整理起了材料，最后形成了足有一万字的稿子。稿子内容包括五部分：一是"爱的概念"，二是"虚幻的爱"，三是"稚嫩的肩擎不起一片天"，四是"把握自己"，五是"我们需要怎样的爱"。他花费了两个多月的时间才把这项工作搞完。

他要趁热打铁。于是，他便在材料准备好的第二周，借助班会时间，在班里开始了"把握自己，调节心理"的讲座。

走进教室，方正二话没说，就拿着粉笔在洁净的黑板上，写"把握自己，调节心理"的大标题和"关于爱的命题"的副标题。

写完了这个题目，他环视了一下学生。只见学生个个眉飞色舞，十分好奇，不知道老师葫芦里到底卖的什么药，一时间，都端端地注视着他，好像在他的身上有什么秘密似的。看着学生的表情，他感觉学生脸上的疑惑，似乎又增添了几分。

教室里十分安静。

他开始了讲座。他用一口标准的普通话侃侃而谈。他一会儿叙事，一会儿议论；语速一会儿急促，一会儿缓慢；声音一会儿高亢，一会儿低沉。他旁征博引，无可辩驳；态度诚恳，气场强大。总之，整个讲座，抑扬顿挫，声情并茂；情感真挚，极富感染力，很有鼓动性；同时，论理透彻，说服力极强。

学生们都被他以往没展现过的演讲才能所吸引，也被他所讲的道理所折服，更被他的激情所感染。每个学生的情绪都随着他的情绪的变化而变化。

不知不觉间，下课的铃声响了。

为了不影响这美好的气氛，方正继续着自己的演讲。学生也在继续认真地聆听着。

就这样，讲座还在继续进行，以至于不知不觉到了放学的时间。按照内容来看，还没有结束。方正一看时间已经很长了，便对学生说："今天的讲座到此结束。剩下的内容，我们再另找时间。"说完，他收拾了一下讲稿就准备离开教室。然而，学生还在那里一动不动地坐着，忘情地看着前面的黑板，都像呆了一样。直到老师彻底离开了教室，他们才意识到讲座已经结束了，这才慢慢地离开了座位。

"哇！真感人！"教室后边的一个男生突然大声喊道。

"耶，真过瘾！真是贴近了我们的实际，又给我们指明了方向。"另一个在教室中间的男生举起双手兴奋地说。

"真是第一次见识！"一个身材瘦点儿但个头稍高的女生附和着说。

"太感人、太有说服力了！"另一个胖乎乎但个头有些低的女生也说着。

"太有魅力了，真是没见过！"前边的一个女生的头转向后边，冲着说话的几个人说道。

……

离开教室的几个男女同学，高兴地一边走着一边说着，个个脸上都露出了以往少有的笑容。

方正在本班接连搞的几次活动，在学生中反响很大，于是便一传十、十传百地传遍了全校，以至于学校领导都知道了。为了将这种效果迅速普及全校，领导特意请方正向全校学生做几次讲座。他也欣然接受了，开展了同样的活动，讲了同样的问题。经过问卷调查，讲座也是大受学生欢迎，引起了全校的轰动。

学生中的反响，传到了老师中间。这时，老师也纷纷褒奖他：

"原来方老师的思想竟然这样开放，真够大胆，真够前卫的。"

"他可是一个真正敢于第一个吃螃蟹的人，冲破了以往学校一潭死水的局面，敢于运用新的理念对学生进行教育。"

"他不仅踏入了长期以来人们不敢涉足的禁区，而且还有所创新。"

"是啊，假若对学生没有足够的了解和研究，他绝对不会做出这种事情来的。"

"学校领导真是独具慧眼，竟然有幸招聘来了这样一位专家型老师。"

"他啊，真是一位难得的行家里手。"

"有了这样的老师，学校工作肯定会如虎添翼，更上一层楼的。"

……

一时间，大多数老师都对他投去了赞佩和羡慕的目光。作为当事人的方正，自然也感受到了这一点，所以，方正心里也总是乐滋滋的。

方正所有的工作都得到了全校绝大多数老师的认可，他们都认为，方老师在教育教学方面很有一套，也很能干。尽管这样，部分老师却似乎对他有不同的看法，也颇有微词。

一天下午的课外活动时间，整个操场就像沸腾了一样，打篮球的、踢足球的、打羽毛球的等数不胜数，无不显示出课后的轻松和生机。也就在这个时候，操场东南角有几位老师议论着。恰巧，坐在方正对面的小赵也在那里。

"现在的学生，什么不知道，还用得着做这方面的教育？真是多此一举。"

"更是有些过分！"

"就是再前卫，也不能这样前卫，竟丝毫不顾学生实际地进行一项别人向来都不敢涉足的领域。"

"是啊，生物老师在这上面都回避呢，觉得难讲，不好启齿。就是讲，也只是遮遮掩掩的，不敢越雷池半步，可他又不是生物老师，却对学生进行这方面的教育，这合适吗？"

"我看，这纯粹是狗拿耗子——多管闲事。"

"唉，这效果究竟如何，还得拭目以待！"

"这种事情，弄不好还有教唆作用，将本来还在沉睡的思想给唤醒了，这就犹如引狼入室，助长了学生的不良意识。"

"一般情况下，这都是无师自通的事情，他怎么会这样？！"

"真没看出来，这方老师平时斯斯文文的，可骨子里竟这样'花'！"

"这人能看出来吗？你没听说，什么都好认，就是人最难认吗？"

"可不是吗？"

……

听到这里，小赵忍无可忍，于是便对几位老师很是无情地给予了驳斥：

"这种教育，在我们学校已经迟滞，现在方老师向学生做这方面的教育，可以说是冲破了长期以来的思想禁锢。他的行为，没什么可指责的。他只会把学生向好的方面引导，而不会向坏的方面引导。因为这种知识是科学。无论是谁，只要持有科学的态度，都是可以理解的，学生也是会支持的。因为他给学生树立的是一种科学的态度，而不是封建迷信，更不是让学生愈加愚昧。假若不这样做，学生就不会对此有一个科学的态度，相反，学生还会更加愚昧。从方老师对学生进行这方面的教育来看，态度是严肃的，方法是得当的，效果也是良好的。之所以你们今天能说出这样的话来，原因无非就是三个：一是与方老师接触太少，或者是完全没有接触过；二是对眼下学生的心理状态不怎么了解；三是对现在开设的生物课教学大纲不清楚。所以才会这样污蔑他、中伤他、诋毁他。"

小赵这样说了以后，说这些话的老师面面相觑。随之，就有一位老师阴阳怪气地问："哟，你怎么对方老师就这样了解？"

"我整天和他在一块儿坐着，他平时干什么，我都清清楚楚的。"

"怪不得呢。"刚说话的老师似乎明白了什么。

"就他懂得学生心理，我们都是白痴？"

"如果不是白痴，恐怕也不会说出这样的话来吧？"

其他老师一看这种势头，也不再说话了。没多长时间，他们就都相继离开了。

小赵后来在办公室只剩下他和方正的时候，便将部分老师在这方面的议论告诉了方正。方正听完后，根本就没把这些话放在心里，只觉得那些老师思想僵化，不够开放，纯属于那种整天面对着科学却没有科学态度的人。于是他得出一个结论，那就是整天谈科学的人，不见得就具有科学的态度，更不见得就有科学的行动。再说，这种事情也没什么可大惊小怪的，做了也就做了，只要能给学生一个良好的教育，就比什么都强。反正自己是以一种科学的态度对待此事的，也是以科学的态度对学生进行教育的；而学生，也是以科学的态度接受这方面教育的。就效果来看，原来所期望达到的目的都达到了，他应该为此高兴才对，没有必要大惊小怪。当然，对此议论，他更是抱着一种不屑的态度！他觉得在教育问题上，自己和那些人不是一个层级的，那些人无非太浅薄了，只管教书不管育人，或者说，就是纯粹的教书匠而已。在此，自己与他们有什么共同语言呢？没有，完全没有！既然没有，那还是我行我素的好。他的主意很正，依然坚持着自己的看法和做法，因为他觉得自己这样做是问心无愧的。

这时，他想起了在光华中学的一些事情来。那时自己也是这样做的，可得到的却是一些同事的不理解和诽谤。但由于自己的坚持，最后事情还是成功了。到这所学校，按理本不应该出现这种情况的，可最后还是出现了。这是多么不应该啊！看来，走到哪里都会有这种人。原以为这所学校什么都比光华中学进步和前卫，可万万没有想到，事情也不完全是这样的。看来，原来的想法需要得到一定程度上的矫正了。是啊，该这样了。否则，自己的一切，都会处于一种虚妄的状态。人们不是常说，寄予的希望越大，最后失望也越大吗？

他对小赵说了说自己的心里话，随后就道了声"谢谢"，从这声音中，完全可以听出他是非常真诚的。

"我这可绝对不是在挑拨你和他们的关系。只是想说明一点，就是工作做得再好，都会有人议论的。"

"这我知道。"

"刚开始，我还担心你会为此生气，可现在看来，是我的担心多余了。这我就放心了。"

这一件事就在方正的大度和宽容中过去了。

小赵也深深地被他这种精神感动了。他只觉得方老师就是这样的人：只要认定的事情，是非干到底不可的。他清楚地记得，方老师刚来这学校不久就对他说过："这老师，别看都干着同样的事情，但是，扮演的角色和追求的目标是不一样的。有的只是把干教育当作维持生存的手段，有的只是把干教育当作拥有娴熟技能的工匠，而有的则是把干教育当作事业来干的。就此而言，教师就可以分为三个类别，也就是三个层次，而这三个类别层次的人，其思维和做事的方法以及境界都不一样。当然，目前教育最缺少也最需要的就是把教育当成事业来干的老师。"分明，这第三种层次境界最高。是啊，也就自那次起，自己可真是长了见识，知道了干教育还有这么多的名堂，更认准了方老师才是教育真正的行家里手。自此以后，他对方老师就更多了几分敬重。

时间已经到了本学期末了，离放寒假还有一个月。方正一直都在思忖着这样的一个问题，那就是，前边对学生进行的有关青春期的教育以及有关爱的教育，尽管取得了良好效果，但心里老觉得还缺点什么，可到底缺点什么呢？他一时半会儿也说不清楚。然而，就是这种说不清的想法，总纠缠着他。忽然有一天，他像是得到了救星，眼前豁然一亮：自己为何不在此基础上，再进一步地趁热打铁，让学生观看母亲生孩子的录像，让他们对人类生命诞生的整个过程有一个更清楚的了解？这一做法不是没有先例，西方有些国家对学生就是这样教育，其目的就是让学生懂得，无论是自己的生命，还是他人的生命，都来之不易。再说，母亲在分娩新生命时，都要经受一种令人难以想象的苦难，而这种苦难，有时候，甚至是灾难性的，就跟过鬼门关一样：过来了，就万事大吉；过不来了，就失去了生命。也就是说，整个生孩子的过程，都是母亲生死攸关之时。要不然，人们常说"人生人，吓死人"呢！让学生观看这种录像，就是要让他们从中能够自觉地学会尊重自己以及他人的生命、尊重妇女、尊重自己的母亲，从而更加爱戴自己的母亲。就此来说，如此做法，不仅未尝不可，而且更切合实际，更是及时。不过，开展这项活动，还得讲究方法，不能像进行"青春期教育"和"关于爱的命题"教育那样男女生一起观看，而是要将他们分开进行，这样也可以避免在一块儿观看时的尴尬。方正这样想了以后，忽然又觉得这样有些莽撞，更有些武断，也不够仔细。他的脑海即刻便显现出一种念头：专给女生观看，不用说没有问题；可男生看不看？如果看了，会不会出现一些意外的问题？方正一时陷入了茫然和困惑之中，然后皱了一下眉头，冷静地思索起来。是啊，作为科学，他们不仅应该观看，而且还要更加懂得。因为，在他们中间，不尊重生命、不珍惜生命的现象，比比皆是。只要以科学的态度引导他们，肯定比"青春期教育"以及"有关爱的教育"的效果更佳。经过权衡，方正最后还是做出了让男生观看的决定。因为，它不仅得当，而且也很有必要。方正为此很是满足地舒了一口气，脸上也露出了轻松的神情。然而转瞬间，他又很是冷静地严肃了起来。噢，对了，如此做法，对于现在的学校来说，可是第一次吃螃蟹的事情；而自己，也将成为第一个吃螃蟹的人。它远不像"青春期教育"，以及"关于爱的教育"那么简单、那么容易令人接受，弄不好还会招来许多麻烦。不过，为了使学生对生命诞生的艰难有一个基本的了解，对他们今后的做人终身有益，他什么都顾不得了。现在有机会实施，如果不实施，怕这怕那的，对学生来说，势必也是一种损失。再说，这也不是自己一时突发奇想，更不是一时心血来潮，而完全是有先例的，同时也是依据科学以及科学的态度进行的。更何况，这世间的人，谁又不是母亲生的，而哪位母亲又没有受过这种罪呢？就此而言，一切顾忌，都大可不必。因为那些都是世俗的看法，压根就不是从科学的角度出发。在科学面前，难道还要躲躲闪闪的吗？没有必要的！

这时候的方正，似乎信心满满。

然而他深知，这件事情不是说有了信心就可以去做，而是需要足够的勇气和胆量。而这种勇气和胆量，难道自己就没有吗？既然有，那么就应该立刻见之于行动。对，即刻行动。

一段时间内，方正无论是走在路上，还是回到家里，或者是在办公室，都一直在琢磨着这件事情。当他真正做出了决定以后，就向在省属的一家医院妇产科的同学郝云打了电话，说明了借录像的事情。一开始，郝云还有些不解，说依据院内规定，这种录像是不借给别人的，更何况还是学生集体观看，那就更不能借了。后来，经他好说歹说，郝云才有些理解，勉强答应借给他。不过，有一个前提，那就是一定要保密，绝对不能对外宣传。

当一切都准备就绪时，方正便将学生分成了男女生两部分，用两个晚自习的时间观看了录像。在此，他让一位开明的女老师带领女生于第一天晚自习观看；而后，他再带领男生，于第二天晚自习观看。从那位女老师处听到的和他自己观察的情况来看，新生命诞生的那一刻，大夫们的忙碌，母亲扭曲的表情，还有撕心裂肺的疼痛和哭喊，震撼了所有的学生。此时此刻，学生的反应各异：有的瞪大了眼睛，有的流露出惊异的目光，有的紧咬着嘴唇，有的吓得用手遮掩着自己的眼睛，有的咧着嘴聆听新生儿尖锐响亮的哭声。当大夫用手托起新生儿时，几乎所有的学生都唏嘘着"哟"了一声，随之，便很是好奇地看着新生儿紫红色的皮肤和模样；然后，再将视线慢慢地转移到那好像已经耗尽了力气、瘫软在床上、脸色苍白的母亲的身上。啊，这就是新生命诞生的一瞬，谁也不曾见过，而今却真正见到了！这样一个新生命，就在母亲的痛苦挣扎中步入了人生旅程。整个过程，无论是对母亲，还是对新生儿来说，又何尝不是一个里程碑呢？是啊，无论男女，在生命诞生的那一刻，谁又没有经过这样的一个历程。新生命是伟大的，而生育这个新生命的母亲，更是伟大的！

原来讲好的，让学生保密，可这件事还是传到了老师们中间。这就犹如扔了颗重磅炸弹，整个学校都沸腾了。

"啊，这方老师真是个人物，原来没看出来，竟如此地'别出心裁'！"

"前边给学生看了青春教育片，讲了有关爱的命题，现在又给学生看这种片子，合适吗？是不是有些太前卫了？"

"我看啊，这种前卫，都让人受不了了！"

"怕不是脑子进水了吧？"

"这方老师，还真是一出一出的，恐怕太出格了！"

"他真有'才华'，也蛮有'创造性'的啊！"

"哎哎哎，你不觉得那些行为太淫邪了吗？"

"我看，就是太淫邪了，已经都没边了！"

"我都不知道，这样会把学生引到哪里去呢？"

"现在的学生，不教都不得了，更何况还要教他们！这就更不得了了！"

"唉，这方老师也真是的，哪方面不能引导学生，非要在这方面引导学生。这不是没事找事吗？这下好了，让别人说成了这样！"一位对方老师遭受如此之非议很是同情的老师说。

……

如此的议论，时不时地传到方正的耳朵里。然而，他一概不理，心想，这至于吗，竟这样敏感，这样地不开窍？尽管他持这样一种态度，但是对学生会有怎样的反响，还是有些吃不透、把握不准。于是，他像往常一样，赶忙在学生中进行了一次不记名调查，结果，许多学生都为这次活动点赞，觉得活动使他们真正了解了生命的来之不易。当然，这不仅包括自己的，也包括他人的以及天下所有母亲的生命，这生命，就更为珍贵了；同时，也感到了母亲的伟大，从而也懂得和学会了尊重生命和珍惜生命，更知道了爱戴和感恩伟大的母亲。

当了解了这些情况的时候，他的心里有底了，也踏实多了，感到了这是一场不小的胜利。是啊，只要被学生接受了，就比什么都有说服力。至于其他议论，那简直就是少见多怪，太保守、太不开化了而已。原来的担心没有了，原来所有的顾虑，都被抛到了九霄云外。

此时，坐在办公桌前的他，先是长吁了一口气，然后有些激动地笑了笑，接着流下了泪水。他迅速地意识到自己的感情有些脆弱，于是边擦眼泪边站了起来，然后走向窗口，仰望着布满星辰的天空。

虽说方正内心深处觉得自己取得了成功，但是，部分老师还是秉持着他们自己的观点，对他总投去一种异样的眼光。从那些眼神看，他简直就成了怪物，真像做了一件大逆不道、杀人越货的事情，好像罪恶滔天一样。每每见到这种情况，他在心里还是很反感地嘀咕道："至于吗？真是的！"不过，他对此现象还是做了少许的分析：看来，凡从外国舶来的东西，不一定都适宜在中华民族这片土地上栽种。如果硬要栽种，肯定会出现夹生或者流产现象，特别是思想和观念更是如此。是啊，要让他们理解，起码还需要一个过程。这一点，也没必要强人所难，自然也没必要让他们即刻就理解。一切还得慢慢来，切莫操之过急。这样，也许更现实一些。不过，从那些老师对待自己的态度来看，也足见他们顽固的程度。不过，话说回来，不管怎样，只要对学生有益，其他的什么都可以不管。这么多年来，有的时候，有的情况，可不就是这样？这些，自己不早都做好了应对的准备？想到这里，方正便不禁又笑了笑，就好像什么都没发生一样。

# 二十四　夫妻争执挣外快　内心矛盾做抉择

晚上七点钟，一家三口在客厅正围着餐桌吃饭，忽然电话响了，方正赶忙走到跟前接了起来：

"喂，哪位？"

"我是一名学生的家长。"

"您好，什么事？"

"听孩子说，您的课讲得相当好，我想让您给孩子补补课。不知道您有时间没有？放心，我们是不会亏待老师您的，保证让您有一个丰厚的回报。"

"谢谢这位家长，您过奖了。我最近很忙，没什么时间。真是对不起了。"说这话的时候，他就想，这事自己从来都没干过，更何况，自己压根也不想干。这样，虽然拿些钱，但在学生跟前，却把自己搞得没了人格，以后怎么见学生呢？说老实的，自己不是不想赚钱，可是再想赚钱，也不能在学生跟前去赚。这样，多昧良心！近几年，这类事情不是没有过，有的老师就是因为带了几个学生，每月的收入也很可观，生活也过得滋润多了。别人那样干，那是别人的事情，自己没权利干涉。可自己，就是要坚守这种信念，在学生跟前，永远都应该做得像一个老师，无论是品行还是知识，都要这样！

"那就打扰您了，方老师。"

"甭客气！"说完，他就挂断了电话。

"谁的电话？"妻子刘慧英冲着走过来的他问道。

"一位家长。"他一边说，一边坐下来准备吃饭。

"什么事情？"

"想让我给他的孩子补课。"

"你答应了吗？"

"没有。"

"为什么？"刘慧英瞪大了眼睛，不解地问。

"不为什么。"已经端起碗的他随口说道。

"是不是嫌钱咬手？咱们家很富裕，不需要？"妻子刘慧英撂了几句凉话。

方正看了看她，没有吭声，只是吃着自己的饭。隔了一会儿他才说："这样，影响不好。"

"影响怎么个不好？这是一家愿打一家愿挨的事情，咱也不是在做什么犯法的事情，是靠自己的本事吃饭，再说，又是在业余时间做的，这伤了谁，影响了谁呢！我们更不是去偷、去抢，这有什么不行的呢？是不是嫌丢人，放不下老师的架子？社会上那么多老师都在代课，人家都不嫌丢人，也都能放下架子，怎么咱就不行了呢？人家觉得行，咱就不行？你的觉悟就那么高？我就不明白，直到现在，你怎么始终还坚守着你那老一套思想，社会上现在什么都要求与时俱进，你怎么就总是守着个旧思想？真是一根筋！"妻子刘慧英说着，就用右手指狠狠地戳了一下他的额头。

他抬起头来看了看她，依旧没有说什么，只是自顾自地吃着饭。不过，他想，妻子的话也没错，可自己就是拉不下来这脸。说实在的，老婆在这一点上，比自己强多了。她时时处处都表现得特别现实。

"这也不是你所说的那样，这纯粹是由我这职业性质决定的。这不就牵涉到老师的形象尊严问题吗？"他放下筷子，面对着她耐心地说。

"你还那样认为，瞧瞧，那形象，那尊严，能值几个钱？它是能当饭吃，还是能当衣穿？我告诉你，那只能是对像你这样的傻瓜而言的。真是死要面子活受罪！"刘慧英很是生气地将正吃着的饭碗放了下来。

"这不，现在还有饭吃，有衣穿嘛。"方正用筷子敲了敲碗沿，似乎在故意逗她。

"如果没有这些，那还生活什么！"妻子刘慧英冲他白了一眼，"现在谁还把挣钱的机会放过，留给别人？如果这样，他不是个疯子，就是个弱智！真是脑子进水了！就你，竟把挣钱的机会让给了别人！"

"要做还不好说，只要答应，机会多的是，找我的人太多了。不过，我总觉得不妥，想着那不是一个老师应该做的。不管从学生那里拿的钱多还是钱少，性质都一样，影响肯定也不好。除非……"话说到这里，他看了看妻子刘慧英。

"除非什么？"

"除非不收钱。"

"你简直一个榆木脑袋！"

"榆木脑袋就榆木脑袋。"

"你这人，简直不可理喻！你也不想想，咱们的工资加在一起还不到三千，以后孩子还要上学，还要买房子，咱们总不能一直住在这样一个不足五十平方米的地方吧！再说，孩子也一天天大了，你说，这以后该怎么办呢？就这，还没操心两家老人……"妻子刘慧英说着，声音就低沉起来，"我知道你一天总忙，也知道你这是为了事业，顾不上家，所以，我也就没有指望你，可细细想一下，摆在咱们面前的这些现实问题，谁又能帮着解决呢？再说，咱和别人一比，无形的压力就来了，压得人都喘不过气来了。你不当家，是真不知道柴米油盐贵啊！"妻子刘慧英说着说着，几乎就要流下眼泪来了，随后就很生气地站了起来，收拾了一下已经吃完的碗筷碟子，走进厨房，洗了起来。

自刘慧英走进厨房后，方正便叼起了一根烟抽了起来。他一动不动地坐在刚才吃饭的地方不停地抽着，若有所思的样子。

坐在一旁的儿子小虎，看着父母你一言我一语地争执着，吃饭的速度也慢了下来，只是一声不吭地瞪大眼睛，一会儿看看这个，一会儿又看看那个。等母亲收拾完碗筷，进了厨房，他便双手撑着下巴，一直看着父亲抽烟。

这时候已经洗完碗筷的刘慧英走了出来，一看方正在那里抽烟，就知道刚才自己说的话起了作用，于是便想，如果再给他加把火，劝劝他，到时候也许能来个一百八十度的大转弯，只要他的脑子转过弯来，还怕挣不来钱？想到这里，她二话没说，就坐在了他的对面。

她对他说："人家刘剑明前几年让你去广深市，你不去，就那个犟脾气，一根筋，一条道走到黑。你这样，有什么好处？一辈子当个娃娃头，能有什么出息？放着机会咱不去，放着关系咱不用，你这还是人吗？已经是神了！就这样，能解决咱们的吃饭问题也行，可这不行呀！现在多少人，都在想法子寻门路挣钱，可你，就是不去，我不知道你这样究竟是为了什么。现在都什么时代了，也不知道换换脑筋，眼看都要成兵马俑了！"

然而，不管刘慧英怎样嘟囔，方正还是没有吭声，只是抽着自己的烟，就好像什么都没有听见似的。他已经习惯了这种方式。他心里始终有着一种信条，那就是：与妻子在一块儿，有些事情，一定不能较真；如果较真，就等于把自己往火坑里推；一旦到了火坑里，那就没完没了；与其这样，不如任她说去。对她来说，这是一种发泄；对自己来说，也毫发未损；对家庭来说，这有助于家庭的稳定。这样一举多得的事情，自己何乐而不为呢？再说，她说的这些，自己完全理解。因为，在现实的经济压力之下，你让她没有任何想法也不现实。有了想法在自己老公面前发泄发泄，也再正常不过了，否则非憋死不可。一旦到了这种地步，自己岂不是要后悔一辈子？所以说，给她当一个倾诉对象，也是蛮幸福的。如果连这一点都做不到，那还算什么丈夫。今天，妻子这样对自己，不知道是在外边又受了什么刺激。他始终态度平和，任她唠叨，只想着待她唠叨完了，事情也就结束了。

果不其然，妻子刘慧英唠叨了一会儿，就不再唠叨了，随后就没好气地冲着旁边的儿子说："小虎，别听了，快做作业去！"说完，就走进卧室去睡觉了。

看着妻子刘慧英无奈离开的样子，方正的心一时也有些沉重，他在那里稍待了一会儿，也走进了卧室。他知道她没有睡着，于是，便走近床边，心疼地对她说："让你受委屈了。好，听你的，以后有机会我争取带几个学生。"说完，他又站起来走出卧室，来到厨房，准备倒水喝。看着厨房放得整齐的碗碟，他的心不由得酸了起来。是啊，自结婚以来，洗碗刷锅的事大多是妻子干的，而自己干得却很少很少，这样看来，自己真有些对不住她的。记得有一次，向来都很少下厨房的自己下了一次厨房，一顿饭下来就累得腰酸背痛的。而这样的劳累，她却一直都在默默地承受着。也就是自那次以后，自己才真正体会到妻子给这个家庭奉献得太多太多了。是啊，作为一个男人，虽然在体力上不能帮助她，但是，最起码在精神上要能给她支撑，让她没有过多的负担，然而，自己就连这一点都没有做到。真是有愧于这个身份了。眼看着别人大把大把地拿钱回来，可自己总和妻子过得紧巴巴的，好在妻子是个节俭勤快的人，如果换成花钱大手大脚的人，这日子还能过下去吗？简直不可想象。她所说的一切，自己也应该好好地想想了。有些事情，该变通的时候还是要变通的啊！

方正端着杯子来到阳台，一边喝水，一边面朝夜空，看着那明亮而又有些稀疏的星星。他不断地想着妻子刘慧英刚才所说的话，也在分析着目前教师在外办班代课的形势。

现在在外办班代课的教师数不胜数，每个孩子一个月六十块钱，一个班六十个孩子，这数目真不小啊。如果办两个班，自然，这钱就多得吓人了。说起这些办班的老师，虽然赚了些钱，但这钱赚得也很辛苦。他们都是利用寒暑假或者晚上的时间，自己招生，自己组织，自己上课，有时一白天竟上七八节课，晚上再上两三节课，整个暑假下来，人都消瘦了几圈，就像是做了什么苦力似的。至于教学质量，个个都觉得自己上的课是最棒的。也就是这样的坚持，这些老师才在很大程度上解决了家庭经济困难的问题。

这种事情，别人能干，自己为什么不能干？就像老婆说的那样，死守规矩的人，几乎都是没出息的人，这倒不是说见人家赚钱眼红，而是感到规矩将自己束缚得太严了，简直动弹不得。看来，这心理问题得早早解决，不然，最后吃了亏还不知道是怎样吃的呢！

接连几天，方正都这样想着。最后，他还是做好了带学生的准备。

说来也巧，这时正好有位朋友要他给自己的孩子补课。他便痛快地答应了。可是，能收朋友的钱吗？不能！否则，自己成什么人了？难道自己就只认钱而不认人了吗？他每个礼拜给这孩子上三次课，每次都是两小时，按时按点，就跟上班一样。这样坚持了半年，孩子的成绩显著提高了。为此，朋友很高兴，为了报答他，便给他的孩子方小虎买了许多东西，比如衣服、鞋子之类的。就这样，他也感到很不好意思，觉得很对不住朋友，就好像自己做了什么亏心事，心里总是耿耿于怀、闷闷不乐的。

原来，光华中学有一位和自己关系不错的老师，曾经想办校外补习班，问自己有空没有，说如果有的话，请帮帮忙，一块儿招招生，到时候按提成分红。当时，由于自己拉不下脸面，同时对此也有些不屑，于是借故没有答应。那位老师便另请了一位老师，最后还是办起了补习班，也狠赚了一笔。

一段时间内，方正一直都在想着这样的一个问题：有偿家教之所以这么盛行，关键在于它有广泛的市场。既然市场有需求，那么自然也就有了从事家教的老师，这是一种平衡。可不是？就是一种平衡！但作为社会，谁来规范这样一个市场呢？似乎没有，一切都处于一种无序状态。开始是谁想办，谁就办，办大办小，全由自己。后来虽说引起了教育行政部门的关注，也有了规范，可这一切又都只是形同虚设，徒有形式而已。

这种现象在原来的光华中学有，就连现在的厚德中学依然有，并且还有过之而无不及。究其原因，应试教育起了决定性的作用。而应试教育，又是社会一度强调和注重的高学历的直接产物。现在社会虽说已经注意到了一味强调高学历的弊病，也在逐渐扭转这种现象，逐渐转向注重能力。可是，多年来形成的应试教育的惯性依然存在，所以，要想使教育真正地回归它的本质，要想真正地消除这种现象，还需要一个漫长的过程。

待想透这一道理，方正便不禁冷笑了一声：自己能改变这一现象吗？似乎是蚍蜉撼树。但转念又一想，虽然自己不能改变大的方面，但总可以在力所能及的范围内，尽一份微薄之力，能改变多少，便改变多少。想到这，他便慢慢地舒了一口气，也感觉轻松多了。

一般来说，要求补课较多的，就是数学、物理、化学、英语，所以，补这些课的老师在社会上也特别吃香；而要求补习语文的几乎没有，就是有，也只是一些在写作方面实在不行的，除此之外，个个语文都像学得很好似的。为此，教语文的老师几乎就没人请了。

针对这种现象，一些语文老师也曾在一起议论过，说这真是个怪现象，语文个个都学得不怎样，就这样，还不重视。就他们分析和探讨的结果来看，不重视语文学习的原因，莫过于以下四种：一是学生急功近利的思想较为严重，比较注重实用，觉得语文不像其他课程一样，容易提高成绩；二是大部分学生对语文的学习态度不端正，认为学不学都无所谓，觉得那些字、词都是认识的；三是有些学生觉得，语文就是学，也不见得那么奏效，有时候甚至还会出现学习的竟然不如不学习的现象，所以最后就放弃了对语文的学习；四是学生现在对英语学习格外重视，在这方面，全社会几乎都动员了起来，已经掀起了热潮，而这种热潮，竟然还是持续的。可怜的是，我们的母语竟然成了这些课程的"婢女"，教这门课程的老师也都成了"婢女的婢女"。多可悲啊！

有了这么一种认识，这些语文老师，似乎也都成了低人一等的人，在心里觉得自己是一个没用的人，内心深处，也不同程度地有一种"当初投庙投错了"的感觉。为此，他们常常幻想和期望自己或者自己的孩子，以后不要再从事这项工作。因为教数学、物理、化学、英语的老师，在社会上成了抢手的人，总是受到格外的尊重，自然也能得到这个赚钱的机会。

这种现象，不仅表现在中学，也表现在大学。只要睁开眼睛瞧瞧，凡是从事人文科学教学的教师，拿的几乎都是死工资；而那些从事工科以及理科教学的教师，大部分都有科研项目，这样，最后拿下来的奖励也是非常可观的，在他们当中，拥有私家车已经是很普遍的现象了。这些搞人文科学的教师面对这样的现实，也只有望洋兴叹了。

夜，已经很深了。杯子里的水早已喝完，可什么时间喝完的，方正也不知道。他的思想完全沉浸在教育教学的问题上了。他想了很多很多。现在，他的头已经疼得难以招架了，无奈，只好轻手轻脚地回到房间去休息。

# 二十五　兴致高昂庆元旦　师生共情好默契

时间不知不觉就到了年底，2002 年的元旦马上就要到了。学生都在积极地做着迎接元旦的准备。有的提前好几天就在编排着节目，有的做着购买饮料糖果的准备，有的做着布置教室的准备。他们加班加点，劲头十足。说实在的，干这种事情，他们可比平时学习的劲头大多了。看得出来，此时的他们，已经毫无心思学习了。根据以往的经验，搞与此类似的活动，他们可都非常热情，积极性极高。在这种时候，他们可以不用老师指导，有的是心智，有的是才干。基于此，方正就没做过多的考虑，也没做过多的管理，只是将一些该注意的事宜向组织该项活动的学生交代了一下，就放手由着他们了，说到时候自己参加就行。之所以这样，是因为自己在那里，学生还会畏手畏脚、放不开，极易闹得大家扫兴、不开心。说真的，学生在此压根就不愿意老师跟着。方正非常明白这一点，当然，如此做法对他来说，也是明智之举。

按照学校安排，12 月 31 日下午全校放假，各班自行组织庆祝元旦的联欢会。

这一天终于来临。

方正来到教室，只见彩色气球挂于空中，各种色彩的飘带交错地挂在窗户上，将教室装扮得很是喜庆。全班学生坐在教室的四周，嗑着瓜子，吃着糖果，有说有笑地等待着。

几个学生见班主任来了，便赶忙跑过来很是客气地领着他坐在靠门口的空座位上，拿出糖果饮料给他。这时，只见班长走到讲台前主持说："尊敬的老师，亲爱的同学们，让我们以激动的心情迎接新年的到来。为了表达我们对新年的一片盛情，我宣布：高一（5）班庆祝 2002 年元旦联欢会现在正式开始。"

联欢会就在这种热闹的气氛中开始了。整个场面热闹非凡，学生们都在尽可能地展示自己的才华。这里，弹电子琴的、打扬琴的、拉小提琴的、吹单簧管的、唱歌的、说相声的、表演口技的、跳现代舞的、演小品的、竞猜谜语的、学着模特走猫步的，形式是应有尽有，真是八仙过海，各显神通。他们的积极性在此发挥到了最大程度。看得出来，他们的身心也得到了最大程度的放松。

就在节目进行到一半的时候，一位男同学突然站起来大声喊道："让方老师来一个节目好不好？"他话音刚落，全班同学便齐声喊道："好！"所有学生的目光，这时候都集中到了方正的身上，随之便是一阵热烈的掌声。

方正很高兴地走到前面，略向四周环视了一下说："很高兴能和同学们一起参加这样一次别开生面的联欢会，为了庆祝新年的到来，同时也为了表达我激动的心情，今天，我特意选了两首歌，跟同学们分享。"

说完，他就激情饱满地唱起歌来。

顿时，整个教室都洋溢着他美妙动听的歌声。四周的学生，个个都专注地聆听着。听着听着，有的瞪圆了眼睛，默默关注着他表情的变化，就连刚开始还在吃东西的，这个时候也停下来了，被他的歌声吸引了。啊，他的歌声浑厚、悠扬、极具穿透力，抒发的情怀也很是感人肺腑。总之，此时此刻，在场的每一名学生都被他征服了。他们听得如痴如醉。啊，向来都没有见过这样的老师，竟然如此多才多艺！他的每一个动作，每一句唱词，都拨弄着学生的心弦。此时此刻，站在他们面前的，已经不是自己的老师，而是青春的偶像了。有的学生已经很高兴地向他举起了"V"形手势，喊出庆祝的话来。这手势、这神情、这喊声，完全是对自己老师的敬佩，更是他们为能有这样的老师而自豪的表现。

整个教室，除了方老师的歌声，一切都特别安静。

……

两首歌很快唱完了，在学生中间，再一次响起了掌声。

方老师唱完歌以后，学生们就按照流程开展接下来的活动。

……

这种师生共同庆祝元旦的事情，对这个班来说，还是第一次。第一次举行，竟然这样成功，这是师生都没有预料到的。方正从学生的身上，发现了巨大的创造力，以及以往没有表现出来的极为高涨的积极性，更看出了他们身上洋溢的青春活力，还有那种少有的凝聚力。他的心里不禁萌生出一种"我们的学生竟然是这样可爱"的感觉。他看到了他们身上潜藏的进步力量，更看到了一种希望。他对他的学生很有信心。是啊，只要抓得紧，这一个个将来都会是好样的，甚至是出类拔萃的。学生从老师的身上也看到了激情，而这种激情，就像自己在前进道路上的灯塔。

是啊，今天这欢庆会，可是师生的一次合拍的默契，人生的一次共情。太难得、太值得珍惜了！他们师生将在这样一个时刻，共同迈入新的一年。这新的一年，将是充满神奇、充满挑战、充满理想、充满奋斗的一年。他们应该做好一切准备，他们也做好了准备！这样的一个集体，将会攻无不克。一定会攻无不克的！

关于师生之情，方正有自己的想法。是啊，每到这个时候，自己都会收到许多学生的贺年卡。要论那些贺年卡的样式，那简直是各种各样、五花八门。但这些贺年卡都有一个共同特点，那就是都在祝福自己的老师在新的一年里，万事如意，身体健康，平安幸福。作为老师，能够收到如此之多的贺年卡，心里也是非常激动和深受鼓舞的。他从这些贺卡中看到了自己的付出，也看到了学生对自己的回报，更将其看作学生对自己的最高奖赏。为此，每收到这样的贺卡，他都是万分高兴的，以至于都要流下眼泪来，然后，再非常珍惜地把它们收藏起来留作纪念。特别是收到已经走上工作岗位的那些学生的贺卡时，就更是这样了。每每想起这些的时候，他都有一种说不出来的自豪和光荣。自然，今天就更是高兴了。

# 二十六  研讨会上偶相遇  亲切交谈像知音

2002年4月12日，省某民主党派所组织的高考研讨会，在省军区招待所礼堂如期召开了。

按照安排，会期三天，外地的同志提前报到，本市的同志当天报到。

上午九点钟，会议正式开始。容纳上千人的会场，座无虚席，鸦雀无声。方正和江小华的相遇也就是在这一次。

方正按照习惯，提前进入了会场。他选择了左前方第二排略靠中间的一个座位坐下，拿出笔记本，放在桌面上，随后，就低着头，一心一意地看起报到时发的资料来。

这时，从左前方的门口处，突然进来了一位风姿绰约的女同志。她稍作停顿，迅速朝会场扫视了一圈，发现一位低着头在看资料的男同志旁边无人，于是便三步并作两步地走了过来，问："老师，这里有人吗？"

"没有。"方正没有抬头应道。

一听没有，这位女同志就低下头，弯着腰，用纸擦拭起了桌椅上的灰尘，随后就坐在了那里。

会议开始了。他们各自认真地听着报告。然而，在中场休息的时候，这位女同志在收拾笔记本时，无意中扭过头来看了一下邻座的他，然后很是惊讶地喊了一声："啊，方校长，是您！"

随着这一声，方正也转过头来，向她一看，顿时，也不由得叫出声来："小华，怎么是你？！"仔细打量，只见面前的她，长发披肩，纱巾围脖，浑身都散发着一股香气。刚才他就闻到了这种气味，可是没放在心里，然而，一种时尚、新潮的气场总在袭扰着他。

两个人都为这次意外的相见而感到高兴，于是便很是热情地握了握手，随后就聊了起来。

"方校长，我当初给您的那封信，收到了吗？"

"收到了，我很感谢你。"

"谢我什么呀？"

"感谢你对我的信任。"

"听说您后来也离开了咱们的学校？"

"是的。"

"什么时候？"

"就在你离开后的第三年。"

"真没想到咱们学校最后会变成那样。"

"那是一种必然，谁也没有办法。这一点，我们都应该承认。你呀，还是有先见之明，老早就走了。"

"难道走得不对？"

"你很会审时度势，很有慧眼的。"

"那绝不是给您难堪的。"

"这一点，我还是明白的。那封信不是说明了一切吗？"方正稍作停顿，突然，似乎又想起了什么问道，"哎，你怎么知道我的情况，听谁说的？"

"噢，那次逛街的时候，碰到刘云老师，听她说的。您又是怎么知道我的？"

"也是听她说的。"

"这么巧啊！你们一直联系着？"

"也是去年才联系上的。"

"噢，原来是这样啊！"

这话说完，两个人便相视一笑，意思也就都明白了。随后，她告诉他："我一开始就调到了高新二中，刚进去的时候，还不怎么适应，不过后来也就慢慢地适应了。"

"都有这样的一个过程。"方正似乎很理解这样一个过程，"感觉怎么样？"

"归结起来，这所学校的办学特点就是：领导成员都是专家，懂教育，能按教育规律办事，在管理上，'严'字当头，奖惩分明；所招的学生，起点很高。说起点高，在于凡上这所学校的学生，中考成绩都必须在全市居于上游，否则就不予录取。还有就是一切都是学生说了算，学生说哪位老师行就行，说哪位老师不行就不行。再者说，能上得起这所学校的学生，大多是有钱人的孩子。这些孩子，上学放学都有车接送，条件十分优越。学校给所有的老师都提供了一个很好的科研平台，特别注重校本研究。为此，教师们的积极性都很高，科研氛围也很浓，同时也取得了很多骄人的成果。至于待遇，肯定很丰厚了。但与此同时，学校也有一系列很是严格的规矩，自然，每一位教师的工作，在一定程度上也很累，以至于累得个别教师都有些招架不住，自然也就出局了。"

江小华在谈这些的时候，方正的心里就想，这和上次在青藤咖啡店见到的小马所说的都差不多，看来，这所学校在某些方面还真有现代意识。这时，他便很是欣慰又颇有希望地说："这下，你就可以大显身手了。"

"我也是这么觉得的。"

方正暂时没有吭声，只是若有所思地看着她。

"原来没出来的时候，感觉这天很小，一点儿都不广阔，可一出来，竟发现天是那么蓝，世界是那么广阔。而自己，竟然还有着这么大的用武之地。总体的感觉，就是外面的世界太精彩了。在咱们学校的时候，真有点'我用青春赌明天'的感觉，可现在，我是真正地也是扎扎实实地在走着自己的人生之路。"

看着江小华，方正不住地点头。他想，这种感受，也只有从狭小空间出来的人才会有，这可是肺腑之言，深切体验。作为自己，这种感受，又何尝没有？从一定意义上来说，自己和江小华都属于那种不安分，想着干点儿事的人。

两个人正谈得热闹的时候，中场休息结束了。他们便都认真地聆听起报告来。

……

三天的会议很快就结束了。

江小华在第一天见到方校长以后，本想请他吃饭，但是由于当时事情较多，再加上之后的两天，又和自己学校的老师在一块儿，所以，只能把这事放到了最后一天下午会议临结束的时候。

约定了方校长以后，他们便来到了一家较为干净的饭馆，一块儿吃起饭来。

"方老师，像这种高考研讨会，我已经参加了三四次了，但总感觉有些不到位，也不大对头。"

"什么不到位？"

"真要说起来，我一时还真有些说不上来。"

"莫不是交流者对题型、答题技巧谈得多，而对科目素养的培养谈得少吧？"

"啊，还真是这样！"江小华茅塞顿开。她先是有些惊讶，接着用很是钦佩的目光看着他，然后便笑着说："看来，姜还是老的辣呀。"

"这不明摆着吗？"

"那我怎么就说不上来？"

"不是已经感觉到了吗？"方正强调道，"按理，参加交流的人，应该把科目素养的培养作为重点才对。像语文要有语文素养，数学要有数学素养，科学要有科学素养，等等。这才算抓住了问题的实质。"

"可是他们没有啊，以至都搞得有些本末倒置了。"江小华似乎有些不屑，"纯粹的花拳绣腿，空中楼阁！除此之外，一位老师还介绍了一种侥幸取胜的办法，也就是'蒙'的办法，当然，这是在不会答题的情况下使用的。特别是对那些选择题，这种办法似乎就更有效了。"

"这纯粹就是走捷径的方法。如果单纯为了成绩，这也不失为一种方法。不过，在导向上还真有些不合适。"

"何止是不合适？简直是投机嘛！"

"这样一来，影响就大了。"

"可不是嘛，它可是给全市乃至全省的高中教学起引领作用的！"

"如果照此引领，那简直是莫大的笑话！话之所以这样说，是因为学习不仅不能走捷径，而且更不能投机。一旦不顾及这些，那就是不科学的。如果说，这样还能取得一个好成绩，那这成绩也是不真实的，更是带有偶然性的。"

"要说有意义，那也只是能上一所好大学而已。"

"现在，好多学校、老师、学生，在学习上，讲求的可不就是'快捷'吗？就此来说，这位老师这样讲，也就不奇怪了。"

"虽不奇怪，但也很荒唐！以至于荒唐得都不看场合了。"

"他不是不看场合，而是将自己的真实看法拿出来交流。自然，他的认识、所作所为都是有局限性的。"

"这有必要吗？真不知道组织者是怎么把关的，就是单纯地为了高考，也不能这样呀！"

"是的。"

"这不是在浪费别人的时间吗？！"

"研讨会的宗旨是提高高考成绩，但是，不管怎样，没有了最基本的知识素养，技巧再好，成绩也是上不去的。反过来讲，有了基本素养，再加上一定的答题技巧，学生的考试，才会如虎添翼，事半功倍。因为基本素养才是最根本、最实质的东西。"

江小华只是一个劲儿地点着头，对方老师的话予以充分的肯定。

方老师看她这样，便说："我就赞成一些老师在这个问题上，思维非常清楚，将问题的重点也把握得很到位。在整个交流中，始终强调的是学生必须要有扎实的知识素养。当然，我们这样强调，并不是说完全不需要技巧，而是不能因为过分地强调它，从而忽视了最重要的基本素养的培养。"

"既然是研讨会，就得将基本素养和一定的技巧这两者的关系好好研究研究。这样做，才能令人受到启发，有所收获。"江小华也不甘示弱。

"教学必须建立在知识素养培养的基础上，而不能只是技能性的培训，这样获得的分数才货真价实。如果不这样，那么，所有的教学只能是'快餐式教学'，而通过这种方式培养出来的学生，也不会有多大出息的。如果说能，那也只是一些与实际能力不相称的'高分低能'而已！还有，这也是多年来中国不能出现大师的主要原因之一。归根结底，我们的教学，还是要落实到平时对知识素养的培养上才对。否则，还会继续出现这种情况的。"

"啊，方老师，您真是一针见血，指到了痛处。我真服您了！"说着，江小华向他就投去了羡慕的目光，好像以往不认识他似的。

……

谈完了这些，他们又谈了光华中学的往事和各自现在学校的情况，还有教育的未来。在此，他们都感受到一种长时间未见的自然和亲切，更有着一种浓郁的情怀也都怀揣着诸多的愿望。他们都在自己的心里为这次相见而高兴，更为两人的见解相同而欣慰。特别是江小华，在心里不住地赞美方正：这家伙，不，这位老兄，简直是教育的行家里手！是啊，能与他相识，真是自己前世烧了高香积了厚德了。如果没有他，对自己来说，将是一辈子的遗憾。

想到这里，她非常满足地说："方老师，咱们只顾说话了，赶紧吃，菜都凉了。"说着就伸筷子夹菜给他，然后，又拿过他的酒杯，给他倒满了啤酒。

"是啊，菜都凉了。一块儿吃，一块儿吃。"方正也很是高兴地说。

随后，两人就一心一意地用起餐来。

# 二十七　家庭风云再起浪　方正无奈去教子

刚吃过晚饭，方正就站起身取下衣服架上的围巾往脖子上围，又准备往学校走。一见这种阵势，妻子刘慧英立马走到他的面前，双手一横，拦住他说："你怎么说走就走，真把这家都当成旅馆了。今晚，无论如何你都不能再走了，咱们将儿子的情况好好谈谈。"

一听这话，方正顿时就愣住了，急忙问道："儿子怎么了？"

"这你还不知道。他整天光知道上网，成绩一而再再而三地下降。班主任都打电话来了。你看怎么办？你不能整天操心别人的孩子，却将自己的孩子荒废了，也不能像个甩手掌柜，将儿子往我这儿一推，然后自己屁股一拍，就上班走人，至于儿子怎么样，完全不闻不问！儿子的吃穿你可以不管，可这学习，你就不能不管了。再说，这男孩子，我这当母亲的管起来也困难，还得你管才行，作为父亲，毕竟你可以从儿子的特点出发教育他。你说，我这话有道理没有？"

这时的方正已经取掉了脖子上的围巾坐在沙发上，认真地听着。妻子刘慧英说的话，不是没有道理，也不是和自己胡来。是的，儿子方小虎从小到大都是她操心；因为工作，自己向来都没有过问过，就这一点，自己也是有愧于儿子的。话说回来，儿子现在变成这样，也是自己的大意，平时总想着自己是搞教育的，儿子最起码是不会变坏的。然而，现在听了妻子的话，他着实有些慌神了，也有些着急了。他想，自己得和儿子谈谈了。是的，也该谈谈了。再这样下去，恐怕爷儿俩一辈子都要后悔的。他现在可是上了初中的人啊。这个时候的他，逆反心理是很强的，更何况整天和他母亲在一块儿，光听那些唠叨，恐怕早都烦透了。苏老师的两个孩子不就是一个明显的例子？一想起苏老师的两个孩子，方正就有些害怕：难道自己也要让儿子步他们的后尘？绝对不能！

看着丈夫一时陷入了沉闷的状态，刘慧英有些后悔，想着自己不该给他说孩子的事情；可孩子这样，不给他说，又该给谁说呢？这个时候给他说，还来得及，不然，等问题严重了，就不可收拾了。谁让他是小虎的父亲呢？这不又要影响他的情绪和工作了吗？她很心疼地看了看他，随后，也就坐在沙发上，面对着他说：

"我本来不想将小虎的事情告诉你，可是，我实在没有办法，更不能眼睁睁地看着儿子一天天退步，到头来，没办法向你交代，做出对不住儿子的事情。也许是他平时和我在一块儿的时间太长，对我的一切都很熟悉，诸如脾气、性格了解太多，所以，对我平时说的一切，都毫不在乎了。我想，你平时和他接触少，没怎么谈过话，偶尔谈上一次，也许能有一个好的效果。比如原来你就跟他谈过，我发现很有效果。也许，这就是父爱的作用吧。"

"我现在就和他谈谈，他在家吗？"他朝儿子待的房间看了一眼说。

"不在。和同学又出去看电影了。"

"什么电影？"

"不知道。他现在有什么事都不给我说。"

"怎么能这样呢？"

"你这是怪谁呢？"

"怪你！"方正的语气有些生硬。

"那你呢！你就没有责任？"

"一天就知道一味地从物质上满足儿子，他要什么就给什么。这样下去，可怎么得了？"

"可要是不满足，他就和我闹啊！"刘慧英也有自己的苦衷。

"他闹就闹，看他能闹个什么样子。我就不信，他还能翻天了不成。你这样长期惯着他，现在教育起来就非常困难了！这个道理平时给你说了多少，可你就是不听。现在这样，又怪罪我了！"方正有些责备她的意思。

"我也觉得你说的那些都对，可到头来，看他那样，我就于心不忍，最后也就心疼地满足他了。"刘慧英的口气显然有些服软。

"这就是我们在教育孩子问题上的不同，你太情感化、太仁慈了。"

"好了好了，你现在就看用什么方法将儿子给教育过来。待他回来，你就和他好好谈谈。我想，肯定会有作用的。因为你在儿子的心中，形象很高大，也蛮有威信的。"

"只能试试了。"说完，方正就朝儿子小虎的房间走去。他想借此机会好好地看看儿子的卧室，翻翻他的书籍，检查检查他的作业，侧面了解一下他的表现，然后，再把它作为谈话的重要内容，以便对症下药。

推开门，好家伙，整个房间黑咕隆咚的，随之，一股臭脚丫子味扑面而来，直冲他的鼻孔。他打开灯，非常生气地走到窗前，打开了窗户。这时候，再看看那写字台上，书、本子、随身听、磁带、光碟扔了一大堆，乱七八糟的；再看床上的被子，胡乱堆着；地上的鞋子，也是这儿一双、那儿一双地乱扔着。一下子，他就来气了。这孩子怎么就这样邋遢！他随手拿起随身听听了起来，不听不要紧，一听，好家伙，全是新近流行的爱情歌曲，没精打采的，缠缠绵绵的，好不肉麻。听到这里，他狠劲地将磁带抽出来，甩在了地上。"这家伙，现在怎么竟然变成了这样！真是不可思议！"

他很是气愤地坐在了儿子的床上。

仔细想想，这么长时间，自己几乎都没有好好地管过他，这完全是自己的责任。现在，最值得谴责的应该是自己，而不是儿子，更不是妻子。自己懂得那么多的教育理论，怎么就不知道把它应用到自己儿子的身上呢？是啊，也应该试试了，该让这跑离航线还不远的儿子，再不要乱跑了！他呀，也该就此打住了！自己也应该把对他的教育放到日程上了！孩子在成长的过程中，是需要一个拐棍的，这个拐棍不是别人，而是自己的父母，自己应该给他当一个拐棍才对，在他的是非辨别能力和意志力还都不强的时候，用自己的经验给他指明方向，帮他前行。现在的中学生大多数不都是这样？这没有什么值得大惊小怪的，他们的这些表现，在目前形势下太正常了，只要抓紧，方法得当，肯定是能够使其步入正轨的。好在，这小虎还没有完全沉迷于网络游戏中，否则，一切都不可收拾！一切还得从长计议，不能操之过急，得慢慢来，慢慢来啊！一定要将问题扼杀在萌芽状态，将他身上存在的那种不良习惯校正过来。方正坐在桌前，一直翻看着儿子的所有东西，规整着他的东西，也在安慰着自己。今晚，不管小虎多晚回来，他都要和他谈谈。

他在等待着儿子的回来。

……

经过交谈，小虎充分认识到了自己的不对，进而也在行为上有了很大的转变。对此，方正和刘慧英都很高兴。儿子的进步，给方正带来了很大的希望。他要趁热打铁。他要将这块不成型的铁块儿锻造成有用的好钢，使他真正地步入正道，变成一个对社会有用的人。此后，方正更关心儿子的成长了，他除了工作外，几乎把所有的精力都投入到了儿子的身上。

不久，方正就将在外校读书的儿子转到了厚德中学。这样做的一个重要原因就是管理起来更为方便。

　　小虎自从到了这所学校，就和父亲吃住在一起。由于和父亲在一起，也许是耳濡目染，他对父亲的辛苦和劳累有了更进一步的了解，也对父母以前的那些做法有了更深的体会。为此，他时时处处都以父亲为榜样，各个方面都表现得出类拔萃，特别是数学的学习，在小赵老师的辅导下，不仅将落下的功课补上了，而且成绩也是突飞猛进，直线上升。

　　小虎的进步，方正两口子看在眼里，也喜在心中。他们也都在为自己发现问题的及时、教育的及时而感到庆幸。

# 二十八　批改作文遇问题　思虑单亲家庭事

九月份的早晨，秋意渐浓。方正所在的办公室特别安静。

一向都来得很早的他，在认认真真地批阅着学生的作文。这次作文的题目是"母亲的爱"，他看过的作文，一般都写得比较雷同，内容大都是母亲如何疼爱自己，没有新意。然而，当拿起一个名叫杨阳的学生作文时，他却被里面的内容深深地吸引了。他仔细地阅读着这名学生的作文。

　　母亲这个字眼，对一般人来说，也许很熟悉、很亲切，然而对我来说，却特别陌生。打小起，我就一直和父亲、奶奶生活着，自然也就不知道母亲长什么样子，至于母亲对女儿的那种疼爱之情，更是无法体会到了。平日里，我很羡慕那些有母亲的同学，也很想像他们一样拥有母亲之爱，享受一下母爱的温暖。也许是盼望母亲之爱心切，平时我总在想象母亲的样子，想着她也会时刻挂念自己的孩子。每当想到这些，我都是格外高兴，格外幸福。这种感受，可以说是用任何语言都无法表达的。也许是思母心切，我经常在夜里梦到我的母亲。她是那样漂亮，那样贤淑，那样和蔼可亲。她经常给我讲故事，给我做好吃的，还和我一块儿嬉戏，一块儿捉迷藏，带我去舅舅家。而我，也是尽情地在她温暖的怀抱里撒娇。尽管这一切都在梦里发生，可是，这样的梦也能给我一种安慰，使我非常幸福。然而，梦多了，我就很失望，情绪也很低落，想着别的同学都有母亲，为什么我就没有呢？每当这样想的时候，我的心都空荡荡的。好在，父亲和奶奶对我的关怀都无微不至，这也就冲淡了我那渴望母爱的心。

　　小时候，我不懂怎么回事，待稍大了一些，便知道了父母离异才造成了我们的天各一方。这时，我便特别痛苦。然而，我又没有办法改变这种现实，只能把对母亲的爱寄托在了梦乡之中。

也许是血浓于水的缘故，我总在想念着我的母亲。这种想念，真可谓是歇斯底里的，也是任何力量都不能动摇和阻挠的。我在想念着她的样子，也在想念着她的脾性。对母亲的这份感情，始终都萦绕着我。我多么希望能有一天，她突然出现在我的面前，这样，我也能享受到那一份天然的母爱。有时候我竟想得泪水涟涟，即使在梦里也是这样，多少次起床时，我都发现自己的枕边，湿了一大片一大片的。

有时候，看着别的孩子和母亲在一块儿，那样快乐，那样地享受着天伦之乐，我是多么羡慕啊！然而，羡慕之余，一种悲哀之情便油然而生：我的命运怎么是这样！我不知道我的母亲当时是怎么想的，竟然就那样舍得她自己的骨肉？哦，也许她有难言之隐，有着许多的无可奈何。可说一千道一万，她就是不该丢下自己的女儿，自己去找幸福去了啊！虽然我当时很小，但毕竟是她带到这个世界上来的啊！既然她带来了我，那么她就得负起责任来。可她，没有，没有啊！在此，我想说她是自私的。

母亲，请原谅您的女儿这样评价您。说实在的，虽然您没有养育我，但是，我还是想见到您，只有见到了您，我的生命似乎才算完整，否则，我的心灵将终生都是残缺的。

母亲，虽然我们未曾谋面，但我的心里总装着您。您可知道，作为您的女儿，我此时此刻是多么地想念您啊！我真想对您说一声，母亲，不管您是因为什么离我而去的，这个时候，我都希望您回来，让我们这个家庭能像别的家庭一样，和和美美地生活在一起。我需要这样的家庭啊，您能满足女儿这样一个小小的心愿吗？

方正一边看着学生的作文，一边眨巴着眼睛，进而鼻孔就酸了起来，胸口也闷了起来。他长长地吸了一口气，停止了手中的工作，然后，便靠着椅子，眼睛瞪着天花板，思绪万千。

他原来对这些单亲家庭孩子的心理有过一些研究，但是，那些认识，都不及于今天看到的这样真实，这样令人伤心。他今天总算是真正了解了这些孩子的心理活动。是啊，这些孩子，对已经解体了的家庭的惋惜、悲痛，不仅是刻骨铭心的，更是非常无奈的。它完完全全地表现出了孩子对父爱、母爱以及家庭健全的一种发自内心的渴求和期盼。这个时候，方正对教育的本质便有了切身的体会，更有了深切的感受。是啊，这种教育，不仅仅是学校的事情，而且还与家庭有着最密切的关系。从这个孩子发自心灵深处的呼唤可以看出，家庭的稳定对孩子的顺利成长至关重要，因为它直接影响着一个孩子人生观和价值观的形成。而这种观念的形成，有时候是一辈子的影响。在此，孩子看到的首先是家庭成员对待生活的态度，然后是他们对此的处理方法。方正对这个孩子给予了无限的同情。随之，他的眼睛就红了起来。

"方老师，您怎么了？"轻手轻脚进了办公室的小赵朝他看了一眼问道。

"一名女学生的作文打动了我。使我心里酸酸的。"听到问话，他的头赶紧朝向了小赵。

"您还真为学生的作文动情了？"小赵有些不理解地走到他的跟前。

"她不仅写得真实，而且也很动情。像这样的好作文，让人看了后怎么能不动情？"方正很是赞美地说。

"那我也看看。"

"给你。"说着，方正就将作文递给了小赵。

小赵拿起那篇作文，很是认真地看了起来，不一会儿就被里面的感情感染到了，鼻子也开始发酸。待看完后，他说："怪不得您那样动情。"

"你不是也动情了吗？"

"写得很真实，很有情感，也很令人同情。"小赵唏嘘了一下，随之整理了一下自己的情绪。

"这也就是单亲家庭孩子难教育的根源。"

"照这样说，家庭的稳定，对学生的影响太大了！"小赵若有所思地瞪大了眼睛。

"可这又不是我们老师能解决的问题，它可是个社会问题啊。就现在的形势来看，离婚率越来越高，造成这种悲剧的家庭肯定也越来越多。我就担心以后对这类学生怎么教育呢？"

"我觉得，在学校里，只要尽到咱们的责任就行了。至于其他，咱也管不了那么多，也管不上。"

"我就在想，这些父母离异的家庭，给孩子造成的可是终生的创伤和遗憾啊！"

"不是有很多孩子对此都不怎么在乎吗？我看，影响不会太大。"

"这只是表面现象，大多数孩子的心灵深处，还是有伤痛的，比如，怯儒、矮人一等、自卑等心态，还有性格孤僻、怪异的现象，都会存在。我们不能只看表面现象。这类孩子在精神上受到的刺激和影响可是特别大的，而这种刺激和影响，又往往是别人所不能理解的，更是不好处理的。我想，在办家长学校的时候，作为学校，有责任把这个问题也当作一个内容添加进去，让家长明白，一定要建立起一个和谐、稳定、温暖的家庭，给孩子的成长创造一个好的家庭环境。"方正说这话的时候，神情很严肃。

"我怎么就没想到这里呢？您太厉害了！"小赵这个时候只感叹自己太浅薄，考虑问题也太不周到了。

"教育本来就是一项综合性的工程，学校的、家庭的、社会的缺一不可，在这几方面中，无论哪一方面出了问题，教育的目的就都无法达到。这一点，在当代教育中，显得越来越重要。所以，这几方面要配合好，可不是一件容易的事情。作为一个真正的教育者，不能只把眼光盯在学校教育这一个方面，还要盯到社会、家庭中去，只有这样，我们的教育才有可能做得更好，使一个生命从小到大都能够顺利成长……"

听了方老师的这一番话语，小赵当时就有些不安，心想：原来教育并不是自己想象的那么简单，同样也这么深奥、这么广泛、这么具有科学性。他暗暗下定决心，一定要向方老师学习，学习他这种把教育当事业来干的精神，学习他在教育过程中，拥有的那种独到的眼光和开阔的视野。他一定要做得像他一样，脚踏实地地干好自己的本职工作。

方老师就此还在继续说着，小赵也在认真地听着。

"丁零零，丁零零"，一阵急促的早读铃声响了。方正便朝小赵招呼了一声，就急匆匆地到教室去了。

# 二十九　家长学校授真经　科学育儿记心中

依据方正的经验，家长学校很值得一办，现在，凡懂得教育的老师，都已经充分认识到了教育是一项综合工程。在这个综合工程里，家庭教育是学校工作中的一项不可或缺的内容，也就是说，在孩子成长的过程中，家庭教育起到了至关重要的作用，而这种教育，无论是地位还是效果，都已经越来越显现了。正因为这样，有先见之明的学校，现在已经纷纷办起了家长学校。就效果来看，也都很受家长的欢迎，同时，也对学校工作有很大的促进作用。

家庭教育的好坏，直接影响着学校的教育。这已经是一个不争的事实。在学校教育的过程中，方正对此深有体会。我们的家长各式各样，他们的文化水平以及教育孩子的水平参差不齐，方法也不尽相同，所以，教育的效果也不一样，就平时接触的家长来看，绝大多数家长在教育孩子的问题上都存在不足，不是方法不当，就是急于求成，或者是放任不管。根据这些问题，方正觉得，对家长实施再教育是十分必要的。而实施再教育的方式，除了家访、书面联系的形式以之外，还可以举办家长学校，对家长进行再教育，让他们在此学习到系统的、科学的教育理论，从而使他们对教育孩子有一个明确的认识和较为科学的方法。要想搞好这项工作，学校就得首先担当起这个责任，只有这样，学校工作也才算做得完整。否则，工作就会停留在一种单方面或者得不偿失的状态。

举办家长学校，除了要达到以上的目的外，还要让家长懂得学校教育的宗旨就是育人，其真谛并不是纯粹的应试，更不是为了赚钱。当家长清楚地了解了这些以后，他们就会对学校工作有一个正确的认识，更会予以理解，从而较为自觉地对学校工作予以支持，对学校形象予以维护，对学校的实力予以宣传。他们的宣传，要比学校亲自做的广告，还有专门性质的媒体广告，作用要大得多，效果也要好得多。即使他们不理解，也做不到这些，但是，至少也不会对学校的工作产生误会，不至于成为学校教育的绊脚石。这种具有切身体会，又能现身说法，还不用花钱的广告方式，作为学校，为什么不好好利用呢？但是要想利用的话，就必须实事求是。如果能这样，学校的生源就不会成问题。方正把举办家长学校很当回事，也把这项工作放到了自己的心中十分紧要的位置。

方正决心要办好一所家长学校。这种想法是他很久以前就有过的，以至于今天，他还依然这样认为。原来在光华中学时，自己就是在班里搞的，尽管不是在全校范围内，但从结果来看，效果非常显著。在他的影响下，这项工作后来波及了全校，甚至学校还充分利用厂电视台的条件进行了宣传。他清清楚楚记得，当时为了做好家长工作，他受学校委托，还专门在厂电视台向全厂职工做了一次有关学生教育的讲座，讲述了中学生的心理、家长教育的重要性以及应该注意的方式方法。后来，据反映，效果极佳，因为这一活动不仅在全厂职工中影响广泛，而且还带来了厂职工教育学生的热潮，更是赢得了全厂职工的好评。为此，他不知道乐了多长时间呢。现在到了新的学校，也有这样的条件，自己就更应该这样搞了，肯定能收到比以往更好的效果。对于这一点，他很有信心，也很有把握。他要建议学校把这项工作开展起来，而且要形成制度，每学期两次，而且每次所有的科任老师都要参加，以便听取家长的意见，从而促进教育教学工作。

在他的建议下，学校将原来不太正规的家长会取消了，在以后的时间里，挂牌成立了正规的家长学校。

家长学校的第一次会议如期开始了。

晚上七点半的时候，全校的部分家长会准时召开。教学楼后边的多功能厅灯火通明。除此之外，整个校园都静悄悄的。

为了了解家长对学校的意见，也为了了解学生在家的真实情况，更是为了借鉴政教主任华庆祥召开全校家长会的经验，方正悄悄来到会场参加了会议。一走进教室，几乎所有家长的头都转向了他，但是，大多数人都不认识他，也都以为他是家长，所以就没注意，只是听着政教主任华庆祥讲的情况。最后，政教主任给家长留了一定的时间，让家长发言。

这时，所有的家长都面面相觑，你看我，我看你。也就在这个时候，一位戴着眼镜，穿着讲究，看起来较有身份地位的中年女子站了起来说："高三这个时期，是非常时期，学校有什么要求尽管提，作为家长的，我们会尽力支持，当然，也会给予紧密的配合，如果需要补课，那就补。补课要钱，这是天经地义的事情。现在都是市场经济了，不能让人家老师白辛苦，因为那是老师在自己的休息时间里对学生的付出，而这种付出，就应该有所得，这是合情合理的。学校在这里可以算算，需要多少，我们就掏多少，不能让老师吃亏。放心，老师拿这种钱，我们大家都能理解。还有，需要什么资料，老师就买什么资料，家长不会在这个问题上打折扣的，反正，教师也不会把钱拿到自己的口袋里去。为了孩子的学习，我们就是砸锅卖铁，也不会少交这份钱的。只要能把成绩搞上去，我们干什么都愿意。"

她的话刚说完，一位年龄较大的男家长，朝刚说话的那位中年女同志白了一眼，在底下小声说道："哎，你还说呢，现在学校收钱已经是没商量了，什么借读费、赞助费、微机费、取暖费、资料费、补课费、住宿费、自行车存放费等等，名堂够多了。真是说话不怕腰疼！"

也就在这期间，一位身材略胖、穿着庄重的女家长分明对目前的教育现状不满，她毫无顾忌地说："现在一味地搞应试教育，把好端端的孩子都搞成了不懂事理的人。有些孩子，上了大学，还不是把脏衣服寄回家让他的母亲洗吗？有的因为没有足够的自理能力，出国都成了困难，最后还不是不去了？有的上大学回家以后，就跟少爷公主回来了一样，丝毫都不知道主动去帮助父母干点儿活，而是怎么舒服怎么过，压根就体会不到父母的辛苦，也一点儿都不知道心疼父母。有的参加了工作，还是不知道给父母通个电话问候问候，看他们怎么样了。你说，这孩子受了教育，最后竟然成了这样，这令当父母的多么寒心！"

自从这位家长说完后，就再没有了家长说话，但是，家长又都在底下左顾右盼、三三两两、七嘴八舌地议论着：

"我看上学也没什么意思，就是大学毕业了，不照样还是找不到工作。你说，家长费了九牛二虎之力，辛辛苦苦将他供养到了大学毕业，可最后搞得连自己都养活不了。你说这是什么事情呢？"一位穿着朴素、个头不高的男子说。

"噢，对了，就是大学毕业了，还不是给人家打工，说透了，就是一个高级打工仔。相反，那些老板，许多都没有文凭，即使有，文化层次也不是很高。要问这些人怎么竟有那么大的能耐，还不是在社会上锻炼的结果。"这位家长显然是附和着刚才那位家长的意见。

"你那眼光还是太短浅了，只看到眼下的利益，没有朝远处看。多学点儿东西总比少学点儿好呀，学历高的也总比学历低的好。看问题还得长远点儿呀！"

"你没瞧吗？现在许多学校都在借着理由收费，随便一个理由，都成了收费的依据。碰到这种情况的时候，你真的是没有办法了。"

"我不知道这些属不属于乱收费现象，既然属于，政府部门怎么也不管理？"

"这几年政府部门不是已经注意到了这一点，也采取了一定的措施吗？"

"可采取了措施，也不等于乱收费的现象就杜绝了。"

"唉，只要学校张口要钱，哪一个学生敢说不交钱，哪一位家长敢说没有钱？这样一来，吃亏的最后还是咱们这些当家长的，就好像咱们家长个个都很有钱似的。其实，还不是为了孩子？宁肯自己吃糠咽菜，也要让孩子上好学校。咱们活得多累！"

"正是这样，现在一些学校都特别牛气，连那些校长、教师个个都显得特别牛似的。"

"说起来，这所学校的收费还不是那么厉害，也没怎么胡来。可就是这样，咱也承受不了！"

"唉，现在学校的收费就跟压在家长头上的大山一样，压得人透不过气来。那些有钱人倒无所谓，可对咱们这些挣不来钱的人，也就是工薪阶层的人来说，简直就是一个沉重的负担！"

"我就不明白，现在的基础教育怎么成了这样？学生的负担重不说，搞得家长的负担也重！这情况不知道什么时候才能改变，也好给咱们减轻一下负担啊！"

"现在这社会看重的就是高学历，不让孩子上学不行啊！没个高学历，以后在社会上怎么立足呢？到时候，就是混碗饭吃都不行。这孩子啊，也真令人担心！现在社会上什么东西都有，那么大个孩子，一碰到就会受污染。"

"我呀，当初就是听说铁交中学升学率高，管理严格，所以，最后和他爸爸商量，就将孩子送到了那所中学。谁知，人家学校按照成绩把孩子排到了一个普通班里。那个班在那所学校就是最差的班，各种各样的学生都有——不学习的、整天谈恋爱的、上网的，反正干什么的都有。孩子刚去的时候，还看不出有什么问题，自然咱也很放心，可是，一个学期下来，孩子就变得完全不是原来的样子了，就连和我们讲话都油嘴滑舌的。以往他可没有这种毛病呀！好吃懒做，只知道大手大脚地花钱，稍不满意就摔碟子摔碗，脾气怪大的。就这样，还时不时地和那些狐朋狗友胡吃海喝、上网什么的，学习成绩也是直线下降。一看这样，我只好在上学期又把孩子转到这所学校，这样做，图的就是离家近，和老师沟通起来也方便，即使他有什么问题，管理起来也方便。说来也怪了，自从这孩子到了这所学校，各个方面都得到了改变。如果不改变，那简直把我这当娘的都气死了。"

"哎，你觉得那所学校怎么样？"一位家长凑到她的跟前问。

"那所学校，就是按照成绩的差别，把学生分成三六九等的。成绩好的，被安排在重点班，或者叫实验班，师资力量也比较强，几乎所有的好教师都安排在那几个班，就连班主任也是全校最负责任、管理最严格的；而成绩不好的，干脆就被安排到普通班，配备的教师也较为一般，班主任也较为一般，自然，管理也就不像重点班那么强了。在这里，学校是心知肚明的。"刚才那位女家长似乎很了解铁交中学。

"既然不负责任，那么，学校为什么还要招收这样的学生？"

"还不是为了多赚钱。"

"说穿了，现在的有些学校，就是为了挣钱！为了挣钱，什么手段都能使出来。现在，已经使学生、家长几乎都要失望了。"

"这样下去，怎么得了？"

"唉，这毕竟不是多数嘛。你看问题也不能那么绝对！"

"尽管是少数，但影响很大。因为它不仅关乎社会的稳定，而且还关乎学生一辈子怎么做人，关乎学生的前途啊！这一点，你难道还看不出来？"

"哟，我怎么就把这一点给忘了呢？"

"是啊，教育怎么能一味地向钱看呢？现在的学校，好多做法都令人不理解！"

"我不知道像这样一味向钱看的学校，以后能培养出怎样的人呢？"

……

听着家长的不同看法，方正一会儿朝这看看，一会儿朝那看看，很细心地记在心里。他觉得这些家长，都是站在自己的立场上，凭着自己的感受说话，简直是各说各有理。是啊，他们关心的问题，也正是自己关心的问题。可这些问题又都非常现实，全都关系到他们的切身利益。谁去为他们解决这些问题呢？然而，这些问题又都是必须解决的，一旦得不到解决，到了一定程度，就会成为严重的社会问题。一时间，方正便陷入了深深的思考之中。

家长们还在你一言我一语地议论着。

"唉，现在所有的老师似乎也都向钱看了，要不然，他们的日子怎么能过得那么殷实呢！"

"我看，也不是所有的老师都是这样，像方老师，人家就不是那么贪钱，我的儿子经常上网，整得我毫无办法，于是便向他求救，他二话没说，就很热心地帮着我救了儿子，终于使他从网吧离开了。据说，他使用了一种在心理学上叫做支持疗法的方法，就将我儿子的毛病给校正了。为了感谢他，一天晚上，我和我先生拿着东西，敲他家的门，人家一见我们来了，很高兴，但是，一听我们是感谢他，并且还是带着东西来的，人家立刻就不高兴了，说那是在瞧不起他，更何况作为老师，能教育好学生，那是应该的，也是自己的本分。无论我们怎么说，人家就是不收我们的东西。无奈，我们最后只好把东西拿回去了。"

"像这样的老师，现在就是打着灯笼都难找了。你真是碰到了一位好老师！"

"你是没见一些老师，每到过节的时候，就催着学生给他们送东西，如果不送，那保证孩子'好看'的，整天都鼻子不是鼻子、眼不是眼的；一旦给他送了，他就会把什么好处都给孩子。"

"唉，这也配当老师！"

"不这样，又能怎样？谁让人家是老师呢？"

"这还奇怪？你没见现在的小学老师也是这样呢。至于那些大学老师，这种情况就更严重了。"

"这些老师，压根就不想想，学生哪来的钱给你送礼？就是送，还不是亏了家里？"

"老师的思想境界都成了这样，你让学生还去相信谁？以后这社会还能好吗？说实在的，已经不可能再好了。"

"像这样的老师还能搞教育？这该是多么大的讽刺！"

"依我看，这完全是大势所迫呀！"

"说起来，事情也并不完全是这样，关键还在于个人的素质。要不，在同样的形势下，人家方老师怎么就不是那样？"一位家长听后很不服气地说。

"哎哎哎，那不是方老师吗？"一位眼快的家长冲刚才表扬方老师的家长努着嘴示意道。

随着这一句话说出，几位家长带着一种崇敬的眼神，不约而同地朝着方老师坐的方向看去。

"唉，不管怎样，相当一部分教师都变成了这样，这怕不是太令人伤心了吧!"说这句话的家长摇摇头显得很无奈的样子。

"真搞不懂,如今这教育都怎么了!"一位家长很气不顺地说。

……

政教主任华庆祥一看这种阵势,便冲家长们拍了拍手,说:"请各位家长对学校还是多提一些建议!这样,也有利于我们共同做好学生的思想工作。"

一听政教主任这样说话,那种喧哗的气氛一下子消失了。大约又隔了几分钟,华庆祥一看家长们再无人说话,便宣布家长会到此结束。

家长们一哄而散。

自此之后,所有的家长会议,都由方正担当主讲。他的每一次讲座,都是针对学生的具体情况和家长教育孩子时的情况进行的。由于结合了他们的实际,也讲解了具体的措施,整个讲座贴近实际、生动活泼,家长都很有收获。为此,他的讲座也深得家长欢迎。自第一次讲座完了以后,他就给家长们留下了自己的电话号码。自此,他家的电话一下子就成了家长们咨询学生问题的热线。家长打来的电话,根本就没有固定时间,有时是中午,有时是晚上。特别是晚上的电话,有时竟到了十一点还不能停止。然而,他总是有求必应,不厌其烦地给他们分析。能这样打电话来咨询的,一般都是较远的学生家庭,距离较近一点的家长干脆就直接来到他家询问了,中午是中午,晚上是晚上的。

这下,妻子刘慧英受不了了,想着他简直是把家当成了办公室,连晚上都不放过,搞得全家鸡犬不宁,让人无法休息。她开始腹诽他,进而就责怪他,说他这样太影响家庭生活了,反正,刘慧英就一个态度,坚决不让他这样干了。然而,他也不管这些,还是依旧如此。当她发现丈夫总是这样一种态度的时候,就觉得这人真有些把自己不放在眼里。于是,有时候就非常生气地直接拔掉电话线,或者将电话藏起来,当家长来家里寻找丈夫要咨询一些有关孩子的问题时,就借故推托他不在家,这样,家长也就无奈地被拒之门外了。

刚开始,方正觉得刘慧英这样有些过分,于是,对她极有意见。为此,两人没少打嘴仗。可后来时间一长,站在她的立场上一想,妻子刘慧英说得也有道理,而自己却有些一意孤行,确确实实是给家里带来了许多不便,搅得全家都不得安宁。是啊,整个家,就那么个地方,本来就已经很拥挤了,现在再一来人,都有些无处落脚了。顾及这些现实,方正一时也觉得有些为难，该怎么办呢？总不能让这项已经开展起来的工作半途而废吧。苦苦思索了几天，他决定将学校办公室的电话告诉家长，让他们有事就打办公室电话。如此做法，顺利地解决了这样一个难题，使家里又恢复了往日的平静。一桩烦人的事情总算解决了，方正的心也终于放下了。

# 三十　评教扭曲伤师心　编写资料赚外快

　　学校的评教工作，由教务处的几位老师在一个晚自习的时间里进行。学生在老师的指导下，按照评分表上列的评价标准——工作态度、教学方法、作业批改、课外辅导、运用电化教学手段等条目，给各科老师按 A、B、C 几个等级打分。

　　经过一个礼拜的统计，各科老师的等级分数都出来了。学校为了给老师提供一个充分了解自己教学的机会，使每位老师都对自己的教学情况有一个清楚的认识，以便弥补自己在教学上的不足，便将学生的评价打印出来并装订成册，然后在一个下午的学校会议上发给了老师。这种做法，刚开始得到了大部分老师的欢迎，大家不仅觉得很新鲜，而且还觉得是一种促进老师改进教学的好方法。为此，大家也都很拥护这个措施。事实上，它也确实起到了一定的作用。可后来搞着搞着，这办法就全变了味：学校把它作为评价老师的唯一标准，弄得它成了奖惩老师的一个有力杠杆。得分高的自然就喜欢，也沾沾自喜；而得分不高的，就情绪低落，垂头丧气，万念俱灰。

　　陈方灵拿着学生给自己的评价表看完后，觉得自己的分数很低，二话没说，就非常生气地将评价表撕了个粉碎，接着就坐在办公室里非常委屈地哭了。她越哭越伤心，越伤心就越哭，以至于不由自主地骂开了：简直混蛋，我对他们那么负责任，他们还这样对我！她哭了一阵儿，又想，那毕竟是学生打的分数，也不一定客观，又觉得情有可原，也就停止了哭泣。可是转念再一想，他们给自己造成的影响和经济损失，谁又来弥补？一想到这儿，便不由得又来气了。这口气，她实在咽不下去。她感到学校这样做实在有些武断，很不公平，也很不公正。只就这一点来评价老师，未免太简单、太偏激，只听学生的一面之词。明知学生的意见也不见得正确，可学校就是用这种方法来评价老师，这是多么荒唐！尽管产生了这种想法，但她还是告诉自己，要努力控制自己，这种情绪还是不要在学生面前表露出来，以免师生关系紧张。

陈方灵，一位农村女青年，经过自己的奋斗，考上了一所师范大学的数学系，毕业后，她靠自己的实力应聘到了厚德中学的教师一职。她个头不高，皮肤黝黑，眼睛明亮，身材稍胖。刚到厚德中学的时候，穿衣风格朴素，做事也是诚实本分、尽职尽责。尽管现在已经出脱得完全像个城里人了，但是，骨子里还透着农村姑娘那种朴实憨厚的感觉。也许正是因为这一点，学生们尽可能地欺负她，觉得她软弱可欺。有时候，简直就把她不当回事儿。尽管如此，但是她总以憨厚的态度对待学生。

然而，一走进教室，看到自己付出了很多辛苦的学生，她还是不由得来气了。这一来气，就不由得将学生评教的事情抖了出来，随后，就质问起了学生："试问，我哪一点对不住你们？我辛辛苦苦地备课、上课、批改作业、给你们辅导，得到的难道就是这样的回报？这真令我痛心、令我失望！"说着，她就生气地将课本、教案甩在了讲桌上。

学生看到这种情况，一下子愣了，个个都被震住了，面面相觑起来，还有的干脆就偷偷地笑了起来。

一节课就这样过去了。

自此，陈方灵上课再也不像以前那样认真了，就是该讲的都不讲了，该布置的作业也不布置了。

不久，这事情就被反映到了校长那里。

校长让人叫她来到了自己的办公室，便很是诚恳地和她做了交谈。校长坐在办公桌后边的椅子上，面对坐在沙发上的她说："小陈老师，你在课堂上怎么能那样呢？那不是很失老师的面子嘛。你说呢，多大个事情。"

听校长这么一说，她更是委屈，于是便讲了自己对学生评教的看法。她说："一味地用它来评价老师，并以此给老师奖惩，那实在是在糟践教育、坑害老师，学校压根就不应该这样去做，如果硬要这样做，那只是不懂教育而已。"

说完话的陈方灵，觉得憋在心中的气一下子消了，心情也好多了。

面对陈方灵激动的表现，校长当时就一下子愣了，知道她确实是受了委屈，要不然情绪也不会这样激动。怕再影响她的情绪，以至于影响到今后的教学，于是，校长便立刻做了自我批评，缓和语气说："我刚才的话可能激怒了你，如果是这样，还请你予以谅解！学生的意见毕竟是学生的意见，没有必要那么认真，我们要持着'有则改之，无则加勉'的态度去对待这个问题，再者是无论如何，都不能影响学生的正常上课，你说对不？退一万步来说，就算是学生的意见是错的，我们也不应该那样对待学生，更不该那样去上课。再说，反省一下自己的教学，这也没有什么不好。如果咱自己在教学上真正是认真的，就是学生对自己有误解，也是情有可原的。当然，作为一个教师的良心，也是问心无愧的。"

"这，我也想过，可学校在二次分配时的做法，恐怕也得改改了。"

"你放心，学校一定会考虑你的意见的。"

"那就谢谢校长了。"说完，陈方灵站起身就离开了校长办公室，准备回自己的办公室。

走在走廊中，陈方灵一直想：个别老师的得分怎么就那么高，高得简直令人难以相信。同样都是教学，自己怎么就赶不上他们呢？这问题到底出在什么地方了？那些老师如果是真正教得好，那么，自己得好好地向他们学习才行。

她在以后的教学中，便留起心来。她随时都在观察那些老师们的做法。经过一段时间的观察，她发现了其中的秘密。

那些老师在教育教学中的所有做法，都令她大吃一惊：那些老师的做法完全是在一味地迎合学生、顺着学生、满足学生。如此做法，又都是以和学生建立好的关系为前提，对学生中发生的一些问题睁一只眼闭一只眼。有的干脆就请学生一块儿吃饭，要么就利用某个集体活动，给学生购买糖果饮料之类的东西；有的干脆在劳动时替学生劳动，包办到底。这些做法并不是悄无声息的，而是将此做法向学生做一说明：这是老师对你们的爱护和关心，是老师大公无私的表现。可笑的是，学生也就毫不怀疑地认可了这些老师的做法，想着老师也真是为了他们，真是掏肝掏肺的。

陈方灵对这些老师的做法，打死都没有想到。当真正了解了这些以后，她非常生气。我们老师的觉悟怎么竟然低到了这种地步，简直是俗不可耐！她在心里质问自己，这到底是一种什么教育？这不是在搞教育，而是在投机，是在沽名钓誉！对此，她一点儿都不敢苟同，也不敢恭维，而是嗤之以鼻！

找到这个原因后，她的心里平静了下来。自己是以诚实的态度对待学生的，没什么放不下心的，自己心底坦荡，无所畏惧。她对自己平时的所有做法，都进行了深刻反省，觉得没有什么值得更改的，于是，便继续我行我素。

然而，事后的几次评教，学生给她打的分数依旧很低。人常说，有一个"再一再二"，没有个"再三再四"，学生评教的结果依然如此，就是别人不说什么，自己都觉得不好意思。能这样下去吗？不能，否则，自己成什么人了？陈方灵在内心问道：难道自己的教学就那么差吗？她认真地思考和分析着其中的原因，分析来分析去，觉得还是自己平时对学生要求太严。可难道严格是错的吗？是自己的方法欠妥吗？这一切都不是。她苦恼地摇了摇头。看来，要学生改变对待自己的态度，是不可能的了。可不可能，又该怎么办呢？这种局面总不能继续下去吧？与其这样，不如从改变自己着手。是啊，这么多年来，自己都没有学聪明，现在也该学聪明了。她最后还是觉得，对学生严格要求的做法，也该改一改了。否则，学生对自己的评教结果，永远都不会改变！可这种改变，又不是说改变就能改变的。这可是长期养成的习惯啊。再者说，自己从良心上也是过不去的。

她陷入了一种痛苦的状态。她整天都是阴沉个脸，闷闷不乐。

和她一道参加工作，又同在一个办公室的李月华老师，看到这种情况，心里不免为她有些着急，可一时间又不知道其中的原因是什么。但是，总不能见她这样继续沉闷下去。一个课间休息的时候，两个人都没课，于是，她便从自己的座位坐到了她的对面，冲着她问："哎，最近什么事情，竟搞得愁眉苦脸的？"

"没有啊。"无精打采的陈方灵突然抬起头来掩饰道。

"这还能瞒住我？"

陈方灵没有说话。

"家里的事还是学校的事？"

"学校的事。"看着没办法回避，陈方灵只好说。

"学校什么事，竟把你搞成了这样，至于嘛！"

"就学生评教的事。"

"我还以为什么大不了的事情。你真是心眼太小了。这还是事情吗？过去还不就过去了，谁还把那当回事？原以为你挺聪明的，可没想到，竟然这样！瞧，我把那就没当回事。要当回事，还不把人气死了。"

"我知道没必要把这当回事。可学校就是拿这作为评价老师的唯一标准。"

"我说你怎么还是那样固执，竟把自己放到学生那个水平上了！那评教结果不好的也不是你一个人。再说，经济损失能有多少？不至于没饭吃了吧？"

"这一点倒没有。"

"既然没有，他们愿意怎么折腾就怎么折腾，管他呢？我还想说，你平时把事情做得那么认真干啥？难道你还没发现，平时工作越认真的人越吃亏，越投机越钻营反而越吃得开吗？"

"唉，咱就是良心上过不去。"

"我问你，什么是良心？良心值多少钱？现在，谁还管良心呢？越是没良心的日子越好过。"

"唉……"陈方灵没有接话。

"要不，我说你痴呢！活该！"李月华很生气也很有些抱不平地说，"哎，我听说，领导为此还找过你呢。"

"是。"陈方灵点点头。

"领导怎么说？"

"人家说我的工作是认真的。"

"这不就对了嘛。能得到领导的肯定，这也不容易呀。"

"可这评教还在继续呀！其他老师知道什么呀？我还不是会被唾沫星子淹死！"

"你呀，也不分析分析，领导都把那不当回事，不然，他面对你，还能说出那样的话来？真有些庸人自扰！"说着，李月华就朝她看了看。

"丁零零，丁零零"，一阵上课铃急促地响了起来。

"好，我还有课，下课再说。别再那么傻了，我的妹子！"说完，李月华就拿起教案急忙离开办公室，上课去了。

陈方灵被李月华的话激了一番，似乎也来了灵感，想着周围发生的一些事确实是这个道理。自己原来还拿不定的一些想法，这个时候就更加坚定了。

自此以后，她便开始像其他老师那样，当一天和尚撞一天钟。有时候就是当了和尚也不撞钟。她一味地顺着学生，迎合学生，凡事都按学生说的来做，睁一只眼闭一只眼，看见就当没看见。一学期下来，好家伙，学生对她的评价远远超过了以往，她非常满意，分数在所有的老师面前都遥遥领先。按说，达到了自己的目的应该高兴才是，可陈方灵就是高兴不起来，心里特别难受，总是不安，更觉得那样有悖于良心，愧对学生、愧对他们的家长、愧对于社会。自己所做的一切，一言一行都关乎学生的成长，对他们来说，可是终身的影响。现在学生对有些道理不懂，可不等于永远都不懂啊！他们终究会长大的，真到了那时，会对从前老师的所作所为有一个正确评判的。学生如果在这个时候骂起老师来，那可是真正的心怀怨恨。这不懂事以前的骂和真正懂事以后的骂，性质可是截然不同的啊！难道自己一辈子都要受学生的谩骂吗？如果真是这样的话，那么自己又是怎样的人呢！那自己的良心，岂不是要一直受到谴责、一直不安吗？

　　陈方灵这个时候在不断地自责着，也在艰难地抉择着。是的，别人可以没有良心地去投机教育，可自己坚决不行。因为自己不是一个唯利是图的人！经过长时间的思考，陈方灵最后还是做出了自己的抉择，也学着把评教不当回事了，心中开始抱着一个只要从良心上对得起学生，待学生长大后不骂自己就行的信念。以后，她也准备学着和那些老教师一样，凡事都做到波澜不惊才是。

　　她是这么想的，可其他老师对此的态度又是什么呢？她得和其他老师讨论讨论。这样，自己的心里最起码也有底了。她始终都在寻找机会。

　　也许是李月华将此事透露给了别人，一个周三下午，年级组活动的时候，全办公室的人便就学生评教这件事展开了讨论。

　　"现在这教育怎么竟搞成了这样！动不动就让学生评教，好像学生就很懂教育似的，而老师一个个都成了白痴！"

　　"这是教育的悲哀！现在，很多事情都不按照教育理论进行，简直是泥沙俱下，搅得整个教育都不知道朝哪个方向走了。"

　　"学生评教是现在学校推进教育的一种有力手段。这项活动搞好了，效果成倍增长；搞得不好，就会极大地影响教师的积极性。"

　　"可不是？"一位老师应和着。

　　"可现在，能有几所学校搞得很有分寸？"

　　"唉，这还不明白，一切都是商业操作造成的。"

　　"特别是有些私立学校，就更是这样了。在那里，完全是学生说了算的，学生说老师是什么样子，那就是什么样子。"

　　"不过，其他学校现在也普遍运用了这一方法。"

　　"不仅这样，对有的学校来说，这些阴招和损招，已经成了奖惩老师的法宝。"

　　"这在一定程度上夸大了学生评教的作用。本来是一个只是参考意见的东西，这个时候，竟然在整个教育管理中起到了决定性的作用。真是一场怪事！"

　　"这不是将一个很复杂的问题简单化了吗？"

　　"可是简单了，又能怎样？谁又能改变什么呢？"

　　"唉，从大背景来看，这还不是应试教育惹的祸？"

　　"这话倒没错，一个纯粹的应试教育，眼看着要使教育走入死胡同了。"

　　"咱们的陈方灵老师，平时对工作那么认真、那么负责任，学生竟然给她打了那么低的分数，你说，这到底什么问题？"

　　"就实质来说，还不是急功近利的问题？"

　　"这学生评教和急功近利有什么关系？"

　　"怎么没关系？整个社会都急功近利了，学校能避免得了？避免不了的。既然避免不了，那么实施的这些方法，肯定就有那些因素。要不，学生评教怎么能和奖金挂钩呢？"

　　"哟，原来是这样啊！照理说，这也和分数有直接关系了。"

　　"可不是吗？"

　　"唉，说穿了，一个分数，搞得十四亿多人都不得安宁。教育行政部门看重的是分数，学校看重的也是分数，教师看重的也是分数，当然家长和学生看重的就更是分数了。分数成了决定学校、教师、学生命运和前途的巨大杠杆，似乎没有了分数就没有了一切。与之相对有了分数也就有了一切。这在现行社会中，已经成了固定的不可更改的衡量人的才干的标准了。整个社会，都在拿分数给地区、给学校、给教师、给学生排队呢。"

　　"老师是教育的关键，照此说来，这还成'关键'吗？"

　　"一个不把老师当回事的学校，还能说是在搞教育吗？即使硬说，那教育的内容还有什么呢？"

　　"是啊，道理就是这样。"

　　"可道理归道理，现实还是现实啊！"

　　"唉，现在许多的学校，都把老师当作了机器，特别是有些私立学校，老师从早上七点半上班，一直到晚上的七八点才下班。就这样，一天还要签四次到，中间还要抽查，如果说，有哪位不在岗，二话不说就扣工资，就每次扣的金额来看，少则几十元，多则上百元。你说，这老师一个月下来总共才能挣多少钱？说起来，这些老师就跟卖到那里一样，没有任何自由，也没有任何意志。在那里，完全是学生说了算的，学生说你行你就行，说你不行就不行。也就是说，老师在那里绝对是看学生脸色行事的。原因很简单，学生是老师们的'衣食父母'，如果谁被学生说不行，学校就立马砸谁的饭碗。这一点，毫不马虎，也毫无商量的余地。此时，校方有着绝对的权力。"

　　"这样一来，教师就跟孙子一样，完全听命于学生，顺从学生，迎合学生。如果稍有不慎，就提心吊胆，如履薄冰的，精神总处于一种高度警惕的紧张状态。可怜的老师，在那里真可谓没有一点点归属感的。可为了生活，又不得不在那里干着。"

"话说回来，老师在那里就跟机器一样。唯一得到的，就是透支生命而换取来所谓的较为丰厚的金钱。"

"我们学校又何尝不是这样呢？这引进来的'学生评教'，还不是这样？将一个个老师整天都搞得神经兮兮的，这难道就正常？"

"是啊，就这样，得到的薪水还不高。"

"太不正常了。可我们还不是在这里忍受着，个个都像是被绑在应试教育的战车上，拼命地奔跑着？"

谈起这些来，其他几个议论的老师似乎都有些激动，面色也有些赤红。

陈方灵听着老师们的议论，看着他们激动的态度很是感动。她觉得这些老师说出了自己没有说出的话，也感到他们是在给自己打抱不平。本来低着头的她，这时候也高高地抬起了头，随后，就朝所有的老师看了看。从这架势来看，她就像一个胜利者一样。是啊，大家的眼睛是雪亮的，只要认认真真地工作，大家都是看得见的，也都会做出公正评价的。

她坚定了自己的想法。她要像以前那样，做到无愧于学生，无愧于良心，对工作负起责任来。

尽管陈方灵做了这样的决定，但有时想想，心里还是觉得有点儿亏，于是，便想找找方正老师聊聊。听说，他在教育上可是一位行家里手，特别是对基础教育有着独到的见解，就连校长对他都要敬重几分。如果能向他请教，与他聊聊，绝对是一个好的学习机会，让他给自己指个方向，说不定他会帮帮自己，而自己也可以从中得到一些启示。可自己向来都没有和他打过交道，这能行吗？可不管怎样，试试才行。

于是，她便在一个下午自习的时间，找到方老师的办公室，发现方老师没在，于是又转身朝外走。可刚回头没走几步，就迎头碰见了方老师。

"噢，方老师，我有事找您。"她冲着走过来的方正说。

"什么事？"方正很是温和地问。

"一两句说不清楚，噢，您有课没有？如果没有，咱们还是到四楼实验室说说吧。"

"好。你稍等，我将东西放到办公室就来。"

到了四楼实验室，那里正好没有实验，于是他们便坐下谈了起来。

陈方灵一五一十地将近来发生的事情，还有自己的一些想法告诉了他。

方正觉得这是陈方灵对自己的信任，特别是第一次交流就能讲出这样的话，为此他很感动。

听完陈方灵的叙说，方正便带着一种凝重的表情说："陈老师，你所讲的这些，我也有同感，也很理解你。不过我想，只要咱做得对得住学生，不管现在怎样，还得坚守心中的那一份良心。因为我们的教育，本身就不是一时一会儿的事情，而是关乎学生一辈子的事情。我想，学生最终是会给我们一个客观评价的。至于那些教育投机者，最后学生也是会给他们一个客观评价的。不管我们与他们现在得没得到利益，都不要在乎。因为如此做法的动机和效果，我们是知道的，他们也是知道的，当然，学生肯定也是知道的。正因为如此，所以，我才觉得我们的教育，应该使学生终身受益才行。当然，我平时也是这样践行的。"

陈方灵听着方正的话，脸上顿时露出了笑容。就这几句简短的话语，似乎给她吃了定心丸似的。她非常感激地说："方老师，您这些话，简直说到我心里去了。我也是这么想的，可有时候就是觉得吃不准，拿不定主意，更不知道怎么做才好。我很感谢您，以后，我还要多向您学习。"

"学习谈不上，共同探讨还可以。"

"以后我请教您的时候，您千万不要推辞。"

"这话就见外了，有什么问题，咱们共同切磋。"他刚说到这里，突然，似乎记起什么："噢，至于其他老师的那些做法，已经属于温情主义的教育了。而温情主义的教育方式，只能使我们的学生一个个都变成患有软骨病的人，做不了能够扛起社会、民族、国家大厦的栋梁！这是多么令人失望的教育！好在整个国家学校众多，不至于所有的学校都是这样！但是，如此之学校，也为数不少。要论具体表现，那就是在这些学校里，已经形成了一种保姆式的教育，也就是，凡事都是老师替学生去做，能包办的就尽量去包办，丝毫不让学生插手。能这样要求老师的学校，以及能这样做的老师，他们不仅没有认识到其危害性，反而还认为这是对学生的关爱。更荒唐的是，有的学校竟然还极力推广这种做法，觉得它很有科学性，所以，这种教育方式在实际教育中不是在减少，而是还在盛行。最明显的表现就是，这种教育从幼儿园开始，到小学、中学，甚至到大学，都是这样。这能是一种成功的教育方式吗？就学生的成长来说，只有坏处而没有益处。如此做法的学校和老师，只是主观臆断这种做法是正确的，至于真正的效果怎样，大家可能并没有多想。其实这是从一个极端走到了另一个极端。"

此时的陈方灵露出了惊讶的目光，她只是全神贯注地听着。

"温情主义教育表现最突出的就是，一些老师身上的柔性太多。就教育的目的而言，如果柔性太多，不仅会使男孩子失去阳刚之气，而且也会使女孩子压根就看不到阳刚之气。多年来，这也是一些专家就幼儿教育以及小学教育诟病的所在。你说是吗，陈老师？"方正的话音刚落，他的手机便响了起来。

"真对不起！"方正冲陈方灵一边说着，一边就接起了电话，一听，是自己的一位老同学打来的，说是要他帮忙，至于什么事，因为信号不好，一时还有些听不太清楚。于是，他便对对方说："这样，你过一会儿再打过来，我现在还有些事情。"说完，方正就挂了电话，忙对陈方灵说："真不好意思，陈老师！一位老同学要帮个忙的。"

"真是打扰了，以后有机会了咱们再聊，您忙您的吧。"说着，陈方灵的脸色就有些红，"蹭"地站了起来。

"真不好意思，陈老师！"方正一看陈老师站了起来，随之也站了起来，边向实验室门外走边说。

刚回到办公室，方正的电话又响了。他接起了电话。为了不影响同事办公，他边听边走地就来到了走廊。

这一次，他听明白了，是那位老同学要自己无论如何给他帮个忙，说是一家出版社要编写一个有关爱国故事的资料，叫自己无论如何都要腾出时间来一块儿编写，说稿酬优厚。方正一听，就有些为难。他想，这倒是一个赚钱的好机会，可是，自己每周十几节课，还担任一个班的班主任，实在是腾不出时间来。当时只好对老同学说："这样，我再想想，看有时间没有。有了，我一定帮你；没有，也就对不起了。"

"怎么能这样说？行就行，不行就不行。待你想好，黄花菜都凉了。"电话那头用一种不依不饶的口气说。

方正只好将自己的实际情况说了一下，那老同学似乎有些不高兴："那就算了！"说完老同学就挂断了电话。

一时间方正就闷在了那里：这又把人给得罪了。"唉，真是！"他摇了摇头走进了办公室。

时间大概过了两个月，与方正同一个教研组的邢老师，在办公室没其他人的时候，很热情地走到他的办公桌前，递过一根烟低声说："方老师，我有一个同学是书商，说现在的教辅资料很赚钱，给我说组织几位老师，编写一套中学生学科教辅资料，如果您有时间的话，咱们一块儿搞，稿酬优厚。您觉得怎样？"

"哦，那好啊！"正在备课的方正放下书向他顺口应了一声，随之就背靠椅子，摆出仔细聆听的样子。

"那好，就算您答应了。"说这话的时候，邢老师的脸上溢出了一点喜色。因为他向方正说这话的时候还有些顾虑——怕他不接受，现在好了，他的态度有所松动，不过，在此基础上还要趁热打铁。

当他这样想的时候，却听方正说："这件事情，容我再想想。"

"还想什么？就这样定了。"邢老师带着疑问说。

"唉，现在编写中学教辅书的人很多呀，可从知识点来看，都大同小异，没什么新意，重复的很多。"方正很勉强地笑了笑说。

"这几年，谁都知道这个情况，但是，大家也都这样做着。"

"这合适吗？"

"这有什么合适不合适的，只要赚钱就行，难道您不喜欢钱吗？"

方正一时间被问得无语。他闷了一会儿，说："是这样，我答应你。不过，咱们的教辅书编写可要有特色呀！糊弄学生的事情，咱可不做，否则，我不会干的。"

"行行行，没问题，一定会这样干的，您放心。"邢老师见方正答应了，于是便很高兴地说，"晚上，我请客！在椰岛酒家，七点半，您准时来！"他笑了笑就离开了方老师的办公桌。

说起邢老师，四十上下，个头一米七左右，略瘦，前额已经有些谢顶，看上去就是一位特别精明干练的人。学校的老师送他外号"十二能"，虽说是一位老师，但他的社会关系极为广泛，哪一路的人都认识，交际能力特强，为此，许多老师办事都是求他。

按约定的时间很快就着手编写教辅书了。方老师为主笔。他们不分昼夜地干开了。可在编写的过程中，个别老师拿着别人的教辅书照抄，方正一下子就不满意了起来。一问，才知道是邢老师让这样干的，说不这样，就不能按时完成任务。这下子，方正很不高兴。

于是，他就找了邢老师谈了这个情况，可邢老师也很委屈："现在别人都这样，咱怎么就不行了呢?"他当时一想，可不是，现实就是这样。他当下就想把这事扔下，可又一想，一个教研组的老师，抬头不见低头见的，如果这样，势必就把人得罪了，与其这样，不如继续干算了，再说，这对自己来说，是第一次也是最后一次的。老婆不是曾经说过，有赚钱的机会就要充分利用，切莫让机会跑掉。种种原因，导致他一不留神，就顺着邢老师的意愿继续做了起来。

回到家里，他将编写资料要加班的事情告诉给妻子，说可能还有稿费，至于多少，就不太清楚了。妻子刘慧英一听，特别高兴，说这机会难得，千万不要错过，能多赚一个是一个，拾到篮子都是菜。如今这年月，有赚钱的机会不赚，那肯定是脑子进水了。

因为白天上课，编写资料的时间只能放在晚上。这样一来，方正回家很晚便成了家常便饭。一开始，妻子刘慧英还很放心，可随着时间的延长，她便有些不放心了。想，这什么资料，竟天天都回来得很晚。之所以这样想，原因很简单：这男人家家的，说在外边加班，事实上到底干什么，自己心里根本没底，如果在外边做了坏事，说不定自己还蒙在鼓里。自己的老公自己知道，对异性总有那么一种特别强烈而又说不太清楚的魅力。在平时，许多事情都证明了这一点。是的，光从他周围的一些女性对他的褒奖之词，就足以听出这一点的。也正因为如此，曾经自己一直在内心深处都有些担心，更有些不安的。好在，他这人身上还有一股定力，能做到洁身自好，碰到这种情况，往往分寸掌握得很好，能经受得住各种诱惑。是啊，在他身旁，不乏有许多很优秀的女性的，然而他都没有因此而湿脚。就这一点，自己特别相信他是不会出问题的。可这事情就是不怕一万，单怕万一。当想到这里的时候，她的心里就惴惴不安。是啊，世上有哪个女人愿意自己的老公天天晚上深夜回家的? 没有，绝对没有的，自然也是不允许的。他说他是为了工作，既然为了工作，自己能不让他去吗? 如果不让他去，那自己又成什么人了，岂不是小肚鸡肠? 不管怎样，自己都要知道他是否真的在干工作。只有这样，自己才好放下心来。她决心要看个究竟，也弄个明白。于是，在一个晚上，便悄悄来到学校，找到他的办公室，站在走廊隔着窗玻璃往里一看，好家伙，所有的人都在忙活着，自己的老公也在。这下她才真正地放下心来，转身回家了。

花费了两个多月的时间，资料总算编出来了。五千元的稿费方正也拿到手了。按理说，经过一番艰苦的劳动，也得到了可观的报酬，方正应该高兴才是，可他就是高兴不起来，反而内心却觉得很难受，就像犯了罪一样。他时时都在谴责着自己，说自己也在金钱面前动摇了，没有把持住，竟然做了一件违心的事情，不可饶恕！

拿到钱的方正，下午放学回家以后，很是不悦地将钱放到了餐桌上。随后，便一声不吭地就往卧室走。按照以往的习惯，只要走进卧室，第一件事情便是脱掉外套，挂在靠墙角的衣服架上，接着便该干什么干什么。这次，他却合着外套平躺在床上，面朝天花板，双手十指交叉，垫在后脑勺，不住地眨巴着眼睛在想着什么。

自从接手这项工作以来，他深深地认识到了编写资料可真是一项暴利的活。尽管他原来就听说过，可是那毕竟是听说的，不足为信。经过这一次经历，对此，他是深信不疑。现在只要走进书店，摆得最多、卖得最火也最赚钱的就是教辅书了。做这项工作的人，真是把生意做到家了！他们深谙此道：千千万万个家庭，谁家没有孩子？谁家的孩子又不买资料？全国的市场估算起来，可真是无比巨大！可是，都发现了这样一个巨大的商机，瞄准了这样一个市场，这给教育又造成了多么巨大的危机！现在的中小学生，个个手里都有教辅书，只要一走进不同类别的学校，教辅书满天飞。学生手里，老师手里，特别是那些毕业班，就更是这样！搞得我们的教育几乎都成了教辅书的学习了，除此之外好像再无别的良策。可不就有许多学校的毕业班级，纯粹陷入了一种题海大战之中，使原有的课本几乎都不学了，使学生本来要具备的素养和素质都没有了。之所以这样，是因为这里存在着一个不容忽视的现实：这样特别见效，在学习上能走捷径，有着多、快、好、省的效果！归根结底，这都是纯粹应试教育种下的恶果。就教育的真谛来说，这算是使教育畸形发展了。可就是这样的一个现实，还在不断地重演。如此一来，无意中就给学生造成了只要抓住教辅书，成绩就会翻倍提高，至于真正的课程学不学都无关紧要的印象。正是这样，教辅书才有了广阔的市场。至于质量怎样，似乎谁也不会去过问。总之，市面上教辅书泛滥，良莠不齐。就这样，一个个都还标榜得很有权威似的。什么什么秘籍，什么什么宝典之类的书，层出不穷，好像真正的学问就是资料上说的那些，搞得整个教育都是浮躁的。同时，也引得学生在学习上不再踏实，更是浮躁了。到头来，连最起码的知识素养都没有，更不必说做人的素养了。

就教辅书的版本来说，简直是各式各样、五花八门；就内容来说，大同小异，并无多少新意，无非就是这一版本是另一版本的翻版而已。就这样，学生竟人手几本。说实在的，这么多教辅资料，对学生来说，能看得过来的是少数，认真点儿的还翻看翻看；不学习的，干脆就不看，也懒得翻阅。多少学生一学期过去，资料还是新的，就跟没动过一样。眼下的基础教育，不已经全成了佐料式的快餐教育?! 这样下去多危险！可危险，作为一个教师，又有什么办法，也只能在力所能及的范围里尽力了。

就拿编写这些资料的老师来说，不论他们有资质没资质，现在，只要有机会，能赚钱，也就一五一十地大着胆子披挂上阵了。这种结局和后果，只能让学生来买单了，至于质量如何，他们向来不管。这种赚钱的方法不是在昧着良心吗？可昧着良心也就昧着良心了，没有任何人过问，也没有任何人干涉，更没有任何人来主动反省。纵使有人过问、有人干涉、有人反省，那也只是个别人的事情，而个别人，能扭转这种局面吗？也只不过是杞人忧天，有着过多的无奈罢了。

是啊，自己分明知道这些，可一时间也参加了这样不光彩的活动，也成了他们中间的一个链扣，给社会增加了那么多文字垃圾，真是罪不可赦啊！难道自己也是为了钱吗？如果真是这样，那简直是失去了教育的良知，有些亏心啊！

方正一会儿就感到浑身发烧，脸面滚烫了起来。他在床上翻来覆去的。一会儿工夫，自己好像就不是自己了。他告诫自己，以后无论如何，都不能再干这些事情了，哪怕再多的钱，也不能这样了！

这时候，他侧过身子，长长地舒了口气，闭起眼睛准备睡觉。

隔了一会儿，妻子刘慧英从厨房出来，一看餐桌上有一个红包，很是意外地走向前去，拿在手中，好奇地打开。一数，她不由得"妈呀"了一声，随之便慢慢地说："竟是整整五千！"她当时就有些乐了。心想，这是什么钱呢？莫不是他说的那个稿费？她在猜测着，打算问个究竟。

她拿着钱，走向卧室，冲躺着的方正问："这什么钱?"

方正没有说话。

"是不是编写资料的稿费?"她拿着那个红包，走到他的面前示意道。

"是。"他的声音很小。

"就这么多!"她有些吃惊。

"就这么多。"他回答得很平静。

"这可顶我半年的工资，给孩子攒了些学费啊!"妻子刘慧英很是热情地坐在床边，前倾着身子，扶起他的头，在他的额头亲吻了一下，"我看，以后如果还有这种机会，就应该当仁不让地多干。”说完，她就高高兴兴地回到厨房，添加了两个菜，备了些小酒。到了晚上，二人便甜蜜地进入了梦乡。

第二天上午，方正正忙着在办公室备课，李月华老师到办公室里传话说：“方老师，教务处让领教辅资料呢。”

“嗯，知道了。谢谢!”方正站起身说。随之，就来到了教室，安排了几个学生，去领教辅资料了。

不一会儿，教辅资料就领回来了。

面对领回资料的几个学生，方正问：“数量够吗?”随之，就走到资料旁边拿起一本看了起来。

其中一个个子稍高点儿的学生说：“都够。”

方正一看，就知道是盗版货，纸张又黑又粗，印刷得模模糊糊，于是，便问学生：“怎么是这种资料?”

“我们当时也这么问的，可教务处的老师说：‘人家是送货上门，服务态度好，既便宜又实用。现在，哪里还有这么好的事情?’见这样，我们几个便没敢再问，就把资料一数，都拿了回来。”说话的学生噘着嘴显出很不高兴的样子。

“这还不是一个‘钱’字作怪!”方正的脸色显得很难看。他摇了摇头，苦恼地笑了笑，然后没再吭声。他知道这里面的猫腻，一些书贩子为了得到高额回报，便很热情地送货上门，只要和哪个老师联系，早都说好了有回扣，至于回扣数额的多少，完全是依据所订资料的多少定的。数额大，回扣就多；反之，回扣就少。当然，许多学校和老师都在积极地从事这项工作，然后从中赚个承揽费。这种事情，现在在教师跟前，已经是无须讲明的公开秘密了。当然，还有些学校和老师就不这样想，而是从学生的利益考虑，为了给他们减轻负担，不让他们多掏钱，想着虽然这些资料质量差点儿，但同样也能用，花不了几个钱就可以将它买回来。然而，这些资料，如果质量稍高一点儿，还可以向学生交代。可是，面对眼前的资料，能向学生交代吗?方正一时就感到对学生没有办法交代。

从这些资料中明显可以看出，出版商为了能够储存大量的信息量，竟然把字号搞得很小很小，大概用的都是六号字。这种字，看起来非常费劲，眼睛睁得像鸡蛋那么大才能看清，否则就模模糊糊的。时间一长，就是老师看了也非常吃力，更何况学生，其视力肯定要下降。平时灯光光线的黯淡和学习时间的延长，本来已经导致学生的视力在急剧下降，这种资料的使用，更是加剧了学生视力的下降。是啊，近几年，戴眼镜的学生可不是越来越多了吗？一个班平均三分之一还要多，致使书没有读多少，知识没有掌握多少，就先把眼睛搞坏了。这种得不偿失的事情，怎么总是发生在我们的校园？这些搞资料的商贩，为了自己的利益，简直是有些不择手段，更是不顾学生的身心健康。对呀，商贩就是这样，纯粹是为了利益，可我们的学校，又是为了什么？怎么就不能严把这个关口呢？无非也是被金钱俘虏了！方正想到这里，便不由得骂了一句。然后便悻悻地返回去，坐在那里一动不动地发呆。除了这些，有些学生的身体素质也在不断下降，最明显最突出的就是营养不良和营养过剩现象的发生。这就是我们的状况，总处于一种不合格的状态，智力、身体、做人的基本素养，什么都没有了！

班会的时候，方正让学生将那些资料发了下去。这下子，全班都像炸了锅一样。个个都说资料质量太差了，他们不要。方正当时很是同情地向他们解释道，这是学校为大家着想，不要辜负了学校领导的一番好意。在他的一番苦口婆心的劝导下，学生的情绪才慢慢平息了下来。可是，几个学生还是不依不饶地喊着：

"我们用钱就买这样的资料，太不够意思了！"

"是不是学校老师都拿了人家的回扣？真是要钱不要良知的学校！"

"现在连学校老师都这样爱钱，我们还相信谁去？看来，我们在学校学的一切，都是在糊弄人！"一个中等个子的男生很是无奈地摇着头说。

方正听到这些话，简直想找一个地缝钻进去。他实在感到无地自容，无颜面对学生，觉得学校不该这样做事。

方正下来后，就此事找到教务处问了情况，说怎么能订这样的资料。一看方正的脸色不对，身材有些瘦并戴着一副眼镜的教务主任白桦年笑着说："这是为了让学生省钱，不然，也不会这样去做，虽说资料有些不大正规，但还是可以用的，毕竟少了那么多钱的啊。我想，这一点，方老师不会不理解吧？"

教务主任白桦年说话时，周围的几个干事都面面相觑，那表情似乎是告诉方正，这都已经是大家心知肚明的事情，还用讲明？你太有些不识时务，也太执拗了！方正一看周围的人都用这样的一种眼神看着自己，便想，这就是我们的教务处，一个个都成了丧失良心的家伙。但是，他还假装笑着说："事情可能不至于这样简单，其中恐怕还是有些猫腻吧？"

"方老师，你可不能乱说。"教务主任白桦年急忙阻止说。

"我没乱说，也不敢乱说，我只是想，贪也贪得大些，那才过瘾。这样小打小闹的，能解决什么大问题啊？做事情还得讲点儿良心的好，否则，会得报应的。"

这些话一撂出，方正很痛快。但是，一看周围几个人，脸色都有些红。于是他便知道自己说到了痛处，使他们难堪了。他赶忙改变态度："刚才说的这些，只是开开玩笑而已，希望诸位不要放在心上。我只是强调，做事情不要太过分，好赖让我们在学生跟前也过得去才行。这可是关乎学生一辈子的事情啊！"

说完，他就回到了自己的办公室。他想：刚才到教务处，自己说得有些过分，不该那样冒失，冲撞了那么多人。但是，反过来再一想，管他呢，该说的就是要说，更何况这些都是为了学生，而不是自己。到时候，他们是会理解的。

事情也怪，自那次说了以后，此类事情就再也没有出现。为此，他很满意，也很高兴，心想，这就是仗义执言的结果。

# 三十一　打扫卫生起风波　平息事态暂宁人

　　市卫生部门要在全市搞卫生大检查了，消息传到学校，学校积极响应。作为班主任的方正，按照学校指示，将此消息传达到学生中间，让他们即刻动手，打扫卫生。他的话音刚落，教室就响起了口哨声和"唏嘘"声。这种声音，强烈地表达着一种不满和抗议！

　　"哟，又在搞形式了！"

　　"可不搞不行呀，谁让咱们是学生呢？"

　　"必要的卫生还是要搞的，这是关系我们身心健康的问题。"

　　"我讨厌的就是这种形式主义。领导来了，就大肆搞一搞；领导走了，就无人问津了。一点儿主动性都没有，更不知道坚持。"

　　"如今谁还常备不懈呢？可不就是图个形式。要不，学校领导干什么呢？"

　　"这样，一阵风过去了，谁还管这些呢？"

　　听到这些议论，当即，方正就皱起了眉头。他很是尴尬地看着他们。

　　是啊，现在的学生确实也太聪明了，对学校的一些活动以及做法已经是再熟悉不过的了，表现最明显的就是打扫卫生。只要打扫卫生，学生就会自然而然地意识到，这又是上边哪个检查团来了，否则，就不打扫卫生，也不保持卫生。每次碰到这样的行动，学生也都表现出很不乐意的样子，说这是在搞形式主义。可不是？平时像这样的活动也确确实实是太多了，以至于搞得学生都觉得学校这样做的目的是在应付上边检查。是啊，学校在搞形式主义，我们的学生耳濡目染，又怎能没有这样的感觉？这样我们的教育还有效果吗？如果说有，那么，这不从反面给学生以不好的教育，使他们从小就有了应付检查的那一套形式主义的意识和做法吗？这种影响恐怕又是根深蒂固而没有办法剔除了！

　　以往可不就有那么几次，打扫卫生时，胆子稍大点儿的学生就问过自己这样的事情，说这是不是在搞形式主义。作为班主任的自己，当时简直没有办法回答他们，更没有办法向他们解释，脸只是一阵儿红一阵儿紫的，整个人很尴尬。这时候，即使再向他们解释，他们也不相信。这还算好的，更糟糕的是，就是老师予以解释，他们也会认为老师也在掩饰自己，在为学校的一切辩护，看来也是说假话做假事的人，以至于今后的班务活动中老师的威信大跌，再没人信服了。面对学校的如此安排，作为老师还得照办，不办的话，就大有一种不服从领导分配之嫌，给你扣上这顶帽子，看你能怎么着！

此类事情的发生，整得学生不再相信自己的学校，更不相信自己的老师。这么多年来，事情可不就是这样？这种事情，自己在光华中学遇到过，在今天的厚德中学，也正在经历着。坦率地说，老师时下的所有工作，都是在学生不大相信的状态下做的。由此可见，我们的教育效果简直就是微乎其微。是啊，这身教可是重于言教的啊！

基于这样的考虑，方正便不踏实了起来。心想，这是教育吗？一个经常做着不诚实的事情，或者只图形式的老师和学校，能令学生信服吗？

他深深为自己的许多无奈叹息着。不过，最后他还是劝学生以平常心来对待这次的卫生打扫，就当平时保持卫生了。这样，学生才勉强干了起来。他明白，学生之所以干起来，完全是在给自己这个当班主任的面子，不至于使自己难堪罢了。就此说来，学生还是很善良的，也是很可爱的。

# 三十二 师生情谊万年青 篝火边上想联翩

　　方正正在办公室征求各科老师的意见，让他们谈谈班里最近有什么不尽如人意的地方。这时，他的手机响了。一接听，竟是自己在光华中学时带的第一届学生邀请他参加同学聚会，当即他就愉快地答应了。啊，这些学生至今还没有忘记自己这个当老师的！是啊，凡是对学生尽职尽责的老师，他们都是不会忘记的。

　　时间正好是 2002 年 4 月下旬的一天，整个空气中弥漫着一股暖洋洋的气味，大地渐渐变成了绿海。这时候，树枝上零零星星地挂着些淡绿，成片成片的油菜花，洋溢着金灿灿的光芒。它们在微风的鼓动下，一波一波的，煞是好看。

　　聚会地点选在贯穿东西的秦岭山脉北麓的一个山庄。这里山清水秀，面向平原。就在与平原的相接处，有一片不大的树林。顺着树林向下，与它相接的，便是一片盛开的黄得有些扎眼的油菜花，还招蜂引蝶的。一看这个山庄，就知道这是人们常来的休闲之地。

　　大家高兴地来到宾馆，放下东西，随之就三三两两地来到了山庄旁边的小河边，有说有笑地戏起水来。

　　待所有人都洗漱完了以后，大家便到了一个会议室模样的房间里开会。这时候，那长条桌子上，已经摆满了糖果瓜子之类的食品和各式各样的饮料。不用说，这次聚会，是早有所准备的，并且准备得很充分很周到。

　　不大一会儿的工夫，大家便围坐在桌子周围，准备开会了。

　　会议还是由原来的班长刘大刚组织。他面对大家拍了拍手，意思是让大家安静下来。顿时，整个会场便鸦雀无声了。只听他讲道："同学们，一晃就是二十年，现在大家都长大成人了，也有了自己的家庭和事业，这一次组织大家一块儿来这里，没让带家属，关键是想让我们还像原来那样，纵情交谈，无拘无束地放松一下，叙叙旧、联络联络感情，找一找我们当初那一份浪漫，那一份单纯，那一份快乐。今天请方老师来也就是这个意思，让他和我们一块儿回顾一下当初的校园生活。现在，就让班主任方老师讲话。"说到这里，他就朝身边的方老师示意了一下。

一阵掌声过后，方正刚要站起来，就被刘大刚制止又坐了下来。他面对大家说："同学们，你们好！我很感谢咱们全班同学的热情邀请。这个时候，我很感动，感动我们同学在这样一个聚会的时机，还没有忘记我这个当老师的，还盛情邀请我到场和你们一块儿玩耍。说实在的，我今天没有任何权利来干涉你们的生活，只希望你们今天能玩得开心、玩得尽兴。当初，因为老师刚参加工作，在一些方面没有把握得很好，可能在方式方法上伤害了一些同学的感情，对此，老师现在只能对那些同学说'对不起'了。"

话刚说到这里，曾经一位很是调皮捣蛋的男生便主动站起来，同时也很不好意思地走到方老师跟前深深地鞠了一躬，然后便一手拉住方老师的手，一手挽住他的腰说："方老师，我是王涛，当初真让您费心了，对不起！"

方正看着眼前的王涛，真有些不敢相信，这又高又帅的小伙子竟然就是王涛。他高兴地拉着王涛的手不住地打量他，似乎有一种看不够的意思。望了一会儿，他便笑着问他："现在还调皮不？"

"哪敢？再调皮，媳妇就不要我了。"王涛很是不好意思地笑着朝方老师说道，随之便环顾了一下四周，向全场的同学笑着做了个鬼脸。

"看来，还是要媳妇管呢！"方正冲着他也笑着说。

顿时，全场都大笑起来。

笑声过后，大家便一个个都围着方老师坐下，和他一道儿回忆着往事，叙说着当年的故事，还东家长西家短地拉起了家常。方老师一会儿问问他们的工作，一会儿又问问他们的收入，还问有没有孩子、孩子今年多大了、上几年级。就这样，整个会场，时不时地传来阵阵笑声。他们也是很热情地一一回答着。这个时候，无论是男同学还是女同学，大家都感到特别亲切，也特别有意义。虽说他们都三十几岁了，但是一个个都洋溢着青春年少的样子，那气氛就好像重新回到了当初在学校的时候。啊，二十年前，可不就是历历在目，但时光荏苒，弹指一挥间，个个都变成了孩子的父亲或母亲。

聊了一阵儿，他们又和老师一块儿唱起歌来。不唱歌的，在打着牌、玩着游戏、下着围棋、聊着天的都有。

就这样，不知不觉中一天很快就过去了。到了晚上，他们又在山庄的广场上，燃起了一堆篝火。只见那篝火冲天地高、冲天地红。大家围坐在篝火旁，尽情地歌唱着、舞蹈着。这个时候，方正不由得想起了那动人的歌声："美丽的夜色多沉静，草原上只留下我的琴声……"这时候，他只感到很充实，也很满足。因为他看到了教育的成功，也看到了自己的收获。这是自己的教育对象在长大后，对自己原来付出的心血的最高形式的回报，也是最高的奖赏。他快乐极了，也幸福极了！他感到这是人间最值得记忆、最值得回味、最不能忘记的时刻。也就是这个时刻，表现出人间至诚、至真、至纯的一种情感，而这种情感，用什么都不能代替，它珍贵至极！

面对着火光，平时学生到学校里来看望自己、给自己打电话、发短信、寄贺年卡的事情和情景，便渐渐在头脑中浮现出来。那亲切的面容、真诚的话语、诚恳的态度、礼貌的用语，令自己多么难忘啊！这一切都表明了他们对曾经带过自己的老师的肯定、尊敬和爱戴。方正为能接到如此多的短信和贺年卡，感到非常高兴和欣慰，自然就更是感到满足！一个老师，也只有在这个时候，才最能看出自己的硕果，也才最能体会到自己的幸福。世间，还有哪一种情感比这更纯真的呢？！

方正想得出了神，也在回顾着他们中间曾经发生过的故事。

篝火熊熊燃烧着，火光映红了每一个人的脸庞。啊，这诗一般的夜给他们带来了激情，带来了浪漫，带来了快乐，也带来了美好的回忆，更带来了对未来无限的憧憬。他们每一个人的心，此时此刻，就像这火一样地燃烧着、澎湃着、激荡着。他们抛开了一切，忘记了自己的年龄，自由地、尽情尽兴地享受着这一切。他们又好像回到了自己的学生时代。这是他们对纯真情谊的留恋，更是对纯真情谊的渴望和追求。是啊，有什么比这更可贵、更值得珍视的呢！

目睹着眼前的这一切，方正也被感染了，他的脸上时不时地堆满了笑容。他在心底为这一帮大孩子们叫好，更为他们的无拘无束而欢呼。啊，这是一个充满活力的场面，更是一个包含同学和师生深厚情谊的场面。

也就在这个时候，一位女生朝他走了过来，向他伸出手说："方老师，来，和我们一块儿跳跳舞吧！"

面对学生的邀请，方正欣然站起，跟她们一块儿围着篝火跳起了舞来。跳着跳着，他什么都忘了，只觉得自己似乎又回到了年轻的时候，有的是青春和活力。

……

参加完这次篝火晚会，方正特别兴奋。在这种兴奋之中，他又想起了另一件事来。那是自己刚来厚德中学不到一个月时候发生的事情。

"方老师，您的信。"一天上午，来学校较早的小赵老师递过几封信给刚上班准备落座的方正。

"谢谢！"方正一边接信一边说。随之就一一拆开看了起来。

打开第一封信，只见上边写道：

尊敬的方老师：

您好！

你还记得我吗？这是您平时最喜欢的一位学生给您写的信。我真没想到，你竟然就这样忍心地抛下熟悉而又爱戴您的学生们一走了之。为此，我们大家都很伤心，也想不通你会离开我们另谋高就！您知道吗？当我们得知您已经离开我们的一刹那，我们是多么难过啊！难道您就舍得离开我们？难道您就那么狠心吗？思来想去，您不是那种无情无义的老师，也许，您这样走，是有您的理由！方老师，我们这样理解，您觉得对吗？您可知道，我们此时此刻，是多么想念您啊！想念你还能站在我们的身边，给我们上课！可无论任我们怎样想念，这已经都不可能了。可是不管怎样，我们全体同学，还是希望您有时间能回来看看，看看我们这群曾经令您懊恼的孩子！方老师，您的学生，在等待着您啊！……

此致

敬礼！

您曾带过的一位调皮学生

2001 年 9 月 26 日

第一封信看完了，他便打开了第二封信。只见上边写着：

方老师：

展信快乐！

我是您的学生李瑞。你不会忘了吧？您要忘了，我可是会生气的！说真的，您真不够意思呀！别说我没大没小，是您先不对的嘛，不辞而别的！本以为您能带我们三年呢，您竟然这么快就跑了，我们有这么可怕、这么讨厌、这么让您受不了吗？哈哈，别生气，跟您开玩笑呢。

方老师，我们真的很想您，也很想念您的教学方法。在您的课堂上，都会有笑声，同学们都很爱上您的课！现在嘛，语文课上很少有笑声，同学们也不爱上语文课了！有时听着老师讲课，我就在想，如果是您，您会怎么讲呀！恐怕又会有一片笑声呢！可想归想，终究不能成真，您终究不能再回到我们身边。我记得在我们这学期第一次写作文的时候，题目是"我的老师"，好多同学都写的您。我老实交代我当时没写您，那不是说我不愿意写您，而是因为您的"好"太多了，不知从何下笔，其实还是我作文水平不行，怕把老师写坏了。我再给您说一件事，您别说我没长进哟！小史、小职都当上了课代表，我还是一介布衣。俗话说得好，无官一身轻吗！哈哈，哈哈！

……

再往下看，便是一些问候和祝福的话，最后便是落款和时间了。

看完这些信件后，方正低着头一语不发。他只觉得内心沉甸甸的，很不是滋味。简短的信件，朴实的语言，甚至还有些别字和错字，言语也不怎么通顺，但是它却道出了学生的心声。是啊，他完全被这几封信里的内容震撼到了，更是被里面的感情震撼到了。万万没有想到，自己的离开会给学生的心灵造成这样的伤害！太不该，也太对不起他们了啊！自己怎么就没有想到这一层呢？自己这样悄无声息地离开，对他们来说，真是太自私、太残酷了！没一会儿，方正就觉得自己罪孽深重，不可饶恕！多么纯洁的感情，多么纯净的心灵，多么善解人意的孩子！啊，他们太可爱了！方正一下子便想起了他们的面容，想起了他们的笑声，想起了他们的调皮和淘气。不管怎样，他们太可爱了！为了弥补这种损失，他想，自己还得寻找时间回去看看。这样也好让他们原谅，不至于给他们造成遗憾，更不愧于师生一场！除此之外，还得在新的岗位上，加倍努力地工作，否则，就对不住这些孩子了！

他将来信一一收拾了一下，折叠整齐后放在兜里，准备拿回家珍藏起来。也只有这样，他的心似乎才能真正安宁下来。

方正从这些事情中体会到了一点，那就是，只要你为学生付出了，作为老师，迟早都会得到回报的，而这种回报，大多是精神上的一种至高无上的褒奖。人世间，哪里还有比这种感情更珍贵的呢！

自从这一次参加了学生的聚会以后，方正更坚定了从事教育的信心。他下决心要在教育上干出更大的成绩。他暗暗下定决心：在工作过程中，不管遇到多大的困难，都要坚持下去！

# 三十三　放飞青春去郊游　终身受益惹非议

也就在这次参加了学生的聚会后不久，方正所带班的学生方明阳和刘勤俭就到老师办公室找他了。

"报告。"到了门外的两位先是低声地你推我我推你地让了一番，最后，方明阳才朝门里喊了一声。

"请进！"方正朝门外喊了一声。

话音刚落，两位学生一同推门走进了老师办公室。

"你们两个什么事？"方正朝着刚进门站着的他们亲切地问，随之又向他们示意："坐下说，坐下说。"

两位学生按他的示意，顺势就坐在了旁边的长凳子上。方明阳先是看了一下旁边的刘勤俭，然后说："方老师，我们两个今天代表全班同学向您提个建议。"

"什么建议？"

"您看，现在天气已经暖和了，同学们都希望出去春游一下，怎么样？"刘勤俭有些喜悦地说。

"很好啊，我目前也这么想。"方正很高兴地回答。

"照这样说，咱们想到一块儿了？"两位学生很是开心。

"不过……"方正有些欲言又止。

"不过什么？"两位学生异口同声地问。

"你们没听市教育行政部门有不允许学校集体组织学生春游的指示吗？"

"不知道。"

"怪不得你们这样想！"

"照这样说，这春游就不可能了？"两位学生一时瞪大眼睛面面相觑。

"你们想想，上边不让学校集体组织春游的目的在哪儿？"

"还不是安全问题？"方明阳恍然大悟。

"对，就这问题。前几天，你们就没看报？报纸上说外省有几所学校在组织学生春游时出事了。你们想想，现在几乎每个家庭只有一个孩子，一旦出事，谁能负得起这个责任？"

"那我们注意一下安全还不行？"

"就这样，也不行！"

两位学生看方老师的态度很坚决，一时间也不知道怎么办才好，只是坐在那里面面相觑。

"我就说呢，前几年学校还组织我们春游，可现在怎么就不组织了呢？原来根由在这里呀！"刘勤俭似乎一下子搞明白了其中的原因，小声嘀咕道。

"要不是因为这，我早就带你们出去春游了，也好好看看郊外的山山水水，开阔开阔视野，感悟感悟大自然，放松放松身心，陶冶陶冶情操。"

"是啊，就应该这样！"两位学生一听，一下子又来了劲头，"看来，我们是有希望了？"

方正没有吭声，只是看着他们，可看着看着，便不由自主地说："说老实话，我原来带学生出去，最担心的就是安全问题，其次是怕不遵守纪律，再就是怕损坏了人家的花木或者庄稼。"

"您原来也带过学生出去春游？"方明阳有些意外地问。

"看你那傻样，方老师还没带过学生出去春游过？"刘勤俭一下子将脸转向了方明阳，不满地说。

"记得一次我带学生出去，到了一家园林，一个男生攀折树枝，让人家抓住了，一下子就罚款100元，就这样，还是老师一再求情，人家最后才放了的，要不然人家连走都不让走。还有一次，一个同学在坐车途中，给路旁的人吐唾沫星子，好家伙，人家人多，一下子就把车给挡住不让走了，老师出面给人家好说歹说，最后才让走了。当然，还有一些担心的情况：到了地方以后，损坏农民庄稼，让人家给拉住不放要求赔偿的；还有在游览地乱扔东西的，那地方在我们没去以前，干干净净的，可我们去了以后，就把一个卫生整洁的环境给搞得乱七八糟、脏兮兮的，还有……"

方老师还要继续往下说，这时候，被方明阳阻拦住了，他很是着急地说："方老师，我们不会这样的。我们向您保证。如果谁做不到这些，就不让谁去。当然，您要在班上提前讲讲。"

"既然你们有这个决心，那我就冒一次险，带你们出去。不过，这事情要做得神不知鬼不觉，千万不能让学校知道了。否则，影响不好，我也担不起这个责任。"

"您放心好了，方老师。一言为定。"

"一言为定。"

两位学生高高兴兴地离开了办公室。

星期五下午的班会上，方正就宣布了周末春游的消息。顿时，全班就像沸腾了一样。看到这种情况，方正赶紧把右手食指放到嘴边"嘘"了一声，全班立刻静了下来。随之，他便把春游应该注意的事项讲了一下，并且特别要求，这次春游，是带着任务去的，并不是吃吃喝喝地乱逛一趟。

班会是提前结束的，给他们留出时间来准备一些食物饮料。

这一天，风和日丽，晴空万里。经过一个多小时的奔波，他们来到了一座大山的脚下。

下车后，方正分完小组，指定好组长，讲了一定要按时集合，随后就让他们自由行动了。

这次春游的任务是爬山。这山，坡度大概七十度，上面有树有石头的，也有台阶。一些身体瘦弱体质不好的同学走着台阶，而大多数男生则没走台阶，专拣那些陡峭的山坡攀爬。走台阶的，也是走一走，停一停，不住地向山上观望着、指点着、评论着；而爬坡的，则个个都是弓着腰撅着屁股努力地向上爬着。一开始，还能辨认出他们的模样，可后来，就辨认不清是谁了，显现在面前的只是白的、蓝的、红的点点在移动。散开在山腰的他们，一眼看去，好像满山都是他们的身影。方明阳和刘勤俭几个人的动作，像猴子一样，既轻快又敏捷，一会儿工夫就爬到了最前面，将许多人都远远地甩在了后面。这时，他们站在那里，满脸汗渍很是得意地举着脱下来的衣服摇着、喊着，似乎他们已经取得了很大的胜利一样。就这样，他们停留了片刻，然后，便转过身子又朝山顶爬去。不一会儿，他们就到了山顶。这时，只见他们个个汗流浃背，脸带喜色。而被他们甩在后边的，竟一个多小时也没爬上去。这些学生，大都身体较胖，爬起来格外吃力，气喘不已。他们爬着爬着在中途就坐了下来，或者躺在山坡休息，一个劲地喊着吃不消、走不动之类的话；还有的借此大口大口地喝水，好像只有喝水才能解决问题似的。见此情景，好心的同学便搀扶并拉着他们一块儿向上。是的，在此他们真正体会到，这次爬山不仅是对意志的考验，而且也是对体力的考验，更是对大家竞争意识的培养，也是对和谐相处、互相帮助的团队精神的考验。最后，他们还是坚持着爬上了山。

看着一个劲往上冲的学生，方正站在山腰的台阶上，喜不自胜。啊，这就是我们的学生，个个生龙活虎、青春洋溢、团队精神十足。也只有这时，他们身上具有的一切素质才能显示出来，并且是那样地可贵，那样地令人欣慰。是的，这样才真正是学生的样子。他向所有爬山的同学望了望，随后，就和几位一块儿走着的同学又开始向上了。

到了顶峰以后，大家集中起来，方正再一次讲了安全事宜，然后一块儿看了看那里的天池。胆子大一点儿玩兴又足的几位男女生，干脆就租船划向了天池中心，只见他们非常开心，一会儿玩着水，一会儿又照着相。过了个把钟头，个个都体力消耗过大，有的已经累得不成样子，有的也许是饿了。这时候，他们有的便到小摊旁坐下来，边休息边吃着凉皮、豆腐脑之类的小吃；有的吃着果冻、冰激凌、冰棍之类的冷冻品；还有的喝着雪碧、可口可乐之类的饮料。他们边吃边喝，有说有笑的，而且个个都遵守着自己的诺言，很守规矩，也没乱扔东西。吃完后，他们结伴相玩，有玩扑克的，有听 MP3、MP4 的，还有摆着滑稽姿势拍照的。他们玩得都很开心。看到这一切，方正也很开心，原来的担心也像石头一样落了地，踏实多了。

回来后，学生们都很高兴，个个都完成了出发时交代的观察、作文任务。从他们写的作文来看，个个都写得特别真实，也很有激情。除了感受，还有体会，更是写出了对大自然的那份真挚的热爱之情。看到如此大的收获，方正特别高兴，他再次感到自己做了一件早就应该做的事情，并且觉得这次冒险也是十分值得的。

星期一的早上，方正刚到办公室，小赵即刻就走到他的跟前问："方老师，您周六是不是带学生到外边春游了？"

"是啊！"方正刚这样一回答，立马有所警觉地问："哎，你怎么知道的？"

"听个别学生说的。"

"看来，这保密工作还是没有做好！"方正面露愠色。

"您啊，也真是的，竟私下带学生就这样出去春游了，您不知道上边对此明令禁止吗？"

"知道啊！"方正瞪大了眼睛。

"既然知道，怎么还去组织？"

"组织又怎么啦？"

"就不怕别人议论，学校追究？"

"怕这些，那这事就别干了。我才不管那些呢！"

"出问题了没有？"

"你这什么意思？"

"就是春游的时候出事了没有？"

"没有啊！"

"没有就好，没有就好。"小赵悬着的心总算落了下来，"别人碰到这种事情，躲都来不及呢，您可倒好，偏要迎合学生，组织他们春游，万一出了什么事情，您能担当得起吗？"

"这不是没有出什么事情嘛！哎，我就不明白，你们这些人怎么整天就想着出什么事呢？怕不就是不愿担当责任吧？"

"话说回来，也就是这个道理。您没想，现在，谁还愿意在工作上多担当一点点责任呢？紧着回避都来不及呢！"

"我觉得，做事情就不能因噎废食，更不能见风就是雨，要敢于作为，敢于担当才行，要不然，什么事情都别干了。"方正稍微沉默了一会儿，接着又说："不持这样的态度，恐怕很难干出一番成绩的。"

"我真是被您这种过人的胆量给折服了。"

"我知道你的好意，但是，这事情我还是办了，并且还办得特别漂亮，很令人高兴。我现在就在等着学校的发落。谢谢你的好意！"

小赵一看方老师的态度如此坦然，也如此坚决，于是便放心了，随之看了看他，然后就坐了下来。

方正带学生出去春游的事情，很快就被全校的老师知道了。学校对此既没表扬，也没批评。事情很快就这样过去了。然而，令人没有想到的是，这在老师中可形成了一个不大不小的风波，大家对此议论纷纷。

一天下午的第三节课时间，方正觉得身体有些僵硬，于是，便信步来到操场有双杠的地方，做起双杠操来。当完整地做完了一套后，他便气喘吁吁地前后摆着双臂在一旁休息。这时，他无意间向花园处望了一眼，发现有一群老师好像在议论什么，有的还边说边比画着。于是，他便来了兴趣，打算过去也凑凑热闹，看看他们究竟在议论什么。

花园处聚集的这群老师有四五个，他们在第二节课的时候就在那里，确实也在议论着，议论的主题自然是方老师带学生春游的事。

"哎，你们最近没听说咱们学校发生了一条重大新闻吗？"一位一向爱说爱笑的中年老师向人群神秘地问。

"不知道。"有几个老师面面相觑地摇了摇头。

"什么新闻呀,快说,别卖关子了!"

"听说方老师带班里的学生周末出去春游了。"

"这算什么新闻呀,都是历史了!"其中的一位老师似乎很是不屑地说。

那位中年老师一听这话,即刻便憋在了那里。

"方老师给全校带了一个好头。他这是深刻把握学生心理,是在按照教育规律办事。他很有胆识,也很有主见,经常干着与别人不同的事情,完全属于一个教育先锋。"

"是啊,人家方老师,哪像我们,整天都干着俗不可耐的事情,人家才是真正把事当事的人。我对他的所作所为,已经佩服得五体投地。"

"依我看,他这是大逆不道,没按照上级指示办事,纯属个人主义、无政府主义,给学校树立了一个极不好的榜样。"

"是啊,都像他这样,学校工作还不得乱成一锅粥了。"

"他这次带学生出去没出事完全是侥幸,是老天对他的眷顾。否则,吃不了兜着走。"

"你说的也是,现在的学生大多数是独生子女,一旦出事,谁都担不起这个责任的。"

"这方老师的胆子也真大。难道就不知道这种责任是无法承担的吗?"

"怎么不知道?他这完全是做给人看的。你没瞧他平日里那种清高的样子,对谁都爱搭不理的。"

"恐怕是你的心理问题,我看方老师就不是像你说的那样,他对谁都是挺随和的,并没有什么架子。"

"像方老师这种实干的人,如今可是太难得了。"

"你说的也是。现在这学生,无论出现什么问题,只要一打官司,学校保证就都输;即使不输,有时候也脱不了干系。社会上发生的许多事情,还不都是这样?"

"人家方老师甭说没出问题,就是出了问题,也会有人给兜着的。"很长时间没有吭声的女老师吴明丽突然说,"你们没听说他和咱校长的关系?"

"什么关系?"

"同学关系呗。"吴明丽补充了一句。

"哟,原来是这样呀!咱怎么没听说过呢?"

"你没听说过的事情多着呢！"吴明丽狠狠地瞪了一眼刚刚说话的老师。

"如今，许多事情都很微妙，谁能说清呢？不然，他能到咱们学校来？"吴明丽有些阴阳怪气地又说。

"我看方老师就不是你说的那种依靠关系办事的人。人家在周六带学生出去，有什么不可以的？人家既不耽误课程，又牺牲了自己的休息时间。依我看，你们这些人，纯属于没事找事，吃饱了撑的。反正，我是坚决支持方老师这种做法的。他这种敢为人先的大胆做法，很值得我们每一位老师学习，没什么可指责的。像方老师这样的人，我们学校是越多越好。可惜的是，这样的老师太少了。"

"那你说，多的是什么？"

"多的是只认得钱，其他什么都不认的老师！"

"依我看，现在呀，有些教育行政部门也是碰到什么问题，才解决什么问题，根本就是头痛医头，脚痛医脚。凡事压根就没有预见性，更没有预防性了。就像这春游，竟然还下专门指示，让学校不要组织。"

"这不是怕学生出事嘛！"

"干什么不出事？我看呀，凡是出事的，原因都是没有安全意识，或者说，有安全意识却没有足够的安全措施。你说，让学生出去看看大自然，感悟感悟大自然，有什么不好的！"

"依我的意见，国家教育行政部门不能搞一刀切，要让学校根据自己的情况去实施，只要能保证学生安全就行，也就是说，有足够的安全措施就行。"

"带学生出去春游，已经是许多老师不愿做的事情了，现在，再加上一些教育行政部门的规定，就更不去做了，当然也更有理由了。学生们不能走出去，这已经是学校教育的一种缺失了，教育部门这一规定，更加剧了这一缺失。试想，这符合教育规律吗？"

"我支持你们这样的观点。"

"哎哎哎，也许方老师就是这样考虑的。"

"我看，他一定是这样想的。"

"哎哎哎，你们瞧，方老师来了。"一位稍微年轻点的女老师边转头边冲着大家说。

"这方老师来了又怎么的，咱也没有说人家的坏话，就是将这问题讨论讨论，这又没什么的。"这位老师一边说着一边就看了看旁边的吴明丽，这言外之意，好像就是只有你在说方老师的坏话。

　　这位老师的话刚一出口，大家的目光便一下子集中到了吴明丽的身上。只见她的脸一下子红了，随后，吴明丽就和刚刚说方老师坏话的那个老师一块儿离开了这个地方。

　　很快，方正便信步来到了剩下的几个老师中间，很是热闹地聊了起来。

　　……

# 三十四　年底白雪庆功会　百般设计抢生源

自立冬以来，天气一直都很干燥，干燥得人喉咙发痒、鼻孔干涩、嘴唇起皱。所以，人们都在盼望着能下一场好雪。也许是天遂人愿，这几天，它总阴沉着脸，似乎在给人们努力地准备着一场大雪。吃过早饭，天突然转暖，没有一丝风，零零星星地下起了雪。那雪，米粒儿大小，一时间就将地面、房子覆盖得严严实实的。路旁的树，也稍微挂了些雪，湿漉漉、黑乎乎地站在那里。隔了没多长时间，雪就从米粒儿大小完全变成了雪花，纷纷扬扬地下了起来。

大概过了一节课的时间，地面就布满了厚厚的一层雪。下了课的学生个个都拥向了操场，打着雪杖，堆着雪人，滚着雪球，好不热闹，好不快乐，充分展现出了青春的活力！哟，这里，此时此刻，还有几个年轻老师也加入了他们的队伍，和他们一块儿玩了起来。

……

鹅毛般的大雪一直飘着，将个老天搅得昏天暗地。

学校已经放学了，方正由于需要处理一些事情，便暂时没有回家。当处理完了所有的事情以后，便觉得浑身有些累，于是坐在桌子旁休息了起来。这时候，也不知怎么回事，他一下子想起了有些老师曾经给他讲过的一些关于厚德中学的往事来。

那已经是五六年前的事了，也是立冬以后，学校工作处于年终总结的时候。因为事务较多，学校决定利用一个下午的时间，于多功能厅召开全校教职工会议。

按照安排，会议两点准时开始。

学校的几位领导，先就本学期的教学、总务、管理等几个方面进行了总结。然后，便给在高考和中考中在区上排名在前的几位老师发奖金，最多的是三千五，最低的是一千五。领奖的老师一一上了主席台，很是高兴地领了自己的奖金。有的拿了奖金，关系不错的老师便冲着他们说要请客。这些老师也是连声应诺，最后开玩笑的老师们皆大欢喜。

发奖金的时候，有些老师就很是胆大地在底下窃窃私语：

"这公平公正吗？年年都是这些老师拿奖金，咱们只有看的份！就那些老师能干，总把持着高三，咱们都是废物，没能耐？这机会怎么就不给其他老师呢？若给了其他老师，说不定取得的成绩要比那些老师好得多。"

"这话一点儿也不假。"

"恐怕得红眼病了吧？"一位男老师凑到刚说话的两位老师跟前不无讥讽地说。

"什么红眼病不红眼病的，跟这有什么关系？"刚说话的第一位老师瞪了那老师一眼，很是不屑地说。

"既然是竞争，就得把所有的老师都放到同一个平台上，这才公平公正。"另一位老师附和着他说。

"是呀，就应该这样。"

"想得倒美，谁让你和领导的关系不密切呢？"

还在强调同一个平台和公平的两位老师，此时一下子被噎在了那里，眼睛瞪了瞪，便没了声音。

"现在的领导行事，还不是像一副对联上所说的那样，'说你行，你就行；说你不行，就不行'，横批是'不服不行'。"

"这真是一针见血，说到点儿上了。"

"谁让你不是把关老师？"

"什么把关不把关的，把谁放到那里，谁都能取得好成绩的。"

"像这种把关老师，不当也罢。"

"当不上把关老师，也只能这样了。"

……

是啊，这么多年来，把关老师的这一说法特别流行。所以，各学校都在想着法子培养他、树立他。这样一搞，高考把关老师对教师来说，自然就成了一种至高无上的荣誉。教师一旦在学校担当了这个角色，那将是极大的荣耀，同时也极具权威性和话语权，当然也会获得许多实惠利益的。为此，诸多老师都把它当作神一样地来崇拜、来敬仰、来羡慕、来争取。以至于为了它，有时候竟然不惜人格、不惜金钱、不惜廉耻、不择手段地去争取。而我们的领导，在某种程度上，也会将此当作吊老师胃口的诱饵，来掌控他们。

　　事情往往有两个方面，在此，也有不服和反对的。所以，在发奖金的当场或者事情结束以后，私底下用消极办法表达自己意见的情况常常出现。

　　奖金发完后，校长说："同志们，我觉得咱们现在能拿这么多工资，比起那些老少边穷地区的老师来，已经不少了。那里的老师，有时候连工资都拿不上，至于奖金，恐怕连听都没有听说过，日子过得特别艰难，只要看了那些资料，心情肯定就不会好的。在此，我不知道咱们的老师怎样，反正，我是很难受的。你说，就这么个条件，那些老师不是照样还在干着吗？他们并没有因为工资暂时的没有发出，就影响了积极性，就放下工作不干。当然，我们比起那些收入很是丰厚的学校来说，还有些距离，但是说实在的，那些老师又是怎么干的？他们的压力特别大，不仅承受着学校内部竞争的压力，而且还承受着家长和社会的压力。这些老师承受的这些压力，不是我们每个老师都能承受的。我们就不是这样了，就压力来说，根本就没有那么大。我知道给大家发得少了，我也想给大家发得多一些，可学校的经济状况就是这样，不可能让我多发。我总觉得，我们学校的情况，就是比上不足，比下有余。据我了解，许多学校的情况还远不如我们，所以，我们要有一种满足感，心态也要平和一些，切莫眼睛总是朝上看。不然的话，会越看越出问题的。要学会辩证地看问题，千万不要因此影响了自己的情绪，然后影响到自己的健康。如果真是这样，那就有些得不偿失了，也有些划不来了。说实在点儿，多活几年什么都出来了。你们说，这道理不就是这样？"校长说到这里，便扫视了一下在座的老师们，然后顺势拿起了旁边的水杯喝了一口水。

　　此刻，整个会场格外安静。

　　喝完水后，校长清了清嗓子，又继续说："说真的，要想多发，不是没有办法，要说这办法是什么，那就是多招学生。有了学生，哪里还用发愁没有钱？要想多招学生，这就需要咱们的老师多加努力，为咱们的学校多做宣传。为了做到这一点，学校决定，从明年的五六月份开始，就在报纸和电视上对咱们的学校做宣传，宣传我们的师资力量，宣传我们的教学设施，宣传我们的教学质量。暑假的时候，我们还要组织所有的老师走出去，到附近学校私下了解学生的情况，看哪些学生学得好，然后再到他们家里去，千方百计地做他们以及他们家长的工作，争取把那些好学生挖来。对好学生，要讲清我们的奖励政策，可以向他们承诺，第一名，在学校就读的几年里，免除一切学杂费；除此之外，还要额外奖励那些高分学生，奖励最高数额为五千。就这些工作，我觉得还不够，还要到外地去，打听那些学习成绩拔尖的学生，依据刚才我讲的办法奖励他们。这样，我们就可以吸引很多学习上非常优秀的学生。如果真把这些学生吸引来了，我想，几年以后，我们的学校在教学上就可以形成一个良性循环，有一个光明的前途。真到了那时，我们就会很骄傲地拥有一块金字招牌。一旦拥有了这块金字招牌，我们就会财源滚滚。你们说，到了这种地步，我们老师的待遇还能不好吗？肯定也是别人十分羡慕的！这一点，我是很坚信的。"

校长讲到这里的时候，脸上露出了无限的喜悦。从那表情看，他特别兴奋，也特别有决心，好像学校现在已经真的成了那样，很有前景。他越讲越激动，越讲越有信心。

校长激动的表情以及他所展望的学校未来，使参加会议的所有教职工都深受鼓舞，同时，大家也都对学校的未来充满了信心。他们的兴致很高，个个都情不自禁地小声议论着。

外面的雪还依旧下着，并且越下越大。

"我们原来在这些方面是做了一些工作的，也收到了一些成效，但是，就今天的形势来看，还远远不够。在这上面，我们还要进一步完善一些措施，使我们的工作尽可能做到尽善尽美。我坦诚地告诉大家，我们学校还要搞一项'工程'，那就是'名师工程'，也就是要打造属于我们自己的名师。依我看，就是把那些教学成绩优秀的老师树立成名师，把他们的经验在全校乃至全区全市推广开来，让他们在本校带动一批年轻人。外边的许多学校，早都看到了这一点，也是这样搞的，就效果来看特别好。这样搞的学校，使自己的教学和管理工作都更上了一层楼。我们搞这项工作，虽然现在有些晚了，但是，我们要借鉴其他学校在这方面的成功经验，吸取他们的教训，然后再根据我们学校的实际，制定出一些具体而又得力，同时又能很快见效的措施来。如果真做到了这一点，我想我们的学校，一定会很快超过其他学校的。对于这一点，我是很有信心的。我们要在教学上放几颗卫星，放得让人们羡慕，让社会羡慕才行。当然，这就需要具有足够实力的老师。像高考、中考成绩高的老师，就自然而然地成了名师的直接候选人。"

整个会场依旧很安静。

……

会后，全校便迅速行动了起来。行政部门紧锣密鼓地制定和完善了各种制度，随后便对各家媒体进行公关，他们要将校长的讲话精神落到实处，将学校的名声传播出去。时间刚到五六月份，之前沟通过的媒体便对该校的师资力量、教学设备进行了轮番报道，大张旗鼓地做着招生广告。是啊，他们要抢占招生高地，必须这样先下手为强。就这样的宣传力度，一直持续到暑假，各家媒体才罢休。随后，接着便是全校教师整体出动，不辞辛苦地深入其他学校、外地，乃至那些成绩优秀的学生家里，以各种优惠条件承诺他们，从而吸引优秀学生上自己的学校。好家伙，这一招特别灵，也很奏效，一个暑假下来，招了许多质量很高的学生。从此，学校的声誉一下子上升了很多，毫不夸张地说，基本上做到了家喻户晓，一时间，厚德中学便誉满全城，生源也是源源不断，全社会的学生，几乎都是跌破头撞破脑袋地往厚德中学挤，自然，学校也是财源滚滚。

由于校长在大会上这样讲了，所以，高考、中考成绩在区上排名第一、第二的老师，身价顿时便在学校成百倍地上涨，他们既有名，又有利，真可谓是名利双收。在此，沉得住气的，并没有把此事当回事；沉不住气的，干什么都牛哄哄的：说话、走路的神气和姿势，看着都不一样了，也好像什么都比别人高一截，对待别人也是以一种不屑一顾的眼光，就好像自己真正成了了不起的名师似的。尽管这样，还有些老师，特别是年轻老师，对这些人也是刮目相看，望尘莫及，羡慕不已，大有一种众星捧月之意。因此，这些人自然而然地也就戴上了名师之头衔。而这些老师，从此也就像那些大夫一样，包治百病，不管怎样的学生都能教得成绩迅速上升、人品端正起来。于是，有关的教育神话也就跟着诞生了。

想到这里的时候，方正先是摇了摇头，然后便冷冷地笑了笑说："我们的教育竟然成了这样，竟然成了这样！"他握紧右手，用拳头狠狠地捶着自己的双腿：教育是不可能有神话的，同时也不应该有神话的。可今天的教育，在应试教育大棒的挥舞下，神话却在不断地出现，也在到处出现，简直都比比皆是了。细究神话的背后，无处不是功利的链条。啊，就是这种情况，在整个社会却是愈演愈烈。这样发展下去，何以得了！此时的方正，眼睛瞪得几乎都要突出来了。

是啊，我们的厚德中学就是靠这样的一种做法获得成功！以至于现在都成了本区乃至全市的品牌学校。

厚德中学真是名副其实吗？身在这所学校已经多半个年头的方正对此便有了几分怀疑。因为他并不觉得这所学校有什么出奇的地方。相反，它的所有做法，几乎都违背教育规律，它使整个学校教育几乎都要疯狂了。可不是？它的成功，在很大程度上，是靠投机得来的。方正咬紧了牙关。这教育，能这样干吗？可不这样干，又能怎样？还不是朝着既定的方向走的吗？这种局势，能扭转吗？是啊，现在谁都明白，有了高素质的学生，成绩自然就高了，升学率当然也高，而升学率高了，就会招揽更多的学生，以至于生源不断，财源滚滚。这种现象，不仅在本校存在，其他学校照样也存在。啊，这应试教育，多年来，不知造就了多少金钱暴发户！无论是学校，还是教师，都是这样！而最后的结果便是：富了学校，穷了家长，扰乱了社会秩序，导致了人们心理上的不平衡。真令人痛心疾首啊！

方正再次摇了摇头，从这种架势来看，他对厚德中学的一些做法，不仅不敢苟同，而且觉得大有改造之必要。这个时候，他便站了起来，仰起头，伸了伸懒腰，无意间看见墙壁上的挂钟，"哟，都快十一点了，也该休息了。"他急忙收拾了一下东西，带上门，就朝学校后边的宿舍走去。

此时的雪，依旧还在下着。不过，比起放学那阵儿，已经小多了。方正踩在松软的雪上，不时地发出"咯吱咯吱"有节奏的声响。而这种声响，在方正的心里，已经不是什么美妙的音乐了，而是犹如敲击在心坎上的重锤。每一步，每一脚，都是一次无形的震撼，也都是一次无声的警醒。

# 三十五 同学相聚敞开怀 各抒情志道心意

以前的几次大学同学会，方正因为工作太忙，都没有参加，可前天又接到同学会的通知，无论怎么说都得参加，否则，就有些说不过去了。再说，自从毕业后，同班同学中的好几位都从事着和自己一样的职业，去了也能和他们交流交流，了解了解他们学校的情况，以便自己对目前的教育状况有一个较为全面的了解。

基于这样的思考，方正一大早就出发了。一路上，他紧赶慢赶，可还是迟到了。迟到了的他，说实在的，便没少挨同学们的奚落，说他的架子太大，没把同学们当回事，太不尊重人了。这些话一出，弄得他是有口难辩，很是尴尬。他只是一个劲儿地向同学们赔着笑，道着歉。

在大家寒暄了一阵儿后，几位搞教育的同学，也许是由于职业相投，便很自觉地凑到了一起，各自谈起了自己学校的情况来。

其中和方正关系极好的一位男同学刘永，也在一家厂办子校当教师，说厂里因为效益不好，也不重视子校的发展，在资金的使用上，更是不予支持。为此，教师的积极性也不高。有能力的，跳槽的跳槽，辞职的辞职，教学质量急剧下滑。于是，生源也在减少。也就在这种情况下，正巧有一位老校长，退休后想办一所学校，当得知这所学校的情况后，就和厂里商量，准备接收这所学校。厂里的原则是，要将所有的老师接收下来，承包人自己出资，才能改变原来的校名。条件谈妥后，学校的性质就发生了变化，成了一所"公办民助"形式的学校，说得简单一点，就是另一种形式的私立学校。因为这所学校的招生、招聘老师，都是私人行为，也就是说，学校完全是校长说了算的。

因为这位校长是从一所较有名气的学校退休的，所以，学校在刚办起来的时候，附近的生源都纷纷赶了过来。就这样，当年招的学生素质都比较高，以至前两年的高考成绩也比较好。可后来，随着时间的推移，生源素质就逐渐下降；再加之临时聘用的一些老师，大都是些退休老师，讲课没有激情，工作责任心也不强。如此一来，高考成绩也就逐年降低，名声也就逐渐下降，自然，生源也就渐趋减少。于是，没几年，学校也就逐渐走向了下坡路。

这期间，学校领导是狠赚了一把的。光第一年的学费，就赚了好几百万。然而，他们对待老师却非常苛刻，总在强调"节约"，以致最后搞得连最基本的教学用品都在计较，致使老师上课连用的粉笔都在告急。至于加班费用，就更是分分厘厘地计较，以至于计较得让老师心寒，弄得大家怨声载道。

"这怎么和我原来学校的命运如此相似！"方正睁大了眼睛说。

刘永刚说完，在一旁的惠芳华说："我在的那所学校也是一所厂校，近几年，因为厂里效益不好，学校也陷入了一种半死不活的状态。好在，学校自己还有校办工厂，国家给校办工厂都是免税的。这样一来，经营得还是不错的，每年还能弄上个几十万。这才有了二次分配时的基金，保证老师的基本收入。说起来，这比厂里的那些工人，收入要高得多了。所以，厂里的工人，也非常羡慕我们教师。于是，那些稍微有些文凭的，也就是那些进修的，就寻情钻眼地往学校里挤，哪怕是以工代干也行。前几年可不就是这样，有关系的，大多跑到学校当教师。尽管这样，有能力的老师还是纷纷离开，到更好的学校了。这样一来，剩下的教师，大部分都是些年轻教师，而这些年轻教师，因为不知道学校的老底，也不可能发表自己的看法；即使多少知道一些内情，也不敢就学校的事情发表看法。所以，这学校就完全成了校长一个人说了算，校办工厂每年收入多少，钱都去了哪里，去了多少，还剩多少，大家都是一摸黑。而校长对此也是守口如瓶，不向全体教师说明，想怎么花就怎么花，想花多少就花多少。纵使有几位老教师对此一开始还有意见，但由于人数较少，势单力薄，久而久之，就不再问津，也不敢问津了。之所以不敢问津，关键在于，他可以借助厂里裁减人员的借口，随时让你下岗，然后再另外聘任教师。说句实话，我们学校，换教师就像走马灯一样。如此一来，学校的账行特别混乱。上边再一说要查，可人家设了一些黑账，你能查清吗？查不清的！每次查了以后，都认为人家校长是清正廉洁的。哼，好一个清正廉洁！听说我们那校长在他女儿结婚时就准备了一套新房，靠他那工资，谁都能算出来，是什么都买不起的。你说这钱是从哪里来的？这就不得不让人怀疑了。"

"是啊，厂办学校大多数都有校办工厂的。国家一再强调不许国有资产流失，可是，这校办工厂的资产，谁又能去查呢？"刘永附和着插了几句话。

一直在听别人说话而没有吭声的王建军此时发话道："你们那学校是这样，可我现在的学校就不是这样，从某种程度说，很有'特点'。我呀，原来想着自己的学校不行，于是就通过熟人介绍，来到了一家事业单位办的公立学校。当时我想，这所学校肯定能给自己发挥才干的机会。谁知，到了以后才发现，这所学校，一切都还是计划经济。十多年的市场经济观念，咱都已经习惯了，可到了那里以后，怎么都不习惯，也不适应，时时刻刻都会感到憋闷、不舒服，更觉得是在受罪，总感觉那是一个消磨人的意志，使人精神颓废的地方，像打麻将的，整天在网上炒股、种菜偷菜的，没事聊天的都有。可以说，原来咱们所说的养尊处优现象，在那里比比皆是，个个都像不思进取似的。最突出的现象就是稍微有点儿事就请假，几天几天不上班的情况。就这，工资还一分不少地照拿。学校的整个状况就是人浮于事，干和不干一个样，说得难听点儿，许多人都像混世魔王。碰到这种情况，自己也无能为力，只好认命，跟着瞎混了。可这混，又混得令人难受。我现在只想着能有一天离开，离开这样一所无所事事的学校。我在这样的一所学校待着，有时候觉得简直都要疯了。"说到这里，王建军似乎从压抑之中走了出来，他长长地舒了一口气。然后看了看其他人，声音也有些提高，显出很是不平的样子："学校都办成了这样，可我们的校长，不以为耻，反以为荣，还时时处处、喋喋不休地以校长自居，到处标榜自己是一校之长。由此可见，'官本位'的封建残余意识多么浓厚，简直太要命了！这事业还能进步?!"

"那好呀，多舒服，放我身上，我才高兴呢!"一位男同学急切地说，"我们那里，简直都要把人搞成机器了，也压得人都喘不过气来了。"

"那哪可能呢?"王建军冲着这位同学笑着说。

"怎么不可能？你不是嫌清闲吗？只要真想干点儿事情，在哪里都可以干的，千万不要嫌这嫌那的。你们说对不?"那位男同学说着，就向在场的所有人看了一下。

"哎哎哎，谁没有干事情了？我不是就指的那种令人颓废的环境嘛?"王建军再一次强调道。

"真是可悲啊，这些现象!"惠芳华有些痛心地说。

看得出来，这些人在谈及这些事情的时候，都有着共同的情绪，那就是特别气愤，也特别激昂。他们深为目前教育上出现的这些现象而担忧。

"我们的学校什么时候才能从企业中剥离出去呢？如果能够剥离出去，那也是一种明智之举。"

"是啊，这样一来，不仅可以减轻企业的负担，而且还可以将教育独立出来，得到更好的发展。"

"看来，这已经成了大家的共识。"

"怎么不是呢？"

"什么时候才能实现呢？"

"听说南方的一个城市就这样做了。"

"是的，我也听说了。"

"真希望这样的事情早日到来。"

"放心吧，国家在这上边会这样做的，我估计这只是个时间问题。"

……

方正听着这些老同学的诉说，只觉得各校的现状跟自己估计的不太一样，为此，他不由得发出了一句慨叹：真是各校有各校的特点啊！看来，自己对目前的教育形势估计得还不够到位。不过，话说回来，这次交谈对自己来说，还真是开了眼界、长了见识。然而，这一切不都充分表明，这教育还真有些"路漫漫其修远兮"的意味？而自己，也还得持有一种"吾将上下而求索"的精神才是。方正现在只感到教育的路子维艰！不过，对于未来，他还是充满信心的。因为，在他的心中，始终都有着一个信念，那就是：随着改革开放步伐的迈进，一切都会改变的。这些老同学希望的教育面貌，一定会到来的。

"哎，要我说，今天我们在一块儿，别老是工作工作的，好好地放松放松才是。"刘永提醒大家。

"对呀，我觉得也是。不想想，我们今天是干什么来了？就是放下工作，好好地放松放松呀。"个头稍高一点的王建军说道。

"是啊，我们怎么一个个都将主题给搞偏了。"惠芳华很是爽快地附和着。

于是，大家的话题便一下子转到了各自的家庭上，诸如妻子、丈夫、孩子什么的。就这样，不知不觉时间就到了十二点。这时，原来的班长向大家招呼道："哎，各位，咱们现在就聊到这里，现在往餐厅走，准备用餐。"

随着这一声吆喝，大家便走向餐厅用餐。

用餐完毕以后，按照安排，大家便是很快乐地活动了起来。喜欢唱歌的，就到 KTV 包房唱起歌来；爱打保龄球的，就打起了保龄球；喜欢打麻将的，就干脆打起了麻将；还有什么都不想干的，干脆就到了茶座，边饮茶边聊了起来……

# 三十六 心系教育念育人 月夜抒怀颇伤神

## 1

一天晚上，月亮升得很高，寒风也在微微地吹着。这时候，方正一个人在学校的操场待着，脑子格外地清醒。时间过得真快，自己到这所学校已经近一年了，这个时候，有必要将碰到的有关教育的问题，在脑子里回忆一下了。

原来想着到厚德中学，一切都会给自己一种全新的感觉，不再像光华中学那样不可救药。可是，到了以后才发现，这所学校，除了规模大、各种教学设施齐全、具有一些新的教育理念、管理制度严格外，在某些方面还不如光华中学，特别是在管理方式上，甚至还处于一种较为原始的状态，使人觉得非常落后，很难接受。真没想到，这学校竟然这样！在这里，校长拥有绝对的权力，说什么就是什么，一言九鼎，某种意义上犹如皇上的圣旨，不可更改，不可指责，否则就是大逆不道。至于追求升学率，那简直就是学校的唯一目标。为了达到这个目标，学校可以不择手段，不惜重金，毫无限制地延长师生的在校时间。在此，单纯的应试教育成了这所学校最鲜明的特色。由此看来，这所谓的好学校，也只不过是比别人炒作得好罢了，其实，这里的许多做法，都不尽如人意，压根就不像人们议论的那样好、那样优秀，而只是一种传说，一种虚妄的舆论鼓噪而已！这真是变本加厉，"绝妙透顶"，"无与伦比"！这些都太出乎自己的所料了！这是教育的奇迹吗?! 这是自己所希望的学校吗？方正很是清醒地摇了摇头，发自内心地给予了否定。一所学校如果总陷于这样一种地步，那它绝对不会有多大出息，至于更广阔的前途，那就更是一种妄想，简直就跟白日做梦一样！因为它从根子上就没有创造力！试想，没有创新的学校，还有什么前途？像这样的学校，无论是在管理方法上，还是在教育教学上，都应该成为中学教育的模范才行，即有一个科学的态度和方法，使教师有一种归属感，从而在教育教学上有一种积极性和创造性；使学生在做人上做到有方向、主动、自觉，在学习上能够学得主动、学得灵活、学得有效。然而，这里的许多东西似乎都不是这样。

是啊，在这里，最要命也最令人接受不了的，就是那种违背了教育规律的蛮干和死干。它最直接的表现就是，学校的整个作息制度还延续着很多年前的做法，早上六点十分起床、上操、吃饭、上课，一直到中午十二点二十才放学。下午两点接着上课，一直到晚上六点半放学。接着，晚上七点半再上自习，一直到十点下自习。一天十几个小时，老师还得全部跟上，稍有怠慢，不是大会点名，就是奖金处罚。就这样，周六、周日还照样上课。

课表安排上，体育、音乐课是能少就少，而唯独不能少的就是数理化。这些课的排课量，已远远超过了国家规定的标准。整个指导思想都是重理轻文，以至于这些受轻视科目的老师都有些不满。学生的整个学习状态都成了加班加点、题海战术。

噢，还有，学校在赚钱问题上，更是独具一格。他们不像光华中学那样，总是小打小闹，很隐晦，不敢明目张胆，有些小儿科；而是大手笔的，毫不隐晦，光明正大，理直气壮，没有商量。啊，这一切，可都是自己万万没有想到的。这下，自己可真算是大开了眼界、长了见识。这一切，可不都应验了社会上流行的那句话：钱是个好东西，也是个真东西，这年头，谁和钱有仇、和钱过不去呢？要说不爱钱，那才是假的。有钱谁不赚，并且不是大把地赚，抓住机会赚？不知道赚钱的，那肯定是有病，并且还病得不轻，佛爷都会降罪的！不赚白不赚，赚了也白赚。瞧瞧，这什么逻辑？简直都钻到钱眼里去了！

总之，师生在此都成了被绑在应试战车上的生物机器。虽然每年取得了像宣传上说的那样骄人的成绩，可殊不知，整个学校又有多少学生都已经厌学，又有多少教师在精神上已经麻木了。可就这一驾战车，还在继续疯狂地奔跑着。整个学校的前进，都是用金钱作为杠杆，推动着教育的畸形发展，师生的心灵都在被金钱、利益腐化着。为了金钱，教育的良心都失去了！这样的学校教育何以了得！

方正心痛地低下了头。他沉思了一会儿，心想，依据形势的发展，这种局面不会坚持多久的，是的，不会的！这一切都会改变的！

假若这所学校让自己管理，自己有能力改变它吗？依据目前应试教育的惯性，说实在的，恐怕太难了！真是，可怕的惯性！

学校和老师整天都在想着法子赚钱，可这钱又不是赚别人的，而是自己的教育对象——学生的。是啊，为了孩子上学，父母背负着沉重的经济负担。孩子难道不知道父母的艰辛，不心疼自己的父母吗？由此一来，他们对学校和老师还能再信任吗？对国家还能有感情吗？这一切，都不可能了！既然不可能，那么，国家以后该怎么办呢？谁还去爱国呢？就目前来说，这种心态不是没有的，到时候，就怕国将不国了！因为，这影响的可不仅仅是一代人的事情，而是几代人的呢！

这些情况和做法，比起原来的光华中学来，只是有过之而无不及。这样说毫不夸张。原来是纯粹的应试教育，现在依然是纯粹的应试教育。比较起来，不同的只是光华中学搞的那一套，应试的程度没有这么严重，没有单纯用应试的一套规格去严格规范教师，也没有用这一套要求去规范和强烈要求学生。所以，在育人方面还是做得较有起色的。而厚德中学在应试方面，几乎已经到了疯狂的地步。他们不仅仅用这样一套来严格的要求规范老师的行为，还严格规范学生的行为，所有的师生几乎整天都在跟着应试教育的战车奔跑，以至于搞得他们身心疲惫、厌教厌学。毫不夸张地说，现在相当一部分教师，已经成了应试教育的直接鼓吹者和积极倡导者了，操心的也只是奖金之类的事情。除此之外，好像什么都不重要，至于学生怎么做人、怎么做事、有没有一定的思想觉悟、言谈举止有没有礼貌，都似乎已经不是他们关心的问题了。而教师也只是把自己定位在教书先生这样的角色上。无论怎样，只要把成绩搞上去，一切就都算完成了任务，一切也都可以万事大吉。教师是这样，学生那就更是简单了：只要把成绩搞上去，就算成功，而这种成功，有时也是很值得骄傲的；除了学习，其他一切都不在自己的关心之列，诸如操行、品德、礼貌等方面都不关心。

面对飞逝的时间，方正有些伤心：这和自己当初出来时的想法可大不一样啊！现在就连自己都被绑在了应试教育的战车上拼命，下都下不来。想到这里，他便不禁为自己当初的选择而痛心，也为当今的教育现状而担心。如今的教育，在某种程度上，可不就是路子越走越狭窄，越走越步入了歧途？

是啊，当这种不科学的行为已经被大多数人认可，并且竭力助推的时候，纵使自己再清醒、再有本事，一时间也很难矫正。如果硬要矫正，那后果只能是自己被碾得成了粉末，甚至还会死无葬身之地。这就是大众的力量，大众糊涂的力量！

一直都在应试教育大棒下前行的他，有时觉得自己就像一只小鸟，在布满了水泥森林的上空不停地飞翔。纵使想暂且休憩一下都无处可依，因为这里没有丝毫的绿色生命。然而，可怜的自己，就这样一直都在飞呀飞的，以至于飞得疲乏、飞得无力、飞得无奈、飞得毫无信心。尽管这样，还依旧这样飞着，以致最后几乎都要没了生命！是啊，在此，自己和大家又有什么不同呢？大家都是一样的，都干着同一件事情。既然这样，那么，谁还不了解问题的实质是什么呢？说来奇怪，每当有了这样一种感觉的时候，另外一种幻觉就相继出现了，仿佛自己进入了一个无底的黑洞，左右突围，就是突不出来，眨眼之间，就好像要闷死了。就这样，似乎还不够，不知怎的又一下子跌入了波涛汹涌的大海，然后被无情的海浪吞噬裹挟涌动着，以至于永远都无法靠岸。然而，清醒的他还在继续努力着、挣扎着，可最终还是未能靠岸。

面对蛮干的学生，方正又想起自己小时候的经历，那时自己也是这个年龄、这个年级。那时的老师经常强调一个问题，就是"理论联系实际"，学校非常重视学生的实践活动。为此，凡是所开科目都有实践课，老师带领学生走出课堂，亲自实践。尽管仪器设备很简陋，但是同学们的热情都很高，大多也都学得很有兴趣，也很认真。社会实践活动就更是丰富了，学校为了使学生对社会有一个清楚的了解和认识，常常组织学生到农村去干一些力所能及的活，或者到工厂参观一些设备或工程建设项目，或者到街道参加一些公益活动。这些活动的开展，在当时来说，就像家常便饭一样，非常频繁，自然，学习文化课的时间就变少了，除此之外，还整天闹革命，最后致使这一茬人几乎没有学到什么知识。这也就是这些人的欠缺。

可现在的学生，整天都被囚在学校，都被绑在应试教育的战车上，进行着纯知识的灌输，个个都被搞成了知识的口袋、应试的机器。他们没有了一点的社会实践活动的时间。社会实践活动，原本是中学生必须都要参加的，可这些要求最终都形同虚设。让一个根本就没有参加过社会实践的学生，最后通过各种方法，捏造出已参加过社会实践的事实，致使学生在一定程度上变成了低能儿，这也就是人们常说的高分低能、书呆子。这一切，都是为了什么？还不是为了升学？为了让学生升学，学校是这样，家长也是这样，学校唯恐自己的升学率不高，家长唯恐自己的孩子输在起跑线上。于是，"学习、学习、再学习"的风气便在整个社会中形成了，而这种学习又单纯是书本上的。把一个个活泼的学生，似乎都要变成读书的高手，而唯一不注重的就是对学生实践能力和生活能力的培养。这种趋势，从大学到中学、再到小学乃至于到了幼儿园都是这样。

这两相比较，孰优孰劣呢？分明既是无所谓优，又是无所谓劣的。它们完全走向了两个极端。唯一不同的是：所处的时代背景不一样，其做法也不一样；一个是自己曾经经历的，一个是自己正在经历的。而这两种经历中，自己担当的角色又发生了转换，前者是学生，后者是教师罢了。不管怎样，就教育的本质来说，两者都属于残疾教育，使学生在起点上都变得缺胳膊少腿了。那时的教育使学生缺少了知识，可如今的教育使学生变成了缺少人文精神的有"术"的动物，而这样的一种后果，比起前者的危害要大得多！因为有"术"的人，在很大程度上，许多已经不会做人了！在此，他们变得冷漠、变得自私、变得贪婪、变得无情、变得没有了善良之心！教育怎么就从一个极端走向了另一个极端呢？然而，走到今天这个极端，它能走得很远吗？它完全不是一种创造！无论怎么说，这一点，自己体会得特别真切。

也许会有人说，世界上有些国家的基础教育就是这样，在激烈的竞争面前，这应试热潮也很高涨啊！确实，有些国家就是这样，可中国的教育就不能有自己的特色吗？这特色又能表现在什么地方呢？方正有些茫然，更有些不知所措。

然而现在，他最清楚意识到的还是：以往在学校所学的那些数理化公式定理，现在回想起来，都还给了学校，已经不再记得了；而唯一没有忘记并觉得有用的，就是曾经亲身经历的社会实践活动以及一些有益的交际活动。这些活动的益处倒不是别的，而是教会了自己怎么做人。正是那时候形成的人生观和价值观，现在一直还在践行着。就此来看，这种实践活动的开展，对于一个一切都正在成长的学生来说，是至关重要的，会影响他的一生。然而，对那些只参加社会实践，而不重视文化课学习的做法，他也是坚决反对的。

莫非过高的升学率，就是一些所谓成功学校的秘诀？也正是靠着这一秘诀，这些学校才赢来了社会上的诸多光环。然而，在这些光环的背后，却隐藏着多少不被外人知晓的阴暗心理、卑劣手段和行径，隐含着多少关于教育者以及受教育者的辛酸！而这一切，又能用分数的高低衡量吗？它不是人类在教育方面的进步，而是一种赤裸裸的退步，是人类精神文明的退步！因为教育进步的最集中体现，就是人类精神文明的进步。有些学校和这个社会，在某种程度上，太热衷于表面上的轰轰烈烈了，也太习惯于这种毫无意义的表面上的轰轰烈烈了!

方正细致而冷静地分析了这一切后,不禁想起了自己上高中时发生的一件事情来。

那是一天下午第三节课下了以后,一伙同学喊着闹着地拥向了学校厨房。这时,只见一车胡萝卜撒了一地,于是,大家便你一个我一个地抢着拿回宿舍吃。正在这时,厨房管理者张老师走了进来,要求大家将所有的胡萝卜放回厨房。还没来得及吃的,自然乖乖地放到了厨房,而嘴快已经吃掉了的,张老师只好叫他们过来,每人罚了五分钱,并且让他们挨个承认了错误,这才罢休。

事情已经过去了一年多的时间,到了学生毕业离校时,张老师叫了包括方正在内的几个同学到他那里,说有事找他们。一到那里,张老师便对他们说:"你们要毕业了,老师将原来罚你们的钱还给你们。"说着,就拿出了几个五分钱硬币一人一个还给了他们。这时候,方正才想起那是一年前吃胡萝卜罚的款,张老师还没有忘记!接过钱的他,当时就对张老师产生了一种敬意,只是默默地看着他。这件事,自己到现在都还记得!多么令人敬重的老师啊!这件事一直留在了自己的脑海,影响了自己的大半生。

现在的有些老师,能与当初的张老师相比吗?五分钱,即使是五十块钱,对现在的老师来说,又算什么?更何况时隔那么长时间,还把这事放在心上?确确实实是不值得的,太不值得了!能从学生身上赚钱,随便一个理由都是可以的,并且赚得神不知鬼不觉,包你还心甘情愿,非常乐意。这样做,唯一的理由就是,谁要我是你的老师呢?多么龌龊的想法!想到这里,方正只感到今天的许多教师,已经失去了做教师的准则。

那时的老师是老师,现在的老师也是老师,可老师和老师的思想觉悟、基本素养,怎么就相差这么远呢?这是时代的进步吗?按理说,随着时代的进步,老师的觉悟应该更高才是,可是,实际情况压根就不是这样,老师的人品已经大打折扣了。分析起来,这些教师不能代表大多数人,可是,他们的存在却大大降低了老师在民众中的威信。教师是教育的直接实施者,可今天,部分教师竟然变成了这样!这还是教师吗?还能担当起教育的重任吗?如果说能,那么,这种教育又是怎样的教育呢?无疑,它会将中国的教育引领到很糟糕的地步,以至于最后培养出来的人很难成为国之栋梁。

方正想到这里,不由自主地起了一身鸡皮疙瘩,接着感到一阵凉意,心也跟着凄凉起来,人也难过了起来。

他抬头仰望天上的星星，星星竟是那样明亮，以至明亮得都要照进自己的心里去了。是啊，这张老师，在精神上，不就是这明亮的星星吗？也就是这种精神，永远都在给自己树立着人生的灯塔。他看着看着，那星星就越发明亮，恍惚之间就幻化成了张老师，带着笑容向自己走来。他是那样地慈祥，那样地善良，那样地亲切，那样地值得人们尊敬！也就在这个时候，方正觉得自己的整个身子似乎都飘飘然了，就像升腾一样。他带着一种前所未有的真诚和热情以及敬重，举起双手迎向了他。此时的方正，内心就像涌起了一股股热浪，丝毫都不觉得寒冷。

突然，一股冷风袭来，他有些清醒了，然而，那迎向高空的双手还在定格着。当意识到刚才的一切都是幻觉的时候，他才收起了自己的双手，冷静地回到了现实。

是啊，老师中间存在的这些怪象，奇怪吗？不奇怪，不奇怪！他摇了摇头。现在的教师，也不是在社会以外生活，许多方面也得面对现实。而在这个激烈竞争的形势下，尤其是这样。谁又能不面对现实呢？所有的教师，和社会上的人一样，他们同样面临着孩子的上学、家人的医疗、购买房子等现实问题。而这些，干什么又都不要钱呢？现在的社会，可以说是一个非常实际的社会，没有了金钱就寸步难行。是啊，当面对这一切的时候，教师们也不得不冷静地考虑一下自己的利益。在某些方面，也确实难为了他们。

依据教师的实际来看，他们都是学有专长的人，都有一技之长，在市场经济的大潮下，他们有能力改变自己的命运，也有能力改变自己的生活，他们完全可以依靠自己的能力过上较为富足的生活，只要是自食其力，就没有什么值得非议的。可是，我们有的教师，是这样的吗？

有人说，现在的教师之所以这样，完全是因为时代不同了。是的，一点没错，原来是计划经济；而现在，是市场经济。大背景已经大大不同了。如果还用过去的标准要求教师，那岂不是太跟不上形势的发展，也太不符合实际了。难道说，形势发生了变化，教师就可以冠冕堂皇地以此为幌子，改变自己做人的准则？教师的行为怎样应该由他的角色，也就是这一职业的性质决定的，并不是随着形势的发展或者改变而改变的。因为，毕竟教师还要为人师表。

方正非常冷静，也非常清晰地分析着教师前后截然不同的心理和行为，以及可能产生的不一样的结果。这些年来，我们有的教师是怎么做的，只要是行内人都是心知肚明的。可奇怪的是，明明知道其做法不符合教育规律，可偏偏谁都不说，谁都心之向往，并且同流合污地这样做。这是为什么呢？无非就是一个"利益"牵扯着。难道利益在这些老师面前，就这么重要？可不就是！我就弄不明白，我们的老师，其精神竟麻木到了这种地步？他们可都是文化人啊！文化人是有着一定的是非观念，也有着一定的自觉性，更有着一定的批评精神的。但文化人又怎么了，难道就不食人间烟火了？唉，说起来，还是受了社会这个大环境的影响。既然这样，那么老师的如此做法，也就再正常不过了。可这样下去，也不是个事啊！好在，我们的教师队伍，绝大多数还在坚守着那样一份心灵的纯洁。要不然，中国教育的前途真要黯淡了。一旦作为教育实施者的教师这样了，那么，中国的前途和命运将不堪设想！

是啊，知识分子一旦麻木、堕落，那么这个民族、这个国家就令人担忧了。因为知识分子在整个历史长河，乃至今天的社会中，都扛着社会的良知、道德和正义、公正和公平的旗帜，引领着人们向这方面看齐和前进。

方正感到自己是在思考着一个特别重大的问题，也是在思考着一个必须解决的问题，然而很快，他又觉得自己是在思考着一个毫无用处的问题。这是自己思考的吗？不是啊，不是！你把你当什么了？已经把自己放到一个不适当的位置了。这些事，是你思考的吗？不是啊，同志，这叫杞人忧天！这都忘了，足见你的迂腐！可不管地位卑贱也罢，杞人忧天也罢，还是迂腐也罢，这长期养成的习惯，就是改变不了。人们不是常说"位卑未敢忘忧国"吗？自己就是这样的一个人，没法改变了。就这样，也没有什么错的。谁让自己是个文化人呢？当理顺了这样的关系以后，他的思绪就一直沿着这样的轨迹走下去了。

看来，这人的品行怎样、道德水准多高，与拥有的身份和学历的高低，都没有关系。小的时候，自己始终认为：读书的文化人，也就是知识分子，其觉悟都是很高的，举止行为也都是文明的、高尚的。就这种认识一直延续至今。如果不是发现问题，它依然还存在，足见这种认识在自己思想中的根深蒂固，还有自己的迟钝和不觉悟。是啊，以前对他们的认识是多么地幼稚和片面，更是多么不切实际！也正因如此，心中才将他们完全美化了。可自己当初对他们的这些认识，是从哪里来的，又是怎么来的?！莫不是受了某种欺骗？莫不是心中就有？这，多么荒唐！顿时，他就瞪大了眼睛，似乎恍然大悟。是啊，他们的形象曾在自己的心中，是多么高大、多么完美！然而，就这种高大完美的形象，却在自己的面前坍塌了。

此时此刻，方正带着很失望、很茫然的神情在那里站着，然而隐隐之中他又觉得：尽管这种清醒来得有些迟，但毕竟还是来了。就此，他不得不感谢和庆幸这种迟到的醒悟！是啊，这种醒悟，完全是社会现实将他教育了的，而这种教育又是何其深刻！

尽管对问题有了这样的认识，但是，他很快又陷入了苦痛之中。现在的他，浑身都觉得寒冷。于是，他便抖了抖身子，缩了缩脖子，随后就暂时闭起了眼睛。隔了一会儿，他告诉自己，这样也好，最起码让自己长了见识，再一次地成熟了。不过，他的心始终是冰凉的、痛苦的。

## 2

他带着一种痛苦的心情在操场转了一圈后，脚步就渐渐慢了下来。

纷繁的教育怪事，单纯的应试教育，不得不使方正考虑这样的一个问题：教育的本质到底是什么？

这个问题，作为教育者，本来就无须考虑，也没有必要给出回答，但是，现实的诸多问题，使他不得不仔仔细细地考虑这个问题。教育的本质到底是什么呢？依据自己的思索，每一个人，无论生命历程多长，其成长都有一定的规律。然而，就在这样一个较为漫长的历程中，怎样使他们健健康康、平平安安地度过呢？如果荆棘遍地、困难重重，又该怎样去面对呢？这一切都告诉我们，拥有怎样的人生价值，以及怎样实现这个价值，是至关重要的。这也是每一个教育者需要面对的问题，同时，也是不得不考虑、不得不解决的问题。是啊，作为教育者，必须让自己的学生首先树立一种正确的人生观。人都要在这个社会中生存，而生存就得学会和社会保持一种和谐的关系，这对于受教育者来说，是必须懂得的。在这种意义上，学生在学校学的首先就是做人，其次才是知识。也就是说，作为教育者，在平时的教育中，要特别注重学生的非智力因素的建设。这项工作做好了，其他问题都会迎刃而解，特别是有关知识的学习问题就更容易解决了。专就这一点来说，学习知识和做人并不矛盾，其关系也是相辅相成。就此，中国教育史和外国教育史，不是没有讲过，而是论述备至。所以，现在再加以论述，简直有些多余，或者是班门弄斧。自然，这对眼下的教育，更是一种辛辣的讽刺。

可我们的教育在很长一段时间，却陷入了急功近利的状态，以至于无法自拔。在此，有的学校和老师，已从原来的羞于谈钱，转变成了不羞于谈钱，并一味地追逐起金钱来，甚至有些人还不择手段、理直气壮、心安理得，不再自觉地坚守学校这一块清洁之地了。那些还在坚守着的人们，说实在的，过得比较郁闷。因为他们常被别人当作另类，冠以"傻瓜"的称号。之所以这样，是因为在那些人的眼里，通向金钱的途径就是教育。

在这样的一种局面下，我们的教育能否担起传承人类文明的重任，还得打一个大大的问号。之所以这么讲，是因为发生在学校里的急功近利现象，随时都在影响着学生，影响着他们人生观和价值观，影响着他们未来的人生走向。这一点，不管承认不承认，事实都是这样。

是啊，这时候的中学生可塑性很强，同时也很好塑造。至于学生最后究竟能形成怎样的人生观和价值观，真正朝哪个方向发展，那还要看我们的教育如何。如果不注意正面教育，就容易被其他教育熏染和塑造。至于熏染塑造的程度，真不敢想象，肯定是百倍的自私，百倍的唯利是图！将来的社会，倘若要靠这样一代人去建设，他们又会建设起怎样的大厦呢？必定是一个容易坍塌的"社会大厦"。如果真是这样，那么，我们的社会将会是一个怎样的社会？如今的有些教育者，在一定程度上已经忘记了自己的身份，给学生的是负面的言传和身教。难怪，现在已经有不少的学生和家长，在诟病我们的学校和老师。就此而言，这无疑是让我们的教育失去了生命的本真！

多少事实都已证明，教育一旦有了功利色彩，它就失去了本有的功能。如果还是硬要带有功利色彩，那么，教育出来的学生，势必就会存在许多问题。因为，它在很大程度上已经影响了学生的心灵，致使他们也成了功利主义者。而这个功利主义者最大的特点就是，与他们的老师相比有过之而无不及。若论其表现，那就是在他们的心里，没有他人，也没有社会，更没有国家甚至人类，而唯一拥有的就是他们自己！

就此来说，学校和老师中出现的带有功利色彩的现象，就是教育者在新形势下的一种迷失。而这种迷失，不管是个人迷失，还是集体迷失，作为圣殿——学校，都不应该存在。

现在人们谈论最多的问题之一就是教育，最恨的也是教育。但是又很无奈，不得不在这样一种单纯的应试教育之下，让孩子接受这样一种教育。我们的教育，如今究竟是怎么了？怎么了啊?！

在操场又转了一圈后，方正便坐在了一旁的石凳上，似乎欲哭无泪地、一动不动地、呆呆地望着天空。

# 3

也就是在老同学聚会后的不久，和自己关系极为要好的老同学老朋友刘永，正在上课时突然跌倒，大口吐血。正在上课的学生看到这种阵势，一时慌了手脚，好在几个机灵点的学生，这时候扶他的扶他，喊人的喊人，不大一会儿就把他送到了医院。

经过确诊，他身患癌症。谁也没有想到。平时他的身体那么结实，怎么能得癌症呢？得到消息的人们都不相信会是这个结果，自然，也更不希望是这样的结果。然而，做手术、做化疗，可都是真真切切的。就在这期间，人们怕他知道，首先从心理上垮掉，以至于最后加重病情，于是便对他封锁消息，凡探望他的人，也都遵守着这样一个原则，没有透出半点消息给他，即使他过问，大家也都守口如瓶。这样一来，他也把自己当作一个健康的人，认为得的只是一种小病。时间一天天地过去，医疗费也在一天天地增加，以至于最后都到了无力支付的地步，无奈只好转院，回到自己单位的医院，就这样一天天地维持着生命。说实在的，回到自己单位的医院，就等于在等待着死亡。这一点，可以说谁都明白。没过几日，病情就急剧加重，癌细胞也扩散到了全身。这时的他，整天都疼痛不已，翻来覆去，小口小口地吐血。很明显，生命已到了弥留之际，然而，他还始终想着自己的病不要紧，会很快好起来的，想着自己不会有什么危险。但是没隔两天，他还是离开了这个世界，离开了他的亲人、他的朋友，离开了他工作多年的岗位，离开了他幼小的孩子。他在咽下最后一口气之前，深深地看了一眼周围的几个同事，然后便是睁着眼睛、头一歪地去了。在场的人，看着他这副已去的模样，没有不流下泪水的。在万分悲痛之中，是自己和他的几个同事把他送上火葬场的运尸车的。也许是去的时候正在用劲，当时并不觉得什么，可回来时，自己的两腿简直就像不是自己的，以至于瘫软得没有了劲头，接连跌倒了几次。

回来后，几个人在他家给他设了灵堂，所有的老师都向他的遗像深深地鞠了一躬。轮到他孩子的时候，一位老师让他给他的父亲鞠躬，表示他对自己父亲的祭拜，可孩子就是挺着头，不懂得也不知道鞠躬，始终站在那里，最后，硬是被那位老师按着头才向自己的父亲鞠了一躬，也终于忍不住哭了起来。这哭声，真有些撕肝裂肺。看到这儿，所有在场的老师，都流下了眼泪，自己这时也止不住地流下了泪水。

啊，工作了二十多年的老教师，平时呕心沥血地工作，可到头来，就这样地去了！即使在生命的最后，还始终认为自己可以活着的他，最终对病魔的折磨表现出了绝望，最后，带着美好的和不美好的，带着对人生的疑问和遗憾，甚至是憧憬，就很是无奈地去了。他去得那么悄然，那么无声无息，那么令人悲痛！是啊，他还有孩子呢，那孩子还小啊，正不懂事着呢！

这就是自己这位同学、朋友的一生！多么简单的一生啊！是啊，送走了他，自己却在心里永远都留下了痛。在以后的日子里，自己便经常梦见他，就像他还活着的时候一样地在一起谈着事情，开着玩笑，不离不弃的。

他较为短暂的一生，可以说是耿直、勤恳的一生，非常敬业的一生啊！他才四十五岁啊！

这时候的方正已泪流满面。是啊，此时此刻，他多么需要和这位曾经的同学和朋友，在一块儿讨论有关教育的事情啊！可惜的是，这已经不再可能了。不知怎么，这个时候，方正特别想念他，想念着能和他在一起的时光。现在，他想得几乎心都要跳出来了。也就在这个时候，刘永和自己一块儿上大学时的情景，便不由自主地出现在了脑海里。

他和自己是同班同学，一个宿舍里住着，经常在一起学习、吃饭、散步，一起谈论哲学、谈论文学、谈论法律、谈论国家大事。反正，两个人无话不说，很投缘的。论学习，这家伙非常吃苦，平时除了学好必修课外，涉猎也相当广泛，读很多书。他平时常去的地方是图书馆，如果要见他，只要到图书馆找，他肯定在。论起他的经历，下过乡，经受过苦难，很能吃苦。他告诉自己，他今天能有读书机会，实在是来之不易，他一定要好好珍惜，没有任何理由浪费。一旦浪费时间，即刻就会觉得那是一种莫大的罪过。人似乎也没什么爱好，只知道个读书，除此，就是按照自己的安排跑跑步、活动活动。说来也巧，到毕业之时，两人又偏偏分配到了一所学校，可不到一学期，大学又通知他，说当初给他分发派遣证的时候，将学校名称填错了，以至于原来说好要分配的学生一直都没去那所中学报到，而那所中学也一直都在追问这件事情，让他赶紧去学校报到。没办法，他只得离开光华中学去了这所学校。不过，听说这所中学也是子弟中学，和自己学校同属一个系统，但收入要比自己高。

自此以后，一段时间内，方正的情绪一直都没有调整过来，脑子里，整天都是刘永活着时的样子。然而，随着时间过去，最后他还是从悲痛中走了出来。但是，走出来的他，始终没有忘记时不时地问候一下他的妻子和儿子生活过得怎么样。仿佛只有这样，他的心里似乎才能得到些许的安慰，也不枉和他有那么一份深厚的友谊。

## 4

方正毕竟还是有着别人不可比拟的意志力的，他迅速地调整好了自己的情绪。

一阵冷风袭来，方正不禁打了一个寒战。顿时，他的思绪便不由自主地跑到了 1997 年 4 月的一个周三下午的学校例会上。

这次例会非同小可，人人不得缺席。例会首先由刘华明校长发表讲话：

"同志们：据有关精神，现在的教育要产业化，既然是产业化，那么，我们现在就应该想方设法地把学校当作产业来办。在此，大家可以献计献策。大家想想，现在是一个竞争的社会。既然这样，我们就要想法子在这激烈的竞争中站稳脚跟，自己给自己挣碗饭吃。依据现实，我们还是要靠山吃山、靠水吃水。我们既然从事的是教育，那么，就要想法子在教育上挣钱。依据其他学校的经验，这教育还是可以赚钱的。想想，谁家没有孩子，谁家的孩子又不接受教育？只要我们充分利用好现有的资源，肯定能赚很多钱的。到时候，大家的碗里不就都能多几块肉吗？口袋还不是鼓鼓的？你们说，这样的好事，谁不希望呢？既然都这么想，我们就要想法子扩大生源，只要生源够多，我们就不发愁丢掉饭碗，也不怕没有饭吃。要扩大生源，就要想法吸引生源，特别是要吸引那些好学生。好学生多了，自然学校的成绩也就高了；学校的成绩高了，声誉也就好了；声誉好了，生源还发愁吗？"校长讲着讲着，就来劲了，就好像目前已经很有钱了似的。"当然，还要想办法让那些学习不行的提前离开学校。到时候，和区教育局联系一下，弄个毕业证给他们，只要不影响我们的升学率就行。这项工作，教导处具体办理，越快越好。好了，我从大方向上就讲这么多，其余的由副校长贾步长来讲，他主要讲一些具体的措施。"校长说完，就朝旁边坐的身材有些矮小，但又有些略胖，留着平头的副校长贾步长示意，让他开讲。

副校长贾步长也心领神会地站了起来，讲了学校的具体措施。他说："校长刚才从总思路上讲了一下，现在，我着重依据总思路谈一下学校的具体措施。要做到像校长所说的那样，我们就得从内部做起，把我们的工作做好，让其他学校羡慕我们，让社会信任我们。为此，我们研究制定了一系列奖惩措施，希望大家到时都能遵守。奖惩包括五个方面的内容：一是按是否遵守劳动纪律进行奖惩，这方面着重考查的是考勤，不能迟到早退，有事必须履行请假手续；二是按在区上联考的成绩排名进行奖惩，排名在前的奖励多，排名在后的奖励少，或者干脆没有奖励；三是按工作量的大小进行奖励，工作量大的奖励多，工作量小的奖励少；四是按照学生的评教情况来进行奖励，评教结果好的，就奖励，评教结果不好的，要限时改正，如果没有改正，不仅不予以奖励，而且还要扣罚；五是按家长的满意度进行奖惩，满意度高的，就奖励，满意度低的，就要想办法提高，如果依旧不被家长认可，就要扣罚或者降薪。在此，我们的工作都是量化管理，拿量来说事。如果量化考核的几个项目都不及格，那么就要下岗。这一点上，是没有商量的。"副校长贾步长的话讲到这里似乎完了，有的人也准备站起来走了，但是，副校长贾步长又开口道："对了，我还忘了一件事情，那就是还要看社会的满意度，在这方面，主要是看有没有人投诉你，如果有，那么投诉一次扣两百。因为你给学校的声誉造成了很大的损失。大家都知道，现在的声誉就是一种无形资产，也就是一块儿金字招牌！这一点，大家恐怕是越来越看得清楚，越来越重要了。"

就在两位校长发表自己一番高见的时候，正在开会的几位老师不停地小声议论着。

"能这样吗？教育产业化了以后，非出乱子不可！"

"不知道哪根筋搭错了，竟这样胡说八道。"

"我们要紧跟形势啊！"一位老师不无讽刺地说。

"紧跟形势也不能这样！"

"那只能说你的思想太僵化、太禁锢了！"刚才那位老师再次不无讽刺地说。

"你忘了教育的任务，首先就是要教会学生怎样做人。可这教学生怎样做人，能用量化的标准衡量吗？"

"是啊，如果一旦什么都拿量来衡量，势必要在很大程度上扰乱老师的思想。"

"啊，这简直不能理解，怎么一切都用商业化的标准来操作呢？这教育，可都是活生生的啊！教育，育的是什么，还不是育人吗？而育人的效果怎样，还不是在学生离开学校以后才能检验的吗？"

"简直是不可思议！"

"哎哎哎，你还说不可思议？你不是一直都在给学生补课吗？"一位老师冲着刚才说话的老师说。

"那也不是我一个人，别人不都那样吗？"刚才那位老师很不服气地说。

"这一下子好了。原来是偷偷摸摸地补课，现在可以光明正大了。"

"为什么？"

"不连学校领导都这样强调吗？"

"看来也真是。"

"唉，面对这种情况，我已经无语了。"说这话的老师很有些无奈。

说这些话的几位老师分明对刚才两位校长的讲话不满，在议论的过程中，时不时看看台前就座的两位校长。

听着老师们的议论，方正也不由得陷入了沉思。是啊，这几年，教育产业化的风在社会上越刮越猛，这种烈火也燃烧得如火如荼，以至于搞得人人皆知，人人议论。这种势头，如果还有谁不知道，那简直就是落伍！人们的思想竟然如此混乱，这就急需有人站出来正本清源，可是没有人站出来，因此也只能任凭这种风气在中国的大地上猛吹了。

在此热潮中，各校领导几乎都开动了脑筋，挖空心思地想着赚钱的招数，自然，凡事也都以金钱说话了。霎时间，赚钱似乎就成了所有学校的首要任务。在此，他们的心中，似乎都有一种不可抗拒和不可逆转的逻辑，那就是：不论使用什么手段，只要能赚钱，就是本事，就是领导有方，否则，就是狗熊。聪明的领导都在算这笔账，只要赚了钱，大家的福利就上去了，学校和自己的日子也好过了，自然，自己在大家跟前也有面子了。是啊，一旦教育赚开钱了，就会财源滚滚，别人是挡都挡不住的。这一点，大有一种没商量的架势。一定会赚个家长无奈、老师高兴的。说老实话，谁让咱是搞教育的呢？既然是搞教育的，赚钱有的是门路，有的是途径，肯定能赚个盆满钵满的。

对于教育陷入只顾赚钱的狂热状态，方正总持一种怀疑态度，也对此做了深入的探讨和研究，并且还写了文章。按他的观点，如此做法之下，教育就如同一个孩子被扔进了糨水坑里，没有了出路，或者说，干脆就是将教育送上了断头台！这样，不仅是对教育不负责任，而且更是对教育者以及教育对象的不负责任。因为，它严重损害了教育以及教育者的形象，在很大程度上也伤害了下一代，给社会制造了不安定因素，给未来埋下了祸患。就此意义而言，它无疑是一种自私的短期行为，而这种行为，肯定行之不远！方正始终都是这样认为的。为此，他既不赞成这样的说法，也不赞成这样的做法，只觉得这是在拿教育开玩笑，而这个玩笑开得令人哭笑不得。明眼人，不用说，都会觉得这是在胡闹。

此时，他的脑子一下子浮现出了眼下基础教育中出现的乱象。近年来，许多学校，可不就是这样搞的？结果，没有几年竟将人们心中一向非常纯洁的圣殿，污染得不像样子了。对此，老百姓怨声载道，怒气冲天，教育界顿时便成了人们谴责和挞伐的重点对象。只要看看一些媒体的报道，有关这方面的内容可是不绝于耳！这真是一个不能承受之重啊！这是在给社会制造内乱，给国家的形象抹黑！现在还能这样干吗？他只有拿起笔来，向社会呼吁，除此之外，别无他法。因为，已经形成的社会思潮，哪里还能由得自己？他只能眼睁睁地看着那些热衷于此的人瞎折腾了。这是经济的疯狂！这是教育的悲哀！可不是?! 平日，他看着这样的事实，只是心痛不已。然而令人想不到的是：这"狼"，在自己的学校也来了啊！

学校的一切都在按照两位校长的讲话内容进行着。被绑在疯狂应试教育战车上的大部分教师，尽管对学校的很多做法不满，但为了生存，又敢怒不敢言。而学生就不管这些，他们为了能有充足的活动时间，就把学校星期天补课的事投诉给了市教委。市教委很重视这个情况，在核实情况后，立刻在全市范围内通报批评，除此，还责成区教委，通知学校立刻停课，并追究学校领导责任，给予严肃处理。得到这个消息后，学生一个个都犹如胜利了一般，万分欣喜。

学校的几位领导对此特别生气。他们想，这都是为了学生，可是，这好心都被当驴肝肺了，竟然被无知的他们投诉到市教委，搞得自己受到批评，处于一种尴尬难堪的地步。是啊，别的学校都这样搞，也没见学生投诉，可偏偏自己的学校就被学生投诉了。难道事情就这么巧？莫不是底下有哪位老师在教唆支持不成？既然这样，这又会是谁呢？几位领导在猜测着，只觉得这人是真够损的。这样做不仅损害了学校利益，而且连他自身的利益也损害了，搞得几位领导很没有面子。这种事情一定要查个水落石出。一旦查出来，非严肃处理不可！他们的决心很大。可想来想去，也着实查了一阵儿，就是想不出也查不出是哪位教师干的，无奈，只好将此事落到了学生的身上，不了了之。然而，市教委可不管这些，他们干脆给主管教学的副校长贾步长免职处分。哦，也就从那时起，自己才被大家选举为副校长的。

就在这件事情出现后的第二天，其他学校也出现了投诉补课的事情。被投诉学校的几位领导，也因此受到了处分。这时，刘华明校长才真正相信了这是学生干的。于是，校长索性就不再补课了。如此决定的唯一理由就是，学校本是好心，结果却被学生办坏了，真是好心没好报啊！

不补课了，确实是将休息时间还给了师生，也随了那些不愿意补课师生的心愿，但是，一些乐意补课的师生和家长开始埋怨，他们不理解学校为什么要这样做，说竟将有利于学生提高成绩的做法给停止了，如此做法，肯定会影响学校整体成绩的。作为家长，有这样的看法可以理解，但是，那些已经习惯也乐意补课的老师就会想到，这在经济上又少了很大一块儿收入，原来还指望这一部分收入的，现在竟然都指望不上了，原来紧张的生活，现在一下子闲适了，实在叫人空虚不已。这种想法，虽说是限于心中，但情绪上还是让人闷闷不乐。

学校出现这样的情况，方正心里特别高兴，也特别支持。因为他明白，如此做法的危害性太大了。自此以后，他又听说，在市教育局的高压下，大部分学校不公开这样搞了，可胆子大的个别学校，不仅没有停止补课，还进入了秘密状态，同时补课的形式也变得五花八门。说秘密状态，最有特色的是，学校想上课，就大门一关，在里面悄悄上课，神不知鬼不觉的；说五花八门，是指一些老师在家里办起了补习班，论学生数，少则一人，多则几十人不等。就这样，补课一直都在进行着。尽管教育部门在抓，一些媒体也在报道，但就是屡禁不止；或者说，一时禁止了，可总是不能完全杜绝。这个市场要说完全消除，除非高考制度发生变化，社会上的用人制度发生根本变化，不然，这种现象就永远都不会消失。可不是？这道理也就是这样！在一个只重视高学历而不重视能力的社会，它永远都是这样！谁要说改变，那也只是表面上的，或者是暂时性的！

"唉，这些学校、这些老师采取的这些灵活多样的办法，在某种程度上，也可称得上是'游击战术'，竟和教育部门、社会媒体周旋开了。"方正在自己的心里总是不无讽刺地说。但是，他当时总想，自己当这校长以后，该有个新的做法了。可自己能冲破这种羁绊吗？

······

方正看着眼前黑乎乎的夜，似乎有些困顿，但是眼睛里却放着光芒。那光芒，似乎要射穿这夜色一样。

听说，七八年前的厚德中学，在补课问题上，也没能出淤泥而不染。相反，还开了全市的先河。这样搞了后没多长时间，市教委就开始检查周末补课的事情。无奈，学校又不得不收敛一些。怎么办呢？干脆就让学生提前到校，反锁大门，到放学的时候再放出来。在此，让学生千万别对外人说学校在继续补课；至于门卫，就更是叮咛得扎实，不漏半点儿风声。社会上不是流行着一句话：上有政策，下有对策。难道自己就没有对策了吗？再说，现在的事情，还不是不搞白不搞，搞了也白搞，撑死胆大的，饿死胆小的？只要事情做得严实，保证不会出问题的。在这样一种严密的措施之下，厚德中学的双休日补课制度依旧运行着。人常说，"要想人不知，除非己莫为"。时间没多长，补课还是被发现了。没办法，他们又另寻他路。

为了将此事做得天衣无缝，以至于在教育行政部门检查时，自己也有话说，不至于被动。于是，学校便在一个晚上召开了所有学生的家长会。为了引起家长的重视，学校的几位领导都参加了。他们将教育行政部门不允许双休日补课的事向家长们做了通报，也讲了自己学校的难处，更讲了学校的无奈。然而，从所讲的内容来看，完全是让家长同情学校、理解学校，让家长自发组织起来要求学校在双休日补课。

这时，家长们也是议论纷纷，大部分都不同意不补课这种做法。有的干脆说，为了减轻学校压力，诸如做出补课的决定、怎样收费以及收多少费用等事宜，都由家长委员会来敲定，一切责任由家长承担。尽管有个别家长还有些想法，但是，这种意见最后还是占了上风。几位领导看家长的态度这样积极，于是，也是心满意足。当然，他们开会的目的也正在这里。世上哪有把事办了，最后还不负责任的好事呢？于是，几位领导便露出笑容，满是喜悦地答应了。

课在继续补着。大家也在平平安安地过着日子。

然而，事情刚过去一个月。区教委普教科的电话就打了过来，说有学生将他们学校在双休日补课的事投诉给了市教委，市教委现在责成区教委通知他们立刻停止补课，不然，一切责任自负。王名扬校长自知这话的分量，所以就将上课的责任完全推给了家长，说是家长逼着他们给孩子们补课，补课也是迫不得已的。结果，这话一出，电话里立刻厉声说道："不管什么理由，现在一律停止。"听着这种不容置喙的口气，王名扬校长放下电话，心想，这学生也真是，不愿意上课可以不来，为什么要投诉呢？真是吃饱了撑的。随之，他便苦恼地摇了摇头，非常无奈。是啊，像这样的事情，已经不是第一次了，再不停课，恐怕自己这个校长的位置都保不住了。思来想去，最后他还是决定，停止补课。这样，自己也少了许多麻烦。

以往自己学校就是使用家长让补课这种方法搪塞的，一搪塞也就过去了，可这一次，不论怎样解释，就是行不通。不仅这样，时间不长，市教委就在全市通报了厚德中学补课的事情，随之就下通知，免掉了王名扬校长的职务。之后，才有了陈校长的任职。要论时间，这已经是 2000 年时候的事情了。

说实在的，学校名义上是在给学生补课，实则还是在搞创收，而这一切又都是那么容易，那么悄无声息、自然而然的。

……

是啊，这么多年来，自己身在教育行业，一路走来，听了多少事情，经历了多少事情，林林总总，不仅繁多，而且杂乱。而这些事情，又是多么苦煞人呀！

这一阵儿，方正着实想得很是痛苦。他面对着月亮，无奈地摇了摇头，然后在那里坐了很久很久，以至于周围刮起风来都感觉不到寒冷。然而，好像越是这样，他才越觉得很好似的。

# 三十七　支教乡村搞联姻　资源共享硕果丰

## 1

遵照市政府的安排，这次支教要求各校安排思想素质最好、业务最精的老师去。所谓的支教，就是让城里教育资源相对较好学校的教师，到偏远的山区任教，给那里较为落后的教育带去新的教学理念、新的教学方法，从而促进那里教育的进步，然后更好地推动那里教育的发展。学校权衡过来权衡过去，觉得方正是最佳人选，教语文，年富力强，经验丰富，肯定能够胜任工作。但学校又考虑到他是班主任，无法脱身，所以就想让别人去。

这事情还没有宣布，消息就传开了。当方正得知这一消息时，他就想，这对自己来说，是一个了解农村教育现状、把握农村教育规律、全面整体性地掌握教育第一手资料的好机会，于是，方正便主动找到陈校长，要求前去支教。在他的一再请求之下，最后学校还是同意了让他去，不过强调了这次支教的辛苦，时间是一个学年，让他做好吃苦的思想准备。

一个星期后，也就是 2004 年 9 月 1 日上午，他们乘坐的白色汽车便朝着要去的学校出发了。

车一出城，公路两旁还是齐天的绿，一片接一片的。随着车辆不断西行，路旁的绿就渐趋减少，变得星星点点了，以至于最后几乎一点都看不到了。此时，汽车只在两旁都是荒坡的公路上跑着。

这样大概坚持了两个小时，路边的小丘上，便出现了一小片一小片的玉米地。那些玉米长势瘦弱矮小，稀稀疏疏、萎萎缩缩的。"这里的玉米怎么长得这样？"方正有些迟疑。再往前走，便见到了路旁拉得很长的羊群，它们咩咩地叫着。

经过几乎一个上午的奔波，汽车终于到达了目的地——扶眉县的眉山中学。车子刚驶入学校门口，就看到站在两旁的学生，一边举着简单的小彩旗，一边喊着"欢迎欢迎，欢迎欢迎"的口号；站在门口的几位看着像是老师的年轻人，神情高兴地燃起了鞭炮。汽车在这种带有质朴精神的欢迎仪式中开进了学校。

一下车，迎接等候在那里的学校领导便与他们一一握手，亲切地问候，随后率领老师一块儿卸下他们带的大包书籍，还有一些对这里而言很先进但对厚德中学来说已经过时了的教学设备，诸如电脑、复印机、投影仪、幻灯机、电子琴、手风琴等。搬完了这些，学校便为他们准备了一个简单的欢迎午宴。这午宴很有地方特色，土色土香的。像野鸡、野鸭、野韭菜、土鸡蛋、香椿什么的，应有尽有。在饭桌上，焦校长向他们简单地介绍了这所学校的情况：全校教职工三十多人；学生六百多人，大部分住校，只有少部分邻近村子的学生走读；校舍较为简陋，教学设备陈旧落后，显然远远赶不上城里的学校。这一切，都是因为缺乏资金。现在，尽管希望工程的教学楼建起来了，但是，教学楼里面的粉刷、装修又成了问题。

焦校长是一位资历较长的老校长，年龄大约五十岁，也许经历的风雨较多，人黑黑的、瘦瘦的，也有些谢顶，但是整个人显得特别干练和精神。据说，他见识很广，能力强，很富有领导经验。为了加强眉山中学的领导，县教育局便抽他到了这所学校。没几年，这所学校的教育质量就大幅提高。于是，学校便在十里八乡有了一个好的形象，生源逐年增多，成了县里赫赫有名的学校。

自从到了这所学校后，焦校长夜以继日地工作，大胆地起用年轻人。他觉得年轻人身上不仅有朝气，而且有活力，更有创造力。在所有的年轻教师中，他最青睐也最看重的便是崔晓燕了。为了磨炼她，使她尽快地胜任工作，焦校长将许多不属于她干的工作安排给她；而她，每次在领受任务以后，也都完成得很好。自然，他也是看在眼里、记在心上，十分欣慰。然而，他心里时不时地想，自己如此做法，可千万不要让她误会，说是在故意整她，给她小鞋穿或者还有其他意思。可是，话说回来，她误会就误会了，也不要紧，这也只是暂时的，时间长了，一切她都会明白的。焦校长的这种想法，似乎已经成了他惯于运用的思维方式，也成了他处事的一种信条。他时常都在想，也在给自己宽心地讲，自己不是这样的话，恐怕会对许多事情都瞻前顾后，这样事情也都办不成功的。

方正被眼前的一切惊住了。这里，根本不像自己想象的那样。山不像想象中的那样美丽，光秃秃的，整个脊梁都裸露着，也根本就看不见水的痕迹。是啊，尽管接受任务的时候做好了思想准备，但心里还是不免有些后悔，自己怎么会来这样的一个地方？原来是想，即使到了山区，那里肯定也是有山有水，绿色一片，环境优美。能到这样一种地方来，对自己这个生在城市、长在城市，然后又在城市工作的人来说，在某种程度上也是一种莫大的享受。因为，对于城市，自己实在是太熟悉，也太厌恶了，它不仅人满为患，而且随着工业化程度的提高，各种污染日趋严重，尽管人们整天都在喊着要治理各种污染，但是这些都是杯水车薪，有时前边治理，后边又跟着重新污染了。尽管方正有这种思想，但是，以他的意志力，最后还是克制了这种不良情绪。他安慰自己，还是要本着"既来之，则安之"的心态，这样心里才能平衡。噢，还有，那就是答应别人的事情，无论周围条件怎样，都得办好才对。这样，也不至于辜负别人的嘱托，也好了结自己的一个心愿。

在这里，所有的建筑，除了前年刚刚竣工的希望工程以外，都是已经破烂、颜色有些发黑的红瓦红砖建造的几排老旧平房。所有的窗户也都是黑乎乎、脏兮兮的，个个都像敞开的大嘴。再往里看，教室的墙壁也黑乎乎的，用竹席和芦苇秆做的天花顶的中央，一前一后地吊着两盏已经落满灰尘的旧灯泡，光线昏暗。看到这些，方正的心里就很不是滋味。"这也太落后了！比起自己的学校，简直是一个在天，一个在地。"越是有了这种感觉，他便越是来劲，更觉得自己有责任帮助他们，在有限的时间里，将自己的经验尽可能地传授给他们，推动教学，并且越快越好。

有了这样的思想，他和一块儿来的两位老师便马不停蹄地开始工作。他们先是安装好设备，然后调试设备，接着布置阅览室和电子教室。

与此同时，他们根据学校安排，和那里的老师结成了一对一的小组。这里的老师一个个都很谦虚，想着这是大城市来的老师，见多识广，各个方面都值得自己学习，于是，学校便将自己的老师分配给他们，举行了拜师会。

接下来便开始了示范观摩课，自然，方正也讲了课。讲课过程中，学生几乎个个都聚精会神。然而，就在师生互动的环节中却出了问题，无论老师怎么鼓动怎么启发，学生就是不发言；纵使有的被老师点名，让站起来谈意见，他们也不起来，在座位上扭扭捏捏，不是挠头就是抠脖子，或者干脆就在那里不住地拽着衣襟，脸红红的，让人看上去怪别扭、怪难受的；有的就是站起来，又不知道说什么，只是低着头红着脸左顾右盼的；还有的甚至在站起来后，只在那里支支吾吾，就是不敢说话。这样就使本来很生动的课也不再生动了。有时候，方正运用幽默的语言向他们讲解，可这些学生却有着一种别样的感觉，似乎不大容易接受，有些迟疑、不大明白似的；有时候，他用很标准的普通话很有感情地朗读课文，可他们却在底下窃笑。这些情况，从他们上课的表情就完全可以看出来。这一切都是为什么呢？方正在寻找着其中的原因。不过，他对自己的讲课始终还是很有信心的。

本料想效果还不错，可是，做了一次书面问卷调查，得到的信息反馈却正好与他的意料相反。大多数学生都说不适应他的教学，也无法接受他的教学，更是听不懂，似乎和他们原来的老师教的不一样，导致他们不知道怎么学，也不知道学了些什么，总是云里雾里的。还说，有时候老师竟然有意识地将自己在教育教学中所取得的成就向他们展示，完全是在他们跟前故意卖弄、抬高自己。啊，他们怎么能有这样的认识?！这可完全是为了激发他们学习的积极性才这样做的，以往在自己学校也是这样做的，学生不仅没有这样的认识，而且还非常欢迎，说这样可以大大提高他们学习的积极性，同时也给他们树立了一个良好的榜样啊。

面对这种事情，方正眉头一皱，这是怎么回事？以往可是从来都没发生过这种事情的啊！面对着问卷，他一下子傻眼了。经过缜密的思考和分析，原来，是自己没有考虑授课对象的特点，也不了解他们的知识结构是怎样，更没弄清他们习惯怎样的教学方式，竟然不顾一切地盲目上起课来，自己怎么能这样莽撞？而当地的学生已经适应了旧有的填鸭式的教学方式，一时还不适应也不知道如何迅速地适应自己的教学。如此一来，自己讲的课，不受学生欢迎也是理所当然了。要想改变这一切，看来，还不能操之过急，得慢慢来才行，也只有这样循序渐进，才可能行之有效，否则，将会让学生反感，使自己的教学毫无效果。

尽管方正对学生的思想做了分析，但还是觉得有些吃不准，同时也为了能够更好地把握他们的思想动态，使自己在教育教学中能够对症下药，便在一个晚上的七点钟来到了崔晓燕老师的住处，敲了敲门问："崔老师在吗?"

"哪位？请进!"于食堂吃过饭刚回来的崔晓燕老师，迅速转过身冲着门口说道，随之就往门口走，准备开门。

"我，方老师。"

"哟，方老师，真是稀客。请进，请进!"打开门的崔晓燕，很是高兴地对着站在门口的方老师说，并做了一个请的动作。

随着崔晓燕的热情招呼，方正便进入她的房间。他的眼睛迅速地环顾了一下四周，发现这是一间休息兼办公的地方，十四五平方米，靠近门口的地方有一扇窗户，窗户的前面放着一张很是笨拙的木桌，木桌的前面，有一把看上去同样很是笨拙的木椅，桌上摆放着两摞作业本，一看就知道是两个班的作业。显然这就是崔老师平时办公的地方。再往里看，整个房子中间稍后的地方挂着一道白布帘，里面放着一张单人床，自然，这便是她平时休息的地方。最里面的墙壁上，开着一个足有一点五平方米大小的窗户；往上看，便是用芦苇秆编织成许多方块儿型的格子，也就在这许多格子的上边，盖着颜色似乎已经有些发黄的席子。这样看上去，一格一格的，也蛮整齐、蛮卫生、蛮好看的。就在它的中央，挂着一盏光线有些发红的灯泡。地面铺着青砖，较为平整，但是有些潮湿。看着这些，方正的心里不禁有一种酸楚的感觉：老师们就住在这样的屋子，这条件也太差了！但他最终没有将心中的感觉说出口。他的内心，此刻极不是滋味。

看着方正进了屋子，崔晓燕十二分地高兴，当即就有种蓬荜生辉的感觉。在此，她完全是把方老师当作贵客看待的。她急忙拉出那把木椅向方正示意道："请坐，方老师。"

"谢谢！"方正接过木椅，顺势坐了下来。

"我们这里的条件很差，不像你们城里，让您见笑了。"崔晓燕说着，脸就红了起来。

"这就见外了。"

崔晓燕递过木椅后，就向右跨了一步，弯腰用右手拿起放在办公桌旁紧靠门口下边的热水瓶，然后，便左手拿着水杯，先倒了点儿水，将杯子涮了涮，再倒掉，随后又倒上水，递给了方正老师。

"右边的新房子都让给老教师住了，年轻教师都住这里，都是老房子。"崔晓燕边递水边说。然后就走到旁边，顺手拉了一条长凳子坐在他的面前。

"崔老师，我今天找你，是想了解了解咱们这些学生的思想动态怎样，你是班主任，肯定对他们了解很多。"

"咱们的学生，我不瞒您说，优点就是纯朴、好学，缺点就是脾气倔、死拗、见识少、思想保守。"

方正感到崔老师谈的和自己的分析相差无几，也更加证实了自己判断的正确性。于是便对她笑了笑说："我差不多也有这种看法。"

"看来，我们的看法相同了。"崔晓燕很是兴奋地说。

"学生对我的授课有什么看法呢？"方正很是谦虚地问。

"看法倒是有一些，我也听到了一些，但我觉得，他们是已经习惯了我们的教法，暂时还不适应您那些新的教法。这就需要他们尽快地适应新的教学方式。当一些学生问到您的教法怎么和我们的不一样时，我都是这样回答的。"

"是啊，学生的适应是一个方面，我的适应也是一个方面，这就启示我在教学过程中也要随时调整自己的教法，只有这样才可能收到较好的效果。"

崔晓燕很赞成方老师的坦诚，也很敬佩他的敬业精神，更觉得他的这些品质都是值得自己学习的。啊，眼前的这位方老师，才是自己真正的学习榜样！自己一定要向他学习才行。她被方老师的敬业精神感动了。她以一种崇敬的眼神看着他。

就在这时，突然，房子顶棚上响起来了"轰隆隆"的声音，好像有什么从这头跑到了那头似的。方正有些疑惑地望着顶棚。

"方老师，不用看，是老鼠。这里经常这样的，搅得人很不舒服。这旧房子就是这样。开始我住在这里时，听到这种声音，很不习惯，也很害怕，总感到特别恶心，可时间一长，也就习惯了、不害怕了，更不觉得有什么了。一次，我还打死了一只呢。"崔晓燕尽管这样向方正解释着，但心里还是觉得很不是滋味，心想，自己竟然住着这样的房子！

她有这样的想法，方正似乎也能觉察得到。于是便说："我原来在农村插队的时候，也碰到过这种事情。我们知青住的是通铺，有时候，那老鼠胆大得竟然从我们睡着了的身上跑过去。当时那种感觉，就和你说的一模一样，不仅惊奇，而且也很害怕。后来，也就习以为常，不足为奇了。"

"啊，方老师，您还插过队？"

"是啊。"

"那我想，您就对这里的生活有所了解了。"

"所以，我对刚才发生的事情，丝毫都不以为奇。"

"方老师，您觉得农村的学生是不是和城里的孩子不一样？"正讨论老鼠的崔晓燕突然转过话题问道。

"刚到这里时间不长，这种感受还不是太深。但是，我觉得，还是有区别的。"

"这些区别的表现都在哪些地方呢？"

"不仅仅表现在见识上，而且还表现在知识面和活泼程度上，还有思维的方式、做事为人上，都不太一样。"

"这恐怕都是环境影响的吧?"

"是的。"

"如果把他们放到城里上学,恐怕也会发生变化吧?"崔晓燕似乎有些期望地看着他。

"会发生变化的。环境对一个人成长的影响是很重要的。"

"如果要想改变这种局面,您觉得该怎么做才好呢?"崔晓燕很机敏地提出了这样的一个问题。

"我还没有考虑过这样的问题。自然,一时也无法回答你,就此,还请你原谅!"方正说这话的时候有些愧疚。

"我总希望农村的孩子也能像城里的孩子一样成长。方老师,您觉得呢?"

"我也有这个意思。我想,快了。不然,我也不会到这里来的。"方正突然想明白了,"就现在的形势来看,政府也在努力地做着这项工作,力争教育资源能够平衡一些的。再说,城乡的一些学校也着手这样做了,最有效的办法就是农村和城里的师生互换,相互学习。就实践来看,这也不免是一种很好的尝试方法。"

"但愿我们两所学校也能这样。"崔晓燕听到这里,一下子充满了期待。

"我想,一定会的。"

谈到这里,两个人都有些喜不自胜。随后,两个人又谈了些家长里短的事情。结束了以后,方正就回自己的住处休息了。

经过自己的分析和崔晓燕的验证,方正找出了自己授课不受学生欢迎的原因,于是,便快速调整授课方式,也告诉学生要尽快适应自己的教学方式,特别是要注意自己在讲课时对课文内容的迁移以及拓展。这样,经过一个月的训练后,学生基本上都适应了他的教学方式。从而对他的授课也有了一个新的认识,也有了一个新的评价。大部分学生都反映,他知识渊博,课讲得深入浅出、通俗易懂、方法灵活、幽默风趣,很有吸引力,也很具有启发性,特别是在朗诵时,不仅字正腔圆、普通话标准,而且音色浑厚优美,感情丰富,很有感染力,简直跟中央人民广播电台播音员的声音似的,他们真是有幸遇到了这样一位高水准的老师。这样的老师,可是他们从来都没有遇到过的,上他的课,简直就是一次美的享受。从此,他在学生中间有了很高的威信,也有了很好的人缘,更有了一定的权威。他成了许多学生崇拜的偶像。也正是这样,所以,凡是他说的,学生基本都是言听计从。

　　有了这样的效果，方正自然高兴，但是，他却清楚地知道这是"拐了弯"以后的高兴，他不敢有丝毫的满足，随时都在检讨着自己刚到这所学校时的那种不顾地域、教学对象，盲目地运用自己已经习惯了的上课方法对他们实施教学。而这种做法，完全是带有"想当然"的意味。也正是这样一件小事给他敲响了警钟：无论老师教学水平多高、方法多么灵活，当遇到不同的教学对象时，都得选择不同的方法，否则，就不能取得好的效果。

　　方正忽然明白，自己与那些从小县城到城市中学任教的老师是多么地相似！那些老师带着想进城的情怀，带着掘金的梦想，初到城市中学，无论是对教学对象，还是对教学环境都是很陌生的，也不太适应，盲目地运用自己已经习惯了的教学方式和教学方法对学生施教，特别是运用一口方言进行教学，为此，学生意见特别大，自然，这些老师们的压力也很大，自身也很痛苦。然而，为了能够站得住脚，不至于被严酷的现实淘汰，只得寻找原因，从自身做起，狠下一番功夫，深入地研究学生以及他们的需求，使自己在心理、行为、教法、口音上，尽快地适应学生、适应环境，以便保证有一个良好的效果。是啊，他们与自己唯一不同的就是，一个是从小县城到了城里，一个是从大城市到了小县城，目的不同罢了。

　　方正一连几天都这样想，当忽然明白了这些事情以后，他皱着的眉头也就舒展多了。不过，他的思绪又很快回到了眼下。

　　是呀，这里的学生，虽然具有像崔晓燕老师所说的那些优点，也对自己所教科目产生了兴趣、有了热情，但这还远远不够，作为教师，自己不能就此满足，更不能就此停滞不前。因为他们身上，还存在着一个致命的缺点，那就是有的学生见识太少，对外界事物了解不多，常有种自我满足、夜郎自大的错觉。有的则是走向了另一个极端，有严重的自卑心理，如此一来，就极易将自己封闭起来，以至性格都变得倔强和执拗。除此之外，还有不怎么讲卫生的习惯等等。如果能在这些方面做出改变，也许，这一切都会有一个彻底的转变。真到那时，自己不也做了件功德无量的事情？同时，不也能充分表明自己没有白来支教一趟吗？

　　为了进一步从感情上巩固和学生的关系，同时，也为了促进他们综合素质的提高，使之有一个良好的人文素养，他便开始了炼狱般的思索。思索的结果就是向学生写一份《告同学书》，这样，更直接、更真诚、更能打动他们一些。为此，一有空，他就躲在宿舍动起笔来。当《告同学书》写完以后，他就让文印室的老师用八开纸打了出来，然后放在宿舍，等待时机，再拿出来贴到所带班教室后边的墙上。

时令刚到十月份，眉山中学的早晚时不时就有凉风袭来，特别是在晨曦还没有出来、晚霞还没有完全消尽之际，天气格外凉爽，有时甚至还会有些冷肃，至于空气就更是清新了。这是大山的恩赐，也是大山独有的魅力。当然，身居于此的眉山中学，也是独占鳌头，享尽了福气。

在城里住惯了的方正，面对这样的环境，始终抱着一种兴奋、积极、愉快、乐观的态度，同时也抱着一种能多享受一份清净，就尽量多享受一份清净，能多享受一下新鲜空气，就尽量多享受一下新鲜空气的心理。这可是他一生中难得的机会，一定要很好地把握这个机会、利用这个机会、珍惜这个机会。

按照习惯，方正一向都是早起的，至于现在就起得更早了。每天早上，他都要坚持在操场跑步、做操，然后，再面对大山，轻声朗诵他最熟悉也最喜欢的恩格斯的《在马克思墓前的讲话》、高尔基的《海燕》、朱自清的《荷塘月色》片段，还有毛泽东的《沁园春·雪》、徐志摩的《再别康桥》，或者李白的《将进酒》等诗歌，也就在这个时候，他尽力地做着深呼吸。从深呼吸的架势来看，似乎要将这里的空气都吸进自己的肺腑，仿佛这样，才够尽兴，也够过瘾，否则就像是很对不住这里的环境、对不住这个机会、对不住自己似的。每当做完这些活动以后，他都感到特别舒服，头脑也特别清醒，浑身也很有力量。是啊，这些感受，可是他在城里向来都没有过的。他清楚地明白，正是这种洋溢着积极向上的精神，孕育着的青春活力，在支撑着他每一天的工作和生活。

一天早上，方正在做完了这些活动以后，便回到宿舍，简单地洗漱了一番，随后就拿着写好的《告同学书》来到了所带班的教室，走至后边，将它贴到了墙上。做完这项工作后，他长舒了一口气，顿时，几天以来压在身上的重负，好像一下子卸了下来，轻松多了。他有些释怀，也有些满意，更是轻松地哼着歌回到了宿舍。

也就在这时，几位来校较早的学生与刚出教室门不远的方老师打了个照面，于是，他们便"方老师早""方老师好"地一边和他打着招呼，一边走向了教室。待进了教室，站稳朝后一看，他们便不约而同地发现，后面的墙壁上，竟贴着八开纸大小的纸张，于是又纷纷走至跟前，惊奇而又细心地看了起来。就在这观看的过程中，其中有一位女生，竟不由自主地念出声来。

# 告同学书

同学们：

　　你们好！

　　作为老师，我很高兴和你们相识。据了解，你们都是农村孩子。在我的印象中，农村孩子是勤劳、质朴、善良、努力学习、积极上进、遵守纪律的代表。这对你们来说，无疑都是优点。想着与你们一道，要摸爬滚打一年，我实在觉得任务艰巨，然而，要完成这个任务，只有老师的努力还远远不够，还需要你们予以紧密的配合。只有这样，老师才能完成教学任务，你们才能完成学习任务。

　　眉山中学，自然条件独特，就像是镶嵌在秦岭北麓的一颗明珠。它给这里带来了知识，也点燃了文明，更指明了未来。在一定程度上，它就是本地的文化中心，是一所令人欣喜、令人神往的学校。这里，远离城市，不仅有大自然的宁静，而且还有纯净清新的空气，更有美丽的蓝天。这一切，都是城市所不及的，更是城里人向往和追求的。因为，它给人的，不仅是自然，而且更重要的，还有那一份纯朴、那一份善良、那一份憨厚、那一份祥和的心境。也正是这样，你们才有了许多优秀的品质。这里，天设地造，不受社会上乱七八糟的不良因素的影响，特别适宜学习。既然这样，那么，你们就要充分利用这里的自然环境，如饥似渴地学习，在各方面都要取得进步，不断提高自己的综合素质。

　　你们能跨进这所中学的大门，本身就是一种成功，是赢来的人生第一个胜利，也是在自己的人生道路上，攀登上的第一个制高点。但这对你们来说，又是一个新的起点。你们在此必须付出新的努力、要有新的作为。你们生在农村，长在农村，来自农村，本身就是一笔无穷的动力，而这个动力，又是用之不竭的，并且于你们终身有益。尽管事实如此，但也不能不承认自身因为所处的地域较为偏僻、消息不够灵通、信息不够发达等事实的限制，所以也存在着诸多的不足，像知识面狭窄、见识少、视野不够开阔、思想封闭、倔强、习惯不好等缺点，有的同学甚至有着一种坐井观天、夜郎自大的心理。而这些东西的存在，或多或少地都在束缚着你们的手脚，影响着你们的进步。那么这种状况是否就会存在一辈子呢？绝对不会的！因为，它是完全可以改变的！然而，要想改变，就得靠自己不断努力，勤奋学习。因为这样，才能使自己的知识充盈、丰厚起来，进而能懂得更多的道理，从而迅速弥补自己的不足，以至在未来彻底改变自己的命运。就此，这里的老师，可都是你们学习的榜样和楷模。之所以这样说，是因为他们曾经都有过自己努力和奋斗的经历。

据我观察，我们的同学，除了具有以上这些缺点以外，多少还存在着一些自卑心理，有的甚至还表现得较为严重，论表现，就是总以为这里的老师瞧不起你们，特别是觉得我瞧不起你们，于是，一种彷徨、郁闷、焦虑、愤懑、不思进取、自暴自弃的情绪就会油然而生，从而影响学习、影响进步。如果是这样，那么我就坦诚地告诉你们，这里的老师，出身大都和你们一样——来自农村，拥有过和你们一样的身世，遇到过和你们一样的遭遇。就这一点，他们与你们的心起码是相通的。因为，他们对你们的生活，有许多感同身受之处。既然这样，那么，他们在许多方面和很大程度上，就更能理解你们、鼓励你们，主动地关心和帮助你们。就此而言，他们绝对不会瞧不起你们的。这一点，许多老师可不都是这样做的吗？至于我，有的恐怕会说是来自城市，这倒不假，但是，我不会用世俗的眼光对待你们，更不会瞧不起你们。至于这一点，你们会在平时的接触中看到或感受到，不然，我也不会主动到这里来支教。为此，在许多方面，同学们大可放心，尽早尽快地消除这些顾虑。因为，这些顾虑的存在，无论是对学习还是对进步，都是百害而无一利的。

除此之外，我还要坦诚地告诉你们，外边的世界特别精彩，以至精彩到我们这些同学在很大程度上都无法想象。我们不能坐井观天、满足现状，或者自暴自弃、不思进取。我们要想办法到外面看看，扩大我们的视野，感受外面的世界，增长我们的见识，激发我们的学习热情。当然，要做到这一点，就得学习，并且是努力地学习！作为学生自身应该这样；作为学校，在可能的情况下，也会为你们创造条件，让你们走得出去。对此，你们要满怀希望，充满信心！也只有这样，才能于心灵深处，形成一种强大的永不枯竭的学习动力，以至在不远的将来，真正地走出大山，实现自己的梦想，为社会和国家做贡献。

要想进步，就要勇敢地面对和克服自身存在的缺点，一定要在现有的条件下，尽可能地广泛涉猎，开阔眼界，变成一个坦荡无私的人；除此之外，还要团结同学、共同进步。这是做人方面的，而在学习上，要虚心向老师学习、向同学学习，争取做到有问题先要独立思考，实在不能解决时再和同学共同商量。

我们不能老是觉得自己和城里孩子之间的差距不可逾越、不可改变，而是要对自己充满信心，用自己的意志和品性去战胜一切。要这样，就得时刻记住，自己的父母整天还在面朝黄土背朝天地辛勤劳作，过着日出而作、日落而息的单调生活；同时，也要明白外面还有一个你们未曾谋面的精彩世界。也只有这样，才会在学习上取得进步，甚至获得骄人的成绩。你们没有理由忘记这些，更不能荒废自己的青春。如果忘记或者荒废，就等于解除了思想武装，耽误了时光，以至搞得老师酸心、家长痛心、自己灰心，到头来自己吃了大亏，耽误了终生！

谢谢！

2004 年 10 月 15 日

"啊，是方老师写的！"一位身材瘦弱的女生很是意外地说。

"你怎么知道是方老师写的？"旁边的一位个头不高但身材有点胖的男生不解地问。

"他不是刚出去吗？"那位女生强调道。

"也只有方老师才能写出这样的内容。"另一位中等个子，皮肤有点黑的男生说。

"是啊，也只有他了。"那位女生的语气很肯定，"你们瞧，这上面的糨糊还是湿的呢。"

"分明就是方老师写的。"

"这可是方老师寄托的期望呀！"

"我们一定不能辜负他的期望。"

……

焦校长有一个习惯，那就是每天早上七点左右，都要围绕所有的教室转一圈，目的就是要从中发现问题，然后掌握第一手资料。今天早上，他依旧如此。当转至初三（1）班教室的旁边时，他无意朝里一望，发现许多学生围在教室后边，面对墙壁看着什么。于是，他便停住脚步，饶有兴致地来到教室，走向后边，默默地站在那里看了起来。他边看边点头，脸上渐渐露出了喜色，想，这真是一个搞教育的，将全部心思都投入教育中了，并且还是农村教育！一个大城市来的老师，能拥有这样的品质，这是多么难能可贵呀！足见他在教育上，多么上心、多么没有城乡世俗的成见！真是，干事之人，走到哪里，都在干事呢！

想到这里，他便朝观看《告同学书》的几位同学看了一眼，然后，就带着敬佩的心情，转身走出了教室，准备回自己的办公室。一路上，他都在琢磨，这是用城里老师的眼光和方法，在看问题和解决问题。视角多么独特，方法多么新颖，效果多么具有说服力！这一定会在学生中引起强烈反响，并起到不可替代的作用！瞬间，他的心里特别敞亮，也特别愉悦！

## 2

和学生形成鲜明对照的是，老师们对方正的评价一直很高，也很佩服他，觉得他不仅说一口标准的普通话，而且还有足够的激情，教态自然，教法灵活，语言幽默风趣，极具感染力。在讲课的过程中，有时为了课文内容的需要，他一会儿朗诵，一会儿唱上两句，或做一定的手势，使整个课堂都充满着生气和趣味，颇有吸引力。凡听过他讲课的老师都说，这像是少有的艺术享受。他讲课没有故意雕琢之感，很自然，一切都是水到渠成、信手拈来。特别是他那广博的学识，让老师们羡慕不已。更令他们惊奇的是，每次上课，他压根就不看教案，四十五分钟，拿捏得非常准确。正是这样，大家也总把他当作学习的楷模。

方正上了一个礼拜的示范课，随之便是眉山中学老师的观摩课。经过观摩，方正发现，这里的老师教学方法特别陈旧，除了填鸭式的一言堂教学方式外，死记硬背，题海战术，一味蛮干，这竟是他们的主要方法；教育学生也总是那样粗暴简单，有时甚至还近似苛刻和严厉，最明显的表现就是，动不动就让学生站在那里。在这里，他们不论男生女生，一律这样。纯粹的"老师天下第一"！也许是学生们已经习惯了这种方法，当老师如此对待他们的时候，他们竟丝毫都不会感到有什么不妥，更是顺从地听从老师的教诲，心安理得地接受这一切。总之，一种传统的教育方式，在这里表现得淋漓尽致，与城里的学校相比，这种方式太陈旧、太落后了！

"方老师，您好！"一位骑自行车的姑娘下车来到了方正的跟前。

正在校外土路上散步的方正听到问候，赶忙抬头朝前望去，这时，只见迎面走来了一位姑娘，个子高高的，身材瘦瘦的，眼睛大大的，穿着一身已经有些旧了的黑色西服，二十二三岁的样子。仔细一看，才发现是学校分配给自己的指导对象——语文老师崔晓燕。他赶忙朝她笑着说："你好，崔老师。你这是……"

"噢，焦校长让我去了一趟乡上的教育科，拿了份有关'代课教师'的工资表。"

"挺远的吧？"

"不远，大概有十里路。"崔老师表现出很轻松的样子。

"路好走吗？"

"基本上好走。"

"怎么能是基本上？"

"也就是说，到乡里的坡路不多。"

"噢，明白了。"说这话的时候，方正心想，这十里路还不远，并且还是不好的路？城里的老师，谁还吃这样的苦？这样的路，就是坐车恐怕都没人愿意去，更何况是骑自行车。即使这样，这位年轻的女老师还是乐呵呵的。真不一样啊！方正稍微思索了一下，便冲她有些不好意思地说："像你这样，如果放到城里，有些老师是不会去的。我很佩服你能有这种精神。"

"这对我们来说，已经是习以为常的事了，所以，也就不觉得怎么苦了。我们这里，世世代代，都在大山里生活，条件比较艰苦，您这次来，确实让您受苦了。"

"你们能受，我就受不了？"方正有意看了她一眼，反问道。

"不是这个意思，方老师。我们这里，前些年人们为了多收粮食，就将一些本来可以长树的地方开垦成了田地，种上了庄稼。可这些庄稼，又基本上都是靠天生长的。雨水足了，就有好收成；不足了，就歉收。所以，我们这里的人都说，我们过的日子，都是靠天吃饭，全社如此，全村如此，人人如此。为此，人们总在为自己的温饱问题而发愁。后来还林了，可是，由于资金不到位，这工程又中途停止了，大家又重新拿起砍刀，将本来已经种植得好好的树林又给砍掉了。这山就又光秃秃的了。"

"近年来国家不是很关注这里的生态建设吗？"

"是的。真希望越快越好！"

"尽管我来的时间不长，但是，我很佩服你们，也很为你们的奉献精神感动，你们能在这样艰苦的条件下，还始终坚守着这一块儿阵地，很值得我学习。我从你们的身上，看到了一个教育工作者的伟大。"

"这也是没有办法的办法。不像城里的老师，条件都很好，也不用这样。所以，大家都很羡慕城里的老师，也很憧憬当那里的老师。"

"你刚说的'代课老师'是什么意思？"方正将话题又转到了另一方面。

"就是没有正式编制的老师。"

"噢，明白了，他们的待遇怎么样？"

"不高。"说这话的时候，崔晓燕的声音显然小了下来，"这些老师，因为没有编制，所以时时刻刻都得看校长的脸色，除了和那些正式编制的老师干活一样外，还经常加班加点，就这样，还没这没那的，工资很低，像我，一个月拿的工资还不足六百块钱。方老师，我说这些都让您笑话了。像今天这事，就不该我去拿，人家有财会人员，可校长说了，我就得去。"

方正一时有些尴尬：自己怎么就这样冒失，竟然问了这样的话题？于是，赶忙对她说："对不起，不该问你这些事。让你难堪了。"

"没什么。"崔晓燕摇了摇头。说完这话，她便向方正讲了自己的情况。她参加工作已经两年多了。当时，她师范毕业，由于一时找不到工作，有些着急，在一位亲戚的引荐下，她被招聘到这所学校，尽管都签订了合同，但是待遇什么的没有正式在编人员高，于是，她心里也很窝火，但是，又没有办法，最后，只好在这所学校先干了起来。

"一切都还得慢慢来，我想，往后，一切都会好的。要有信心啊！"

"信心是有，可我们这儿就是让人看不到希望。说句让您笑话的话，就是太穷了。也就是太穷的原因，分配到这里的公办老师都不怎么安心，来上一年半载，都想法子调走了，致使学校总是缺少新鲜血液，搞得学校也没有活力。这几年在焦校长的领导下，学校的面貌才有了改变，注重启用本地的资源，聘用一些师范毕业的本地学生。之所以这样，是因为想使学校后继有人。我就属于这一类的。"

"根据目前的形势，你对眼下的教育怎么看？"

"我看，纯粹就是一个应试教育。"崔晓燕反应很快。

"怎么讲？"方正似乎有意问道。

"就是学校的一切，都是围绕应试教育进行的。从县上到乡里，从乡里到村上，所有的学校，没有一所不是这样。"

"照这样说，特别盛行？"

"已经盛行得让人都受不了了。"

"怎么讲？"

"所有的师生都处于一种疲惫的状态，整体都围着应试教育奔忙。"

"为什么会出现这种情况呢？"

"这上边不是这样要求的吗？每学期结束后，县里都要根据成绩的高低给各学校排队，排在前面的得到奖励，排在后边的自然就会受批评。这种考查的方法，自然也就延伸到了学校，学校也是用这种办法奖惩老师的。长时间形成的这种模式，自然也就影响到了周围的老百姓，他们也是用这样的标准去要求和评价学校以及老师的。这样一来，只搞得老师个个都很紧张，因为得不了奖的毕竟丢人。像这种事情，谁愿意干呢？所以，个个都是跌破头撞破脑地想法子加班加点提高学生的成绩。"

"是不是到了几乎已经疯狂了的地步？"

"是的。"

"你说怎么会这样呢？"

"还不是上边在提倡。"

"哪个上边？"

"县上呗。你不知道，只要哪位老师带的学生中考或者高考成绩好，县里或者学校，就敲锣打鼓地到老师家送匾挂牌、放鞭炮、发奖金。这阵势，似乎要搞得人人皆知一样，非常隆重。"

"这种做法似乎大有一种复古的味道。"

"是啊！"

"没想到农村教育也被应试教育的气氛笼罩着。"方正自言自语。

"现在就是成绩好了一切都好，教师在教育和教学过程中再有不足，学生在学习过程中再有错误，都是小事，甚至可以忽略不计。因为这些东西，毕竟是不影响学校考核成绩的。"

"看来，都是这样的。"方正不假思索地说道。

"听说，我们县城现在的'谢师宴'非常盛行，以至于有的家庭都有些承受不了了。所谓'谢师宴'，就是凡考上大学的学生，都要以特有的方式感谢老师，而这种方式就是举行宴会，请老师赴宴，以表示自己对老师谆谆教诲的感谢。由此一来，少则两三桌，多则五六桌、七八桌、十几桌的，反正挺有排场、挺讲究的。"

"一些媒体就报道过这种情况，没想到你们这里也有。"

"是啊，学生要跳出农村，除了应试教育这一条路外，再无别的门路。所以，无论是谁，都非常重视成绩。可成绩要想上去，就得靠老师。因此，学生考上大学，宴请老师就再正常不过了。不过，我总觉得这是一种不正常的做法。因为它败坏了社会风气。"

"是啊，就是这样的。"方正点点头，给予了充分的肯定。

……

他们谈了一阵儿，方正突然想到了什么，说："噢，我晚上送你两本书看看，行吗？"

"怎么不行？什么书？"崔晓燕似乎有些急不可耐地问。

"自己的拙作，有关教育的。"

"啊，方老师的大作，那我得好好地拜读拜读了。对我来说，这简直是太高兴、太难得了。"崔晓燕更是意外和兴奋地说。

"拜读不敢，只能是切磋切磋，多多地提提意见才行。因为那些都是对城里学生学习以及心理的研究，估计不太适合这里的学生。"

"肯定会大开我的眼界，对我很有启发的。我晚上就到您那里取书。"崔晓燕格外兴奋地说。

因为时间已经接近傍晚，所以，两个人便转过头，一块儿步行，边说边走回了学校。

方正知道自己在这里的时间有限，所以，便借助一切时间，尽可能多地了解和熟悉这里的情况，以便把它们都记录下来，作为自己研究另一个地域教育教学情况的第一手材料，或者说，作为研究农村教育教学情况的第一手资料。他细心地观察着这里的师生和学校里的一切。他对这里的一切都很感兴趣。为此，这里的一切都成了他业余时间研究的对象。

一天傍晚，刚吃过饭，天似乎还早，于是，方正便一个人来到了校外，观察起了这里秋天的景色。他站在离校门七八十米的一个石崖上，面对着远处的天空，深深地呼吸着这里的空气。那种天高云淡、小鸟飞翔的景象，便一下子展现在了他的眼前。一时，他觉得好新鲜、好新鲜。公路上的行人很少，偶尔只有一辆汽车驶过。于是，他便从那石崖上下来，又漫步在公路边。这个时候，他便不由自主地想起了这里的一切来。

这里的学生，给方正的印象是纯朴、真诚、善良、乖巧、懂事听话、独立生活能力强、劳动态度端正、学习刻苦用功、进取心强。这些是他们最宝贵的品质，也是令人赞佩的品质，更是城里孩子缺失的品质。然而，也就是这些学生，身上却存在着许多不尽如人意的地方：心灵闭塞、倔强、不够开放、凡事主动性不够、羞怯心理严重、见识少、不大方、个人卫生较差、知识贫乏。方正在这些方面的感受特别强烈。运用怎样的方法，才能改变这种情况呢？前段时间，自己对此也不是没想办法，可效果显著吗？据观察，还是有点效果的。这一点，从大多数学生平时对待自己的那种和善亲切的态度，以及他们已经改变了的行为习惯，完全可以判断出来。是啊，就此，自己毕竟是花费了一定的精力，做了一些努力的。能有这样的收获，是很值得欣慰和庆幸的。想到这，他的脸上就很是自然地洋溢出了几分笑容，心里也有了几分满意。

这里的所有老师，大都住在一座新的、不怎么大的两层教师宿舍楼里。他们基本上每人一间，每间有十四五平方米。里面宽敞明亮，干干净净。即使在冬天，只要蜂窝煤炉子一点燃，就蛮暖和的。这种条件对他们来说已经是很好的了，他们也很满足。据校长说，这还是近几年县里重视教师住房条件硬挤出资金给盖的。所有的老师都兢兢业业，没有偷懒的，他们大部分都住校，只有少部分离学校较近的回家住宿。学校的作息时间是：自早上六点二十分起床，就开始了一天的工作，除了早饭和午饭时间能休息一会儿，一直到晚上九点半上完自习才算结束。这样一来，大部分老师一天就要工作十几个小时。因为这里也强调成绩，尽管是初中学校，但依旧这样。学校为了照顾方正，让他指导一些年轻老师上完课就行，至于早操、晚自习都可以不上。尽管这样规定，但是，方正认为这样不行，自己还得和他们一道，用同一个作息时间，这样才不至于脱离教育教学实际，更好地把握第一手资料。

一天晚上，方正躺在床上，无论怎样努力都睡不着。崔老师讲的事情，以及自己所接触到的一些家长，还有看到的这些环境，促使他不由得想起城里的老师，他们所有的待遇已经远远地超过了这里的老师，就单是工资这一项，都要高出很多。就这样，他们一天到晚还斤斤计较，不知足。这简直是天壤之别！同样都是老师，怎么会有这样的差别呢？方正不理解。没来以前，他只想到他们所处的条件可能不好，但是，万万没想到他们的工资竟然这么低。如果换成城里的老师，还愿意工作？

面对这样的环境该怎么办呢？靠自己一个人，能改变吗？看来，这环境是无法改变了，可是，这里的软实力总可以改变吧，怎么改变呢？一时间，他便陷入了一种苦思冥想的状态。隔了一会儿，突然，他便想起自己和崔晓燕老师前不久交谈的城乡学校师生互换问题。这还真是一种好方法！既然这样，那就让眉山中学和自己的学校成为友好学校，建立一种长期的互动关系，让师生来一个调换。每隔一段时间，让这里的师生到自己的学校走走看看，随堂上上课；让自己学校的师生，也到这里也来看看、上上课，让两所不同学校的师生互相学习。让他们共同感受一下对方学校的师生风貌，还有地域环境。如此做法，对两所学校的师生来说，肯定是大有裨益的。

为了两所学校的师生能够得到一个互相学习的机会，方正第二天就给焦校长谈了这一想法。焦校长一听，特别高兴，心想，这是自己学校求之不得的事情，于是在高兴之余，便一百个赞成。然而，他却怕厚德中学的领导不答应，所以，便恳求方正能从中斡旋。方正一看焦校长是这种态度，于是，便知道这事情成功了一半，现在，剩下的就是自己的学校了。他仔细琢磨了一下，这事情，只要给自己学校领导一讲，肯定也会深受欢迎，并且得到支持的。

……

一个月下来后，他对这里的一切似乎都已经很熟悉了。所有设备的调试工作也结束了，随着方正一块来的两位老师也完成了他们的使命，返回了自己的学校。

一天下午，学校召开了开学以来的首次教学座谈会。会上，主管学校教学的领导首先谈了谈教学工作的进展情况，然后指出了教学工作中存在的一些问题，随后，就让方正谈谈到校后发现的一些问题。这时的方正，自然先是客套了一番，随后，就很客观地指出了老师们上课时存在的不足，还有学生在学习上存在的一些问题，然后便就此问题提出了一些建设性的看法，其中的中心问题就是：在老师中间开展校本研究，以科研推动教育和教学的发展，开展各项课外活动，以便活跃学生的课余文化生活；再就是强调把办学的方向投向外边世界，尽可能减少原来一味蛮干的做法；除此之外，还要搞好农村学生的心理咨询和治疗工作，也要定时对他们进行个人卫生的教育和检查，以便使他们养成一个良好的卫生习惯；最后就是要尽量将学校以及周边环境绿化起来，使它变成一个适宜学生学习的地方。他的这些建议，当场就赢得了老师们的欢迎，得到了他们的拥护，大家都说他的这些意见很有建设意义，肯定能够推动学校工作，将学校建设得更加美好。

# 3

由于方正是崔晓燕的指导老师，所以两人的来往便较为密切，也互相熟悉了起来。这样除了工作外，有时候在一块儿就不免打打乒乓球、散散步、唱唱歌。崔晓燕身上具有的那种执着、泼辣、聪颖、倔强的性格，方正很喜欢。然而，方正非常明白，这种喜欢也只限于一种纯洁的关系，并无其他的想法。他只是把她当作一个身在异乡的纯真、稍带野性美的年轻女教师而已。不管怎样，她身上所具有的这一切，在一定程度上，都吸引着他。

一个周末的上午。方正受崔晓燕的邀请，骑着自行车到她家里做客。

刚一上路，崔晓燕就冲着他说："方老师，您真令我敬佩。"

"什么意思？"方正有些不解。

"您太敬业了。"

"何以见得？"

"那两本书不就是见证？"

"那算什么？"方正不经意地说。

"一个把教育不当回事的人，会这样用心，会有这样的成果吗？这恐怕花费了您好长时间吧？"

"毫不夸张地说，是二十多年的积累。"

"就这一点来说，您一定是一个很勤奋、很有心的人，真是'冰冻三尺，非一日之寒'啊！我得好好地向您学习了，学习您这种锲而不舍的精神。"

"只要你平时肯留心，就一定也能做到这一点，更能超过我的。"

"我能做到这一点吗？"崔晓燕似乎有些不太相信自己。

"只要有信心，就一定会做到的。"

"那以后还得您多指点了。"

"指点不敢，只要有用得着我的地方，我一定帮忙。"

"谢谢方老师。"崔晓燕既亲切又兴奋地说。现在的她，已经对他充满敬意了。她兴奋地想，有了这样一位良师益友，自己一定能在事业上取得惊人成绩的。

……

两人一路说话，不知不觉，好几个村庄就过去了。快到她村子的时候，崔晓燕便指着前方说："方老师，那就是我们的村子，快到了。"

方正朝着她手指的方向一看，果然有一个村庄，于是，便放慢了速度。

来到村边的时候，崔晓燕面朝左地又指给他说："方老师，那就是我们村的小学。"

方正朝那一望，只见那小学紧靠路边，里面有一排简陋而又低矮的平房。那平房，从房顶到墙壁都破破烂烂的，窗户也是破破烂烂的，一看就知道这里是夏不挡雨，冬不挡风。屋檐也不是那么齐整，有的地方明显有些塌陷。就在它的前边，有着一个用砖块儿垒成的足有五十厘米高的台子。台子上面，竖立着一根不太高，但看上去是旗杆的黑乎乎的木头杆，就在它的上边，还飘扬着一面不太大，但非常鲜艳的五星红旗。台子周围，零星地长了些杂草，校园的四周，被岁月剥蚀得有些残缺的低矮的围墙围着。

"这么简陋啊！这就是我们农村的学校！"方正的心灵有些震惊了。原来想着农村学校的条件可能很差，但是没有想到会差到这种地步！这所小学，比自己现在的眉山中学还要差得远呢。学生在这里面怎么上课？怎么忍耐夏天的炎热和冬天的寒冷呢！

在他的要求下，两个人一块儿走进了这所学校。听崔晓燕讲，她的父辈们以及自己都曾在这所小学上过学。那时，学校人数不多，师生合在一起也不足五十人。老师上课基本上都是复式班。原来是这样，现在依然是这样。

方正隔着窗户往里望，教室里面放着不太整齐的桌子和条凳，黑板是块儿较大的木板，已经有些发白了，很不规整的。看到这些，方正的心一阵阵酸痛。然而，在这种酸痛中，他突然又感受到，无论条件多差，爱国情怀始终都在。就这一点来讲，这里的师生，真不容易！就这样，所有的师生们还在坚持着每周的升旗仪式。他不禁对这所学校的所有师生流露出一种敬意。这简直是对他灵魂的一次洗礼。这个时候，他心里只想：这里的条件太原始、太落后了，教育资源的分配也太不平衡了！

他默默地绕着校园走了一圈，随后，又默默地跟在崔晓燕的后边，观察着这里的一切。

看着这里的一切，他一下子便想到了自己小时候在老家上小学的情景：

那时，小学设在村子东头的破庙里。从东望去，破庙坐落在一个十几个台阶高的地方，一共有四进，最前面的，也就是从台阶上进去的那栋房子，是一座厦房，厦房的墙壁背东而立，齐刷刷的；中间开着一个与台阶相对并且相连的小门，供师生们出入用；紧挨小门进去的是一个东西走向的走廊，走廊两边是两间办公室，供老师办公用，很小很土。经过走廊往里走，迎面便是一座颇为神圣的大房子，很威严、很肃穆，那些梁柱椽瓦都黑乎乎的，一看就知道，它已经有些年代了。现在想来，那肯定是放神像的地方。这里是四、五年级的教室。这座房子的左边也就是南面，有一条大约两米宽的走廊，顺着走廊往里，也就是往西，后边便又是一座房子，这里好像有些不太神圣，给人的印象是房子较大，所有门窗梁柱的颜色都是木头本色。它的正中间开着一个带有网状的大门，宽约四米，大门两边的墙上，分别开着直径约有八十厘米的六边形窗户；它的地面，都是用石条砌成的，十分光滑。这个地方，是二、三年级教室。现在我们再通过与刚才介绍的那个走廊相连的走廊往后，也就是再往西，下一个不大的坡，右前方便是一个较大的操场，操场右边，便是与第三进庙房近乎成垂直方向，而高度又相差两米左右的平房，这里有两个教室，供一年级用。那时，我就在一年级。总之，这所学校给人的印象是墙壁斑驳、房屋老旧、破烂不堪。

后来，我们教室所在的房子因为下雨坍塌，又被挪到村西头的中间，在当时来说算是阔气的房子，我们和四、五年级的同学用一个教室上课。这种班，叫复式班，大家轮流上课。因为小，所以，我们当时都很好奇地看着高年级同学的样子，模仿着他们的行为。说真的，我们当时可是打心底里想着要尽力做得和他们一样，似乎只有做到了这一点，心里才算安宁，不然，老感觉痒痒的，觉得不过瘾，没着没落，没个依靠的。

学校为了提高大家学习的积极性，使用了一种奖励办法，那就是谁表现好、学习好，就奖励谁两三支乃至五支石笔。所谓的石笔，就是一根长约十二厘米、粗约半个厘米的灰白色石头粉末做的比较坚硬的笔。这种笔能在石板上写字，写上的字一擦就掉，既便宜，又方便，还好用。所谓的石板，是提前发的，记得在破庙住的时候就发了的。我们每人一块。它，长约二十五厘米，宽约十五厘米，厚度大概一厘米，颜色青青的、黑黑的，表面光亮，主要是用来练习写字。它也有缺点，就是带起来较重。不过，用起来也是蛮方便的。即使现在想起来，也是蛮节约和很值得提倡的。

那时，因为电力紧张，学校的照明很成问题。为了解决这一问题，我们每人都准备着一盏煤油灯。煤油灯大多是自制的，很简单，就是随便找一个小玻璃瓶，里面装些煤油，再搞一个棉花条，把它拧成一根绳，然后再把它穿在提前准备好的直径不足一厘米、长度四五厘米的铁皮卷成的圆筒里。这个圆筒，穿过一个直径约二点五厘米挡在瓶口的铁圆片，分为上下两部分，上边约一厘米，下边两三厘米，最后，长的一端放在已经注入煤油的瓶子里，短的一端放在上面。用的时候，只要点燃上边的灯芯就行。家庭条件较好的，有的用蜡烛，有的用那种带玻璃罩子的高脚煤油灯。当然，这已经算是较为高级的了。特别是带玻璃罩的煤油灯的灯光，在玻璃的反光下，又明又亮。大家对此都很羡慕。由于大家长期使用煤油灯，整个教室都充满了煤油味，自然，我们整天闻的也都是那种味道，吸的也是那空气，鼻孔常常都是黑乎乎的，嗅觉也有些迟钝，时间久了，都感觉不到这种味道了。那时，煤油的供应也很紧张，有时候还买不到呢，碰到这种时候，我们就用柴油代替煤油，自然，原来的煤油灯这时候也就变成了柴油灯。这种灯比起煤油灯来，有很多的缺点，不仅烟雾大，而且气味也大，有时熏得人眼泪鼻涕都流了下来。

尽管我们的教室挪到了新地方，但是，也不能保证就在这里上课，当几个班的课实在错不开的时候，学校就干脆把我们再挪到南堡子的一家私人房子里，听说，那里原来是当饲养室用的，虽说安静一点，但屋子是又黑又暗。

这种状况，一直持续到我们上了初中才得到了改变，不仅有了新的校舍，而且教室也装上了电灯，不过，灯泡也就是二十五瓦，所以，整个教室的光线，还是红红的、暗暗的。但是，与以前相比，这已经是很大的进步了，因为从此以后，再没有那种煤油或者柴油味道的熏扰了。

回想起来，这已经是三十多年前的事了。可这种情况，在这里还重演着。这里的孩子，还在经历着自己曾经经历过的情景。方正不由得为这里的落后揪起心来，心情也变得格外沉重。

"方老师，您怎么不说话了？"正走着的崔晓燕回头问了一句。

"我……我……我……"正在沉思中的方正，断断续续地不怎么完整地说。

"是否感到特别穷酸，也特别落后？"

"我的心里只是很酸。"

"是不是因为这里的条件和环境？"

"我想，这里的一切都是会变化的。"方正没有正面回答她。

"我也是这么想的，希望越快越好。"

"现在，国家有关教育的投资持续在增大，各地也都在搞希望工程。"方正说到这里，便流露出了一种非常喜悦的神情。

方正本来说要到崔晓燕的家里看看，可这个时候，再也没了兴致，所以，便对她提出了想到别的村子看看的想法。崔晓燕便很是理解地答应了他。随后，他们一块儿又到了别的村子里。

当走完了两个村子以后，方正发现，所见的学校，情况和崔晓燕村子学校的情况差不多。尽管心里有着那样的愿望，但是心底还是沉甸甸的。

这次，也真是不虚此行，毕竟让自己真真切切地见识到了我们的农村教育——情况还是不容乐观。除了自然环境、教育设施差以外，教育理念也十分落后。要改变这一切状况，国家还需要多长的路要走啊。是啊，这可都是实实在在的事情，自己一定要再走访几所学校，待把一切问题都搞清楚了，再把它写成文章，然后向社会呼吁，让整个社会都来关注农村教育，使我们农村教育的面貌得以改变：使这里的老师，得到像城里教师那样的待遇；使这里的孩子，享受像城里孩子一样的教育条件。自己一定要这样做，否则，将会失去一个当教师的责任！是的，如果要这样做，就需要一个向导，否则，人地两生，这项工作很难开展。当想到这里的时候，他便朝旁边的崔晓燕看了看，不假思索地问道：

"崔老师，你能否帮我个忙？"这话刚一出口，方正就觉得有些不妥，进而就嗔怪自己有些冒失。他一时便陷入了沉思的状态。

"什么忙，方老师？"崔晓燕很是热情地问道。

"不妥，不妥。"方正心不在焉地摇摇头说。

"您不是让我帮忙吗，方老师？"崔晓燕一看方老师这个样子，一时便有些着急。

"噢，刚才是一种瞎想，对不起！"

"方老师，您今天这是怎么了？以往您可不是这样啊！"崔晓燕睁大了眼睛，有些不大明白地说，"能为您帮忙，我感到很荣幸，同时也很乐意，方老师。"

一看崔晓燕这样热情，方正就将自己的想法告诉了她。

"原来是这事！"崔晓燕恍然大悟。

"你以为什么事？"

"我还以为是私人的事情呢。不过，这事我就更乐意了。"崔晓燕很爽朗地笑着说，"毕竟这是造福于我们农村教育的好事，我何乐而不为呢？放心，方老师。反正，我是要跟定您干成这件事了。"

"既然这样，那我们就搞这件事情。"方正很高兴地说。

崔晓燕一看方老师这种表情，也会心地笑了。

两个人在确定了办这个事情以后，就很高兴地回到学校。随后，两个人就着手准备自己的实施方案。进而就利用休息时间，走访了好几所学校，然后，将走访的情况加以归类分析，最后写出了《农村基础教育的调查报告》，以他们二人的名义寄给了一家教育杂志社。

方正和崔晓燕两位老师的来往，本来是再正常不过的事情，可是在一些思想有点保守的人看来，就成了大逆不道的事，说他们不成体统；有的说方正将城市的那种浪漫带到了这里，只勾引得乡下姑娘跟在后边屁颠屁颠的，破坏了纯朴的校风，不要以为课代得好，就可以为所欲为，这未免也太过分了；有的说崔晓燕是不知道深浅和高低，忘了自己的身份，是癞蛤蟆想吃天鹅肉，不知道自己几斤几两，也不拿镜子照照，看自己到底是个什么货色，一见城里人就垂涎三尺。反正，一些风凉话便接踵而来，没完没了。

不曾想，这些议论传到了焦校长耳朵里，他只为这些老师的无端猜测和议论感到不解，觉得他们思想太不开化了，更为他们的多事感到羞愧。人家两人明明是正常来往、光明正大，怎么一下子就成了极其卑俗的行为了？他只为这些老师脸红，觉得他们太无聊、太乏味、太没意思了。他现在只怕这些话传到方老师耳朵里，闹得大家都不愉快，搞得不团结了。尽管焦校长这样想，可这些话还在继续传播着，并且在有些人中间，还传得有鼻子有眼的。为此，方老师在这些人中的威信，一下子便降到了冰点。一时间，方老师就像个瘟神一样，部分人也不再理他了。

面对这种情况，焦校长有些生气，他想借一定的机会，对那些制造谣言的人予以严厉的批评，好使他们不再造谣生事。但是，他又怕将本来不大的事情经过自己一讲，弄得全校都知道了。如果这样，那就得不偿失，并且还越描越黑了。与其这样，不如不讲的好，一切都顺其自然。再说，这种事情，随着时间的过去，一切也都会真相大白，真到那时，那些喜欢无中生有的人也会相信他们的清白，一切不实之词也会不攻自破。

部分老师对自己持这种态度，方正也有所察觉，但就是不知道为什么。他想，怕不是有什么误会？要是这样，压根就没有必要放在心上。可随着时间的推移，这种情况还依然存在，这就不得不引起他的疑虑。为了把事情弄个明白，他在一个上午找焦校长谈了这个情况。焦校长说："不要把部分人的那些态度当回事，绝大多数老师都不会对你有什么议论的，也更不会对你有什么不好的看法，该干什么就干什么，该怎么做就依旧怎么做，千万不要因为这个影响了情绪。"总之，校长的话让他放心，学校领导是很相信他的。

鉴于这样，方正依然还是该干什么就干什么，该怎么干就怎么干。然而，他发现崔晓燕似乎不再像原来那样热情和积极了，有时候，甚至还借故回避一些事情。方正有些纳闷，觉得这里肯定有原因，但真正什么原因，他又不好过问。无奈之下，他只有顺其自然了。

方正在一次无记名问卷的过程中，无意间看到一位学生说，全校的师生几乎都在议论他和崔晓燕老师有暧昧关系，希望老师以后在行为上检点一些，不要再引起别人的误会，因为他们相信自己的老师不会那样。可以看出来，这位学生非常关心他。然而，他的心却凉了，接着感到气愤：我来到这里，帮你们辛辛苦苦地搞教育，并且是全心全意投入的，没想到你们的思想水平竟然如此低劣！他不明白这些人的思想竟然还是这样的封闭、僵化、封建！当想到这里的时候，他一下子又想到了曾经看过的一部电影——《早春二月》。那电影里的主人公肖涧秋和陶岚，遇到的厄运不也是这样，最后被那封建的意识所包围所吞噬？尽管他这样想着，可还是检查了一下自己的行为和言语，发现并没有什么过分之处，无非就是和崔晓燕接触多了一些。就这样，竟然被人编成了故事，到处传扬。自己和崔晓燕的交往再正常不过了，并无出格之处，都是相互尊重的。尽管这样，可事情怎么能从这里出来呢？真是哪里都有喜欢嚼舌头的人，太好事了！自己可是一心一意地扑在工作上的啊，没招谁没惹谁的！这些人的动机和目的是什么呢？他真有些说不太清楚。而且现在他也没时间去想这些事情，也根本不再想这些事情了。是的，自己还有自己的事情。他收拾完无记名问卷后便整理了一下，随之就当什么都没发生一样地冷笑了一声。

崔晓燕一开始与方正接触，就听说有人议论，说自己一心想谄媚和巴结方老师，在向往城市生活，想着法子和方老师在一起。刚开始，她很气愤，也曾经陷入了一种痛苦之中，然而后来她干脆就不在乎这些传说和议论，更不把它放在心上，该怎么做就怎么做了。她之所以这样，是因为她始终都抱着一种"身正不怕影子歪"的信念。站在自己立场想，道理就是这样。可站在方老师的立场去想，就完全不是那回事了，人家是为了什么？也没招谁惹谁的，凭什么要受那些人的非议?！是啊，为了方老师，自己还是收敛点儿好，尽量在行为上和他少来往一些，即使有事也要尽量回避！但是，无论怎么说，自己都要将事情的真相告诉校长，让他知道自己和方老师到底干了些什么，以便在整个学校消除部分人对方老师的误会和不好的舆论。

崔晓燕是这么想的，也是这么做的。她马上采取行动，选了一个没课的上午，把事情的真相告诉了焦校长。

焦校长本来是要顺其自然的，可是听了以后，觉得实在不妥，这不明摆着败坏方老师的名誉嘛？人家可是厚德中学最好的老师，无论是师德还是教学水平都堪称一流，不然，也不会来这里支教。这不明显会影响方老师的情绪和支教学校的关系吗？进而还可能受到上级的批评！焦校长感到事态的严重，于是，想着自己应该立刻对这种捕风捉影的事情予以阻止，同时也应该给予严厉的批评，不然，恐怕连自己学校的声誉都要受损。真到那个时候，自己的脸面都无法挂住，没有了光彩。于是，他便召开了只让年级组长参加的会议，他于会上讲了此事，并对相关行为予以严肃批评，同时还严肃警告，如若以后再发生此类事情，还有哪位胡加猜测和议论，学校一定要追究责任，到时候，追究到谁的身上，谁就承担一切责任，并且后果自负！终于，一场不利于工作和团结的猜测和议论就此打住了。

事情说来也巧，就在这次开会不久后的一天下午，邮差给学校传达室送来了一个邮包，当时，守在传达室的几个老师很是好奇地看着，只见那邮包上面的收件人是方正和崔晓燕。于是，大家的表情便都有些不大自然，你看看我，我看看你的，似乎这邮包里面有什么不可告人的秘密似的。

就在这时候，一位愣头愣脑的年轻男老师特别好奇地说，拆开它，看看到底是什么东西。话音刚落，那邮包就被打开了，大家都惊住了，拿出的竟是一本教育杂志，再翻翻，里面竟然有一篇《农村教育的调查报告》的文章，就在题目底下，作者的名字竟然是方正和崔晓燕。当即，这些人一个个都目瞪口呆、面红耳赤，然后赶忙将杂志放回邮包，用糨糊糊住封口，迅速离开了传达室。

待消息传出，在学校一下子引起了不小的轰动。

说来也怪，自此以后，就再也没人议论那些事情了，就连稍微顽固点儿的人，也不议论了。

尽管方正把那些乏味的事情撂到了脑后，但是，整整一个寒假，有时还是不免想起这些事来，直至第二年春的开学。然而，无论他怎么想，就是得不出答案来。于是，情绪上便有些郁闷，而这种郁闷又是一种无法说出的郁闷。

按照季节，已经到了春天，可是天气依旧还很冷。一天，他便带着这样的一种困惑来到了一座小山丘上。尽管天气寒冷，可走了一路的他，还是汗流浃背，头冒热气，脸面也红通通的。因为太热，他便敞开了衣襟，任凭冷风吹着，仿佛只有这样，他才好受一些。他一直都在反省着自己到这所学校后的所作所为，一开始受到学生的误解，所幸的是这种误解已经消除，后来又受到老师们的议论，这是否也是一种误解呢？如果是，那又是什么原因，怎样消除呢？他忽然有些明白：这种误解，肯定是观念的不同造成的。肯定是的。自从来到这里以后，无论干什么，自己都是按城里人的思维和做法做的。正因为如此，才在思想上给了他们很大的冲击，让他们无法理解，更让他们无法接受。自己怎么就那样愚蠢、那样莽撞，竟然不知道入乡随俗。一旦入乡随俗了，也就不会出现那些令人较为尴尬的场面。可在城里养成的习惯，对自己来说，能一下子改掉吗？就自己来说，他们无论怎么议论，无论怎么给自己多少尴尬，都无所谓，因为自己已经是有家室的人了，并且孩子也不小了！要说这影响，还不是对崔晓燕最大？她还是个姑娘啊！照此分析，平时她对自己的一些回避完全是正当的，理由也是充分的。在此，自己也应该理解，不能怪罪她才对。再说，那些人的议论，在很大程度上也不是带有恶意的，这对自己来说，有什么不可原谅的呢？事情到底是什么样子，还得靠具体的行为和时间来说话了。

小山岗上的冷风还在吹着。这时候的方正，不仅多了几分清醒，而且也沉下了心来。此时此刻，他只感觉背部冷飕飕的，随之便走下山来，回到了学校。

方正一门心思地投入工作中去了。为了使支教工作更有成效，他便积极地和老师们一道研究学校存在的问题，积极地向领导提一些建设性的意见。很快，全校的教育教学工作，又迈向了一个新的台阶。为此，他很欣慰。

## 4

在方正的积极撮合下，厚德中学和眉山中学很快建立起了良好而又和谐的互动关系。他们每隔半学期，两校的师生就互相交换，互相参观，互相学习，以至于最后完全形成了一种常规化的活动。就此而言，两校师生都在教育的征途上获得了前所未有的成果。这成果，让城里、乡下的孩子都长了见识，学到了真知。

今天是眉山中学和厚德中学师生互换日。

焦校长和崔晓燕老师，带着眉山中学各个年级挑选出来的四十五名学生，来到了厚德中学。刚一下车，这些学生先是既好奇又陌生，还有些不好意思地簇拥在一起，随之，就被眼前那些高大的现代化建筑吸引了。他们欣喜而又贪婪地观赏着这里的一切。是啊，这可是他们有生以来的第一次进城！假若没有城乡学校互换这样的一个活动，对他们来说，这进城恐怕永远都只是一个梦想。现在能到这所学校看看，那实在是太幸运了。他们个个都惊奇不已，进而便是万分高兴。现在的他们，竟将已久藏在心里的梦想实现了。

是啊，大山里的孩子能亲自来到城市，看看它到底什么样子，并且还能在此生活，这可是他们长时间以来的梦想啊！命运将他们安排在了大山深处，他们也有着冲出大山的愿望和理想！今天，他们不仅仅走出了大山，而且也代表了父辈们走出了大山，他们太高兴了！

正当他们高兴不已的时候，一声哨音响起，暂时簇拥的他们便排起了队来。崔晓燕老师简单交代了两句，队伍就出发来到了多功能厅。早已等候在那里的厚德中学校长，代表学校的全体师生对他们致了欢迎词。之后，就按照安排的顺序开始了参观。

他们先是观看了学校的环境，然后便来到了塑胶操场，参观了各种体育器械，也看到了一些班级正在上体育课的情景，随之，就来到了教学楼，参观了各班正在上课的情况。整个楼道干干净净，鸦雀无声。所有参观的人，都像进到了无人之境。也许是受这种氛围的感染，他们个个都轻手轻脚的，好像生怕影响了同学们上课一样。他们从一楼到四楼，然后再从四楼到一楼，鱼贯而上，又鱼贯而下，没有丝毫的响声。这个时候，他们真的都像长大懂事了一样。是的，这次来，他们不仅给厚德中学带来了友谊，而且还肩负着眉山中学大使的重任。这个时候，谁都知道，来厚德中学的任务就是参观学习，同时也必须给厚德中学留下一个好印象。如果不这样，那就是做了一件有愧于自己学校的事情。所以，凡事都必须做到谨慎、遵守纪律、虚心好学才是。

按照参观顺序，他们现在又到了图书馆。据管理员介绍，这里的藏书有二十多万册。啊，一所中学，光藏书就这么多！真是闻所未闻，见所未见！一排排书架整齐地排列着，它们从自然科学到社会科学，都有标签，分门别类。学生们走至这里，不禁咋舌，惊叹不已，心想，这真是一个知识的海洋！

当他们来到阅览室的时候，几百份杂志，几十种报纸，排列整齐地等候欢迎着他们，也似乎在对他们说，"欢迎你们的检阅"。在这里，各种科学杂志、时尚杂志应有尽有。此时此刻，这些杂志都在吸引着他们的眼球，也似乎带着笑地要和他们交朋友，愿意成为他们的伙伴一样。这个时候，这些纯朴得跟大地一样的山里孩子，个个都瞪大着眼睛，挑拣和翻阅着自己最喜欢的杂志，感受着人类最新的知识，吸取着最新的营养。他们对杂志似乎都有些爱不释手，以至于在离开的时候都难舍难分，从那神情来看，明显还有很多都没有看够的意思。

微机室现在正在上课。每个同学面前都有一台计算机，老师则在教室前讲解。这时，老师下达了一个指令，只听同学们熟练、快速、敏捷地敲击着键盘，输送着命令。站在教室前后的他们，对此本来就有着很浓的兴趣，现在更是有些摩拳擦掌、跃跃欲试了。他们现在只是好羡慕好羡慕啊！以往只是听说，可实际上连见都没有见过电脑的他们，现在不仅见到了，而且还亲眼见到了厚德中学同学们的亲自操作，待会儿，他们还会在这里，同样进行电脑操作的实践，并且还是"一帮一"的形式。所谓的"一帮一"，就是厚德中学也派出四十五名同学，对眉山中学的四十五名同学，实施一对一的电脑操作指导。之所以这样，目的是让他们相互沟通，相互了解，相互交朋友，进而走进彼此的心灵。这些参观实践结束后，他们又来到语音室，个个都坐在座位上，戴上了耳机，听起了老师的讲课来。

下午，他们来到了多功能厅。这里是他们参观的最后一个地方，也是双方学校学生代表交朋友、谈心、联欢的地方。他们先是观看了一场电影，随后，就是双方互相认识、畅谈和联欢。

到联欢的时候，厚德中学的学生，个个都落落大方，才艺精湛。他们在舞台上，给眉山中学的同学表演着自己的才艺。这里有舞蹈、有歌唱、有相声、有口技、有小品，除此之外，还有各种乐器的表演，诸如古筝、古琴、扬琴、钢琴、手风琴、笛子、小号、单簧管等等。他们的每一个表演都深深地吸引着眉山中学的同学，拨动着他们的心弦，激发着他们的情怀。他们也真正地被厚德中学同学的表演折服了。他们无不为之感到惊叹。啊，这一切，可都是在自己学校仅有的两台电视上看到过的，可今天竟然在这样宽敞、明亮，这样富有现代化气息的阶梯式多功能厅亲眼见到了。这些可真是他们做梦都没有梦到过的事物。他们只觉得自己特别幸福！

他们谁都知道，这样一个能与城里学生交流的机会太难得了。所以，每个人都很珍惜这次机会。他们在此有限的时间里，尽可能地放开自己的耳目，认真地聆听，仔细地观看；运用自己的大脑，拼命地思考，不断地记忆；然后，再把这里的所见所闻带回去，讲给他们的同学，讲给他们的父母，让这里的故事永远留存在自己的记忆里。他们要和所有的山里人，共享这么一份快乐，这么一份幸福！最终把它变为实现自己梦想的动力，最后，冲出大山，待学有所成，再回来建设自己的大山，使大山变得和外面的世界一样。

一天的时间，很快就在参观学习中过去了。眉山中学的学生现在要返校了。尽管他们与这里的学生只有一天的接触，但学生之间似乎已经结下了深厚的友谊。临上车时，两校的同学，有的相互拉着手，有的相互拥抱着，有的相互赠送着东西，还有些不由自主地哭了起来。他们确实有些难舍难分了！是啊，这不仅仅是城乡的交流，而且更是城乡孩子们心灵的沟通。这里没有掺杂人世间任何的私情和矫情，而是一种原始的纯朴的情感的融合。

眉山中学的学生，今天可以说已经是满载而归了。他们带着开阔了的眼界，带着对外面世界的了解，带着前所未有的收获返校了。然而，就在这种很大收获的背后，他们于内心深处却隐藏着些许的痛。同样都是学生，自己的生活环境、学习环境，与城里的那些学生相比，简直是天壤之别啊！城里的学生怎么就那样幸运，自己怎么就这样不幸？为此，有的一路无语，还有的竟然一路上都在流泪。啊，这些学生怎么能没有这种情绪，怎么能没有这种伤感？这一切，可都是现实啊！如此大的反差，这叫他们怎么能够平衡？同样的生命，命运为什么竟是如此地不同，并且从一生下来就不同呢？外面的世界太丰富、太精彩了！可它属于自己吗？还不是仅仅待了一天，现在又离开了，又要回到那穷山恶水之中了?!

崔晓燕看着学生们这样的情绪，不知道其中的原因，于是，便询问了一下，了解到了他们的所思和所想。这可是太出她的意料了。她真想不到学生们会有这样的想法。但仔细想想，学生们产生这样的想法也毫不奇怪，合情合理。也只有他们，才会有这种想法。他们的这种感觉，是城里的孩子永远都不会体验到的。是啊，出去这一趟，打破了他们心中一直以来的平衡，不然，他们永远都会陷于一种自我满足的状态。这个时候，崔晓燕忽然闪现出这样的一个念头：他们的这种想法，不正表明了他们对自己所处环境的不满，和对外面世界的渴望吗？我们为什么不借此机会，把他们这种想法变为他们以后学习和成长的动力呢？一旦变成了动力，这可是一种取之不尽、用之不竭的教育资源啊！而这种资源，比起任何说教性的言语，都要有力持久得多！想到这里，崔晓燕茅塞顿开，她只是冲着眼前的学生笑了笑，然后就满意地闭上了眼睛，任那大轿车在路上颠簸了。

"乌拉——""哇——""耶——""喂——"

一群学生站在眉山中学的校门口，跳着蹦着挥着手地朝着后山大声呐喊着。听得出，也看得出，他们很快乐，就好像是精神上的一种完全释放，更有些按捺不住。

这是一个星期后的一天，厚德中学的学生刚刚到达眉山中学校门口下车时的情景。他们以十分新奇的心理观赏着这里的一切。是啊，他们怎么能不好奇呢？自生下来就一直待在"水泥森林"里的他们，哪里这样真切地见过真实的山，并且还是光秃秃的山。这些可都是真实的风景啊！这里绝不是他们想象中的样子，完全不是！他们要走出课堂、走出学校、走出城市，要亲眼见见那山、那水、那蓝天、那大漠、那荒原、那森林，还有那些生于斯长于斯的劳动人民，亲身感悟一下自然中的一切，了解一下农村的风土人情。这对他们来说，再有必要不过了。今天能有这样一个机会，他们一定要竭尽全力地去了解、去欣赏、去品读这里的一切。他们个个都做好了这样的准备。

上午，他们着重聆听了眉山中学焦校长对学校情况的介绍，接着就参观了校容校貌和周边的环境，紧接着便是和上一次那些到自己学校的同学进行见面座谈，除了这些同学以外，还和其他同学进行了联谊、座谈，也交了新的朋友。在这次活动中，他们给这里的同学带来了许多新的思想、新的理念，更给他们送来了自己最心爱的东西，诸如本子、画册、各种书籍等。

到了午饭的时候，他们又和这里的老师及同学一块享用了颇有地方特色的午餐；下午，他们在学校的安排下，向这里的师生做了一场精彩的文艺汇报表演。

他们这一来，给这所学校带来了洋气，使这里的同学真正地感悟到了城里孩子的长处——大胆、活泼、可爱、时尚、多才多艺。这一点令这里的同学羡慕不已。

而厚德中学的学生们，虽然来之前就已经想到了这里条件的艰苦，可是到了以后，才发现这里的自然状况，这里的条件，比自己想象的还要落后，还要艰苦。他们似乎个个都在心里想，原来这世界真有如此贫穷的地方，还有如此贫困的人们！眼前的这一切，可都是书本上曾经没有学过的，更是以前没有见过的，也是向来都没有体验过的。生于斯、长于斯和自己一般大小的同龄人，他们的生活环境以及生活条件，和自己相比，怎么竟是如此不一样呢？自己难道对他们就只是同情和可怜，进而再给予施舍，以表明自己的高尚吗？啊，能这样吗？学校之所以组织我们到这里来，和这里的同龄人结对子，目的并不是引起我们的同情和可怜，更不是给予暂时的施舍，而是让我们进一步了解生活、认识生活，从而自觉地树立起一种信念，为了天下所有的人去学习，从而在将来直接或者间接地去改变他们的命运，使社会变成一个充满爱的社会。有几个同学的表情分明很沉重。从这沉重中，我们似乎可以看出，他们一定要在不久的将来，回到这座大山，改变这里的状况，让这里的人民也过上幸福的生活。

**5**

一个学年的时间转眼间就过去了，方正圆满地完成了支教任务。

回首这样一个秋冬春夏，他感觉收获良多，尽管中途有一些不快，但是，比起这些收获来，那些不愉快可以忽略不计。他把这些只是当作生活中一个小小的插曲，压根就没放在心上。

临走的前一天晚上，焦校长和其他几位领导邀请他到附近的镇上吃饯行饭。酒桌上，焦校长先是站起来，代表全体师生向他深深地鞠了一躬，然后，便端起酒杯面向他说："方老师，谢谢您对我们的支持！在这一年里，您不仅给我们带来了新的教学方法，而且还给我们带来了新的理念，更给我们带来了科研精神，使我们两所学校结成了对子，给全市乃至全省都树立了城乡学校相互结对子的榜样，使我们全体师生大开眼界，大大地推动了我校教育的发展。在此期间，如果有哪里照顾不周，还请海涵。"说着，他的酒杯就朝方正的酒杯碰了一下，"方老师，这一切都在酒里了。"随之，他一饮而尽，眼眶也有些湿润。从这些意味深长的话中，还有他整个神情的变化中，足可以听出和看出，焦校长对方正地走是难舍难分的。然而，无论怎样的想法，这时候都不现实，所以，也或多或少有些遗憾和伤感，更有些无奈在内。

面对焦校长的举杯，方正很是会意地边点头边碰杯，附和着说："一切都在酒里了，焦校长。"说完，他又和四周的几位领导一一碰杯，"谢谢大家对我一年来工作的关心和支持。"随之，也是一饮而尽。

大家从两个人饮酒的言语和行为中都可以看出，两人心中都有千言万语，也都心怀难以分离的情感，然而，两人都把这种情感寄托在这酒里了。

就在这样一种和谐的气氛中，他们觥筹交错，谈笑风生，畅抒胸臆，好不惬意。

第二天早上，要离开学校返城了。当方正走到停在校门口的白色汽车前时，几乎全校所有的师生都围了上来给他送行。看到这样隆重的场面，方正的鼻孔只是一阵的酸楚，同时也激动不已。这时候，他硬是克制着自己的感情，与最前面的焦校长以及几位领导还有崔晓燕握了握手，相互勉励了几句，最后，便向大家挥了挥手上车走了。

在车上，他整理了一下自己的情绪。当通过后窗玻璃望去时，他发现，那些师生们还没有离去，一直到他看不见的时候为止。是啊，他也舍不得离开这所学校。这里的人是质朴的，这里师生的情谊是真挚的。他得好好地谢谢他们。是他们让自己对农村教育有了新的了解，也有了新的认识，更使自己开阔了眼界，对目前的教育有了较为全面、较为深刻的了解……

自支教回来以后，方正的一切生活又恢复了正常。但是，他的内心却很是不安。他常常想着一个现实的问题，那里的教师是教师，城里的教师也是教师，可论起收入和待遇来，竟然有着天壤之别。就这样，城里的老师们还经常喊着待遇不好、工资太低，一时不予解决，就闹情绪，消极怠工，以此来争得自己的那一份利益。方正一想到这里，就不由得对那里的老师抱有一种怜惜之情和一种崇敬之心。他们在那样艰苦的环境中，为我们的国家和民族，日复一日、兢兢业业地培养着下一代。尽管他们也有怨言，但是，还始终坚守着那么一块阵地。比起他们来，这城里的老师们也该知足了。因为，无论是条件还是生活，已经比那些老师不知要好多少倍了。是啊，就奉献精神来说，自己，不，是我们大家，该向那些坚守在农村教育第一线的老师学习才对。是啊，应该把这样的实情向自己学校的老师讲讲才对，否则，他们永远都不了解偏远地区老师的情况。如此继续下去，将会进一步影响他们的情绪，以致最后搞得身在福中不知福，然后永远都陷入一种不知足的状态，好像普天之下的老师都已经很好了一样。是啊，原来的校长讲这些事情，当时自己还有些不信，可这一次通过亲身体验，那里的老师，无论是就工作环境还是福利待遇而言，都比不上城里的老师。就这些情况，完全是自己始料不及的。好在，两所学校现在还有一个合作的机会，给我们的老师提供了一个认识、了解农村学校的途径。当然，在一定程度上，也给我们的老师进行了灵魂上的洗礼。

好长一段时间内，方正的心里都是沉甸甸的。自然，也更为自己不能为他们做点儿什么而歉疚。他只希望今后能有机会，就尽可能多地帮助他们一些。那里的老师太善良也太质朴了。农村教师的工作精神，始终都在激励着他。每当疲倦过后，只要睁开眼睛，一想起他们，他就浑身是劲儿，而这种劲头，又是无穷无尽的。是的，现在唯一要做好的就是当前的工作，只要把它做好了，就是对他们最大的支持。方正默默地下定决心，也默默地继续工作着。

# 三十八　校长退休接任务　走马上任履新职

一天上午，学校董事会主席老王在课表上查了查，见方正没课，就拿起电话打给了语文教研组办公室。

电话通了。这时，办公室里除了方正以外再没别人。正在办公桌前看着教育杂志的他，一边拿着杂志，一边走到电话旁拿起听筒，只听电话里问："方老师在吗？"

"我就是，您哪位？"他问。

"哟，方老师，我是校董事会老王。"

"哪个老王？"方正一下子有些迟疑。

"我现在找您有事，请您到校长办公室来一下好吗？"

"行。"放下电话后，方正寻思着，不管是哪个老王，先见了再说，于是，便立刻来到了一楼校长办公室。

一进办公室，方正发现那打电话的人，就是前几年主持招聘工作的老王。这人长着一张国字脸，五十多岁，精神矍铄，一副很有智慧、极有领导经验的样子。

见方正进来，坐着的老王赶忙示意他坐到旁边的沙发上，然后自己走到饮水机旁接水，并朝他问道："要茶叶吗，方老师？"

"不用客气，没喝茶的习惯。"已经坐在沙发上的方正应了一声。

见他不喝茶，老王就将已经接满水的杯子，端到他的跟前递了过去。一看这种阵势，方正赶忙站起身，向前跨了一步，伸出双手接过递过来的杯子，然后，转身弯腰放在茶几上，顺势重新坐了下来。

几乎与此同时，老王在与他仅有一个茶几之隔的沙发上坐下，面向他，亲切地说道："几年很快就过去了，老校长就要退休了，您应该接替他的工作。"

方正感到有些意外。

"怎么，忘了？几年前，您可是以应聘校长的身份应聘的啊。现在，也该兑现了。"说完，老王就看着眼前的他。

"没忘。"

"没忘就好，那现在就应该走马上任了。"

"这……"方正的话说了半截，显然有些踌躇，更有些不想干的意思。

老王看他有些犹豫，就问："是不是还有什么想法？"

方正没有吭声，只是点了点头。

"为什么？"

"也没什么，就是觉得班主任干得挺顺挺起劲的，突然接替校长的工作实在有些不太适应。"

"这可能是一个原因，但不是什么主要原因，重要的原因恐怕还是怕得罪人吧？"

"是的。现在的人太难管理了，动辄就和领导闹。"

"据我了解，当初您来咱们学校的目的可不是这样，是要干一番大事的。怎么，现在到大显身手的时候了，却又畏缩了？"

"还有就是，这是一所老学校，我怕干不好，辜负了大家的期望。"

"正因为这是一所老校，所以才需要像您这样的内行来管理，给它一些活力，让它焕发出生机来。"

方正没有吭声。

"放心，大胆地干吧。我相信，您一定能够干好的，并且还能干得很出色的。如果以后有什么问题，咱们共同面对，保证不会为难您，更不会让您受委屈。"坐在他面前的老王用右手朝他的肩上拍了拍，"您再好好想想，想通了可要尽快告诉我，时间不能再拖，本来我给您说得就有些晚了。我还有事，先走了。"说完，老王就站起来转身走了。

老王走后，方正也回到了三楼的办公室。这时的他，又拿起了那本教育杂志看了起来。可无论怎么看，就是看不进去，索性随手就扔到桌子上了，点燃了一支香烟，想起了刚才老王谈的事情来。

原来在光华中学的时候，没有条件干一番事业，前前后后，受着这样和那样的限制，搞得窝窝囊囊，很没有出息。当初，可不就是抱着一种干一番事业，在事业上有所成就的心理到这所学校的吗？这还有什么可犹豫、可畏缩不前的？更何况学校董事会主席说了，以后有什么困难，大家一块儿解决。这不是对自己很大的支持吗？如果自己不干，那岂不是既违背了自己当初的愿望，也辜负了领导对自己的信任！人家老王的话说到这份上，自己还有什么可说的？简直没有理由！刚才就不应该表现得那么犹豫。那不是自己的风格！是啊，自己应该利用这个平台，充分施展才华，全身心地投入，让广大学生受益，自己应该在有限的范围内，起码是在自己管理的范围内，让教育真正地回归到教育的轨道上来，应该大有一番作为才是！

尽管这样想，可他还是有些犹豫，因为他的心里非常清楚，当下这事情，真正要干起来，并没有想象的那么容易。为此，他几天都不得安宁，有时简直就是成宿成宿的睡不着觉。这所学校可是一所无论哪方面都堪称一流的学校，光学生就两三千人，如何使这所规模接近于航母的学校，平安、顺利、快速地驶向科学的发展道路呢？这不仅需要花费一定的气力，而且还需要花费相当的心智，没有几身汗水是出不来的！他分析着自己目前所处的环境，那就是，非得发扬"明知山有虎，偏向虎山行"的精神，如果没有或者缺乏这种精神，那就是什么事情也干不了的。即使干，也干不好的！

……

经过一番苦苦思索，也经过了一番科学规划，方正最后还是答应了老王。现在他要上任了。

就任那天，学校召开了全校教师大会。会议由校董事会主席老王主持。看着安静的会议室，老王将话筒挪到自己的跟前，开始讲话："同志们，今天我们召开一个简短的会议，就是有关校长任命的问题，因为陈校长马上要退休，经过考查和考核，董事会现在任命方正老师接替校长的职务，从今天开始，他就担任我们的校长。在此，请大家给予热烈的掌声和欢迎。"

老王的话音刚落，整个会场便响起了热烈的掌声。一时，掌声便打断了老王的讲话，稍隔了一会儿，见掌声渐渐小了些，他才接着说：

"方老师前几年就是我们招聘的专职校长，之所以没有任职，是因为他一再要求担任一个班的班主任，先熟悉熟悉学校情况。他所带的班，学生的综合素质以及成绩的提高，是大家有目共睹的。至于后来到眉山中学支教，那也是他主动要求的，目的就是为了扩大教育视野，全面掌握教育实况，以便全方位地掌握教育规律。今天我给大家交个底，方老师不仅有着丰富的教育教学经验，而且还有着丰富的学校管理经验。我想，在他的带领下，我们的学校会更上一层楼的，请各位老师在以后的工作中，给以最大的支持。下面，就请方老师给我们讲几句话。"说着，老王的脸就转向坐在旁边的方正，将话筒递给了他。

接过话筒的方正，很是谦虚地说："刚才王主席讲的，对我来说，实在是褒奖之词，也有些夸张，实际情况并不是他说得那么好，如果硬要那样说，那也只是自己做了应该做的事情，因为那是一个教师的本分。董事会给我这样一个平台，让我带领大家搞好学校，我只觉得责任重大，面对这样的一所老学校，让它更上一层楼，我是诚惶诚恐的，唯恐担负不起这个重担，怕辜负了董事会对我的信任，也怕辜负了大家对我的期望，更怕辜负了学生以及家长对我的期望。但是，仔细一想，有咱们大家，我就什么都不怕了，自然，也就更有信心了。对于我来说，能够担任这样一所学校的校长，实在是一个难得的学习机会。在此，我一定要好好地把握这个机会，利用好这个机会。在这个机会中，接受锻炼，力争做好本职工作。当然，要搞好学校，说实在的，还得靠大家齐心协力，如果没有大家的支持，我想，这工作也是干不好的，因为我个人的力量是极其微薄的，精力也是有限的。在此，还请各位老师能够给我大力的支持。"说到这里，他环顾了一下在座的所有老师，随之就站起来，向大家深深地鞠了一躬，然后坐下又说："为了将咱们学校搞好，我向大家表个态，在今后的工作中，我一定按教育规律办事，做到公正廉明，不占不贪，竭忠尽智，鞠躬尽瘁。至于到底会怎样，我想，还是有待于大家的监督。好，我就讲这么多，谢谢大家！"说完，他又站了起来，向大家又深深地鞠了一躬。

整个会场，又是一阵掌声。

就任以后，方正大胆起用行家里手以及钻研业务的人，他进行了一系列的改革。为了力争做到以人为本，促进各方面的和谐，他特别注重调动各方面的积极因素。吃苦在前，享受在后，方正经常深入教学第一线，和老师们一道群策群力，特别注意研究校本问题，把握自己学校的教育教学特点，努力找出适合自己学校的一整套行之有效的措施。

# 三十九　黎山高考会相聚　应试劲风依旧吹

接到通知后，方正就火急火燎地乘校车来到了黎山脚下的一家疗养院。到了那，已经是下午的四点二十分了。

疗养院里，繁花似锦，绿树成荫，空气清新，道路笔直。所有的房子，都掩映于苍松翠柏之中。每一条小路，都是用水泥铺就的，白白亮亮的，给人的感觉就像是到了神仙世界，没有城市的喧嚣，既幽深，又寂静。方正看到这里，不由得在心里想，能选这样一个地址开会的人，也真是独具慧眼。这可真是开会和疗养两不误呀！顿时，一种神清气爽的感觉便涌上心头。他打心眼里喜欢这样一个地方。说实在的，要不是当这个校长，这种地方，恐怕永远都难以见到，更别说是在此开会了。

区高考研讨会的会址就设在里面靠左的一栋楼内。这楼一共四层，一、二、三层是宿舍，四层是开会和娱乐的地方。四层的中间是会议室，两头分别是歌舞厅和游艺室。整栋楼装修考究，很有现代韵味，给人一种简单、明快、大方的感觉。只要一进去，就会让人即刻感到无限的凉意。整个楼道以及楼梯，都用高级艺术白色瓷砖铺就。顶部，都用石膏装修而成，看得出来，每一块石膏中间，都带有方块性质的图案；这图案，又由隐隐约约的小孔组成；整个效果，通透明亮。只要行至其中，肯定是舒心不已。

方正住的地方在三楼的 305 室。

按照安排，第一天报到，第二天开会，第三天游玩。

方正先是洗漱，然后吃饭，再后来就是散步和休息。

第二天，按照以往的习惯，方正五点半就起床了。他来到室外，做了做操，跑了跑步，到七点的时候，便走进食堂和大家一块儿用起餐来，待到八点，便准时来到会场。

走进会场，整个会议室座无虚席，鸦雀无声，气氛显得特别严肃。他知道这种场合，与其说是高考研讨会，不如说是高考奖惩会。这种会议，每年都在暑期时候召开。高考考得好的学校，领导此时就会趾高气扬，而考得不好的学校，领导就灰溜溜的很没有面子，几乎到了无地自容的地步。是啊，这种感觉，自己以前也有，不过，那时候自己都是作为高考考得不好的学校领导参加会议的，学校当然是挨批评的时候多。然而，这次就大大不同了，他是作为全区考得最好的学校领导参加会议的，自然，此时的心情也特别好。为此，他的脸上也时不时地露出笑容。

就以往的经验而言，像这种会议，一般都是要有主持人的，然而，这一次会议却很特别，区教育局郭局长直接开始讲话，莫非，这就是这个区的不同之处？方正一直这样琢磨着。

同志们，我们这次召开这样的一个会议，主要还是要提高本区的整体成绩，就我们区的情况来看，这次高考成绩排队，落后于其他兄弟区，这就给我们敲响了警钟，也充分证明了在高三教学上，我们还存在着许多不足之处，也就是说，还有许多环节没有跟上。说实话，现在的教育，只有分数上去了，才是硬道理。因为现在社会上，家长看重的就是分数。哪所学校成绩高，哪所学校的声誉就好，生源也多，待遇也好。为此，我们以后每年的高考还要排队，还要看哪所学校考上的人数多。我们要把升学率作为考核学校的主要指标，或者是重要参数。当然，学校也可以把这作为考核教师的重要依据，对于那些让高考出彩的教师，要让他们名利双收，在此，我们不仅要大力宣传他们，而且还要重奖他们。在整个学习管理中，我们要引进量化管理这样一种新办法，凡事都要用量来说话，要实行末位淘汰制。依据兄弟区的经验，就是这样。在座的各位，一定不要怕得罪人。只有这样，我区的工作才能搞上去。下面就请负责高考这一块儿的吴志民同志将高考成绩发下去，希望各位认真看看，考得好的，好好总结总结经验，考得不好的，也要认真总结教训，注意学习别校的经验。

当吴志民同志将全区的高考成绩发下来以后，大家就都拿着成绩在那里观看着、交谈着。完了后，区领导让考得好的几所学校交流了一下经验。从这些交流经验的学校来看，无怪乎就是加班加点、另开炉灶、分类推进之类的人们几乎已经听腻了的话。大家有随声附和的，也有摇头不予认可的。

就在这时，普教科科长又开始了讲话。他的讲话，对本区本年度在高三教育上所取得的成绩，还有所存在的问题以及今后要采取的措施，都一一做了汇报、总结和安排。就这样，会议紧开慢开，时间就到了中午。按照原先安排的当天上午进行经验交流的议程，只好被安排到了下午。

下午两点三十分的时候，要交流经验的学校领导便按照统一安排，一一做了交流，自然，方正所在的学校，也在交流高考经验之列。

晚上，参会人员便根据自己的情况自由活动。于是，人们便自由组合，休息的休息、打牌的打牌、跳舞的跳舞、唱歌的唱歌、搓麻将的搓麻将，总之，大家都按各自的意愿活动了。

当天晚上，和方正一个房间住的华瑞中学的周校长，在所有的活动完了以后，就在房间里聊起了有关学校招聘用人的问题来了。周校长是区上一所重点学校的老校长，个头不高，身体稍微发福，满腹经纶的样子，每次区教育局开会，他都是作为重点发言者发言的，自然，他的发言也很受其他学校领导重视，他的意见往往被区上作为推动全区工作的典范，为此，所有学校的领导对他都有着几分敬重。这一次，能和他同住一个房间，方正的心里自然很是高兴。他很庆幸能和这样一位极富经验的老校长住在一起，在此，自己完全可以借此机会向他请教一些有关学校管理的事情。等两个人都洗漱完了上床后，方正便问：

"周校长，您对眼下的教师聘任制有什么看法？"

坐在对面床上的周校长略加思索后说："教师实行聘任制，这无疑是对人才的合理流动提供了便利，使人才不再只是单位的人才，而是社会的人才，当然，这也给我们这些当校长的选人用人提供了便利。就此而言，这确实是个好事，我们也双手赞成。但是也正因为这样，被聘用的老师好像大部分都没有一个长远的打算。他们基本都是冲着当前的利益来的，你给多少钱，他们就干多少活，主动性很差，对学校的工作既不热心，又不积极，好像就是拿了钱就完事，就跟打短工一样，当感到学校不利于他们的时候，他们就会一拍屁股走人了事，学校对此也没有很好的约束力。可他们一走，学校的工作即刻就会缺人，如果有人能够顶上还好点儿，但一时如果碰到补不上人来的时候，工作就陷入了一种非常尴尬的境地，最后还得回过头来求他们留下，可这一留下，开展工作时就又被动了。即使不是这样，教师过于频繁的流动，势必会使学校教师队伍处于一种不稳定状态，无疑，这样就使教育教学工作很难搞了。鉴于这种情况，同时也是为了稳定教师队伍，最好还是调动的好。这样，调进来的老师就会和学校形成一致的利益链，不至于使他们的心始终游离于学校之外，有着和学校利益不怎么和谐的其他想法。在此，最起码他们会把自己当作学校的主人，进而也就有了和学校保持一致的思想，在内心深处消除了那种自己和学校是雇佣关系的想法，在行为上也能自觉地为学校服务了。因为这里有这样一个不容忽视的事实：那就是自己不好好工作，肯定会影响学校的声誉，进而也会直接或间接地影响到自己的利益。"

周校长说到这里，便点燃了一支香烟抽了起来。方正只是冲周校长非常认真地点着头。从那神态能看出来，他对周校长的话佩服得五体投地。是的，这个道理，也只有他才能说出来，而别人就不一定能说出了。他只感到自己和周校长的意见不谋而合。他打心眼里高兴，只觉得自己和一位行家里手能待在一起，真是莫大的一种幸福。他的脸上露出了一种少有的喜悦。

周校长似乎看出了他的心思，于是在抽了几口烟后，又接着说："依据这几年的经验，在聘任教师时，还要注意教师的年龄比例问题。就年龄来说，绝对要多聘那些三十到五十岁之间的老师，这些老师，除了年富力强之外，还有丰富的经验。年富力强，意味着讲起课来很有激情，能吸引学生的注意力；丰富的经验，意味着他们见得多、经历得多，对于教育教学中常出现的问题，会有一个大概的了解，也有一个足够的把握；特别是对一些事情的发展，更能做出预测并提前准备好处理的方法。千万不要只招那些初出茅庐的大小伙和大姑娘。这些人，尽管年轻，精力旺盛，可他们没有经验，干什么都毛手毛脚，弄得人很不放心。就他们来说，还得培训，而培训也是需要时间的。至于那些老同志，也就是已经退休了的老师，近几年各校似乎也招聘了很多，但从实际情况来看，也不怎么理想。尽管这些人有着丰富的经验，可他们精力不济、讲课没有激情，为此也不能打动学生，有的干脆直接就受到了学生们的反对，不能收到很好的效果。总之，凡事都有两个方面，这教师的自由流动，既给学校和老师提供了方便和自由，也给老师和学校在一定程度上造成了麻烦。"

"这不是有合同保证吗？"方正有些迟疑地问。

"尽管有合同的保证，但是，这方面的麻烦还是不断出现。这就告诉我们，要使学校工作永远处于主动，首先就得做好教师的预备工作，也就是说，我们要不断地做好教师的储备工作。"

听了周校长的话，方正在原来的思想基础上，更是得到了启迪。他只觉得，这真是有点"君子所见略有所同"的意味。

"周校长，以后咱们还是要多联系，多给我们的工作予以指导，您今天的话，使我很受启发，我得多多地向您学习。"他很高兴地说。

"哪里哪里，咱们共同学习，今天所谈的，只不过是我平时的一些认识罢了。"

"即使是认识，也蛮深刻的。"

……

两人的话谈着谈着，周校长就有些下意识地闭起了眼睛。一看这种情况，方正便有些不好意思，随之便说："我们也该休息了，周校长。"说完，两个人就准备休息了。

会议的第三天，按照惯例，便是全体参会人员参观景点的时间。于是，大伙便乘着大巴来到了最有名气的黎山，开始了爬山活动。临了，主办方还给每人发了纪念品。这样，大家也乐哉乐哉地回到了家里。

暑假很快就过去了。新学期开始，到学校来找方正的人就多了起来。这不，这一天又有人来找了。

"同志，你们方校长在吗？"一位年近五十的中年男子，走到教务处的门口，向里探着头问道。

"不在，到外地开会去了。"李月华老师转过头来非常干脆地说。

"这可怎么办呢？"那男子显然有些着急，也有些失望，然而又有些急切："那他什么时候回来？"

"不知道。"李月华老师摇了摇头，紧接着又问："哎，你到底什么事情？"

"就孩子上学的事。"

"考得怎么样？"

"刚够咱们学校的分数线。"那男子很是殷勤地拿出分数单就给李月华老师看。

"这分数显然不行，在这分数以上的多的是，连排队都排不上。要么，就得交高学费。"

"只要能上，你说多少？"那男子喜出望外地说。

"不多，三年下来，一共五万。"

"五万——这么多！"那中年男子顿时便瞪大了眼睛。

"你是校长的什么人？"一看这位家长反常的神色，李月华老师便问。

"同学。"

"真的还是假的？"

"当然真的了！"

"嘿嘿，如今，这冒充我们校长朋友和同学的人可多了，一个目的，就是为了能让孩子上学。"

那男子感受到了一种让人难以接受的奚落，于是就顺嘴说："这方正，也真是，竟然将收费定得这么高！见了他，我非骂他不可！"说完，他就气愤地掏出手机，向方正打起了电话，只听那边说不在服务区。没法子，他只得收起电话，闷闷不乐地走出了学校。心想，等他回来再说，说不定，到时候这费用还会减少呢。

这位家长就抱着这样一种心态一直在等待着方正的归来。可等了几天，就是没有方正回来的消息。再打电话，依然打不通。后来才听人说，如今，这市里几所有名气的学校，主要领导每到这个时候，正直点儿的，就离开学校，躲出去了，手机、电话都不开通，至于去的地点，就更不告诉别人了。莫非，这方正也是这样，选择了如此"绝妙"的方法，躲着所有想求他的人？可孩子还得上学，还得办手续，迟了说不定连手续都办不成了。于是，他便抱着豁出去的态度，硬是咬着牙掏高价给孩子办了手续，让他上了厚德中学。

那位中年男子走后，教务处的几位老师就议论开了。

"唉，这个时候，也是领导们最头痛的时候。这倒不是说他们为招生发愁，而是为不能抵御各种关系而头痛。"其中一位老师很是同情地说。

"在没有办法应对各种关系的时候，也只能想出这样一个绝妙的方法了，干脆躲得远远的。"

"这可是咱们学校前任几届领导总结出的经验呀！"

"如此方法，可真是聪明之举。"

"就方校长刚接手那阵儿，因为在这方面没经验，所以，在第一个年头就死待在学校，以至于在招生时，被各种关系搞得焦头烂额、难以支撑。"

"所以，他觉得这样下去也不是个事，也在努力地探讨如何才能回避这种尴尬的局面。后来才知道，学校的前几任领导，在每年招生的时候都躲得远远的。躲避的一个重要原因就是，这时候的熟人、朋友以及上级领导，为了孩子能上学，都会找自己的。在此，得罪了谁都不好，同时，从面子上也都过不去的。为了不出现这种难堪尴尬的局面，只能采取这种办法，待招生的风头一过，也就是开学后一个月左右，他们再回来。这时，就是再有人找，有领导写条子，他们也会以不在为由推脱掉，不至于发生让自己和需要办事的人尴尬的场景，或者再从感情上伤了和气。这样合情合理，顺理成章。"

……

这次招生，方正确实是学得聪明了一点儿，也这样做了。他躲到了一个只有几个人知道的地方。说来，这方法也的确很灵，果然抵挡了不少的社会关系。待他回校以后，一切都在正常运转了。为此，他很高兴，也很轻松。

然而，就在这种高兴、轻松之余，他的脑海里总有一个问题：这样躲，总归是一种消极的办法，长期下去，怎能解决问题？社会上出现这种择校热，除了学校自身所做的宣传以外，还有一个不容忽视的原因，就是教育资源不平衡的问题。而这个问题，如果不解决好，如此之现象还会重演。这该怎么办呢？……

方正自从回到学校以后，就一直想着这个问题。

# 四十　老师议论心拳拳　教海探究丹心现

一天下午的课外活动时间，操场中间的篮球杆底下，聚集着五六个老师，他们围坐在一起，好像在谈论着什么。刚好有事走到这里的方正，看到他们有些好奇，于是就走了过去，和他们坐在了一起。

原来，他们谈的内容囊括天南海北，什么都有。不过，见方正走过来，他们就把话题又转到了目前的教育上。他们畅所欲言、毫无顾忌，什么都谈。不过，谈得最多的还是近几年教育上出现的一些怪现象。

站在他们队伍里的方正，只是认真听着，他的目光注视着每一位谈话者。

"以往我们认为的那些所谓的学习好、表现好的学生，对老师的态度却是冷冰冰、没有礼貌的，平时见了老师也不打招呼；而那些学习不好、表现也不太好的学生，对老师的态度往往却很有礼貌，每次见了老师，也很客气，知道问候老师。按理说，不应该出现这种情况才对，可现实就是这样。试找原因，前者，老师对他们往往是宽容的、给面子的，鉴于他们较为自觉，所以，待他们出现一些问题，也常常是给予谅解的。正因如此，他们才会认为自己取得的成绩都是自己奋斗的结果，反倒与老师没有关系。而那些经常犯错误的学生，又经常挨批评，老师也是不愿意包涵和谅解的。因此，这些学生反而感到他们的每一次进步，都与老师平时的批评教育有极大的关系。"

"如此之现象，不得不引起我们每一个教育者的重视和注意。"

"这一种现象，说来也不奇怪，也不是主要的，更重要的是我们现在的教育，是要把学生引领到什么地方去的问题：是注重引导学生对数理化的学习，还是引导学生全面素质的提高？是引导学生朝着金钱看，还是引领学生提高道德、法制观念呢？"其中的李月华老师这样说道。

此时的方正，很为李月华老师的发现感到满意，也觉得她很有思想。他以十二分的高兴和敬意看着她，只觉得她的眼力好，看到了问题的实质。不过他没有言语，还在认真地聆听着其他老师的谈话。

"现在相当一部分的学生，在很大程度上已经不怎么相信社会了，因为在他们看来，这个社会就是一个物质欲望极强的社会，无论什么事情都用金钱说话。唯有金钱才能办到一切的事实，已经在他们的心中扎下了根。我就担心，这一茬人长大后，能对社会做出什么有意义的事来？"

"是啊，我们的整个社会，人文精神正在大幅度地流失。这一点，令人不得不担心啊！"

"不干教育，咱不想这些问题，可干了教育，每天碰到的都是这些问题，这就不得不令人进行一番思考。有时想想，咱这简直是有些'杞人忧天'！"

"整个社会，人与人的关系，现在几乎都变得很势利、很冷漠了。媒体上报道过的多少事情，不都说明了这一点？在人们面前，似乎只有利益，如果没有了利益，其他就什么都没有了。"

"整天都耳濡目染的，我们的学生，怎么能不变成这样？"

"如今这些大学生，真可谓是前卫大胆，什么事情都能做得出来。她们图的就是一个'钱'字，或者是潇洒和舒服，至于人格、尊严什么的，全都抛到了脑后。"

"你说的大学生，这都不奇怪。可奇怪的是，现在连中学生也是这样。"

"你怎么知道中学生也是这样？"

"一次，我和正在上高二的侄女闲聊，无意间，她透露出了这样的信息。"

"原来是这样，怪不得极有发言权。"

"唉，大学生都是这样，更何况中学生呢？他们就更控制不住自己了，更会干出一些人云亦云、跟着感觉走的事情。"

"我前几天才看的一份资料，说一所全国知名大学，竟然开除了整天沉迷于上网，而不知道上学的大学生。"

"这还新鲜？你简直是把历史当新闻了。"

"如此做法，我太赞成了！要不然，这样下去还了得！"

"还有，到了大学以后，生活不会自理的都有。而我们的家长，为了不至于让自己的孩子受罪，竟然甘愿到附近租房子替孩子承担这一切。"这位老师说着就摇起了头来，显然，他是非常不赞成这些父母这样做的。

"天之骄子都成了这样，足见我们的教育是出了问题的。这现象在大学，可根本和关键还在中学和小学。因为我们的基础教育，就没有从小对他们实施这一方面的教育。或者说实施了，可一切又都是走了过场。"

"我看，也不全是。"

"为什么？"

"家庭也是一个重要的因素。"

"也就是说，家庭也在影响着学生的成长。"

"是的。"

"唉，说起来，这都是纯粹的应试教育惹的祸。"

"这也不仅仅是学生的问题，而且还与大学的自身管理有关系。话为什么要这样说呢？是因为现在的好多学校，不仅在管理上不严，而且在教学的课时数上也大大缩水，保证不了学生正常的学时数，十月开学，不到第二年的元月，或者是刚元月，就以各种理由给学生放假了。"身材有点瘦，个头有点高的中年男子贺老师突然说。

"我也发现了这一点。"

"这正常吗？太不正常了。"

"不仅不正常，而且更是对学生的不负责任！"

"大学教育，无论是就人文精神还是科学技术，都应该达到引领人类进步和发展的水平。可现在都搞成了这样，它还能担当起这引领的重任吗？这简直令人怀疑！"

"如今的教育，在某种程度上，真是令人失望！"

"我不知道这教育以后会发展到什么方向上去呢。"

"我觉得我的一位老同学说得好，也说得很发人深思。他在一所极为普通的中学。那次，见到他以后，我们同样是在谈有关教育的事情，他就说，他们现在教的学生，大都是一些别的学校不要的二三流学生，然而，比起那些专门教好学生的学校来，贡献要大得多，也值得表扬得多。就应试教育来说，虽然他们没有取得好的成绩，但是，他们在将每个不成形的学生打造成对社会、对国家有用的普通公民，而整个这个过程，比起那些所谓的好学校的那些老师来，付出要大得多，也要辛苦得多。他们所做的一切，又是无法用具体的量来衡量和统计的，也就是说，他们的工作是无法用数字来表达的，因为他们始终都在做着育人的工作！还有就是，他们培养的是占社会公民总量的绝大多数，而国家的安危不正好就是靠这些大多数人来维持的吗？你们说，哪个贡献大呢？我就不知道为什么社会就不顾及我们的劳动付出呢！至于那些考得好的学校，也就是那些成绩相对优秀的学校，也是不值得骄傲的。因为他们首先是挑选了不需要花费多少精力的素质较好的学生。而这些学生，如果碰到我们这样付出特别大的老师，同样也能取得好成绩，甚至还会远远地超过那些令人可喜和值得骄傲的成绩的。所以说，像我们这些老师，才是最值得敬重的。"

"呀，你这个同学也真是动了脑子，想的问题也是够深刻的，真有点儿另辟蹊径的味道。"

"哎，你这位同学说的好学校，包括不包括咱们学校呢？"

"我觉得是包括的。"

"这位老师看问题确实是挺独到的，也真是看到了那些所谓的好学校的骨子里去了，更是抓住了教育的实质。"

"我觉得他说得很有道理。因为在他的眼里，教育根本就不只是单纯的提高学生成绩，更重要的就是育人。"

"面对应试教育，有时候也真是难为了他们，谁都知道'巧妇难为无米之炊'，更何况他们？教育不能只像我们这样只顾少数，而是要顾及大多数人的。也只有这样，才算是真正的教育。"

话说到这里，一时间这些人便都陷入了一种沉默的状态，似乎都在思考着刚才这位老师说的话。

隔了一会儿，贺老师忽然像发现了什么似的，惊奇地问："哎，我不知道你们知道贵族学校不？现在的贵族学校啊，真成了货真价实的贵族了，对待学生的一切，都是以培养贵族的架势进行的，替学生想得太多太周到了，就优越的生活条件不说，就是教学也是学生说了算。就此而言，老师在此总是谨小慎微、提心吊胆地工作着，就怕得罪了学生。这样一来，学生真就成了上帝。"

"我也看过这样的资料。我真为这些孩子的以后担心。我就不明白了，这些学校怎么能这样做呢？"

"说透了，还不是为了一个'钱'字。"

一听到这个"钱"字，大家的神经就像被狠狠地刺激了一下，再一次地无言了，只是你看看我、我看看你地待在原地。

也许是为了打破这种沉闷，一位老师便转换到了另外的话题："哎，我前天看到一则消息，说某市的一个区，竟然出现了两所学校高考成绩都是第一的情况。这一怪现象，就是几所学校在做招生宣传的时候，在校门口挂起的横幅上，都标榜自己学校的高考成绩是全区第一，以至于都到了不符合事实的地步。"

"简直是荒唐，笑话！"

"更是讽刺！"

"这些人也真会拿教育开玩笑！"

"足见应试教育的疯狂！"

"简直已经到了胡说八道的地步了。"

"这种事情，这些学校竟然也能做得出来！"

"不这样做，口袋里哪来的银子？"

"唉，这算什么呀，现在不顾教育规律的太多了，为了提高成绩，学校随意延长师生在校时间的比比皆是，随意取替体育、音乐课增加数理化课程等怪象，层出不穷啊。"

"种种迹象表明，这不是在搞教育，而是在搞教育投机，或者是在恶意搞教育竞争。"

"我就想不通，原来是在搞精英教育，一百个人里才能录取几个，竞争也没有这样激烈，可今天，大学教育都大众化了，录取比例基本上是一比二，竞争竟然还这样激烈、这样残酷！"

"这无非就是社会上的用人制度造成的。"

"我看，也就是这样。"

"现实都已经成了'学而优则仕'，难道你们还不清楚？这未免也太落后了吧！"

"可这样残酷下去，何以得了？"

"这用得着你担心？天塌下来了，还有大个子顶着，你发什么愁？说好听点儿，你们这叫杞人忧天；说难听点儿，你们这叫狗拿耗子多管闲事！"一位老师似乎是看透世事地说。

"我看也就是这样，大有一种忧国忧民的成分，佩服佩服。"一位个子稍矮、身材有些肥胖的老师跟着附和道。

大家听到这里，个个都哈哈大笑了起来。

笑声刚结束，就又有人说道："这学校要是硬要这样搞，老师也没有办法，只好服从他们的管理。这个表现最集中的就是：现在的大多数学校，都是把教师当作匠人培养和运用的，平时也都是这样去要求的；而我们的教师，大部分也都把自己当作匠人，一天只知道把该做的事情做完就行，至于其他，一概不闻不问。这样就导致了许许多多只有称职，而实际又很平庸的表面上合格的教书匠的出现。正因为小匠人太多，所以，大师也就没有了。"

"好家伙，太有建树了，没想到你还有这样的见解。"一位老师高兴地冲着这位老师说。

"我以后再也不让我的儿子当教师了，实在是当得没有意思。没瞧那些提早下海出去的老师，现在个个都混得人模人样的，有房子有车，好不潇洒。而咱呢，至今住的还是小屋，乘的还是'11'路汽车（双腿走路）。"

"只能说明那些老师很识时务，眼睛亮；而咱们，一个个简直就是榆木脑袋。"

"我觉得也是。我也常常想，也不想让女儿当教师了，坚决不让。不能再让女儿像咱们这样没出息了。瞧瞧，咱们现在这都过的是什么日子？穷酸得不得了。走到社会上，谁能正眼去看咱们，就是看，还不是个孩子王？咱这辈子毁了，难道还让孩子也毁在这上面？就这样，还在默默地坚守着这块阵地！你们说，这都是为了什么呢？"

"你们这样讲，也太片面了，这多年前下海经商的，不是还有淹死的吗？即使没淹死，还有回来重新拿起教鞭的。所以说，也不是每个人都能赚钱的。"方正听了半天才说了一句，"说不定，让你们现在下海，你们也会被淹死的。"

听了这话，大家都知道他说的也有道理。于是，便个个都不再说话，好像再没说什么了一样。

过了一会儿，汪老师说："现在几乎所有的学校，都在起劲地强调发展学生的个性，可从实行的具体情况来看，还不是在很大程度上怂恿和助长了学生无政府主义的疯长？这'个性'没有发展，反倒使学生长了一身的毛病。你们瞧瞧，现在只要是学生和学校发生了矛盾，一旦打起了官司来，学校在大多数情况下都是输官司的，什么赔礼、道歉、赔偿全都跟着来了。这时的学校，好像就是个受气包，谁都可以宰一下。哎，你说，这独生子女的个性，谁能把握得那么准确，保不准到时候谁给你生个事情，当事的老师就首先受不了。你们瞧瞧，现在的学校和老师，在很大程度上都害怕学生，整天都在提心吊胆，唯恐学生出事。"

"所以，现在的学生犯了错误，个个都理直气壮，就是不给老师承认错误，更不知道改正自己的错误。按照他们的逻辑，错的好像就是老师，更是批评不得！"

"依我看，现在对学生不仅要进行挫折教育，而且更要对他们进行'接受批评'的教育，否则，我们的教育就不是完整的教育。"

"你说的这一点我很赞成，你的想法很有针对性。因为学生身上现在缺乏的就是接受批评的精神。试想一下，没有批评和不接受批评的民族会是怎样的民族？它还能进步？作为教育，如果没有了批评和接受批评，算是教育吗？"

"这才几年啊，倡导批评和接受批评的做法，在我们的教育中几乎已经没有了。所以，学生中出现的这种不愿接受批评的现象也就不奇怪了。你们没瞧，学校教育一贯都在倡导对学生的爱吗？而这种爱，就是过多的温情呵护。这样一来，就将爱的含义理解得太片面了。其实，批评也是一种爱；而这种爱，只是通过不同的形式表现出来罢了。"

"要做好批评，方法必须要得当，而要做得得当，就得深谙学生的个性心理。这样才会收到良好的效果。"

"这么多年来，我们的教育在教学生做人这一点上，确确实实存在许多失误，而这种失误，又不可弥补。专就这一点，真令人痛惜，也令人不可饶恕！"

这个老师的话一出，眼前的几个老师都感到很有道理，也很切中要害。自然也都用着一种敬佩的目光看着他。

"一旦教育不知道教学生怎样做人，那么，无论它教育出来的学生智商多高，技艺多精，都有可能变成人类的敌人，即成为祸害人类，乃至于反人类、扼杀人类的刽子手。不必说，这是一种十分危险的教育，而且也是一种堕落了的教育。"

"现在的网吧越开越多，我们的学生受其影响也越来越严重了；噢，还有那赌博机也越来越多，深受其害的学生也越来越多。像这些场所，就是管理，还不是像割韭菜一样，一茬一茬地过去了？"

"这网吧真是害学生不浅，也害家长不浅。害得学生整天沉迷于此，不知道学习；害得家长整天为孩子担心。现在的孩子，许多人上网都上瘾了。只要一上瘾，就没法管了，即使老师、家长再注意，他也会想方设法地到那个地方去，从而陷得很深，不能自拔。"

"我现在只是为我们的这些孩子可怜！在他们的成长过程中，几乎就没有一处好的环境。要说有这样的环境，就是让我们的学生永远都不要长大。"

"还有一些媒体，似乎专门就把注意力集中到了学校，只要哪所学校发生一些事情，它就唯恐社会不知道，报道不说，还大肆渲染，就好像学校压根就没做工作一样。也不想想，谁愿意出这些事情呢？那还不是一种意外、一种无奈？究其原因，那就是把教育部门摆到了极其神圣的地位，就是不以普通之心，把学校和老师当作一个普通的单位和普通的人来对待。这样一来，我们的教育部门，就好像不食人间烟火一样。这不是有些过分吗？"

"所以说，学校出事都出不起了，校长和老师们也都害怕了，就算不害怕，也由不了自己了。"

"话说回来，也怪不得人家媒体报道，现在的大多数学校，都在想着法子赚钱，而这些钱又都是些昧心钱。这些又往往是在合法的外衣下进行的，让你觉得既合情又合理。现在的中学是这样，大学也是这样？就连那些小学，甚至是幼儿园，都在赚钱！那数字，还不是吓人的？即使吓人，又怎么样？家长们还不是照掏不误？虽说掏钱，但大家都觉得掏得无奈，掏得冤枉，掏得生气！"

几个老师正在议论着，突然，汪老师说："如今的补习学校，也如雨后春笋般多了起来，可劲招生，由于租来的校舍有限，于是就让很多人挤在一个教室，少则七八十人，多则上百人，以至于老师在上课时都要用小喇叭。自然，在这样的学校里，依然是学生说了算，学生说哪个老师不行，学校立刻就将哪个老师解聘。为此，许多老师都如履薄冰，因为这种解聘毫无商量。不过，也有一些老师，对此却抱着一种无所谓的态度，反正自己已经是快退休的人了，说不让干也就不干了，思想毫无负担。如此的补习学校，完全是人海战术，以多取胜。他们向社会招生的广告就是这样，只说考上了多少，就是不说在怎样的学生基数上考的。如果这样一说，一切就都露馅了。这就和一些重点学校一样，在宣传自己的学校时，也是总说自己的学校每年考上了多少，就是不说在怎样的基数上考的，就这样，望子成龙的家长还是相信他们的广告，很是积极地把孩子送入这样的学校。你说这难道不是教育的一种怪圈？可就是这种怪圈，竟还有着广阔的市场。就补习学校的性质来看，有的根本就没有资质，既没有自己的师资，又没有固定的校舍，更没有充足的资金，租上一些房子，招上一些江湖上专门从事应试考试训练的教师，就这样，还美其名曰'名师'，如此空手套白狼的做法，也就使这个补习学校或者补习班堂而皇之地开始了。有的由于校舍的问题，甚至是打一枪换一个地方。这样，才能勉强保证学生的上课。"

汪老师说到这里，显然有些激动，更有些气愤。他在说话的时候，面色铁青，脖子的青筋都鼓了起来。

"汪老师，您也没有必要这么气愤，把自己搞病了，最后上了医院，还是自己的事情。依我说，你这是何必呢！"李月华老师有些心疼地对他说。

"对呀，汪老师，不值得！"旁边的几位老师都附和着李月华老师说。

看着大家这么一说，本来还想说什么的汪老师，嘴唇只是动了动，就没再说话。

这时，一位老师又说："现在社会对孩子的影响太大了，在此影响之下，我们的学校教育就显得有些招架不住了，同时也显得很脆弱，自然作用也就小多了。就连目前的思想教育，学生在很大程度上都已经不信任学校和老师了，觉得我们的学校、我们的老师都在欺骗他们，因为，他们整天看到的现实生活，压根就不是这样的，特别是看到身边人们的思想觉悟，根本就不像老师们所说的那样。要说他们信任的，就是起劲儿地学习数理化，这才能让他们在残酷的竞争面前，立于不败之地。"

"你这种分析特别中肯，也切中了问题的要害。目前的社会，出现的问题很多，让人稍微一想就气愤不已。诸如人文精神的缺失、道德良心的泯灭、不择手段的贪污、凡事都用钱来衡量等不怎么正常的现象出现，在不断地影响着我们的学生，而这个影响又都是在学生世界观正在形成的时候产生的，无疑，这种影响又是根深蒂固的。一旦这种思想形成，要想校正，难度就特别大了。"贺老师接着这位老师说。

"这也就是目前教育面临的最大困难。"

"一个社会提倡什么、反对什么，对学生的成长是至关重要的。因为学校教育总是受大环境影响的，自然，学生的思想也会受到影响的。"

"所以说嘛，归根到底，还是要解决好社会问题。这样才能给我们的学生创造一个良好的成长环境。"

"学生的成长固然与社会有关系，但是，多年来，我们的教育，自身也不是不存在问题的。说实在的，教育也该反省反省、调整调整了，不然，国家的未来还真成问题。"较长时间没有说话的方正带有提示性地说道。

"这能是咱们说了算的事情？"李月华老师插话道。

"尽管不算，但是我们也要尽到自己的本分呀。一方面，该怎么教育就怎么教育，遵循教育规律；另一方面，我们还可以就此大造舆论，引起社会的广泛关注。我想，这样的态度才是积极的。我们总不能眼看着我们的教育就这样一天天地走入死胡同。尽管我们的力量微薄，但是只要我们大家都能尽自己的一份力量，汇集起来就是一股不小的力量。再说，国家近年来也一直都在提倡素质教育，想法子改变教育出现的问题。我想，不远的将来，我们的教育肯定会好起来的。这一点，我是很有信心的。"方正说着，就朝大家看了看。

"但愿如此!"方正的话刚一说完,不知哪位老师低声说了一句。

话说到这里,那位个子稍矮、身材有些肥胖的男老师似乎想起了什么说:"方老师,听说南方的一所学校在招聘老师时就采用了新的办法,他们根本就不在乎老师平时所带的学生考试成绩怎样,也不把那个考试成绩作为录取老师的重要标准,而是将老师的教育理念是否前卫、是否符合科学作为考核的重要内容。凡是说自己所带的学生在区上或者市上考试排名第一的,人家学校首先就认为你不是一个真正搞教育的,觉得你不懂教育,或者对教育的认识有偏差,自然,也就不会将此作为录用的第一标准来录用你。因为在他们看来,教育是一项非常复杂的综合工程,而这项工作又怎能用分数来衡量呢?我觉得这所学校的做法很明智,也很科学。如果能按这样的思路办学,那么,这学校办起来肯定很有前景的。"

一时间,大家的注意力便都集中到他们两个人的谈话中来。

"这材料我也看到了。"方正先朝大家扫视了一眼,然后便对那位老师说。

"那你怎么看呢?"

"说穿了,教育就应该是这样的。因为这样,教育才算真正回归到了原位。"

"但愿这股风也能迅速吹到我们这里。"

"我想,一定会的。"方正很是肯定地说。

他们两人刚刚说完,李月华老师就有些急不可待地轻轻拍着双手说:"哎哎哎,这么多年来,我发现了一个问题,那就是儿女们一旦长大,懂了道理,他们就会突然觉得,原来令自己崇拜的父母,身上竟然也存在着诸多的不足,甚至还有错误。由此,他们就会觉得父母的形象也不再像原来那么完美、那么伟岸、那么令自己崇敬了。然而,由于血缘关系,又不得不承认自己的父母确确实实存在那样的不足,唯一的理由就是:金无足赤,人无完人。正因为如此,他们也会觉得父母有重新接受教育的必要,以便他们能在实际上和自己的思想同步,不至于给自己的生活带来许多的麻烦。当然,这个教育的职责,就自然而然地落在了自己的肩上。"

"这个我也发现了。不仅在我的身上发生,而且在我女儿的身上也发生了。"汪老师补充了一句。

"那你说,我们是应该为这样的儿女高兴呢,还是难过呢?"

"当然高兴啊!"汪老师瞪大了眼睛。

"为什么？"

"因为这是孩子在思想上的成熟和进步。"汪老师很是自信地说。

"这就给我们家长提出了一个新问题，那就是随着时代的发展，父母的思想必须也要与时俱进，更要虚心接受已经长大了的儿女的'教育'。不能再有'老子天下第一'的思想了，不然，非得淘汰不可。"

"是啊，一定要这样的。"汪老师显得很开明的样子。

"这不仅给所有的家长提出了问题，而且也给我们的学校提出了问题，就是要做好家长的再教育工作，一旦这个工作做好了，我们的学校教育也就轻松多了。不管你们怎么想，反正，我始终都这样认为。噢，对了，这一点，我们学校做得还算可以的。不过，再加上刚说的这一点，就更是锦上添花了。"李月华老师总结性地说。

"哦，还有奥数班的举办，这几年特别盛行，好像越办越多，孩子家长都特别热衷。"

"这不是家长孩子特别热衷，而是现实逼得他们这样。这对他们来说，真可谓是非常无奈的事情。因为现在所谓的重点中学，都要求孩子们有奥数成绩。奥数成绩高了，就让你上；没有奥数成绩，或者奥数成绩低了，就不让你上。好像学了奥数，就真的成才了一样。"

"其实，这奥数对孩子的成长来说未必都有用，它只对于那些极少数的孩子有用。"

"那些上奥数班的孩子也未必都喜欢，只有极少数喜欢奥数。要不然，相当大一部分孩子都厌学呢，然而，又被家长逼得没有办法。"

"唉，这就真是苦了孩子！"

"这教育行政部门三令五申地不让办班，媒体也经常曝光，可这种现象就是不能消除。"

"说穿了，这就是一个利益链的问题，也就是学校和上级有关部门的利益问题。如果说上级教育部门硬性规定，严格查处，决心斩断这个利益链，那就没有不可杜绝的。"

"也真是啊！"

"哎，不知道你们发现没有，有些在学校学习拔尖的学生，走向社会以后反倒没有什么作为，而那些在学校学习成绩二流的学生，在走入社会以后，往往会取得很大的成就。"贺老师问道。

"哎，怎么没发现？"汪老师急忙说。

"既然发现了，那你说，这是什么原因？"贺老师有意说。

"这就是说，这些学生的分析性智力、创造性智力、实践性智力低。他们不会适应环境、选择环境、塑造环境。美国耶鲁大学 R. J. 斯滕伯格教授所著的《成功智力》一书里就是这样讲的。让我说，就是他们的情商很低，交际能力也很差。一个人的成功与否，与他的学业成绩固然有关系，但这不是主要因素，主要因素则是情商和交际能力的高低。情商足够、交际能力也很强，再加之具有足够的专业知识，肯定能够成功的。"汪老师慢条斯理地说。

"你这还有根有据的。真是没看出来呀！"李月华笑着对汪老师说。

"可不？哪像你们，一个个都不学习的样子。"汪老师有些似笑非笑地显出特别得意的样子。

"我看，你这人就属那种'说你行你就喘'的人。"贺老师开玩笑地说。

一时间，大家就笑成了一团。

……

围在一起的所有老师都毫不保留地谈论着自己的意见和见解。这种氛围显得很轻松。他们的兴致依然很高。

听着老师的谈论，方正只有一种认识，那就是我们的老师都特别敬业，即使在休息时间，也议论着自己从事的工作，思考着许多有关教育的大事，还有由此而引起的对国家前途和命运的思考。他们的思想确实也很活跃，他们对自己从事的教育事业不仅有着很强的洞察力，而且还有着很深刻的思想和创造性。就这一点，自己远远不及他们，得拜他们为师才行，得常常向他们请教才是。这样，才会使自己关于教育的思考活跃、深刻起来，进而更有创造性。要真说起来，这也不乏是对这种取之不尽、用之不竭的教育资源的一种开发，更是一种及时而又合理的利用。否则，这种资源，就会浪费。一旦这样，又多么可惜，多么不负责任！对了，以后就用这种方式，自觉地走向他们，置身于他们中间，从他们中间获得无尽的资源。今天有关这方面的收获真是前所未有。

方正为自己今天能有这样的收获感到分外高兴，但不一会儿又皱起眉头，计上心来。这些老师交谈的问题，可以说，无一不是自己曾经考虑过或者正在考虑的问题。唉，整个教育的问题，何止这些？他很是苦恼地笑了笑，进而就又惆怅起来。说惆怅，不是其他问题，而是面对社会和教育出现的这些问题和现象，自己却无能为力。作为老师的自己，这于心何忍？这些林林总总的事情，简直都要到了令人无语的境地！刚才还因为大家的议论，心中暂时犹如点亮了一盏明灯的他，顿时，那种兴奋、那种高兴，就荡涤得干干净净了。

　　"丁零零，丁零零"，一阵急促的下课铃声响了。一会儿的工夫，学生们便来到了操场。一看这种情势，方正对几位老师说自己还有事，随后就挥了挥手，迅速离开了。

# 四十一　阴暗心理蛊惑人　面对至善起敬意

　　方正刚来这所学校的时候，就招来了许多老师的猜测。

　　一天，几个男老师聚在多功能教室议论着：

　　"听说咱们学校聘了一位姓方的老师，挺厉害的，人家在教育教学上很有一套，还有自己的著作呢。像这样的老师，能到咱们的学校，确确实实是对学校工作的支持。有了这样的老师，我们的学校，就不可能不更上一层的！"

　　"也可能是有自己的一套，但是，那毕竟是在他原来的学校，可到了咱们学校就不见得了。因为各学校的情况都不一样。再说，那也只是限定理论上的，说不定还是一个空头的理论家呢。"这个老师有些不服的意思。

　　"怎么，嫉妒了？你觉得自己可以，你也写一本自己的书来呀，就算空头理论也行。也好让我们长长见识。你有吗？"

　　"怎么能说是嫉妒呢？"刚才说话的老师红着脸说道。

　　"人家有本事就有本事，不服不行啊！我就服了，现在的人怎么就光看自己行，就是看不见别人的成绩，哪怕人家很能干，也都是这样？其实，自己什么都没有！"

　　"哎，这方老师，能来咱们学校，不知和学校领导有什么关系，或者和上边有什么关系，又或者给领导塞了多少东西？"旁边一直没有说话的一位瘦点的老师看着他们两个突然说。

　　"这你恐怕又猜错了吧？没看那方老师，人家那种斯文的气质都在那里放着，我看不像那种人。"

　　"那也只是你的想法，怎么还用外表去看人呢？这恐怕有些太主观了吧！"

　　"现在许多学校都有一种'外来的和尚会念经'的认识。这是多大的偏差！现在，咱们学校也是这样。这种现象的出现，怎么能不叫咱们这些老师心寒？事实上，许多学校的事实已经证明，那些外来的和尚，不见得会念经，有的甚至远远就不及本校的老师。"

"所以说，这方老师到底怎么样，现在还看不出来。人常说，'是骡子是马，拉出来遛遛才能知道'。"

……

这样的一些议论，很长一段时间内都在学校持续着。

正因为如此，个别老师对方正的态度总是别别扭扭的，见面也总是似笑非笑的样子。有时候，方正觉得没什么，再说，自己又是初来乍到，所以，见面总是很热情地与他们打着招呼。就这样，有些人干脆直接不理他，以至搞得他有时候很尴尬，也有些不快。开始，他还觉得这是一种怪事，自己也没招谁惹谁的，怎么会是这样？然而，想法也只是想法，他根本就没把这当回事，依旧还是干着自己的事情。

时间一长，有些议论便也传入了他的耳朵。于是，他也不免有些想法，这些人怎么能这样？干事的人能这样吗？但是，他毕竟还是没把它当回事，只是专注地干着自己的事。因为他心里明白，最后，事实终究会说话的。人常说，"出水再看两腿泥"，自己必须让这些人的一些看法，最后在事实面前碰得粉碎。对，就是这样！

后来，当事情真正干出了一定的名堂，他就赢来了大多数同事的认可。在此，许多老师也都改变了原来对他的态度。可和他一个办公室的吴明丽老师，总好像对他有看法似的，他不明白这到底是什么原因。这人，女性，年龄三十五六的样子，个头不高，胖胖的，平时总快嘴快舌的。

一天，方正见办公室里只剩自己和小赵，于是，便抬头朝对面的他小声问道："小赵，你觉得吴明丽老师怎么样？"

"不怎样。"小赵不假思索地说。

"为什么？"

"那人，哼，见不得别人比她好，也见不得别人不如她。见别人比她好的时候，就会嫉妒人；见别人不如她的时候，又瞧不起人。哪个领导在任，她就竭尽全力地去巴结哪位领导，一旦不在任了，即刻她就不理了，十足的势利眼。平时只知道投机取巧，不干实事，喜欢在领导跟前打小报告，弄得别人不敢在办公室说话。这一点，许多老师都领教过了。为此，关系都很紧张，也都不愿意和她一个办公室。她呀，靠的就是这本事。在她心里，领导的话就是真理，保证百依百顺，总是靠送个礼、吃个饭拉关系的，唯利是图。领导说把学生对老师的评教作为是否起用老师的唯一标准，她就千方百计地去迎合学生，利用请学生吃饭、给学生买东西等手段，一味地贿赂学生、拉拢学生、取悦学生，就这还不够，还要在学生中间大肆宣传，说自己的这一切，都是为了他们，以便在学生跟前沽名钓誉。领导说按劳分配、按绩效分配，她就不顾他人的利益，在工作量上一味地多要求工作；在教学过程中，倚仗自己担任班主任的优势，不顾其他老师的课时是否够用，一味地增加自己所带科目的课时，最后，自己所带科目的成绩上去了，而其他老师所带科目的成绩却下来了。自然，她所得的奖金也比其他老师多了很多。她还有个能耐，就是见人说人话，见鬼说鬼话，总爱贪个小便宜。每当这样的时候，她肯定是脸不红心不跳。大家一开始与她接触时，还觉得她蛮热情、蛮真诚、蛮随和的，可时间一长，人们就逐渐认识了，觉得她很不地道，不可交，凡与她打过交道的，都觉得她挺危险、挺让人害怕的，于是也就渐渐远离了她。而她，明明知道老师对自己有看法，可还是厚着脸皮无所顾忌地与别人打招呼。但不管怎样，总和领导始终保持着一种近距离的接触。这一点，对她来说，已经是铁定了的。"小赵说到这里，稍微停顿了一下，朝方正问道，"方老师，这人是这样，您难道就一点点都看不出来？"

"还是看出来一些的。"方正笑了笑说。

"那为什么还要问我？"

"我就是想证明一下我的看法是否和你的一样。今天看来，还真是一样的。"

"这人啊，您一定要提防点才对，否则，会吃亏的。"

"会吃什么亏啊？"

"您不知道，在您刚来学校的时候，她就在底下给您造了许多谣，说了许多坏话。"小赵说到这里，又停顿了一下，眼睛看着方正。

"能给我造什么谣呢？"方正装作有些不解但又带着笑地问道。

"她在许多老师跟前说，您在原单位混不下去了，所以才到这所学校来，搞得一些年轻教师信以为真，在平时交往中，对您倍加警惕、不理不睬，有时候甚至还对您毫无礼貌。"

"他这样做的原因和目的是什么呢？"问这话时，方正陷入了沉思。

"无非就是您和她教同一科目，对她来说，形成了一种无形的压力和威胁，所以，才想法子挤兑您。据我猜想，她很可能是听别人说，您在教育方面很有一套，还有几部书稿和作品，单就这一项来看，她远远赶不上您，与您有很大的距离。如果这样下去，她肯定要处于下风，在您跟前永远都没有出头之日。与其这样，还不如在底下说说您的坏话，让您在未站稳脚跟之前，就名声扫地。这样，也有利于巩固她的地位。她肯定是这么想的，也才这么做的。"小赵带着很肯定的口气说。

小赵的话说到这里，方正一下子明白了。他觉得小赵的话很有道理。人们常说，同行是冤家，可不是？这种情况，不仅仅存在于这所学校，就是原来的光华中学也存在，凡教同一科目的老师，都有这么一种现象，也有这么一种感觉。这就使他不由得想起了自己初来乍到时的一些情景。不仅有些年轻人对自己是那样个态度，而且她对自己也是那个态度，平时见了，从感情上总是疙疙瘩瘩、别别扭扭、怪怪的。按理说，刚到这所学校，大家都无冤无仇的，但自己当时的心理就是这样。

自此以后，方正对吴明丽的看法便在小赵跟前得到了验证，于是，在心底本来就瞧不起这样的人，以后就更瞧不起了，方正觉得像这种心术不正的人，压根就不值得自己理睬。方正相信自己在这方面是很有抵抗力的。事实上，他也确确实实做到了。

现在方正不仅站稳了脚跟，而且还当了校长。

这下子，吴明丽的心里便有些后悔，可后悔又有什么用，说出去的话还不是说出去了？人常说，早知如此，又何必当初呢？自己当初怎么心眼就那么小，那么不容人？真是幼稚得可笑！不只幼稚，简直就是目光短浅，竟然看不到现在！现在的她，心里特别害怕，害怕有人将自己原来说的话传到方正的耳朵。一旦让他知道了，这可怎么办呢？现在，她做任何事情都怕得罪他，所以，时时处处都小心翼翼，唯恐有什么不周到的。是啊，人在屋檐下，不得不低头啊！吴明丽在寻找着一切机会与他接触，向他大献殷勤，说有什么事情，就多安排自己，或者私人有什么帮忙的，就吱一声；还为自己以前的一些不妥做法道了歉，说那时年轻，凡事没个掂量，处事不周，还请原谅等；除此，还向他表明自己今后的立场，一定紧跟校长走，校长说干啥就干啥；等等。从几次接触的情况来看，吴明丽觉得方正并不是那种小肚鸡肠的人，对自己也是蛮诚恳的，有什么说什么，襟怀坦荡。对照之下，自己原来的那些做法，确实是有些阴暗，更是有些卑鄙。吴明丽越这样想，越觉得自己当初那些做法荒唐、滑稽、可笑，更觉得自己的人品有问题。是啊，这种人，平时评判一个人的标准，可不是看你外表长得怎样，而是看你的人品怎样、才学怎样的。看来，要想在他跟前取得好印象，就得努力工作才行。否则，在他跟前永远都翻不了身。这种被动，不是他的责任，完全是自己造成的。自己得从头做起，力争给他一个好印象，一定要脱胎换骨，踏踏实实地重新做人！不管他怎么想，自己首先得从内心深处这样做才行。

　　尽管她这样想，也是这样做的，但心灵深处，还是有些恐惧，生怕校长让他下岗。然而，担心来担心去，这种事情就是没有发生。无非是自己在以小人之心度君子之腹。现在看来，这已经是事实了。他太大度了，不仅没有和自己过不去，相反，还按照自己的能力安排了工作，他根本就没把以前的那些事放在心上，也根本就不像自己那样小肚鸡肠。这种人啊，真厉害！从此以后，吴明丽便从内心深处对方正产生了敬意。自然，方正高大的形象，在她的心里也树立了起来，他不仅有着过人的才学，而且还有着非常端正的品性。

　　通过别人对方正的评价和自己对他的接触观察，吴明丽深深地领教到了一点，那就是能与这样一位富有教学经验的老师，不，一位领导在一起工作，是自己的福气。因为自己从他的身上，不仅学到了治学的严谨，而且还学到了敬业精神，更是学到了坦诚、宽容、厚道、善良的品行。自然，一直对他怀有的担心、畏惧、害怕的心理不仅消除了，而且以后干什么都心底坦然了。为此，她的内心很是庆幸的。

# 四十二 南方参观取经忙 偶然意外遇故知

## 1

这次参观，地点是南方深市的一所素质教育搞得特别好的学校。区教育局组织的这次活动，目的很明确，就是推进本区的素质教育工作。刚到深市的时候，已经是下午四点多了。于是，大家便下榻在一家看起来比较文明的宾馆。按照安排，第二天才可以到那几所学校参观。这一次，方正和一位身材略胖的中年校长共住一个标准间。吃过晚饭后，许多人都到街道上游逛去了。因为累，方正哪里都没去，就一个人在房间里看起了电视。他看了一阵儿，眼皮就不由自主地上下打架，于是便匆忙洗澡睡觉了。迷迷糊糊之中，听到电话铃响，于是，他伸手按了下床头开关，灯亮了，照得刺眼。一看表，时间已是接近午夜，谁能来电话呢？不管怎样，拿起来听听再说。他一边思索，一边拿起了电话。

"先生，您现在需要服务吗？需要的话，我马上过去给您提供服务，放心，包您满意的。"

听了这样的电话，即刻他就感到奇怪：现在都什么时候了，这服务员还提供什么服务呢？他一时感到不解。但转念一想，是不是像一些报纸杂志上所说的那种性服务。一想到这里，他的脸即刻就红了起来。他想，这种事情，竟然让自己在这种地方这个时候真的碰到了。该怎么办呢？干脆拒绝得了！这种事情，绝不能染，要不，一切都说不清道不明的！他冲着电话说："谢谢，不需要服务！"随后，就放下了电话。

就在放下电话的瞬间，他注意到旁边的床直到现在还空着，心想，也许这位校长睡在了别的地方。于是，便倒头又睡。也就在他再次熟睡的时候，电话铃又响了。迷糊之中，他就没接，可是，电话却一个劲地响着。无奈，他只好又打开灯，拿起电话问道："喂，找谁？"

"先生，您需要服务吗？全套的，包您满意。"

一听，他迅速地就判断出，这声音还是刚才那个女人的，肉麻不说，还嗲声嗲气的。他知道这是怎么回事了。这种人，也真有耐性，大有一种"不打胜仗决不收兵"的意思。唉，不这样，又哪能赚钱呢？说起来，她们也够辛苦的！为了将事情弄个清楚，他便有些不大明白然而又有意打趣地问：

"全套什么意思？"

"真是土老帽，没见过世面。就是男女之间搞的那种事。给您优惠，八折，行吗？"

"真恶心，连这都打折，真是恬不知耻到了极点！"方正一边骂着，一边放下了电话。他生气地坐在床沿，抽起了烟来。他实在不明白，如今这宾馆怎么竟成了这样！难道就没人管理？或者说，有人管理，竟松懈到了这种地步！这怎么回事呢？想着想着，他的思路一下子回到了去年的一次同学聚会。也就是在这次聚会中，一位当官的同学告诉他："现在的一些宾馆，特别讲究绩效，为了提高入住率不择手段。他们不再像以前那样，凡入住人员，都要一定的证明，而是只要有钱，不管你是谁，也不管住多长时间，干什么事情，都可以住进来。就这还不够，每天傍晚的时候，还要给所有入住人员发放男女保险套。纵使承办一些会议，宾馆对所有的参会人员也是这样。这宾馆不是在怂恿这些事情的发生吗？纵使参会人员没有那样的想法和行为，这个时候也可能都有了。这不是教唆是什么？怪不得有人说，现在的许多宾馆，都是藏污纳垢的地方。他们这样做，理由很简单，那就是在所有方面给顾客提供生活上的方便，使自己获取的收益最大化。宾馆向顾客提供的这些服务，一般来讲，都极其保密，也极其隐讳，即使公安机关查，只要你不讲、我不讲，查也查不出来的。"同学在说这些话的时候，自己就纳闷，也不大相信，可现在看来，这真是不假啊！

参观学习还没开始，首先就遇到了这样的事情，这城市也真够开放的了！方正只感到扫兴，也觉得晦气，更觉得不是滋味，就像是吃了苍蝇一样恶心。顿时，他便对这座城市和这家宾馆有了一种藏污纳垢的感觉：它们的外表与实际竟是如此的不相称！他一下子改变了对这座城市和这家宾馆的看法，更对它们有了几分厌恶之情。尽管心里这样想，可事情还是发生了，自己对它又能怎样，还不是没法子！他稍微沉思了一会儿，心里似乎有些明白：噢，对了，还得自我调节一下，就当是对社会多见识了一些。他现在只是期望第二天看到的学校情况很好，也是很值得学习的。想到这里，他的心里似乎才好受点儿，于是，便在迷迷糊糊之中又睡着了。

　　第二天吃过早饭，他们就乘车来到了华夏中学。刚走进这所学校的时候，这里的一切都很打眼，所有的建筑都极为现代。此时，方正昨晚不好的情绪便一下子烟消云散。现在，眼前展现的是宽阔的马路，高高的楼房，极富现代气息的塑胶操场，钢架护栏，纯白色的路灯整齐划一地排列在马路两旁，灯柱的半腰都有着高约八十厘米，宽约五十厘米的有关环保内容的牌子或者是名言警句。梧桐树木繁茂高大，两旁的草坪绿茵茵的，整个校园十分安静，也十分洁净。一进校门不远处的空中，便悬挂着一条"欢迎各位领导莅临指导"的横幅。这样的一所学校，跟自己想象的没有两样。之所以这么想，原因在于，这座城市是中国改革开放的最前沿，也是最有活力、最有前途、最可以充当排头兵的新兴城市。这里的一切，都是崭新的。

　　方正以好奇的心情参观着这里的一切。他跟着参观团行进的路线，一一细致地观赏着、记录着、评判着。这里，不像自己所在城市的学校，一切都用分数来对师生进行评价。特别是对老师的评价，则是按照"德、能、勤、绩"四项进行综合评价的。如此做法，遵循的原则就是以人为本，使每一位老师都有一种归属感。在教学上，他们非常注重校本研究，学校自身就有自己的研究队伍，也就是这支队伍，在不断地研究和探讨着学校自身的问题以及解决的方法，他们随时随地都给学校提供着管理的意见和方法，使得人尽其才。教师是这样，对学生的教育就更是这样，凡事都让学生参与，充分调动他们的积极性，发挥他们的作用。作为学校领导，他们始终将自己的职责定位为服务的角色，也就是一切都在做着为学生、为老师、为教学服务的事情。在此，方正觉得他们的这些经验都很值得学习。他想，一定要把这些经验带回去，然后再针对自己学校的具体情况灵活运用，以便达到良好的效果。

　　这所学校是这样的，接连参观的深港中学、罗山中学也各有特点，归纳一下，他们的共同特点就是：都非常注重学生实践能力的培养。这种能力的培养，不是单纯的学习书本知识，而是让学生走出去，扎扎实实地从事一些社会实践活动，而这些活动又必须是由教师亲自带领参加的。在此过程中，学生可以看一看，也可以亲手做一做，不至于使学生的学习总陷于一种纯粹的课堂学习。据这些学校的领导和老师讲，这种既快乐又能增长实际才干的做法深受学生的欢迎，不仅培养和提升了学生的综合素质，而且还使学生在以后的学习中更有潜力。这些做法在开始的时候也遭到学生和家长的反对，他们普遍认为这样是不务正业，是在糊弄学生。于是，相当一部分家长都主张把自己的孩子转走，到只抓文化课学习的学校去，总之，阻力很大，学校遇到了前所未有的困难。在这种情况下，学校顶住压力，迎难而上，在家长和学生中间积极做了各种工作，也给那些真正要走的学生开了绿灯。事情也怪，在这样一项措施实施以后，那些积极要求给自己孩子转学的家长，反而相当一部分不再要求了，说愿意将孩子留下，只有那些态度强硬点儿的家长把孩子转走了。不过，转走的那一部分学生，并没有影响学校正常的教学秩序。也就是这一部分学生，有的出去没一学期，就又要求着转回来。由于学校采用了这种开明措施，再加之所做的一些工作，教学上所遇到的阻力慢慢减小，最后也完全得到了家长的理解和拥护。据一些把孩子转出去然后又把孩子转回来的家长讲，他们之所以这样做，是因为他们看到了该学校的学生在做人素养上以及学习上的进步，学生不再是一味地读死书和死读书的书呆子，而是一个活脱脱的富有灵性的生命了。

当走到国光中学学生成果展览厅时，方正不禁眼前一亮，啊，这里竟然有这么多的成果！他被这些成果深深地吸引住了。这里，专就军事方面来说，各种型号的尖端武器模型，品类特别齐全，有飞机，有军舰，有火炮，有导弹，还有"神舟七号"宇宙飞船和各式各样的卫星模型。它们个个都特别精致、惟妙惟肖，凡参观了的人，都不敢相信这是学生的作品。艺术方面的作品有绘画、书法、工艺品等。这些作品，光奖品就有区上的、有市里的，有省上的，还有全国的，乃至世界的。除此之外，学校还有管弦乐队、歌舞队、合唱团，这些不同的团队也都获得了各类奖项。这些无不让人感觉到，这里的学生动手能力极强，综合素质较高，学校文化氛围浓厚。而这些成就的取得，也绝非一时一事的事情，而是长时间积累的结果，足见学校对此工作的重视，他们确确实实是把素质教育提上了议事日程，更是把它当作学校不可或缺的一项工作去抓的。这一切，无不展示了学生们的智慧和创造，更是渗透了他们的心血。这些成果，无不使人感到欣慰，无不使人对学生精湛的技艺惊叹，从而佩服他们对社会实践的重视，以及他们的动手能力。

看着这些学校的先进之处，方正不由得想起了原来的光华中学，还有现在的厚德中学的一些做法。他很是苦恼地笑了笑，然后，又很是轻蔑地轻声说道：有些地方简直就是胡闹了！这些胡闹，就是不重视学生的社会实践。为了学生能够在中考和高考有一个好成绩，学校不惜一切代价，也不惜使出一切手段，让学生一味地学习，随意地延长学习时间，随意地增加数理化课时，减少音体美课时，用学习取代学生应该参加的一切有益于身心健康的活动，至于国家教育部门规定的那些社会实践活动，就更是不让参加了，一个充分的理由就是，学生没有时间参加。实际上，学校在此压根就没有考虑过，或者说没有认真地实施过。真到学生毕业的时候，学生参加社会实践的表格要填，这时学校才有些着急，于是在忙乱中，便叫几位老师拿出表格，胡编乱造一番，以便应付差事。这种事情谁都知道，好像很正常一样。这时，若有谁站出来说这样不对，那么，肯定会招来众人的反对，受到他们的非议：就你知道事情不该这样，别人都是傻子！保证让你声名狼藉，难以在单位待住。像这样一种投机教育的做法，目前不仅没有得到遏制，相反，还在继续蔓延！这到底是一种怎样的现实啊！

是啊，这些作品，可都是学生在业余时间完成的！可我们的学生又是怎样利用业余时间的呢？除了艺术班以外，所有的班级无非就是学习！除了学习，其他的再没有了，总归是没有从应试教育的藩篱中走出来！方正觉得自己这一次没有白来。因为它不仅使自己开阔了眼界，而且还使自己增长了许多见识，总之收获很大。要论收获是什么，那就是：这些学校在教育上，在怎样办好一所学校的问题上，如何将教育的真谛落到实处方面，给了自己许多的启迪。他为自己的这一次不虚此行而十分欣慰，也十分满足，更是十分快意。他在内心深处默默地告诉自己：坚决要克服那种看了感动、回去没法子动也不想动的参观通病，坚决不能让这一次参观变成挥霍公家资财的机会，否则，自己就是人民的罪人！此次出行，自己不能只是扮演一个混吃混喝的角色。

是的，同样都是学校，同样都是教育，这些学校为什么就能做得如此之好，而自己的学校怎么就做不到呢？这是教育吗？即使是，这种教育又给学生带来了什么影响？不行，这次回去，一定要改变这种做法，否则，就对不住自己的良心！方正下定了决心，一定要这样去做。

他开始筹划起了自己学校在这上边该怎么办了。

他站在旅馆的窗户边，面对车水马龙的街道，思绪万千。他一根烟接着一根烟地抽着。他可是好长时间都没有抽烟了。他有着一种很强烈的紧迫感，只觉得应该大干一番，做得也像他们这样，让学生真正地有一番作为。要是这样，就必须打破应试教育的桎梏！可这能那么容易吗？这么多年的惯性能一下子消除吗？啊，这得慢慢来，不能着急，否则，将会出现欲速则不达的情况，真到了那时，会出问题的，弄不好，还会出现倒退的局面。是啊，还得谨慎从事！

## 2

会议到了最后一天。

下午刚开完会，方正从三楼会议室出来，自西向东地顺着走廊走着。无意间，他向前一望，离他不远的一个房间，出来了一位身着灰夹克蓝裤子，高高瘦瘦，戴着一副黑边眼镜的中年男子。"这人的背影怎么这样熟悉，特别像光华中学时的同事刘剑明。"他有些纳闷，更有些惊异："他怎么在这儿？莫非在广市不干了？现在的事情，有什么不可能的？"想到这里，他急忙向前走了两步，来到那人跟前，问道："您是……"

"我是刘剑明，方老师，您怎么在这儿？"那人听到问话，侧过身子，转头一望，很快也认出了他，随之，就特别高兴地拥抱他。

"真是没想到啊！"已经被刘剑明拥抱住的方正一个劲儿地用手拍着他的背说。

"我也是没想到啊！这世界也真小啊！"说这话的时候，刘剑明高兴得几乎眼泪都要出来了。

两个人就这样相拥了一会儿。完了后，刘剑明就拉方正来到自己的办公室。好家伙，整个办公室特别宽阔明亮，靠窗户放着一张暗红色的大方桌，油光发亮的，很讲究、很高档。在办公桌后边，放着一把很讲究的较为高大的真皮椅子，一看就是老板常坐的那种。与之相对应的，也就是从进门处稍微往里一米左右的地方，放着一排四五米长的休闲式低矮的高档真皮沙发，沙发前边放着一个精致的玻璃茶几，茶几上放着一组同样很是讲究的瓷器茶具。

"好家伙，整整两个大间！真气派呀！"眼光向四周看着的方正冲着眼前的刘剑明说道。

"一般，一般。"刘剑明边说边拉着方正坐在了旁边的沙发上。

"看来，还是要出来的。不然，怎么能有这一番景况呢？"已经坐定了的方正冲着旁边准备给他沏茶的刘剑明说，"看这架势，已经成了什么'总'了吧？"

"什么总不总的，就是个大堂经理而已。"

"这还不算吗？没想到你还有这方面的本事。"方正转过头来自言自语。

"什么还不都是逼着学出来的？放到你身上，你肯定也会这样的。"

"我是没有你这本事的。"方正摇摇手。

"这不，当逃兵了不是？"刘剑明回过头有意说了一句。

"怎么能说是逃兵呢？"方正有所会意地说，"我就搞不清楚，你怎么就走上了这条路呢？"

"这还用说吗？我想，你是最清楚的。"刘剑明似乎很有把握。

"我不清楚。"方正装作不知道的样子。

"你想，我到学校七年，一看管理水平不高，学生素质低，自己付出的和得到的不相符合，当时，无论是物质的还是精神的都是这样，没有丝毫的成就感，与其这样一天干得没名堂，还不如趁着大好形势闯荡闯荡，实现自己的价值，这样也不至于窝窝囊囊地浪费了一生。下海，失败了就算咱没有本事；一旦成功了，还不是实现了自己的价值？"

"当初就这么想的？"方正有意看了他一眼。

"就这么想的。"刘剑明很肯定地说。

"于是就出来了？"方正看着他又故意问了一句。

"自然，就这样出来了。"刘剑明说到这里，突然像是想起了什么，"这样，你先坐，一边喝水，一边抽烟，我现在布置点事情去，待会儿再和你聊。"说完，他就站起来将水和烟摆在了茶几上，随之就往外走。

"哎哎哎哎，干什么嘛，说走就走了！"方正有些不满地说。

不一会儿，刘剑明领了两位身材苗条、穿着时尚、个头高挑的女子进来了。他很是高兴而诡秘地冲方正说："您与这两位小姐先谈谈，我待会儿就来。"说完，转身又出去了。

这时的方正先是看了看面前的两位小姐，然后就有些紧张了起来。心想：这刘剑明搞什么名堂，竟然领两位小姐进来？莫非他现在也变坏了不成？想让我干那种见不得人、对不住家人的事情？这怎么行呢？他越想越觉得不对劲，没一会儿工夫，脸就烧了起来，身上也开始发烫。他完全不知道该怎么办了。

面前的两位小姐在他看自己的时候，也看了看他，但是并没有说话。然而，令他难堪的是：这两位小姐一起走向他的两边，挨着他坐了下来，既是给他点烟，又是给他递茶的。这种局面、这种阵势，方正哪里见过，一时，方正就吓得浑身都是汗渍，心里更是忐忑不安。现在的他，完全现出了一副难堪的窘态。然而，两位小姐也许没有注意到他情绪的变化，依旧还是很礼貌、很殷勤、很亲昵，嗲声嗲气地招呼他。当看到他这样一副窘态时，其中的一位才笑着问他："方老师，怎么连我们都不认识了？"

这个时候，另一位小姐也冲他说："就是，方老师。"然后便哧哧哧地笑了起来。

方正瞪大眼睛看着她们，然后毫无表情地摇了摇头说："不认识。"此时的她们，在他的眼前显得特别陌生，就像是从未见过似的。他只觉得这是一个陷阱，心想，她们肯定要陷自己于不义之地的。他对她们提高了警惕。尽管他这样说着，但是，思路却像闪电一样迅速跑到前一段时间在网上看到的一则消息。那消息说，一所中学的一位男老师，因为耐不住寂寞，就在一天晚上，跑到一家夜总会消遣——嫖娼，待事情完毕后，那年轻女子竟冲他叫了一声"老师"。他仔细瞧瞧，面前这位性服务者还真是自己曾经带过的学生。事实上，自从他一进包间，那女生就认出了他，只是没动声色而已。她保持得非常镇静，从容不迫非常热情地为他提供着一流的服务。她的一切都表现得特别娴熟，一接触，他就感到这是一位久经沙场的风流女子。听到这一声"老师"，他便十分尴尬，也很难堪，更是羞愧！进而便是无地自容，狼狈万分，情急之中，就什么都不顾地逃之夭夭了。是啊，这对一位教育者来说是多大的讽刺！莫非，自己今天也遇到了这种情况？现在的方正，更有些紧张，也有些不知所措。他只是在心里骂刘剑明不是个好东西。

"我们是您的学生啊！"两位小姐再次冲着他笑着说。

"我的学生？"方正看着她们，有些迟疑，更是不敢相信。

"原来在班上最调皮的两个女生。"两位小姐向他提示道。

她们本想着这样提示以后，方老师肯定能够记起，但是他还是没有记起来。

"就是贺华和房晓敏呀！您带的第二届学生。"

经过她们的提示，方正这才似乎有些印象，但总觉得她们已经不再是当初那个充满稚气、很纯洁的样子了。

再仔细辨认，方正才真正从自己的印象中，找出她们一点点单纯的影子来："真是女大十八变呀，我一点儿都没认出来！既然是你们，怎么能这样呢？真是吓死我了！我可经不起你们这样吓唬呀！"随着说话，方正高度紧张的精神才稍稍有些放松。

"这是刘老师叫我们这样做的。"

"什么，是他叫你们这样捉弄我的?"

"唉，师命难违呀!"两位学生做了个鬼脸再次笑了起来。

"那你们怎么到这里来的?"

"就是去年，刘老师回去了一趟，碰见了我们。我们向他说了想找工作的事情。他就向我们介绍了这个地方，于是我们就来了。"

"原来是这样!"方正恍然大悟。

"是这样，方老师，刘老师现在给咱们订饭菜去了，等会儿一块儿吃，这也是我们一块儿为您接风洗尘的。"

"是吗?"方正很是高兴地问。

两位学生向他高兴地点了点头。

　

四个人吃过饭以后，已经是晚上十点多了。

两位女生回去了以后，刘剑明便与方正彻夜交谈。交谈中，方正便得知了他这么多年来在外漂泊的生活。

就像刘剑明说的那样，在他分配到学校后的第七年，也就是1990年，他便辞职下海到了广深市。刚开始，到了一家私人企业，月薪三千多。好家伙，这可顶他在原单位月薪的好几倍呢。于是，他便很是喜悦，觉得真的到了一个能够充分发挥自己才能的地方，想着自己这一步棋，绝对是走对了。能够得到如此好的机遇，这首先得感谢自己的选择。就此而言，自己也是蛮英明的。人常说"识时务者为俊杰"，看来，自己简直就是一位俊杰了。经过一年的拼搏，他深深感到自己走出来得太晚，大有一种外边的世界原来竟是这样精彩、这样广阔的感觉。既然出来了，就得干一番事业，这样，才能对得住家人、对得住自己。由于他很有钻研精神，也积极肯干，大概一年的时间，老板就将他的薪水提高到了七千。好家伙，七千，简直就是一个天文数字，这可是自己工作以来从未见过的数字。这时候，他别提有多高兴了。然而，高兴之余，他觉得除了干活以外，就是空虚。用什么来填补这种空虚呢? 还得用女人。老婆不在身边，内心不免有些寂寞。是啊，为了挣钱，自己背井离乡的。为此，心里便时不时有些酸痛。为了消除这种酸痛，他便想了一个简单的办法，那就是一个人喝闷酒。尽管他的心里明白"抽刀断水水更流，举杯销愁愁更愁"的道理，但他依旧还是这样。

一个夏天晚上的十点多，喝完酒的他，似醉非醉地走在大街上。

"大哥，要玩玩吗?"站在一棵大树旁边的一位身着薄如羽翼的"V"形白色开口衫、蓝色迷你裙的风尘女子，一手托着下巴，一手拎着小包，扭扭捏捏地走向他搭讪道。

他一切不顾地继续走着。

"大哥，玩玩吗？"一见他没有搭理自己，那女子又是娇滴滴地发问，这一次她不仅提高了声音，而且还不住地用胳膊蹭着他的身子，"放心，绝对让你满意的，大哥。"

一直保持着沉默的刘剑明，狠狠地瞪了那女子一眼，用一种蔑视而又坚决的口气说："贱货，滚开！"

"什么，贱货？你什么东西！怎么开口就骂人呢？你不来就不来，难道老娘没你就不活了！我有的是人！"

听着那女人骂自己，刘剑明似乎才真正有些清醒。他为自己今晚的遭遇感到不祥，但是他很为自己能够经受住这种诱惑而高兴。是啊，自己还是一个很有意志力的人的！看来，在这方面，自己是再不会犯错误了。黑暗里，他出声地笑了，也就在这笑声中，他的眼睛也明亮了起来。

也就在这种情况下，他在以后的工作中很是注意，也经常告诉自己，在此问题上，千万不要犯什么错误，这样，至少在良心上对得住家庭、对得住老婆、对得住孩子。一旦做出什么对不住他们的事来，自己的一生都不会安宁，更是无颜面对他们。他始终克制着自己在这方面的需求，想着不要出轨。

人常说，常在河边走，哪有不湿鞋的，尽管刘剑明有这样的准备，但随着环境的影响，就逐渐变得不是原来的自己了。随着时间的不断推移，他慢慢适应了这里的环境，凡社会上出现的现象，他都觉得合情合理。他自己也觉得偶尔出些问题无关要紧，不然，有些事情就很难办了。这样一来，他就逐渐放松了对自己的要求。

也就是这家公司，老板是个女的，名叫刘翠英，高中毕业，个头挺高，长相一般，至今未婚，但很有钱。由于长年孤身一人，有时不免也很寂寞。在招聘人员的时候，见刘剑明是个教师出身，人也聪明随和，很会来事，心想，他以后肯定会帮自己大忙的，起码不会有很多毛病，于是，就把他招聘了进来，给了比别人高出几倍的工资。经过一年的时间，她觉得他确实很精明，就像自己当初想的那样，凡事都做得恰到好处，很合自己的意愿，于是便窃喜，并下决心一定要把他搞到手。不过，自己是个没有多少文化的粗人，这样能行吗？一时间，光这件事就把她给难住了。自此以后，她经常想：他要钱，我要知识，这不是太巧合了吗？这世间的事情还不就是这样——这头长了，那头就短了吗？如果自己能和他在一起，这不是老天赐予自己的良机吗？有了这个良机，自己为什么不充分利用，尽可能地将它变为现实？真是老天有眼，竟然给自己赐了这样一个好男人！虽然她的内心这样想，但又觉得时间长着呢，得慢慢来，除此，还得运用一些手段才行。就不信自己不能将他搞定。他不是要挣钱吗？我有的是钱！我可以给他，甚至给他额外的都行。只要他能和自己结合，哪怕全部家产都可以拱手相让，或者直接给他经营。真到那时，以后的自己，不是尽可以当自己的老板娘了？只要用心，说老实的，在自己面前，还没有攻不下的山头，更何况一个男人！男人，哪里能经受住女人的诱惑，并且是一位颇有姿色、特别有钱的女人的诱惑？有了这样的想法，到了第二年，她就很是大方地给他开了七千块钱的工资。

比周围员工的工资高出很多的刘剑明，一开始在这方面并没有多少想法，只是想，自己之所以能够得到老板的赏识，原因在于，自己的工作肯定很出色，要不无论如何都不会给自己这么高的工资。仔细想想，自到这家公司以后，老板对自己一直都很友好，也很照顾。平时有什么总要告诉自己，比如公司的设计、运营都要告诉自己，也总要问自己还有什么想法，除此，还经常旁敲侧击地问一些有关自己家里的事情，显出特别关心的样子。尽管老板对他这样，但作为员工的他，向来也没将这事往男女关系上去想，只是打心眼里觉得自己遇到了一位好老板，所以干起事来就更勤恳、更卖力、更负责了。

尽管他这样干着，可有时候无意间从同事那里听出一些关于吃软饭的话语，从这些话语中，完全可以听出冷嘲热讽的意思。这谁吃软饭呢？吃软饭又是什么意思？一时间，他搞不懂，也没有思考这个问题，更没有过问此事。可后来发现大家都躲着自己，就是偶尔见了，也好像有些难堪，人们对待自己的态度也总是不冷不热的，这就引起了他的注意。思来想去，这一年多还不是老板对自己太好、太照顾？别人看着着急，也看着嫉妒。人啊，也就是这样，看谁的日子好过了就气愤，甚至就和谁过不去。这还不是很正常的吗？什么叫社会？这就是社会！到此，他还是没有将老板对自己的好，想到她想占有自己的地步，总觉得她是为了实现利益最大化。为了达到这样的目的，作为老板，她肯定这样。然而，再仔细想想，他就觉得有些不对了，就算是这样，她也不至于对自己这样好。莫非是有所想法，最起码在感情上是这样的！如果真是这样，那该怎么办呢？就老板本人来说，很聪明，属于精明过人的那一种，长得也算可以，论个头有个头，论身材有身材，既不妖艳，又不娇柔，属于那种泼辣型的女性，有海外关系。现在办的公司，光固定资产也有三千多万呢。

一次，在下午下班的时候，老板寂寞得终于有些忍受不住了。于是，她便坐在椅子上，拿起电话，向他打去，可刚一拿起话筒，便停在了那里，想着他没有手机，于是，便觉得有些扫兴。为了他能够随叫随到，第二天，她就买了一个款式特新的诺基亚手机准备给他。到了下班的时候，她便亲自到员工必经的门口等他。没过多久，他来了。她走到他的跟前说："刘科长，你可以到我的办公室来一下吗？"

"可以。"说着，他就跟她去了办公室。

来到办公室，他问："老板，什么事？"

"我今天找你，是想送你一样东西。"老板很是平和地说。

"什么东西？"

"手机。"说着，她就走到自己的办公桌前，拉开抽屉，取出了手机。

"手机？"

"对，手机。"已经走到他跟前的她拿着手机递给他。

"这……"他下意识地伸出手，然后又很快地抽了回来，瞪大眼睛说，"这恐怕有些不合适吧。"

"这有什么不合适的？是我送你的，完全是为了方便以后的业务联系。"

"这……"他再次有些迟疑，依旧没有拿。

"你是不是瞧不起我？"她有意地试探着问。

"怎么能这样理解？"他赶紧小声地强调。

"分明是这样嘛！"她带着一些激将法的意思。

"那……那……那……"刘剑明有些结结巴巴地伸出了自己的双手，接过了手机。

"这才对嘛。"老板高兴地抬起头向他望了一眼，然后便冲他笑了一下。

……

"自那以后，我就和老板好上了。以至于最后都难舍难分了。"刘剑明本来还要继续往下说，可是，方正立马制止道：

"行行行，甭说了，你就这样向人家缴械投降了，做了人家的乘龙快婿。瞧，这多简捷，真是多快好省啊！现在，你瞧，多有气势，财大气粗的。真了不起！我真是万万没想到，像你这样的人也能做出这样的事。真让我长了见识！"

"你这什么话，谁还不是随着环境的变化而变化？换作是你，恐怕比我跑得还快呢。还笑话我呢！"说这话的时候，刘剑明很不服气地朝他愣了愣眼睛，"好好好，这咱就不说了，还是谈谈别的吧！"

"行。我知道又是狗嘴里吐不出象牙来了。"

"哎哎哎，刘云还在学校吗？"

"还在。"

"情况怎么样？"

"听说丈夫孩子都很好的。想怎么样呢？"

"我不是问问嘛？"

"只是问问？"

"可不就是问问？"

"不至于，不至于，再不要把别人当傻瓜了，好像只有自己聪明似的。"方正有些不给面子地说。

"说真的，我当初确确实实是看中了刘云。噢，对了，不仅仅是看中，而且是喜欢。可惜，人家已是名花有主。再说，当发现刘云喜欢你的时候，我就很知趣、很自觉地退了出来，将便宜让给了你。可遗憾的是，你竟然没有拿下她。这就令人有些可惜了，硬让肥水流到了别人的田里。"

"我当时就知道你是那样的想法，只是没有给你捅破而已。你以为别人都不知道，那都是给你留面子。人家刘云什么人？碰到你这样的人，还不把人家给毁了？"

"没那么严重吧？"刘剑明很是惊讶地问。

"怎么没有？"

"哎哎，你给我说，当初你有那种想法没有？"

"怎么可能，人家是名花有主的人，还能喜欢我？再说，我能像你那样，对人家有非分之想？"

"不会吧，就这么真实？"

"就这么真实。怎么啦？"

"我打死都不信！"刘剑明别着嘴，又摇摇头。

"那是你的事情。我告诉你，你不要以小人之心度君子之腹。刘云，那是什么人？一个标准的贤惠有思想的好女人。"

"唉，说实在的，放到现在，我肯定上了，才不管她什么呢。"

"哎哎哎，我就知道你这德行，怎么能这样呢？你这家伙！"方正指着他说。

刘剑明很厚脸皮地笑着。

"哎，你给我说说，你怎么又到深市来了呢？"看着刘剑明，方正似乎记起了什么，突然转变了话题。

"这不是业务拓展吗？不是这样，来这干吗？"刘剑明用眼睛斜着他说。

听了刘剑明的回答，方正似乎有所理解地点点头，然后又正儿八经地问："哎，你这酒店怎么能干出那样的事情来呢？"

"什么事情？"刘剑明一头雾水地问。

"就是半夜睡觉的时候，竟有小姐打电话来骚扰，问人家要不要服务。你这大堂经理是怎么当的？我看你现在也是什么事情都能做出来了！"

"不会，不会，那绝对是你弄错了。"

"怎么会弄错呢？我来的当天夜里就遇到了这种事情。"

"真的？"

"难道是假的？"方正紧紧地盯着他，大有一种看他做何解释的劲头。

"就是有，也绝对是社会上那些小姐干的。与我们这里无关。真是这样的！"刘剑明竭力地替自己辩护着，显得也有些激动。然而，他又立刻冷静下来说："不过话说回来，这男人嘛，还得换换口味。老是守着一种味道多没意思、多单调！细细想想，这男女之事，跟谁结婚都一样，别老那么认真，也不值得那样。像我现在这样不是很好吗？"

"难道你就不觉得对孩子、对老婆愧疚？"方正一针见血地问道，"我不知道你怎么能做出这样的事！"

"这还不是互相之间的取长补短？她虽说文化不高，但很有钱；而我文化高，却又没钱。她需要我，我需要她，这不是一种完美的结合？原来的老婆固然有文化，但总那么墨守成规，那么老土，特别在干男女之事时，总没有激情，弄得我都不是男人了。女人嘛，说透了，还是无才便是德啊！"

"所以，这就换了？"方正说这话时，有意地瞪大眼睛朝他看了看，随之又说："哼，有了换老婆的思想，自然，首先就为自己制造出许多有利的舆论。这样也才合理，好在舆论面前占上风、少受谴责，让别人觉得，你所做的一切都顺理成章。好阴险啊！"

"嘿嘿，你甭说，还真是这样。"刘剑明嬉皮笑脸地说。

"真是厚颜无耻！"

"你怎么能这样说呢？"

"我怎么就不能这么说?!"

"不是这样的,我现在光房子就四五套,下一步还准备炒房,不瞒你说,我那房子一旦炒起来,钱就滚滚而来,不仅来得快,而且还来得干脆。不是吹牛,我现在出入都有车子,并且还是上百万的那种;就连办公也有秘书,不过,是一个男秘。这是老板规定的。"

"看来,你都快成国家打击的对象了。"

"人家有钱都这样,我为什么不行?就装那个清高?就你那个清高,又能怎样?还不是整天都在为生计发愁?你的脑子也该换换了,同志。不换的话,非被社会淘汰不行!我想,你还是甭干教育那事了!那事,就是再干,又能怎样?还不是只能勉强维持一家人的生活,整天计较过来计较过去的?现在,你也该给家里挣点钱,好使老婆孩子的日子过得滋润一点,也使自己的精神轻松一点了。凭你的才能,只要肯干,还不能远远地超过我?"说到这,刘剑明停顿了一下,然后便略加思索地说,"这样说,你可能觉得我俗气,是一个纯粹的物质主义者,可我告诉你,我所经历的一切,都不是你想象的那样,周围的人现在都变得特别实际,你要回归到现实,就不能停留在那种理想主义的状态了。"

方正听着这话,心里很不是滋味。可不是?老婆有时候跟自己闹,说到底还不是为了钱嘛?有这样的一个机会,不抓住,简直是疯了!这一点,刘剑明确实说得没错,是击中了自己的要害,也撞到了自己的痛处。可原来的志向和决心以及自己的喜好,又不能违背呀!噢,还有自己的那个性格,就是改变不了。这该怎么办呢?方正一时便陷入了沉思。

"看来,你还是不愿意出来干的。"

方正没有言语,但脸面却时不时地还是有些发烧,表情也有些难堪。尽管这样,但他还是冲着他说:"你不觉得你已经变了吗?"

"我承认我已经发生了很大的变化,已经变得不是原来的自己了,更不是原来的样子了:不再那么淳朴,也不再那么善良,好像唯有金钱才是自己唯一的精神支柱,没有了它,也就好像失去了一切。为此,我有时候也怀疑自己怎么竟变成了这样,也愤恨过自己的这种变化。然而,已经形成惯性的自己,还是顺着惯性下去了,并且是无法挽回地下去了。"

"总算你对自己还有点认识。"方正用指头指点着他说。

"唉,我原来想的是赚点儿钱,够花就行,然后再回到学校,和你们一块儿履行自己的职责。谁知,这一赚,就放不下了,也再不想回去受那些几乎把人能禁锢死的条条框框的限制了。"

"即使你回去，现在也没人要你——一个标准的教育战线上的叛徒。"

"哎哎哎哎，你怎么说着说着就给我上纲上线了？你以为你是谁呀？"刘剑明有些脸红地冲他嚷着。

"你现在已经全掉到钱眼里去了。就这样，还假惺惺地说那么多话，谁信呢？无非就是在商海混迹了这么多年罢了！"

"混迹了这么多年，又怎么样？还不是辛辛苦苦赚钱，混碗饭吃？！"

"瞧你那样，还混碗饭吃？"方正别着嘴说，"还不是昧着良心赚钱？"

"我怎么就是昧着良心了？警告你，我赚的钱可是干净的。无非就是做了对不住孩子和前妻的事情。"说到这里，刘剑明有些惭愧。

"这还不算？"方正白了他一眼。

"咱不说这行不行？真是哪壶不开提哪壶了。"刘剑明几乎是在乞求了。

"好，不说了。给你留点儿面子。"方正装得一本正经的样子。

"哎，原先打电话叫你出来和我一块儿干，你不来。这次，说什么你都甭走了，咱们一块儿干，怎么样？"刘剑明小声嘀咕着。

"以往让你失望了。这次，恐怕又要让你失望了。"话说到这儿，方正不由得想起了那次刘剑明打电话时的情景来。

那已经是十几年前的事情了。自己在办公室里正忙得团团转。突然，有老师叫他，说传达室有他的电话。他放下手中的事情，赶忙跑到那里接起了电话。

"喂，哪位？"

"我，刘剑明。"

"有事吗，剑明？"

"没事我找你不嫌浪费电话费，这么远的？"

"你在哪里？"

"广市。是这样的，我想让你到这里来，和我一起干。"

"以我的性格，不会在商界干出什么名堂的。"方正停顿了一下，略加思索后说。

"你怎么对自己就这样没有信心？只要你肯干，一定会干得很出色的。你想，教那些学生，当孩子王，有什么意思呢？靠那能致富吗？你要记住，现在这个社会，有钱就是大爷，就能受人尊敬；没钱，你就是孙子，让人一辈子瞧不起。难道你没听说过'有钱能使鬼推磨'吗？我的亲人啊，这一点你怎么就不明白呢？我劝你还是要放下那些僵化的思想，到这边来发展，这里有的是机会。只要你愿意来，肯定能取得很大的成就。这成就，恐怕你连想都没有想过，甚至是不敢想的。待我们挣够了钱的时候，我们再从事我们喜欢的事情，这样难道还不行吗？我想，你还是考虑考虑吧，不要忙着答复我。我现在还有事。"说完，刘剑明就挂断了电话。

"这家伙，总是风风火火的。"方正一听那头已经挂断了电话，便不由得说道。经过几天的思考，方正觉得自己还是搞自己的教育好，因为自己的爱好以及追求就是这样，如果现在放弃了教育，那简直就和要了自己的命差不多。于是方正后来便找了一个机会给了他回话，说自己不去那里，还是搞自己的老本行……

尽管方正刚才的话这样说着，但是他的脸还是露出了几分难色。

"你这人什么都好，就是那倔脾气，别人什么办法都没有。"刘剑明有些失望。

方正没有应声。不过，隔了一会儿他说："你那次打电话给我，我没有答应你，你不知道，当时我内心是多么内疚！"

"这一点，我能想通，人各有志嘛，我也不能强你所难。放心，我能理解。不是这样，我上一次都和你过不去的。算了，你还是干你的事情好了。"

方正依旧没有吭声。

"这样，咱什么都不说了，累了一天，也该轻松轻松了。这样，我现在带你到桑拿房桑拿一下，然后，再洗洗脚，想玩女人的话，给你再找个不错的女人玩玩，包你满意。"说完，刘剑明就嘻嘻哈哈地笑了起来。

"你说什么？再说一遍！"方正用一种很不屑的眼神望着他。

刘剑明真怕他没有听清自己所说的话，于是，便把刚才的话又重复了一遍。

"你现在怎么变成了这样?!"待他刚一说完，方正很是严厉地说。

"环境在变，我为什么就不能变？你不知道'适者生存'这个道理吗？"

"什么'适者生存'！荒谬！堕落！无耻！你这样，现在让我也这样，少害些好人行不?"方正说着，就站起来冲他很是激动地举起双手，有力而又语重心长地说，"即使环境再变，你也不能变。我原来就想，你可能是一个善变的人，但是，压根就没想到现在竟然变成了这样！"

"这，我自然知道。"刘剑明很是平静地说。

"作为朋友和从前的同事，我不得不这样说，在你身上，恐怕剩下的只有钱了！你已经失去了许多过去很优秀、很宝贵的东西。当初，也正是因为这些很可贵的东西，我才和你结识，和你保持着友谊。原来，咱们的思想是那么接近。可现在，竟然……"

"竟然令你非常失望了。"刘剑明低着头说，"是啊，我也有这种感觉，我也为自己的变化而感到吃惊！每每夜深人静的时候，我都在想，我怎么变成了这样！我也曾经为变成这样而痛苦过，但是，现实又使我不得不变。整个商场，压根就不像学校那样单纯！你听说过'商场如战场'吗？"

"这一点，我还是明白的。不过，我总觉得，那些伤天害理的事情最好还是别做，要做的话，恐怕迟早都要受到老天惩罚的。"

"这道理我还不知道？"刘剑明稍微停了一下，"不过，一些小手段还是要用的，不然，我的生意能做成吗？钱能大把大把地挣来吗？"

"就像那两个学生？"

"那两个学生又怎么了？"

"就穿得那么暴露？"

"说到这，我就觉得你简直有些老土了。那还暴露？那是现在所有宾馆女服务生必需的穿着。我觉得挺好的，一点都不暴露，那是一种美。宾馆就是靠这么一种方式去吸引顾客眼球、征服他们心理的。"

"好好好，我知道了，这是一种美，行了吧？"方正觉得他说得有些道理，于是便舒缓了一下语气，"说到底，我就是希望你按正路来，不要出什么事情。"

"说真的，我走了许多地方，见了许多人，到头来才发现，只有教师最纯洁、最高尚、最伟大，特别是像你！我也常常怀念当教师时的生活，那时生活得多么有规律啊！"刘剑明没抬头地说。

"大多数教师是这样，可一部分教师已经不再这样，也开始向钱看了。"

"怎么会这样呢？"

"你还不知道？"说完，方正又盯着他，"你不就是这样？"

刘剑明意识到方正说的是自己，一下子脸就急得红了起来："告诉你，我只是干了我喜欢的事情，并且是凭着良心干的。昧良心的事，我可是向来都没干过，我对天发誓。"

……

两个人就这样一边抽烟，一边聊着，不知不觉时间就到了凌晨两点多。这个时候，方正实在有些睁不开眼睛了，于是便趴在那里呼呼大睡了起来。看着方正累成了这样，刘剑明便停止了说话，扶着他进了一个房间，一同休息了。

# 四十三 掷地有声下猛药 大刀阔斧除顽疾

每年一度的职称评定工作开始了。

一天下午的第三节课后，学校全体教师在多功能厅召开有关职称的评定会议。方正说："职称评定工作是推动学校教学工作的有力杠杆。它直接关系到每个要晋升职称老师的切身利益。所以，希望每位老师都认真对待。评委们要对参评的老师负责，要持公正公平的原则进行评议。参加职称评定的老师要对自己负责，要做好各种材料的准备工作。在准备材料的过程中，切莫弄虚作假，比如虚报材料，一定要实事求是，特别是在论文准备方面，绝对不能找'枪手'，也不能在网上下载，然后东拼西凑地完成论文。如果不照此办理，凡被学校发现的，就一票否决，取消职称评定资格。也许有人说别的单位、别的学校也不管这些，即使管，也只是嘴上说说而已。我觉得，那是别人的事情，我们无权干涉也不可能干涉，但是在咱们这里，这样就坚决不行！希望每位老师互相监督，不要犯此类错误。如果有人胆敢以身试法，那么，我就奉陪到底，直至让你的职称不能晋升为止。"话说到这里，方正看了一下整个会场，然后便端起桌上的水杯喝了口水。

也就在这时候，底下的几位老师开始窃窃私语。

"没看出这方校长还真有魄力，敢动真格的。"

"句句可是切中要害，没有半句废话啊！"

"看来，这内行就是不一样，句句都说得令人喜欢，也令人佩服。"

"这来自教学第一线的校长就是解决问题，一语中的。"

"有这样的校长，我们的学校肯定会更上一层楼。一看就是干实事，不是说大话的。像这样的校长，我是一百个拥护。"

方正喝口水以后，便继续朝老师们说："这次评定职称，要来一个改革，不能再像以前那样只看文凭，而不看能力。一定要注重能力，我们一定要把那些身在第一线、工作能力很强的同志的职称评上去，因为学校整个工作的推动，靠的就是这样的人。我想，这样不仅倡导了一种好的风气，而且更重要的是，鼓励了教师在工作中能力的形成。当然，能力的形成对于我们工作的成败是至关重要的。我想，这个道理，大家比我要清楚得多。我们就是要在全校形成这样一种实事求是的风气，取缔那些华而不实的东西。也只有这样，我们的学校才能更上一层楼。"

他的话刚讲到这里，就有两位女老师小声嘀咕道：

"这方校长说起话来真是滴水不漏，一针见血。"

"这还真有些厚积薄发的意味。"

……

"关于职称评定的事就讲到这里。我现在再讲讲有关学生评教的事情。学生评教，本来是推进学校教育和教学工作向前发展的有力措施，但是，就实际运用来看，也是存在问题的。现在，学生评教工作在很大程度上已经异化，它的作用被夸大了。话之所以这样说，问题在于：学生评教的目的和作用在此都受到了扭曲，不是将它作为教育和教学的参考，而是将它变成了衡量老师水平高低的重要标准。在此，我们在座的老师恐怕不无体验。"说到这里，方正稍加停顿，环顾了一下在座的老师，然后又说，"评教竟然成了一些老师投机教育的一种手段。这些老师为了能得到学生的好评，平时，不顾教育规律，无原则地收买学生，请学生吃饭，给学生买东西吃，一切都照学生说了算，一味地顺着学生，一味地迎合学生，一味地取悦学生。对学生的一些不规范的行为不知道规范，睁一只眼、闭一只眼，能过去就尽量过去，最后听之任之，打发着教育的日子！像这样的老师，说老实话，我们一百个不欢迎！因为他本身就不是在干教育，而是在拿教育开玩笑。我们完全可以将此叫作亵渎教育！学生的意见，我们尽可以拿来作为教育教学的参考，但绝对不能把它当作评比老师是好是坏、水平高低的唯一标准。话之所以这样讲，原因在于学生的意见不见得就完全正确，而我们老师的做法也不见得就完全错误！再说，学生的认识毕竟有许多片面之处。更何况现在的学生在心理上还很不成熟，在心智情商方面也不怎么健全，自然，其认知能力也就很有限了。"方正讲到这里，又停顿了片刻，向整个会场扫视了一下。

"就实际来看，学生评教，多少都有些情绪化的。而这种情况，又因年级的不同而有所区别。年级越低，理性愈为欠缺。既然这样，那么他们对老师的评价就不够客观公正，甚至有时候与老师的贡献也不太一致。一旦出现这种情况，那么这无疑就冤枉了老师，甚至越负责任的老师，冤枉程度就越大。"说到这里，方正的情绪似乎很有些激动。

"如此之评教，不仅在一定程度上打击了老师的积极性，而且同时也在一定程度上给个别学生造成了一种错觉，从而也惯了他们的坏毛病。说造成了一种错觉在于，这让学生有了一种自己尽可以胡来，但老师却没办法管理他们，也不敢管理他们的想法，慢慢地老师也就疏于管理和懒于管理了，唯一的解释就是老师怕学生，而他们要的也就是这种效果。因为这样，他们才更拥有'自由'。就现实来看，现在的老师基本上都怕学生，因为这直接关系到他们的名利。如果还有哪位老师不怕学生，那么，其结果肯定是要'死'定了。人常说，'识时务者为俊杰'，可他们谁又不识时务呢？

"义务教育使个别学生在心里侥幸地产生了一种优越感，从而拥有一种我在学校愿意怎么样就怎么样的错觉，反正是受法律保护的，在此，学校没有权利让我退学，也没有权利开除我。当发现学校和老师不这样做的时候，他就可以和家长一道，告学校、告老师，并且保证让学校或者老师赢不了官司；就是不告，也要捅到媒体上，让学校和老师声名狼藉。社会上发生了多少事情，结果都是这样，所以，无论他在学校怎么折腾，都是不会有事的。由此以来，他们就更为所欲为了。学生如此不正常的心态及行为，加之我们盲目地运用学生评教这样一个所谓的得力措施，就将我们本来还能管理的学校，一下子折腾得没了办法管理，使学校的工作动辄陷于被动的地位。这种现象，我们是坚决不允许的。假若原来是这样做的，那么，我们今天就要给它校正，使学校的工作尽快地回归到正确的方向上来。"

这个时候，有的老师竟喜形于色，很赞成校长所讲的这一切；有的露出一种惊讶的神情，从那惊讶之情来看，校长分明是冒天下之大不韪，捅了马蜂窝；有的感到这些话特别新鲜，觉得校长讲出了他们长时间不敢讲的话，这些人显然有着几分扬眉吐气的意味；有的还在那里窃窃私语：

"这真是切中了当前教育的弊端。学生评教这一做法，已经不是一所学校在运用，而是几乎所有的学校都在运用，好像它真成了推动教育教学进步的法宝。其实不然，许多学校将学生评教的事情完全搞得变了味道。"

"这家伙胆子也真大，竟然讲到大家非常痛恨的事情上了。"

"把脉把得真准！"

"也只有懂教育的人才敢这样讲，否则，也不会有这种胆量。"

"可不？就是这样。他对教育研究得太熟了。"

……

方正也没管这些议论，而是继续谈着自己的看法：

"这几年，许多学校都在拿学生评教的结果来说话，学生说哪个老师不行，哪个老师就不行，说让哪个老师下岗，就让哪个老师下岗。这在某种程度上是极其荒唐的，也是极其荒谬的。话之所以这样讲，原因在于，它已经严重地违背了教育规律。学生到学校的目的，就是接受学校正面教育的，而学校自身的一切活动，又都是有规定的，即教育有教育的原则，教学有教学的方法。就学校的整体活动而言，不仅有严格的纪律要求，而且还有一定的文化课标准的要求；而每一位老师，无论是教育还是教学，又都必须遵守国家教育部门的规定，它不是说老师想怎么样就怎么样。比如，上课就有上课的规定，有教学大纲的要求。在此，谁要不按照这样的规定去做，那就是违规。正因为有这样的要求，学生才能自小掌握一定的知识，形成一种良好的习惯，习得一种自身的文明，否则，到学校来干什么？就此来讲，这就是规律，谁也违背不得！不然，教育全成了学生自身的事了。倘若真是这样，那么还要老师干什么？再者说，没老师的教育，还是教育吗？今天本来不应该讲这些话，因为讲这些话对我们搞教育的来说，本身就是一种讽刺，也是一种嘲弄。但是，现实却迫使我们不得不重申这样令人可笑的话。

"一个不用多讲的事实已经告诉了我们，有的老师在此得到了很不公正的待遇，身心也受到了极大的损害。为此，他们面对学生的时候，都如履薄冰。以至于自己的行为，深不得，浅不得，无所适从。评教到了这种份上，还有什么作用？！我明确地告诉大家，这种事情，在我们的学校，以后坚决不准存在！"

他严肃地环视了一下大家，然后又说："还有，我们要将那些过细的量化管理废除。这样做，主要有两个原因，一是它在很大程度上让老师们变得斤斤计较，给多少钱干多少活，生怕多干点儿，没有了丝毫的奉献精神，甚至为了丁点儿的利益，就搞得你拆我的台，我拆你的台，人人自危，只搅得大家不团结，没有了团队精神。二是学校工作，不像工厂工作那样简单，都容易用量来计算，比如对学生的思想教育，老师的工作，不纯粹是量的问题，而是一个良心问题。心情好了，可能负责一些，也做得多一些，并做得好一些；而心情不好了，可能就不负责，做得少一些，并做得不好一些。当然，这都是建立在大家互相信任的基础上的。我想，在奖金制度上也要做出改变，使那些苛刻的、没有人性化的制度被剔除，比如，对于迟到的一些老师就不过多罚款了，老师一个月才能挣多少钱，据我了解，不多呀！既然不多，我们为什么要把老师搞得那么紧张呢？这样搞，当然，是建立在我们的老师都非常自觉的基础上的。我就不相信，我们的老师，就没有这样的觉悟！"

方正的话讲到这里，整个会场顿时响起了雷鸣般的掌声。他的讲话，赢得了大家的共情。

方正向大家招了招手，掌声才渐渐地停了下来。

这时，他喝了口水，然后又很郑重地说："我就学生评教的问题再补充一点。你说学生不懂事也就罢了，也可以原谅。可是现实中，有时候却偏偏又有一些心术不正的人，热衷于这样做，好像不充分利用一下学生的无知，来达到自己整治别人的目的，心里就极不舒服。从而就此大加鼓吹，俨然自己就是一位行家里手似的。你说，这样做的人，多么卑鄙，多么恶毒，多么阴险！如果学生评教过程中还夹杂着这样一种不可告人的成分，那么，大家说，它还有意义吗？"

方正讲到这里的时候，脸色严肃得有些难看。在场的每一位老师，也都露出了非常严肃的表情，都觉得他这是拿自己平时的实践经验说理，并颇是实事求是地指出了如此做法的危害！是啊，这怎能不引起老师们的共鸣，又怎能没有说服力呢？大家对方正纷纷投去了赞许的目光。

"学生评教，固然是推动教育教学进步的有效方法，但我们要把握好分寸，在一定程度上淡化它的作用，特别是面对现在的学生，就更应该这样。不能搞得和'文化大革命'一样，学生说什么样，老师就是什么样的，或者老师干脆按学生说的去做，否则，好像就不是教育一样。比较一下，以往的评教，可不就是形成了这样的一种趋势、这样的一种局面？这多么可悲！简直是可悲至极！自然，这压根就是不懂教育！因为懂教育的人，绝对不会这样做的！"讲到这里，他稍作停顿，再次环顾了一下会场，然后又开口道："我们强调这些，核心在于让我们的老师放心、大胆地放开手脚，搞好自己的教育教学工作。只要是认真负责的，学校都会予以肯定，也绝不会用评教这一根棍子打死老师。记住：学生评教只是一个参考，即使用它，也不会束缚老师的手脚，更不会伤害大家的感情、影响大家的情绪。我再强调一遍，教育是有规律的，我们一定要遵循教育规律，按规律办事，不能有丝毫的随意性！什么是随意性？就是在教育教学的过程中，没有计划、没有设计，碰到问题临时抱佛脚。在此，我们要重视校本研究，要有自己的校本研究队伍。只有这样，才能把我校建设得更加美好。我相信，只要大家努力，一定会取得很大的成就。这一点，我是很有信心的。"这时，他的语气有些缓和，"不过话说回来，我们的老师在平时的教育教学中，还得注意方式方法，得讲究艺术，要注意倾听学生的意见。教学上，授人以鱼不如授人以渔，要将学习的钥匙交给学生，切莫不思进取、按部就班、死搬硬套地实施教学；教育上，一定要按照教育学原理、教育原则和教育心理学原理办事。总之，让我们的教育和教学尽可能地科学有效。这里所谓的科学有效，就是在教育上，让学生乐于接受，并付诸行动；在教学上，激发学生的学习兴趣，让他们学得主动、学得灵活、学得有所收获。千万不能采取不负责任的'放羊式'态度，一味地放纵学生，甚至对学生的行为听之任之。如果有个别老师，在我今天讲了这个问题以后，还始终坚持自己的那一套不科学、不负责任的做法，即一味地没有原则地取悦学生，那么，我们是一定要问责的。"

这时，会场再次响起了掌声。这掌声是对校长的理解，也是对校长深谙教育规律的褒奖。他们打心眼里为能有这样的一位校长而自豪。

"接下来，我再谈谈我一直考虑的一个问题，也就是运用多媒体教学的问题。"

话说到这里，许多老师都面面相觑，不理解他这话是什么意思。

一看大家这种表情，他便继续说道："近年来，几乎所有的学校，包括我们的一些教育行政部门，都非常重视也非常热衷于运用多媒体教学。从这种势头来看，凡是上课，无论有无必要，无论什么课皆可用之。只要是能用它来进行教学，这课肯定就是上乘的，自然，老师的教学水平也就是高超的。由此一来，我们大家也都是这样做的，更是运用这样的评价标准来评价老师的。这样，就将多媒体的运用放到了一个不适当的位置，即把它凌驾于课堂的主体之上了。其实，事情的本质并非这样。在我来看，多媒体只是我们老师进行教学的一个辅助性手段而已。运用它，并不代表就是将课真正讲好了；不运用多媒体教学，也不代表这课就不能讲好，或者就讲得不好了。就实际来看，有些老师在上课的时候，运用它，已经将完整的课上得支离破碎了，也就是课已经上的不再是原本的课了，而完全是一节多媒体的观赏课。因为在此，它不仅以纯画面的形式出现，而且还以音乐的形式出现，甚至音像同时出现，或者是它们交替出现。如此一来，就失去了使用多媒体的作用。因为它完全将学生的注意力吸引到了欣赏或者观赏它的角度，而并没有达到释解课堂内容主旨的目的。再加之学生很少参与，或者说即使参与了，也只是表面上的参与，从本质上根本就没有解决问题。如此之课堂，看着热热闹闹、忙忙碌碌，下来要问学生的收获有多少，其实并没有多少。像这种在某种程度上带有很大盲目性的、只图形式热闹的课，实在没有必要再上，自然学校也没有必要把它作为评价优质课的标准。之所以这么讲，原因在于我们的课必须讲求实效。"讲到这里的时候，他停顿了一下，端起杯子喝了几口水，然后稍微沉默了一会儿，脸色也有些不高兴地说："我们刚谈的是一种情况，是针对多媒体运用时的实际效果而言的，但是，实际中还有一种情况，那就是一些不负责任的老师，纯粹就把它的运用当作敷衍工作的手段或者工具了。这是什么意思呢？就是在备课时，压根就不认真，或者说，根本就没有准备运用多媒体，然而到上课时，在没有丝毫准备的情况下，仓促地选用多媒体，以便应付一节课或者几节课的时间。这样就把一个班或者几个班的课应付过去了。当然，在此过程中，我们的老师可以说是非常轻松的。因为他是不需要动多少脑子的。试问，这样做的老师，你的教学态度是否端正呢？难道说你就是这样的水准？依我看，这完全是不负责任！"话讲到这里，他显得非常严肃，也非常气愤。

也就是在这期间，几位年轻的老师小声议论着：

"这方校长就是厉害，对多媒体的运用，竟也研究得这么深刻！"

"我原来也有这种看法，可就是没有他认识得这么透彻。"

"所以说，这就是人家比咱高明的地方，不服不行呀！"

"看来，还得多向校长学习才行。"

"是，是，是！"

就在这时，政教主任华庆祥来到了主席台，然后趴在方正的旁边耳语了几句，说派出所找他有事，比较紧急，让他立刻去一趟。方正的脸色当即就有些苍白，他二话没说就宣布："今天的会，就开到这里，现在我有件紧急事情要处理。"说完，方正就站起来，急忙离开了座位。

一路上，他一直都在想，"这派出所能有什么事情，竟然来找我？莫非是学生出了事情？是偷盗还是打架？"他两步并作一步地来到了派出所的刑侦科。

"请问，黄科长在吗？"进门后，他冲正在桌子旁边忙碌的一位略胖的警官问道。

"哦，我就是。"那警官放下手中的事情抬起头看着他说，"您是……"

"厚德中学方校长。"

"哦，方校长，请坐。"黄警官站起来，边倒水边指着旁边的沙发对他说。

方正顺着黄警官指的沙发坐了下来。

"方校长，请您来主要是想告诉您这样一件事情。"黄警官走过来将端着的水杯放在两个单人沙发中间的茶几上，也顺势坐了下来，"经过我们严格审慎地取证，咱们学校的郭晓安老师有涉黄嫖娼的行为。现在，已经被我们拘留在派出所，性质是挺恶劣的。这件事，是在一家夜总会里发生的。昨天晚上，我们正在执行任务，就将他抓了个现行。据他们一块儿的几个人交代，他这是第一次，咱先不说其他人怎么样，我们实在想不通，他身为一名人民教师，怎么能干这样的事呢？实在是影响太不好了，不说影响他个人的荣誉，也不说对家庭有多大的影响，只就对学校荣誉这一点来说，影响已经很不小了。就这位老师的态度来看，态度还好，对所做的事情供认不讳，也知道自己不该这样，现在他已经有些后悔了。这件事肯定要严肃处理，不仅仅是罚几个钱的问题。今天叫您来，主要有两个意思：一是想了解一下他在学校的表现情况；二是向学校通报一下这件事情，让学校知道在我们的教师中间，还有这样的事情发生，以便以后引起学校的重视和老师们的警戒。"

"真没有想到，他怎么能做出这种事情来呢？他的课讲得可是深受师生好评的。今天发生这样的事情，实在令人惊讶，也令人感到突然，更是不可思议！就他平时的工作来看，他是很积极蛮有责任心的；至于他的家庭，夫妻关系还是蛮和谐的，也是很令人羡慕的，没见出现过什么问题呀。"

"如此说来，这是个意外？"

"多半是个意外，你问没问和他一块儿的几个人是干什么的？"

"问了，是同学。"

"啊，这同学在一块儿，怎么能干这样的事情呢？真是！多半是同学拉着去的。可能属于那种拉不开脸面的那种人，肯定是这样的。"

"我们也这样认为。"

"像这种事情，一般情况下，怎么处理呢？"方正带有试探性质地问。

"罚款。态度好的，也保证以后不再发生此类事件，数额在五千元以上。"

"既然这样，那就罚款算了。"

黄警官当下没有吭声，只是看了看他，从那意思看，这事没有那么轻松，关键他是个教师，影响很大。

"唉，缺了他，我们当下就没人上课了。"方正一看黄警官犹犹豫豫的，于是就将学校的实际情况讲了出来。

"这种事情，没您说得那么简单，等我们全部弄清楚了，依据法律条文再定。当然，这都是要上会研究的，不是哪个人说了算的。您刚说的这些，我都理解，因为谁也不愿意看到自己单位的人犯这种事情，更何况您这当校长的。"说这话的时候，黄警官的表情比起方正刚进来时严肃多了。黄警官想，像这种事情，您一个校长能用工作要挟我吗？即使学校工作紧，离不开他，我们照样也抓他不误，谁让他犯那样的事呢？作为一校之长，这样讲话，未免太轻松了。

看到黄警官的这副表情，方正心想，是不是自己的话说得有些过分了，一下子让他不高兴了？可自己说的都是实话呀，没什么袒护的意思，可能是他多想了。这现在的人，怎么就那么敏感呢？他这样，莫非是职业所决定的吧？如果这样，那么自己就说得多了。这话一多，并非就是好事，特别是在这种事情上。一想到这，方正就不再言语，只想听听黄警官的意见。

可黄警官没有再说话，一时间，两人就都僵持在了那里。

"那就这样了。"方正说这话的时候，似乎很没底气，完了以后，就站起来离开了警务室。

自从到了派出所一直到离开，方正大概算了一下，总共不到一个小时。就在回学校的路上，他的脸一直都在发烧，心里也一直都有疑问，怎么能发生这样的事情？真是太丢人、太丢人了！简直都丢大发了！这样的情绪持续了一阵儿后，他还是用"林子大了，什么鸟都有"的话安慰着自己。尽管这样，他还是想，这事情回到学校，假若有人问起，自己又该怎么开口？说还是不说？说了，影响太大；不说，也不见得就传不到老师的耳朵里。现在的方正，既生气又恼恨。这郭晓安怎么能干出这种事情呢？简直出人意料！这事情千万可不能传到社会上去，不然，学校的形象即刻就会倒塌，让人说，你学校就出这样的教师，这校长是干什么吃的？话说回来，自己的脸面都无所谓，学校形象倒了，可是大事啊！他思来想去，为了杜绝这种事情再次发生，应该如实说，并且还要公开地讲，不能遮遮掩掩，只有这样，才能证明学校的光明磊落。谁叫这事情发生到这种地步呢？世上有些事情，只要坦坦荡荡地讲出来，不仅不会影响自己的威信，相反，还会增强人们的信任。这件事情，同样也是这个道理。最后也就这样了，至少对郭晓安也是个教训，敲响了警钟。到了这时，方正便将刚才的一切都抛到了脑后，也不再管它。这样一来，他的思想一下子轻松多了。可再理性一想，绝对不能这样。这不是太冲动了吗？这不是将学校往死路上推吗？真到那时，自己不是成了罪魁祸首？看来，对这件事情，还得谨慎才行。然而，这纸能包住火吗？包不住的！方正很是艰难地抉择着。

就这样想着想着，骑着自行车的他就不知不觉地回到了学校门口。

"方校长，都放学了，您怎么还回学校？"正在学校门口站着似乎在等待什么人的李月华有些意外地问。

"哟，都放学了。"他先是一愣，随之，就站在那里面对她说，"是啊，该回家了。"说着，就掉转车头回家了。

方正走后，黄警官就琢磨开了。如果方校长说的情况属实，那就很值得考虑了，以免给学校造成损失。他仔细一想，自己有一位同学在厚德中学任教，于是，就给他打了个电话，询问了此事。当得知方校长说的那些都是实情的时候，就将此事向所里做了汇报。所里根据案情以及学校的实际，只从经济上给予了处罚，并且也给予了严肃的批评和教育，当天夜里十二点就将郭晓安放了出来。

郭晓安被放了出来以后，第二天方正就将他叫到了办公室，关起门来狠狠地批了一顿。方正面对坐在沙发低着头的郭晓安，用右手指着他，厉声地怒斥道："你真是教师的败类！害群之马！教育的背叛者！禽兽不如！你知道你这是在干什么吗？这是在犯罪！好在性质还不算太严重，如果再严重点儿，你还能回来，能回来什么？你好不容易来到这里，竟然干出这种事情！你不想想，你的父母如果知道了这件事情，他们会怎么想？能饶过你吗?!"怒不可遏的方正越斥责越气愤，一会儿就解开了衣服的纽扣，在办公室里徘徊起来。他边徘徊边拽着纽扣处的衣服往怀里扇风，最后停止了走动，又指着已经将头低在双腿中间的郭晓安说："就这件事情，你应该好好地反省反省，写出检查，下午，在领导会上做一个深刻的检讨。然后，我们再做处理。滚！"

一听这话，本来还低着头的郭晓安，什么都没说地站起来就走了。

一时间，办公室里特别安静。这时候，方正浑身就像瘫软了一样，一屁股坐在了椅子上。大约过了两分钟，他才长长地吁了口气，然后点燃一根香烟抽了起来。他想，这郭晓安可是自己老师的孩子，聪明过人，讲的一手好课，学生很欢迎他，由此，他也就有些自傲。这次，竟然搞出了这种见不得人的事情！对他本不该批评得这么重，态度也不该这么严厉，然而刚才自己的态度还是严厉了一点儿。可是，不严厉不行啊！像这种年轻人，严厉点儿还是有好处的。是啊，自己是在替他的父母管教他。要不，将来还是会出大问题的，更是对他不负责任。为了达到教育他的目的，应该对他做停课处理，以观后效。

当在心里做出这样的决定以后，他又想，这就是我们的教师！什么教师？简直就是害群之马！是道德的沦丧！是啊，现在的教师，干什么的没有？前一段时间报纸电视上报道的几条新闻，说的可不就是不同地域的几位老师，竟然利用职务之便诱奸学生。这种事情，一经媒体曝光，即刻引起了社会的强烈谴责，都说这些老师是衣冠禽兽，没有资格再当老师。自然，法律也给予了严惩。你说男教师是这样，可个别女教师，为了维持家庭生活，竟干起了在夜里卖淫的龌龊事来。不是这样吗？如今谁家的日子还过不去呢？怕不是爱慕虚荣吧？八成都是这样！如今这年轻女子，为了自己的虚荣心，什么事情干不出来？是啊，对此问题的反思，自己已经不是一次了。足见，这些问题在自己的心中影响之大、印象之深、伤痛之重、忧虑之浓！想到这里，方正有些喘不过气了。

教师中间出现的这些怪象，难道不是教育的尴尬，不是教育的难堪？看来，我们的教师，特别是年轻教师，应该紧紧地筑起这道思想伦理的篱笆了！不然，能担当起教育下一代的职责吗？是的，这些教师，尽管是少数，但社会影响太恶劣了！想着想着，他就不由得站了起来，低着头，狠劲地抽着烟，又徘徊了起来，最后停在办公桌前，攥紧拳头，狠劲地捶了下去，气愤地骂道："真是无耻！败类！叛徒！反动！"然后便一语不发，呆呆地看着地面。

然而，看了片刻，他又开始冷静地自省起来。是啊，一所学校的老师出了问题，难道就与他的校长没有关系？这关系可太大了！是的，自己原来只想着媒体上报道的那些乌七八糟的事，都是社会或者其他学校的事，根本就不可能发生在自己的身边，更不可能发生在自己的学校。然而，就现在看来，自己当初的这些想法都错了，已经错得没边没沿了。看来还是高估了自己身边的人，也高估了自己学校的老师。作为一校之长，有如此想法，不仅幼稚可笑，而且很是糊涂，更是犯了大错的！平时的自己，只重视了学校教育教学的本身，压根就没有注意教师综合素质的提高，更没有注意提醒老师的思想行为应该检点。现在的社会环境多复杂，什么不能发生？自己怎么偏偏就在这上边没有向老师们敲响警钟呢？看来，自己在这上边也是很迟钝、很麻木的。这是多大的不足和不该啊！简直就是一次严重的失职！就此而论，郭晓安之事，与自己也脱不开干系。方正此时的心里特别自责，也特别难受，难受得好像这事情就是他自己所为一样。他不能原谅自己的这种过失，更不能原谅自己这种考虑问题不够周到的习惯。他感到自己的做法还是有些简单了，同时，更是有些欠缺，以至于欠缺得都有些不可饶恕了。之所以这样，关键的问题就是太缺乏社会经验了，就像一个纯粹的书生一样。面对这种分析，他已经无话可说了。是啊，还能说什么呢？现在的他，只是咬着嘴唇沉默着、沉默着……

这件事情在方正的心里，犹如一场风暴，暂时就这样过去了。现在唯一等待的，就是他下午的检查。尽管方正这样安慰自己，但脑子出现最多的还是：如今这教师，干什么的都有，有继续坚守教育阵地的，有做生意的，也有经受不住社会上一些错误思潮影响而犯错误的，真可谓是形形色色。这就是经济大潮下的产物。奇怪吗？一点都不奇怪！细细观察历史过程的变化，哪一次变革，没有形形色色的人出现？真是大浪淘沙啊！是啊，而在这个市场经济的大潮中，每一个人都在经受着精神和灵魂的洗礼。能经受住洗礼的，还在坚守着自己良心的阵地；而经受不住诱惑的，已经做了原来事业的逃兵，时刻都在寻找着金钱，变成了金钱的奴隶。而就在这世俗人的眼里，那些至今还在坚守着教育阵地的人，却一个个都成了低能儿、没有出息的人。一个根本原因就是，他们挣不来钱，也不知道挣钱。啊，这是一种什么逻辑？简直荒唐！

方正一直想着，烟也一直抽着。

"咚咚咚，咚咚咚"，一阵急促的敲门声响了起来。

方正朝门口看了看，但是依旧没动。

"方校长，都放学了，该吃饭了！"学校食堂的大师傅胖老刘推开办公室的门冲他说道。

"噢，都放学了，时间竟这么快，一个上午都过去了！"他迅速将烟头放到烟灰缸弄灭，然后急忙站起身和胖老刘一块儿走向食堂。

因为郭晓安事情的耽误，上次会议开了半截，所以，方正的心里一直都有些放不下，总觉得没完成计划。于是严肃批评了郭晓安以后，又召开了全校老师会议，不仅讲了上次没讲完的内容，而且还将郭晓安的事予以了公开，给予了警告。这样一来，生气加忙碌，就很少回自己的办公室了。

一天上午，当回到办公室时，竟发现办公桌上堆满了文件、报纸、信件之类的东西，十分杂乱。看到这一切，方正便伸手整理起来。然而，整着整着，一个信封就引起了他的注意。仔细一瞧，上边只写着"校长收"的字样，除此之外什么都没有。他好奇地拆开信封，拿出里面的信纸，只见上边写道：

校长：

　　您好！

　　现在给您通报一下关于贵校教师刘梦梅和王超强的事情，他们二位都已结婚，但都不顾自己的家庭、不顾学校的声誉，两个人在外长期同居。就这件事，作为贵校领导，您恐怕还不知道。现在告诉领导，让您知道，也为时未晚。这件事情，能发生在两位教师身上，不得不说是一种耻辱，更不得不说是一种堕落；当然，作为学校，也难辞其咎，难说没有责任。正是因为如此，还请贵校领导出面予以干预，使其行为有所检点，不然，还会继续影响家庭的安宁、影响贵校的声誉，更会给社会带来混乱。他们同居的地址是：苏银村4街28号。

2005 年 4 月 5 日

　　看完这封信，方正二话没说，就一屁股跌坐在座椅上，显出失神的样子，脸色也煞白起来，进而，心里就有些愤怒：这种事情，真他妈的，一出一出的，没完没了了！郭晓安的事情刚完，这事又来了！简直叫人不得省心！一个校长，整天疲于处理这些事，这教学的事还管不管了？就是管，又哪来的时间，哪来的精力？原想着郭晓安的事处理完，再不会出什么事了，可谁能料到这又出事了。这真是怕啥来啥，哪壶不开提哪壶，叫人不得安生！一向都不会骂人的方正，此时，在心里一个劲地骂道。他显然有些生气，可生气归生气，他还是想起了这封信中涉及的两位教师的状况来。

　　这封信涉及的两位教师，本校确有其人，并且各自都有家庭。就此来说，一点儿没错，有根有据。王超强，29岁，个头1.85米左右，身体魁实，属于猛男之类，有一女儿，属外聘人员；而刘梦梅，27岁，个头1.64米，长得有些内秀，很干练，已婚，没有孩子，属在编人员。两人都在物理教研组，也许是同一专业，他们经常谈论一些业务问题。就这样，时间没多长，二人就熟悉了起来。有时候，当王超强忙得抽不开身时，刘梦梅便主动担负起替他接送孩子的任务。王超强的妻子在东郊的一所学校，刘梦梅的丈夫在西郊的一所学校。这些情况，大家都了如指掌，更是视作同事间的正常来往。然而，就是这样，两人一来二往，慢慢地就擦出了爱情的火花。

　　一开始有老师反映这个问题，自己根本就没在意，想着不可能，还觉得反映问题的人捕风捉影、大惊小怪。现在好了，这下被人捅到学校来了，都到了不可收拾的地步！可这写信的人又是谁呢？竟对他们的事情这样了解？噢，不仅了解，而且还很上心。他皱起了眉头，狠劲地挠着自己的脑袋，紧张地思索着：莫不是他们的妻子或者丈夫？除了他们，相信也不会有其他人关心这种事的。可如果是他们的话，难道不明说？明说了，咱也好来个三个人面对面处理。运用匿名信的方式反映问题，这还真叫人有些不清不楚的。对此，方正显然有些责怪的意思。然而，又转念一想，他又批评起了自己：你怎么这样糊涂？发生了这种事情，无论是妻子还是丈夫，都是很尴尬、很难为情的。他们能明着告诉人？不会的，一定是这样的。这也是一种无奈之举，是不愿将事情闹大才选择这样的。不过，这样也好，毕竟让自己知道了这件事情，对自己学校的教师有了进一步的了解。既然知道了，那就要处理，绝不能姑息迁就。可怎么处理呢？对此，他一时还真想不出一个好办法来。不过他还是觉得，他们也太"前卫"了，已经前卫得有些过分了，竟对各自的家庭不管不顾的。唉，事情能走到这一步，也足见他们都已经死心塌地了。对这种人来说，什么礼义廉耻都没有了；同时，也压根不把这当回事。看来，这事发生的时间已经不短了，只是自己不知道而已。可自己怎么就不知道呢？他狠狠地跺了几下脚，随之，就用拳头在自己的脑壳上敲打；完了后，又开始自责起来：唉，还是怪自己当初太大意，没重视，没有提前给他们打预防针！要不然，事情也不会发展到今天这种地步！

现在的他，内心很是纠结，以至纠结得脸面发烫，浑身都极不舒服。无奈，他只得离开座位，徘徊起来。是啊，这种事情，处理好了就一切顺利，皆大欢喜；如果处理不好，还会惹火烧身，殃及学校，甚至会出大事的。所以，还得注意方法。怎么注意呢？他再一次皱起了眉头，一时也没了主意。不过，隔了一会儿，他还是告诉自己，现在切莫着急，更不能急于下结论、做处理。不然，冤枉了人怎么办？不能单凭一封匿名信就决断，万一是诬告怎么办？如果真是这样，那该是多么武断、多么被动？噢，对了，信上地址不是说得清清楚楚吗？我为什么不按图索骥呢？我得去一趟，查个水落石出，然后再说。

当做了这个决定以后，他便拿起桌上的电话，通知政教主任：傍晚时分，一起去一趟苏银村办些事情。这时，他紧张的神经才稍有些缓和，随后就去忙其他的事情了。

苏银村，坐落于城市的东南角，距离厚德中学三四里路，是一个城中村，规模较大，街道较多，但每一条街道都很狭窄，有的还曲里拐弯，高高低低的，很不整齐。也就是这样的街道，两边一家挨一家地开着店铺。店铺上边的招牌各式各样，大小不一，有的醒目，有的不醒目；门面也是大大小小的，很不统一，有铝合金的卷闸门，也有镶嵌着很大玻璃的。至于店铺的门类，卖水果的、卖蔬菜的、卖服装的、卖各种小吃的，很是热闹，有时还拥挤得水泄不通。也许是因为这些，这里给人的整体感觉是卫生条件不好，脏兮兮的，特别是在夏天，时不时地还有蚊虫飞舞。尽管这里的条件很差，但因为房租比较便宜，许多人都在这里租房居住。为此，这里的生意很是红火，显得经济也特别繁荣。

经过不断地询问和打听，方正和政教主任七拐八拐，终于找到了 4 街 28 号。面对镶嵌在半新不旧的两层楼中间顶有暗红灯光的红漆大门，政教主任二话没说，上前就"哐哐哐"地敲了起来，不一会儿就出来了一位身材较胖的中年妇女，她朝他们问道："你们找谁？"

"我们找刘梦梅。"政教主任急忙回答。

"这里没有叫刘梦梅的。"那妇女有些疑惑地说。

"诶——她不就住这儿吗，租的房子？"方正有些疑惑而又无奈地问。

"我们这房子是租给一个叫王超强的。他们两口子都住这里的。"

"那女的叫啥？"政教主任急切地问。

"不知道。"中年妇女摇了摇头。

"我们就是找王超强的。他们是一对夫妻。"方正立刻补充说。

"噢，原来这样啊！那他们就住这儿。"说完，中年妇女就领着他们进了屋子，来到后院指着里面二楼的一间房子说："他们就住在那里。"然后就离开了。

他们顺着中年妇女指的方向上了二楼，来到那个房间门前，敲了敲门。

"谁呀？"

"我。"

待方正刚应声道，那门就打开了。

"啊，方校长，怎么是你们？"王超强很是吃惊地问。

"没想到吧？"

"没……没……没……"王超强低下头很不好意思地说。

"怎么，还不让我们进屋？"政教主任有些讽刺地问。

"哪里，哪里。"说着，王超强转身就站到一旁，让他们进屋。

"怎么，就你一个？"方正迅速朝屋里扫视了一眼问道。

"就……就……就我一个。"王超强有些心虚地说。

"不对吧？那一个呢？"政教主任阴阳怪气地问。

"谁呀？没有人了。"王超强装作不知道的样子。

"这还用装吗？如果我们不知道情况，也不会到这里来的。"政教主任有些咄咄逼人。

"你们坐，你们坐。"尽管王超强有些心虚，但还是装模作样地赶忙岔开话题说。

"说，那一位呢？"方正很是严肃地看着他逼问道。

"出去有一会儿了。"王超强一看隐瞒不过去了，于是便无奈而又胆怯地说。

"估计什么时候回来？"方正依然显出很严肃的样子。

"可能马上。"王超强看了一眼校长，然后便低下头说。

"她是谁？"

"这，你们知道。"

恰在这时，一个唱着"一个是美玉无瑕，一个是水中月……"的女声由远及近地传进了屋里。

"这声音可熟悉了，像是咱学校刘梦梅老师。"方正很是有意但又不无讽刺地说。

王超强的表情顿时有些难看，也很不自然，脸色也变得煞白了。

这时，刘梦梅进屋了。当下她就被屋里的情况给吓得呆站在了那里，双手捂着嘴巴，很是吃惊地瞪着眼睛，直勾勾地看着方校长和政教主任。啊，眼前的这一切，可是她绝对没有想到的。"他们怎么能到这里来呢？是谁告诉他们的？这么邪性！"她的脑海迅速地闪过这一念头。

一看门前傻站着的刘梦梅，方正开口了："没想到吧，刘老师？"他停顿了一下，然后又问："吓着了吧？"

傻站在那里的刘梦梅只是胆怯地摇了摇头。然后，便偷偷地瞥了一眼旁边站着的王超强，他竟规规矩矩地低着头听着，摆出一副狼狈而又好像任凭发落的姿态。往日男子汉的那种顶天立地、强悍无比的雄风，在他的身上，竟然荡然无存了，满满的一副死猪不怕开水烫的无赖架势。随之，她就低下了头，一言不发。

"你们也不用这样胆怯。这种事情，大家都是可以理解的，都是成年人嘛，对吧？"方正说着就朝他们两个上下打量着。随之口气有所缓和地说：

"你们两个都坐下。这样咱们谈起来也方便。不然，很不尊重人的。"

一听这话，两个人就很是听话地坐在了旁边。可刚坐下的刘梦梅觉得应该给两位领导倒水，于是，便站起来走至饮水机旁准备接水。

"不用客气了，刘老师。"方正说。

一看这样，刘梦梅只得退回来重新坐下，低头聆听着。

"作为学校来说，也无权干涉这种事情，因为这毕竟是你们的自由。鞋穿在个人脚上，合适不合适，只有你知道。要不然，你们也不会这样选择。不过，我以过来人的经验提醒你们：这种事情，还是做得严实一些为好；再说，做的时候，考虑考虑各自家庭的感受，也考虑考虑妻子和丈夫的感受；如果有孩子，还得考虑考虑孩子的感受，即使孩子现在还小，不怎么懂事，但毕竟有长大的一天，等真的长大了，知道了自己的父亲或者母亲做这种事情，到时候该怎么看你们呢？说实在的，既然成立了一个家庭，就得肩负起责任，不能由着性子来。更不要让学校蒙受这种耻辱，说咱们学校竟然出现这样丢人的事情。一旦这样，那就真成了说不清道不明的事情了。你们说是吧？今晚嘛，面对你们，我实在是没有什么可说的了，我向你们道歉，因为，这是我这个做校长的没尽到责任，竟然放纵得你们成了这样！"说完，方正就站起来真向他们鞠了一躬。完了，就对身边的政教主任说："咱们走吧，不要再打扰他们休息了。"

说完，两个人便离开了他们租的房子，下楼梯走了。

面对两位领导的背影，刘梦梅很是羞愧地看了看有些发呆的王超强，并向他示意，一块儿将两位领导送出门去。

送走了领导，两人就回到了房间。刘梦梅一下子就跌坐在床上，非常生气地喘着粗气冲着准备关门的王超强问："咱们在这儿住，校长他们是怎么知道的？"

"我哪里知道？"转过身的王超强也很纳闷地说。

"真不明白，这到底是怎么回事！"刘梦梅还是气呼呼地说。

"行了行了，还是睡觉！没什么的，大不了不干了呗！"已经走到床边的王超强朝她看了一眼说。

"你怎么说得那么轻巧！说不干就不干了？"刘梦梅很是不满地朝他瞥了一眼。

"那你说怎么办？"已经上床准备睡觉的王超强朝她生硬地撂了一句。

"这还不是怪你？"刘梦梅抱怨道。

"怪我什么？"王超强气急败坏地坐起来冲她质问，"享受的时候就不说这话了？怎么事情一出来，就全怪我了？还不是你当初……"王超强说了半截就停了下来，不再言语，准备睡觉。

"是啊，怪我当初诱惑了你。是我太贱了，也太放荡了，竟然把你这个'正人君子'给玷污了！是我不对，行了吧?!"刘梦梅睁大眼睛，像一头被激怒了的母狮，面红耳赤又很是无情地冲他吼着，随之，又是阴冷地讥讽道，"哼，谁不知道你王超强，满满的一个不近女色的男人！其实，标准的好色之徒，满肚子的花花肠子，坏水一个！"

说到这里，她无意看了一眼王超强，只见这没心没肺的家伙，已经鼾声四起、呼呼大睡。于是她便更生气了。她想将他拽起来论个究竟，可又一想，有必要吗？事情发展到现在，无论怎么说，都是两个人的事情，不能全怪他，要不然也不公平。既然这样，那么，自己还有什么可抱怨的呢？最好的方法就是面对现实。这时候，她轻轻地松了一口气，随之，就走到饮水机旁，接了杯水，拿在手中慢慢地喝了起来，待喝完以后，就趄在床上陷入了沉思。

你说租房住在一起，谁也不知道的。可校长又是怎么知道的？她睁大眼睛，翻来覆去，百思不得其解。莫不是应验了那句"要得人不知，除非己莫为"吧？想到这，她浑身都发起烧来，滚烫滚烫的，进而就开始难以抑制地颤抖。没听校长临走时说的那些话？什么意思？这不都很明显吗？以后怎么面对他们呢？实在是没脸的。没脸了，这可怎么办呢？自己是多么自私啊！干了一件极对不住他妻子的事情，也干了对不住自己丈夫的事情，更干了与自己职业不相称的事情。莫非，自己也是跟着感觉走了？何止是跟着感觉？简直都不可收拾了！自己怎么就这样缺德呢？良心让狗吃了？这时的她，整个身子都蜷缩在了一起。她感到这是搬起石头砸了自己的脚，完全是自食其果。现在的她，愧疚万分。当实在无法排解这种情绪时，她便索性将被子往头上一捂，呜呜地哭了起来。

学校是待不下去了，只有一走了之。可到哪里去呢？只有到一个陌生的地方去了。是啊，这些年，不是到南方去的人很多吗？到了那里，谁也不认识谁，一切都会重新开始的。现在就看他的意思了，如果他愿意走，那就一起走；不愿意了，自己就单独走。噢，对了，自己明天就走。想到这里，她一骨碌爬了起来，推了推身旁的王超强，说了自己的心事。

自校长走后，王超强也没睡，至于发出的呼噜声，那完全是一种假象。

他一直都在想着今晚的事情，琢磨着在这个学校也待不下去了。于是，在刘梦梅讲了自己的心事后，也决定跟着一块儿走。于是，两人决定，干脆双双来个不辞而别。这样，也不拖泥带水，干净利落。

　　一路上，方正一边走一边想，本来是看看这事情是否属实，结果一看，那封信反映的一切都是真实的。原来只想着核对核对，不承想会有这种事情发生，真是大出意料。方正心里直嘀咕：唉，现在这些年轻人，也真是，如此荒唐的事情，都做得出来，连起码的道德底线都没有了，真是到了无所顾忌的地步，完全忘记了自己的身份，也忘记了自己的职业操守！这人啊，毕竟不是动物——不能什么都可以不顾的。嘀咕到这里，他便不由得为两个家庭担忧了起来：看来，这又造成了两个家庭的悲剧！特别是给幼小的孩子的心里留下了终生的阴影，给社会造成了一定的不安定因素。是的，他们能做出这样的选择，固然是他们的自由，也是他们的追求，可是给社会、给家庭造成的损失，谁来弥补呢？就算是弥补，又能弥补得了吗？给孩子心灵留下的阴影能迅速驱除吗？真荒唐！当感到自己对这一切都无能为力的时候，他便很是无奈地摇了摇头，神色显得特别严肃。

　　……

　　第二天快到中午时，教务主任来到方正的办公室，说："校长，刘梦梅和王超强两个都没来上课，也不知道是什么原因，该不是给您请假了吧？"

　　"两个都没来上课？"方正很是意外，压根就没想到他们会来这一手。进而，就迅速检讨和矫正了自己起初对他们的判断：看来，自己当初完全是高估了他们。他面对教务主任，迅速回答道："你赶快叫另外两位老师顶替一下，就说暂时的。"

　　"行。"教务主任说着就离开了办公室。

　　"真不是人，嫌我们找他们了。还不来上课了！"一听到方正的话，身旁的政教主任顿时感到诧异，一个劲儿地看他。

　　随后，他就赶紧指示政教主任去他们租的房子那看看。

　　听了这话，政教主任即刻就离开了。

　　……

　　没多长时间，政教主任就回来汇报说，两个人一大早就离开了，连房东也不知道他们的去向。

　　听着政教主任的汇报，方正先是沉闷地用带有商量的口气说："不管怎样，这段时间，还得先找老师顶替他们上课，以解燃眉之急。"随后，就黑着脸、态度特别坚决地说："以后就是他们回来，也不让上课。这样的教师，走就走好了！"

说完，方正就气呼呼地坐到沙发上，一言不发。他之所以生这么大的气，不是因为他们两个钻到一块儿鬼混，而是对工作的不辞而别，致使学校工作完全处于被动和尴尬的境地。这等于打了学校一个措手不及。对这样的人，还用客气吗？坚决不能！他一向都是愤恨、不屑也不容那些对工作不负责任的人的。是的，要搞好教育，首先就得搞好教育者自身的教育，如果这都没有了，或者没有做好，那么，教育纯粹就是自欺欺人了！

想到这时，他又好像记起了什么，突然摇了摇头，对自己刚才的一些想法予以了否定。这时，他的眼睛瞪得很大：连自己都对他们这种行为予以原谅，足见自己受不良风气的影响也是很深的。这家庭怎么不重要？既然不重要，何苦当初呢？恋爱，难道就只是过性生活而不成立家庭？如果是，那么，这该是怎样的现实？按照常规，从恋爱到建立家庭，这是再正常再合乎逻辑不过的事了。可是，他们竟然这样！难道青年男女之间的爱情，就只是两性生活的满足吗？按一般的逻辑，恋爱是婚姻的前奏，而一旦确立了婚姻关系，无论男女，都存在着一个忠诚、责任的问题。而这个忠诚、责任的本身，就是为了这个家庭的正常维持和和谐的发展。这不仅在法理上予以了规定，而且在道德方面也有规定。像这样的人，顾及家庭了吗？没有，丝毫都没有！说透了，这还不是道德的沦丧，对法律的亵渎？难道自由，就是男女之间的胡来，而这种胡来，竟还理直气壮？真是荒唐至极！要论世间的真相，无论男女，恐怕没有一个人愿意自己的丈夫、妻子或者儿女随意地和别人去媾和，即使媾和，还不是偷偷摸摸，处于地下？一旦这种事情暴露，血腥之战还不是爆发很多？为什么？这还不是在捍卫自己的尊严，保卫自己的婚姻，保全自己的家庭？啊，社会的进步，难道连起码的伦理道德都要丧失？连"羞愧""无耻"这样的字眼都要消失了吗？假若真是这样，那么，人们道德伦理都到哪里去了？话之所以这样说，绝不是强调将人绑在伦理道德的高标之上，而是讲了一个全社会都不容忽视的自然属性必须服从社会属性的现实。

这时候，方正已经义愤填膺了。

那个有趣的动物世界，可不就是这样？只要想性交，不管是谁，只要看中，不管人家愿意不愿意，也不管在什么地方，更不管有人没人，尽可以随意去做，并在做完后，不计后果地扬长而去。然而，这一切又没人干涉，理由就是：那些都是自然自由的，无伤大雅，没有伤风败俗。多么真实、多么赤裸的行为！人类发展到今天，难道就要推翻以往许多优秀的传统以及价值观念，将自己恢复到动物一样的境界？仿佛只有这样，才是进步、才是摩登，否则，就是陈旧、就是垃圾。并还要堂而皇之非常坚定地这样认为。试问，这是怎样的进步、怎样的摩登、怎样的垃圾、怎样的陈旧？多么荒唐、多么怪诞！

这里，单就人类的自然属性来说，更符合这个规律。因为，纯粹的动物本性，在性的问题上，也是排他的，由此更是战争不断的。因此，纯粹的性自由也行不通。要不，社会进步就是一场纯粹的胡闹，更是荒唐之事。难道说，社会发展到今天，就应该对社会的发展全盘否定，社会属性一律不要才对？如果有谁还要坚持性自由的见解，那么，就让他们的妻子或者女儿都那样去做，看他愿意不愿意，还提倡不提倡。

猛然之间，方正觉得自己就像一位哲人，对问题的思考，不仅有足够的洞察力，而且还有一定的哲理性和启发性，至于科学性，那就更是孕育其中了。然而，这些又都是自己依据社会发展规律和现实社会的深入思考。为此，他的眉头舒展多了，心里也亮堂多了。一时间，他为自己能有如此深刻的认识和独立建树而兴奋，更是产生了几分快意。

尽管这样，但这种心情还是转瞬即逝，没能阻止他对问题的继续思索。

看来，这对年轻人也不是没有意识到自己的过错，更不是没有顾及自己的自尊和影响，不然，也不会不辞而别的。如此说来，他们心里还是有着一定的底线，还是有羞耻心的。可就是有，也不能把握不住自己的情绪，控制不住自己的情感，以至随意地冲动下去！说得明白点，他们还是太年轻了。但年轻，也应该随时记住，自己从事的事业和身份，毕竟和别人不一样，于各方面都应该起到楷模作用才对，否则就太不称职了。教育是多么神圣啊！而从事这个职业的人，更是神圣！倘若其精神世界都枯竭成了这样，那么，哪里还有资格再从事这个职业？这也就是说，作为教师，品德必须是高尚纯洁的，并且是无私的。这样，才有资格并做到为人师表，否则，就不可担此重任。

这件事的发生是谁都预料不到的。不过话说回来，事情现在发生也好，不然，以后还会发生的。像这类人，本性就是如此，难以改变。现在，他们走了，还算有远见，不然，以后的日子，也够难过了。照此说来，也就算了，没必要再追究了。至于对教学工作的影响，因为处置及时，还没造成损失。

不过，自己算是长了见识，领教了他们的作为，对此，应该不足为奇才对，就当一件平常事吧。

想到这儿，方正刚才那种激动的心情才算平复了些，情绪也稍微稳定了一点，精神也得到了些许的慰藉。然而，也许是由于惯性，膨胀的头脑现在特别疼痛，身上也没有力气，于是便长长地吁了一口气，走至椅子跟前顺势坐下，然后用手支撑着脑袋，闭目养起神来。

# 四十四　首次班头齐聚会　重点谋局做指示

"方校长，按计划我们下午要召开一个班主任会议，您是否能来参加这个会议，以表示学校领导对这次会议的重视？"政教主任华庆祥走进办公室对正在忙着的方正说。

"我参加。"

还在站着的华庆祥主任听到方正这样说，说了声"谢谢校长！"随后，就转身走出校长办公室，准备会场去了。

华庆祥主任走后，方正坐在椅子上，先点了一支烟抽起来，然后，便一边抽烟一边紧张地思考出席这次班主任会议准备讲的内容。是啊，老师的问题前一段时间已解决得差不多了。现在将主要精力放到学生身上，也该是时候了。因为学校的整个工作都是围绕学生的。学生素养的好坏，直接影响学校的教育质量。这不仅仅是学习成绩的问题，而且还关乎怎样做人的问题。如果这个问题解决不好，无论多高的成绩，对于学校教育来说都是失败的，自然也是令人痛心的。因为学校的中心工作就是"育人"。这次会议，可是自己到厚德中学任校长以来，参加的第一次班主任会议，自己所谈的问题，一定要有的放矢，起码要做到让别人一听就不由得实施的地步。

当手里的那根烟快要燃尽的时候，他便想到了自己以往在光华中学召开班主任会议的情景来。他记得清清楚楚，那一次会议开得很成功，解决了许多问题。

那时，会议由政教主任姜明伟主持："最近，据同志们反映，学生中间存在的问题有很多。诸如上网、早恋、抽烟、逃学、旷课、打群架、抄作业的现象，个个都表现得非常浮躁。认真学习的学生少了，成绩直往下跌的多了。学校在此已经费了很大劲进行整治，可是还有些没有完全根治，这就需要咱们所有的班主任群策群力、群防群治，将学生的思想工作做好。"

"整个社会都很浮躁，你让班主任有什么办法？"一位年轻的班主任很不服气地说。

"正因为这样，所以才需要我们下决心做好这件事情。不能怨天尤人，更不能就此不管，放任学生。否则，要我们班主任干什么呢？话说回来，只要我们尽力就行。"政教主任姜明伟义正词严地说。随后，他就聆听起了其他老师的议论来。他边听边记。

"说起来倒是很容易，但具体实施起来就很困难了。"

"瞧，现在有些女生，竟穿得十分暴露，露胳膊露腿的，活脱脱的一个小妖精。"

"这还不错，没见我们班的一位女生，上学来，竟然穿着高跟鞋，吊带衣，浓妆艳抹，袒胸露乳，性感得很。你说，这是跑来学习呢，还是干什么呢？真闹不清楚！"一位中年女班主任别着嘴说。

"是不是再用一些劣质化妆品，打扮一番，离得老远的，就能闻到那股浓烈的味道？"

"可不是嘛？"

"听学生说，有的干脆就偷她母亲的化妆品用，娘俩就此发生过不少矛盾呢。"

"还有的学生干脆就将头发染得五颜六色，这样好像蛮时尚的一样。"

"唉，我们的教育，悲哀呀！"

"这能是教育的问题吗？"

"怎么不是？"

"还不是社会的影响？这种影响你能阻挡得了吗？"

"要说社会影响，最厉害的算是网络了。"

"好家伙，那上边，什么没有？"

"所以说，学生不变坏都由不了自己。"

"国家不是在千方百计地禁止网络上的色情暴力吗？"

"禁止得了吗？能完全彻底禁止吗？我真有些怀疑。"

"还不是像一阵风一样，刮过就没有了？"

"哎，我听一位也是教师的同学说，他曾经在他们学校的走廊里，发现过一只避孕套。"

"这奇怪吗？"

"一点儿都不奇怪。因为大街上到处都是销售避孕套的小柜子。这还不容易吗？"

"要我说呀，没搞出孩子来都算好的了。你们没听说过有些学校的女生，都怀孕了呢。"

"照这样说，这还算好的了？"

"是啊。"

"哼，素质教育搞了这么多年，我们学生的素质却越来越低了，真是不可思议！"

"最令人想不通的就是人文精神的缺失。"

"人文精神的缺失，最突出的就是我们的学生，许多人都没有了人文素养，不懂得怎样做人了，至于礼貌问题，就更是残缺。"

"说到底，还是我们的教育出了问题。要说这个问题是什么，还不是急功近利？"

"对呀，这才找到了问题的症结。"一位老师附和道。

"学生算什么，我们有些年轻的女老师，还不是这样？他们穿得不也是很性感吗？有的为了卖弄自己的身材，还不是有意穿得薄、透、露吗？弄得学生在上课时，总是心猿意马的。男生是这样，女生呢，还不是在模仿她们吗？"一位年龄在五十左右的男班主任说。

"就这学生还能学好？能学好才怪呢！"

"这就是上梁不正下梁歪呀！"

"好端端个老师，上课为什么要穿得这样性感？还不是将学生的注意力给吸引走了？这符合教育规律吗？"

"为此，有的学校就要求很严格，不准女老师穿这样的衣服。"

"对这样的学校，我是双手赞成。"

"咱们的学校，也应该这样要求。"

也就在这次会议以后，学校积极采纳了老师们的意见，为了杜绝这类现象的再次出现，学校统一购置了校服，规定学生在校期间必须穿校服。这大大减轻了学校管理的难度。尽管在学生管理上取得了不错的效果，但是，就社会效益来说，又给家长增添了很大的负担。专就这一点，家长反映的也不少了。因为他们的实际收入都不高，对他们来说，这不免是一项较大的开销。好在，最后还是解决了这个问题。

在做这项工作的同时，学校也规定了女老师的着装，不许她们穿那些暴露的服装。一时间，教师的着装问题也解决了。

由此一来，一场师生着装的问题就解决了。

是啊，原来的光华中学就是这样，可现在的厚德中学又是什么呢？方正挪了一下位置，然后，又燃起一支烟抽起来，陷入了一种沉思的状态。

就这所学校的状况来看，应试教育氛围还很浓，社会实践活动以及课外的其他活动偏少。学生素质较高，学习的主动性以及自主竞争能力都较强。但是，也存在着许多不容忽视的问题，比如"两耳不闻窗外事，一心只读圣贤书"的情况较为严重，这一点大大限制了学生发展的潜力。还有就是大多数学生家庭经济状况良好，出行都是父母或朋友开车接送，为此，相互间的那种攀比思想在逐渐上升。有车的，车子档次高点儿的，就因此感到优越；没车的，车子档次相对低点儿的，心里就十分自卑。由此一来，同学间的那种平等关系再也没有了，个个都变得势利、冷漠了起来。这种情况如果在我们的校园继续下去，那么，培养出来的学生将会是什么样子呢？对社会来说，又会造成怎样的损失呢？

至于像原来光华中学学生中间出现的那些现象，在这里也不是没有，只是有些事情没有在学校发生罢了。不管怎样，这都不得不引起我们的警惕。

一时间方正便瞪大了眼睛，皱紧了眉头。

是啊，面对这样的学校，面对这样的学生，学校第一要做的就是从单纯的应试教育的藩篱中解放出来，立足于创新，做好教育改革的尝试工作，选择一条适合自己学校发展的道路；第二，要积极组织学生参加社会实践活动，立足于动手能力的培养，运用"走出去，请进来"的方法，使他们的综合能力迅速得到提高；第三，要尽可能淡化和消除他们思想中固有的那种功利化的色彩；第四，还要积极加强已经建立起来的心理咨询和心理治疗工作，努力消除学生中存在的那种世俗的攀比心理、享乐心理、依赖心理和不思进取的心理，从而使他们在性格上不再懦弱，在感情上不再那么脆弱；第五，要积极开展性教育活动，不能让他们出现谈性色变的现象，或者整天都陷入一种性幻想的愚昧状态，要对此树立一个严肃和科学的态度；第六，针对目前学生中间存在的不愿接受批评的事实，要在他们中间开展接受批评与自我批评的教育，使他们明白，只有这样，自己的人生才可能有所建树，进而走向辉煌；第七，要注重对学生进行审美情趣的培养，在此，特别是要进行生活美学的讲座，让他们能拥有健康的良好的审美情趣；除此之外，还要对学生进行礼仪意识的培养，让他们能有一个文明的举止。

以上都是当前立即要开展的工作，都必须落到实处，不能走过场，否则，一切都会前功尽弃。

沉思了一会儿，方正就将想的这些东西一一写在了本子上，随后，就很满足地合上了本子。从这架势来看，他很有把握开好这次的班主任会议。

班主任会议是在校务会议室召开的。具体流程是各班班主任先交谈本班的情况，接着，校长方正着重谈自己的看法，随后便是政教主任华庆祥予以总结。总的来说，整个会议不仅充满了祥和的气氛，而且还充满了探讨班级管理的热情，自然，也达到了召开班主任会议的目的。为此，所有的参会老师都很满意。

# 四十五　小虎上学站台别　往事幕幕现眼帘

　　时间过得很快，转眼的工夫，小虎在厚德中学就待了四年。2005 年 8 月，他以优异的成绩考取了全国重点大学——福夏大学。儿子考上大学，使方正和刘慧英感到非常欣慰。他们只觉得，儿子现在大了，从此便要走出家庭，要过独立生活了。在大学里，他的视野会更加宽阔，见识会更多，更有发展空间，会逐渐成熟。在那里，他会重新树立自己的价值观，选择自己的目标，朝着既定的目标奋斗。只要努力，他肯定就会有一个好的前程。现在，再没有必要为他过多地操心了，要说操心，也只是把大方向给他把握住就行了。是的，儿子上大学，会使自己在较长的一段时间里得到轻松，同时，也给自己腾出足够的时间，提供了更好的发展机会。自己可要好好地充分利用这一段时间，有所作为，在事业上给儿子树立一个榜样，让他更有出息。

　　现在的人们常说"孩子读书好了，就等于把钱赚了"，现实可不就是这样？自己的儿子不就是这样？因为学习好，高中几年下来，就给家里省了许多开支，不然，光开销就让自己这个家庭吃不消的。现在的学校，许多都是奖励学习拔尖的学生。中学是这样，大学也是这样。一些懂事的孩子还不是因此而努力学习，给家庭节约了一笔费用？为此，许多明智的家长都紧抓孩子的学习，把孩子的学习当作第一重要的事情。作为儿子的方小虎，他一定会努力学习的，说不定还会得到学校的奖学金呢。如果真是这样，那么，自己该多么欣慰、多么感谢他呀！想到这里，方正便不由自主地露出了微笑。

　　是啊，现在连学生的学习都很实际，以后哪些科目见钱快，就学哪些科目。至于其他必要的文化素养，具备不具备都无所谓了。中学是这样，大学也是这样。如此之学习，目光不是都很短浅吗？可不短浅，又有什么办法？现实还不就是这样？生活，谁又能脱离现实呢？

　　看着儿子，作为父亲的方正，一直在向他挥手告别。

　　趴在窗口的儿子不住地向父母挥手告别。随着列车的缓缓启动，儿子的身影也越来越远了，以至到了最后，完全消失在视线之外了。

儿子考上大学后，自己和妻子刘慧英还发生过一件不怎么愉快的事情。

一次，方正刚刚回家，刘慧英就很是殷勤地走到他跟前说："老方，这些东西都是你们学校老师送给儿子的，还有笔记本电脑。"说着，就将老师们送来的礼金和电脑一股脑儿地拿出来给他看。

"你怎么就这样随便收别人的东西呢！我简直不知道你是怎么想的？"方正一边看着东西，一边非常生气地说。

"我当时也是不收的，可老师们硬要放到这儿，说那是他们的一片心意，随后就走了。没办法，我只好等你回来了。"刘慧英这时候好像做了丢人的事情，只是红着脸低着头地对他说。

"你不想想，如果我不是校长，有谁还会给儿子送这些东西？这些人都是有所求的。你说这让我以后怎么工作呢？"

"我不是不知道这道理，可送东西也是人之常情呀！再说，你说得也太绝对了，人家也不一定就是对你有所求。你不就是个校长，能有多大的权力？"

"对别人来说，那样行；可对咱们来说，就坚决不行！"

"那你说，怎么办呢？"

"还是退回去的好，我们不能做那些让人背后戳脊梁的事情。"

"怎么退呢？"

"就现在来说，一旦退了，就得罪了人，也做得太绝情了，势必使我们以后的工作更不好开展；但是，不退，就更难开展了，一辈子都被人瞧不起。与其这样，还不如干脆退了的好，就是现在不怎么理解，以后他们终究是会理解的。你和我一块去，这样也好表示对那些同志的尊重。你说呢？"

"行。"

两个人做好了这样的决定以后，就选择了一个夜晚，走访了所有送东西的人，好说歹说，才将那些礼金和电脑一一退了回去。

退回了礼金和电脑，方正的精神状态一下子轻松多了，就好像压在心里的一块石头终于落地了一样。他迈着轻快的步伐，和妻子刘慧英一块儿走在路上。一会儿工夫，他就哼起了歌来。

看着精神愉快的丈夫，刘慧英便说："哎，我的好多同事，都说要请客呢，你看怎么办？"

听了妻子的话，方正立马停止了哼歌，随之就停住脚步，面对她，有些严肃地说："我们学校也是，部分老师还在嚷着请客呢，说孩子考那么好，这是应该的。为此，我也正发愁呢。"

"那你说，到底请还是不请？"

"以我原来的想法，还是不请的好。这样也避免招摇，弄出一些不好的事情来。再说，一个孩子考上学，那是再正常不过的事情。"

"照这样说，就不请了？"刘慧英带着惊异的目光看着他问。

"太俗气了！"

"现在谁不俗气呢？"

"既然这样，那就在一定的范围内，人数一定不能多。"方正还是有些妥协。

"你看请哪些人呢？"

"还是把给儿子上课的几位老师请一请，他们确实是为儿子付出了很多的。再就是把你朋友们也请来。这下，满意了吧？"方正边走边转过头地看了她一眼。

"那刘云呢？"

"招呼都不要打。她儿子鹏飞马上要考高中了，也挺紧张的。我想，到时候只要向她讲清原因，她也是会理解的。"

"那就这样？"

"就这样。"

……

# 四十六　知己秉烛促膝谈　拳拳之心可明鉴

方正由于在社会上发表的文章影响较大，被本市一所师范大学的教育学教授发现，于是，两人便经常电话来往。来往过程中发现，他们就教育问题有着许多相似的认识，又因为在一个城市，所以后来也就直接交往了。

这人，名叫肖明理，外号"肖博士"，年近五十，个头一米七五的样子，人瘦瘦的，戴着一副眼镜，一看就是一位标准的知识分子。他很热爱自己的事业，在教育研究上很有造诣。能和这样一位热爱教育的人在一起，方正感到特别荣幸。为此，他特别珍惜这一机会，只要有问题，就随时向他请教。由于肖教授办公的地方较为宽敞，所以多数情况下，都是方正去他那里。

暑假的一天下午三点半，肖教授心想，好长一段时间与方校长没联系了，正好今天有空，将他约来聊聊，于是，便拿起电话邀方正到自己的办公室，一块儿就目前教育出现的问题做一次交谈。通完电话，他就很迅速地下楼买了些酒菜回来，等待方正的到来。

方正接到电话，二话没说，在处理完案头的事情后，就欣然乘车，来到了他的办公室。按照惯例，两个人先是寒暄了一阵儿，随后就转入了正题。

一不留神，夜已经很深了。学校的灯光大多数都灭了，整个校园十分寂静。此时，他们谈兴正浓，看来，非谈个通宵不可了。

这时的肖教授用右手把眼镜框往上推了推，随后便很沉重地说："现代的许多大学生，往往以时代的进步为幌子，竭力地掩饰自身的不足。就他们自身而言，已经有些先天不足了，但是，还不知道做好后天的自我完善。他们总是习惯于躺在别人建构的物质基础上享福。就是享福，也不知道怎样去尊重这些为自己创造幸福的人。不仅这样，还认为这一切都是理所当然的，甚至还认为这些为自己创造幸福的人做得不到位，很值得谴责。试想，这是一种什么心理？我就不明白了，这到底是倒退了，还是进步了?! 这是对优秀传统的颠覆，是人类文明的退化，是纯粹动物化了的本能！如果按这样的一种逻辑发展，我想，不久的将来，我们的社会，我们的民族，我们的国家，会濒临毁灭。一旦到了这种地步，那又是多么可怕！难道说，我们辛辛苦苦建造起来的物质大厦，或者说，要建造这样一座伟大的物质大厦，都要以这样的结局为代价吗？"

这时，方正的表情也很沉重："这些现象的发生，很值得我们这些人重视。寻其原因，就是整个社会都变得非常浮躁了；可浮躁的结果，就是这样。试想，我们现在失去了多少优秀传统的东西？这些优秀的传统文化，在他们的眼里，却可能什么都不是。我想，这是社会发展的悲剧啊！按理说，随着经济的不断发展，优秀文化更应该占主导位置，成为引领人们精神世界的向导。然而，事实真的是这样吗？现在啊，是不是文化的东西，都被充塞到了文化领域，贴一个标签，就堂而皇之地成了文化事业。因此，社会上就出现了众多的文化垃圾，弄得人们的思想都混乱了起来。这简直是对文化的亵渎！依我看，所谓的文化，就应该是引领人们积极向上，具有健康的审美意识和情趣的精神产品。否则，就不能称其为文化。"

"是的，这一点特别重要。因为，文化是融于血液、渗入骨髓、主导灵魂的东西。一旦形成了某种价值观，就不可能随意更改。而这个价值观，又始终都在引领着人们前进。随着改革开放的深入，人们的价值观念也变得多元化，这都是很正常的事情。可是，整个社会，也应该有一个核心价值观才行。要不然，许多人连最起码的做人的道理都不知道了，以至于教育者本身，也不知道怎样教学生做人了。如此下去，真就会犹如'盲人骑瞎马，半夜临深池了'！"肖教授一针见血地说道。

"依我看，我们的文化，在某种程度上，已经严重不适应社会的发展了。你看，现在的媒体文化，大多都变得浅薄、失去了厚重感，在某种程度上来看，就是一种没有多少营养的'快餐文化'。"方正很有见地地说。

"文化到了这种地步，不得不说是一种悲哀。瞧瞧，网上披露的一些官员们雷人的语言，'官二代''富二代'们唯我独尊的自我意识，没有社会公理，不管社会舆论的狂傲现象，以及无视他人生命、令人作呕的行为。今天之所以出现这些浅薄的现象，一个根本原因，就是缺乏文化底蕴。他们思想深处空虚、无处着落。这不是教育的缺失？人文素养的缺失？就此，我们还能再回到那个纯洁、高尚、无瑕的时代去吗？"肖教授不无忧虑地说。

"在这样的一种文化氛围的熏陶下，人们的思想意识以及行为不出问题才怪呢！人们都渴望真诚，然而又都陷在不真诚的泥淖里。也就是说，在这样的形势下，人人都不知行合一了。"

肖教授一边细心聆听着方正说话，一边不住地点头，表示很同意他的观点。然而，也许点头时用力过猛，一边的眼镜腿竟一下子掉了下来，他赶忙用手将眼镜抓住后取下，重新戴上，边戴边说："现在，一部分大学生的人文素养极差，几乎等于零了。他们不懂得中外历史，也不懂得人文常识，甚至连一些最起码的礼节都不懂得，至于语言表达能力，就更是差得惊人了，不仅满篇错别字，而且句子也常常不通，更甭说流畅了。我们的本科生是这样，硕士生是这样，博士生有些也是这样。唉，久已形成的这种趋势，现在要医治起来，已经很难了，社会也只能承受这种残缺的结果了。头脑清醒点儿的学生，已经认识到了自己的不足，同时也在尽力弥补着这样的缺陷；而那些头脑不清醒的学生，还没有意识到这一点，还以为自己是一个全面发展的学生，不知道去弥补自己的不足。这种现象的存在，是多么地令人痛心啊！"

"这就是多年来高考制度造成的弊病，中学阶段，老早就文理分科了。这种恶果，现在终于显现了，也越来越体现出这种制度的不合时宜了！"方正急忙坐正身子补充说，"造成这种恶果的直接原因就是，多年来，我们的学校教育，从托儿所到小学，再到中学，乃至到大学，再到社会，都充斥着严重的功利色彩。如此一来，我们的学生打小就被金钱意识包围，他们的整个精神世界都受到了浸染，甚至使他们误以为，整个人生就是为了金钱而来，除此之外别无其他，要说还有其他，那纯粹就是骗人。在这样一种一切都是为了金钱的前提下，他们个个都变得实际、变得自私。在这样一种狭隘自私氛围下成长起来的孩子，他们的精神世界还有什么呢？无非就是赤裸裸的自私和贪婪，甚至是为了达到某种目的而不择手段。"

"这样一来，整个社会还能长治久安、进步吗？"肖教授端起缸子喝了口水，带着不无担心的口气说。

"肯定不能。"方正摇了摇头，"这只是一些旁门左道，但就我们的社会来看，强调的还是'技术主义'和'技术至上'的思想。于是，全社会的人都追逐开了。因为这样，来钱很正常，也很正道，还很快捷。"

"有的在某方面有了高超的技术，为了金钱，却在不自觉的情况下，做着危害他人生命、危害社会安全、损害国家利益甚至反人类的事情，诸如制毒贩毒、传播淫秽录像、走私贩私、洗黑钱、制造假钞、诈骗，比比皆是。就一些犯罪事实来看，哪一个犯罪的人不是高智商呢?"说这话时，肖教授似乎有些痛心。

"一个幸福祥和的社会，是由社会精英们创造的；同样，一个不怎么和谐的疯狂社会，是由一些灵魂已经腐朽、贪婪自私的、所谓的精英们创造的。"方正说到这里，点了根烟长长地抽了一口，随之又说："就目前来看，我们的物质财富是在不断地增加，可人们的精神世界却在一天天地坍塌和崩溃。这就不得不令我们这些搞教育的人忧虑。如果这种情况到了一定程度，就会严重地阻碍物质大厦的建立，即使物质大厦建立起来了，迟早都会被摧毁的。"说到这里，他稍微停顿了片刻，随后又狠狠地吸了几口烟，朝肖教授看了看，嘴上便喃喃道："我这样说，绝不是危言耸听!"

"你这种看法不仅很有见地，而且也很独到，更是一种科学的预见。"肖教授被方正的这种深刻的见解深深地折服了，给他以充分的肯定。

"真到那时，社会悲剧就要真正来临了。"方正不无惋惜地说，"这些，表现最为突出的就是人们常说的'80后'和'90后'。这些人现在已经处于一种信息时代，他们不像我们以及我们的长辈那样，整天都要思考温饱问题，也就是说，他们基本上不为生计发愁；而且，他们又处于一个全球经济一体化的过程中，受西方文化影响较大，价值观也正在改变。由于网络的普及和电子书籍的出现，他们深受其影响。而这些东西往往又较为浅薄，不那么深刻，他们吸收起来就比较容易，也比较快捷。相比之下，他们对优秀的民族传统文化却接触得较少，也不乐意接受。总体来说，这些孩子身上表现出来的优点是见识广、思维活跃；然而缺点主要是较为自私，往往是以我为中心，即使对待父母也是这样。"

仔细聆听方正说话的肖教授，此刻突然明白了什么，说："现在这些人，到外国留学的越来越多，他们的世界大同的意识、人类意识将会逐渐增强。这将是以后教育发展的趋势。自然，也是我们要研究的新问题。"

方正点点头，表示很同意他的观点："是啊，就是这样。但是，不管怎么说，教育就是培养人的问题。在此过程中，必须重视人、发展人，使这个具有生命的人，最后变为有益于社会、有益于国家、有益于人类进步的人才对。如果真做到了这一点，那么，我们的教育也就算真正达到了目的。"

突然肖教授的话锋一转："世界经济一体化的趋势，现在越来越明显。并且大有一种经济重心从西方移到东方、从北半球移到南半球之势。随着经济一体化程度的进一步加深，这种趋势会更加明显。中华文化也将传播到世界各地，从而被世界各国的人民接受和认同。当中华文化走向世界的时候，西方文化也会大范围地传到中国，这样就会形成中西文化相互融合的趋势，从而构建一种世界性的文化。这种趋势，就目前形势来看，已经逐渐明晰，也可以说，已经构成了世界文化的主流，成了人类共同拥有的价值观念。"

方正只感到肖教授的视野很宽阔，于是，在心里对他更是有了几分敬佩之情："看来，这教授，就真是不一样！"然而，他又用一种很自然的口气说："所以，这就给我们当前的教育，提出了一个不容回避的问题，那就是如何才能做到适应这一形势的发展。就国家总方针来看，我们要在和平中崛起，在和平中发展。这就需要爱好和平的人，而这类人才又必须是能够着眼世界发展的，或者说具有人类发展的大格局。这就告诉我们，学校以后培养的人才，无论是专业知识，还是人文素养，都必须是有一定前瞻性的综合性人才。就此而言，目前就人文精神和素养的培养和建构，就成了不可或缺的方面。因为，一个不懂得人文精神和不具有人文素养的专家，无论他的技术多么精湛，专业多么高超，都犹如失去光明一样，永远在黑暗中前行。"

"这一点，现在已经表现得越来越明显，也越来越重要了。"肖教授很肯定地说。

"这已经是一个不可阻挡的历史潮流了。"方正也是很肯定地说。

"所以，我们的教育应该肩负起人文素养建构的大旗才行！"肖教授总结道。

"是啊！"方正迎合了一句。

"随着世界经济一体化进程的发展以及社会的不断进步，一些心胸狭窄、不能着眼于世界大局的人，是绝对没有出息的，更是没有前途的。"肖教授突然转换了话题。

"就世界发展的大趋势来看，确实是这样。但归根结底，本民族的传统文化还是不易被剔除和泯灭的，它是有着极其顽强的生命力的，不是说泯灭就能随意泯灭的，就像香港、澳门被殖民了这么多年，可中华文化的底蕴依然存在。"

"照这样说，无论以后世界经济怎样一体化发展，我们民族的东西，还会继续存在。"

"是的。"方正点点头。

"这恐怕还得加以引导才行。"

"至少不能顺其自然！一个民族的灭亡，其体现就是文化精神的泯灭；同时，它的存在，也是以它的文化精神的永存为标志的。"

"这一点，是很明显的。"肖教授对此给予了充分的肯定。

"还有一个问题，我在心里一直不明白，也总想不通，您能否给我解释一下，也好让我明白这究竟是怎么回事。"方正很是严肃地转换了话题。

"什么问题?"肖明理似乎有些迫不及待。

"有一次，我看到一份资料，说现在的老百姓，很多人都把我们的有些教授称为'叫兽'，把有些专家称为'砖家'。"

"这我也听说过。"此时肖明理的神情显得特别沉重，同时也特别严肃，"想想，我都为此感到汗颜，更为此感到不好意思，甚至还有些尴尬。因为，教授和专家的头衔，以往可都是令人特别敬重的。他们是追求真理的化身，自然，也是引领人们去追求真理的。所以，他们每说一句话，都必须具有科学性，不能是毫不负责任地乱说一通。讲话的时候，也不可以畏惧权力和崇尚金钱。也就是不能跪拜在权力和金钱的脚下。也只有这样，我们的社会才能不断地进步，我们的科学技术，才能不断地进步。然而，现在竟然搞成了这样！这可以说是对他们极大的挖苦，也是极大的讽刺！我们在这里先撇开说这话的人水平是否高超，专就我们有些教授和专家自身的素质而言，就令人不敢恭维。在这个市场经济大潮中，我们的有些教授和专家，已经不再崇尚和追求真理了，更不想办法在学术上有所造诣了，而是为了得到虚名，追逐金钱、追逐权力。为此，他们想尽办法，去打造'金身'，然后，再靠着这个招牌招摇撞骗，赚得个钵满盆满。如此塑造出来的'金身'，含金量究竟如何，究竟是否货真价实，人们怎能不怀疑？怎能服气？怎能答应？如果说不怀疑、很服气、也答应，那才是怪事呢！"

"原来是这样啊！"方正先是吃惊地望着肖明理，进而脸色又变得阴沉了起来。

"这是社会的不幸，也是高等教育的悲哀，更是高等教育的耻辱！"肖明理很是心痛和愤懑地说。

"照此说来，尽管老百姓说的那些话有些绝对，也有些偏颇，但是，还是道出了一些问题的真相，更是对那些现象的不屑和鄙夷。自然，也是对我们这个社会的一种担心。"

"是的。像这种现象，就应该大加挞伐！否则，这社会就进步不了！"

"随着社会的不断进步，我相信，这也只是暂时现象。以后会有一个大的改观的。"

"是啊，这一点，我也是很有信心的。"

……

两个人就这样谈得越来越投机、越来越深入。他们丝毫都不觉得困乏，反而更有精神了。当意识到这一点的时候，他们似乎看出了点儿希望，也都露出了几分微笑，整个人的精神也都轻松了起来。

"丁零零、丁零零"，方正拿起手机接听了起来。

"怎么搞得呀，一整夜都不回家？"

"噢，我正和肖教授在一块儿。"

"真是对不起，方老师，让嫂子操心了。"肖教授急忙插了一句。

"这不见外了？"

说着，两人便不约而同地朝窗外看了一眼，说："不知不觉，天已经亮了！"随之，便都站了起来，收拾着一晚上都没收拾的东西。

# 四十七　国运昌盛织春梦　教育前景展宏图

## 1

　　屋外的月亮特别亮，给周围的一切都披上了一层乳色。这时的方正睡得正香。一会儿工夫，他们学校就出现在他的脑海中。此时的学校无论就哪一点看，在全市都堪称起到了示范作用。是啊，学生在学校的统一组织下，丢掉了沉重的书包，走近了自然，融入了社会。图书馆、科技馆、博物馆、农村、工厂、祖国的大好河山和现代商城以及红色旅游胜地，都成了他们常常光顾的地方。也就在这些地方，他们领悟着人类文明的博大精深，感受着科学技术的突飞猛进，探索着人类古文化的优秀和精湛，体验着农民的辛勤劳作和工人师傅们的精湛技艺还有他们伟大的创造力，呼吸着那里的新鲜空气，观赏着大自然的美丽，同时也感受着美好时代的来之不易。每到这个时候，他们个个都充满着活力，透着一种前所未有的灵气。他们谈吐文明、彬彬有礼，对自己的未来，也都充满着希望。

　　学生是这样，而我们的老师，在此也都成了他们精神上的引领者。他们不再那么压抑，也不再那么犹豫，更不再那么彷徨和功利。他们为了学生的顺利成长，互帮互学，共同进步，都在认真努力地完成自己的教育使命。

　　是啊，所有的师生，不再是被绑在应试战车上的牺牲品了。他们走出了纯粹的应试教育藩篱，他们迎来了教育的春天。整个学校充满着和谐、充满着活力、充满着创造力、充满着希望！

　　他们培养出来的学生，可以说，个个都品学兼优。正因如此，全国乃至国际上的许多学校的领导和教师以及学生，都来他们的学校参观学习，光是每天的接待都应接不暇。他们的学校在社会上的影响越来越大，名声也越来越大，还与美国、英国、法国、日本的一些学校，建立了"友好学校"的关系。这下可乐坏了方正。是啊，他多年的夙愿终于实现了。至此，他几乎每天都被邀请到全国各地去做演讲，传授教育教学以及学校管理的经验。为此，也忙得不可开交，人也累得有些疲乏，然而，他的内心总是高兴的。他把这些都当作一种教育的成功，一种对国家的贡献。之所以能取得这样的成就，是因为他有着对教育忠诚的态度，也有着一种执着的精神。当然，这也是对自己最好的回报。方正高兴地笑出了声。这可是自己多年来的愿望啊！现在，终于实现了！

"什么事，那么高兴？"半躺在他旁边还在织着毛衣的妻子刘慧英转过头，趄过身子，心疼而又轻声地朝他看了看笑着问道。见没有回音，便又坐直身子，边织毛衣边自言自语道："竟然又做梦了。"

陷于迷迷糊糊之中的方正，此时只觉得有人说话，至于说的什么内容，压根就分辨不清。他只是继续笑着。

他几乎要手舞足蹈了。此时，全国所有的中小学，乃至大学，都实行了免费入学的政策。人们不再为自己孩子的上学发愁了，也不再为学杂费闹心了。教育资源也不再是集中在几所学校了，所有的家长们，也都不用再打破头撞破脑地帮着孩子择校了。就连曾经落后的农村学校，也都拥有了和城里学校一样的教学条件，农村的孩子再不会输在起跑线上了！噢，还有崔晓燕，整天也都是乐呵呵、喜笑颜开的……这一切，可不都归于国家的富强吗？是啊，这种情形，可是向来都没有过的。这时候的他，兴奋地几乎都要大喊起来了。

见此情景，妻子刘慧英便腾出一只手来摇了摇他。这时候，他才醒了过来。

"什么事，你这样摇我？"方正睁开了眼睛有些不耐烦地问道。

"刚才又做梦了吧？"

"我做梦了吗？"方正似乎有些不大相信。

"什么梦，竟那么高兴啊？"

"恐怕就学校那些事情吧。"方正努力地回忆着刚才的一些情景。

"就学校那些事情，也不至于那么高兴啊！"刘慧英转过头来朝他说道。

说着说着，方正就彻底醒了过来，于是便将刚才梦中的情景告诉了她。说完，他就感到浑身都很轻松，身上也很有力量，尽管方正已经意识到这只是一个梦，但是，他依然高兴，也很自信，总觉得这样的事情一定会出现。因为这里有着一个不可颠覆的事实，那就是，自己永远都是一位追梦人，既然这样，那就没有什么梦不能实现的。

"怪不得你那样高兴！"刘慧英的脸上也露出了笑容。她为丈夫的痴迷而感到高兴，也为他的敬业感到高兴。是啊，为了事业，他竟然到了这种痴迷的地步，真是个痴到底了的人！想到这里，刘慧英又心疼地趴在他的胸前，非常甜蜜地将脸贴在上边。她多么想让学校也变成这样啊！这样，也就了了他的一桩心愿，或者说，他付出的一切心血就都没有白费，也终于有了结果。她替他展望着学校的未来。这人就是这样，白天忙个不够；到了晚上，还在梦着。为了事业，也真难为他了。

两个人说着说着，刘慧英的眼睛就打起了架来，随后，就睡着了。这时的方正朝睡着的妻子仔细地看了看，只见她的额头已经挂满了皱纹，头发也有些发白了。是啊，为了这个家，也真是让她操心了！整个这个家，都是她支撑的。为了事业，自己可是很少为这个家出力的啊！对于一个女人来说，这是多么不容易啊！就这样，有时候，自己还嫌她唠叨。话说回来，作为丈夫，她不唠叨，谁又来唠叨呢？看来，自己有时候也是很不理解她的。面对着熟睡的妻子刘慧英，他很是愧疚，只觉得对不住她。他心疼地自头到脚地看着她。当发现她盖的被子有些倾斜的时候，他便轻手拉了拉，替她盖好，随之，就趴在她的额头上亲了一下。然后，就熄灯也做出了重新入睡的姿势。

不知怎么，这时候的他，就是睡不着，一下子想了很多很多。

是啊，自和她结婚以后，自己的父母大多是她操心照顾的。尽管和父母没住一起，可她总是替自己尽孝，凡是父母有个头疼感冒的，她都是来回跑着嘘寒问暖。为此，就连自己的弟弟都很敬重她，说她是一个很明事理的好嫂子。自然，自己的父母也是很喜欢她、很心疼她的。这一点，最突出的表现就是，凡自己和她有过节的时候，只要是父母知道了，批评的总是自己。记得清清楚楚，有一年母亲得了腰椎间盘突出，她竟然请假整整伺候了一个月，整天都给母亲做好吃的，给她按摩。没多长时间，母亲的病情就有所好转。然而，这一个月下来，她却瘦了很多。为此，自己也曾多次告诉她，要多注意身体。可她总是笑着说，就当减肥呢，别人花钱减肥，可咱却是不花钱就减了肥，这多划算啊！自己知道，出自她嘴里的话，完全是在安慰自己，也是在告诉自己，为此不要过多地操心，一门心思地干好工作就行。每逢这种时候，自己都很内疚，却也只有默默地把她的关心放到心里，想着要在事业上大有一番作为，到那时，对她来说，也是一个很好的报答，让她为自己能有这样优秀的丈夫而自豪！

儿子方小虎在自己支教回来的那一年，也就是在自己当校长的那一年，以优异的成绩考上了福夏大学，自不必说，自己是松了一口气的，全家也很是高兴。可自儿子走后，家里剩下的就是两口子，完全的二人世界。好在妻子刘慧英还上班，两人的日子也过得蛮充实。不料，时间不长，妻子的单位因为效益不好，采取了或提前退休或一次买断工龄的裁员政策。这样一来，四十五岁以上的女性都要被一刀切下来。在此，她只想着自己的工作生涯就这样结束了，奉献了几乎一辈子力量的厂，就这样将自己踢出门了。她心里极不平衡，进而就很生气，接着又感受到了无尽的苍凉。她始终都想不通，自己的命运怎么会这样！就这样，好长一段时间内，她的情绪都糟透了，以至于都到了茶不思、饭不想，凡有人问及此事都烦躁的地步。然而，当想到这次提前退休买断工龄的也不是自己一人时，心里才稍微有些安慰，也不怎么生气了。面对政策，她权衡再三，最后还是选择了提前退休，现在完全赋闲在家。刚回来那阵儿，她觉得还蛮舒服的，因为不用再操心赶点上班了，整个身心都像完全解放了一样，每天都过得轻轻松松、自由自在的。然而，时间一长，这种感觉却在逐渐消失，内心也时常都是空落落的。然而，她还在努力地调整着自己，以便尽快适应这种家庭生活。

妻子刘慧英的这样一个心理过程，作为丈夫的自己，又怎么会感觉不到？当看她有这样的情绪时，自己的心里也不好受！唯一的办法就是，安慰她尽快适应这种生活，除此之外，再没了办法。是的，她多少次都说在外边再找一份工作，无论挣多少，对家里都是一个补充，同时，在精神上也是一个充实，因为像她这种情况的人，在外干活的也有不少。自己干了大半生教育，要论社会关系，尽管没有多少，但是，就靠自己现在的职位，给她找个工作也不是不可以的，然而，以自己向来都不愿意求人的性格，就是不愿意这样做，最后只得以为了她的健康为由，让她不要出去。说实在的，光这一点，真是委屈了她，也是有愧于她的！这时候，他朝熟睡的妻子又看了一眼，不禁流下了泪水。

现在的社会，什么不现实？干什么都是要钱的啊！儿子正在上学，双方父母也都已经年迈，原来每月给他们贴补的还在贴补，可自己的工资一个月才多少钱？即使加上其他补助，也才四五千啊！至于以后的事情，他再不敢想了。一会儿工夫，他就感到头昏脑涨，气几乎都喘不过来了。

这个时候，他的内心便特别烦躁，于是，便轻轻推开被子，下了床，走出卧室，来到客厅，坐在沙发上，点燃一支烟抽了起来。抽着抽着，又不由自主地想起了当知青时的事来。1975 年，自己高中毕业，为响应党的号召，积极地投身到知识青年上山下乡的热潮中，被分配到一个离县城较远的农村。这里，周围全是山。一行四个人，住着一个较为破旧的小屋。初去的时候，村里为了照顾这几位来自城里的小青年，就给他们分配了较轻的活，让他们带着队里的羊群去放。当然他们也是欣然接受了。这样一来，几个人就整天都和那几群羊打交道了。说来也怪，他们几个不仅没有为此感到难堪，反而觉得很新鲜，也都干得很卖力。

他们的工作每天都是如此。一开始，还觉得蛮浪漫的，可是，待那一阵新鲜感过去了以后，一种单调寂寞的感觉便接踵而来。于是，一连串的疑问便在他的心头产生了：怎么打发这个时光呢？难道自己的一生都要坚守在这样一个穷山村吗？难道自己的前途就是这样吗？如果真是这样，那么，这未免有些太窝囊了吧？他常常都这么想着，可无论怎么想，就是得不出一个答案，为此，他心里曾有许多次都非常难受。

为了排遣这种难受，他天天领着他的那一群羊在山上大声地吆喝着，特别是在羊吃草的时候，他干脆就迎着风，一会儿静静地坐在山头一言不发地想着心事，一会儿低吟着特悲哀的那种歌曲，一会儿面对着深山，毫无目的地"噢嚓嚓"地大声喊着，直至号叫得眼泪都流下来为止。他接连多少次都是这样，也好像只有这样，内心才能好受些，情绪也才稳定些，精神也才能振奋些。然而，突然有一天，他觉得光这样干号着，也是只能暂时将内心的郁闷消除，使精神得到暂时的休整，可时间长了，这样也不能解决问题，自己还得想办法干些有意义的事情。干什么事情呢？他苦思冥想着。忽然有一天，他觉得眼前的风景很美。于是便停下来仔细观察，观察观察着，就萌生了一种要将它表现出来的欲望。从此，每次回到住地以后，他就拿出纸来，将每天的所见所闻，写成诗歌或者散文。这样一来，时间一长，就积累了好多东西。再后来，他就想着将写的那些东西整理一下，试着往一些报纸杂志上投。不料，这一投，竟有了收获。就此，写作便成了他以后排遣寂寞和孤独的唯一方法。由于喜欢写作，再加之在报纸杂志上发表了一些文章，他便成了远近闻名的人物。七里八村，只要一提他的名字，便无人不晓。就这样，他觉得他的生活也过得蛮充实蛮有意义的。也正是这种影响，没多长时间，他就被借调到公社文化站，担任了文化干事，不过，所有的关系还属于村子。两年后的一天，当高考的春风吹拂到这个村庄的时候，他便做好了参加高考的准备。经过充分准备，他考上了一所省立重点大学的中文系，成了全公社第一个返城的知青。为此，他非常感激这次下乡，认为是这次下乡的锻炼，给了他灵感，不然，命运恐怕终生都无法改变。

啊，这次下乡，可真是太刻骨铭心了。自己得感谢这次下乡才是！它在自己的这一生当中，可真是太重要了！想到这里，方正似乎在苦涩之中又品尝到了甘甜，在困惑之中又看到了希望。是啊，那时候在那样艰苦的条件下，都走了过来，在今天这样优越的条件下，也同样会走下去的，并且还会走得更好的。

现在的方正，突然眼前一亮，迅速掐灭烟蒂，并扔进烟灰缸里，似乎很有信心地站了起来，然后又似乎有些累地走进卧室，准备睡觉了。

## 2

方正与刘云的再一次相见，已经是 2007 年 7 月下旬了。这一次，两所学校的教师不约而同地来到了凤凰山庄消夏避暑。

到了凤凰山庄，是下午四点多。按照安排，这时候已经不可能有什么活动了，于是，组织者便让大家洗漱休息。当这些事情干完了以后，刘云先是想躺下休息，可躺在那里又觉得难受，于是便从房间走了出来。

青翠连绵的山峰，蔚蓝的天空，洁净的空气，涓涓的流水，凉爽的山风，一切都使她心旷神怡。平日的劳累和路途的困乏，顿时便被抛到了九霄云外。她贪婪地享受着这里的美景，呼吸着这里的空气，感受着大自然的神奇。她一边漫步，一边欣赏，不知不觉就来到了三面都被深沟绿壑包围，而且悬空似如半岛的边缘的护栏旁边。她很是小心地扶着护栏，尽力地向外看着。她的视线从上到下、从远到近、从左到右地来回看着。当看到脚底下那万丈绿色深渊的时候，她不禁打了个寒战，进而就惊出了一身冷汗，脸也变得苍白。这时候，她赶忙向后退了一步，进而就用右手抚着自己的胸口，做着深呼吸，慢慢地调整着心态、安抚着情绪。随后，又站直了身子，任由山风吹拂着自己的头发，吹拂着自己的裙角。现在的她，只感到一身的凉爽，一身的轻松。

就在这个时候，已经在房内放下行李的方正，只觉得房间有些憋闷，于是便走到窗户跟前，拉开窗帘，打开了窗户。也就在这一瞬间，他看到了一位身着月白色连衣裙的中年女性的背影，很有风度、很有气质、很飘逸地在那不远的护栏旁站着，"啊，那人怎么这么像刘云？莫非她也在这儿？不会吧，这么凑巧？"他摇了摇头给自己的判断以否定。可后来再仔细看看，那人确实很像刘云。"如果真是她，那也太凑巧了。不管怎样，得过去看看才能知道。"当做了这样的决定以后，他迅速关好房门，走出宾馆，朝那人待的方向走了过去。

正在全神贯注地欣赏自然风景的刘云，一听身后似乎有轻微的脚步声，于是，便慢慢转过头来。一看，离自己不远，竟走来了一位上着白色衬衫、下穿蓝色筒裤的五十上下的中年男子，"呀，师兄，怎么是您？"她高兴地一边叫着，一边就迎了上去。

"果真是你！"方正也很高兴地笑着说。

"您见我了？"刘云有些意外。

"要不，怎么能到这儿来呢？"方正将刚在房间看到她背影的事说了一遍，随之就从上到下地打量了一下她，"整个人都瘦了，也黑了。"

"怎么能不瘦呢？"刘云也是上下打量着他，"您也瘦了，也黑了。"

"不管瘦也罢，黑也罢，只要精神就行。"

"是啊！"

两个人说着，就来到了护栏旁。随后，又顺着护栏小道的慢坡向下，漫步到了一条小溪旁，找了两块石头，坐下聊了起来。他们先是赞美了一番这里的美丽景色，进而又很自然地谈到了各自的学校。

"听说所有的厂矿学校都交到地方了？"方正想要证实这一消息。

"是啊。"

"你们交了吗？"方正有些急切。

"交了。"

"什么时候？"

"去年。"

"都一年了呀！"方正有些惊讶。

刘云点点头"嗯"了一声。

"你觉得怎样？"

"还好。大家都这样认为。"

"怎么讲？"

"就是不再像厂矿学校那样了，整天都使人陷入一种提心吊胆的状态，今天下岗明天下岗的。现在很有一种归属感，就像自己真正回归了自己一样，到了自己该到的地方，也好像活得体面、有尊严了。这一点，不仅我有，就是从子校出来的老师都有，而且还特别强烈，也特别珍惜。"刘云说着说着，脸上就露出了灿烂的笑容。

"这可得好好地谢谢国家的政策了，是国家为企业和教育做了好事，当然，更为厂矿学校的老师做了好事。"方正的脸上也露出了喜色。

"说起来，厂矿学校交到地方可是很不容易的，光经历的时间就有十年多。一开始，国家在有些城市搞试点，可都因为这样或那样的问题夭折了，使许多慧眼人的那种美好愿望都没有实现。"

"还真是这样的。我真为你们高兴！"

"说起来，现在的心情好多了，身体也健康多了。"

"怪不得你看上去很精神。"

"听说，老师以后还有绩效工资，数额还挺大的。大家一听这消息，自然是个个高兴。可以说，都发自内心深处的高兴。他们太感谢政府了，也觉得政府太英明了。"

"这下，教师的工资和公务员的工资就基本持平了，很令人振奋。"方正高兴地说。

"现在，教师这个职业都成了社会上最羡慕的职业之一，在某种程度上来说，都成了抢手货。"

"可不是嘛。"

"哎，我听说您又重操旧业干起了校长？"刘云突然转换话题问道。

"这也是没办法的事情，只得干了，前年的事情。"

"这样也好，又可以发挥才能大干一场了。我真为您感到高兴。"

"但愿如此。"

"怎么能用这种口气？"

"这干起来也不是那么顺利，有很大的困难和阻力，特别像改变应试教育那一套陈旧的制度和理念，就更是这样了。自然，也需要一个较长的过程，得慢慢来才行。人们的思想观念，在应试教育这方面，停留的时间太长，惯性也太大了。"

"是啊，我们的学校也是这样。不过，教育行政部门的硬性规定，一定要搞好课程改革，为了将这项工作做得更好，各区前几年对需要进行课改的学校的老师都进行了培训。除此，还对现有学校的教育资源进行了整合。这项工作现在正在进行。看来，马上就要显现实际效果了。"

"这一点，我也听到和感受到了。这让人真正看到了教育的春天来了。"

"看到这些新气象，真的挺令人深受鼓舞。"

"哎，你们学校的课程改革进行得怎么样?"

"具体都没个好办法，现在基本处在摸索阶段，也就是摸着石头过河。"

"我们学校也是这样，老师们都感到挺难，心里也挺没数的。有些老师拿起现有的教材，简直就感到无所适从。"

"这就是大家都习惯了应试教育的那一套，还不适应新的教学模式。"

"不适应，也得适应啊! 这项任务很迫切的。我们学校也有类似的情况。所以，我向老师们要求必须尽快适应。"

"不过，说老实的，在这方面，谁也没有经验，肯定会有失败的情况。"

"即使失败，也不奇怪。凡科学的东西，都要经历这样一个过程的。"

"我就担心，一边在搞课程改革，一边又在搞应试教育。就这几年的情况来看，如果这样，真可谓换汤不换药!"

"是啊，应试教育还是很有市场的!"

"看来，这种改革真是来日方长!"

"不过，我对课程改革的最后胜利还是充满信心的。"

"唉，高考制度不改革，这应试教育还会继续存在的。就目前来说，一时想去掉高考制度还不现实。因为至今还没有一个较为稳妥的方法取代它。尽管它还存在一些不足，但是，没有它还不行。因为在选拔人才时，相对来说，它还是公平、公正的。"

"尽管道理是这样，但是，总这样也不行呀!"

"国家不是正在想办法改变这种状况吗? 为了使素质教育真正落到实处，国家在高考制度方面，也在不断地尝试着新办法，诸如高校的自主招生、一年多考的方法就是尝试。"

"这方法的实施，不仅是对中学素质教育的一个引领，而且也是一个很好的对接。这会在很大程度上，使人有一个全面的发展。"

"以后啊，高考制度一改革——大学自主招生、一年多考一实行，整个局面都会发生变化，最起码不再是一考定终身了。"

"所以，这就需要中学教育做出全新的改变。"

"根据一些地方的经验，这已经是大势所趋，不论是一个民族，还是一个国家的发展，现在都需要高素质人才。"

"只要按照这样的一个方向发展，中国的教育肯定就会大有前途。"

"这种新的曙光即将来临了。"

"我们应该为此欢呼才对。"

"您现在还搞研究吗?"刘云的话锋一转。

"事情太多,几乎已经没时间了。"

"太遗憾了!"这话刚说出,刘云就有些后悔,于是又赶忙说,"不过我想,不远的将来,在全市乃至全省甚至全国,会出现一位好校长和一所真正的好学校的。这比起那些研究来,更重要、更实惠。"

"现在搞那个事情,都是硬挤时间做的,有时候只觉得身体已经不允许了。"

"越是这样,您越要注意身体,没了身体,可就什么都没有了。"刘云带有警告意味地说。

"如果按照这样的形势发展下去,肯定会越干越有劲的。反正,我现在的劲头是很足的,自然,也是很有信心的。"

"我也是。"

"但愿我们能携起手来再为社会做出些贡献来。"

"会的。"刘云刚说出这话,又好像记起了什么,突然问道,"哎,您对学生参加社会实践活动有什么看法?"

"很有必要啊!"方正不假思索地说,然而,他很快又说,"现在学生参加社会实践活动,要是仔细考虑,也是困难重重,并不是说出去就能出去的。"

"是啊,现实把我们的手脚限制得死死的,即使有所想法,也无法实现。"显然,刘云心领神会。

"一个是,现在的学生,大都是独生子女,出门安全就成了首先要考虑的问题。一旦出了问题,谁都承担不起这个责任。自然,老师们谁都明白这一点。至于要把学生带出去参加社会活动,他们任何一个人都是不愿意的。近年来,学校出现的一些事情,有几家打赢官司的?"

"确实是这样。"刘云点点头。

"除了这个因素以外,还有一个金钱的问题。现在出门,我们就是大着胆子什么也不顾地把学生带出去,这乘车参观,哪一样不要钱?就是车费让学生自己出都可以,可参观费又该谁出呢?再说,那些博物馆、公园、科技馆等的门票又那么贵,哪个学生能掏得起呢?假若是学校出,能出得起吗?"

"我想,您学校是不会有什么问题的。"

"依然是有问题的。"

"这一切都在束缚着我们的手脚啊!"刘云的情绪似乎有些低沉。

"哪一天,社会上的图书馆、自然博物馆、历史博物馆、科技馆等场所,才能真正向我们的学生免费开放呢？如果真能这样，那可真是功在当前，利在万代啊！"

"这种局面不是在有些城市已经出现了吗？"

"但是，规模还是太小了，步伐还是太慢了。"

"真希望这种局面来得越早越好！"

"放心，会来到的。"

"依据是什么？"

"你不是已经说了吗？"

刘云从刚才的迟疑之中恍然大悟。

"国家的经济实力在逐渐增强，当增强到一定程度的时候，国家肯定会这样考虑的，也一定会这样做的。有些省份不是已经免费开放了一些博物馆吗？"方正再一次地强调道。

"如果真是这样，我们学生参加社会实践的机会就更多了。"

说着，两个人就都露出了笑容，好像对未来都充满了信心。

"哎，小马情况现在怎样？这一晃又是很长时间没见了。"方正问道。

"情况很好。去年已经结婚了。工作也很出色。"

"这小伙子真是个人才啊！"方正赞赏地说。

"江小华的情况你知道吗？"

"听说，已经成学校的教务主任了。"

"看来，我们学校出来的老师都很厉害呀！"方正很是高兴地说。

"是啊！"刘云这样给予肯定了以后，突然转变话题，"哎，我问您，您儿子方小虎考哪儿了？"

"南方的福夏大学，已经上两年了。"

"那可是一所名牌大学。"刘云高兴地带着羡慕的眼光望着他，尽管嘴上这样说着，但转瞬又有些埋怨地说，"儿子上了大学，您怎么就不告诉我呀？"

"说老实的，当时我谁都没告诉，只请了本家亲戚和几位任课老师吃了个便饭，也没有大的举动。唉，当时你嫂子也提到你，说通知你一声，好让你高兴高兴。可是，一考虑到鹏飞马上要考高中，就没通知你。"

"恐怕是假话吧？"

"怎么能这样说呢？不信，你问你嫂子！"说着，方正就将自己的手机给她，让她问问。

"这还差不多。"刘云一看这样，心里刚才的那份怨气也就消了半截，"我知道您行事低调，凡事不愿声张，特别是这种事情，就更是这样了。但您也要看对谁呢。"这话刚说完，刘云便抬头看着他，有些自责地说："唉，说来也怪我，一方面光顾了学校的事；另一方面只顾了鹏飞，也真把小虎的事给忘了。这您不怪我吧？"

"这怎么能怪你呢，鹏飞怎么样？"

"下学期就上高三了。"

"综合素质怎么样？"

"还行。"

"那好啊！"

"但愿能像小虎那样争气！"

"肯定会的。"方正点点头。

"唉，咱们老师，也就指望孩子好好学习这一点了。"

"是啊。"

"唉，我现在就发愁这以后的日子可怎么过呢。"

"我也这么想。这两年，我们的日子就过得很拮据。一是因为小虎上学花费较大，二是你嫂子被厂里一刀切退休了，一个月下来还拿不到一千块钱。"

"即使我爱人没退休又能怎样，一个月还不是不到两千块钱？明年儿子一上大学，这日子就要过得相当艰难了。"

"这一点，咱们确实特别相似。"

"简直有些同病相怜了！"

"看来，咱们的日子注定是要过得很紧了。"

"至于房子、车子，简直更不敢奢望。"

"还奢望房子呢？就这不断上涨的物价，咱们只要应付得过来都算好的了。"

"我就不敢想象，以后病了可怎么办。"

"小病还不要紧，可碰到大病，医疗保险也只不过是杯水车薪。"

"想起来，这也真令人担忧呀！"

……

两个人就这样谈了好大一会儿。直到吃饭时，各自才回到了自己的团队。

到第二天下午，刘云学校的老师要离开去别的地方了。临行前，刘云和方正又见了一面，并叮嘱他，以后有机会了多联系，说完就迅速离开了。

看着刘云远去的背影，方正有些伤心，伤心得眼泪几乎都要流下来了。

多好的老师，多好的同事，多纯洁的友谊！就这样，想多谈谈都不行。太遗憾了！然而，转瞬间，他对自己的这种情绪及表现又很是不满，心想，自己的感情如今怎么竟变成了这样，并且还是不知不觉的？当确定这都是日常生活造就了这种情绪化性格的时候，他便有些自嘲地摇了摇头，顺着一条石子铺就的小路，向着一条青翠而又流淌着溪水的山沟走去。然后，站在那里，领略着宜人的风光，聆听着悦耳的水声。

方正得到苏老师去世的消息时，已是下午放学的时候了。

那时，他刚走出办公室，身上的手机就响了，一接，原来是刘云打来的，说苏老师早上的时候突然心肌梗死，家人一看不对，就赶忙打了120，没等送到医院，人就停止了呼吸。

得知这一消息，方正当下就愣在那里，再也没动弹，头皮当即就唰唰地抽起来，紧跟着头发也竖了起来，耳朵也轰鸣起来，浑身便像酥了一样没了力气，头脑也成了一片空白。隔了一会儿，他的精神才慢慢地恢复了过来。现在的他，只感觉这事来得特别突然。平时，人们可都认为苏老师是一个心胸特别宽阔的人，也是一个特别坚强的人，就是这样一位老师，竟无声无息地走了！可不，这样就走了！啊，这就是人的一生！在自己面前，碰到死去的人已经很多了，然而，任何一个人，都没有像他这样令自己伤心，令自己悲痛。为了表达对苏老师的尊敬和哀悼，无论多么忙，他的追悼会，自己都得参加，并且好好地送他一程。也只有这样，自己的心才能安宁下来，否则永远都不得安宁。

当做了这样的决定以后，一切往事便历历在目，特别是有关苏老师的故事，竟那样清晰地映在脑海。

记得自己刚毕业分配到学校那阵儿，因为人地两生，他在生活上不断地帮助自己。每逢节假日，他都非常热情地将自己请到他们的家里，和他们同食共饮，就是在自己几次病了住医院的时候，也是不忘照顾自己，端着自家的热饭热菜来看望自己；除此，还在工作上不断地鼓励自己，就此，自己在他的身上学到了许多东西。这里不仅有他的品德，还有他渊博的学识和对待工作一丝不苟的精神，更有他对待生活总有一种豁达乐观的态度。那时的他，身上似乎永远都没有那种悲切的成分。在此，自己也是常把他当作学习的楷模。不过，那时的自己，还是真有些傻，只是一心一意地向他学习，而对他的家庭从来都没有问过，更没有向别人打听过，所以对他家里的情况一概不知。直至自己当了副校长以后到他家里，才对他家的情况有所了解。平时，他除了全身心地投入工作以外，还有个爱好，就是抽烟和喝茶。说起他抽的烟，质量低劣，就是一两块钱一盒的那种；说起喝茶，也是非常浓的茶，好像越苦越好，自然，茶叶的价钱，也是廉价的。每当抽烟或者喝茶的时候，他都会陷入一种沉思的状态。以前，他可是绝对烟茶不扰的，可自从两个孩子前后出了问题，妻子的神经受到严重刺激以后，他整天都忧愁烦闷得不行，至此，便有了这两种嗜好。他知道这种嗜好不好，可为了排解烦恼和苦闷，还依然这样做。就此，他常常觉得自己很没有意志力，更在心里诟病着自己。尽管他这样诟病自己，但是，心里总觉得自己作为一个父亲，很对不住自己的两个儿子。这也就成了他以后心里的一个始终都打不开的结。他知道自己心里的天平被打破了，严重失去了平衡，所以，最后只能选择用这种办法麻醉自己。为此，他常常感到自己是在做着一件慢性自杀的事情。但是，屈于这种忧愁和烦闷，又不得不这样。

他本人是学物理的，所以，对待科技前沿的变化往往很敏感，同时分析和把握得也很到位、很准确。为此，许多老师都经常虚心地请教和聆听他对前沿科技的分析。自然，每到这时，他都是毫无保留地讲出来。他之所以这样，就是为了大家瞧得起自己、欢迎自己。

这样的人，在厂里一刀切裁员的时候，按年龄也被裁掉了。那年，他才五十八岁，工资拿百分之八十五。自那以后，他就一直赋闲在家。他不像其他老师那样，在外边还干一份事情，挣一份工资。其实这样也好，身体一天天变得结实了。为此，日子过得也是有些舒心。谁料，现在却变成了这样！

就这样的一位老师，现在却走完了自己的一生。他的一生，真可谓对工作兢兢业业的一生啊！在他的心里，有缺憾吗？听说，当时在被裁下来以后，他的精神状态极差。他打死都接受不了自己被裁下来的事实，也想不通自己怎么就这样结束了自己钟爱一生的事业。他还正当年、正能干事呢！他现在是要经验有经验，正年富力强着呢！他很不甘心，也想不通！当年，父母亲响应党和国家支援建设大西北的号召，他随着父母一块儿从上海来到了这座城市。在此，他从小就怀着一颗火热的心，积极地投身到各项社会活动中，将自己的一腔热血献给祖国。他始终都是以忘我的精神工作，兢兢业业，废寝忘食。他以满腔热情，对待每一位同志。

方正想着想着，就不知不觉地回到了家里。然而，他却不管不顾地坐在沙发上，眯起眼睛，继续想着心事。

"哎，今天你这是怎么了，饭也不吃地就坐在这里？"正在端饭的刘慧英很是不解地问。

"苏老师去世了。"他的声音很低。

"什么，苏老师不在了？"刘慧英睁大眼睛，有些吃惊。

"怎么，你也认识苏老师？"方正有些意外。

"他还当过我们的班主任呢。"刘慧英很是急切地说。

"原来这样！"

"那是这样，咱们赶紧去他家看看。"

"人在医院太平间，到他家有什么用啊？"

"看他的家人啊！"

"行。"

"那就赶紧吃饭。"

说着，两人就吃起饭来，随后就一块儿去了苏老师家里。

……


方正以无限悲痛的心情参加了苏老师的追悼会，亲眼看着他到了人生的最后一个驿站。也许是过于悲痛的原因，参加追悼会的整个过程，他的头脑都是一片混沌，懵懵懂懂的。

火化的那天，苏老师曾经带过的所有的学生都来了。他们胸戴白花，排成两行，缓慢地步入告别厅，庄重严肃地瞻仰着苏老师的遗容，与他做着最后的告别。是啊，这些人，社会的各个阶层都有，各个年龄段的也有。当得知自己老师病故的消息后，他们一传十、十传百地都知道了，一时间内，便相约着前来送自己老师最后一程。他们怎么能不来呢？是苏老师曾经教他们知识，是苏老师曾经教他们怎样做人。一切往事，都历历在目啊！瞻仰遗容的队伍里，一位女同学突然抑制不住悲痛的情绪，大声地哭了起来，一时竟把表情本来还很肃穆的许多人，都引得也大声哭了起来。这一哭，就将这有限的告别厅的空间，变成了一个悲凉伤痛的大世界了。是啊，这哭声，是对自己老师生命的留恋，也是对自己老师的哀悼，更是对自己老师亡灵的告慰！人世间，哪里还有比这种感情更加圣洁、更加崇高的呢？真是"投之一桃，报之一李呀"！可惜，老师无知，生者痛心呀！

送葬完毕，方正默然地走在回家的路上，眼眶还时不时地噙着泪水。

# 3

期中考试刚刚结束，按照惯例，学校召开了校务会议。会议上，方正传达完区教育局会议的有关精神后，便端起杯子喝了口水说："下一学期，我们学校办的校中校，不能再办了。"

方正这句话刚一说出口，就犹如当场扔了一颗炸弹，炸得人们面面相觑，感到意外，几乎要交头接耳起来。

"据我了解，我们的校中校，在社会上已经造成了极为不好的影响，人们都在议论着，也都在谴责着。仔细想想，我们的这种做法，本身就没有按教育规律办事，将本来没有三六九等之分的教育，搞成了只照顾少数有钱人的孩子，或者只照顾那些学习拔尖的学生的教育，使教育更加不公平，自然，这也都是从分数和功利出发的。像这种现象，如果放任它还继续存在，那么只会使人们的心理继续产生不平衡，给社会继续造成不安定因素，导致人们对我们的教育继续不满。"

"校长，没那么严重吧？"身体有些瘦削、戴着一副眼镜的教务主任白桦年带着不理解的语气问道。

"你只要真正地了解一下社会的呼声，就完全可以理解了。"

"有的学校不也是这样办吗？"教务主任白桦年依旧有些不解。

"其他学校，那是其他学校的事情，反正，我们是不能再办了。我们要还原教育的本来面目。校中校现象，无非就是在特定条件下出现的，可我们的学校毕竟是搞教育的，它关系到每一位学生的生命健康、全面发展的问题，不只是一个单纯的智力发展问题。就这一点来说，我们学校做的一切，都是为了育人，并不是做生意！做生意是为了赚钱，可我们不是，不仅现在不是，而且就是将来，永远也不是！"方正的头脑现在似乎比谁都清醒，态度也比谁都坚决。

"唉，多年来都是这样的，现在突然这样做，还真让人有些接受不了呢。"教务主任白桦年看了看方正，似乎有些为难的样子。

"暂时接受不了，这倒是一个事实，但是，还得慢慢转变才行。不管怎么说，这项工作还是要做的，没有办理手续的，不要再办理了；办了手续的，一定要退还。事不宜迟，会后马上办理。"

"就这样？"教务主任白桦年还是有些迟疑地看着方正校长。

"就这样！噢，还有初中部学生的入学，也不用再把奥数成绩列为是否录取学生的依据了，也就是说，不用再考虑学生的奥数成绩了。细想起来，这些都是不符合教育规律的，小小一个学生，要奥数成绩干什么？有了奥数成绩，就一定表明这个孩子以后真能成才吗？不一定。依我看，只能使孩子的身心备受摧残。要不然，学生身上那些厌学情绪又怎么出现的呢？"

"这一切，恐怕都要引起老师不满的。"一直没有吭声，身材稍胖的副校长何云山有所顾虑地说。

"所以，我们今天才要统一思想，只要我们的思想统一了，老师的情绪就容易稳定下来。即使有情绪，也是暂时的。我相信，我们的老师到时候是会理解的，也是会支持的。我们不仅要这样做，而且以后还要恢复师生的作息时间，取消死灰复燃的双休日补课，减少复习资料，杜绝题海战术！"

"唉，要将这一切变成现实，谈何容易！"副校长何云山似乎很没有信心地说。

"我知道这样有很大的阻力，但是，不管多大的困难，我们都还是要做到底的。我们总不能使教育限于一种被人指责、被人谩骂、丧尽天良的地步！开弓没有回头箭，还请大家在此多理解一下，同时也多想想办法，使我们的教育真正回归到遵循教育规律上来。"

"真是'路漫漫其修远兮，吾将上下而求索'啊！"教务主任白桦年感叹地说。

"在某种程度上确实也是这样。这就需要大家齐心协力，共同努力，为我们的学校开创出一个光辉的未来。"方正既带着希望又抱着很大的信心说。

……

校务会议刚刚解散，方正办公桌上的电话铃声就响了起来。他顺手一接，竟是区委宣传部副部长、自己的老同学舒文明打来的，说省领导检查工作，为了将场面搞得隆重、热烈、喜庆一些，让厚德中学出两个班的学生，完成迎宾任务，一切行头都由宣传部准备。

方正一听，立马回绝道："不行，这太影响学生的学习了。"

"以往不都这样做的嘛？"

"以往发生了错误，难道还要继续下去？"

"这不也是学生参加社会实践的一个好机会嘛？"

"这与学生参加社会实践完全是两码事！社会实践是必要的，可这项活动却是多余的，更何况不是学生的任务。我想，你们还是另想办法好了。"

"我就知道你会这样的。"

"既然知道，还要这样？"

"那不也是没办法的事情嘛？"

"你没办法，难道我就有办法了？"

"你不就是嘴一动的事情嘛？"

"什么嘴一动的事情，你就不怕别人笑我、骂我？说我为了自己的乌纱帽，竟不顾学生的学习！"

"哎，这样说就太过分了。"舒文明嬉笑着说。

"老同学，你也得替我想想吧！我求求你了！"

"好好好，那我就不难为你了，我另想办法。"

"谢谢！"

两人通完电话后，方正就坐在那里，又开始思考：近年来像这种面子工程的事情，搞得也太多了，有些行政部门，偏偏就爱好这些，动辄就出动学生。根本就没人想，搞这些活动，会对学生的学习造成多大影响，对他们的成长多么不利！国家领导人现在到外国出访，都规定华侨代表不再举行欢迎仪式，原因就是怕扰民。可这，省上领导来检查工作，还要举行这样的仪式？简直令人不可思议！好在自己的老同学舒文明还能理解，不然，又得罪了一位政府官员，以后学校的有些事情都很不好办了。

……

每天午后，方正都要到全校转上一圈了解情况，掌握第一手资料，然后再针对存在的问题给予校正。对他来说，这已经是一个习惯了，一旦不这样做了，反倒会觉得很不舒服。

2008年5月12日的午后，他依旧这样。当来到一棵很大的白杨树底下的时候，突然觉得天旋地转，自己有些站立不住了。当下，他下意识地认为是自己的身体出了问题，因为怕栽倒，便迅速就地蹲下。就在这时，一群学生竟从宿舍楼的楼道神色慌张、气喘吁吁地跑了下来，他们边跑边喊："地震了！"他这才反应过来：恐怕就是地震了。他的脸色有些苍白。但不管怎样，他还是有些吃不准到底是否地震了。

学生越来越多了，老师们也纷纷到校了。方正碰到几位老师，他们都说刚才是真发生了地震，震中到底在什么地方，谁也说不清楚。等两点半上课的时候，全校师生的情绪还没有稳定下来——无人敢进教室。鉴于这种情况，学校立刻通知班主任，让其尽快稳定学生情绪，不管有课还是没课，都在操场集中，以免发生意外。尽管这样，师生的情绪还是有些骚动：有的大惊失色，有的心有余悸，有的虽说比较冷静，但也在议论着地震的事情……

就这样，一直到了晚上，大家才从中央电视台的《新闻联播》报道中知道，是四川汶川发生了强烈地震。当确定这是一场大地震的时候，大家的心似乎更慌乱了。

为了师生的安全，第二天，所有的班级都撤到了操场上上课。为了及时了解地震情况，学校组织学生以班为单位观看电视。同时，学校也积极组织人员，给住校生搭起了防震棚。

在这个过程中，大家都在课余时间，收看中央电视台滚动播出的新闻。这段时间，人们的神经格外紧张，都在高度关注着汶川发生的一切。汶川，已经成了全国关注的焦点。每一次节目的滚动播出，都看得师生们泪流满面、伤心不已。是啊，在大自然面前，人们的生命竟是那样渺小、那样脆弱，那样不堪一击。而就在生命逝去的那一刻，又是那样不可预测，那样无奈，那样地无可选择！一瞬间，成千上万的房屋变成了废墟，成千上万的生命丧失了！它震惊了中国，震惊了世界！它使神州呜咽，使环球悲泣！

然而，面对着大自然不可抵抗力量的破坏，灾区的人们，并非只是消极地等待。那些被埋在瓦砾下的生命，好多人都在顽强地与灾难抗争着，以至于最后，部分人活了下来。这里，一切都是那么自然、那么本能。也正是这样，才创造出了一个个生命的奇迹。这就是生命——既渺小，又伟大！

面对自己的人民深受着这样一种灾难，党中央迅速做出了反应。一声号令，举国上下，团结一致，万众一心，都积极地行动了起来：军队来了，武警来了，民兵来了，志愿者来了，善良的人们来了。世界各国也都伸出了援助之手。他们带着一份怜悯，带着一份同情，带着一份爱心，参与着抢险，为灾区的人民捐款捐物。此时此刻，他们的步调竟是那样地一致，心情竟是那样地相同。真是一方有难，八方支援，众志成城啊！啊，人类博爱的精神，在此得到了最大程度的释放，也得到了最大程度的体现！

厚德中学的全体师生，也积极地行动了起来。他们在自己的学校，组织和开展了捐款捐物活动。他们也要为灾区的人民献上一份爱心！这个时候，谁都懂得，如此做法，对自己来说，都是应该的，否则，就是不仁不义！

就在全国人民对逝者举行哀悼的那刻，厚德中学的师生，排着整齐的队列，个个神情都是那样严肃，那样凝重。就连平日里喜欢调皮捣蛋的那些学生，此时此刻，他们身上的那种轻狂和骄横也不见了，他们个个都好像一下子长大了一样，懂得了很多！

对他们来说，这是一次很好的参与机会。然而，这不仅仅是一种氛围的感染，而是一种真情的流露，更是一种善良的体现。就此意义，真可谓，逝者的不幸，对于生者，却是一次最好的精神洗礼。

就这样一次震惊中外的事件，让我们的学生接受了一次对生命的体验，体会了一次生命与死亡的抗争，使学生们拥有了很强的生命意识；特别是那些同情、怜悯、救助、共建，极大程度地再现了中华民族善良的本性和不屈不挠、团结协作的精神，使他们学到了人世间的大爱，使他们明白了自身肩负的责任和一种敢于担当的精神，以及战胜灾难的勇气和信心，更使他们学到了人与自然要和谐相处。

时间仅隔三个月，到了八月，奥运会在北京举行了。尽管是假期，但是，作为学校，也没有忘记通知学生在家里收看奥运会的实况。因为这对于增强学生的民族自豪感不无好处。盛大而又隆重的开幕式，骄人的成绩，无一不让学生充分地认识到了我们中华民族有着源远流长的优秀传统文化，而且也充分证明了我们国家综合实力的增强还有国际威望的提高，并且让他们知道和懂得：他们就是这样一个伟大历史时刻的见证者。

方正站在自己的办公室里，望着窗外，心想：重大的历史事件，是最好的教材，它比起那些教科书的说教来说，威力要大得多，有效得多，教育意义也更深刻得多！因为这里的一切，都是学生们亲身经历的。

这时，他的思绪一下子回到1997年7月1日香港回归，以及1999年12月20日澳门回归时的情景。噢，对了，那时，自己原来所在学校——光华中学，也组织学生观看了国家主权的交接仪式。两地的相继回归，洗刷了中华民族百年以来的耻辱，增强了学生的爱国意识。特别是当国旗冉冉升起的时候，在场的学生，个个都非常激动，脸上都洋溢着笑容。从他们这样的一种表情，我们完全可以判断出，此时此刻，他们的内心深处，有着一种强烈的民族自豪感！是啊，他们感觉到中华民族赢得了尊严。他们感受着历史，也见证着这一庄严的历史时刻。

假若没有祖国的日益强大，这一系列重大的历史事件，在中国的大地上能够发生吗？恐怕永远都不可能！因为我们这个民族，经受的灾难太深重了！是的，就是这样一些重大的历史事件，给了我们学生终生的教育，使学生永远不得忘记！这一切，在书本上是永远都学不到的。然而这些又可遇而不可求，因此一旦遇到，就要抓住机会对学生进行教育。这样，收获往往是意外的，也是巨大的，并且是终身有益的。

当得出这样一个结论后，望着窗外的方正，脸上便露出了少有的笑容。

# 四十八　晓燕进城喜相谈　犹如春风拂面来

初春的一天下午快放学的时候，方正在办公室正在看着一本心理学杂志。突然，电话铃响了。他放下杂志，伸手拿起电话，和蔼地问道："喂，您好，找哪位？"

"找方老师，我是崔晓燕。"

"哟，晓燕啊，是你！你好你好！什么事啊？"方正既惊奇又亲切地问。

"没事就不能找您了吗？"崔晓燕亲切地反问道。

"哪里，你随时都能找的。欢迎，欢迎！"方正很是高兴地说道。

"我明天要到省城去一趟，大伙托我给您带点儿东西，另外还有事情向您请教请教。"

"请教不敢，还是一块儿切磋的好。"

"那就好，明天见。"说完，崔晓燕就挂了电话。

放下电话的方正，这时候，再也没心思看杂志了，只是冲着电话笑笑说："真是火急火燎的，这个晓燕！"是啊，自支教返校以后，时间已经过去整整五年了，这期间，崔晓燕和自己的联系一直没有间断，至于联系方式，不是打电话，就是亲自来省城一趟。每次来，她都是一如既往地以一种谦逊的态度请教自己，询问教育和教学上的事情；除此之外，还给自己捎些土特产，如辣椒、大豆、玉米棒子等；并且还告诉自己，她代课教师的身份已经转正，工资也涨了，不再像以前那样心里总是没着没落的，可以安安稳稳、一心一意地搞自己的教育和教学了。方正被她这种对待教育如饥似渴的认真态度打动：啊，这就是我们的教师！有了这样的教师，中国的教育肯定会大有希望的，特别是农村教育，就更有希望了。他始终都坚信这一点。

第二天中午，方正按照以往的习惯做东，在一家名为"阳光明媚"的饭店吃饭。在服务员还没有端来饭菜时，他们各自端起了餐桌上的茶水，一边喝着，一边很是轻松地聊了起来。

"晓燕，前几次，你都是来去匆匆，有些事情我也没有多问。听说这几年，农村的教育面貌已经发生了很大的变化，国家在此实行了'两免一补'的政策？"

"是这样的。减免了农村学生的学杂费，大大减轻了农民的负担。这一项举措深受农民的欢迎，都纷纷赞扬共产党的政策好，说共产党真是为民执政的党！"说这话的时候，崔晓燕的脸上洋溢着灿烂的笑容。

看着崔晓燕高兴，方正也时不时地露出了笑容，从这笑容来看，分明是之前都没有过的，当然，也是发自内心深处的。

"不光这样，近几年，学校面貌也大变样了。原来的那些还有些陈旧的房子都拆掉了，一切都成了新的。如果您现在再去，恐怕都认不出来了；即使认出来，恐怕也不觉得那是您曾经支教过的学校。因为现在的绿化工作也做得很好，整个校园都被树木花草围着，眼看着就要绿树成荫了，再没有了前几年那种荒凉、破败、落后的情况了。就连去乡政府的路都变成了水泥路或者柏油路了。噢，还有，我们村子的学校也变了模样，变成了七间两层的新教学楼，学生也不再在那阴暗潮湿、破烂不堪的教室里上课了。"

"这全靠这几年国家的政策支持啊！"

"所以，老百姓都很高兴，也很幸福，只觉得日子一天天地好起来了。"

"以后的日子肯定会更好的。"

就在两人高兴之际，服务员端上了饭菜。为了给这次他们的相见庆祝，方正特意要了红酒。于是，两人便对斟了起来。一会儿工夫，崔晓燕的脸就红润了起来，话也多了起来。

"方老师，我只觉得这城里不好，除了工作节奏紧张、压力大以外，还有污染严重的问题，您瞧，不是空气污染，就是噪声污染，新近几年再加上光污染、电子污染的。也许就是这么一种环境，才使得这里的人个个都处于一种疲于奔命的状态，身体也处于亚健康的状态。也许为了心里得到一点安适和恬静，人们都在尽力地改变这种状态，搞什么假山、假水、假风景的。然而，就这些东西，又有着一种矫情在内，叫人看了极不舒服，因为那毕竟不是极富自然之趣的真山真水。"

"说实在的，我现在也真有这么一种感受，觉得整天都在水泥森林中生活，很憋闷，很不舒服，总感觉活得很不自然。"尽管方正这样说，但心里对崔晓燕这样的说法还是很佩服、很赞成的，甚至都有些刮目相看了的。可不是？一个山里女子，竟然对城里以及城里人的情况这么了解，眼光竟这么独到，简直入木三分了。莫非这就是勤于学习的结果，或者说她是一个很有心的人？如果不勤于学习，或者是一个凡事无心的人，那她绝对讲不出这样的话来，更不会有这样的眼光。是啊，多次与她打交道，至少这一点，自己还是把握得很准确的。

"方老师，是不是很羡慕我们那里的生活？"

"是啊。"

"既然有这种心理，那么就还是到我们那里去好了。您知道，那里的山，那里的水，那里的人，都是很喜欢您的，自然也很欢迎您。"

"我相信。"方正很是欣喜地点点头说。

"那还犹豫什么？和我一道走啊。"

"哼，能这么简单吗？"方正扑哧地笑了一下。

"是不是人在江湖，身不由己呀？"

方正只觉得崔晓燕非常聪明，而且还变得时尚了。看来，还是经济基础决定上层建筑啊。她今天的这一身装扮，就足以说明问题。她脖子系着一条薄薄的带着几朵红花的黄色丝带，身穿颇具下垂感的紫色平绒休闲衣装，脚蹬黑色高腰靴子，看上去，她已经和城里的女青年没有什么两样，也不再像原来的崔晓燕了，浑身都散发着一种少有的知识女性的韵味。就是她，竟然一语道破了自己的心机。

他放下筷子看了看她，只觉得她很有意思。他为她的变化而感到高兴，更为她能出脱成如此富有气质的女性而高兴。是啊，今天，她这较为高挑的个头，配上这一套衣装，整个人真有些冰雕玉凿之美，而这种美，又绝对是淳朴的、善良的、健康的美。

崔晓燕为面前的方老师这样看着自己感到不解。于是，便问："方老师，您今天是怎么啦，竟这样看着我？"

"一个字，美！"方正被她这样一问，不假思索地说。

"是吗，方老师？"崔晓燕高兴而又怀疑地瞪大眼睛冲他问道。

"真的。"方正很认真地点了点头，随之便进一步地赞美道，"真是高山出俊样，深山出凤凰啊！"

本该很高兴的崔晓燕，这时候，反倒有些不好意思起来。

"你的变化，恐怕与社会的变化分不开吧？"

"那肯定是这样。我这是'与时俱进'。"

"好一个'与时俱进'，真够恰当的。"

"告诉您一个好消息，方老师，我们那里，高速公路都通了，现在要来城里，最多一个小时就到了，挺方便的。我今天就是走高速来的。"说这话的时候，崔晓燕既兴奋又快乐。

"这高速公路，可真是拉近了我们的距离啊！"

"噢，还有，我们那里现在都变得绿了起来，再不像以前那样光秃秃的了，也是有山有水的。景色可宜人了。有空儿您去看看，我当向导。"

"一定啊？"

"一定。"

"你没听过'要想富先修路'嘛。"

"还真是这样。这都是我们的亲身体验，没有半点夸张。就这还不够，县里决定，还要村村通柏油路呢，如果真的那样做了，那么，以后的交通就更发达、更方便了。"

"那里的人们不是住得都很分散？能通公路吗？"方正有些不大相信地问。

"方老师，这您就不了解了。近几年，国家实行扶贫工作，那些山里人，都搬到平原上了。可方便了！"

"哟，这真是没想到的。"方正有些意外，不过，话刚说到这里，他又突然问道，"哎，我发现，你这是在向我展示农村的新面貌吧？"

"这还用展示吗？现在，一切都已经实施了，并且也有结果了。哦，我还忘了，还有那个农业税。农业税您知道不？前几年国家都不征收了。这一政策实行得好啊！农民都拍手叫好。他们都说，这是祖祖辈辈多少代连敢想都不敢想的事情！真是开天辟地的大事呀！您可知道，说这些话的人，可都是发自肺腑的。"崔晓燕显得很兴奋很自豪。

此时方正也被眼前这位来自山里的姑娘的情绪感染，便自言自语地说："这工业化真的给我们带来了文明，给人民带来了方便和富裕！看来，这城镇化的方向很符合中国的实际，进程也是大幅度的，真是前所未有啊！"

"正是这样，所以，我才想，我们两所学校必须进一步联手，也就是全方位地联手，让它组合成城乡合一的学校。这样，才更有利于学生的成长，也更有利于完成我们教育的使命。"

"噢，这恐怕就是你今天来的目的吧？"

"还真是这个意思。"

"焦校长还没退休吧？"

"已经退了，去年的事情。"

"那学校现在谁管?"

"县里这也是赶着鸭子上架，硬要我来管理这所学校。我没有经验，所以，就向您请教来了。您不会因为我是山里人就不帮我了吧?"说着，崔晓燕就朝他看了看，笑了。

"祝贺、祝贺!"方正抱着拳头向她说道。

"还用这样客气? 这不就见外了!"崔晓燕停住了吃饭，眯着眼睛噘着嘴地笑着说，从这神态看，似乎还带了些嗔怪的意思。

"真是后生可畏呀!"方正带有褒奖的意味说道，"当了校长，也就意味着责任。这就需要设计、创意，还需要勤奋。可要抓住机遇啊!"

"这不向您讨教取经来了吗?"

"'讨教取经'不敢; 不过，您放心，我一定会像您所希望的那样去做的。"

说这话的时候，两人的饭已经都吃完了。

随后，方正就向崔晓燕先讲了有关学校管理的一些方法。然后强调说，这两所学校的情况不太一样，所以，在管理上也得采取灵活的方法，从而促进学校的工作能够更上一层楼。最后，便叮嘱她以后有什么事情随时联系，一块儿探讨，一块儿研究，一块儿解决一些问题。并让她放心，两校依然坚持以往的那些做法，互换教师，互换学生，尽可能地做到资源共享，在一定的时间里，共同搞好学生灵魂的塑造工作，使两校的学生在德、智、体、美、劳五个方面得到全面的发展。

回到学校以后，方正就叮嘱图书管理员，给崔晓燕校长借一部分有关学校管理的书籍，并派司机开车送她返回学校。

崔晓燕校长看着方正这样的安排，别说心里有多高兴了。她只感到方校长的心胸极其宽广，心里有着一种"大爱"，一般人是很难达到他这样一种境界的。她现在不仅仅因此而高兴，更多的是一种崇拜和敬仰。是啊，为了教育，他是付出了自己的一切的。能和这样一位长者交往，真是自己一生的幸运! 自己一定要好好珍惜这个机会，虚心向他学习! 也只有这样，才能对得起自己曾经有过的那一份理想。她对自己学校的未来充满了信心。想到这里，她再次露出了灿烂的笑容。

# 四十九　博士寻师寄深情　目睹书信忆趣事

一天下午的五点左右，从市教育局开会回来的方正刚到学校门口，门卫刘师傅就隔着窗户玻璃冲他喊道："方校长，您的信。"随之，刘师傅就急忙走出门卫室，将信递给他。

接过信的方正，心里嘀咕："谁能给我写信呢？"他一边猜测，一边拆信走着。当拆开了信以后，他便停住了脚步，专心致志地看了起来，只见信上写道：

尊敬的方老师，您好！

我是刘婕，没想到吧？这么多年了，总想和您联系，可无论怎么打听，就是不知道您的消息，所以，一直都无法联系上您。后来经过千方百计地打听，才知道您已经不在原来的学校了，而是调到了这所学校。本想打电话问候您，可又觉得有些冒失，也有些不妥。无奈，就采用了这种较为原始的方法——书信，和您联系。在此，您不会觉得我老土吧？不过，我觉得运用这种方式，比起打电话来，效果更好。因为它更为含蓄，更有意思，更有情调，更能表达我对您的一份思念和敬意。

说老实话，上学时，我真的很美慕您，也很崇拜您。我毫不隐瞒地说，当时的您就是我心中的太阳。而您这颗太阳，又是别人无法替代的。我美慕您那帅气成熟的外表，也美慕您那稳重的性格，更美慕您那渊博的知识以及富有艺术细胞的才华。总之，您身上的那种魅力，时刻都在吸引着我。为此，我对您和我的关系做了许多美好的假设，也常常幻想着能和您在一起，聆听您的教诲，得到您的指教。为了接近您，我就刻苦地学习，以便得到您的赏识，得到您的那份情感。然而，您始终都吝啬得没有给我。这样，您不觉得有些残忍、有些冷酷？

说实在的，当时对您产生的那种感情，完全是本能驱使，身不由己。就现在来看，也没有什么过错，是再正常不过了。因为那毕竟是一位少女的情窦初开，是她的梦想，是她的向往，是她的追求，更是她对未来甜蜜生活的美好憧憬。就此而言，我当初对您的那份感情，不仅是特有的，而且是真诚的，更是神圣的。

可就这种情感，也遭到了您的婉言拒绝。您可知道，当时我是多么痛苦，以至于内心深处都特别恨您。要问恨的程度，毫不夸张地说，已经到了咬牙切齿的地步。毫不隐瞒地说，这种痛恨，在我的心里维持了很长的一段时间。就在这期间，我曾有几次都想找您，倾吐心中的不快，发泄心中的愤懑，可基于您工作繁忙，以及不再让您第二次无意地伤害自己的想法，无奈之下，我只好冷静下来，狠下心搁置感情，发愤图强，竭尽全力地学习。也许是功夫不负有心人，第二年，我就考上了大学。上大学临走的时候，本来想着要和您见面的。可是一时又被少女本来就有的那种羞涩和自尊阻止。所以，最后还是未能与您一见。不过，这样也好，它便成了我以后不断努力学习的动力。而这种动力，在大学的整整四年里，一直都在激励着我，并且是时时刻刻、入心入肺的。它就像一种不竭的神奇力量，经常告诉我、催促我：你不要停歇，你也不能停歇，无论遇到什么困难，无论困难多大，你都要挺直腰杆，勇往直前！我倚仗这种掘地三尺的劲头，终于完成了学业。也正是这样，毕业时，我又被保送上了研究生。研究生毕业后，我到外地工作了一年。其间，经过努力，我又读了博士。现在的我，已经有了家庭，生活都很惬意，也很幸福，至于工作，那就更是顺利了。

也许正是拥有了这一切，所以，我才经常想起您。想起您当时给我们的谆谆教诲，想起您的博学多才，想起您正直的人品。是啊，像您这样无论是学识还是人品都绝对超人的老师，说实话，现在已经不多了。您这样令人值得尊敬的老师，不会怪我当时的幼稚和不理智吧？我想，不会的。因为您是无暇顾及这些琐事的，更不会把一个曾经涉世不深、不谙世事的女孩儿的幼稚放在心上的。是啊，您那时的所作所为，都是为了自己的学生，更是坚守着自己的良心，守卫着一份纯洁的心灵的。专就这一点，您永远都是我的老师，也堪称是我终生的学习榜样。

　　这一路走来，我最不能忘记、最值得尊敬和感谢的人，还是曾经教我做人和学习的恩师您。假若没有您，我绝对不会有今天这样的成绩，也不会有今天这样的家庭，更不会有今天这样的生活和工作。在某种程度上说，这一切，都是您给我的，真的。为此，我现在最想念和最想见的人就是您。因为只有这样，我的心似乎才会好受些。不然，永远都会遗憾的！再者说，我还想再次目睹一下您的尊容，聆听一下您的教诲，感受一下您那富有磁性的声音，体会一下您那高洁的品质。真能这样的话，那该是多么亲切、多么有幸呀！然而，一切皆忙，今天只能通过这种形式和您联系了。您说，是这样吗，老师？我想，一定是的。

　　老师，在我的心中，无论是才华还是人品，您都是一流的。别看我现在是博士毕业，但我依旧这样认为。也正是这样，所以在此，我坦诚地告诉您，您一直都是我心中的太阳。不仅原来是，而且现在也是，就是将来也永远都是。说实话，我要用它照亮我的整个人生，照亮我前进的方向，鼓舞我不断进步。

　　老师，我知道您不愿意听人对您说谢谢，同时也不喜欢别人奉承您，但是，作为您的学生，为了表达对您的尊敬，同时，也为了表达对您那一份恩情的报答，我还是要向您深情地道一声："谢谢！"老师，您不觉得我的这个"谢谢"已经迟到了吗？不过，再迟到，它也是我这做学生的一片心意。您说，是吗？老师，今天告诉您的这一切，就全当是我对您的一次真实的汇报，让您了解一下我的情况而已；除此之外，就是还想让您和我共同分享一下相互联系的快乐。我相信，老师您在接到我的这封信以后也是很快乐的，一定是这样的。

　　老师，千言万语都抒发不完学生我对您的思念之情，更抒发不完我对您的感激之情。然而，由于时间关系，我们就先聊到这里，待有时间了，我一定带着全家去拜访您，拜访您这令我终生都尊敬的老师！

您永远的学生：刘婕

2010 年 10 月 5 日

看着看着，方正的眼睛就放出了光来，并且不由得笑着说："好家伙，都读博士了！太有出息了！"进而，刘婕上学时的样子就浮现在了眼前。这不是自己曾经在光华中学带的第二届学生吗？那时，她可是自己所带班的班长兼语文科代表，平时总是文文静静的，个头略高，身材苗条，夏天总穿一件白里带些小花的连衣裙，朴素而洁净，非常合身，也很有气质。今天若不是接到她的来信，自己还真把她忘了。是啊，那时发生的故事，自己怎么能放到心上？不过，话说回来，一旦回忆起来，依旧还那么清晰，依旧那么可亲，依旧那么有趣。

那是方正参加工作已经五六年的事情。当时，方正带高二年级两个班的课，同时兼任一个班的班主任。

一天，方正正与小刘老师在办公室谈着事情。突然，有位女生在门外喊报告，于是，两人对视了一下，便不约而同地朝门外喊道："请进。"

话音刚落，那学生便走了进来。

方正一看，是自己班里的班长，于是，便问："什么事，刘婕？"

"方老师，您现在有事吗？如果没有的话，我想和您谈谈。"

"没有，你谈。"

刘婕听了方老师的这句话，一时便表现得很兴奋，可是，一看跟前还有刘老师，于是，便欲言又止，只在方老师办公桌前闷不作声地站着。

方正一看她这样，于是便说："你说，刘老师也不是别人。"

这下子，刘婕的脸有些红了，她很不好意思地说："我只想跟您单独谈谈。"

听刘婕这么一说，小刘老师便看了她一眼，然后，就很自觉地站起来对他们说："你们谈。"随之，就离开了办公室。

"现在刘老师走了，你谈吧。"说着，方正就朝后一仰，靠在椅背上，做好了听她讲话的准备。

"我……我……我想将我的心里话告诉您，已经憋了很久了，我是鼓起勇气到您这里来的。"说这话的时候，刘婕的脸更红了。

"到底什么事情，还这么神秘？没必要吞吞吐吐的。"看着眼前这位留着短发、穿着素朴、脸面白皙而又漂亮、思想机敏的女生，方正心里很没有底气地说。

"我很崇拜您。"说出这样的话以后，刘婕很是机敏地抬起头来，朝着眼前的方正看了一眼，"真的。"

"这，我有什么值得崇拜的？恐怕搞错了吧！我又不是什么影视明星。"尽管方正这样说着，但是，这位学生要说什么，他的心里是很明白的。可是，为了不至于伤害这位单纯的女生，他故意这么说，意思是想摆脱这样的纠缠。很快，他就想起前不久在情人节收到的一封没有署名的信来。那封信是儿子带回来交给他的。拆开以后，他发现那是一封求爱信，而求爱的对象不是别人，正是自己。这一下子搞得他在儿子面前特别尴尬。于是，他便迅速地将信收了起来。从那封信的内容来看，分明是自己的学生写的，字里行间都透射着一种稚嫩，但到底是谁写的，自己一直都不清楚。可不管怎样，自己也没有把它放在心里，只是当作那个女生的一种冲动而已。

"我给您的那封信收到了吗？"

"你还给过我一封信？什么内容？"方正装作不知道这回事，带有意外地问道。

这下，刘婕不再问了，只是将右手的食指放在嘴唇边，低着头站着。隔了一会儿，她便眨着眼地冲着他问："是真的没收到，还是假的没收到？"

"这，你今天是怎么了，刘婕，竟搞得老师云里雾里的？"

"既然这样，那就算了。"说完，刘婕就一个转身，离开了办公室。

看着刘婕的背影，方正只是想，这孩子也真幼稚，上学期间，怎么能这样呢？竟然对她的班主任老师有这样一份感情。这怎么可以呢？不说别人什么看法，就是自己，也坚决不会同意。这不是有损于自己的形象、影响她的学业吗？看来，以后还得找个时间，做做她的思想工作才行，否则，将会影响她的学业和前途的。是啊，师生恋在学校有时候是会发生的，有些人也觉得师生恋不算什么；可对自己来说，坚决不能，不仅不能，而且还要动员学生，杜绝这方面的事情。

在心里做了这样的决定以后，方正便想起了这位学生的可爱之处来。刚给这个班当班主任的时候，自己就发现，这个女生是一位很出众也很难得的人才，于是，便想着把她作为重点培养对象，如果她真能被培养成人，那无疑也是自己的一个小小成就。这个女生，时时处处都表现得很聪明、很有智慧，同时也有着很强的组织能力和自学能力，成绩也是名列前茅。

如今，这社会上的年轻女孩子，看上中年男子的可真不少，也很时髦。在她们心里，这类男人最有魅力。因为他们不仅成熟，而且大部分也都事业有成。如果能够遇到他们，自己也可以像小鸟一样的有所依了。可悲的是，这类男人，大部分都已名花有主，有了家室。要想得到这类男人，非得冒险不可，否则，就不可能得到。莫非刘婕也是这样？方正在心里多少还是肯定了这一点的。他想，怎么办呢？自己绝不能给她这个机会，一定要让她在此问题上早早死心，将精力完全投入学习中去。既然这种事情已经发生了，作为老师的自己，一定要处理好，这样，才是对她的负责。多少事情都已证明，这种事情，一旦处理不好，不仅会伤害她的感情，此外还会耽误她的学习，影响她的前程，严重还会出人命的，此外还会影响自己的工作，危及和破坏自己的家庭。千万要慎重啊！方正在心里非常严肃地告诉自己。现在的女孩子，在这一点上，不仅大胆，而且往往还有些疯狂，一旦碰到了这样的女孩子，其思想工作一般也不好做，因为她已经是看准了，铁定了的。像刘婕，就平时的表现来看，她不会这样死皮赖脸地纠缠，只要自己把握好分寸，她就会理智起来的。是的，在给她做思想工作的时候，自己既不能说答应，也不能说不答应，怎么办呢？

方正一时间从抽屉里拿出了一根烟，点燃抽了起来。过了两三分钟，他好像忽然有所醒悟：哦，对了，只能旁敲侧击了，怎么个旁敲侧击呢？他一时兴起，想，只有用故事比喻了。靠她的聪明，肯定会理解其中的寓意，一定要讲得让她感到这样不会有什么结果，自己觉得必须就此刹车。假若她能够意识到这一点，这也算自己的谈话达到了目的。

现在的方正想了很多，只希望刘婕能够就此打住，自觉地结束这段虚妄的感情。用什么故事呢？他寻思了一阵儿，得用一个与此相似的故事说服她。

……

一个星期天的早上，方正安排好了儿子小虎的学习，说自己有事，就约刘婕一块儿来到了市郊的秦山公园。之所以选这样的一个地方，是因为方正想着能避开一些熟人，减少一些没有必要的误会和麻烦。

秦山公园门可罗雀，游人稀少。今天的方正和往常一样，穿着自己平时喜欢的米黄色夹克，黑色皮鞋，深蓝色筒裤。刘婕简直没有想到自己能够得到方老师的邀请一块儿去秦山公园，于是，便有些喜出望外。这一天，她特意穿了一件纯白色的连衣裙，也特意打扮了一下。她想，这样一定能显示出自己的青春魅力来。看上去，肯定是既朴素又大方还纯洁。

进了公园，两个人左右环顾了一下，发现右边的绿荫小道没人，于是便不约而同地朝那里走去。

"方老师，今天能和您一块儿出来，我特别高兴。"

"看出来了。"

"难道您不高兴?"刘婕停下脚步,俏皮地斜着眼睛朝方正望着问道。

"不高兴还能请你一块儿出来游公园吗?"方正也停下了脚步,朝她笑着反问道,"那天,你问我看到你的信没有,当时,我没有回答,原因是在办公室,主要怕说了话长,更怕影响了你的情绪。就这样,还不是影响了你的情绪,让你不高兴地走了?"

"那是我太情绪化了。"刘婕很不好意思地低着头,咬着嘴唇,扭了扭身子说。

"我想,不管怎样,那都是不应该的。"

"什么叫不应该,什么叫应该?"刘婕似乎有些焦急地问道。

"我只是把你当作我的一个学生来看,不然,也不会邀请你到这种地方。因为我还有许多事情要做,我很忙的。"

"照这样说,我真的要谢谢您了。"刘婕抬起头看了看他,"我是非常珍惜能和您在一起这个机会的。"

"谢谢你能这样看待老师!可我觉得你现在最重要的就是学习,除了学习什么都不应该想,也不应该做。因为,这关系到你的前途问题。现实中,有多少孩子,都因为一时的情绪不稳定,选择了不应该做的事情,以致最后影响了自己的前途,耽误了自己的终生;当然,这些都是对自己的不负责任,也是对别人家庭的不负责任。再说,你现在的年龄还小,没有必要过早地涉入恋爱的境地,跌入感情的旋涡。我得对你负责,也得对我的家庭负责,你觉得呢?所以说,你在此必须冷静,千万不要因一时的冲动伤了自己,也伤了别人。我不想将我们纯洁的师生关系搞僵,所以,才觉得有必要和你好好谈谈,如果你能够从这感情的旋涡中走出,那么,我就太高兴了。我不想看到你的悲剧,也不想看到我们家庭的悲剧。"

刘婕一边听着,一边走着,但又时不时地看着他,也没有吭声。

"我给你讲个故事,大概和我们这性质一样。事情也是发生在一所中学,一位无论是长相还是才华都堪称标致的高中女生,看中了给他们上课的语文老师,觉得他的上课对她来说,简直就是一种享受,因为他不仅富有激情,而且也富有才华,人也蛮有风度的,很有魅力。于是,她整天都是单相思的状态。一天,她突然觉得这样太折磨人了,这样继续下去可不行,于是,便大着胆子寻找了一个机会,向老师表明了她的意思。当下,这位老师就蒙了,因为,他感到太突然了,自己在这方面压根就没有想过,同时也不想毁了自己的家庭，于是，就婉言谢绝了。尽管这样，可她就像中了魔一样不顾一切地追求他，在她不断地追求下，这位老师最终还是缴械投降了，最后，两人竟达到了分不开的程度。世上没有不透风的墙，这事不知怎的，竟传到了他的老婆和孩子那里，于是，他们便不顾一切地来到学校，和那个女生大闹了起来。一时间，这事便传得沸沸扬扬，闹得满城风雨，两个人也都有些顶不住了。最后，那位女生只好转学了。听说时间没多长，女生就一病不起，丧失了生命。之所以这样，问题在于，她始终想不通一个问题，那就是自己是那样的喜欢自己的老师，可现实怎么就那么残酷，容不下自己的爱情呢？就这样，郁郁寡欢的，一直到死。我觉得，这个女生，太不明智了。还有一个故事，情况和这差不多，一位女生看中了她的数学老师，同样也将自己的心意讲给了老师，可这位老师告诉她一个事实，表明了自己的态度，说自己已经有了家庭，这事是不可能的，同时也是没有结果的。听了这话以后，当时，这女生便痛苦不堪，于是，又猛追了一阵儿，最后发现还是没有结果，就冷静地想了想，选择放弃了这份感情，和老师建立了一种非常纯洁的，也可以说是一份从精神上完全可以依赖的那种师生关系，就这种关系，一直维持到了现在。这两件事情，要我表明态度的话，我是很赞成后者这位女孩的，因为她做的选择非常理智。"

"方老师，您这故事也杜撰得太令人不可信了。这恐怕就是为了说服我才这样说的吧？"刘婕站住了，用一种非常不屑的眼神看着他。

"这怎么能是杜撰出来的呢？明明是我身边发生的事情。不过，我总希望你在此能够像我说的后面故事里的那个女孩那样，做出明智的选择来。"

"假若我不呢？"刘婕又站住了，很不情愿地反问了一句。尽管她这样问，但是心里已经非常明白他的意思了，这分明是告诉自己，尽量理智一点，尽快地结束这场没有结果的感情。否则，无论怎样努力都是白搭。

"那只能令我失望了。"他面对着刘婕说。

"哟，是方老师，原来就是你！我老远看着就像。"说着，有人就走到了他们两个的跟前。

方正向走近自己的人一看，原来是和妻子刘慧英一个科室的女同事薛美芳和她的丈夫，于是，便赶忙也问候了一句："美芳，你们也来游公园了。"

"是啊，难道只允许你们⋯⋯"这话还没说完，薛美芳就朝旁边站着的刘婕看了一眼，改口问道："这位是⋯⋯"

"哦，这是我的一个学生，今天碰到的，顺便走走，一块儿聊聊。"方正赶忙指着刘婕向她介绍。

"哦，原来这样！那就不打扰了，你们聊吧。"薛美芳似乎有些尴尬，当即就用右手向他做了个向上摆动的手势，随之，就和丈夫转身走了。

这时候，方正和刘婕继续往前走着，谁也没再吭声。

不过，方正却在想，今天到这里来，就是为了避免见到熟人，可事不凑巧，偏偏又遇到了熟人，并且还是妻子刘慧英的好姐妹。按女人的特点，这下子，这事情肯定要被妻子知道的，一定会造成误会，没听薛美芳那口气，令人很不舒服的。好在，身正不怕影子斜。只要妻子问，自己就如实讲，看她能怎么样。这世上，就没有我方正过不去的火焰山。这样想了以后，他似乎又有信心。

"即使您是这个态度，那也不能阻挡我对您的那份感情，因为这是我的权利，尽管虚幻，您就让我虚幻一次吧！不然，我会很痛苦的。"刘婕几乎用带有祈求意味的语气说。

方正看了看她，没有吭声。

两人还在继续走着。

"就像今天这样，我已经很满足很幸福了。因为，我和我觉得非常优秀的老师在一起走的。"

"我只希望你能从这种徒劳的感情中走出。今天邀请你的目的也就在此。这一点，你能感觉出来的。"

"我不明白，您怎么连这一点感情都不给我，相反，还要剥夺我的自由？"

"怎么能这样呢？我觉得你是聪明的，应该断了这份念想，不然，会毁掉你的。一旦这样，对你，我一辈子都承担不起这个责任的。"

"什么，您对我有责任？"刘婕迅速地转过头有些不解，同时也有些高兴地朝他看了看。

"是的。因为我得对自己的学生负责。不然，我成什么了？"方正也是看着她。

"那您还得容我好好想想。"刘婕若有所思地说。

"能这样最好。当然，也就达到了我的目的。"听了刘婕的话，方正顿时便觉得有些轻松。

也就是带着这种心情，中午的时候，方正做东，请她吃了顿便饭。随后，又一块到书店帮她买了些书籍。等从书店出来的时候，已经下午五点多了。

自此以后，刘婕似乎也真像变了个人似的，平时，除了积极地干好班务工作外，就一心一意地投入到了学习之中，再也没有发生过此类事情。

看着刘婕的变化，方正打心眼里高兴，觉得自己在公园的工作做得很有成效，一颗悬着的心终于落地了。

大约在一个月后的一天晚上，方正和儿子回家了。方正吃过晚饭，看了一会儿电视，洗漱完毕，回到自己的卧房，就在躺下准备睡觉的时候，较他早一点回到房间躺在床上的刘慧英便转过身来，用双手狠劲地推了推他，小声而又很是不满地说："现在的你也能耐了，真的赶开时髦跟着感觉走了，是不是看着我把孩子给你养大了，用不着能离开了？"

方正听了这话，顿时便觉得有些不大对劲，于是便问："你这什么意思？"

"什么意思，难道你还不知道？"刘慧英似乎有些很不让他。

"就是不知道。"方正有些莫名其妙。

"你还是讲清楚的好，不然，我跟你没完。"

"什么'有完没完'的？到底什么呀，你说说看！"方正的语气有些生硬。

"以往我很相信的老公，现在也知道吃野食了，竟然还贪起了小女孩，是不是觉得既嫩又新鲜？人常说，兔子都不吃窝边草呢，咱竟然搞得近水楼台先得月了。哼，胆子越来越大了。"

这下，方正就像针扎了一样，即刻便记起了公园的事情来。他想，这都过去多长时间了，她怎么竟然提起了这事？他觉得这是在胡闹，也很乏味，很不值得一提。于是，便转过身，随口说道："这美芳也真多嘴！唯恐别人家不得安宁似的！"

"这与美芳有什么关系？能怪人家吗？要怪就怪自己花心！瞧，能耐了，怕人知道，还找了一个偏远的地方！"刘慧英似乎有些针锋相对，更有些激动，于是，便一下子掀掉身上的被子，盘着双腿坐在他的跟前，边说边用双手撕扯他的身子。

一看这种势头，方正有些生气，于是，便转过身子，一下子半坐起来，面对着她，讲了那天的事情。讲完后，他就重新倒下闭上眼睛准备睡觉。然而，刘慧英还是不信，一直在摇着他，不让他睡。

"假若你不信，可以问问儿子小虎，关于我和那女孩子的事情，他也是知道的。"方正很是不耐烦地说。

一听这话，刘慧英有些高兴了，于是，便掀开被子，溜下床，来到隔壁已经上五年级儿子的房间。这间屋子，空间狭小，恰好能放一张简易床和一张不大的书桌，总面积只有六平方米多。这时的儿子还没有睡，正趴在桌上认真地写作业。

"小虎，妈问你一件事，你认识不认识一个叫刘婕的女学生？"她先是坐在离儿子较近的床头，然后便亲切而又低声地问。

"认识呀！"已经放下作业转过头面向母亲的方小虎略微思索地说，"妈，您问这啥意思？"。

"没啥意思。就是随便问问。"她摇摇头地随口说道。

"不可能吧？"当即就瞪大眼睛的方小虎有些猜测地笑着问道，"是不是有些吃醋了？"

"这鬼东西！"刘慧英在儿子的前额亲昵地摁了一下，很不好意思地嗔怪道。

方小虎一看母亲这样，随之便说："刘婕是我爸班里的一个女生，是班长，人长得很漂亮，为人也很谦虚，也很好学，她经常问我爸的一些知识，也经常和我爸联系一些有关班务的工作，除此，还经常帮助我学习。这都是正常的来往，没什么的。"

"没问你这个，我问的是那次和你爸一块儿上公园的事情。"刘慧英有些严肃的样子。

"哦，这我知道。我爸那天走的时候，告诉我说，和刘婕姐姐有事情一块儿出去的。我想，我爸是不会那样的。我爸是谁呀？特忠于您老人家的！放心吧，老妈！"

儿子的这几句话，使本来还对丈夫有些怀疑的刘慧英一下子放下了心，随后，就回到了自己的房间。

刘慧英走后，方正就知道她在问儿子了，只是笑着摇了摇头。现在一见她很释然地回来了，一时还没顾得睡的方正便看着她，问："哎，怎么样，没撒谎吧？"

"还算你老实。"刘慧英瞪着眼有些亲昵地笑着说，"其实，我就知道你不会这样的。不过，今天就是给你提个醒，不要在外边拈花惹草，不然，我不会轻饶你的！"

"有你这样的'纪检委书记'，我还敢吗？即使敢，恐怕也没有机会。"

"知道就好。"刘慧英别着嘴很是甜蜜幸福地笑着靠近他，"哎，那也说不上来的。"她从笑脸一下子转为有所发现地说。

"像我这既没钱又没权更没地位的穷教书匠，哪个女孩能看中呢？"

"那也说不准，不还有那些专门玩感情的？这种人就是专门看上那些既没钱又没权，但是却很有才的中年男子的。这种情况，现实中也是不少的呀！"

"就是再时尚，也不会时尚到我的跟前来的。"

"那也不好说，现在许多媒体不是都报道，一些品质坏透了的中年男教师，就专门寻找机会糟蹋那些不懂事的女孩子吗？这也真是够伤天害理的！"

"看来，你现在的变化很大呀，都能关注时事了。"方正苦笑着说。

"哎，就只准你变化，别人变化就不行了？什么话呢！"说着，刘慧英就做出了要狠劲儿拧他鼻子的架势。

"变化了好，变化了好。"方正急忙躲闪着。

尽管方正这样说着，但还是觉得她说得有道理。现在的学校，也是什么人都有啊！她说的那些事情，社会上发生的确实不少，她能有这样的认识，不就表明她在这个问题上，警惕性蛮高的吗？想到这里，方正发自内心地笑了。

这时候，他再看妻子，妻子已经是紧紧地挨着自己很是甜蜜地想着什么事情似的。

刘慧英搂着方正的头，在那里细细地抚弄着他的头发，只见他头顶的头发已经变得稀疏，两鬓也已花白。她不由得心里一惊，难过得流下了泪水。这可是自己平时没有注意的呀！作为妻子，不该这样，平时对他的关心太不够了，以至于他都变成了这样。他操心的事情太多了！而这一切，又都是为了工作。是啊，只要是为了工作，他什么都豁出去了，在他的时间表里，向来都不知道"休息"二字，是的，几乎所有的星期天、节假日，他都在办公室里度过，也从未休息。这是为了什么，还不是为了事业的成功？他的事业心也太重了。他是一位标准的事业型男人！除此之外，品行也极为端正！在单位，他的口碑极好，几乎没有人不称赞他的。就这样，自己有时候还埋怨他，说他不顾家庭，自己这样想、这样说，怎么就不顾他的感受呢？一个大男人，一辈子不干点事业出来，还是男人吗？自己怎么有时候就那样糊涂、那样地不相信他？莫不是自己也属于人们常说的那种"头发长见识短"的女人？自己也真是太不知道体贴他了！一时间，她又想起了自己和他恋爱那阵儿的事情来。那阵儿，自己看重的也就是他对事业执着的精神。也正是这一点，才使自己甘愿当他的绿叶的。能和这样的人在一起，那实在是一种幸运，更是一种幸福。可不是吗?！

她想到了他的身世。他的家庭里，父母都是工人，退休较早，工资较低。

他从小就吃苦，知道生活的艰难，为此，就树立了一种非干出一番事业不可的信念。为了这个信念，他不分昼夜，一直工作。这么多年都过来了，孩子也大了，自己怎么还不相信他？这是不是好日子过得太舒服了，要找点儿事出来？想想自己，真有点儿没事找事，也真对不住他。自己怎么能有这样的一种情绪，听风便是雨呢？莫不是已经到更年期了吧？想到这里，她真有些不敢看他了。一种自愧的心理便油然而生。她狠狠地自责着。想想自己的家庭，父亲是厂里的一个车间主任，母亲是一位普通工人，而自己由于学习不认真，高中毕业就没考大学。好在当时有个机会，便参加了本厂招工，当了一名工人，后来由于进修，又到厂技术科当了一名技术员。在别人眼里，自己还算通情达理的人，也蛮被青睐的。可自己竟然对丈夫胡乱猜测起来。这也太不合情理了！即使别人能变，他能变吗？绝对不会的！想到这里，她很心疼地把头靠在他的肩上，然后便用双手紧紧地抱住他，甜蜜地闭起眼睛，均匀地呼吸着，不一会儿，就睡着了。

就这样，他们很是幸福地过了一夜。

想到这里，方正嘿嘿地笑了，进而就觉得这时间也过得太快了，转眼就十多年过去了！刘婕也该是三十好几的人了吧！而她现在还记得自己，并且还想着办法和自己联系！她今天能给自己写信，实在是自己没有想到的。看来，自己当初那样处理问题，还是很正确的。不然，也不会有今天这样的效果。他很有些激动，更有些欣慰。是啊，这不正是自己追求的吗？作为老师，给学生的教育，也就是在他或她迷茫或者做傻事的时候，给予点拨，从而使之走上正道，这才是最令学生受益的，同时也是最令学生难忘的。能获得这样的效果，也算是尽到了老师的责任。一位老师，能获得已经成长后的学生的惦念和爱戴，这该是多大的荣光！顿时，他的心里，就像是自己当年做了一件功德无量的事情，脸上便露出了灿烂的笑容，心情也格外地愉快了起来。也许是在这种情绪的感染下，一时间，他便哼唱起了自己平时最喜欢唱的歌曲《长大后我就成了你》。他边唱边走，边走边唱，最后便回到了自己的办公室。

回到办公室后，他先是轻松得意地在办公桌前坐了一会儿，然后，便乐滋滋地拿起水杯，走到饮水机旁，接起水来，准备喝水……

# 五十　滨河湿地心松弛　惯性使然情不已

　　2011 年的春天很快来到了。暖暖的春风，吹拂得杨柳依依。它好像以无限的柔情，在给苏醒的大地致意，也好像在给复苏的万物，表露着某种昭示。一切都欢欢喜喜地吐出了新芽，将整个春天装扮得绿意盎然、生机勃勃。

　　一个星期天的早晨，方正的心情特别愉快。他骑着自行车，轻快地飞驰在去往东郊滨河公园的路上。路基两旁田野里的小麦叶子，挂着晶莹的露珠，那露珠在阳光的照射下熠熠发光。湿润的空气滋润着他的整个肺腑，他浑身都有着一种无与伦比的舒适。不一会儿，他就来到了公园里。寄存完车子，顺着白亮亮的水泥小道，他自由地徜徉着。他被这里的石碑、诗林、牌坊、牌楼、亭子等吸引，也被道旁以及园中的女贞、枇杷、石榴、国槐等植物景观吸引。每到一处，他都细心地观赏着、品味着、领略着、体会着。看着看着，他便寻找了一块干净的石头坐了下来，不由自主地想起了心事：现在的国家形势，确实越来越好了。

　　这几年，终于唱响了建设和谐社会的主旋律。从中央到地方，都是这样。可见这真是一个远见！国家对待教育的政策也越来越好了，开始是农村义务教育阶段实行了"两免一补"的政策，免掉了学生们的学杂费；随后，又在城市义务教育阶段，实行了课本杂费全免的政策。

　　这是依据国情制定的政策，也是改革开放经验的总结，更是以人为本理念的体现。现在，所有的老师都无不为此振奋，也无不为之拍手叫好。而这种感情，又都是发自内心深处的。这一提法，真是审时度势，十分深入人心，深得民心啊！人们的心，有底了，对我们的国家有信心了，对自己的未来也充满了希望、也充满了信心。老师们都意识到，一个恶性竞争的状态，就要寿终正寝了。碰到这样的形势，方正发自内心地高兴。他要高歌猛进了！

　　2006 年前后，为了减轻企业的负担，使它们轻装前行，一心一意地搞生产，社会肩负起了基础教育的全责。由此，教育也真正步入了由政府部门直接领导的阶段。老师们的心平稳了，踏实了。他们也像真正回到了娘家，得到了温暖，有了归属感。他们不再像以前那样像是企业的婢女，整天都随着企业命运的改变而改变，心理总处于一种恐慌状态。啊，这一步，跨得多么不易！前后竟用了十几年的时间！但不管时间多么漫长，最后学校归属于社会的时机还是来了。这一点，老师们真是感受太深了！是的，一个不稳定的教师队伍，永远都不能肩负起为国家、为民族培养人的重任，更不能真正意义上完成教育赋予的使命：完成社会文明发展的使命。

还有，为了提高教师的待遇，落实教师工资不低于公务员水平的政策法规，国家又在财政较为困难的情况下，在义务教育阶段的教师中实施了绩效工资，这在很大程度上激发了教师的积极性，也大大稳定了教师队伍。这是多么富有先见之明的举措啊！这是多么伟大的决策！

接连不断的好政策，能够惠及教师，这不得不说是国家对教育的重视。改革的春风已经吹了多年，这为教育的彻底改革奏响了嘹亮的钟声。细细想来，以后的教育更令人乐观，其前景也更为美好！想到这里，方正的内心便高兴了起来，似乎也觉得越干越有劲了。此时，他只觉得眼前的那树、那草、那一湖清水，都露出了笑容。顿时，一种温馨和友善，还有那亲切的感觉，便涌上了他的心头。啊，这就是我们的国家，我们伟大的祖国，她确确实实是越来越强大了！一时间，他又感到了自己肩上的责任更重了。是的，自己可是一位培养人的园丁啊！

也许是抑制不住内心的激动，他高兴地站了起来，随后便举起双手，眼望天空，不自觉地蹦跳了起来。待这种劲头过去了以后，他又回归了往日的平静。这时，他便不由得慨叹道：是啊，这么多年来，自己想得最多、最纠结、最痛苦的就是教育产业化的问题。多少事实都证明，教育产业化的提法和做法，根本就是错误的。这种局势，这种风潮，如此沸沸扬扬了一段时间后，国家教育行政部门都站出来了，声明他们从来都没有讲过教育要产业化这样的话。一石激起千层浪，这还不是那些经济头脑过热的人们的鼓吹？他们压根就不知道经济的发展也是要有一个界限的，哪些部门可以变成经济部门，哪些部门不可以变成经济部门！说老实话，教育部门，可是其他部门无论就哪方面都无法比拟的特殊部门。之所以这样说，因为，它完全是由育人的性质决定的。而这个性质，更何况又是它的"内核"！

当看到这样的消息后，自己简直是欣喜若狂。是的，自己曾经有过的一切想法都在此得到了证实。看来，只要是符合规律的东西，迟早都会被人们认可；而不符合规律的东西，经过实践检验，迟早都会被人们否定。这不是自己的先见之明，而完全是按照教育规律办事的思维。

也就是从那以后，许多地方的教育部门纷纷明确表态，不允许搞有偿家教。方正觉得这是明智之举，是真正回归到了教育之本。我们的社会在某种程度上正处于一种浮躁的状态，导致我们的教育也处于一种浮躁的状态。尽管我们的教育在一天天地改观，可是，原来的惯性还很大。什么时候才能使我们的教育，真正回归到育人这一本质上来呢？方正再次陷入了沉思。

一向很少进公园的他，来的时候，就想着尽量少想一点儿有关教育方面的事情，尽可能多地享受一下这里的清静和美景；可谁知道，最后还是不由自主地想了起来。可这一切，恐怕都是自己的秉性使然吧。既然这样，那么，今天在这样一个环境，干脆就想个彻底。

也许是在这种思想的主导下，他的脑子便一下子转到了对高考指挥棒的思考上。实践是检验真理的唯一标准，经过几十年的教育实践，具有高考指挥棒作用的文理分科，就很值得商榷，也很值得探讨！文理分科一开始就将中学教育引领到了没有灵魂的地步，导致学理工的只懂技术，而对人文知识不闻不问。要说这是人才，那么也只能是没有灵魂之才，或者是残疾了的人才。综观中国教育，已经失之根本了。因为教育的根本首先就是栽种思想。而这种思想，又是引导学生不断进取、不断搏击、向上向善的。试看中国近现代那些叱咤于科学界的大师级人物，哪一位没有一个深厚的人文功底，是李四光、华罗庚、钱学森，还是茅以升、苏步青、童第周？为什么这些具有顶尖级专业的人，竟然有着别人不可比拟的民族情结和爱国情怀？如果说这些人没有足够的民族情结，没有爱国情怀，他们在外国优厚的物质条件下，还能回到自己的祖国、建设自己的祖国吗？如果这些人不回来，试想，我们的国家还拥有众多的顶尖级科学技术吗？我们民族的脊梁，还能挺立吗？

此时的方正，似乎给目前的教育提出了一个较为严峻的问题，也像是提出了一个必须回答和要解决的问题，更像是也在给自己提出一个必须回答和解决的问题。可这个问题，能得出答案，能解决吗？他皱起了眉头。随之，方正就摇了摇头，苦恼地笑了笑。这时，他就发呆一样坐在那里，好像在傻傻地等着什么似的。这时，如果有人要问他眼前的景色是什么，他肯定回答不出来。因为，他的心思压根就没在这些景色上。

大概隔了两分钟，他才突然意识到自己是来观赏这里的景色的。所以，他又在心里自责起来：如此一来，这不就违背了自己来这里的初衷吗？来这里，目的可是要完全放松自己长期紧张的精神的。是的，今天无论如何，都要认认真真地欣赏完这样一座现代化的生态滨河公园。因为，这样的机会，对自己来说，太难得、太宝贵了！这样想了以后，他便慢慢地走在河堤的浓荫小径上，又观赏起了景观。

当观赏完这些景观以后，方正拿出手机，不经意地看了一下，不禁轻声发出了一声慨叹："啊，都下午四点多了！这时间，过得真快！"进而，就做出了赶快回家的决定。于是，他便快步来到寄存处，取了自行车，朝着回家的方向，很是轻松地骑着。

自滨河生态公园回来以后，方正的身心很是轻松，好像什么负担都没有了。当晚，他睡得特别香甜、特别香甜！

1998 年 7 月草稿\
2011 年 7 月 18 日完稿

# 后 记

　　随着市场经济的不断深入发展，改革开放的力度越来越大，各行各业都显示出了一种前所未有的活力。基础教育也是一样，也有了长足的发展，取得了令人可喜的成就。然而，就在这样一种大好的形势下，还存在着一些不尽如人意的事情。而这些事情，又令人困惑、令人茫然，甚至令人愤懑。也正是这些事情，时时刻刻都在撞击着自己的心灵，使自己不得不进行深刻的思索。然而，思索最多的还是那些在社会上没有显赫地位，也没有丰厚收入，却又在始终坚守着阵地，奋斗在基础教育第一线，为教育事业勤奋耕耘、默默奉献的老师们的崇高精神。而这种精神，更是催生着自己必须用笔把他们的事迹记录下来的决心，好像只有这样，心灵才能安宁。于是，自己就在平时，竭尽思虑地用小说的形式描绘出一个真实基础上虚构的故事。

　　大家都知道，中国城市的改革开放，首先是从工厂开始的。自己待过的近二十年纺织企业，就更是首先受到了改革开放的影响。自然，也影响到了附属于它的子弟学校。

　　近二十年的时间，正值改革开放时期。在此期间，随着改革开放进程的发展，厂校命运也跟着发生了变化，特别是一般学校的命运，就更是跟着变化而变化。这一部分学校，在当时占大多数，虽说它们名不见经传，在社会上没有过高的声誉，但是，也为社会做出了不可磨灭的贡献。因为，它们给社会、给国家培养着占大多数的最普通的公民。然而，自改革开放以来，大多数学校也都因企业效益不好，或转制或解散了；有的因为企业效益还过得去，虽说学校没有解散，但却处于一种勉强维持的状态；至于那些办得好的学校，也只占少数，但在社会上依然还有着生机、有着活力。都是厂校，为什么会有如此不同的命运呢？这自然与厂里的重视程度和自身的努力有关，但依我看来，不管是哪一方面的原因，归结为一点，就是经济资源不足的问题。因为在这样一个人人讲求效益的时代，人人似乎都不能脱俗，就连一向表现清高的教师队伍也不能幸免。因为他们也和社会人一样，同样面临着孩子上学、医疗、房子等现实问题。为此，由此而引发的诸多问题就或多或少地显现了出来。

人们都知道，自高考制度实施以来，我们的基础教育就跟着高考指挥棒转了。这样一来，我们的教育基本上都陷入了纯粹应试教育的泥淖。在这样的前提下，我们的学校和老师都在做着选择，然而，令人遗憾的是，无论怎样选择，总是脱离不了应试教育的怪圈。再加之绝大多数人都不同程度地受到了金钱的诱惑，于是，在应试教育的幌子下，大赚和特赚金钱的事情便时有发生。从而使我们这块一向被人们视为净土的地方，不再是一块净土，使一向被人们称为圣殿的地方，也不再圣洁了。就在这样一个不太单纯的环境里，作为教育的实施者——学校领导和教师，也在思想上受到了很大的冲击，他们不断地分化，以至于最后形成了各式各样的学校和教师。在此，经受住考验的老师，依然情系教育，坚守阵地，继续从事自己的工作，恪守自己的职责，思为学生而思，想为民族而想，做为国家而做，终日勤勤恳恳、任劳任怨、默默无闻地培养着下一代。就此而言，他们真可谓是教育的脊梁、社会的脊梁、民族的脊梁。自然，他们所做的一切，都是很值得我们讴歌和颂扬的。至于那些没有经受住考验的老师，直接就当了教育的逃兵。最为突出的就是那些具有先见之明的"胆大者"，在改革开放刚开始的时候纷纷辞职，或者停薪留职，然后下海经商。在这些人的信念里，就是要抓住机遇，想法子掘取第一桶金。带着这样的想法，他们不管学校同意不同意，缺人不缺人，都毅然决然地离开了学校。还有一些虽然没有下海，但压根就不想干教育的人，就干脆利用各种关系或者手段调到别的单位，从而不再干教师的行当。有的尽管还在教师队伍，因为受到金钱的诱惑，也开始想尽千方百计、不择手段地在学生身上敛财，以至于都丧失了良心。在此，最冠冕堂皇的就是扛着应试教育的大旗招摇撞骗，抢占分数高地，厚颜无耻地挣着昧心钱，以至于到最后都发了横财，捞了个名利双收！还有些由于不注重思想意识的建构，最后在灵魂深处也已经堕落，以至于做出了令人不齿、令社会不容的事情。诸如此类的现象，各类学校都不乏其人，作为厂矿子弟学校，自然也不例外。

本小说就是在这样的基础上进行创作的，着重反映的就是改革开放时期的基础教育生活。而这个生活，不仅包含着城市基础教育，而且也包含着农村基础教育。而这些教育，无一例外的都是应试教育。如此一来，以此为基础所反映的生活，就全面得多。至于反映的方式，又基本都是通过厂矿子校老师的遭遇和命运来反映的。

本小说着重讴歌的是以方正、刘云、苏老师、崔晓燕为代表的一直奋战在教育第一线的老师群像。他们在纯粹应试教育大棒的挥舞下，对学校发生的一系列问题以及怪象，在思想上都毫无准备，为此，都曾感到被动、无奈和茫然，甚至还有些惶恐不安，乃至于痛苦。尽管如此，但是不管形势怎样变化，不管个人命运如何，也不管自己对发生的一些现象多么困惑、多么茫然，他们始终都在自己的理想中高扬教育的风帆，探求教育的真理，按照自己的理想，努力践行着素质教育的精神，尽可能多地为社会、为国家在尽着一份绵薄之力。他们具有的这种精神，很值得全社会的尊敬，也很值得我们每一个人的尊敬。这样一群老师，代表着老师的大多数，在科学地推动着教育的发展。与此同时，小说也挞伐了基础教育存在的不遵循教育规律，而专事应试教育的现象，以及那些逃避教育、急功近利、以赚钱为目的、自甘堕落等丑陋现象；还提出了当代中学生存在的诸多问题，以及应该由此引发的思考等。

本小说在写作过程中，始终以主人公方正老师为线索，通过他的所见所闻，生发开来，涉及了诸多的教育现象。为了使内容更丰满、更广泛，我在完成这一线索人物塑造的同时，还特意塑造了与他有关的几位老师的形象，描绘了其不同的遭遇和命运。为了将这些教师形象刻画得真实，更令人信服，许多地方都运用了对话和心理描写，着重对社会环境的交代，以及几个主人公对现实的思考和分析，甚至还有对未来的憧憬和期待。这一切都说明，我们绝大部分的教师，在履行自己的职责时，不是单纯地为了教书而教书，而是在经常思考着目前教育的问题以及它的出路。而他们思考的，也正是我们国家提倡的素质教育。而素质教育又直接关乎国民素质的提高，以及国家的前途和命运。就这一点来说，他们的这种精神，不能不说是难能可贵的，当然，也更是值得倡导的。

在塑造方正这个人物时，有人建议，应该把这个人物塑造成高大、威武、办事果断、很有魄力的一个人，就连我自己起初也是这么想的。可是，后来还是觉得，如此一来，就会将他拔高，塑造成神话人物，也就不是一个有血有肉的人了。与其这样，还不如把他还原成一个现实中存在的一个真实的人，使他更有魅力。还有其他几个人物的塑造，也存在着这样的一个问题，就是将个性再塑造得更加鲜明一些。原来觉得也应该这样，但是，反过来一想，教师这个群体较为特殊，他们都是一群文化人，也都有一定的文化素养，做起事来也都文质彬彬、蛮有礼貌的，在他们身上，显示出来的一般都是思想的深邃，还有语言的斯文和行为的文明，自然，相互之间，更多的还是一种礼貌。就此而言，他们之间的个性也就差别不大。基于这样的考虑，在塑造这些人物时，其个性也就稍微有些模糊。如此一来的效果，自然就会更加贴近生活，使故事更加真实，更能令人信服。因为，小说的人物个性，毕竟不像戏剧人物那么明显、那么夸张，更何况又是一个知识分子群体。如此说法，并不是说知识分子的个性就不明显，而是在文明礼貌之下，确确实实似乎是被淹没了的。但是，他们的性格特点又着重表现在他们的行为和思想上的。这一点，只要我们于现实中注意观察，就不难发现的。

关于本小说的名字，之所以定为"圣殿"，原因在于：原来的人们，几乎都是将学校当作理想之地——"圣殿"来看的，它不仅是学习知识、掌握技能的一个场所，而且还是引领思想进步、不断提升精神境界的一个场所；还有，就是在这个场所的教师或者管理者，都是学高为范、思想境界高尚、至仁至善、言行一致的楷模。再就是，我们的学校，就应该是一个像以往一样纯洁和高尚的地方。它是人们追求科学的殿堂，也是追求高尚灵魂的殿堂，更是追求真理的殿堂，使每个生命都懂得如何快乐地完成自己生命过程的殿堂。也就是在这样一个殿堂之中，我们的老师，个个都是具有高尚品德，能够兢兢业业、默默奉献于社会的代表。就当前社会而言，这在某种程度上，既是一种讽刺，也是一种追求，更是一种希望。就此来说，选用《圣殿》这个名字，不仅含蓄，而且还具有现实意义。

2011 年 9 月 25 日